ALICE KELLEN

the map of longing

ROMAN

Aus dem Spanischen von
Anja Rüdiger

WILHELM HEYNE VERLAG
MÜNCHEN

Die Originalausgabe EL MAPA DE LOS ANHELOS
erschien erstmals 2022 bei Editorial Planeta, Spanien.

Der Verlag behält sich die Verwertung der urheberrechtlich
geschützten Inhalte dieses Werkes für Zwecke des Text- und
Data-Minings nach § 44 b UrhG ausdrücklich vor.
Jegliche unbefugte Nutzung ist hiermit ausgeschlossen.

Penguin Random House Verlagsgruppe FSC® N001967

Deutsche Erstausgabe 12/2024
Copyright © 2022 by Alice Kellen
Copyright © 2024 der deutschsprachigen Ausgabe
by Wilhelm Heyne Verlag, München,
in der Penguin Random House Verlagsgruppe GmbH,
Neumarkter Str. 28, 81673 München
Redaktion: Friederike Arnold
Umschlaggestaltung: Nele Schütz Design unter Verwendung
von AdobeStock (Michael)
Satz: Uhl + Massopust, Aalen
Druck und Bindung: GGP Media GmbH, Pößneck
Printed in Germany
ISBN: 978-3-453-42781-5

www.heyne.de

Für Juan,
der diesen Roman nicht geschrieben,
mir aber ermöglicht hat, ihn zu beenden.

Die Geschichte von Grace

1

Ich heiße Grace

Manchmal lege ich mich ins Bett, schließe die Augen und stelle mir den Beginn meines Lebens vor. Ich sehe ein Spermium, das schneller ist als die anderen und sich zügig bewegt, bis es die Eileiter erreicht. Es schlängelt sich durch und schafft es, die von allen ersehnte Eizelle zu erobern, indem es die Plasmamembran durchbricht. Und dann, nach der Befruchtung, trete ich in Erscheinung. Ich habe noch keine Augen, keinen Mund und keine Gliedmaßen, aber ich existiere.

Eine Existenz zu einem bestimmten Zweck.

Die meisten Menschen, die ich kenne, fragen sich regelmäßig, warum sie auf die Welt gekommen sind, was ihr Ziel ist oder ob ihr Leben einen Sinn hat. Darauf weiß ich keine Antwort, aber mein Schicksal stand von Anfang an fest, so wie das Gras wächst, um das Vieh zu ernähren, oder so wie die Bienen alles eifrig bestäuben. Daher habe ich als Kind, wenn ich in der Schule aufgefordert wurde, aufzustehen und mich vorzustellen oder einen Aufsatz über meine Familie zu schreiben, immer mit folgendem Satz angefangen:

Mein Name ist Grace Peterson, und ich wurde geboren, um meine Schwester zu retten.

Großvater sagt immer, dass ich mit einem Superhelden-Umhang auf die Welt gekommen bin. Einem lilafarbenen Umhang natürlich. Einem wehenden Umhang über den Schultern, der für andere unsichtbar ist, auch für die Hebamme, die bei meiner Geburt dabei war. Wahrscheinlich waren alle, obwohl ich heftig geweint habe, nur hinter einer Sache her: der kostbaren Nabelschnur mit dem Blut, dessen Stammzellen sie auf Lucy übertragen konnten, um die myeloische Leukämie zu bekämpfen, die sie bei ihr im Alter von anderthalb Jahren diagnostiziert hatten.

Während ich aufgewachsen bin, habe ich nicht oft darüber nachgedacht, aber ich glaube, dass uns das besonders eng miteinander verbunden hat, auch wenn wir nicht unterschiedlicher hätten sein können. Meine Schwester war sanft, und alle sagten, ihr Lächeln sei aufrichtig und ansteckend gewesen; die Ärzte bewunderten sie, meine Mutter nannte sie ihren *Sonnenschein*, und wenn ihr Gesundheitszustand es ihr erlaubte, zur Schule zu gehen, waren alle Mitschüler ganz versessen auf sie. »Du leuchtest, Lucy«, hat Dad ihr versichert, »du bist wie ein funkelnder Stern.«

Und wer möchte nicht mit den Sternen, dem Mond oder anderen Gestirnen, Sternbildern oder faszinierenden, unendlichen Galaxien verglichen werden?

Das hätte ich mir auch gewünscht.

Ich, die immer wie ein schwarzes Loch war: Niemand versteht mich so richtig, auch wenn das, was ich sage, in der Theorie absolut Sinn ergibt, und ich bin sogar für mich selbst ein Rätsel mit meinem Gravitationsfeld, das verhindert, dass mir auch nur der kleinste Partikel entrinnt.

Anders als Lucy mit ihrem Leuchten muss ich mich daher ständig um ein Lächeln bemühen. »Es ist, als ob meine Lippen aus harter Pappe wären«, habe ich mal meinem Großvater anvertraut. Woraufhin er, nachdem er mich gut zugedeckt hatte, geantwortet hat: »Weißt du, dass Pappe weicher wird, wenn man ein wenig Wasser dazugibt? Probier es mal aus und schau, was passiert, Grace.« Ich schäme mich, zuzugeben, dass ich mich nie besonders angestrengt habe. Aber ich habe meine Gründe: Die Erde ist ein feindlicher Ort. Ich kann das Leben nicht als ein Geschenk betrachten, sondern nur als einen steinigen Weg voller Schmerzen, Ungerechtigkeiten, Krankheiten und verschiedenen Mangelerscheinungen.

Das habe ich in einer schlaflosen Winternacht auch zu Lucy gesagt, als sie aufgestanden war, um sich ein Glas Wasser zu holen, während draußen vor dem Fenster Schneeflocken fielen. Unsere Zimmer liegen sich gegenüber, sodass der Unterschied deutlich ins Auge fällt: Ihre Tagesdecke ist rosa, meine dunkelviolett; sie hat alle Stofftiere aus ihrer Kindheit aufbewahrt, während ich meine auf den Dachboden verbannt habe; sie hat gerahmte Bilder in Pastellfarben an den Wänden, ich Schwarz-Weiß-Fotos von Vivian Maier und Zettel, auf die ich einzelne Worte schreibe, die mich faszinieren.

»Lucy, ich verstehe das Leben nicht.«

»Was meinst du damit?«

»Es ist überbewertet.«

Sie hat das Wasserglas auf meinen Nachttisch gestellt, und ich habe ihr Platz in meinem Bett gemacht. Ihre Hände waren kalt. In der Dunkelheit konnte ich ihre Silhouette kaum erkennen, aber ich nahm ihr blondes Haar wahr, das ausgebreitet auf dem Kissen lag, ihre blasse Haut und die dunklen Schatten unter den Augen in ihrem von den Medikamenten aufgedunsenen Gesicht, im Gegensatz zu ihren Beinen, die so dünn waren wie die eines Flamingos.

»Vielleicht liegt das Problem darin, dass du versuchst, das Leben zu ›verstehen‹. Es ist kein Rätsel, Grace. Glaub mir, ich habe viel darüber nachgedacht. Ich habe es oft als ein Spiel betrachtet, aber ein fieses, weil es keine Spielanleitung oder Taktik gibt und es nur darum geht, zu würfeln und zu sehen, welche Zahlen herauskommen.«

Lucy war ein großer Fan von Spielen, weil das Krankenhaus ihr zweites Zuhause war. Dort hat sie sich die Zeit mit einem Kartenspiel oder einem anderen Spiel vertrieben, das sie gerade bekommen hatte. In meiner Familie sind wir alle erfahrene Gegner, aber Lucy konnte niemand besiegen.

»Ich habe ein sehr gutes Gedächtnis und zu viel Zeit zum Nachdenken«, sagte sie immer, wenn ich sie fragte, warum sie jeden meiner Spielzüge voraussehen konnte. Anstatt etwas zu erwidern, habe ich dann einfach die Karten für die nächste Runde verteilt.

Lucy von ihrer Krankheit zu trennen war, als würde man verschiedene Ölfarben mischen und dann versuchen, die einzelnen Farben wiederherzustellen. Die beiden bildeten eine Schlingpflanze mit Blüten und Dornen: Manchmal gewann der Frühling eine Schlacht, und Lucy blühte für eine Weile auf, aber früher oder später kehrte der Winter zurück.

»Sie hätte geheilt werden müssen«, sagte Dad.

Um genau zu sein, war das, rein medizinisch gesehen, auch der Fall. Sie wurde geheilt. Doch ein paar Monate später wurde bei ihr eine Graft-versus-Host-Erkrankung diagnostiziert. Mit anderen Worten: eine ernste Komplikation nach der allogenen Transplantation, die sich auf den unerbittlichen Kampf meiner Zellen gegen Lucys Immunsystem zurückführen ließ. Man verabreichte ihr Kortikosteroide und Immunsuppressiva, damit sie das Transplantat nicht abstieß, aber dadurch wurden ihre Abwehrkräfte so geschwächt, dass sie anfällig für opportunistische Infektionen war, von Lungenentzündung bis hin zu multiplen Harnwegserkrankungen.

Wenn davon die Rede war, konnte sie nur an einen Haufen sich windender Würmer denken.

Das Faszinierende an Lucy war, dass sie trotz allem keine Wut auf die Welt verspürte. Doch je mehr sie ihre Krankheit akzeptierte, desto mehr störte mich das. Die große Frage, die mich immer umtrieb, lautete: Warum? Mein Großvater sagt, dass das schon bei mir als kleines Kind deutlich wurde und es mal zu einem Problem werden würde, weil die Phase, in der Kinder alles infrage stellen, bei mir besonders ausgeprägt war.

»Warum kann es keine neuen Farben geben?«, »Warum haben Kühe schwarze Flecken und keine violetten?«, »Warum haben alle Jungen in der Klasse kurze Haare?«, »Warum heißen Gurken Gurken?«, »Warum ist Meerwasser salzig?«

Der erste kleine Zettel, den ich geschrieben habe, hängt heute noch an der Wand meines Zimmers. WARUM? Alle anderen habe ich im Laufe der Zeit ausgetauscht: Es gab eine Phase, in der ich von dem Wort *geistreich* besessen war, und eine andere, in der ich nicht aufhören konnte, an die Schönheit von *Orangenblüte*, *Skarabäus* oder *Bougainvillea* zu denken. Meine Wand ist eine Schlange, die sich regelmäßig häutet.

Die große Frage jedoch bleibt. Egal, wie viel Zeit vergeht, sie übersteht Regen und Kälte, und hohe Temperaturen können ihr nichts anhaben. Sie ist unvergänglich.

»Warum nur war Lucy krank?«

Die übliche Antwort darauf lautet: »Weil es eben so ist, weil das Leben so ist, weil die Erde ein zufälliger und chaotischer Ort ist, es gibt keine Regeln oder Statistiken dafür. Also hör auf, darüber nachzudenken, nimm das verdammte Papier von der verdammten Wand und akzeptier es ein für alle Mal.«

Aber da ich nicht zu den gewöhnlichen Menschen gehöre, bin ich beharrlich.

Wo steht das geschrieben? Gibt es in dem riesigen Universum einen geheimen Code für jeden von uns, der so kompliziert ist wie unsere eigene DNA? Könnten wir unser Schicksal ändern, wenn wir erraten könnten, was in der Zukunft passieren wird? Entscheidet womöglich ein höheres göttliches Wesen, dass ein zweijähriges Mädchen es verdient, an Krebs zu erkranken, zu ertrinken, zu verhungern oder ein anderes Unglück zu erleiden?

Meine Mutter hat mir mal erzählt, wie alles angefangen hat: Es waren die Petechien. Lucys kleines Bäuchlein war mit rötlichen Flecken bedeckt, und dann kamen die blauen Flecken.

»Bist du hingefallen?«

»Nein«, sagte sie.

»Hat dich im Park ein anderes Kind geschlagen?«

Wieder schüttelte sie den Kopf. Nach einem Routinebesuch beim Kinderarzt kam sie zur Untersuchung ins Krankenhaus.

Schon bald stand die Diagnose fest. Und die Chemotherapie. Und meine triumphale Ankunft in der Welt mit all den Hoffnungen auf ein paar Zellen.

Doch das Glück war nur von kurzer Dauer.

Wenn ich zurückblicke, denke ich, dass ich in einem verlassenen Palast aufgewachsen bin, der zu einem Trümmerhaufen zusammengestürzt ist.

Meine Eltern haben sich auf einer Party der Firma kennengelernt, für die sie arbeiteten, und ich stelle mir den Salon in dem imaginären Palast zu jener Zeit in all seiner Pracht vor, mit Kronleuchtern und bunten Tapeten an den Wänden, während sie in der Mitte tanzen: Mein Vater war ein sehr attraktiver Mann (unsere Nachbarinnen und die Freundinnen meiner Mutter sagten das immer wieder), und meine Mutter war sehr intelligent. Gemeinsam gaben sie ein perfektes Team ab. Sie veranstalteten Grillabende im Garten und galten als interessantes Paar. Ich kann mir kaum ein schöneres Kompliment vorstellen als dieses: interessant zu sein.

Beide waren Immobilienmakler.

Dad bezauberte die Käufer mit seiner Freundlichkeit, seinem Lächeln mit seinen perfekt weißen Zähnen, seinem selbstbewussten Auftreten und seinem Charme im Stil der 1950er-Jahre.

Aber meine Mutter war noch besser. Sie hatte den Spitznamen *Rosie, der Hai*. Die Kunden wurden zur Beute, wenn sie ihr in die Hände fielen. Sie vermittelte jedes Haus an potenzielle Käufer. Sie hatte baufällige Häuser an den Mann gebracht, Häuser, in denen es angeblich spukte, und sogar ein paar, in denen ein Mord begangen worden war. Zweimal hintereinander wurde sie zur besten Immobilienmaklerin des Landes gekürt, und bei den Weihnachtsfeiern in der Stadt überstrahlte sie alle.

Als Lucy auf die Welt kam, waren die Petersons ein perfektes Paar. Bis das Wort *Krebs* in ihr Leben trat und die ersten Risse entstanden.

Als ich auf die Welt kam, schien der Schaden noch reparabel. Aber je mehr sich der Gesundheitszustand meiner Schwester verschlechterte, desto mehr vertiefte sich die Kluft, und Mom wurde vom Star in der Firma zur genügsamen Monopoly-Spielerin im Krankenhaus, wenn Lucy einen guten Tag hatte. Meine Mutter hat ihren Job gekündigt. Sie hat aufgehört, morgens beim Kaffeekochen zu singen. Sie traf sich nicht mehr mit ihren Freundinnen. Sie sah nicht mehr in den Spiegel. Sie hat alles aufgegeben.

Wie ich schon gesagt habe, wurden wir in der Schule manchmal aufgefordert, einen Aufsatz über unsere Familie zu schreiben, über einen besonderen Tag zu berichten oder ein Bild zu zeichnen. Die prominenteste Figur in meinem Werk war immer mein Großvater. Ich habe ihn größer gezeichnet als meine Eltern, weil er in meinem Leben eine so bedeutende Rolle spielt. Lucy wurde von mir oft mit einer Sonne über dem Kopf und in einem Bett liegend dargestellt. Und neben ihr stand ich, winzig, fast beiläufig, ein Tintenklecks, der oft unbemerkt blieb.

Wenn man eine kranke Schwester hat, lernt man auf die harte Tour, für sich selbst zu sorgen. Du erwartest nicht, dass deine Eltern dir Gute-Nacht-Geschichten vorlesen oder dich beim Eislaufwettbewerb anfeuern, weil sie meistens damit beschäftigt sind, ihre andere Tochter vor dem Tod durch eine Infektion zu bewahren.

Ich weiß nicht mehr, wann sie erkannten, dass es eine lächerliche Utopie war, eine Art familiäre Normalität vorzutäuschen. Manchmal gab es gute Zeiten, in denen Lucy sogar zur Schule gehen konnte, und wir alle das Gefühl hatten, in einem perfekten Edward-Hopper-Gemälde in einem absurden alltäglichen Moment eingefroren zu sein, aber das hielt nie lange an. Der Rückfall kam immer wieder, und das Krankenhaus wurde zum Hauptquartier im Krieg, mit meiner Mutter an der Front und meinem Vater, der immer länger arbeitete, um die Kosten zu decken und vor den Schmerzen zu fliehen.

Und wie passte ich in diese Gleichung?

Na ja, ich war im Haus meines Großvaters, der ein paar Straßen weiter wohnt. Wenn ich an meine Kindheit zurückdenke, sehe ich das dunkle Giebeldach vor mir, die Vogelnester im Baum vor dem Wohnzimmerfenster, dessen Blätter im Herbst über Nacht herunterfallen. Das weiß ich, weil ich so gerne auf den Ästen herumgeklettert bin und das Rascheln der Blätter geliebt habe. Aus einiger Entfernung sah Henry Tallon – so der Name, unter dem jeder im Viertel meinen Großvater kennt – mir schweigend zu, während er auf den Stufen der Veranda saß und Kaffee trank. Er ist kein redseliger Mensch, glaubt fest daran, dass »Ja« und »Nein« als Antworten ausreichen, und mag es nicht, wenn man Worte verschwendet. Er ist praktisch veranlagt, was meiner Generation gänzlich abhandengekommen ist, und kauft deshalb nur dann Schuhe, wenn seine alten kaputt sind, und in der Kürbiszeit fühlt er sich verpflichtet, alles anzunehmen, was ihm seine großzügigen Nachbarn anbieten. Also essen wir Kürbiscreme, Kürbiskuchen und Kürbiskekse, gefüllten Kürbisbraten, Kürbispfannkuchen mit Honig und sogar Kürbisspaghetti und trinken dazu Kürbisbier.

Aber wenn ich an Großvater denke, fällt mir auch wieder ein, wie er mich zum Eislaufen bringt oder mich zur Schulbushaltestelle begleitet. Und wie er mir meine erste Kamera schenkte oder mir das Fahrradfahren beibrachte. Das war ungefähr so:

»Muss ich meine Füße auf die Pedale stellen?«
»Ja.«
Und das habe ich gemacht. Ich schaffte es etwa einen Meter, bevor ich am Ende der Straße herunterfiel. Mein Großvater fasste mich am Ellbogen und half mir wieder auf die Beine.
»Habe ich es gut gemacht?«
»Nein.«
»Dann versuche ich es noch mal.«
»Ja.«
»Ist das die Bremse?«
»Ja.«
»Okay.«
Und mit ein paar weiteren Ja und Nein habe ich gelernt, mein Gleichgewicht zu kontrollieren. Seitdem fahre ich mit dem Fahrrad durch Ink Lake, sowohl im Winter als auch im Sommer. Das habe ich meinem Großvater zu verdanken, wie so viele andere Dinge auch. Es ist nicht so, dass meine Eltern das alles nicht interessierte, aber sie hatten immer Wichtigeres zu tun.

Stellt euch vor, ihr müsstet entscheiden, ob ihr den Nachmittag mit eurer sterbenden Tochter verbringt, die gerade wegen einer neuen Komplikation intubiert wird, oder ob ihr eine Weile mit der anderen Rad fahrt. Das war bereits entschieden, bevor mein Name auf meiner Geburtsurkunde stand.

Also gewöhnte ich mich daran, im Schatten zu leben, hinter dem Vorhang.

Wenn man keinen Lärm macht, wenn man lernt, auf Zehenspitzen zu gehen, dann wird man irgendwann unsichtbar, selbst wenn man in den Spiegel schaut. »Wer bist du?«, habe ich mich manchmal mit dem Blick auf meine zweiundzwanzig Lebensjahre gefragt. Die Antwort ging mir immer wieder durch den Kopf, wenn ich erst im Morgengrauen nach Hause kam und das Haus leer vorfand oder wenn Dad zwar da war, sich aber nicht einmal die Mühe machte, mit mir zu schimpfen. Ich war nie allein: Zwei Drinks zu viel und eine erstickende Einsamkeit begleiteten mich.

Wenn ich ins Bett fiel, umkreiste mich jene Gewissheit. *Mein Name ist Grace Peterson, und ich wurde geboren ...* Ich suchte nach den Worten, die wie Libellen flatterten. *Ich wurde geboren, um ...* Ich schrieb sie auf Zettel, suchte Reißzwecken und befestigte sie an der Wand, damit sie nicht entkommen konnten. *... um meine Schwester zu retten.* Und am Ende umarmte mich der Schlaf, als es auf der anderen Seite des Fensters hell wurde. Ich schlief friedlich. Weil meine Leere kleiner wurde, wenn ich mich daran erinnerte, dass ich das Mädchen war, dem es gelungen ist, ein Leben zu verändern, dem Schicksal zu trotzen und die Heldin der Geschichte zu sein.

In der Welt der Illusionen befand ich mich auf einer Bühne im Scheinwerferlicht, das Publikum applaudierte begeistert, und Lucy schaute mich mit einem strahlenden Lächeln an, während sie meine Hand ergriff; doch gerade als ihre Finger meine Fingerspitzen berührten, wurde die Fantasie zu einem Albtraum, und Lucy löste sich auf, als wäre sie aus Rauch: Violette Schwaden waberten, bis sie plötzlich verschwand.

Mein Name ist Grace Peterson, und ich wurde geboren, um meine Schwester zu retten.

Was geschieht also, wenn der Grund für deine Existenz unter der Erde landet und ein über hundert Kilo schwerer Grabstein aus grauem Granit darauf liegt?

Dann treibt man in der Strömung mitten auf dem Ozean. Es ist, als würde man schweben und gleichzeitig einen Rucksack voller Steine auf dem Rücken tragen. Dann verzerrt sich die Welt um einen herum wie im Sommer bei flirrender Hitze. Dann verliert die Angst den Kampf gegen die Vernunft. Alles kommt zum Stillstand.

Jetzt ist Lucy also tot.

Und ich weiß nicht mehr, wer ich bin.

2

Lucys Spiel

Heute ist aus zwei Gründen ein besonderer Tag: Es ist vier Monate her, dass Lucy diese Welt verlassen hat, und Großvater wird achtundsiebzig Jahre alt.

Es ist fast ironisch, als ob sie sich jeweils auf einer Seite der Waage befänden und der Zufall sich einen Spaß daraus machte, mit ihnen zu spielen. Großvater hat vierundfünfzig Jahre länger gelebt als seine älteste Enkelin, obwohl ich weiß, dass er ihr gern all diese Jahre geschenkt hätte, wenn dies eine Dystopie wäre und wir mit der Zeit handeln könnten. Aber dann hätte es Lucy vielleicht nie gegeben.

Ich muss immer wieder daran denken, während Tayler mich küsst.

»Komm zurück auf die Erde, Grace. Woran denkst du?«

An den Zufall und den Tod, aber ich weiß, dass Tayler das nicht hören will. Um genau zu sein, will er sich und mich einfach nur entkleiden. Ich habe keine Ahnung, warum ich mich weiterhin mit ihm treffe, und ich könnte auch nicht erklären, warum wir angefangen haben, miteinander zu schlafen. Aus Langeweile. Um dieses Gefühl der Einsamkeit, das mich nie verlässt, zu lindern. Um nicht mehr an Lucy zu denken. Denn der Grat zwischen Sex und Liebe ist schmal, und ich hoffe immer wieder, dass ich von der einen auf die andere Seite springen kann.

Jede der oben genannten Optionen könnte zutreffen. Aber was macht das für einen Unterschied? Interessiert das jemanden?

»Ich denke darüber nach, wie sehr ich dich mag«, sage ich. Tayler grinst zufrieden und drückt seine Zigarette im Aschenbecher aus, bevor er sich herunterbeugt und seine Hände unter mein Shirt schiebt. Ich versuche, mich von seinen Berührungen mitreißen zu lassen, wenn er auf mir liegt, aber ich werde wieder von dem Wort abgelenkt, das mir schon seit Wochen durch den Kopf schwirrt. *Traumtänzer* bezeichnet einen Menschen, einen Träumer, der in einem Zustand der Unwirklichkeit lebt. Ich würde gern so sein und durch die Wattewolken hüpfen, ohne an irgendwas zu denken.

Ich starre an die Schlafzimmerdecke, während Tayler in mich eindringt. Das Gefühl ist nicht neu, wir sehen uns schon seit einiger Zeit immer mal wieder. In der Highschool war er drei Klassen über mir und ein typischer Bad Boy: Er fuhr Motorrad, dealte mit Drogen und hatte jeden Abend ein anderes Date. Acht Jahre später, mit sechsundzwanzig, ist er immer noch genauso. Ich habe noch nie ein interessantes Gespräch mit ihm geführt, und ich bezweifle, dass er wirklich etwas über mich weiß, abgesehen von der Größe meiner Brüste, aber uns verbindet etwas Wesentliches: Sowohl sein als auch mein Leben ist stehen geblieben. Und wir sind mitten im Nirgendwo gestrandet.

Er löst sich von mir, als er fertig ist. Ich bin noch nicht mal gekommen.

»Hör mal, Grace.«

»Was?«

»Nimmst du den Müll mit raus, wenn du gehst?«

»Du kannst mich mal.«

Aber ich ärgere mich nicht. Denn es ist unmöglich, sich über jemanden zu ärgern, der einem egal ist. Tayler versucht, mich zurückzuhalten, indem er mich umarmt. Also löse ich mich von ihm und ziehe mich eilig an. Er fragt, ob ich am nächsten Tag wiederkomme. Ich zeige ihm nur den Mittelfinger, obwohl wir beide wissen, dass wir wahrscheinlich in ein paar Tagen wieder aufeinandertreffen.

Mein Fahrrad ist an dem Laternenpfahl neben dem Haus angekettet, in dem Tayler mit zwei Freunden lebt. Ich steige auf und strample zügig durch die breiten, von Bäumen gesäumten Straßen in all ihrer frühlingshaften Pracht, obwohl mir der Herbst lieber ist, wenn goldgelbe und braune Blätter die Gehsteige bedecken. Das war schon immer so. Die Stadt ist zwar klein, aber man hat trotzdem das Gefühl, in einem Meer von Fremden zu leben. Außer natürlich in unserem Wohngebiet, wo jeder weiß, dass wir die Familie des toten Mädchens sind. Viele Nachbarn sind zur Beerdigung gekommen, und der Kühlschrank zu Hause, der normalerweise immer halb leer ist, wurde mit den mitgebrachten Speisen gefüllt, die schließlich verdarben. Ink Lake mag nur irgendeine verlorene Stadt mitten in Nebraska sein, zeichnet sich aber durch die Freundlichkeit der Menschen aus.

Aus der Vogelperspektive hat sie eine runde Form, wobei ein Ende in eine Abzweigung übergeht, sodass sie aussieht wie eine Schnecke. Im Zentrum gibt es Geschäfte, mehrere Cafés, Restaurants und Bars, kleine Unternehmen und eine Apotheke, die dank der Medikamente, die wir für Lucy bestellt haben, bis heute besteht. Es gibt auch ein Kino, aber es ist klein und so alt, dass man, wenn man sich auf einen der Sitze setzt, Gefahr läuft, nie wieder hochzukommen; ich möchte gar nicht wissen, warum sie so klebrig sind. Am Stadtrand befindet sich die verrufenste Gegend, wo die Leute in Wohnwagen leben, und mein

Lieblings-Hamburgerladen: Die Spezialität des Hauses ist einfach göttlich.

Als ich in der Highschool war, haben die meisten meiner Klassenkameraden davon geträumt, in einen besseren Ort zu ziehen. Obwohl ich mein ganzes Leben lang Zeugin dieser Fantasie gewesen bin, habe ich das für mich nie ernsthaft in Erwägung gezogen. Und ich habe Nebraska noch nie verlassen. Wegen Lucys Krankheit sind wir regelmäßig nach Omaha gefahren, bis sie an einen anderen Spezialisten im Krankenhaus von Lincoln überwiesen wurde, das etwas näher liegt. So konnte ich, wenn ich sie besuchen wollte, den Neun-Uhr-Bus nehmen und während der anderthalbstündigen Fahrt Musik hören, denn Autofahren macht mir Angst.

Wenn ich dann vor ihrem Bett stand, ergab meine Existenz wieder einen Sinn. Da war sie. Die unsichtbare Heldin. Die stille Retterin. Die Trägerin der unzerstörbaren Zellen.

»Kannst du dir vorstellen, wie es wäre, zur Uni zu gehen, Grace?«, hat Lucy mich an einem regnerischen Frühlingsnachmittag gefragt. »Etwas zu studieren, für das man sich begeistert, und zwar an einem Ort, an dem man ganz von vorn anfangen kann, ohne dass jemand irgendetwas voraussetzt.«

»Ich glaube nicht, dass das so eine große Sache ist.«

»Du könntest es tun. Nach New York gehen, schicke Klamotten anziehen und vor einem schön dekorierten Schaufenster einen Hotdog essen. Und wer weiß? Vielleicht würdest du eine berühmte Eiskunstläuferin werden, und ich könnte dich im Sommer besuchen kommen und im Gästezimmer deiner hübschen, minimalistischen Wohnung übernachten.«

»Du siehst zu viele Filme, Lucy.«

»Träumen kostet nichts«, entgegnete sie.

Ich griff nach dem Karton mit dem Spiel, der neben dem Bett

stand, öffnete ihn und verteilte die Karten. Der Nachmittag verging mit Würfeln, bis Lucy einschlief und eine der Krankenschwestern kam, um ihr eine weitere Dosis Medikamente zu geben. Danach war die Stille unsere einzige Gesellschaft. Mom hatte meinen Besuch genutzt, um nach Hause zu fahren und zu duschen, aber es würde nicht lange dauern, bis sie wieder da war. Ich betrachtete das Gesicht meiner Schwester und versuchte, einen Blick auf den Teil von ihr zu werfen, der nicht von der Krankheit eingenommen worden war. Wie hätte ihr Leben wohl ausgesehen, wenn sie gesund gewesen wäre? Oder um die Frage zu erweitern: Wie das Leben der Familie Peterson wohl ausgesehen hätte?

Als ich als Kind einmal den Stamm des Baumes betrachtete, der auf dem Grundstück von Großvaters Haus steht, wurde mir klar, dass er das perfekte Sinnbild für die Existenz ist. Erstens braucht er Wasser und Nährstoffe, um zu überleben. Zweitens: Der anfängliche Weg ist gerade, aber früher oder später teilt er sich, es entstehen mehrere Abzweigungen, und man muss Entscheidungen treffen. Das Leben ist nicht mehr linear, sondern gleicht eher einem Labyrinth. Jedes Mal, wenn man einen Weg einschlägt, lässt man andere zurück, und das ist beängstigend.

Also, ja, in einem anderen Leben habe ich Freundinnen und spreche mit ihnen darüber, von Ink Lake wegzuziehen. Ich verwirkliche meine Träume, habe Erfolg, lerne interessante Menschen kennen, verliebe mich, breche ein paar Herzen und esse Eis mit meinen Mitbewohnerinnen. Ich reise nach Europa, feiere das Jahresende, wie es sich gehört, Weinen macht mich stärker, ich probiere exotische Gerichte und trinke Weißwein aus Kristallgläsern. In den Ferien besuche ich meine Eltern zu Hause und umarme meine Schwester, sobald ich zur Tür hereinkomme. Sie ist eine Schwester mit geröteten Wangen, glänzenden Augen, seidigem Haar und intakten Zellen. Sie stellt mich ihrem Freund vor, und nach dem Familienessen sitzen wir bis spät in der Nacht auf dem Dach des Hauses und lachen und reden, bis meine Mutter uns durchs Dachfenster bittet, leiser zu sein.

Es ist so lächerlich perfekt, dass mir übel wird, während ich immer kräftiger in die Pedale trete und meine Hände den Lenker umklammern, als wollte ich ihn erwürgen.

Spulen wir noch mal zurück.

Der zurückgelegte Weg war ein anderer. Deshalb sitze ich in einer Kleinstadt fest, da ich nie auf den Gedanken gekommen bin wegzugehen. Der Stillstand hat etwas Anziehendes, was schwer zu erklären ist. Stellt euch einen dunklen Brunnen vor: Das Wasser bewegt sich nicht, es fließt nicht, alles ist still, und nichts regt sich. Und wenn Sie sich die Nase zuhalten, werden Sie den fauligen Geruch gar nicht bemerken. Hier bin ich also, verankert in einer grauen Gegenwart, in der das Wort *Traumtänzer* herumschwirrt. Ich bin seit Jahren nicht mehr Schlittschuh gelaufen, ich bezweifle, dass ich auch nur eine richtige Freundin habe, ich glaube, mein Vater hat Geheimnisse, und in einer Minute werde ich links abbiegen, um zum Haus meines Großvaters zu gelangen, seinen Geburtstag feiern und so tun, als ob das Leben weiterginge und speziell für mich noch einen Sinn hätte.

Der Tisch im Wohnzimmer ist bereits gedeckt, und es duftet nach Zitronentarte, Großvaters Lieblingskuchen. Es erscheint mir wie ein Wunder, dass meine Mutter sich die Mühe gemacht hat, ihn zu backen, wohl, weil es ein besonderer Anlass ist. Als wir um das gefüllte Huhn herumsitzen, fällt mir auf, dass das Besteck gerade auf den blauen Servietten liegt. In der Theorie scheint alles perfekt zu sein, aber die Stille im Raum ist erdrückend. Mom ist mit dem Schneiden und Servieren des Essens beschäftigt, Dad scheint sich auf einen losen Faden zu konzentrieren, der von der Tischdecke herunterhängt, und Großvater ist so ernst und ruhig wie immer.

Ich würde gern schreien. Oder anfangen zu tanzen. Oder etwas völlig Unerwartetes tun, wie zum Beispiel einen Handstand an der Wand machen oder die Bewegungen eines verärgerten Orang-Utans imitieren.

»Es ist köstlich, Rosie«, sagt mein Vater, »genau richtig.«

»Vielen Dank, Jacob.« Sie macht sich nicht einmal die Mühe, ihn anzuschauen. Sie könnten zwei Schauspieler sein, die sich gerade erst kennengelernt haben und ein paar Zeilen aus dem Drehbuch vorlesen, damit die Filmcrew entscheiden kann, ob sie zusammenpassen.

Das Ergebnis: Es gibt keins.

Während des Essens führen wir belanglose Gespräche, und die Pausen zwischen den Sätzen sind zu lang, so als falle es uns schwer, die Worte auszusprechen. Niemand fragt mich, wo ich die Nacht verbracht habe; wahrscheinlich haben sie meine Abwesenheit nicht einmal bemerkt. Der Einzige, der vor Jahren versucht hat, mir Grenzen zu setzen, war mein Großvater, was ihm nicht mehr möglich ist, seit ich volljährig wurde.

»Ich hole den Kuchen.« Meine Mutter steht auf.

Auch ich erhebe mich und räume mit den anderen den Tisch ab. Wir sehen aus wie vier Gespenster, als wir vom Wohnzimmer in die Küche und wieder zurück gehen. Minuten später stellt meine Mutter den Kuchen mit seiner gelblichen Zitronenglasur in die Mitte des Tisches und zündet die Kerzen an. Denkt in diesem Moment noch jemand daran, dass Lucy niemals dreißig, vierzig oder fünfzig Jahre alt werden wird? Sie wird in unserer

Erinnerung ewig jung bleiben, und ich frage mich, ob ich, wenn ich in Großvaters Alter bin, es seltsam finden werde, an meine ältere Schwester als das blonde Mädchen zu denken, das ein paar Tage vor ihrem fünfundzwanzigsten Geburtstag starb.

Er pustet kräftig die Kerzen aus.

»Hast du dir etwas gewünscht, Großvater?«

»Ja, das habe ich.« Er nimmt den Teller, den seine Tochter ihm anreicht, und spießt mit der Gabel ein Stück des weichen Kuchens auf. Dann führt er sie zum Mund und fügt mit nachdenklicher Miene hinzu: »Zu diesem Wunsch muss ich euch allerdings noch etwas sagen. Ich gehe für eine Weile nach Florida.«

»Was?« Mom sieht ihn ungläubig an.

Es mag trivial erscheinen, aber wenn ich zurückdenke, kann ich mich nicht daran erinnern, dass Großvater jemals eine Nacht außerhalb seines Hauses verbracht hat. Keine Ahnung, was er in Florida verloren hat.

»Ein Freund hat mich eingeladen, einige Zeit dort zu verbringen. Ich glaube, ich kann einen Tapetenwechsel gebrauchen. Außerdem gehen wir angeln. Ich wollte schon immer angeln lernen.«

»Aber welcher Freund, Dad?«

»McGregor, wir waren zusammen in der Armee.«

»Nach allem, was passiert ist, scheint mir das nicht der beste Zeitpunkt für so ein Abenteuer zu sein. Der Arzt hat gesagt, dass dein Herz schwach ist und dein Cholesterinspiegel zu hoch ...«

Großvater schiebt sich die Gabel mit dem Kuchen in den Mund und schluckt so heftig, dass man meinen könnte, er hätte gerade einen Mundvoll Schrauben gegessen. Er atmet tief durch, und dann sagt er den längsten Satz, den ich je von ihm gehört habe:

»Rosie, mein Kind, wenn nicht jetzt, wann dann? Schau mich

an. Ich bin fast achtzig Jahre alt, und ich habe seit Jahrzehnten nichts Interessantes mehr erlebt. Ich habe mein halbes Leben damit verbracht, den Verlust deiner Mutter zu beweinen, und dann hat mir Lucys Krankheit zu schaffen gemacht. Ich habe versucht, eine starke Stütze für diese Familie zu sein, aber mach endlich die Augen auf: Sie ist von uns gegangen, und der beste Weg, ihr Andenken zu ehren, ist weiterzuleben.«

Großvater schluckt einen weiteren Bissen hinunter. Die Augen meiner Mutter füllen sich mit Tränen, und sie steht abrupt vom Tisch auf. Dad entschuldigt sich kurz darauf mit einem fast unhörbaren Murmeln und folgt ihr. Undeutlich sind ihre Stimmen zu hören, und dann fällt eine Tür zu. Das Geburtstagskind und ich verfallen in einträchtiges Schweigen.

»Wie es aussieht, sind wir jetzt allein.«

»Willst du dein Stück Kuchen nicht essen?«

»Doch«, antworte ich. »Und übrigens halte ich das mit Florida für eine gute Idee, auch wenn ich mir dich nicht beim Angeln vorstellen kann. Du weißt doch, dass die Würmer noch lebendig sind, wenn du sie auf den Haken aufspießt? Das habe ich in einem Dokumentarfilm gesehen.«

Großvater lächelt leicht und seufzt dann. Er sieht müde aus, während er schweigend zusieht, wie ich meinen Kuchen esse. Ich halte mich für eine brillante emotionale Chirurgin und nehme oft ein imaginäres Skalpell zur Hand, um die Herzen der Menschen um mich herum zu öffnen und nachzusehen, was in ihnen steckt, aber Großvater Henry ist eine harte Nuss. Vielleicht hat er ein Herz aus Stein, und ich brauche einen verdammten Bohrer, um dem auf den Grund zu gehen. Es ist nicht leicht zu erkennen, was er fühlt, wenn sich seine Augen verdunkeln und er abwesend ist, meilenweit weg. Er hat ein hartes Leben hinter sich, und seine Seele ist spröde geworden, während all der Zeit, die er in der Werkstatt verbracht hat, bevor er sich zur Ruhe gesetzt hat, um Möbel zu bauen oder hölzerne Figuren zu schnitzen. An dem Tag, als Lucy uns verlassen hat, war es, als wäre eine schwere Steinplatte auf ihn gefallen. Mein Großvater war immer die Insel, zu der man rudern konnte, wenn man in die Strömung geriet, aber plötzlich war er alt und noch schweigsamer als sonst.

Bis heute.

Wir leisten uns gegenseitig Gesellschaft, und nach einer Weile merke ich, dass er nervös ist. Das ist ungewöhnlich für ihn, weil er so zurückhaltend ist, aber er tippt mit den Fingern auf den Tisch und wendet den Blick ab, als ich ihm in die Augen sehen will.

»Was ist los? Machst du dir Sorgen wegen der Reise?«

»Nein.«

»Du wusstest, dass Mom es so aufnehmen würde«, sage ich, denn es ist kein Geheimnis, dass sie die letzten vier Monate im Bett oder vor dem Fernseher verbracht hat, weil sie nicht weiß, was sie nach dem Tod ihrer Tochter tun soll; sie kann sich nicht vorstellen, dass die Welt sich ohne ihre Trauer weiterdreht.

»Aber du warst all die Jahre für uns alle da, und ich denke, es ist an der Zeit, dass du das tust, was du möchtest.«

»Grace ...«

»Du solltest dir eine Badehose kaufen.«

»Ich muss dir etwas geben.«

»Du denkst doch nicht daran, das Erbe aufzuteilen, bevor du nach Florida gehst, oder? Denn ich weiß, dass die letzten Wochen hart waren, aber ich werde bald einen Job finden, der länger als ein paar Tage dauert ...«

»Es ist von Lucy«, unterbricht er mich mit heiserer Stimme.

Ich erstarre, und als er den Raum verlässt, folge ich ihm mit dem Blick. Ein paar Minuten später kommt er mit einer Schachtel zurück, die in weiches goldfarbenes Papier verpackt und mit einer pompösen Schleife umwickelt ist. Darunter steckt ein violetter Umschlag, auf dem etwas geschrieben steht. Aber ich komme nicht dazu, es zu lesen, weil Großvater mir einen anderen violetten Umschlag reicht, auf dem ich meinen Namen erkennen kann, und bevor mir bewusst wird, was das bedeutet, reiße ich das Papier schon mit zitternden Händen und rasendem Herzen auf.

»Ich lasse dich allein«, sagt Großvater.

Mein Mund ist so trocken, dass ich nicht antworten kann, als er hinausgeht. Und dort, neben den Resten des Zitronenkuchens und dem wächsernen Duft der Geburtstagskerzen, begegne ich meiner Schwester. Sie ist es nicht. Zumindest nicht leibhaftig. Aber es besteht kein Zweifel, dass die lang gezogene Handschrift ihre ist, das tut weh, und ich muss mich anstrengen, das Geschriebene zu entziffern, weil die Tränen meinen Blick verschleiern.

Ich weiß nicht, wie ich diesen Brief beginnen soll. Ich habe alles versucht, vom typischen »Wenn Du das hier liest, bin ich tot« bis hin zu dem Versuch, witzig oder dämlich tiefgründig zu sein, aber alles klingt gezwungen. Du musst dich also hiermit begnügen, kleine Grace.

Ich habe Dich immer gern so genannt. Ich glaube, wegen dieser Fantasie, in der ich die große Schwester spiele und Du mich um Rat fragst, wenn es um Jungs, Freundschaften, die Schule oder andere Sorgen geht. Kannst Du Dir das vorstellen? Ich hätte Sätze sagen können wie: »Du kannst meinen Eyeliner benutzen, wenn Du fünfzehn bist« oder so etwas in der Art, aber wir wissen beide, dass das nie passiert ist. In der Praxis warst Du mir immer einen Schritt voraus, unabhängig vom Alter.

Deshalb werde ich zumindest bei dem liebevollen Kosenamen bleiben. Und ich nehme an, das erklärt auch, warum Du diesen Brief in den Händen hältst. Ich bin bereit, mich von der Welt zu verabschieden, aber nicht von Dir. Es gibt noch zu viele Dinge, die ich gern zu Dir gesagt oder mit Dir erlebt hätte. Ich wünschte, wir könnten weiter zusammen aufwachsen, aber ich bin nicht so naiv, nicht zu erkennen, dass das Ende nah ist. Das Seltsame ist, dass, je weniger Zeit mir bleibt, die Tage in diesem Bett mir länger und eintöniger erscheinen. Und ich denke sehr viel nach. Ich denke zu viel nach, weil ich nichts anderes zu tun habe, als jedes Mal mühelos zu gewinnen, wenn jemand beschließt, mir Gesellschaft zu leisten und ein Kartenspiel in die Hand nimmt oder ein Brettspiel öffnet. Dabei hatte ich eines Tages eine hervorragende Idee: Warum sollte ich nicht mein eigenes Spiel erfinden? Eines, das einzigartig und anders ist und in dem ich irgendwie weiterleben kann, wenn ich nicht mehr da bin.

Also habe ich genau das getan. Ich habe es für Dich gemacht.

Es heißt The Map of Longing. Die Karte der Sehnsüchte.

Ich hatte das große Glück, auf Großvaters Hilfe zählen zu können. Wenn er Dir das Paket gegeben hat, bedeutet dies, dass er denkt, es ist an der Zeit, dann macht er endlich die Reise nach Florida, die er seit Jahren aufgeschoben hat. Bitte gib ihm einen Kuss von mir und sag ihm, dass ich ihn liebe und hoffe, er genießt jeden Moment.

Kleine Grace, vor langer Zeit hast Du mich einmal gerettet. Jetzt bin ich an der Reihe, etwas für Dich zu tun. Und gepfuscht wird nicht, Du weißt schon. Du musst jede einzelne Anweisung im Spiel befolgen.

Und hör auf Will.
In Liebe,
Lucy

Ich blinzle einige Male. Noch immer stehe ich unter Schock. Ich fange noch mal von vorn an und lese langsamer, lese bewusst jedes Wort und verweile bei den Punkten und Kommas. Aber als ich zum Ende komme, bin ich immer noch genauso verwirrt.

Denn wer, zum Teufel, ist Will?

3

Will Tucker

Die Situation ist folgende: Ich sitze vor einer Schachtel, in der sich theoretisch die *Karte der Sehnsüchte* befindet, und kann sie nicht öffnen. Das Gleiche gilt für den violetten Umschlag, den ich in der Hand halte und immer wieder von allen Seiten betrachte, während ich mir Superkräfte wünsche, damit ich durch das Material hindurchsehen und den Brief darin lesen kann.

In Großbuchstaben steht dort: WILL TUCKER.

Und ein Stück weiter unten eine Adresse. Den Straßennamen habe ich schon mal gehört, ich weiß, dass sie im Zentrum von Ink Lake liegt und ich mit dem Fahrrad in zwanzig Minuten dort wäre, wenn ich mich entschließen würde, aufzustehen und loszufahren, aber das scheint unmöglich.

Ich bin wie gelähmt.

Ich habe das seltsame Gefühl, dass Lucy gleichzeitig hier und nicht hier ist. Es ist beunruhigend, vor allem, wenn man bedenkt, wie sehr ich in den letzten Monaten versucht habe, nicht an sie zu denken, mich nicht an sie zu erinnern, damit ich nicht jeden Tag weine.

»Ich verstehe das nicht«, wiederhole ich noch einmal.

»Vielleicht geht es genau darum, Grace.«

»Aber warum hat sie mir nichts gesagt? Wir haben uns alles erzählt. Oder fast alles. Ich meine, sie hat mir alles erzählt.«

»Aha, du könntest also Geheimnisse haben, aber Lucy nicht.« Großvater zieht eine Augenbraue hoch und seufzt dann. »Ich geh mal Kaffee kochen.«

»Für mich einen doppelten, bitte.«

Ich weiß, was er meinte, bevor er das Zimmer verlassen hat, aber er versteht natürlich nicht, dass es mir manchmal zu grausam erschien, Lucy zu erzählen, dass ich zu einer Party gehe oder einen Jungen treffe, also hatte ich meine Geheimnisse, ja. Ich habe es für sie getan. Für sie und für mich, denn ich habe die Schuldgefühle gehasst, die ich empfand, wenn ich ging und sie mit all ihren Zellen, ihren und meinen, im Krankenhaus bleiben musste, wo sie mit einer Armee an Kortikosteroiden einen zermürbenden Kampf führte, die ihr die olivgrüne Hautfarbe, die Schwellungen im Gesicht, das Jucken und die Schuppenbildung auf der Haut bescherten.

Aber ich dachte, ich wüsste alles über Lucy.

Denn *alles* war nicht wirklich viel.

In den Sommerferien traf sie sich mit ein paar Mädchen, die sie in der Highschool kennengelernt hatte, wenn sie in die Stadt zurückkamen. Und ab und zu besuchte sie ihre Freundin Marge in dem Café, in dem sie arbeitete. Der letzte Junge, mit dem sie etwas hatte, hieß Tom, und das war vor mehr als drei Jahren. Obwohl ich mir da jetzt natürlich nicht mehr sicher bin. Denn in meinen Händen halte ich immer noch den Umschlag mit dem Namen dieses Fremden.

Will.

Will Tucker.

Ich spreche ihn laut aus, in der Hoffnung, dass mir dabei etwas einfällt, aber, nein, ich bin mir sicher, diesen Namen habe ich noch nie gehört.

Ich möchte den Umschlag so gern öffnen, ich kann mich

kaum noch zurückhalten. Glücklicherweise taucht Großvater mit dem Kaffee auf, denn sonst hätte ich wohl Lucys Regeln gebrochen, bevor wir überhaupt mit dem Spiel angefangen haben.

»Ich verstehe es immer noch nicht«, beharre ich.

Großvater stößt einen langen Seufzer aus.

»Grace, du musst nur die Regeln befolgen.«

»Du weißt, dass ich darin nicht gut bin.« Ich verbrenne mir die Zunge am Kaffee, aber das ist mir egal. Ich bin wie betäubt. »Wann hast du von diesem Irrsinn erfahren?«

»Ein paar Monate vor …«

»Ein paar Monate vor ihrem Tod«, wäre der vollständige Satz, aber er muss ihn nicht vollenden. Es fällt mir schwer, mir vorzustellen, wie sie es hinter meinem Rücken planen, vor allem, was Großvater angeht. Obwohl ich die Entscheidung meiner Schwester, ihn zu fragen, verstehe und auch, dass er natürlich zugestimmt hat. Wie hätte er seiner geliebten Enkelin den letzten Wunsch verwehren können?

»Kennst du diesen Will wirklich nicht?«

»Das habe ich dir doch schon gesagt«, antwortet er, kurz davor, die Geduld zu verlieren. »Wirst du zu ihm gehen?«

Ich nicke, immer noch in Gedanken, und stecke den Umschlag zurück unter das pompöse Geschenkband. Dann sehe ich auf meinem Handy nach der Uhrzeit: Es ist fünf Uhr nachmittags. Bevor ich diese geheimnisvolle Adresse aufsuche, muss ich noch zu Hause vorbeigehen, um nach meiner Mutter zu sehen und zu duschen, also küsse ich Großvater auf die Wange und verspreche, ihn auf dem Laufenden zu halten und am Abend vor seiner Reise mit ihm zu essen.

Schon als Kind ist mir aufgefallen, dass jedes Haus einen besonderen, unverwechselbaren Geruch hat. Einen Geruch, der über einen Raumduft oder den Weichspüler der Bewohner hinausgeht. Schon bevor ich das Haus von Olivia – meiner besten Freundin –, unserer Nachbarn oder das meines Großvaters betrat, nahm ich den Geruch wahr. Deshalb ist es so merkwürdig, dass unser Haus nach gar nichts riecht. Es ist aseptisch wie ein Museum oder das Wartezimmer eines Anwalts. Ich hatte immer das Gefühl, dass jeder einfach hineingehen und es in weniger als fünf Minuten in Besitz nehmen könnte, denn trotz der Fotos im Wohnzimmer war es nie wirklich ein gemütliches Zuhause. Ich weiß nicht, ob es an der Gleichgültigkeit liegt, die zwischen meinen Eltern herrscht, an der ständigen Krankenhausatmosphäre oder daran, dass wir besondere Ereignisse wie Weihnachten oder Geburtstage immer bei Großvater gefeiert haben.

Als ich das Haus betrete, empfängt mich lediglich Stille.

Der Autoschlüssel meines Vaters liegt nicht im Eingangsbereich, also ist er wohl weggefahren. Mom sitzt auf dem Sofa, starrt auf den Fernseher und sieht aus wie ein verlassenes Kind. Ich stehe in der Tür und schaue sie einige Sekunden lang zweifelnd an, beschließe dann, dass es das Beste ist, ihr nichts von der *Karte der Sehnsüchte* zu erzählen, zumindest im Moment. Ich weiß nicht, wie sie es aufnehmen würde, und bestimmt würde sie, trotz Lucys Warnungen, auf der verzweifelten Suche nach einem letzten Schimmer der Tochter, die sie verloren hat, die Schachtel sofort öffnen.

Ich gehe nach oben in mein Zimmer, um saubere Kleidung aus dem Schrank zu nehmen. Das Bett ist seit zwei Tagen nicht mehr gemacht worden, der Schreibtisch, den ich nicht mehr zum Lernen benutze, ist voll mit nutzlosem Zeug, und an der Wand hängt ein Schwarz-Weiß-Foto von einem Arm mit Gänsehaut und aufgerichteten Haaren gleich neben einem Artikel über Tornados und Gewitter, den ich aus einer Zeitschrift ausgeschnitten habe, einer Postkarte von Gustav Klimts *Der Kuss* und ein paar Zetteln mit einzelnen Wörtern darauf. Neben WARUM? fällt mir der mit *Traumtänzer* ins Auge. Ich reiße ihn ab und zerknülle ihn zwischen den Fingern zu einem kleinen Ball, den ich in den Papierkorb werfe.

Während ich in der Dusche den Strahl mit dem warmen Wasser auf mein Gesicht richte, denke ich an Lucys Brief, und ich unterdrücke den Drang zu weinen, als ich mich an ihre sanfte, ruhige Stimme erinnere, mit der sie mich *kleine Grace* nannte. Auch mir hat es gefallen, wenn sie es tat. Sehr gut sogar. Dann verlasse ich die Duschkabine, entwirre mir grob das Haar und ignoriere das blasse dunkelhaarige Mädchen im Spiegel. Ein Geheimnis: Manchmal mag ich sie nicht. Ich atme tief durch. Egal, wie sie lauten, ich werde mich an Lucys Regeln halten. Schließlich habe ich nichts Besseres zu tun. Wortwörtlich. Ich bin seit Wochen auf der Suche nach einem Job, nachdem ich bei PizzaK entlassen wurde, und die Vorstellung, etwas zu finden, was mir wirklich gefällt, rückt in immer weitere Ferne.

Ich ziehe eine schwarze Jeans, Turnschuhe und ein Sweatshirt an.

Als ich gerade mit dem goldenen Päckchen in meinem Rucksack das Haus verlassen will, tritt meine Mutter mir im Flur entgegen und lächelt mich lustlos an.

»Wohin gehst du? Triffst du dich mit Olivia?«

»Ja. Ich weiß nicht, wann ich zurückkomme.«

»Grüß sie von mir.«

Ich steige auf mein Fahrrad und fahre in Richtung Stadtzentrum. Es ist jetzt fast acht Monate her, dass Olivia beschlossen hat, nicht mehr mit mir zu sprechen, und meine Mutter hat nicht einmal bemerkt, dass sie nicht mehr zu uns nach Hause kommt. Besser so. Dann muss ich sie nicht anlügen, wenn sie mich fragt, was zwischen uns passiert ist.

Ich fahre zu der Straße, die auf dem Umschlag steht, und kette das Fahrrad an einen nahe gelegenen Laternenpfahl. Die meisten Geschäfte in dieser Gegend haben bereits geschlossen. Ich suche nach der Hausnummer und stelle, als ich sie finde und vor einer schwarzen Tür stehe, fest, dass es sich nicht um ein Privathaus, sondern um einen Pub namens Zinrock handelt, der gerade geöffnet hat. Ich gehe hinein. Der Barkeeper ist ein Mann in den Dreißigern mit stark tätowierten Armen. Will? Vielleicht. Ich habe ihn noch nie gesehen, das steht fest. Er hebt den Blick, als ich mich der Theke nähere, und zieht die Augenbrauen hoch. Wahrscheinlich kommen die üblichen Gäste erst nach Einbruch der Dunkelheit, und er wundert sich über mein zögerliches Auftreten, während ich ihn und die Umgebung mustere. An dem Ort ist nichts Besonderes: ein typisches Lokal, in dem junge Leute den Tag mit ein paar Bierchen ausklingen lassen.

»Will Tucker?«

»Wer will das wissen?« Der Mann sieht mich von oben bis unten an. »Ich hätte nicht gedacht, dass Will mit anderen Menschen zu tun hat. Was für eine unerwartete Überraschung.«

Er lacht über seinen eigenen Witz, obwohl ich ihn offensichtlich nicht verstanden habe.

»Wissen Sie, wo ich ihn finden kann? Ich muss mit ihm reden.«

Der Mann wendet den Blick von mir ab und schaut in eine andere Richtung.

»Da ist er«, sagt er und an den gerade Hereingekommenen gewandt: »Du bist schon wieder zu spät.«

Die Antwort ist nicht »Tut mir leid« oder »Kommt nicht wieder vor«, sondern eine Art mürrisches Brummen. Ich drehe mich um und erblicke einen völlig Fremden. Wenn ich ihn beschreiben sollte, wie normale Menschen es tun, würde ich sagen: dunkles Haar, strenge Gesichtszüge, zu groß für meinen Geschmack, dunkle Schatten unter auffallend grünen Augen, ein finsterer Blick, angespannte Schultern. Er trägt eine schwarze Jacke, die mich an die eines College-Footballstars erinnert. Er sieht gut aus, aber auf eine kühle Art, wie die leere Schale eines hübschen bunten Ostereis.

Aber wenn ich sagen sollte, woran ich bei seinem Anblick denken muss, wäre das: Maiskörner in einer Bratpfanne, die sich in Popcorn verwandeln, ein bläulicher Schmetterling in den letzten Zügen seines Lebens, kühles Wasser, das einen Berghang hinunterfließt, mintfarbene Polohemden, Zirruswolken. Und das Wichtigste: Ich kann fast seine violette, melancholische Aura hinter ihm sehen.

Er geht vorbei, als ob ich unsichtbar wäre.

»Viel Verkehr«, sagt er.

»Komm schon, Will.« Die Tätowierungen scheinen lebendig zu werden, als der Mann nach oben greift und einige Flaschen ins Regal stellt. »Du hast Besuch.«

Erst da sieht er mich an.

Und er wirkt so verblüfft, als hätte sein Kollege ihm gerade erzählt, dass ein UFO vor seiner Haustür gelandet ist.

»Wer, zum Teufel, bist du?«

Was für ein sympathisches Kerlchen.

Ich atme einmal tief durch. Oder nehme meinen ganzen Mut zusammen. Was aufs Gleiche herauskommt.

»Mein Name ist Grace. Lucy Peterson schickt mich.«

»Lucy ...« Unruhig fährt er sich mit der Hand durchs Haar.

»Wie geht es ihr?«

Er weiß es also noch nicht.

Wer konnte meiner Schwester so wichtig sein, dass sie ihn in ein Spiel einbezieht, obwohl sie offensichtlich nicht oft mit ihm gesprochen hat?

Ich suche nach den richtigen Worten, um es ihm möglichst schonend beizubringen, aber warum sollte ich ihm etwas vormachen? Es ist ein aussichtsloser Versuch.

»Sie ist vor vier Monaten gestorben.«

Will blinzelt, erst ungläubig, dann traurig. Er schluckt und spannt, den Blick von mir abgewendet, den Kiefer an.

»Scheiße«, murmelt er.

Dann geht er nach draußen.

Das Klirren der Gläser, die der Mann mit den Tattoos eingeräumt hat, verstummt, und es wird still. Er wirft sich das Tuch über die Schulter und sieht mich misstrauisch an.

»Was hast du gesagt, wer bist du?«

»Das geht Sie nichts an.«

»Hey, warten Sie …«

Aber ich höre nicht auf ihn. Schließlich ist das eine Sache zwischen Will und mir. Ich öffne schwungvoll die Tür und trete hinaus. Beißende Kälte. Der Kerl mit den grünen Augen ist nirgendwo zu sehen. Er ist verschwunden. Ich gehe mit der Schachtel in der Hand die Straße entlang und komme an einigen Passanten vorbei: einem Mann mit einem Blumenstrauß, einer Frau mit einem kurzbeinigen Hund, ein paar Jugendlichen. Ich bin kurz davor, aufzugeben, als ich ihn beim Überqueren einer Ampel in einer Sackgasse auf den Stufen eines Reihenhauses sitzen sehe.

Er weint nicht. Er starrt nur auf die Wand vor ihm. Für einen Moment erinnert er mich an eine dieser Steinbüsten aus dem Unterricht in Kunstgeschichte an der Highschool. Auch sein

Haar ist an den Schläfen und im Nacken leicht gewellt. Und er wirkt wie aus Marmor, Granit oder einem anderen harten Material.

»Was ist los mit dir?« Ich trete genervt auf ihn zu, und er hebt mit erstaunlicher Langsamkeit den Blick. »Ich habe Besseres zu tun, als dir hinterherzurennen.« Das ist natürlich eine Lüge, aber man hat ja seinen Stolz.

Er macht sich nicht einmal die Mühe, zu antworten. Nach einem tiefen Seufzer steht er auf. Ich muss nach oben schauen, um ihm in die Augen sehen zu können.

»Hier.« Ich drücke den Umschlag gegen seine Brust.

»Was ist das?«

»Ein Brief.«

»Das ist offensichtlich.«

»Ein Brief von Lucy.«

»Für mich?«

»Für dich, ja.«

Ich weiß nicht, ob er immer noch unter Schock steht oder nicht sehr helle ist, und werde ungeduldig. Plötzlich öffnet er den Umschlag und zieht ein einzelnes Blatt Papier hervor. Ich schaue auf mein Handy, um ihm ein wenig Privatsphäre zu geben, obwohl ich ihm den Brief am liebsten entreißen möchte, um ihn zu lesen.

Er fährt sich mit der Hand durchs Haar.

Dann faltet er das Blatt vorsichtig in der Mitte und steckt es zurück in den Umschlag. Ich versuche, mich zurückzuhalten, aber als er nicht reagiert, frage ich:

»Und?«

Endlich sieht er mich an.

Seine Augen haben sich verändert. Ist es möglich, dass er gleichzeitig verwirrt und gelassen aussieht? Wie jemand, der gerade eine Entscheidung getroffen hat, aber noch mit sich ringt.

»Grace, richtig? Gib mir deine Telefonnummer«, verlangt er, und ich hätte beinah gescherzt, dass er mir zuerst einen Drink spendieren sollte. Doch in Anbetracht der Situation unterdrücke ich meinen Sarkasmus und diktiere ihm die Nummer.

»Was machst du am Donnerstag?«

»Nichts.«

Ich habe eigentlich nie etwas Interessantes vor, außer mich mit Tayler zu treffen, mir einen Job zu suchen oder auf eine Party zu gehen, wo ich mich immer so fehl am Platz fühle wie eine Wespe in einem Bienenstock.

»Ich schicke dir eine SMS, damit du mir deine Adresse senden kannst. Um vier Uhr am Nachmittag hole ich dich ab. Die Schachtel ist übrigens für mich.«

Ohne zu zögern, reißt er sie mir aus der Hand, und ein seltsames Gefühl schnürt mir die Kehle zu, als hätte er mir gerade einen Teil von Lucy weggenommen, das Einzige, was mir von ihr geblieben ist.

»Aber … Warte …« Mein Mund ist trocken. »Was soll das Ganze? Könntest du mir wenigstens sagen, was in dem Brief steht? Ich weiß nicht mal, wie du und Lucy euch kennengelernt habt …«

»Es tut mir leid, ich muss zurück an die Arbeit.«

Und einfach so geht er im Eiltempo davon. Er schaut nicht mal nach links und rechts, bevor er die Straße überquert. Ich starre ihm hinterher, bis er zusammen mit der Aura der Melancholie, die ihn umgibt, verschwindet. In meinem Kopf hat sie die Farbe von Glyzinien. Und dieser Gedanke, die Vorstellung der Blumen, die herunterregnen, erschüttert mich.

4

Tohuwabohu

Tohuwabohu.
Ich liege im Bett und denke über das Wort nach, das ich gestern auf einen Zettel geschrieben habe. Ich weiß nicht mehr genau, wann es mir aufgefallen ist, aber es hat mir gefallen. Die Begriffserklärung lautet: *Tohuwabohu ist ein Lehnwort aus dem Hebräischen. Es bezeichnet ein heilloses Durcheinander und wird modernisiert mit Chaos übersetzt.* Ich bin zu dem Schluss gekommen, dass es meine Situation gut beschreibt. Und es ist anstrengend, in diesem Durcheinander einen einigermaßen klaren Kopf zu behalten.

Es gibt eine Stimme in mir, die mir manchmal sinnloses Zeug zuruft. »Achte darauf, genug Schlaf zu bekommen, Grace.« »Halte durch.« »Trink Wasser.« »Mach etwas aus deinem Leben.« »Iss mehr Gemüse.« »Hör auf, dich wie ein pubertärer Teenager zu verhalten.«

Und es gibt noch eine Stimme. Die mit einem tieferen Ton spricht: »Was soll's? Welchen Sinn macht es, morgens früh aufzustehen, sich einen Job zu suchen, zu lachen, zu tanzen und zu träumen, wenn wir alle irgendwann sowieso sterben werden?«

Tatsächlich habe ich bei beiden Stimmen nicht den Eindruck, dass sie mir gehören.

Die Stimme, die wirklich zu mir passt, schlummert schon seit

Langem. Ich hatte schon immer das unangenehme Gefühl, dass ich, wenn ich laut aussprechen, wenn ich wirklich sagen würde, was ich denke, damit nicht nur den Verdacht der Leute bestätigen würde, die mich für seltsam halten, sondern dass sie mich trotzdem nicht verstehen würden.

Und gibt es eine einsamere Einsamkeit, als sich völlig unverstanden zu fühlen?

Ich öffne die Augen.

Ich starre an die weiße Decke.

Die letzten vier Tage habe ich damit verbracht, über Will Tucker nachzudenken. Ich drehe mich um und nehme ein Stück Papier, auf das ich *Was wird er wohl tun?* schreibe und es dann an die Wand hefte. Das ist die Frage, die mich quält. Ich habe mir vorgestellt, wie er den Kühlschrank öffnet, sich den Rücken kratzt, schläft, duscht, die Straße entlanggeht und Getränke serviert. In all diesen Szenen hat er meine goldene Schachtel bei sich. Denn ich habe das Gefühl, dass sie mir gehört, nur mir, auch wenn Lucy das offensichtlich nicht so gesehen hat. Es macht mich verrückt, nicht zu wissen, was drin ist. Nur eines weiß ich ganz sicher: Meine Schwester kannte mich gut genug und hat vorausgesehen, dass ich nicht in der Lage sein würde, die Regeln zu befolgen, wenn die *Karte der Sehnsüchte* allein von mir und meiner Fähigkeit, mich zurückzuhalten, abhinge.

Zurückhaltung ist, wie man merkt, eine Eigenschaft, die mich nicht gerade prägt. Und die mir auch nicht wirklich wichtig ist. Das bedeutet: Gefühle, Impulse oder Leidenschaften zu zügeln, ist auf Dauer nutzlos, wenn auch zu bestimmten Zeiten klug, damit man nicht wie ein Wesen von einem anderen Planeten wirkt. Ich bin mir jedoch nicht sicher, ob ich diese Tarnung auf Dauer aufrechterhalten kann. Und ich weiß auch nicht, ob es mir gelingen wird, mich an die Regeln zu halten, denn bisher habe ich bei allem, was ich mir vorgenommen habe, versagt.

Aber in dieser Woche habe ich nicht nur über Lucy, Will und das Spiel nachgedacht, sondern auch weiter nach einem Job gesucht. Ich hatte zwei Vorstellungsgespräche und habe noch keine Antwort erhalten. Das erste war in einem indischen Restaurant in der nächstgelegenen Stadt, die viel größer ist als Ink Lake und nur wenige Kilometer entfernt ist. Das zweite bei einer Tankstelle am Stadtrand.

In diesem Jahr hatte ich bisher drei Jobs. Bei einem wurde ich entlassen, weil ich nach einer durchgemachten Nacht morgens um sieben Uhr zur Arbeit gekommen bin und nach Alkohol und Zigaretten gerochen habe. Zu der Farm bin ich nicht mehr gegangen, weil ich es nicht ertragen konnte, die Hühner so dicht zusammengepfercht zu sehen, und bei meinem letzten Job war es eine Art einvernehmliche Entscheidung: Mein Chef und ich konnten uns nicht leiden.

Irgendwann zwinge ich mich, nicht mehr an die Wand zu starren und mir Wortspiele auszudenken, die den Begriff *Tohuwabohu* enthalten. Ich nehme meinen Laptop zur Hand und schaue mir noch einmal kurz die neuesten Stellenangebote in der Region an. Da ich wohl der einzige Mensch in der Stadt bin, der älter als siebzehn ist und nicht mit dem Auto fährt, bin ich in Bezug auf die Entfernungen etwas eingeschränkt, wodurch gut die Hälfte der Jobs für mich nicht infrage kommt. Doch plötzlich stoße ich auf eine Anzeige, in der ein Hundesitter gesucht wird. Ohne lange darüber nachzudenken, stehe ich auf und rufe bei der angegebenen Nummer an.

»Hallo?«

»Ich rufe wegen der Anzeige an.«

»Haben Sie Erfahrung mit Tieren?«

»Nein. Als Kind hatte ich einen Goldfisch, der auf tragische Weise ums Leben gekommen ist, daher möchte ich lieber nicht darüber sprechen. Aber ich kann gut mit Hunden umgehen und wohne nur zehn Minuten entfernt.«

»Könnten Sie zu einem Gespräch vorbeikommen?«

Ich sage zu, und wir verabreden uns in einer Stunde. Dann ziehe ich das Erste an, was mir in die Hände fällt, und mache mich auf den Weg.

Das angegebene Haus ist riesig und hat ein rundes Fenster. Noch bevor ich an die Tür klopfe, höre ich das Bellen des Hundes. Als die Besitzerin die Tür öffnet, lächle ich sie an. Ihr Name ist Anne Rogers, und sie ist eine reizende Person, die mich daran erinnert, wie meine Mutter hätte sein können. So wie ich es mir vorstelle, denn wenn das Leben Rosie Peterson nicht einen Strich durch die Rechnung gemacht hätte, wäre sie nun sicher eine erfolgreiche Geschäftsfrau, die es gewohnt ist, sich in tadellose Kostüme zu kleiden, in denen sie mit ihren dreiundfünfzig Jahren eine beneidenswerte Figur hat.

Anne erklärt, dass Mr. Flu (so heißt der Hund) einmal täglich einen Spaziergang braucht, wenn sie dienstlich unterwegs ist. »Er läuft gern an der Hauptstraße entlang bis zum Park.« Ich höre ihr zu, während sie die genaue Nahrungsmenge angibt, die er zu sich nehmen muss, damit er nicht *schwabbelig* wird, wie sie es ausdrückt.

Ich kann nicht sagen, dass ich besonders stolz auf mich bin, als ich den Job bekomme. Ich meine, es ist gut für mich, etwas zu tun, bis ich etwas Besseres finde, aber es fühlt sich an wie der Nebenjob einer Schülerin. Nur dass ich nicht mehr zur Schule gehe, zweiundzwanzig Jahre alt bin und keine Zukunftsperspektive habe.

Es ist Donnerstag. Ich sitze auf dem Bordstein vor unserem Haus, obwohl es erst halb vier Uhr ist. Und ich warte. Ich warte, warte, warte ...

Um zehn nach vier fange ich an, nervös zu werden.

Wo bleibt dieser Will Tucker?

Ich bin mir sicher, mit ihm vereinbart zu haben, dass er mich um vier abholen kommt. Die ganze Woche habe ich auf diesen Moment gewartet und kaum ein Auge zugetan.

Ich kaue an meinen Nägeln. Ich stehe auf. Ich gehe auf und ab. Ich setze mich wieder. Ich versuche, ruhig zu bleiben, aber es fällt mir schwer.

Will kommt zwanzig Minuten zu spät.

Er fährt in einem glänzenden schwarzen Audi vor, der mir auffällt, weil es nicht viele solcher Autos gibt. Als er neben mir anhält, lässt er das Fenster herunter, ohne den Motor abzustellen, und macht eine vage Geste mit der rechten Hand.

»Komm schon, steig ein, wir sind spät dran.«

»Ich warte schon seit fast einer halben Stunde!«

Er ignoriert meinen Protest, holt die Markensonnenbrille aus dem Handschuhfach und setzt sie auf. Dann fährt er an, noch bevor ich die Tür richtig geschlossen habe. Ich sehe mich um und nehme das Wort *glänzend* in Bezug auf das Auto zurück: Von außen ist es beeindruckend, aber innen hat sich schon lange niemand mehr die Mühe gemacht, es zu säubern. Überall liegt Zeug herum, zu viel Zeug. Der ganze Rücksitz ist voll mit Büchern, verschiedenen Taschen und anderem Krempel.

»Darf ich wissen, wohin wir fahren?«

»Nein, tut mir leid. Befehl von Lucy.«

Ich werfe Will einen Blick zu, der deutlich machen soll, wie sehr mir sein Verhalten im Allgemeinen missfällt, aber er bemerkt es nicht einmal und hält die Augen auf die Straße gerichtet.

»Wie hast du meine Schwester kennengelernt?«

Er widmet mir zwei mickrige Sekunden lang seine Aufmerksamkeit.

»Das Leben und so.«

Und das war's. Mehr sagt er nicht. Er fährt weiter, als ob die Erklärung, die er mir gerade gegeben hat, ausreichen würde. Wir lassen Ink Lake hinter uns. Auf den ersten Blick wirkt Will ziemlich normal in Jeans und einem T-Shirt, das so schwarz ist wie sein Haar. Aber es ist nicht schwer zu erkennen, dass mit ihm etwas nicht stimmt. Er ist eine Zitrone unter Pampelmusen, eine Mandel in einer Packung mit Nüssen, ein verkleideter Wolf in einer Schafherde. Ich weiß das, denn genau so fühle auch ich mich die meiste Zeit. Ich erkenne es an der Anspannung, die sein Körper ausstrahlt: Es ist sehr schwer, sich zu entspannen, wenn man sich in seiner eigenen Haut nicht wohlfühlt.

»Willst du es mir wirklich nicht sagen?«

Er wirft mir einen Seitenblick zu und seufzt.

»Nein.«

»Aber ...«

»Nein.«

Ich halte etwa fünf Minuten lang den Mund, bevor ich es erneut versuche. Das Bedürfnis, es zu wissen, ist stärker als mein Wunsch, ihn zu ignorieren.

»War es in der Schule?«

»Nein.«

»Du hast einen ziemlich begrenzten Wortschatz, Will Tucker.«

Ich glaube, er murmelt etwas vor sich hin, aber ich kann es nicht richtig verstehen. Also wende ich mich ab und starre aus dem Fenster auf die grüne Landschaft, die an uns vorbeizieht. Sie ist typisch für Nebraska mit ihren sanften Hügeln und den

Sandsteinfelsen, die uns die ganze Fahrt über begleiten, vor allem aber mit den grenzenlosen Maisfeldern, die sich wie endlose Teppiche jenseits der Rinderfarmen erstrecken.

Wenn man sich verirrt, kann man sich in den meisten Fällen leicht zurechtfinden, indem man nach den Silos oder den Getreidemühlen Ausschau hält, die um die Orte herumstehen. In diesem Bundesstaat bestimmten drei Themen unsere Kindheit: Rinder, die Ernte und Kool-Aid, ein süßes Getränkepulver mit Fruchtgeschmack, das in Nebraska erfunden wurde.

Was braucht man mehr?

Irgendwann dreht Will das Radio lauter, als ein alter Song läuft: *Ghost Ship* von Blur. Wahrscheinlich mag er ihn, aber es ist schwer zu sagen, denn er trägt immer noch die Sonnenbrille, obwohl es bewölkt ist, und sein Gesichtsausdruck wirkt versteinert.

Es dauert nicht lange, bis wir unser Ziel erreichen.

Will parkt vor einem Gebäude mit einem mitgenommenen Schild, auf dem *Soziales Zentrum* steht. Ich erstarre. Er nimmt die Brille ab und beobachtet meine Reaktion.

»Was soll das alles?«

»Ich habe keine Ahnung«, sagt er ernst. »Aber in der Theorie solltest du aus dem Auto steigen und dort hineingehen. Beeil dich lieber, wir sind zehn Minuten zu spät.«

»Hör mal, ich brauche Antworten. Ich weiß nicht, was ich hier soll, ich weiß nicht, wer du bist, und das ist alles total verrückt. Ich bin mir nicht sicher, ob es das wert ist.«

Er zieht eine Augenbraue hoch und runzelt die Stirn. Vielleicht hat er gehofft, dass ich wie ein braver Hund ohne Erklärung das tue, was man mir sagt. Ich liebe meine Schwester. Ich habe sie geliebt. Nein, nicht in der Vergangenheitsform. Ich liebe sie in der Gegenwart, auch wenn sie nicht mehr da ist, aber all das ... Das alles ergibt keinen Sinn und wühlt mich zu sehr auf.

»Ich denke, es ist ein Geschenk.«

»Wie meinst du das?«

»Lucy hat dir das hinterlassen, bevor sie gegangen ist.« Er fährt sich mit der Hand durchs Haar, wie er es in der Sackgasse getan hat, als er den Brief las. Er fühlt sich unwohl. »Ich weiß nicht, warum sie sich diese *Karte der Sehnsüchte* ausgedacht hat oder warum sie mich gebeten hat, daran mitzuwirken, aber du solltest es genießen, denn wenn du mal darüber nachdenkst, ist es das Letzte, was dir von ihr geblieben ist.«

Ich schlucke schwer und nicke.

»Was soll ich tun?«

»Ich weiß es nicht. Ich befolge nur bestimmte Anweisungen. In einer Dreiviertelstunde hole ich dich hier wieder ab. In Ordnung?«

Sein Blick ist jetzt achtsamer, beinahe warm, wobei immer noch diese Distanz vorherrscht, die nicht gerade dazu einlädt, die von ihm gesetzten Grenzen zu überschreiten. Ob er sich bewusst ist, dass sein rätselhaftes Auftreten einen geradezu anstiftet, herauszufinden zu wollen, was er so sehr zu schützen und zu verbergen versucht?

»In Ordnung«, antworte ich.

Ich steige aus dem Auto und gehe in das Gebäude auf der anderen Straßenseite. Ein schwach beleuchteter Gang führt zu einem Raum, aus dem eine leise Stimme zu hören ist. Ich trete ein, bleibe an der Tür stehen, und mehrere Augenpaare starren mich an. Etwa sieben oder acht Personen sitzen in einem Kreis, und in der Mitte steht ein Tisch mit einer Kaffeekanne und Gebäck.

Ich lächle nervös, denn, wenn es sich um das handelt, wofür ich es halte, muss Lucy an dem Tag, an dem sie sich das ausgedacht hat, zu viel Beruhigungsmittel zu sich genommen haben.

»Hallo, was kann ich für dich tun?«, fragt eine Frau mittleren Alters mit kurzem rotem Haar und dem sanftesten Gesicht, das ich je gesehen habe.

»Es tut mir leid ... Ich denke, ich bin falsch hier ...«

»Bist du sicher?«, hakt sie nach.

»Ich ... Na ja ...«

Es ist sehr unangenehm, vor all diesen Leuten herumzustottern, die jede meiner Bewegungen mit außerordentlicher Aufmerksamkeit verfolgen. Nach ein paar Sekunden steht die Frau auf und fordert mich mit einer Handbewegung auf, näher zu kommen.

»Du musst dich nicht aktiv beteiligen. Wenn du Lust hast, kannst du dich hinsetzen und einfach zuhören, was die anderen zu sagen haben.«

Ich würde gern Nein sagen, aber es gibt drei Gründe, warum ich schließlich, ohne weiter darüber nachzudenken, näher trete und mich auf einen freien Stuhl setze: Ich will Lucys Spielregeln einhalten, dieser reizenden Dame kann man nur schwer widersprechen, und Will Tucker wartet draußen auf mich.

Also höre ich zu.

Ein stämmiger Mann namens Adrien berichtet schluchzend von dem langen Weg, den er mit seiner Frau und dem Wort *Krebs* zurückgelegt hat, bevor sie den Kampf verlor. Und eine junge Frau schüttet ihr Herz aus und spricht darüber, wie schwer es für sie ist, ihren kleinen Sohn nach dem Verlust ihres Mannes allein aufzuziehen. Schließlich erzählt eine andere Frau, dass sie es nach Monaten der Apathie geschafft hat, ins Fitnessstudio zu gehen, und alle applaudieren.

Die rothaarige Frau moderiert das Ganze.

Ich weiß nicht, wie meine Schwester auf den Gedanken gekommen ist, dass ausgerechnet ich in der Lage sein könnte, mich vor einer Gruppe von Fremden zu öffnen, deren einzige Gemeinsamkeit darin zu bestehen scheint, dass der Tod ihnen einen geliebten Menschen genommen hat.

Aber ich bleibe. Und sage nichts. Ich wage kaum zu atmen.

Dass Zeit relativ ist, ist eine große Wahrheit. Die Minuten können unendlich lang werden, wenn man sich wünscht, sie würden schneller vergehen. Oder es passiert das Gegenteil, nämlich, dass die Zeit verfliegt, wenn man die Welt am liebsten anhalten möchte. Ich wünschte, es gäbe einen magischen Knopf, um das zu steuern, aber da es den nicht gibt, lasse ich die fünfundvierzig Minuten der Sitzung einfach verstreichen, bis alle aufstehen.

Die Moderatorin tritt auf mich zu, bevor ich entkommen kann.

»Mein Name ist Faith.« Es ist unmöglich, die Wärme in ihren Augen zu ignorieren, also verschiebe ich meine Flucht. »Ich bin Psychotherapeutin und die Gründerin dieser Gruppe. Wenn ich also etwas für dich tun kann, helfe ich dir gern.«

»Nein, tut mir leid, ich denke, dass ...«

»Dass das nichts für dich ist«, vermutet sie.

»Ja, genau. Ich bin nur hierhergekommen, weil ich musste.« Ich schlucke unbeholfen. »Ich musste es für jemanden tun«, stelle ich klar.

»Ich verstehe. Auf jeden Fall steht dir die Tür immer offen, falls du deine Meinung ändern solltest. Wir treffen uns jeden Donnerstag zur gleichen Zeit.«

Ich nicke und stoße erleichtert die Luft aus, die ich angehalten habe. Endlich kann ich verschwinden. Doch gerade als ich hinausgehen will, überfallen mich Zweifel, und ich drehe mich noch einmal um.

»Sagt dir der Name Lucy Peterson etwas?«

Faiths Blick leuchtet auf, bevor ein mitfühlender Ausdruck auf ihrem Gesicht erscheint, sie hat also meine Schwester nicht nur gekannt, sondern weiß auch, dass sie tot ist.

»Bist du Grace?« Ich nicke mit zusammengekniffenen Lippen.

»Mein Beileid zu deinem Verlust.«

Ich habe ziemliche Schwierigkeiten mit der unpräzisen Verwendung des Verbs *verlieren*, aber dies ist nicht der richtige Zeitpunkt, um darüber nachzudenken.

»Lucy war hier?«

»Ja, sie ist im Laufe des vergangenen Jahres mehrmals hier gewesen, wenn es ihr Gesundheitszustand zuließ. Zuerst war ich mir nicht sicher, ob das eine gute Idee ist, aber ich habe sie zuhören lassen. Wie hätte ich ablehnen können? Sie war ein Schatz.«

»Aber ich verstehe nicht ...«

»Lucy war sehr besorgt darüber, was aus ihrer Familie werden würde, wenn sie nicht mehr da wäre. Ich glaube, sie musste den Trauerprozess verstehen. Also kam sie und hörte zu und erlebte durch andere, was sie selbst nicht erleben konnte.«

»Aha.« Ich sog scharf die Luft ein. »Es tut mir leid, ich muss gehen.«

Ich bin nicht in der Lage, mich richtig zu verabschieden, drehe mich um und verlasse das Gebäude. Zu allem Übel stelle ich auch noch fest, dass Wills Auto nicht vor der Tür steht.

5

Unsichtbar sein

Ich finde Will zwei Straßen weiter. Ich sehe ihn durch das Fenster eines unscheinbaren Cafés, das mich an Dutzende von anderen Lokalen erinnert. Er sitzt vor einer leeren Tasse und liest in aller Ruhe in einem alten, abgenutzten Buch.

Ich reiße deutlich hörbar die Tür auf, aber Will rührt sich nicht.

Erst als ich vor ihm stehe, kaum einen halben Meter entfernt, blickt er auf, schaut mich an und wirft dann einen kurzen Blick auf die Uhr an seinem Handgelenk, die er offensichtlich nicht so benutzt, wie er sollte. Pünktlichkeit ist eindeutig nicht seine Stärke, wie der tätowierte Mann, für den er arbeitet, festgestellt hat, als er zu spät zur Arbeit kam.

»Was ist dein Problem?«

»Ich wollte gerade gehen.«

Ich verdrehe die Augen und lasse mich auf der abgenutzten Bank ihm gegenüber nieder. Will zieht eine Augenbraue hoch, als wäre er mit der Situation nicht einverstanden, aber auf meinen warnenden Blick hin schweigt er lieber. Eine Kellnerin kommt herüber, und ich bestelle ein Stück Carrot Cake und einen koffeinfreien Kaffee.

»Wie war's?«

»Wusstest du, dass es um eine Therapiegruppe geht?«

»Keine Ahnung.« Ich schaue ihn eindringlich an. »Ich schwöre es, Grace.«

Ich glaube, er sagt die Wahrheit, aber da er für mich immer noch ein völlig Fremder ist, weiß ich nicht, ob ich seinem Wort vollkommen trauen kann. Die Kellnerin bringt die Bestellung, und ich steche mit der Gabel in den Kuchen. Er ist köstlich, nicht zu süß.

»Was ist in der Schachtel?«

»Die *Karte der Sehnsüchte*.«

»Aha. Und wie sieht die aus? Verrate mir wenigstens irgendetwas. Überleg mal, wie seltsam das alles ist. Ich meine, ich dachte, ich wüsste alles über meine Schwester, und es stellt sich heraus, dass ich nicht nur dich nicht kenne, sondern dass sie noch andere Geheimnisse hatte.«

»Ist das etwas Schlechtes?«

Ich blicke ihn aufmerksam an. Er lehnt sich in der granatroten Sitzecke leicht zurück, einen Arm auf der Rückenlehne, den anderen auf dem Tisch neben dem Buch, in dem er ein paar Minuten zuvor gelesen hat. Der Titel lautet: *Eudämonismus*.

Irgendetwas ist mir an Will aufgefallen, als ich ihn zum ersten Mal gesehen habe, und jetzt weiß ich endlich, was es ist: Er verhält sich wie ein Mensch, der sich keine Sorgen machen muss, der sein ganzes Leben lang von Hauspersonal bedient wurde und über eine gewisse Freiheit verfügt, was in seinem leicht herablassenden Blick zu erkennen ist.

»Geheimnisse zu haben? Ich weiß es nicht, sag du es mir, Will. Was muss man tun, um abends in einem Pub zu arbeiten und ein Gehalt zu bekommen, das es erlaubt, ein solches Auto zu fahren?«

Ich weiß, dass ich ins Schwarze getroffen habe, als er mich mit seinem Blick zu durchbohren scheint.

»Das geht dich nichts an. Darf ich dich daran erinnern, dass ich dir einen Gefallen tue, und das nur, weil ich deine Schwester ...« Er beißt sich auf die Zunge. »Ich mochte sie.«

Er hat recht, aber dieses Spiel, die Geheimnisse und Lucys ständige Anwesenheit, obwohl ich dachte, ich hätte mich von ihr verabschiedet, beunruhigen mich, und ich fühle mich ziemlich verwirrt, als hätte ich jede Menge Hummeln im Kopf, die Tag und Nacht darin herumschwirren.

Ich beschließe, lockerer zu sein, und schalte einen Gang zurück.

»Habt ihr euch im Krankenhaus kennengelernt, als du einen kranken Verwandten besucht hast, der auf der gleichen Station wie sie lag?«, frage ich und schlucke einen weiteren Bissen Kuchen herunter.

In diesem Moment sehe ich zu meiner Überraschung, dass Will zum ersten Mal lächelt. Es ist eine fast unmerkliche Veränderung, der rechte Mundwinkel geht langsam nach oben und kehrt dann gleich wieder auf seine übliche Position zurück, als wäre nichts geschehen. Aber es ist geschehen. Und es war elektrisierend.

»Nein.«

»War da etwas zwischen euch beiden ...?«

»Nein. Und jetzt lass es gut sein. Das Wie ist nicht so wichtig, vielleicht solltest du mal über das Warum nachdenken«, brummt er, geht zur Theke, um zu bezahlen, und beendet damit das Gespräch.

Auf dem Rückweg reden wir kein Wort miteinander, bis er vor meinem Haus anhält. Und dort sitzt Tayler rauchend auf seinem Motorrad und wartet auf mich. Er hebt den Blick, sieht uns und runzelt die Stirn, bevor er einen letzten Zug von seiner Zigarette nimmt.

»Also, wann sehen wir uns wieder?«

»Ich schicke dir eine Nachricht«, sagt Will.

»In Ordnung. Ich nehme an ... Danke.«

Er bleibt genauso ausdruckslos wie immer, als ich aus dem Auto steige und die Tür schließe. Tayler geht mit entschiedenen Schritten auf mich zu, legt einen Arm um meine Taille und küsst mich. Der Geruch seines Aftershaves, das alle Jungs in der Highschool benutzt haben, als es vor ein paar Jahren in Mode kam, beruhigt mich. Die betäubende Wirkung des Vertrauten. Als ich mich von Tayler löse, fährt Will bereits die Straße hinunter.

»Wer war das?«

»Ein Freund«, sage ich.

Tayler nickt und fragt: »Sollen wir zu mir gehen?«

Ich nehme den Helm, den er mir reicht, und setze mich hinter ihm aufs Motorrad. Kurz überlege ich, ob ich ins Haus gehen und meinen Eltern sagen soll, dass es spät werden wird, aber dann denke ich: Ist das wirklich nötig? Mom sitzt sicher vor dem Fernseher, und Dad ist noch im Büro und macht wer weiß was mit wer weiß wem. Sie werden nicht einmal bemerken, dass ich dieselbe Kleidung anhabe, wenn ich am Morgen zurückkomme, und sie werden wahrscheinlich annehmen, dass ich bei Großvater geschlafen habe.

Das Leben ist so viel einfacher, wenn man unsichtbar ist.

Zwei Uhr nachts.

Alles liegt im Dunkeln, aber es gelingt mir, am Fußende des Bettes mein Shirt zu finden. Ich stolpere über ein Möbelstück und beiße mir auf die Zunge, um nicht zu schreien. Das Licht einer Straßenlaterne fällt in den Raum, und ich kann Tayler erkennen, der auf dem Rücken liegt. Ich beneide ihn um sein

Gehirn: Ich stelle es mir voller hohler, sanft geschwungener Falten vor und wünschte, ich könnte meine Gedanken ausblenden und so ruhig schlafen wie er.

Ich gehe hinaus auf die Straße. Mein Fahrrad habe ich nicht dabei, weil ich ja mit dem Motorrad gekommen bin, also gehe ich mitten in der Nacht allein zu Fuß nach Hause. Meine Schritte hallen in der Stille wider, die gelegentlich von einem vorbeifahrenden Auto oder dem Bellen eines Hundes unterbrochen wird, der mich für einen Eindringling hält.

Vielleicht bin ich das ja auch.

Was, wenn ich ein Eindringling in meinem eigenen Leben bin?

6

Es gibt keinen Kompass

Am Samstagabend ist Großvaters Abschiedsfeier. Mom schließt sich uns an, und wir treffen uns bei ihm zu Hause zu einem frühen Abendessen. In nur wenigen Stunden, am nächsten Morgen, wird er im Flugzeug nach Florida sitzen und zum ersten Mal in seinem Leben keine Verantwortung tragen. Alles, worum er sich dann noch kümmern muss, ist, glücklich zu sein. Ich frage mich, wie lange er sich schon darauf gefreut hat. Vielleicht stimmt es ja, dass wir alle Geheimnisse haben.

»Bist du nervös, Großvater?«

»Hoffentlich gewöhne ich mich an das Wetter dort.«

»Gutes Wetter ist doch kein Problem.«

»Hast du deine Herzmedikamente eingepackt?«, wirft meine Mutter ein, während sie das Besteck aus der Schublade nimmt. »Und pack auch warme Kleidung ein, denn egal, wie warm es dort ist, wird es sich abends sicher abkühlen. Und vergiss nicht, sofort anzurufen, wenn du angekommen bist ...«

»Rosie, immer mit der Ruhe.«

Wir setzen uns an den Küchentisch, der kleiner ist als der im Wohnzimmer und perfekt für uns drei. Als Abschiedsessen, auch wenn es nicht für immer ist, hat Großvater typische

Gerichte aus Nebraska vorbereitet, und so essen wir Reuben-Sandwiches mit russischem Dressing und Essiggurken und trinken Limonade.

»Wo ist Dad?«, frage ich.

»Ich weiß es nicht«, murmelt meine Mutter.

Dann fängt Großvater an, über ein aktuelles Ereignis aus den Nachrichten zu sprechen, und ich werde abgelenkt, als mein Handy den Eingang einer Nachricht meldet.

Will: Ich hole dich morgen um zehn ab.

Grace: Meinst du mit zehn zwanzig nach?
Und hättest du mir das nicht früher sagen können?
Das ist schon in ein paar Stunden.

Meine Mutter fragt mich, ob ich noch etwas möchte, aber ich schüttle den Kopf. Dann stehe ich auf, um meinen Teller in die Spüle zu stellen, und als ich an den Tisch zurückkomme, sehe ich, dass ich eine weitere Nachricht habe.

Will: Nimm Deine Schlittschuhe mit.

Grace: Ich wusste nicht, dass Du Sinn für Humor hast. Denn das ist ein Witz, oder?

Will: Nein.

Ich schlucke, halte mein Handy immer noch in der Hand und überlege, was ich antworten soll. Großvater spürt, dass ich unruhig bin.

»Alles in Ordnung?«

»Jaja, alles prima.«

Grace: Tut mir leid, aber ich habe keine Schlittschuhe. Wir können doch bestimmt irgendwas anderes machen.

Will: Deine Schwester hat geschrieben, dass du genau das sagen würdest. Hier ihre Worte: Die Schlittschuhe sind in der grünen Truhe hinten auf dem Dachboden. Keine Ursache.

Ich würde ihm gern antworten, dass er ein Idiot ist, rufe mir aber in Erinnerung, dass er nur als Überbringer der Nachricht fungiert. Ein nicht gerade feinfühliger Bote. Wenn er wüsste, was er da von mir verlangt ... Wenn er mich nur ein bisschen kennen würde ...

»Grace?«, fragt meine Mutter.
»Entschuldigung. Was hast du gesagt?«
»Möchtest du ein Glas Milch?«
»Ja, danke.«
Ich habe das untrügliche Gefühl, dass der Rest des Abends anstrengend wird. Großvater brummt ein paarmal angesichts der übertriebenen Besorgnis seiner Tochter, und ich versuche, dem Gespräch zu folgen, aber es gelingt mir nur halbherzig, weil ich mit meinen Gedanken ganz woanders bin. Als wir schließlich aufstehen, um zu gehen, holt Mom ihren Mantel, und ich bleibe mit Großvater allein.

»Komm her, Grace.« Er nimmt mich in die Arme wie früher, als ich klein war, wenn ich hingefallen bin oder weinend aus der Schule kam. »Sei ein braves Mädchen, während ich weg bin. Und befolge die Anweisungen. Das war deiner Schwester wichtig.«

»Ja, okay, ich werde es versuchen.«

»Ich bin mir sicher, dass das nicht schwierig sein wird.«

»Wenn du wüsstest …« Ich schaue über meine Schulter zur Treppe, die in den ersten Stock führt, um sicherzugehen, dass Mom uns nicht hören kann. »Ich musste zu so einer Selbsthilfegruppe gehen, mit Leuten, die aussahen wie aus den Achtzigern.«

Großvater ist unbeeindruckt und sagt: »Ich weiß. Wer, glaubst du, hat Lucy da hingefahren, als sie darauf bestand, dorthin zu gehen? Aber wenn ich dir einen Rat geben darf: Du solltest aufhören, immer zurückzublicken und nach Antworten zu suchen und dich auf das konzentrieren, was du jetzt tun kannst. Und da wir gerade dabei sind: Ich habe etwas für dich. Hier.«

Er zieht einen runden Gegenstand aus Holz aus der Tasche, in dem ich, als ich ihn in der Hand halte, einen mit allen Details versehenen geschnitzten Kompass erkenne.

»Danke, auch wenn ich nicht weiß, ob ich mich darauf verlassen kann.« Ich fahre mit meinem Fingernagel in eine erhöhte Stelle. »Das war ein Witz. Er ist wundervoll, wirklich.«

»Genau darum geht es, Grace.«

»Was meinst du?«

»Dass es keinen Kompass für das Leben gibt und dass der Zeitpunkt gekommen ist, an dem du deinem Instinkt folgen musst. Das Problem ist nur, dass du nicht auf dich hörst.«

Ich öffne den Mund, um etwas zu erwidern, aber dann knarrt die Treppe, als Mom zurückkommt. Wir verabschieden uns von Großvater. Ich versuche, nicht daran zu denken, wie sehr ich ihn vermissen werde, denn trotz meiner gleichgültigen Fassade brennen mir die Augen.

Wir fahren im Auto zurück, obwohl unser Haus nur wenige Blocks entfernt liegt. Nachdem Mom geparkt hat, bleiben wir schweigend im Auto sitzen.

»Geht es dir gut?«, frage ich.

»Ja, es ist nur ... Ach, vergiss es.« Sie schüttelt den Kopf, dann sieht sie mich aufmerksam an, und das ist seltsam und unangenehm. »Hast du dir noch ein Loch ins Ohr stechen lassen?«

»Ja. Vor zwei Monaten.«

»Ah. Das steht dir gut.«

Ich nicke und öffne die Tür.

Mein Vater steht in der Küche vor dem Fenster und hält ein Glas mit einer gelblichen Flüssigkeit in der Hand. Er fragt mich, wie es war, sagt etwas darüber, dass es ihm leidtut, dass er es wegen der Arbeit nicht geschafft hat, und nimmt einen großen Schluck. Mein ganzes Leben lang habe ich von anderen gehört, wie gut aussehend mein Vater ist und wie sehr meine Gestik der seinen ähnelt. »Es ist dieser Blick«, hat einmal eine Nachbarin gesagt, »es ist dieser Blick, der unter die Haut und noch viel tiefer geht.« Ich fand diese Bemerkung ein wenig unheimlich, aber ich habe nichts dazu gesagt. Wenn ich ihn jetzt im Halbdunkeln betrachte, sehe ich nur einen müden, ziemlich alten Mann mit Tränensäcken unter den Augen, leicht silbernem Haar und aschfahler Haut.

»Gute Nacht, Dad«, sage ich.

»Gute Nacht, Grashüpfer.«

So hat er mich immer genannt, als ich klein war, weil er meinte, dass ich nie stillhalten konnte, aber auch nicht wirklich wusste, wo ich hinwollte.

Es ist seltsam: Jetzt geht es mir genauso.

Ich lege mich aufs Bett und denke darüber nach, während ich den geschnitzten Kompass in der Hand halte. Erneut spüre ich die Unebenheit unter meinen Fingern und stelle mir vor, wie Großvater ihn in der kleinen Werkstatt in der Garage nur für mich geschnitzt hat. Es wäre befreiend, die richtige Richtung zu kennen und sie einzuschlagen, ohne jemals zurückzublicken.

Ich brauche eine Weile, um mich zu entscheiden, aber schließlich atme ich einmal tief durch und gehe auf den Dachboden.

Als ich den staubigen Raum voller Erinnerungen betrete, höre ich, wie sich meine Eltern unten streiten. Hier oben sind alle meine Kuscheltiere und das Spielzeug aus unserer Kindheit, Taschen voller Kleidung und Geschenke wie Geschirr und kleine Elektrogeräte, die wir kaum benutzt haben. Ganz hinten entdecke ich die grüne Truhe. Auch wenn Lucy es nicht angegeben hätte, hätte ich genau gewusst, wo meine Schlittschuhe sind. Ich nehme ein paar Kisten weg, die auf der Truhe stehen, und öffne den Deckel, der unangenehm knarrt.

Alles ist noch genau so, wie ich es vor vielen Jahren zurückgelassen habe, nachdem ich erkannt hatte, dass es besser ist, das, was wehtut, nicht sehen zu müssen.

Ich fahre mit dem Finger über eine der Kufen.

Und lächle. Aber es ist ein zittriges Lächeln.

Es ist schon spät, als es endlich still im Haus ist und ich aus meinem Schlafzimmerfenster aufs Dach klettere. Es ist kalt, und ich trage eine dunkelviolette Daunenjacke. Ich sitze dort, von wo aus ich die umliegenden Häuser sehen kann, die meisten sind dunkel, und die Straßenlaternen, die in die Unendlichkeit der Nacht leuchten.

Ich nehme mein Handy heraus und tippe mit klammen Fingern eine Nachricht.

Grace: Okay, wird gemacht.

Will: Gut.

Seine Antwort kommt schon nach weniger als einer Minute. Ich betrachte grübelnd den Atem, der aus meinem Mund kommt und gleich darauf verschwindet. Manchmal stelle ich mir die Welt als einen Ort voller Menschen und kleiner Teilchen oder besser voller kleiner Teilchen und Menschen vor, die alle dicht beieinander ein kompaktes Ganzes bilden, aber gleichzeitig emotional so weit voneinander entfernt sind, dass niemand sagen würde, sie gehörten zur selben Spezies. Ich glaube, das nennt man *Einsamkeit*. Das ist ein Wort, das eine gewisse Dichte hat und mich an Öl erinnert, ohne dass ich weiß, warum. Aber es erinnert mich auch an die Schönheit eines verlassenen, friedvollen Gletschers, der noch nie von einem Menschen betreten wurde.

Ich schreibe wieder:

Grace: Warum bist du um diese Zeit noch wach?

Will: Ich komme gerade von der Arbeit. Ich schlafe nicht viel.

Grace: Weil du es so willst oder es nicht kannst? Auf jeden Fall habe ich festgestellt, dass violette Menschen unter Schlafproblemen leiden.

Will: Erklär mir das.

Grace: Ich habe die Gabe zu erkennen, welche Farbe die Aura eines Menschen hat. Und bei dir war es ganz klar.

Will: Gute Nacht, Grace.

Er scheint nicht besonders beeindruckt zu sein. Mit einem Seufzen stecke ich mein Handy in meine Jackentasche. Ich bleibe noch eine Weile, bis meine wirren Gedanken mich langweilen, kehre zurück in mein Zimmer und lege mich ins Bett.

7

Was willst du später mal werden?

Will kommt zur vereinbarten Zeit und stellt nicht einmal den Motor ab, sondern lässt nur das Fenster herunter und fordert mich auf, einzusteigen. Ich lege die Schlittschuhe zu dem anderen Zeug auf den Rücksitz, während er Gas gibt, als hätte er es eilig, ans Ziel zu kommen.

»Wann hast du das Auto zum letzten Mal sauber gemacht? Denn es hat sich so viel Krempel angesammelt, dass man es kaum noch als Fünfsitzer bezeichnen kann.«

»Kümmere dich um deinen eigenen Kram, Grace.«

Ich ignoriere ihn und greife nach einem Buch. »Raymond Carver. Hast du das gelesen?«

Er nickt.

»Das ist ziemlich beunruhigend. Und ein bisschen wie alles im Leben: Es fasziniert mehr, wegen dem, was nicht drinsteht.«

Will sagt nichts darauf und fährt einfach weiter. Enttäuschung steigt in mir auf. Wie in einer der Erzählungen in dem Buch, das ich in der Hand halte, hätte ich wohl gern ein ausgefallenes Gespräch mit ihm geführt, das meine Neugier und die Einsamkeit für einen Moment lindern würde. Aber vielleicht ist es besser, seinem Beispiel zu folgen und Abstand zu halten. Daher sage ich nichts mehr, obwohl in dem Chaos noch andere interessante Autorennamen hervorblitzen wie Fitzgerald oder Joan Didion.

Die Eisbahn befindet sich im nächstgelegenen Ort, gegenüber dem einzigen Einkaufszentrum in der Gegend. Ich kenne es gut, denn meine Eltern mussten mich zu jedem Training dorthin fahren, und das wurde zum Problem, als es nicht mehr nur ein Hobby war und ich anfing, an Wettkämpfen auf Landesebene teilzunehmen. Aber darüber zu sprechen, wäre, als würde ich die letzten Seiten eines Krimis zuerst lesen, also zurückspulen und von vorn beginnen.

Das erste Mal, das ich auf dem Eis stand, war eher zufällig. Lucy wurde zehn Jahre alt und war gerade in einer guten Phase. Deshalb beschloss unsere Mutter, sie zu überraschen, und lud ihre drei besten Freundinnen aus der Schule ein, den Nachmittag mit ihr auf der Eisbahn zu verbringen. Ich war natürlich dabei. Wir haben Schokoladenmilchshakes getrunken und dann Schlittschuhe ausgeliehen. Folgendes ist passiert:

Sie hatten viel Spaß.

Ich verstand, wie sich ein Vogel fühlt, wenn er fliegt.

Mein erster Gedanke, als ich über das Eis glitt, war, dass es kein Hindernis gab, das sich mir in den Weg stellte. Und ich fühlte mich frei, auch wenn ich im Alter von sieben Jahren die abstrakte Bedeutung des Wortes Freiheit nicht ganz erfassen konnte. An diesem Nachmittag entdeckte ich jedoch, dass man Dinge empfinden kann, ohne sie benennen zu können. Ich war wie ein kleiner, gefräßiger Raubvogel, während ich mich über das Eis bewegte und die Kälte mir in die Haut schnitt; die Stürze, die mir einige blaue Flecken einbrachten, und das Lachen meiner Schwester und ihrer Freundinnen am Rand der Eisbahn, die kein Interesse am Schlittschuhlaufen zu haben schienen, machten mir nichts aus.

An diesem Abend fragte ich beim Essen:
»Wann fahren wir wieder zur Eisbahn?«
»Ich weiß es nicht, Grace.« Mom schenkte Wasser nach.
»Aber du musst mir ein Datum nennen.«
»Warum?«
»Damit ich den Termin in den Kalender eintragen kann.«
»Wir werden sehen, Schatz.«
Ich ignorierte meine Mutter und versuchte mein Glück bei meinem Vater. Immer, wenn ich etwas erreichen wollte, versuchte ich es zuerst bei dem einen und dann bei dem anderen, und wenn ich das, was ich wollte, nicht bekam, ging ich zu Großvater.
»Dad, du sagst immer, wir sollten Ziele haben.«
»Natürlich, Grashüpfer.«
»Ich möchte zur Eisbahn gehen.«
»Hier hat jemand eine Schraube locker.« Lucy stieß ein Kichern aus und verstummte angesichts Moms warnendem Blick sogleich wieder. Dann nahm sie ein Stück Brokkoli auf die Gabel und sagte: »Es war gar nicht so schlecht, falls dich meine Meinung interessiert.«
»Tut sie nicht«, antwortete ich, ohne sie anzusehen.
»Es reicht«, wandte Dad ein. »Grace, ich fahre dich hin, wenn du deine wöchentlichen Aufgaben erledigt hast. Du weißt schon: den Müll rausbringen, dein Zimmer aufräumen, den Tisch decken, deine Hausaufgaben machen ...«
»Mein Geschichtslehrer sagt, das nennt man ›Sklaverei‹.«
Lucy lächelte, als sie meine Antwort hörte, und ich machte es ihr nach. Ich habe einmal irgendwo gelesen, dass es Zwillinge gibt, die die Fähigkeit haben, das Gleiche zu fühlen, und seitdem habe ich mich immer gefragt, ob meine Schwester und ich, obwohl wir so unterschiedlich waren, uns leicht aufeinander

einstellen konnten, weil ich ihr Zellen gespendet habe. Manchmal, wenn ich einen schlechten Tag hatte, reichte ihre gute Laune aus, um meine Stimmung zu heben, oder umgekehrt.

Ich erinnere mich an diese ungewöhnliche Verbindung, als Will sein Auto vor der Eisbahn parkt. Das verblasste Schild hatte schon bessere Tage gesehen.

»Ich glaube, es ist geschlossen«, sage ich.

Will steigt wortlos aus dem Auto, und ich folge ihm resigniert. Er geht zur Tür und versucht, sie zu öffnen, aber ohne Erfolg. Er klopft, stößt mit der Schulter dagegen. Ich bin überrascht, dass ihn das Schild *Zu vermieten* nicht davon abhält.

»Was hast du vor?«, frage ich.

»Scheiße.« Will fährt sich mit der Hand durchs Haar und sieht sich um, als erwarte er, dass jeden Moment jemand kommt, der uns die Tür öffnet. »Was nun?«

Unwillig verschränke ich die Arme vor der Brust. Hauptsache, er merkt nicht, wie erleichtert ich bin, dass ich meine Schlittschuhe nicht anziehen muss.

»Ich weiß es nicht, sag du es mir. Schließlich bist du der *Bote*. Ich versuche immer noch zu verstehen, warum meine Schwester dich dafür ausgewählt hat.«

»Tja, dann sind wir schon zwei«, antwortet er gereizt.

Er ist so lila. Tiefes Violett.

Eines der Merkmale dieser Farbe ist das perfekte Gleichgewicht zwischen Rot und Blau. Und Kontrolle. Macht. Arroganz. Unter der ersten Schicht der Melancholie hat Will ein bisschen von all dem. Vielleicht erklärt das, warum es ihm so schwerfällt, flexibel zu sein und nach Alternativen zu suchen; er ist ein starrköpfiger Mensch.

»Ich glaube nicht, dass das das Ende der Welt ist. Wie funktioniert das Spiel?«

»Es ist eine Reihe von Kästchen.«

»Dann gehen wir zum nächsten über.«

»In Ordnung, aber wir müssen es nachholen.« Er sieht sich um. »Hast du Lust, irgendwo etwas trinken zu gehen? Ich glaube, wir könnten beide einen Drink gebrauchen.«

Wir machen uns auf den Weg zum Einkaufszentrum. Die meisten Läden hat das gleiche Schicksal ereilt wie die Eisbahn, und sie haben geschlossen, sodass alles ziemlich heruntergekommen wirkt, aber wir finden ein Café, das geöffnet ist.

Ich betrachte Will, während er die Karte studiert. Er ist attraktiv, auf eine Weise, die für meinen Geschmack zu offensichtlich ist. Ich habe mich immer gefragt, was Menschen, die gut aussehen, es wissen und zu ihrem Vorteil nutzen, wohl fühlen: Bewundern sie sich vor dem Spiegel, oder haben sie auch Komplexe und Unsicherheiten, die wir anderen nicht bemerken? Und wenn ja, haben sie angesichts der Gabe, die das Schicksal ihnen verliehen hat, überhaupt das Recht, sich so zu fühlen? Wovon hängt es ab, ob jemand mit Schönheit gesegnet ist? Und außerdem: Was verdammt noch mal ist überhaupt Schönheit?

»Worüber denkst du nach?«

Angesichts Wills rauer, tiefer Stimme zucke ich unmerklich zusammen. Er hat die Karte mit den Preisen auf den Tisch gelegt und schaut mich an. Er schaut mich wirklich an. Und ich würde sagen, die Frage ist auch aufrichtig gemeint. Ich bin so sehr daran gewöhnt, unbemerkt zu bleiben, dass mich das ein wenig aus der Fassung bringt. Ich schlucke.

»Kommt es dir nicht auch seltsam vor, dass wir etwas so Intimes miteinander teilen, obwohl wir kaum etwas über den anderen wissen?«

Will zuckt mit den Schultern.

»Definier ›intim‹.«

»Meine Schwester hat mir eine Art posthume Mission hinterlassen, und du bist ein völlig Fremder.«

»Würdest du dich besser fühlen, wenn ich dir meine Schuhgröße, mein Alter oder mein Lieblingsessen verraten würde?«

»Ich hätte nichts dagegen, das zu wissen.«

Der Kellner nähert sich, während wir uns mit einer Intensität anstarren, die nicht angemessen ist. Am Ende wendet Will den Blick ab.

»Ich nehme das Rührei von der Tageskarte.«

»Für mich einen Kaffee, danke«, sage ich.

Die Stille hüllt uns ein, bis Will sie mit einem leichten Räuspern durchbricht. Dann murmelt er:

»Vierundvierzig, ich bin fünfundzwanzig, und ich mag Käse.«

»Du kannst ja tatsächlich nett sein.«

Will lächelt, als der Kellner unsere Bestellung serviert. Sein Essen sieht köstlich aus, und er ist hungrig, denn er stürzt sich sofort darauf.

»Was ist mit dir?«

»Mit mir?«, wiederhole ich.

»Ja. Worum ging es bei der Sache mit der Eisbahn? Ein gemeinsames Hobby mit deiner Schwester oder so?«

»Nein, Lucy hat Schlittschuhlaufen gehasst.«

»Also?«

Das ist der Wendepunkt. Wenn man jemanden kennenlernt, gibt es einen bestimmten Moment, in dem man die leicht geöffnete Tür in der Hand hält und sich entscheiden muss, ob man sie weiter öffnen oder schließen will. Ich bin es gewohnt, Türen zuzuschlagen. Ich lasse die anderen durch einen kleinen Spalt etwas von mir sehen, aber dann schließe ich ab, bevor sie mir einen Blick zuwerfen können, der unter die Haut geht, der mein

Inneres offenbart. Ich habe nie das Gefühl gehabt, dass jemand »alles über mich weiß«, ich habe nie diese Verbundenheit mit einem anderen Menschen empfunden, nicht einmal mit meiner Schwester, obwohl wir uns so nahestanden. Und der Gedanke, dass niemand die wahre Grace Peterson sehen kann, ist erdrückend und tröstlich zugleich. Es gibt eine Leere, ja, eine Leere, die der Leere ähnelt, die zurückbleibt, wenn ein Sumpf austrocknet, aber es ist auch die einfachste Art, sicher in der Festung zu leben, die ich Stein für Stein aufgebaut habe, ohne mich auszuruhen und wieder zu Atem zu kommen.

Jetzt zögere ich jedoch.

Ich weiß nicht, warum. Vielleicht weil Will eine Art Geist zu sein scheint, der aus dem Nichts aufgetaucht ist. Oder weil wir uns nicht kennen, nicht einmal vom Sehen, sodass ich, wenn ich ihn anschaue, nur ein leeres Blatt Papier vor mir sehe. Vielleicht ebnet auch die Farbe seiner Aura, die meine Lieblingsfarbe ist, den Weg, sodass sich die Tür mit einem Ruck öffnet.

Daher sage ich wahrheitsgemäß:

»Als ich ein Kind war, habe ich meine Eltern davon überzeugt, mich zum Eislaufunterricht anzumelden. Ich habe es geliebt. Und ich war gut darin. Nach ein paar Jahren habe ich an Wettbewerben auf Landesebene teilgenommen. Das Training fand außerhalb von Ink Lake statt, und meine Eltern mussten mich dorthin bringen. Als ich fünfzehn Jahre alt war, hätte ich zum ersten Mal an einem nationalen Wettbewerb teilnehmen können, aber es kam nie dazu, weil eine Woche vorher, während einer Meisterschaft in Omaha, meine Schwester krank wurde. Als wir nach Hause kamen, fanden wir sie mit einer schweren Harnwegsinfektion fast bewusstlos vor. Ich erinnere mich, dass wir den Krankenwagen riefen, sie brachten sie ins Krankenhaus, und meine Mutter sagte völlig verzweifelt immer wieder, dass sie sie nicht hätten alleinlassen sollen.« Ich erwähne nicht, dass sich meine Freude über den Gewinn dieser Meisterschaft in ein zähes Schuldgefühl verwandelte. »Da begriff ich, dass das Schlittschuhlaufen keinen Vorrang hatte, also verbannte ich die Schlittschuhe in die grüne Truhe auf dem Dachboden und hörte auf zu trainieren. Ende der Geschichte. Kann ich das Rührei mal probieren?«

Ohne den Blick von mir abzuwenden, schiebt Will mir den Teller zu.

»Und jetzt will deine Schwester, dass du wieder Schlittschuhlaufen gehst.«

»Ein bisschen unheimlich, findest du nicht?«

Ich bin dankbar, dass Will so ungerührt ist, als ob wir über das Wetter oder etwas anderes Belangloses reden würden, obwohl ich glaube, dass er spürt, wie wichtig das für mich ist. Jetzt, da die Worte nicht mehr schwer wiegen und zwischen uns zu schweben scheinen, muss ich zugeben, dass es ziemlich befreiend ist.

»Es kommt auf die Perspektive an«, sagt er.

Und das war's. Er hält weder eine ermutigende Rede über Lucys wahre Absichten, noch versucht er, mich umzustimmen. Und das gefällt mir.

»Ich glaube, ich beginne zu verstehen, warum Lucy sich dieses Spiel ausgedacht hat. Meine Schwester hat immer viel Fantasie gehabt, ich meine, sie hat sich parallele Leben vorgestellt. Das mache ich auch manchmal. Lucy dachte, ich würde meine Zeit verschwenden.«

»Und? Tust du das?«

»Ich finde die Einstellung ein bisschen fragwürdig, denkst du nicht? Wie kann man messen, wie viel oder wie wenig man aus seinem Leben macht? Für manche Menschen kann Glück bedeuten, jeden Tag auf derselben Bank zu sitzen und einen Roman zu lesen, während andere mit dem Fallschirm aus einem Flugzeug springen.«

»Du könntest aufhören, zu verallgemeinern, und von dir sprechen.«

»Du bist ganz schön neugierig, Will Tucker«, antworte ich und verkneife mir ein Lächeln.

Er dagegen lächelt mich an. Zum zweiten Mal verziehen sich seine Lippen, und ich bemerke, dass sie fein sind und die obere eine ausgeprägte Wölbung hat, die ihm einen schelmischen Zug verleiht, als wollte sie sagen: *Auch Küssen kann langweilig sein, wenn man es übertreibt.*

»Ich bin nur an meinen Verpflichtungen interessiert.«

»Ich bin nicht deine Verpflichtung, damit das klar ist«, sage ich. »Und ich weiß es ehrlich gesagt nicht. Wer kann schon sicher sein, ob er das Beste aus seinem Leben macht? Du vielleicht?«

»Wir haben nicht über mich gesprochen.«

»Nun, jetzt schon.«

Will stößt einen Seufzer aus und sieht mich an, als sei ich ein Rätsel, das er lösen will. Er hat sein Rührei noch nicht aufgegessen und die Arme vor der Brust verschränkt.

»Womit verbringst du deine Zeit?«

»Heute bin ich ein Hundesitter.«

»Ein Hundesitter ...«, wiederholt er langsam.

»Tatsächlich kümmere ich mich nur um einen Hund. Heute Nachmittag muss ich mit ihm spazieren gehen und ihm etwas zu fressen geben. Aber ich habe in diesem Jahr schon mehrere Jobs gehabt. Wie du dir sicher vorstellen kannst, verliere ich sie schnell wieder. Ich finde diese ganze Sache mit den Jobs und dem Geld und so weiter sehr bedrückend.«

»Inwiefern?«

»In jeder Hinsicht. Schon in der frühesten Kindheit wird man gefragt, was man später einmal werden will. Hat dich das nicht gestört? Ich habe einmal zu einer Nachbarin gesagt: ›Ich will ein Tyrannosaurus sein, der Köpfe zerschlägt‹, und danach hat sich nie jemand mehr für meinen zukünftigen Beruf interessiert. Was ich damit sagen will, und darin wirst du mir sicher zustimmen, ist, dass es dumm ist, über seine Zukunft zu entscheiden, wenn man erst wenige Jahre gelebt hat.«

Will schaut mich so eindringlich an, dass es mir unangenehm ist.

»Und dieses ganze Gespräch hat seinen Ursprung in der Sache mit dem Schlittschuhlaufen.«

»Nein, nein, gar nicht. Wir sprachen über …« Ich denke ein paar Sekunden nach, und ein Ausdruck der Zufriedenheit erscheint auf seinem Gesicht. »Ach, weißt du, das spielt keine Rolle. Aber wenn du denkst, dass es mein Traum war, Eiskunstläuferin zu werden, und ich heute noch darunter leide, liegst du falsch. Es hat mir Spaß gemacht, ja. Aber denk an die Sache mit dem Tyrannosaurus: Ich hab das schon als Kind so gesehen. Und jetzt bist du an der Reihe.«

»Womit an der Reihe?«

»Na, damit, deine Argumente vorzubringen.«

»Willst du darüber diskutieren?«

»Ich möchte wissen, was du darüber denkst.«

»Also …« Will beißt sich auf die Unterlippe, man könnte meinen, dass er diese Geste schon oft vor dem Spiegel geprobt hat. »Ich muss nicht lange überlegen. Manchmal gefällt einem etwas einfach, und man greift zu.«

»Und was hat dir gefallen?«

»Wer ist jetzt neugierig?«

Ich verdrehe die Augen, stehe auf und ziehe die Kapuze meines Hoodies hoch. Er ist lila, und auf der Rückseite steht: *Warum glotzt du denn so?*

»Vergiss es. Du hast recht, es ist mir egal.«

Auf dem Rückweg reden wir nicht miteinander, wobei die Stille diesmal nicht unangenehm ist. Das Radio spielt ein Lied mit dem Titel *Hummingbird*, das gerade zu Ende ist, als Will vor meinem Haus anhält. Dann nimmt er einen Umschlag aus dem Handschuhfach und reicht ihn mir.

»Der ist von Lucy«, sagt er, als er meinen Gesichtsausdruck sieht.

Es gelingt mir, meine Ungeduld zu zügeln, während Will mir versichert, dass er mir nach dem Fiasko mit der Eisbahn bald den nächsten Schritt mitteilen wird. Wir verabschieden uns, und kaum bin ich durch die Tür, reiße ich den Umschlag auf und ziehe den darin steckenden Brief heraus.

8

Auf wen bist du wütend?

Mr. Flu gehört zu den Hunden, die mit heraushängender Zunge laufen und ständig an der Leine ziehen, und ich muss die Hälfte des Weges hetzen, um mit ihm Schritt zu halten, obwohl ich irgendwo gelesen habe, dass ich mich eigentlich behaupten und als Rudelführer auftreten sollte. Aber es ist mein erster Tag, und so schaffe ich es gerade noch, mich zurück zu Mrs. Rogers' Haus zerren zu lassen, nachdem ich zugelassen habe, dass der Hund die Reste eines Eises vom Boden aufleckt, weil er schneller war als ich.

Während Mr. Flu seine Futterration verschlingt, betrachte ich die geräumige Küche mit den makellosen weißen Möbeln. Ich mag die Häuser anderer Leute. Nicht die Sachen als solche, sondern den Gedanken, dass ihre Intimität für einen Moment mir gehört. Ich könnte einen Blick in den Vorratsraum werfen, um herauszufinden, was Anne Rogers isst, oder ihre Schreibtischschublade öffnen, wer weiß? Die Möglichkeiten sind endlos.

Doch ich bleibe neben Mr. Flu sitzen.

Danach wird der Tag zu einer Aneinanderreihung von Stunden, die in eine eintönige Woche übergehen, die sich mit Dads Abwesenheit, Moms Schweigen vor dem Fernseher, einem gelegentlichen Anruf von Großvater und einer Verabredung mit

Tayler und seinen Freunden zum Biertrinken und nichts weiter zusammenfassen lässt.

Der Donnerstag erwacht hinter einem orangefarbenen bewölkten Himmel. Ich lese Lucys Brief noch einmal, um mich davon zu überzeugen, dass es das Richtige ist, zu tun, was sie verlangt, aber wenn ich sie vor mir hätte, würde ich mir das nicht gefallen lassen. Denn anstatt mir einen emotionalen oder besonderen Brief zu hinterlassen, in dem sie zum Beispiel an eine Anekdote aus unserer Kindheit erinnert, habe ich nur den materiellen Beweis in der Hand, dass es der Wunsch meiner Schwester ist, dass ich weiterhin an den Gruppentreffen teilnehme. Und ich würde ihr gern sagen: »Nein, ich werde es nicht tun, denn es ist Zeitverschwendung«, aber sie ist tot. Es ist also keine Frage, die ich mit ihr diskutieren kann, sondern ich muss sie einfach akzeptieren.

Das Einzige, was sie nach dieser Aufforderung noch hinzugefügt hat, ist: *Vergiss nicht, wie das Spiel heißt, Grace. Stell Dir eine Landkarte voller Straßen vor, wobei es – in diesem Fall – nicht die eine richtige Route gibt, sondern alle zu einem anderen Ziel führen. Entlang des Weges gibt es felsige Stellen, aber Du musst sie durchqueren, um sie hinter Dir zu lassen. Mit dem Schmerz ist es das Gleiche: Man kann ihn nicht umgehen, man muss durch ihn hindurch.*

Deshalb holt mich Will am Donnerstag wieder ab.

»Bereit für einen unterhaltsamen Nachmittag?«

Ich nehme auf dem Beifahrersitz Platz und werfe ihm einen bösen Blick zu. Heute trage ich dunkle Jeans, lilafarbene Converse und ein graues Sweatshirt, ähnlich dem, das er anhat.

»Ich weiß, dass wir uns nicht sehr gut kennen, aber ich halte es für meine Pflicht, dir zu sagen, dass Humor nicht deine Stärke ist, Will Tucker.«

Er wirkt beim Fahren ziemlich ruhig und wirft gelegentlich

einen Seitenblick auf mich. Wir haben die ganze Woche nicht miteinander gesprochen, aber die Atmosphäre im Auto ist entspannt, als ob uns nach dem letzten Gespräch im Einkaufszentrum eine Art Kameradschaft verbinden würde.

»Eine schwierige Woche? Probleme mit deinem Freund?«

Schade, dass das gute Gefühl sich nach weniger als fünf Minuten schon wieder verflüchtigt hat.

»Ich weiß nicht, von welchem ›Freund‹ du sprichst.«

»Von dem, der dich neulich geküsst hat, als ich dich vor deiner Haustür abgesetzt habe, so als wolle er sein Revier markieren«, stellt er klar.

»Ah, der. Sicher.«

Will blickt mich aus dem Augenwinkel an.

»Gibt es mehrere?«

»Gelegentlich«, antworte ich.

»Legst du dich nicht gern fest?«

»Interessiert dich das wirklich?«

»Nein.«

»Gut.«

Wir ignorieren uns gegenseitig. Nachdem Will den Wagen geparkt hat, teilt er mir mit, dass er wie neulich in dem Café warten wird, und ich nicke und steige aus dem Auto.

Als ich den Gang entlanggehe, höre ich Stimmen. Ich trete ein.

All die traurigen Augen sind auf mich gerichtet, und ich frage mich, ob sich in meinen auch ein so unergründlicher Kummer verbirgt. Das ist möglich, denn ich habe mir meine Aura immer als blau vorgestellt: unglücklich, gebrochen, einsam und blass wie der Himmel in der Morgendämmerung, wenn es noch neblig ist, kurz bevor die Farben des Tages lebendig und hell werden.

Faith lächelt mich freundlich an und lädt mich ein, mich zu

setzen. Eine Frau namens Dona, die in den Siebzigern ist und ihr weißes Haar zu einem Zopf geflochten hat, fragt mich, ob ich Kaffee möchte, und ich lehne dankend ab. Dann bietet sie mir Limonade an, und ich nehme sie schließlich, um nicht undankbar und unfreundlich zu wirken.

»Wie ich schon sagte, will Adrien heute über die Kleinigkeiten sprechen. Diese scheinbar kleinen Dinge, die große Erinnerungen wecken, in die man leicht hineinstürzen kann.«

»Es war wegen des Toasters«, sagt Adrien, der eine Basecap trägt. »Wir sind mal zusammen in einem dieser minimalistischen Restaurants gewesen, wo die Portionen winzig sind, und haben mehr Wein getrunken als sonst. Als wir in den frühen Morgenstunden nach Hause kamen, waren wir immer noch hungrig, und Kate, meine Frau, beschloss, Toast mit Erdnussbutter zu machen, und als der Toast heraussprang, erschrak sie so sehr, dass sie zu Boden fiel. Am Ende saßen wir beide betrunken auf der Erde und haben uns kaputtgelacht. Es war ein wunderbarer Abend, wirklich, wie eine Rückkehr in die Zeit, als wir jung waren, was schon so lange her war. Wir hatten viel Spaß. Und vor zwei Tagen, am Dienstag, habe ich überlegt, mir zum Abendessen ein Käsesandwich zu machen. Ich habe also den Toaster herausgenommen und die beiden Scheiben hineingesteckt. Dann bin ich weiter meiner Beschäftigung nachgegangen, habe dabei Radio gehört und plötzlich, klack, geht der Timer aus, das Brot springt heraus, und die Erinnerung an diese Nacht trifft mich wie ein Orkan. Es war schrecklich. Schrecklich. Ich konnte nicht aufhören zu weinen. Und das alles nur wegen des verdammten Toasters.«

Adrien lehnt sich vor, um ein Taschentuch aus der Schachtel in der Mitte des Tisches zu nehmen, und der Rest der Anwesenden applaudiert nach seinem Beitrag.

Und so öffnen sie sich einer nach dem anderen.

Es ist eine groteske und aufmunternde Szenerie, beides zugleich, so widersprüchlich es auch erscheinen mag. Ich bin erstaunt, dass sie in der Lage sind, so persönliche Dinge zu erzählen und so offen über die geliebten Menschen zu sprechen, die sie verloren haben, aber tatsächlich wird mir allmählich klar, dass es manchmal einfacher ist, dies vor Menschen zu tun, die man nicht kennt, als vor der eigenen Familie. War es nicht das, was ich dachte, als ich beschloss, ehrlich zu Will zu sein und die Tür zu öffnen, die jahrelang verschlossen und voller Spinnweben war?

»Gibt es etwas, das du uns sagen möchtest, Grace?«

Faiths Hände liegen in ihrem Schoß, ihr geblümtes Kleid geht bis zu den Knien. Sie strahlt eine derartige Sympathie aus, und ich frage mich, wie so jemand in Nebraska leben kann. Eigentlich ist sie für ein Leben an einem hellen, freundlichen Ort am Meer geschaffen und nicht für diese Ecke, wo mitten im Frühling Hurrikans und andere Stürme durchziehen.

»Nein, ich glaube nicht.«

»Na gut, dann ...«

»Warte. Ja. Es gibt eine Sache. Es ist nichts Wichtiges, aber genau darum geht es ja gerade, um die scheinbar unbedeutenden Kleinigkeiten.« Ich habe einen Kloß im Hals wegen dieses dummen Impulses, der mich ergriffen hat. »Lucy und ich waren grundverschieden, obwohl wir uns so ähnlich waren. Für mich ist das kein Widerspruch. War es nie. Was ich sagen will, ist, dass wir uns von Grund auf verstanden haben. Ich vermisse es sehr, mit ihr zu reden, denn wir hatten tolle Gespräche, und wenn wir ehrlich sind, gibt es nur wenige Dinge im Leben, die schwieriger sind, als einen anderen Menschen zu finden, mit dem man sich stundenlang unterhalten kann, ohne sich zu langweilen oder das Gefühl zu haben, dass man seine Zeit verschwendet. Und ich habe so gerne mit ihr gemeinsam Filme angeschaut, weil wir sie immer detailliert besprochen haben, egal, ob sie gut oder schlecht waren. Wir hatten immer die Fernbedienung in Reichweite, und wenn eine von uns etwas kommentieren wollte, haben wir den Film unterbrochen. Die meisten Leute hassen das, weil sie den Film einfach nur zu Ende sehen wollen, als ob das Ende wichtiger wäre als der Weg dorthin. Aber wir waren anders. Wir haben uns auch gern unsere Lieblingsfilme mehrfach angesehen und dabei Dinge entdeckt, die wir beim ersten Mal nicht bemerkt hatten, oder andere Schlüsse gezogen. Wir haben die *Before*-Trilogie geliebt. Ich weiß nicht, wie oft wir Jesse und Celine bei ihren Spaziergängen durch die Straßen von Wien, Paris und Griechenland begleitet haben, aber an einer Stelle hat meine Schwester den Film angehalten und immer wieder zurückgespult, um zu hören, was die Protagonistin sagt: ›Ich häng nämlich so an Kleinigkeiten. Ich glaub, mit Menschen geht's mir genauso. Ich entdecke immer kleine Details, die ganz spezifisch sind und die mich so bewegen, dass ich sie vermisse. Kein Mensch ist austauschbar. Jeder besteht aus wunderbaren kleinen Details.‹ Und dann hat Lucy mich gefragt: ›Hältst du mich für dumm, weil ich mich an den Gedanken klammere, trotz allem, trotz dieser rebellischen Zellen und dieses schwachen Immunsystems, unersetzlich zu sein?‹«

Ich schlucke und starre auf den Teppich.

»Und was hast du darauf zu ihr gesagt?«, fragt Dona.

Alle warten ungeduldig, als ob ich ihnen gleich ein Geheimnis aus der Luft- und Raumfahrt verraten würde. Ich atme tief durch. Ich könnte ihnen sagen, dass das Unsinn war, denn in diesem riesigen Universum sind wir so unbedeutend wie eine Ameise. Doch inmitten des Ozeans der Traurigkeit ist in ihren

Augen auch Hoffnung zu sehen. Also belüge ich sie, so wie ich damals Lucy belogen habe, weil ich es genauso sehr glauben muss wie sie, und in der Täuschung steckt ein Körnchen Wahrheit. Ihre Existenz mag den Lauf der Welt nicht verändert haben, aber für die Menschen, die sie liebten, schon.

»Ich habe ihr gesagt: ›Ja, du bist unersetzlich.‹«

Sobald die Sitzung zu Ende ist, stehe ich hastig auf, und als ich bemerke, dass Faith auf mich zukommt, um mit mir zu sprechen, bin ich dankbar, dass Adrien zwischen uns tritt und etwas zu ihr sagt. Ich nutze die Gelegenheit und gehe hinaus, wobei das Wort *fliehen* treffender wäre.

Ich gehe die Straße entlang zu dem Café.

Will sitzt am selben Tisch, ein Buch in der Hand und eine leere Tasse neben sich. Ich beobachte ihn durch die Glasscheibe. Seine Haltung wirkt entspannt: die Beine ausgestreckt, ein Arm liegt auf der Rückenlehne des Stuhls, den anderen hat er angewinkelt, um die Seiten umzublättern. Doch sein charakteristisches Stirnrunzeln verrät, dass diese Gelassenheit nur eine Illusion ist. Vielleicht sind es die Falten auf seiner Stirn oder die Anspannung in seinen Schultern, die mich an ihm verwirren; ich habe noch nicht einmal entschieden, ob ich ihn mag oder nicht, aber er erweckt auf jeden Fall etwas Extremes und Intensives in mir.

Plötzlich starrt er auf den Tisch, dann blickt er auf und sieht mich. Er verzieht die Lippen, woraus eine seltsame Grimasse entsteht.

Ich gehe hinein und setze mich ihm gegenüber auf die granatrote Bank, aber ich bestelle nichts.

»Wie ist es gelaufen?«

»Es hätte schlimmer sein können, nehme ich an.«

»Ich gehe davon aus, dass du nicht zu den Menschen gehörst, bei denen das Glas halb voll ist.«

»Ein Punkt für dich. Und du? Bist du ein Optimist?«

»In der jetzigen Phase meines Lebens würde ich das verdammte Glas nehmen und es gegen die Wand werfen. Ich hoffe, das beantwortet deine Frage.«

Ich stütze das Kinn in die Hände, ohne den Blick von ihm abzuwenden. Mir gefällt es, dass keiner von uns den anderen für einen Freak hält, obwohl wir eindeutig zwei Kreise sind, die versuchen, in eine Welt voller perfekter Quadrate zu passen.

»Familiäre Probleme? Oder hat dir jemand das Herz gebrochen? Nein, du hast an einem Casting-Wettbewerb teilgenommen und wurdest nicht genommen?«

Seine Augen funkeln, während er lächelt.

»Du hast den Nagel auf den Kopf getroffen. Ich habe einen Backstreet-Boys-Song gesungen, und sie haben mich weggeschickt. Seitdem bin ich traumatisiert.«

»Ich nehme zurück, was ich im Auto zu dir gesagt habe; dein Sinn für Humor ist durchaus akzeptabel, aber nicht gut genug, um mich abzulenken und den Verlauf des Gesprächs zu ändern. Kommen wir also auf die Sache mit dem Glas, dem Optimismus und all dem zurück. Ich spüre eine gewisse Wut in dir ...«

»Du kannst also nicht nur sehen, welche Farbe die Menschen haben, sondern hältst dich auch für eine dieser Wahrsagerinnen auf dem Jahrmarkt«, antwortet er spöttisch.

»Sag mir, auf wen du wütend bist.«

Vielleicht bemerkt er meine Entschlossenheit, oder er ist es leid, sich zu verstecken, jedenfalls stößt Will einen Seufzer aus, und ich weiß, dass ich diese Schlacht gewonnen habe, wenn auch nicht den Krieg.

»In Ordnung. Ich werde es dir sagen, wenn du mir erklärst, warum du denkst, dass ich lila bin, und was es mit den Seelen auf sich hat?«

»Den Auren.«

»Ist das nicht das Gleiche?«

»Nein.« Ich muss lachen, während Will mich schweigend anschaut. Er sieht überrascht aus. Wahrscheinlich, weil es das erste Mal war, dass ich in seiner Gegenwart gelacht habe, was ich ehrlich gesagt sowieso nicht oft tue. Er sieht mich aufmerksam mit seinen grünen Augen an, und ich fühle mich nackt. »Die Aura ist die Energie, die du ausstrahlst.«

»Und wo hast du das her?«

»Meine Antwort wird dir nicht gefallen.«

»Warum?«

»Weil du ein Skeptiker bist, Will.«

»Dann versuch, mich zu überzeugen.«

»Als ich noch ein Kind war, hat mir mein Großvater ein Buch mit einer Geschichte geschenkt, die eher für kleinere Kinder gedacht war: Darin wurden die Farben anhand der Gefühle erklärt, die die Menschen haben. Und wenn ich mich damals in der Schule gelangweilt habe, habe ich versucht, herauszufinden, welche Farbe welchem Klassenkameraden entsprechen könnte. Eines Tages habe ich Lucy davon erzählt, und sie war von dem Experiment begeistert, sodass wir es von da an gemeinsam durchführten; wir analysierten ihre Freundinnen, die Jungen, die ihr gefielen, und unsere Nachbarn. Es ist leicht, herauszufinden, wie die Leute in deiner Umgebung sind, wenn man sich die Mühe macht, sie richtig zu beobachten. In Wirklichkeit sind wir alle wie Regenbögen, aber es gibt immer eine vorherrschende Farbe in jedem von uns.«

»Und die Schlussfolgerung ist?«

»Dass es nur ein Spiel ist.«

Ich sage ihm nicht, dass ich mich von der Farbe Lila schon immer angezogen gefühlt habe, von der Melancholie, von

Arroganz, Geheimnis und Eitelkeit, Sühne, Magie und Fantasie.

»Ihr Peterson-Mädchen habt ein beunruhigendes Interesse an Spielen.«

»Das muss ein Übermaß an Fantasie sein.«

»Das denke ich auch. Und warum glaubst du, dass meine Aura lila ist?«

»Es macht keinen Spaß mehr, wenn ich dir alles verrate. Außerdem spiele ich gern, wie du selbst gesagt hast, also finde es selbst heraus.«

»Du hast mich reingelegt.«

»Ich mache die Regeln.«

Wills Lächeln wird noch breiter, und genau dort, in der Sichel seiner Mundwinkel, nehme ich etwas Dunkles, Rätselhaftes wahr. Er mag Herausforderungen. Da bin ich mir sicher. Aber ich glaube auch, dass er sich extrem zurückhält.

»Okay. Dann rate mal, auf wen ich wütend bin.«

Ich akzeptiere den erwarteten Gegenangriff klaglos.

»Auf deinen Vater. Das ist ziemlich typisch.«

»Nein.«

»Nun, da das ausgeschlossen ist, ist es eindeutig ein Mädchen. Deine Freundin, nehme ich an. Ich fasse das mal zusammen: intellektuelles College-Mädchen, weil du gern liest, das sich stilvoll, aber nicht extravagant kleidet. Vielleicht eine Brille mit auffälliger Fassung?« Will starrt mich reglos an. »Sie bevorzugt klassische Taschen aus Leder im Bandolera-Stil und hat immer ein Notizbuch und Honigbonbons dabei. Ich bin mir sicher, dass du Pläne für die Zukunft hattest, aber am Ende hat es nicht geklappt, und dein Herz ist gebrochen.«

»Nein.«

»Was ich nicht verstehe, ist, warum es dich an einen Ort wie

Ink Lake verschlagen hat, um deine Wunden zu lecken. Und du willst mir immer noch nicht sagen, wie du meine Schwester kennengelernt hast.«

»Es ist keine Ex«, beharrt er.

»Ist es deine Mutter? Ich hoffe, es hat nichts mit dem Ödipuskomplex zu tun, denn diese Phase der psychosexuellen Entwicklung solltest du hinter dir haben.«

»Hat dir noch nie jemand gesagt, dass du sehr eigenartig bist?«

»Doch. Solange ich denken kann.«

Aber dir auch, will ich hinzufügen, *du hast auch etwas, das dich anders macht, auch wenn ich noch nicht weiß, was, und deshalb spüre ich nicht den Drang, mich zu verstellen, wenn wir zusammen sind.*

»Ein Freund?« Kehre ich zum Thema zurück.

»Nein.«

»Gib mir einen Hinweis.«

Will legt den Kopf leicht schief.

»Du hast ihn vor dir.«

»Das heißt, du willst sagen …«

»Dass ich wütend auf mich selbst bin.«

Und ohne mir Gelegenheit zu geben, weiter nachzufragen, beendet er das Gespräch abrupt, steht auf und geht zur Theke, um die Rechnung zu bezahlen.

9

Das monochrome Leben

»Und bei euch ist wirklich alles in Ordnung?«
»Ja, Großvater. Keine Sorge. Alles ist ... wie immer.«
Ich füge natürlich nicht hinzu, dass das nicht unbedingt etwas Gutes ist, denn das weiß er. Die Situation zu Hause ist so angespannt, dass die kleinste Erschütterung alles zum Einsturz bringen könnte. Wir gehen wie auf Zehenspitzen, aber wie lange kann man das aushalten, ohne mit den Fersen den Boden zu berühren?
»Vergiss nicht, bei mir zu Hause vorbeizuschauen, um nachzusehen, ob alles in Ordnung ist. Und du kannst dort bleiben, wann immer du willst, das weißt du ja, den Schlüssel hast du. Aber keine Partys.«
»Schade, dabei habe ich mir gerade eine Schaumkanone gekauft.«
»Du bist unverbesserlich, Grace.«
»Ich liebe dich auch.«
Nachdem ich aufgelegt habe, gehe ich in die Küche, um mir einen Snack zu holen. Im Kühlschrank und im Vorratsraum ist nicht viel. Meine Mutter sitzt auf dem Sofa und starrt auf den Fernseher. Sie sieht sich eine Reality-Show an, in der nackte Paare auf einer einsamen Insel überleben müssen.
»Wie interessant.« Sie zuckt mit den Schultern. »Sollen wir

einkaufen gehen? Wir haben keine Milch, keine Butter und kein Müsli. Eigentlich ist gar nichts da.«

»Es tut mir leid.« Sie wirkt leicht benommen. »Brauchst du Geld? Hast du wieder deinen Job verloren? Mein Portemonnaie ist im Schlafzimmer, Schatz.«

»Ich habe Geld. Soll ich dir etwas mitbringen?«

Mom schüttelt den Kopf und bemüht sich um ein Lächeln.

»Wenn du Olivia siehst, grüß sie von mir.«

»Klar.«

Zehn Minuten später radle ich die Straße entlang. Ich muss immer wieder an die Nachricht denken, die ich gestern von Will bekommen habe: *Der nächste Schritt im Spiel: Denk an die Dinge, die du magst, und schreibe sie auf ein Blatt Papier.* Ich hab sofort losgelegt, was für mich eher ungewöhnlich ist. Ich habe mich an meinen Schreibtisch gesetzt, ein Blatt Papier zur Hand genommen und ... Das war's. Ich habe über eine Stunde lang aus dem Fenster gestarrt, das leere Blatt vor mir, und am Ende war das Einzige, was ich aufgeschrieben habe: *Ich mag saure Süßigkeiten.* Daraufhin habe ich das Papier in sehr kleine Stücke gerissen, die Fetzen in den Papierkorb geworfen und bin ins Bett gegangen.

Das Wort *Anhedonie* hat mich schon immer fasziniert, denn es klingt zärtlich, drückt aber etwas Tragisches aus: die Unfähigkeit, Freude zu empfinden. Was, wenn das auf mich zutrifft? Was, wenn das die ersten Symptome sind? Ich weiß nicht mehr, wann ich mich das letzte Mal wirklich zufrieden gefühlt habe, und manchmal achte ich nicht auf den emotionalen Hintergrund der Dinge.

Vielleicht erklärt das, was mit Olivia passiert ist. Ich hätte darauf bestehen sollen, nach dem Missverständnis noch einmal mit ihr zu sprechen. Ich hätte sie ein paar Tage später noch mal anrufen sollen. Ich hätte eine weniger harte Möglichkeit finden sollen, ihr die Realität zu beweisen.

Ohne lange darüber nachzudenken, mache ich einen beträchtlichen Umweg und fahre an ihrem Elternhaus vorbei. Es ist ein mittelgroßes Grundstück mit einem gepflegten Garten. Olivia ist im Moment nicht dort, sondern viele Meilen entfernt in Colorado. Ich konnte mich nie dazu durchringen, meiner Mutter zu erzählen, dass sie im letzten Jahr ein Stipendium für die Modeschule erhalten hat, die sie schon so lange besuchen wollte.

Sie ist gegangen, genau wie die anderen.

Ich will umkehren, als ich eine Bewegung hinter dem Küchenfenster wahrnehme. Das Haus kenne ich gut, denn dort habe ich meine Nachmittage verbracht, wenn Großvater gearbeitet hat und meine Eltern mit Lucy im Krankenhaus waren.

Ich fahre weiter.

Der Ausdruck *beste Freundin* hat mir immer gefallen. Er hat diesen kindlichen Charme, der ihn niedlich, aber ab einem gewissen Alter auch ein wenig lächerlich erscheinen lässt. Als ich ein Kind war und Olivia mich vor den anderen Mädchen aus der Klasse oder ihren Eltern so genannt hat, habe ich gespürt, wie meine Brust vor Freude anschwoll. Sie war nicht nur eine Freundin, sie war die beste, die ausgefallenste, diejenige, die ich sofort ausgewählt habe, wenn wir eine Aufgabe zu zweit machen sollten.

Sie hat mir das Gefühl gegeben, nicht unsichtbar zu sein.

Wahrscheinlich hat es mich aus diesem Grund nicht gestört, dass wir so unterschiedlich waren. Mein Großvater hat mir erzählt, ihm sei es mit seinen Jugendfreunden genauso ergangen: Sie haben unterschiedliche Wege eingeschlagen, wohnten nicht einmal in derselben Stadt, aber er wusste, wenn er etwas brauchte, musste er nur zum Telefon greifen. Ich habe diese Verbundenheit aus tiefstem Herzen wie bei Familienangehörigen schon immer sehr gemocht. Manchmal geht die Zuneigung einfach über das hinaus, was man mit jemandem gemeinsam hat. Aber auch die engsten Bindungen können zerreißen.

Auf dem Weg zum Supermarkt fahre ich an dem Lokal vorbei, in dem Will arbeitet; um diese Zeit ist es geschlossen. Habe ich das in der Hoffnung getan, einen Blick auf ihn zu erhaschen? Ich möchte die Antwort lieber nicht wissen, also schiebe ich diese Frage beiseite.

Ich kaufe nur das Nötigste, denn es muss ja in meinen Rucksack passen, und dann fahre ich durch dieselben Straßen und dieselben Parks zurück, bleibe an denselben Ampeln stehen und komme an denselben Leuten vorbei.

Mein Leben ist monochrom.

Um zehn Uhr abends habe ich es geschafft, mich in ein kurzes, enges Kleid zu zwängen, das mir nicht wirklich gefällt und das ich mit Turnschuhen kombiniere, weil ich noch nie in der Lage war, länger als fünfzehn Minuten am Stück hohe Absätze zu tragen.

Ich sitze auf Taylers Schoß. Er raucht Marihuana, sagt etwas über die unglaublich tollen Reifen an seinem Motorrad und hat seinen Arm um meine Taille gelegt.

Wir sind zu einer Party gegangen, die ein Bekannter bei sich zu Hause veranstaltet. Ich kenne seinen Namen nicht, aber ich weiß, dass das Mädchen, das rechts von mir sitzt, Mia heißt und als Kellnerin in meinem Lieblings-Burgerladen am äußersten Rand der Stadt arbeitet. Und links neben mir lachen Nelson und Rick über etwas, das ich nicht verstehe. Alle Leute hier sind Taylers Freunde. Sebastien ist nicht da, und ehrlich gesagt bin ich froh darüber, denn in seiner Anwesenheit fühle ich mich immer unwohl. Kurz gesagt sind wir die offiziellen Mitglieder des Clubs der Verlierer, diejenigen, die es nicht geschafft haben, ihre Fühler nach neuen Horizonten auszustrecken. Jeder von uns hatte wohl seine Gründe. Mia ist mit sechzehn schwanger geworden, Rick ist glücklich damit, auf der Farm seiner Eltern zu arbeiten, Nelson hatte eine Verletzung und hat dadurch sein Sportstipendium verloren, und was Tayler betrifft ... Ich vermute, er ist lieber der King in einer kleinen Stadt als ein Niemand irgendwo anders.

Und was ist meine Ausrede?

Na ja, ich habe mit fünfzehn Jahren nicht nur das Eislaufen aufgegeben, sondern auch kein Interesse mehr daran gezeigt, etwas zu lernen. Ich habe keine Ahnung von Entwicklungstheorie und konnte mich noch nie auf etwas konzentrieren, was mich nicht interessiert. Ich war nie Teil des Standardsystems.

Meine Interessen könnte man als obsessiv bezeichnen, wenn auch nur für eine gewisse Zeit. Vor ein paar Jahren habe ich zwei Monate ausschließlich russische Autoren gelesen: von Tolstoi über Dostojewski bis Gogol. Ich hatte eine Phase, in der ich von Georgia O'Keeffe besessen war, und deshalb unbedingt anfangen wollte zu malen, aber als ich alles zusammenhatte (Farben, eine Staffelei, die mir ein Freund meines Vaters überlassen hat, ein paar Leinwände, Terpentin und alles Übrige), war ich von der Idee an sich gelangweilt.

Aber selbst wenn ich eine hervorragende Schülerin gewesen wäre, hätte ich Nebraska nie verlassen, solange meine Schwester hier lebte.

»Ist noch Rum da?«, fragt Tayler.

»Schau mal in der Küche nach«, antwortet jemand unwillig.

»Kommst du mit?«

Ich nicke, und wir verlassen das Wohnzimmer. Die Küche ist klein, und ein Pärchen knutscht am Kühlschrank. Tayler füllt zwei Gläser mit Rum und Cola, und die beiden Turteltauben verschwinden, wahrscheinlich auf der Suche nach einem ruhigeren Plätzchen.

Ich betrachte Taylers muskulöse Arme, den Dreitagebart, den silbernen Ring an seinem rechten Ohr und das Bad-Boy-Dauergrinsen auf seinen Lippen. Er sieht gut aus, aber es ist nicht auf den ersten Blick so deutlich erkennbar wie bei Will. Obwohl er drei Klassen über mir war, genau wie Lucy, weiß ich, dass er von den Mädchen in der Highschool wie ein Rocksänger verehrt wurde, weil er beliebt und gefährlich war; aber jetzt, sieben Jahre danach, wirkt er eher wie einer dieser Möchtegern-Stars, die hoch hinauswollen und letztendlich scheitern.

Wahrscheinlich hat er hinter seiner Fassade nichts zu bieten. Und mit fünfzehn Jahren ist das vielleicht noch nicht wichtig. Aber mit über zwanzig ist es enttäuschend.

»Hör mal, Tayler.«

»Was ist, Baby?«

»Wenn man dich bitten würde, auf ein Blatt Papier zu schreiben, was du magst, was würde dir dann einfallen?«

Ich sitze auf dem Küchentresen. Lächelnd kommt er zu mir, nimmt einen langen Schluck und legt seine Hände auf meine Hüften.

»Du natürlich.«

»Ja, klar.« Ich seufze resigniert, doch dann fällt mir noch etwas ein. »Und was ist es, was du angeblich an mir magst?«

»Na ja ... deinen Hintern. Und dein Gesicht.«

»Das ist ja toll, vorne und hinten. Ich bin echt ein Glückspilz.«

»Du hast es verdient.« Er küsst mich.

Offensichtlich hat er die Ironie nicht bemerkt und wirkt irritiert, als ich mich von ihm löse.

»Denk mal wirklich darüber nach, Tayler.«

»Worüber?« Er greift nach seinem Glas.

»Das, was ich eben gesagt habe: Welche Dinge im Leben du magst.«

Er schnaubt, als finde er das Gespräch absolut absurd, und vielleicht ist es das auch, aber ich muss herausfinden, ob sich der Rest der Welt ähnlich betäubt fühlt wie ich.

»Ich weiß es nicht ...« Er greift sich ins Haar. »Ich mag Motorräder. Und Autos. Und Marihuana. Das Übliche, nehme ich an. Und diese Reality-Show, die abends kommt, die mit den nackten Pärchen auf der einsamen Insel. Und scharfes Essen.«

Ich schalte ab, als er das mit der Reality-Show im Fernsehen sagt, während ich ihn weiter anschaue und an meinem Drink nippe. Man kann jemanden ansehen, ohne ihn wirklich zu sehen. Wir alle tun es immer wieder.

Ein oder zwei Stunden später weigere ich mich, mit Tayler zu ihm nach Hause zu gehen, und verlasse die dekadente Party allein. Ich ziehe den Reißverschluss meiner lilafarbenen Daunenjacke bis ganz nach oben zu, aber die Kälte dringt beißend durch meine dünne Strumpfhose. Mein Fahrrad habe ich nicht dabei, weil Tayler mich mit dem Motorrad abgeholt hat, und so stolpere ich durch die dunklen, verlassenen Straßen von Ink Lake. Ich glaube, ich bin ziemlich betrunken.

Wahrscheinlich ist das der Grund, warum ich vom Weg abweiche. Und das Licht hinter der Tür ermutigt mich. Ich bin wie eine Motte, die in einer Sommernacht um eine Laterne kreist. Schließlich ringe ich mich dazu durch und betrete das Lokal, in dem Will arbeitet.

10

Sich sehen lassen

Wenn ich das Lied, das im Zinrock gespielt wird, in Szene setzen müsste, würde ich einen Elefantenfriedhof in der sengenden Sonne zeigen. Es ist die Faszination des Sterbenden. Das gilt auch für das Lokal. Es wirkt irgendwie heruntergekommen, ohne unansehnlich zu sein, sondern es verleiht dem Ganzen eine besondere Note. Das dunkle Holz und das Flackern des gedämpften Lichts, das sich im Glas der Flaschen hinter der Theke spiegelt.

Und genau dort steht Will, der geistesabwesend ein Glas abtrocknet.

Der tätowierte Mann, den ich vor wenigen Wochen kennengelernt habe, steht neben ihm und wendet sich mir als Erster zu. Er lächelt mich an, als er mich sieht. Es ist offensichtlich, dass sie gleich schließen wollen, denn die Tische sind leer, und sie sind fast mit dem Aufräumen fertig.

»Schau an, wer kommt denn da?«

»Grace?« Will sieht mich an.

»Höchstpersönlich. Kann ich noch was bestellen?«

Der andere Kerl stößt Will mit dem Ellbogen an, lacht und schließt mit einem Knall die Kasse. Er zuckt mit den Schultern und lässt einen Schlüsselbund auf der Theke liegen.

»Ich habe das Gefühl, dass das länger dauern wird, also

schließ du ab. Denk dran, das Licht auszuschalten«, sagt er, nachdem ich mich auf einem der hölzernen Barhocker niedergelassen habe. Er sieht mich an. »Mein Name ist übrigens Paul. Schön, dich kennenzulernen.«

»Ganz meinerseits.«

Er nickt, zieht eine abgewetzte Lederjacke an und geht. In dem Moment, als wir allein zurückbleiben, ist auf einmal alles so intim, und ich fühle mich unbehaglich. Oder vielleicht bilde ich mir das aufgrund meines Zustands auch nur ein. Denn das mit der enthemmenden Wirkung des Alkohols stimmt. Manchmal kann ich fast spüren, wie die Flüssigkeit wie geschmolzene Lava langsam immer tiefer in meine Kehle hinuntergleitet. Ich glaube, dass in einem gewissen Moment die Gefühle aus meinem Herzen heraus in meinen Magen rutschen.

Will trocknet das letzte Glas ab und schaut mich an.

»Was willst du?« Er kommt direkt zur Sache.

»Ich habe gedacht ... Ich habe viel nachgedacht. Weißt du, die Sache, die du von mir verlangt hast, die Dinge, die ich mag, aufzuschreiben, ist so ein großer Unsinn wie Neptun. Oder Saturn. Was weiß ich, ich kann mich gerade nicht daran erinnern, welcher der größte Planet ist.«

»Jupiter.«

»Okay, das war's. Es ist so dumm, wie der Planet groß ist.«

»Wenn dich meine Meinung interessiert, würde ich sagen, dass ich es für ziemlich sinnvoll halte und es zum Namen des Spiels passt. Bei der *Karte der Sehnsüchte* geht es um das, was du dir wünschst.«

»Der Punkt ist, Will, dass mich deine Meinung nicht wirklich interessiert. Nichts für ungut, es ist nur so, dass wir uns kaum kennen. Ich meine, ich finde dich interessant, aber nur auf oberflächlicher Ebene. Du bist wie ein Gemälde von Cézanne:

Du wirkst auf den ersten Blick attraktiv, aber wenn man keine Ahnung von der Geschichte der modernen Kunst hat, kann man das, was man sieht, nicht richtig einschätzen.«

»Ich glaube, ich komme nicht ganz mit.«

»Das Wichtige sind die Details, zum Beispiel, ob du starken Kaffee magst und wie viele Löffel Zucker du hineingibst, ob du an Gespenster glaubst oder welche Jahreszeit dich am glücklichsten macht. Jemanden kennenzulernen, ist die Kunst der Vorwegnahme. Und zwischen uns gibt es das nicht, daher ist es für mich ein bisschen unangenehm, dass du an dieser Übung der Selbstfindung, oder was auch immer Lucy damit bezweckte, beteiligt bist.«

Will wirkt unbeeindruckt.

»Du machst es uns auch nicht gerade leicht.«

»Es ist so, dass einem schwindelig wird, wenn man sich selbst offenbart. In gewisser Weise wird uns allen beigebracht, es sei am sichersten, sich in seinem Schneckenhaus zu verstecken. Überlebensinstinkt nennt man das. Stell dir mal vor, jeder würde das Erste sagen, was ihm in den Sinn kommt? Dann wäre die Welt ein chaotischer Ort. Wenn man darüber nachdenkt, sind wir eigentlich alle professionelle Schauspieler.«

»Und welches Stück spielst du?«

Will lächelt und legt einen Arm auf die Theke, ganz nah neben mir. Ich versuche, die Zentimeter zu zählen – ich würde sagen, es sind etwa dreizehn. Und noch etwas: Meine Haut kribbelt, aber ich rede mir ein, dass das an der Kälte im Raum liegt.

»Das Mädchen mit den nassen Streichhölzern.«

»Wovon handelt es?«

»Na ja, es geht um ein Mädchen, das die Welt in Brand stecken will, bis es merkt, dass es nichts hat, womit es das Feuer entzünden kann.«

»Und hat man ihm nicht in einem Ferienlager den Trick mit den Stöcken beigebracht? Das wäre eine gute Wendung in der Geschichte«, scherzt Will und sieht mich immer noch an.

»Wir sollten aufhören, in Metaphern zu reden.«

»Das war's dann mit dem Spaß.«

»Dabei fällt mir ein, dass ich einen Drink bei dir bestellt habe.«

»Hast du nicht schon genug getrunken?«

»Nein. Etwas Süßes bitte.«

Da Will meine Bitte ignoriert, gehe ich um die Theke herum und schnappe mir, ohne zu fragen, eine Flasche Kirschlikör. Ich fülle ein Glas zwei Finger breit und setze mich wieder auf meinen Hocker. Will beobachtet mich aufmerksam wie immer. Seine Augen glänzen wie mattes Glas, er trägt ein dunkles T-Shirt mit ovalem Ausschnitt, und ein paar Haarsträhnen fallen ihm in die übermäßig gerunzelte Stirn.

»Kommen wir zurück zu dem Spiel. Wir könnten mit ein paar Dingen anfangen, von denen ich weiß, dass du sie magst: dich über Regeln hinwegsetzen und über alles und nichts schwafeln.«

»Da muss ich dir zustimmen«, sage ich.

»Gut. Also weiter: Warum schließt du nicht einfach die Augen und sagst das Erste, was dir in den Sinn kommt?«

Ich denke eine Weile darüber nach.

»Würdest du das auch tun?«

»Gib mir einen guten Grund.«

»Das, was ich dir vorhin über die Notwendigkeit, ein Kunstwerk im Ganzen zu schätzen, gesagt habe. Ich muss dich sehen, damit du mich sehen kannst. Außerdem ist es nur fair.«

»Fairness laut der Definition von Grace Peterson.«

»Ja.«

Will seufzt und schüttelt den Kopf. Es hat einen gewissen Charme, dass er erst nach kurzem Zögern nachgibt. Er kommt um die Theke herum, nimmt sich einen Hocker und setzt sich neben mich. Im Gegensatz zu meinen Füßen berühren seine den Boden, und er sieht zu mir herunter. Er hat eine stolze Nase, sehr gerade, sehr klassisch. Und ein energisches Kinn, scharfkantig. Im Vergleich dazu benutzt er ein mildes Aftershave. Ich bin mir sicher, dass es einen Namen wie *Meerwasser* oder *Gletscherduft* hat. Da ich mehr getrunken habe, als ich sollte, erlaube ich mir, mich zu fragen, wie es wohl wäre, meine Nase seinem Hals zu nähern und seinen Duft zu riechen.

»Okay, fangen wir an.«

»Ich mag dein Aftershave«, sage ich.

Er zieht die Augenbrauen hoch, bevor er das enge Kleid betrachtet, das ich für die Party angezogen habe. Doch dabei bleibt es nicht. Er lässt den Blick noch weiter hinunterwandern.

»Und ich deine Turnschuhe.«

Ich schiebe meinen Drink zur Seite, weil ich plötzlich wach sein will. Dann tue ich, was Will kurz zuvor vorgeschlagen hat: Ich schließe die Augen und atme tief ein. Mich überkommt die Erinnerung an einen Herbstnachmittag, an dem ich in Gummistiefeln mit Lucy in Pfützen herumgesprungen bin.

»Regnerische Tage. Du bist dran.«

»Sonnige Tage.« Er lächelt.

»Butter in einer heißen Pfanne schmelzen zu sehen.«

»Reisen«, murmelt er.

»Ich mag die Hartnäckigkeit von Fliegen: Wir Menschen können viel von ihnen lernen.«

»Klettern.«

»Aus Spaß mit der Zunge die Kerne aus den Weintrauben zu pulen und sie dann zu kauen.«

»Lesen.«

»Seltsame Independent-Filme, bei denen man sich am Ende

fragt, was genau man gerade gesehen hat, und die einen noch tagelang begleiten.«
»Rockmusik.«
Ich schüttele den Kopf und seufze.
»Will, ich glaube, nur einer von uns lässt sich wirklich auf die Sache ein, und das funktioniert nicht. Wie du eben gesagt hast, musst du aufhören zu denken. Du bist zu allgemein. Die Dinge, die du sagst, könnten für jeden gelten. Du liest gern, gut, aber was genau? Oder hat das Reisen zum Beispiel mit dem Wunsch zu tun, das, was du kennst, hinter dir zu lassen, vor dir selbst zu fliehen oder eine unersättliche Neugier zu stillen?«
Will unterdrückt ein Lächeln und fasst sich in den Nacken.
»Es wäre einfacher, wenn du ein normales Mädchen wärst.«
»Aber langweiliger, gib's zu.«
Er holt tief Luft und bewegt sich. Sein Knie streift meines. Ich könnte mein Bein aus dem Weg nehmen, und er könnte das wohl auch, aber keiner von uns tut es.
Er gibt sich geschlagen.
»In Ordnung. Mal sehen ... ich mag Astronomie.« Er macht eine Pause, und ich ziehe eine Augenbraue hoch. »Warte, lass mich ausreden. Ich bin nicht nur fasziniert von der Idee des Unbekannten und Unerreichbaren, sondern auch davon, dass es genügt, ein oder zwei Minuten in den Himmel zu schauen, damit man wieder auf den Boden der Tatsachen kommt. Und alles kehrt an seinen Platz zurück.«
Ich lächle ihn an, und dann ist da etwas zwischen uns, das fließt und zu wachsen beginnt. Die Einigkeit, anders zu sein. Die Intimität, die die Worte umgibt. Ich habe mich immer gefragt, wie Bindungen entstehen, und ich stelle mir das so vor: Zwei Menschen schweißen Teile zusammen, um ein flexibles, aber widerstandsfähiges Verbindungsglied zu bilden.

Ich stütze mich mit dem Ellbogen auf die Theke und sehe ihn amüsiert an.

»Ich mag die Liebe im Kino. Diese Sätze, die im perfekten Moment gesagt werden, wie ›Uns bleibt immer noch Paris‹, ›Ich bin nur ein Mädchen, das vor einem Jungen steht und ihn bittet, es zu lieben‹, oder als Sally zu Harry sagt: ›Damit machst du es mir unmöglich, dich unendlich zu hassen‹. Ich liebe es, weil die Filme höchstens ein paar Stunden dauern, und in dieser Zeit ist alles idyllisch. Würde es länger dauern, nur ein bisschen länger, würden die Protagonisten anfangen, sich zu streiten, wer den Müll rausbringen muss, oder über die Höhe der Stromrechnung.«

Will lacht. Und es ist ein warmes Lachen, das die Kälte vertreibt und mich umarmt.

»Da sind wir uns einig.«

»Das dachte ich mir schon. Weiter.«

»Mhm.« Er fährt mit der Spitze seines Zeigefingers spielerisch über eine Maserung im Holz. »Ich mag Nudeln mit Käse. Eine Menge Käse. So viel Käse, dass den meisten Menschen bei dem Anblick übel würde. Auch die Pfannkuchen mit Honig und Himbeeren, die meine Mutter macht. Und Glitzer, aber das habe ich noch nie jemandem erzählt. Als ich ein Kind war, hat mir eine Schulkameradin mal ein kleines Glas mit Glitzer geschenkt, und ich habe stundenlang im Gras gelegen und es gedreht, um zu sehen, wie es in der Sonne blinkt.«

»Allmählich erregst du mein Interesse, Will Tucker.«

»Sollte ich mich deswegen geschmeichelt fühlen?«, scherzt er.

Ich ignoriere die Frage, weil ich mir nicht sicher bin, ob gerade der richtige Zeitpunkt ist, zu antworten, dass es auf seine Absichten ankommt. Ich krame in den tiefsten Tiefen meines Inneren, dort, wo normalerweise alles verschlossen ist, und lasse es nach ein paar Sekunden des Zögerns raus.

»Ich denke mir gern fiktive Gespräche aus. Das mache ich ständig. Nur in der Stille finde ich die genauen Worte, die nie im richtigen Moment herauskommen, als ob sie irgendwo zwischen meiner Lunge und meiner Kehle stecken bleiben. Wenn ich sie also finde, erlaube ich mir, alles zu sagen, worüber ich schweige. Ich spreche mit meiner Mutter und gestehe ihr, dass ich, obwohl es egoistisch ist, enttäuscht bin, weil sie immer mehr verschwimmt, beinahe verschwindet. Oder ich sage zu ihr, dass sie manchmal vergisst, dass sie nicht nur eine Tochter hatte und ich immer noch hier bin und lebe. Meinem Vater sage ich, dass er ein Feigling ist und ich, wenn ich ihn ansehe, das Gefühl habe, vor einem völlig Fremden zu stehen. Ich erinnere sie beide daran, dass ich nicht unsichtbar bin. Im Allgemeinen spreche ich im Geiste sehr oft mit meinen Verwandten und gelegentlich mit dem Rest der Welt. Vielleicht werde ich eines Tages auch mit dir sprechen.«

Will wirkt ernst und betroffen, und im ersten Moment bedauere ich es, ihm etwas gestanden zu haben, das so tief in mir verborgen ist. Vielleicht findet er es lächerlich, weil es jemand sagt, der erst zweiundzwanzig Jahre alt ist. Vielleicht ist es ihm aber auch egal wie dem Rest der Welt. Plötzlich möchte ich mich am liebsten mit dem Kirschlikör betäuben, den ich vorhin zur Seite gestellt habe, aber Wills sanfte Stimme hält mich davon ab.

»Wenn du jemals den Drang verspürst, mir etwas zu sagen, wäre es mir lieber, du würdest es im echten Leben tun. Du weißt schon, damit ich eine passende Erwiderung vorbereiten kann.«

Ich schätze, mein Lächeln kann man vom Weltraum aus sehen.

»Das werde ich mir merken, Will.«

»Will ohne Nachname ist schon mal ein ziemlicher Fortschritt.«

»Ich denke, das hast du dir heute Abend verdient.«

Er schüttelt den Kopf und steht auf. Ich verstehe den Hinweis: Der Abend ist zu Ende. Ich knöpfe meine Daunenjacke zu und warte auf ihn, während er das Licht ausmacht. Eisige Luft schlägt uns entgegen, denn der Frühling lässt auf sich warten.

»Ich bringe dich nach Hause«, sagt Will.

»Es macht mir nichts aus, zu Fuß zu gehen.«

»Es ist ziemlich weit, und du frierst.«

»Kälte ist gut für die Haut, das habe ich in einem einschläfernden Dokumentarfilm über das Leben in den nordischen Ländern gesehen, und wie die Menschen dort miteinander umgehen.«

Als wir am Auto ankommen, öffnet Will die Tür und sieht mich an.

»Steigst du jetzt ein oder nicht?«

»Wenn du drauf bestehst.«

Ich sehe ihn lächeln, aber er sagt nichts. Das Lied »Don't Forget About Me« begleitet uns durch die Straßen von Ink Lake. Will hält vor unserem Haus. Ich betrachte es, vor Jahren muss es einmal modern gewesen sein, jetzt ist es veraltet.

»Macht es dir etwas aus, noch ein paar Blocks weiterzufahren? Mein Großvater wohnt ganz in der Nähe, und ich würde heute Nacht lieber bei ihm schlafen. Er ist nicht in der Stadt, aber ich habe den Schlüssel.«

»Wie du möchtest.«

»Lebst du allein?«

»Ja.«

»Wo?«

»Im Wohnwagenpark.«

»Oh.«
»Enttäuscht?«
»Ich bin nur überrascht.« Am anderen Ende der Stadt, direkt neben meinem Lieblings-Burgerladen, stehen ein paar Wohnwagen wie alte Legosteine, die ein Kind vergessen hat, als es älter wurde. Es ist der deprimierendste Teil von Ink Lake. Niemand möchte in einem Schuhkarton an einem Ort leben, an dem Hurrikans und andere Stürme an der Tagesordnung sind.
»Warum bist du überrascht?«
»Weil du ein Auto hast, das viel mehr wert ist als dein Wohnwagen.«
»Es war ein Geschenk. Das Auto, meine ich.«
»Von wem?«
»Von meinen Eltern.«
»Und sie sind nicht auf den Gedanken gekommen, dir ein Haus zu kaufen, anstatt einen …?«
»Du stellst zu viele Fragen, Grace«, unterbricht er mich. Er dreht am Lenkrad. »Hier lang?«
»Das Haus an der Ecke.«
Er stellt den Motor nicht ab, als wir ankommen.
»Kommst du zurecht?«, fragt er.
»Ja.« Ich schnalle mich ab und atme durch. »Danke für den Anstoß heute Abend. Du hättest das alles nicht tun müssen.«
»Es hat Spaß gemacht«, antwortet er.
Ich öffne die Tür, und die Kälte kriecht herein. Bevor ich aussteige, treffe ich eine riskante Entscheidung. Wer weiß, ob es ein Fehler ist oder ein Schritt nach vorn?
»Es gibt etwas, das ich dir nicht gesagt habe.«
»Was?« Will sieht mich an.
»Ich habe die Farbe Violett schon immer gemocht, den dunk-

len Farbton von Blaubeeren, stürmischen Himmeln, Flieder oder Edelsteinen wie Spinell oder Amethyst.«

Ich gebe ihm keine Gelegenheit, zu antworten, bevor ich aus dem Auto steige, aber sein Gesichtsausdruck ist so phlegmatisch wie immer. Ich bin mir jedoch sicher, dass sich hinter seiner typischen apathischen Gelassenheit ein ohrenbetäubender innerer Lärm verbirgt.

Ich weiß das, weil ich mich ständig so fühle.

11

Zu wenig und zu viel des Guten

Manchmal reicht es aus, an die Orte zurückzukehren, an denen wir glücklich waren, damit die Wunden nicht wieder aufreißen. Das Haus von Großvater Henry ist eine kleine Oase mitten in der Stadt. In diesen vier Wänden kann ich wieder das Mädchen sein, das sich in der Abwesenheit seiner Eltern hierher zurückzog und davon träumte, über das Eis zu gleiten. Damals war es einfach, die Lücken mit einer neuen Puppe oder einer süßen Leckerei zu füllen, aber im Laufe der Jahre werden die Risse in den Nähten irreparabel, und die einzige Möglichkeit, die einem bleibt, ist zu lernen, mit ihnen zu leben.

Die Sonne ist gerade aufgegangen.

Schläfrig bleibe ich noch eine ganze Weile liegen und betrachte den Himmel dieses neuen Tages, der hell und sonnig zu werden verspricht. *Hier bin ich*, sage ich zu mir selbst, *ein Tag mehr, ein Tag weniger. Ob sich die anderen Menschen bewusst sind, dass jede Zahl im Kalender, die sie abhaken, eine weitere Möglichkeit darstellt, zu sterben oder zu leben? Und ergibt es irgendeinen Sinn, dass sich die Tage, obwohl ich das weiß, immer weiter ansammeln, als hätte jemand eine Reihe Dominosteine umgestoßen?*

Ich drehe mich um und schlafe wieder ein.

Als ich zum zweiten Mal die Augen öffne, ist es bereits elf Uhr morgens. Der vertraute Geruch des Waschmittels, das Großvater benutzt, durchdringt noch immer die Bettwäsche in dem Zimmer, das er vor Jahren für mich eingerichtet hat und das ich nur noch selten benutze. Ich gehe hinunter in die Küche, koche Kaffee und trinke ihn, begleitet vom Ticken der Uhr, in kleinen Schlucken.

Ich vermisse Großvater.
Ich vermisse Dad.
Ich vermisse Mom.
Ich vermisse Olivia.
Ich vermisse Lucy.

Im Grunde besteht das Leben darin, zu lernen, etwas zu vermissen oder zu viel davon zu haben. Ich kann mir meine Existenz wie einen Zug vorstellen, mit trostlosen leeren Waggons und anderen, die mit Menschen gefüllt sind, die mich nicht wirklich interessieren. Die Einsamkeit erodiert. Alle reden von den Vorteilen des Alleinseins, aber was verbindet die gewählte mit der unfreiwilligen Einsamkeit?

Die einzige Ähnlichkeit besteht darin, dass es das gleiche Wort ist.

Als ich die Garage betrete, die Großvater zu seiner Werkstatt umfunktioniert hat, habe ich das Gefühl, mich in einem kleinen, sich nie verändernden Raum zu befinden. Der Boden ist mit ein paar Holzspänen und Sägemehl bedeckt. In den Regalen und auf den Werkbänken befinden sich jede Menge hölzerne Dinge, nicht nur Figuren, sondern auch einige Möbel oder andere seltsame Stücke.

Ich atme tief ein, als wollte ich die Essenz des Ortes festhalten. Als Kind dachte ich, dies wäre ein so magischer Ort wie die Spielzeugfabrik des Weihnachtsmanns, und ich liebte es, Großvater bei der Arbeit zuzusehen und mir Geschichten mit den von ihm geschnitzten Holzspielzeugen auszudenken.

Wenig später ziehe ich mir eine alte Hose und ein Sweatshirt an, bevor ich zu Mrs. Rogers gehe, um den Hund auszuführen. Als ich ankomme, finde ich sie im Wohnzimmer vor.

»Ich dachte, Sie wären auf Reisen«, sage ich.

»Ich habe kurzfristig abgesagt, aber es ist gut, dass Sie sich um Mr. Flu kümmern, denn ich habe viel zu tun und werde oben im Büro sein. Möchten Sie vorher ein Glas Saft?«

»Gern.«

In der makellosen weißen Küche nehme ich das Glas entgegen, das Anne über die Marmoroberfläche zu mir herüberschiebt. Dann versinken wir in ein unbequemes Schweigen. Ich glaube nicht, dass wir etwas gemeinsam haben, aber es gelingt mir, das Eis zu brechen, indem ich sage:

»Schöne Lampen.«

»Danke schön.« Elegant und diskret trinkt sie einen Schluck, als ob es unangebracht wäre, sich zu ernähren. »Wie geht es Ihrer Mutter?«

Die Frage überrascht mich.

»Kennen Sie sie?«

»Ja, ziemlich gut. Oder besser gesagt, früher mal. Wir haben seit Jahren nicht mehr richtig miteinander gesprochen. Wir haben für dieselbe Immobilienfirma gearbeitet. Vor Jahren haben wir zusammen angefangen, aber Rosie war mir immer einen Schritt voraus; die Chefin hat sie geliebt, und wir anderen haben versucht, so zu sein wie sie. Dann geschah das Unglück, sie kündigte, und unsere Gespräche wurden immer seltener. Jetzt grüßen wir uns nur noch von Weitem, wenn wir uns in der Nachbarschaft begegnen, wobei ich sie schon lange nicht mehr gesehen habe.«

»Sie verlässt nur selten das Haus.«

»Das dachte ich mir schon.«

»Am besten mache ich mich jetzt mit Mr. Flu auf den Weg, Mrs. Rogers«, sage ich, nachdem ich in der Hoffnung, das Gespräch beenden zu können, mein Saftglas mit einem Schluck geleert habe.

»Noch eine Frage, bevor Sie gehen: Sind Sie daran interessiert, sich um weitere Haustiere zu kümmern?«

»Sicher.«

»Ich habe ein paar Freundinnen, die Ihnen auch gern ihre Hunde anvertrauen würden. Ich werde ihnen Ihre Telefonnummer geben, damit sie Sie anrufen können.«

»Vielen Dank.«

»Gern geschehen.«

Der Spaziergang tut mir gut, also verlängere ich ihn, obwohl ich nichts daran verdiene, und als wir in einen abgelegenen Bereich mit einer Bank kommen, setze ich mich mit dem Hund dorthin und beobachte die Leute, die vorbeigehen, während ich Mr. Flu einen Stock werfe. Aus irgendeinem Grund denke ich an eine Lehrerin an der Highschool, die mal so etwas Typisches zu mir gesagt hat wie: »Es ist schade, dass du dein Talent verschwendest, Grace.« Im Nachhinein betrachtet, meinte sie damit vielleicht meine natürliche Begabung, Hunde auszuführen. Die Vorstellung gefällt mir. Jetzt, da Mrs. Rogers ihren Freundinnen von mir erzählt hat, werde ich vielleicht ein Imperium für Haustierbetreuung aufbauen. Die Idee amüsiert mich. Die Erinnerung auch. Wie lächerlich, dass diese Frau dachte, an mir gäbe es etwas Besonderes.

Am Abend bleibe ich zögernd an der Esszimmertür stehen und sehe zu, wie meine Mutter auf den Fernseher starrt, während sie etwas aus der Dose isst. Ich weiß nicht, ob es Corned Beef ist, aber es sieht furchtbar und wie Gelatine aus.

»Weißt du, wo Dad ist?«
»Hm, nein. Arbeiten wahrscheinlich.«
Ich bezweifle, dass er um diese Uhrzeit im Büro ist, sage aber nichts dazu. Die Ehe meiner Eltern scheint schon lange gescheitert zu sein, und es ist nur noch wenig von dem übrig, was einmal war, aber es ist ein so sumpfiger Boden, dass niemand, der bei Verstand ist, darüber zu gehen wagt.
Mom schaut überrascht, als ich mich neben sie setze.
»Apropos Arbeit: Ich führe jetzt regelmäßig einen Hund aus. Die Besitzerin sagt, sie kennt dich, weil ihr früher mal zusammengearbeitet habt. Ihr Name ist Anne Rogers.«
»Anne, ja ...«, murmelt Mom.
»Sie ist nett«, sage ich.
»Wir haben uns immer gut verstanden.«
Ich möchte meine Mutter fragen, was passiert ist, warum sie keinen Kontakt mehr haben und ob ihre Vorstellung von Freundschaft genauso lädiert ist wie meine, aber die Spiegelung des Fernsehbildschirms in ihren Augen lähmt mich. Es ist, als ob man sich danach sehnt, ein sterbendes Tier zu streicheln, aber die Angst davor, gebissen zu werden, hindert einen daran.
Also verziehe ich mich, weil es das Sicherste ist. Ich steige die Treppe hinauf, dusche und ziehe mich in mein Zimmer zurück. Kurze Zeit später ruft Tayler mich an, und ich gehe widerwillig ans Telefon.
Sein Arbeitstag in der Autowerkstatt, in der er beschäftigt ist, ist vorbei, und er will sich mit mir an der Straßenecke treffen, um zusammen eine Zigarette zu rauchen.
Der Abend ist milder als die vorangegangenen, als beanspruche der Sommer den Raum für sich, den er bald einnehmen wird.

»Da bist du ja«, sagt er, als er mich sieht. Ich trage die Jogginghose, die ich zu Hause immer anziehe, und eine Jacke über einem Sweatshirt, das so alt ist, dass ich mich nicht davon trennen kann, weil ich es fast als Teil der Familie betrachte, also trage ich es als Schlafanzug.

»Wie war dein Tag?«

»Gut, gut. Wie war deiner?«

»Wie üblich.« Ich zucke mit den Schultern.

Unsere Gespräche beschränken sich in der Regel darauf, daher haben wir gelernt, gemeinsam zu schweigen. So geht es uns im Grunde mit allem. Wir teilen dieselbe Luft, denselben Asphalt und dieselben Koordinaten, aber seltsamerweise ist die Distanz zwischen uns unüberbrückbar.

Tayler nimmt einen Zug von seiner Zigarette und sieht mich an.

»Gestern Abend warst du irgendwie seltsam.«

»Das ist ja nichts Neues.«

»Mehr als sonst«, sagt er.

Was würde wohl passieren, wenn ich aufhören würde, mich zu rechtfertigen, und ihm einfach sagen würde, was ich denke, ohne Beschönigungen? Vielleicht wäre es so einfach wie bei Will: Man nimmt einen kleinen Faden und zieht und zieht, bis man ein gleichmäßiges Wollknäuel zum Spielen hat.

»Mir war langweilig. Du weißt schon: die üblichen Leute, die Drinks, die nicht wirklich schmecken, die oberflächlichen, belanglosen Gespräche und, was am schlimmsten ist, immer dieselben Geschichten, die ich schon auswendig kenne. Also bin ich abgehauen.«

»Was meinst du mit ›belanglos‹«?«

»Hattest du gestern Abend Spaß?«

»Klar, verdammt.« Er lässt die Kippe fallen und zerdrückt sie mit der Stiefelspitze.« »Aber eine Nacht mit dir wäre noch besser gewesen. Bei mir zu Hause. In meinem Bett. Ohne Kleidung.«

»Das hab ich schon verstanden.«

Er scheint sich über den unfreundlichen Ton meiner Stimme zu ärgern, und ich kann es ihm nicht verdenken. Wir wissen beide, worum es bei uns geht, das war immer klar, also habe ich kein Recht, enttäuscht zu sein, dass ich bei ihm nicht finde, wonach ich suche.

Er schaut mich erbost an und schaltet in den Angriffsmodus: »Hast du dich schon mal gefragt, warum du in der Highschool keine Freundinnen hattest? Wenn du dich so benimmst und so seltsame Wörter benutzt, denken alle, du hättest eine Schraube locker.«

»Du bist ein Idiot, Tayler.«

Nach diesem Abschied gehe ich wieder zur üblichen Tagesordnung über.

Zu Hause weiß ich nicht, was ich tun soll, also klettere ich in meinem Zimmer durchs Fenster nach draußen, um in den dunkelvioletten Himmel zu schauen, der bald mit Sternen übersät sein wird. Es gibt nur wenig angenehmere Dinge, als wie eine faule Katze vom Dach aus das Ende des Tages zu beobachten.

Ich denke über das Wort *Bonhomie* nach. Meiner Meinung nach war Lucy immer ein bisschen so: gutmütig und umgänglich, ziemlich naiv. Wahrscheinlich war das ein Nebeneffekt ihres Lebens mit der Krankheit. Die meisten Menschen halten das für eine gute Eigenschaft, aber ich war schon immer anderer Ansicht. In einer Welt voller hungriger Hyänen kann es nicht als Tugend gelten, eine Feldmaus zu sein, die die Gefahr nicht wahrnimmt.

Lucys Sanftmut weckte in jedem einen Beschützerinstinkt. Ich habe das mein ganzes Leben lang bei meinen Eltern bemerkt, und als ich dann erwachsen wurde, habe ich den gleichen Fehler gemacht. Der Einzige, der standhaft blieb, war Großvater. Ich dagegen habe in den letzten Jahren immer versucht, ihr den Weg zu ebnen. »Das ist keine große Sache« war der Satz, den ich am häufigsten gebrauchte, wenn ich mit ihr über irgendeine Neuigkeit gesprochen habe, die passiert war oder passieren sollte.

»Träumst du nie davon, weit weg zu gehen?«, hat sie mich einmal gefragt, nachdem sie mich auf dem Dach vorgefunden und sich neben mich gesetzt hatte. Es war nur wenig Platz, sodass wir wie siamesische Zwillinge ganz eng nebeneinandersaßen. »Die Welt ist so groß, Grace, dass die Vorstellung, sich immer an derselben Stelle zu befinden, fast schon dumm erscheint. Manchmal denke ich, wie toll es wäre, einfach in ein Flugzeug zu steigen und gleich morgen auf einem Gletscher, in der Wüste, am Strand oder in einer Großstadt zu sein.«

Den Blick auf die Cirrocumulus-Wolken gerichtet, die wie ein zerknittertes Laken nach einer leidenschaftlichen Nacht aussahen, atmete ich tief durch.

»Ich glaube nicht, dass das so eine große Sache ist.«

Ich hatte meinen Spruch so oft gesagt, dass irgendwann die Grenze zwischen dem Realen und dem Imaginären verschwamm. Zu wem hatte ich es gesagt? Zu Lucy oder zu mir selbst? Und stimmte es, dass ich mich nicht auf die Aussicht freute zu reisen, zu einem Konzert zu gehen, einen Freund zu haben, zur Uni zu gehen, wieder Schlittschuh zu laufen … Oder war es nur eine Art Mantra, das ich mir jahrelang immer wieder vorgesagt habe, bis ich schließlich davon überzeugt war? Denn im Grunde genommen hätte ich unter keinen Umständen meine Schwester zurücklassen und allein weiterziehen können.

Ich wurde geboren, um sie zu retten. Nicht, um sie zu verlassen. Wie soll ich also wissen, was mir gefällt, wenn ich mir nie erlaubt habe, darüber nachzudenken, wenn es immer einfacher war, mir einzureden, dass nichts wirklich bedeutend ist?

Ich klettere zurück ins Zimmer und nehme mir ein Notizbuch und einen Stift vom Schreibtisch. Als ich mich in die Nische zwischen dem Fenster und dem Dach zurückziehe, ist es schon fast dunkel. Ich lasse das Gespräch, das ich gestern Abend mit Will geführt habe, Revue passieren. Ich hatte schon immer ein gutes Gedächtnis, obwohl ich nicht weiß, ob das eine Tugend oder ein Fluch ist; mein Großvater hat immer gesagt, dass man »vergessen muss, um zu atmen«. Ich fange ganz am Anfang an:

Regentage. Butter, die in einer heißen Pfanne schmilzt. Die Hartnäckigkeit der Fliegen. Weintraubenkerne kauen. Ungewöhnliche Filme. Liebe im Kino. Gespräche erfinden, die nie stattgefunden haben. Die Farbe Lila.

Und dann:

Die poröse Beschaffenheit von Steinen. Der Geruch von Textmarkern. Kleber auf meine Fingerspitzen auftragen, trocknen lassen und dann abziehen, ohne ihn zu zerreißen. Gänsehaut von anderen betrachten. Schillernde Fensterscheiben. Blumen zwischen den Seiten von Büchern trocknen, Stellen darin unterstreichen und sie zu meinen machen, nur zu meinen. Scheinbar endlose Wendeltreppen. Barfuß laufen. Auf einer geraden Straße schnell mit dem Fahrrad fahren und für ein paar Sekunden die Augen schließen, als wollte ich den Tod herausfordern oder ihn fragen, warum er sich nie für mich interessiert hat. Bunte Perücken, obwohl ich noch nie eine getragen habe. Literatur. Und Kunst. Und Fotografie. Und klassische Musik, vor allem sanftes Klavierspiel; wenn ich es höre, habe ich das Gefühl, dass jemand die Tasten in meiner Seele berührt.

Ich halte inne, und als ich wieder zu schreiben beginne, habe ich das Gefühl, dass sich meine Hand auf Befehl eines anderen bewegt. Ich bin mir nicht einmal bewusst, wann die Gegenwart in die Zukunft wechselt.

Ich würde gerne alle Sternbilder kennen. Bei Sonnenuntergang durch die Straßen von Wien spazieren. Mit dem Zug fahren, ohne zu wissen, an welcher Station ich aussteigen werde. Und wieder Schlittschuhlaufen gehen und dabei an nichts denken, nichts, nichts, nichts.

Ich zittere, als ich aufhöre zu schreiben. Es ist bereits dunkel, und ich kann kaum noch die Tinte auf dem Papier erkennen. Ich beobachte noch ein paar Minuten, wie die Nachbarschaft zur Ruhe kommt und die Nacht einkehrt: Die Lichter gehen aus, jemand führt seinen Hund aus, ein Mädchen geht mit Kopfhörern joggen, und der Mond zeichnet sich über den Bäumen auf der Straße ab. Ich frage mich, wie die Leben dieser Menschen aussehen werden. Ob sich alle so erfüllt und so leer, so wohl und so traurig, so heiter und so zutiefst verloren fühlen werden.

12

Die Zufälligkeit des Lebens und des Todes

Die Tage vergehen eintönig, bis der Donnerstag kommt, an dem ich erneut an der wöchentlichen Gruppentherapie teilnehme. Adrien ist ruhiger, fast optimistisch, und nippt an seiner Limonade, während Dona von all den Verlusten erzählt, die ihr Leben geprägt haben, angefangen bei ihrer Schwester, die als Baby an einer Infektion starb, über den Mord an ihrer besten Freundin bis hin zu dem Autounfall, bei dem ihre Tochter und ihr Mann ums Leben kamen. Zweiunddreißig Jahre sind vergangen, aber jeder, der sie sprechen hört, würde denken, es wäre gestern gewesen.

»Ich glaube, ich bin verflucht«, sagt sie abschließend.

»Das haben wir doch schon besprochen, Dona.« Faith neben ihr nimmt liebevoll die faltige Hand der alten Frau. »Es ist nicht deine Schuld.«

»Es ist unvermeidlich, nach einem Grund zu suchen«, versichert Matilda, die Witwe ist und einen vierjährigen Sohn hat. »Ich spreche nicht von Flüchen oder Ähnlichem, sondern von dem Bedürfnis, eine logische Erklärung zu finden, etwas, woran man sich festhalten kann. Einen Trost.«

»Die Wege des Herrn sind unergründlich«, wirft Jane ein.

»Der heilige Paulus hat mich noch nie überzeugt«, sage ich, ohne nachzudenken, und begegne Janes entsetztem Blick. Sie trägt ein Kreuz um ihren Hals, das sie oft berührt, und hält mich jetzt bestimmt für den Teufel. Ich räuspere mich. »Aber das ist eine persönliche Angelegenheit.«

Ich habe die Bibel gelesen, ja. Eine weitere vorübergehende Obsession. Damals war ich siebzehn und glaubte in meiner Naivität, dass ich irgendwo die Antworten auf Lucys Schicksal und das unserer Familie finden würde. Ich habe viel über Mythen, Riten, Werte, Doktrinen und Überzeugungen entdeckt, aber in keiner Religion habe ich das gefunden, wonach ich suchte, und das Thema hat mich dann nicht mehr interessiert.

»Auch ich teile die Vorstellung nicht, dass ein höheres Wesen unsere Liebsten zu sich nimmt, weil es, auch wenn wir es nicht verstehen können, Teil eines göttlichen Plans ist.« Adrien wirft mir einen einvernehmlichen Blick zu und kratzt sich am Kinn.

»Das Schwierigste ist, die Zufälligkeit von Leben und Tod zu akzeptieren«, sage ich.

»Kein Glaube ist besser als ein anderer«, meint Dona abschließend.

Faith ergreift noch mal kurz das Wort, bevor die Sitzung zu Ende ist. Als alle aufstehen und ihre Stühle an die Wand stellen, wird mir bewusst, dass ich mich diesmal in der Gruppe recht wohlgefühlt habe; ich habe mich sogar beteiligt. Es ist verwirrend, sich mit mehreren Fremden über etwas so Tiefgreifendes wie den Schmerz eines Verlustes auszutauschen, aber es ist auch tröstlich.

Ich bin die Letzte, die die leere Kaffeetasse auf dem Beistelltisch abstellt, und bleibe mit Faith allein zurück. Sie tritt mit einem Lächeln zu mir.

»Wie laufen die Dinge?«

»Ziemlich gut, denke ich.«
»Ich freue mich, dich hier zu sehen, Grace. Es ist schon komisch: Deine Schwester hat genau das vorausgesagt.« Faiths Wangen sind rund und rosa wie Äpfel.
»Was genau meinst du?«
»Sie bat mich, Geduld mit dir zu haben. Sie sagte, dass du die Gruppe anfangs für überflüssig halten, aber bleiben würdest. Dass du mehr und mehr dazugehören würdest. ›Und schließlich wirst du sie fast zwingen müssen zu gehen‹, meinte sie abschließend.«
»Lucy hatte einen besonderen Sinn für Humor.«
»Sie war ein tolles Mädchen.« Faith stößt einen Seufzer aus. »Wenn du irgendetwas brauchst, zöger nicht, mich zu fragen.«

Es ist zu einer angenehmen Routine geworden, die Straße hinunter zu dem Café zu gehen, in dem Will wartet. Meist bleibe ich einen Moment stehen, um ihn durch die Scheibe zu betrachten und zu überlegen, wie ich all die Knoten lösen kann, die ihn formen. Am Ende zwinge ich mich, ihn nicht länger anzuschauen, damit ich ihn nicht verunsichere, setze mich einfach ihm gegenüber und plaudere über das Buch, das er in den Händen hält.

»Chuck Palahniuk«, sage ich. »Das passt zu dir, ja.«
»Hast du etwas von ihm gelesen?« Will blättert die Seite um, bevor er das Buch schließt.
»Ja, aber nicht dieses Buch sondern *Der Simulant*.« Ich halte nach der Kellnerin Ausschau, aber sie ist nirgends zu sehen; sie muss im Lagerraum sein. »Ich habe einen Heißhunger auf diesen Carrot Cake.«
»Es tut mir leid, aber das musst du auf ein anderes Mal verschieben.«

»Hast du es eilig?«, frage ich enttäuscht.

»*Wir* haben es eilig.« Er steht auf und legt das Geld, das er bezahlen muss, auf den Tisch. »Komm, Grace, wir hängen mit dem Spiel ein bisschen hinterher. Du weißt schon, die Eingewöhnung und all das.«

»Nein, ich weiß nicht, wovon du sprichst.« Ich folge ihm zum Auto.

Will fährt los, und wir machen uns auf den Weg nach Ink Lake.

»Sagen wir, wir sollten schon ein paar Kästchen weiter sein, aber wegen deiner Sturheit, dem Pech mit der Eisbahn und weil ich in den letzten Wochen sehr beschäftigt war ...«

Er lässt den Satz unvollendet, und ich nutze die Gelegenheit, um ihn festzunageln.

»Beschäftigt mit was? Viel Arbeit?«

Will schaut mich aus dem Augenwinkel an.

»Ja, genau.«

»Wie ist das Spiel?«

»Aus Holz.«

Ich hatte nicht erwartet, dass er etwas erwidern würde, schon gar nicht diese Antwort, aber jetzt wird mir klar, dass Großvater und Lucy alles gemeinsam gemacht haben. Als meine Schwester ein kleines Mädchen war, hat er ein Dominospiel für sie geschnitzt. Und ein Schachspiel. Und ein wunderschönes Kalaha mit einem polierten, glänzenden Deckel, den sie jedes Mal streichelte, bevor sie ihn zum Spielen öffnete.

»Werde ich es irgendwann mal zu sehen bekommen?«

Will runzelt die Stirn und seufzt.

»Ich weiß es nicht. In den Briefen hat sie nichts darüber geschrieben. Bisher.«

»Hast du noch nicht alle geöffnet?«

»Nein. Ich halte mich an die vorgegebene Reihenfolge.«
Ich bin in Gedanken versunken und merke erst nach einigen Minuten, dass wir von der üblichen Strecke abgewichen sind. Wir befinden uns auf einer abgelegenen, unbefestigten, steinigen Straße, umgeben von endlosen Maisfeldern, die sich so weit erstrecken, wie das Auge reicht.
Will hält mitten im Nirgendwo an, steigt aus dem Auto und geht darum herum, um mir die Tür zu öffnen.
»Was hast du vor?«
»Du bist jetzt mit dem Fahren dran.«
»Was? Nein, natürlich nicht.«
»Ich erinnere dich daran, dass es nicht meine Idee ist.«
Wir starren uns einen Moment lang an, und schließlich steige ich aus, obwohl ich mir immer noch nicht sicher bin, ob ich wirklich fahren werde. Weil mir nichts anderes einfällt, nehme ich auf dem Fahrersitz Platz und blicke auf die kurvenreiche Straße.
»Starte den Wagen«, bittet er.
»Nein.«
»Grace …«
»Ich kann nicht.«
»Das bezweifle ich.«
»Ich hasse Autofahren.«
»Warum?«
Will, der neben mir sitzt, wartet auf irgendeine Erklärung. Rundherum herrscht eine transzendentale Stille, die nur durch das Zwitschern der Vögel und das Rascheln der Maispflanzen unterbrochen wird.
»Ich habe es schon mal versucht, und es ist schiefgegangen.«
»Was ist passiert?«
»Es war während meiner letzten Fahrstunde. Ich war abge-

lenkt. Ich denke immer an zu viele Dinge auf einmal. Und das Fahren schien einfach zu sein. Aber dann ...«

»Dann ...«, fordert Will mich zum Weiterreden auf.

»Ich habe ein Kätzchen getötet.«

Will sieht mich immer noch an.

»Hast du es überfahren?«

»Nein. Ich meine, nein, ich habe es nicht wirklich getötet. Aber in meinem Kopf habe ich es getan.«

»Was?«

»Ich hätte es *fast* umgebracht. Ein Zentimeter mehr, nur einer, und es wäre auf der Straße zerquetscht worden. Aber in meinem Kopf habe ich es gesehen, verstehst du? Die ganzen Eingeweide lagen auf dem Asphalt wie auf einem modernen Gemälde, und da wurde mir klar, dass Autofahren äußerst wagemutig ist, und ich habe die Prüfung abgesagt. Mit dem Fahrrad kann man nicht so leicht das Leben anderer gefährden, und es schadet nicht der Umwelt. Das sind alles Vorteile.«

Ich dachte, Will würde es als Scherz auffassen, aber er bleibt ernst.

»Wir fangen vorsichtig an. Außerdem ist nie jemand auf dieser Straße unterwegs. Vertrau mir.«

Ich schlucke, dann atme ich tief durch.

»Okay.«

»Dreh den Schlüssel.«

Der Motor schnurrt.

»Erinnerst du dich daran, wie es geht?« Ich schüttle den Kopf, und Will lehnt sich zu mir herüber. »Am einfachsten ist es, den linken Fuß zu vergessen und den rechten Fuß sowohl zum Bremsen als auch zum Beschleunigen zu benutzen. So ist es sicherer. Willst du es versuchen?«

»Hast du keine Angst, dass ich das Auto zerkratze?«

»Es ist nur ein Auto.« Er zuckt mit den Schultern.

Ich gebe zu, es gefällt mir, wie wenig Interesse er an materiellen Dingen zeigt.

»Also gut, los geht's.«

Ich trete vorsichtig auf das Gaspedal, und der Wagen setzt sich in Bewegung. Der Mais verschwimmt, je schneller ich werde.

»Du schaffst es, Grace.«

Er klingt zufrieden. Fast stolz.

»Schneller?«

»Ja, und dann bremsen.«

Ich bremse zu heftig, sodass Will sich auf dem Armaturenbrett abstützen muss. Er wirft mir einen warnenden Blick zu, der sich in ein amüsiertes Lächeln verwandelt.

»Jetzt noch mal etwas vorsichtiger.«

Wir fahren eine Weile in unterschiedlicher Geschwindigkeit die Straße entlang, bis eine verlassene Farm in Sicht kommt. Das Tor ist offen, und ein Teil des Daches fehlt dort, wo sich der Stall befunden hat. Ringsherum wächst Gras.

Ich möchte Will gerade fragen, wie man den Rückwärtsgang einlegt, als ich bemerke, dass er den Blick nicht von der trostlosen Szenerie abwendet. Und da ist noch etwas in seinen Augen. Etwas tief Verwurzeltes. Sehnsucht? Melancholie? Oder ist es nur das Trugbild der Neugierde?

»Sollen wir reingehen?« Seine Stimme klingt heiser.

Ich fahre an den Straßenrand und mache den Motor aus.

Die Tür wurde gewaltsam geöffnet, wir stoßen sie einfach auf. Will betritt das Grundstück, und ich folge ihm. Es muss eine Ewigkeit her sein, dass hier jemand gelebt hat; alles ist voller Spinnweben, Staub, und die Fenster sind zerbrochen. Wenn es hier jemals etwas von Wert gegeben hat, wurde es schon längst weggebracht. Aber es gibt noch ein paar persönliche Gegenstände wie zum Beispiel eine rote Socke auf dem Boden, alte, nach vielen Wintern aufgequollene Bücher und Haushaltsgegenstände.

Der Küchenboden ist übersät mit gesplittertem Holz, das sich von der Decke gelöst hat.

»Sei vorsichtig«, sagt Will leise.

»Warum flüsterst du?«

Ich dachte, er würde lächeln, aber er bleibt ernst, während er ein paar Schränke öffnet, in denen sich nur leere Gläser befinden, den Knopf am Herd dreht und die Schubladen durchwühlt.

»Versteh mich nicht falsch, ich liebe es, verlassene Orte aufzusuchen, aber warum magst du es? Du wirkst nicht wie ... Na ja, du weißt schon.«

Will schaut mich über die Schulter hinweg an.

»Nein, ich weiß es nicht. Erklär es mir.«

»Ist egal. Komm, wir gehen nach oben.«

Ich gehe die Treppe hinauf. Er folgt mir, denn der Boden knarrt unter seinen Schritten, und ich habe das Gefühl, dass ich seine Anwesenheit auch spüren könnte, wenn er so leise wie eine Katze wäre. In den Schlafzimmern gibt es nicht viel, abgesehen von schmutzigen Matratzen und mehreren Bettgestellen mit gebrochenen Federn. Vielleicht haben vor Jahren junge Leute aus dem Dorf das Haus genutzt. In einem Raum, der das Hauptschlafzimmer zu sein scheint, untersucht Will die Schränke, die voller Holzwürmer sind, und nimmt etwas, das an einem Schrank an der Rückseite hängt.

»Was hast du gefunden?«

»Nichts. Es ist nur ein Foto.«

»Dann ist es nicht ›nichts‹. Lass mal sehen.«

Ich nehme es ihm aus der Hand und schaue es mir an. Es ist

eine Farbaufnahme, aber durch die Feuchtigkeit ist es an den Ecken verknittert, und das Bild hat sich verzerrt. Trotzdem kann man eine Familie darauf erkennen, die in die Kamera lächelt. Sie sitzen auf einer Wiese: Der Vater trägt einen Hut, die Mutter hat Zöpfe und trägt eine Jeanslatzhose, auf dem Schoß hält sie ein Baby mit pummeligen Beinen. Eine ältere Frau etwas weiter rechts, offenbar die Großmutter, scheint diesen Augenblick in vollen Zügen zu genießen.

»Diese Dinge sind ein bisschen unheimlich, aber es ist auch verlockend.«

»Warum?«, fragt Will irritiert.

»Wir wissen nicht, was aus dieser Familie geworden ist, und wenn man das Foto betrachtet, ist es, als würde man ihnen die Intimität nehmen. Ich weiß nicht, vielleicht ist der Vater durchgedreht, hat eine Kettensäge genommen und ... Du weißt schon.«

»Nein, ich weiß es nicht, Grace.«

»Er hat sie getötet! Oder er ist hinausgegangen, um Holz für den Winter zu fällen, und ein Bär hat ihn angegriffen. Es gibt so viele Möglichkeiten, man muss der Fantasie nur freien Lauf lassen. Aber es stimmt, was ich eben gesagt habe: Ich liebe verlassene Orte, allerdings bringen sie mich zu sehr zum Nachdenken, und das ist nicht immer etwas Gutes.«

Will folgt mir die Treppe hinunter.

»Zum Nachdenken worüber?«

»Du klingst heute wie ein FBI-Agent mit all diesen Fragen«, scherze ich, aber als wir das untere Stockwerk wieder erreichen und ich mitten in dem heruntergekommenen Wohnzimmer stehe, muss ich schlucken. »Manchmal sehne ich mich eben nach Dingen, die ich noch nie erlebt habe. Heute Abend, wenn ich ins Bett gehe und nicht schlafen kann, werde ich sicher anfangen, mir dumme Fragen zu stellen, auf die ich keine Antwort habe, wie zum Beispiel, was aus dieser Familie geworden ist. Ob die Großmutter auf dem Foto gestorben ist und woran? Ob das Paar noch zusammen ist oder sich nach ein paar Jahren flüchtigen Glücks hat scheiden lassen? Oder warum sie ihr Haus zurückgelassen haben, und wo sie jetzt wohl leben?«

Will lächelt mich an.

Es ist kein angestrengtes Lächeln. Es ist auch nicht boshaft oder amüsiert. Es ist ein zartes, warmes Lächeln, in dem jedes verletzte Tier gern Zuflucht suchen würde.

»Willst du zurück nach Hause fahren?«

»Du hast zu viel Vertrauen in mich.«

»Und du sehr wenig, Grace.«

Will geht an mir vorbei nach draußen. Ich brauche eine Minute, bis ich ihm nachgehe. Durchs Fenster sehe ich ihn auf die Maisfelder blicken, während der Himmel langsam dunkel wird. Wenn ich mir jetzt eine Superkraft aussuchen könnte, wäre das Gedanken lesen können, um herauszufinden, was in Will Tucker vorgeht.

Schließlich setzt er sich hinters Steuer.

Auf dem Weg nach Ink Lake vereinbaren wir, dass ich in der nächsten Woche noch ein wenig üben werde, bevor ich zur Fahrprüfung gehe. Als wir angekommen sind, frage ich ihn, warum er so hartnäckig ist, und er seufzt.

»Wegen Lucy, das weißt du doch.«

»Ich kann genauso gut mit dem Rad fahren.«

»Stimmt, aber in manchen Dingen würde es dich einschränken. Jetzt schau mich nicht so an.« Ich kann sehen, dass er überlegt. »Gut, ich warne dich vor: Lucy möchte, dass du deine Mutter mit zu den Gruppensitzungen nimmst.«

»Das ist unmöglich. Es ist, als würdest du mich bitten, nächsten Monat ein Popstar zu werden oder so. Meine Mutter verlässt kaum das Haus und lehnt jede Hilfe ab.«

»Hast du versucht, ihr zu helfen?«

»Ja, anfangs. Bis ich es leid war, weil sie mich deswegen hasst.« Will wirkt besorgt, und das irritiert und erfreut mich zugleich.

»Ich bezweifle, dass sie dich hasst, Grace.«

»Vergiss es.« Ich wende mich mit einem Kloß im Hals von ihm ab und ziehe das Notizbuch, in dem ich neulich die Dinge notiert habe, die ich mag, aus meiner Tasche. »Hier. Ich habe meine Hausaufgaben gemacht.«

Will überreicht mir im Gegenzug einen weiteren lilafarbenen Brief.

»Ich auch.«

»Danke dir.«

Ich habe keine Lust, aus dem Auto auszusteigen, um ins Haus zu gehen und stummer Zeuge zu sein, wie zwei Menschen sich langsam auflösen. Ich will mich auch nicht von Will verabschieden, denn auch wenn er mich wegen des Spiels ständig herausfordert, ist es einfach, mit ihm zusammen zu sein, und das Interessanteste, was mir seit Langem passiert ist.

»Gute Nacht, Grace.«

»Gute Nacht, Will.«

Ich öffne die Autotür.

13

Die Geschichte von Grace und Tayler

Tayler und ich haben schon immer in derselben Stadt gelebt, aber erst vor zwei Jahren haben wir uns wahrgenommen. Bis dahin hatten wir uns in unterschiedlichen Kreisen bewegt. Er war so alt wie meine Schwester, und als ich in die Highschool kam, war Tayler bereits eine Legende, auch wenn er in der Schule nicht oft auftauchte, weil er meistens den Unterricht schwänzte.

Unsere Wege verliefen parallel, obwohl wir uns mit unterschiedlicher Geschwindigkeit bewegten. Lucy hat mir gelegentlich von ihm erzählt, und ich glaube, mich zu erinnern, dass sie nicht so viel von ihm hielt wie die anderen Mädchen in ihrer Klasse, aber dann geriet sein Name in Vergessenheit.

Bis zu jenem Samstag im Juli.

Es war ein heißer und schwüler Nachmittag mit Temperaturen um die dreißig Grad. Wir saßen auf der Veranda des Hauses von Olivias Eltern, als sie eine Nachricht von Sheila erhielt, dem Mädchen, mit dem sie im Supermarkt arbeitete.

»Sie sagt, im Haus der Browns findet eine Party statt.«

»Haben sie einen Pool?«, fragte ich sofort.

»Ja, und zwar einen großen, mit Jacuzzi.«

»Du hast mich überzeugt.«

Olivia griff nach dem Schlüssel für das Auto, das sie zusammen mit ihrer Mutter nutzte, und wir fuhren in das schickste Viertel von Ink Lake.

An diesem Tag trug sie einen grünen Rock im Tutu-Stil, schwarze Turnschuhe mit Plateau-Sohlen und ein einfaches T-Shirt, unter dem ihr Bikinioberteil zu erahnen war. Wahrscheinlich war ihre Vorliebe, ihre Kleidung selbst zu entwerfen, der Auslöser für unsere Freundschaft. Wir galten beide von klein auf als *die Verrückten* der Klasse; in ihrem Fall, weil sie seltsam aussah, und in meinem, weil, wie eine Klassenkameradin mir einmal sagte, »du sehr seltsame Dinge denkst«. Also trafen wir uns in der Pause auf dem Schulhof, damit wir nicht allein waren.

Im Laufe der Jahre verflochten sich unsere Leben immer mehr miteinander.

Wenn meine Eltern weg waren und mein Großvater arbeiten musste, war ich nachmittags bei ihr. Wenn es Lucy gut ging und die Welt wieder ein heller und glücklicher Ort für alle war, kam Olivia auf einen Snack vorbei.

Ich habe sie aufwachsen sehen und sie mich.

In den letzten Schuljahren strengte sich Olivia sehr an, in der Hoffnung, einen guten Notendurchschnitt zu erreichen. Sie war eine von denen, die davon träumten, wegzugehen und ihren Horizont zu erweitern. Sie hat fast ein Dutzend Bewerbungen an verschiedene Modeschulen geschickt, erhielt aber nur Absagen, sodass sie sich erst mal damit begnügen musste, in Ink Lake zu bleiben und im Supermarkt zu arbeiten.

»Hier ist es«, sagte sie.

Sie parkte direkt vor dem großen Haus. Schon an der Tür waren Musik und Lachen zu hören, das blechern klang. Ein Mädchen mit einem Nasenpiercing, das wir nicht kannten, öffnete uns die Tür, und ich nahm an, dass sie die Tochter der Browns war.

»Wer seid ihr?«

»Sheila hat uns eingeladen.«

»Alles klar, kommt rein«, sagte sie, als ob es ihr egal wäre, wer auf ihrer Party auftauchte und warum. »Benutzt das Bad im Garten. Getränke sind in der Küche.«

Wir bedankten uns, und sie verschwand wieder.

Sheila lag in einer der Hängematten und trank durch einen Strohhalm eine rote Flüssigkeit. Als sie uns sah, hob sie die Hand, und wir gingen zu ihr. Sie stellte uns ihre Freundinnen vor, alles Mädchen um die zwanzig, die in den Sommerferien in die Stadt zurückgekehrt waren.

Ich sah mich um. Der Garten war groß, aber mit fast dreißig Leuten darin wirkte er nicht so. Ein spitzer Schrei erregte meine Aufmerksamkeit, und ich sah einen Jungen, der ein Mädchen über der Schulter trug und gerade in den Pool sprang. Ploff. Das Wasser besprizte die Leute, die rundherum in der Sonne lagen. Kurz darauf tauchten sie wieder auf.

Er lachte, und sie tat so, als sei sie entrüstet.

»Ist das da drüben Tayler?«, fragte ich.

»Ja.« Sheila verdrehte die Augen. »Er ist ein Idiot. Glaub mir, wir sind bei ihm alle schon mal in Versuchung geraten, aber er ist ein hoffnungsloser Fall.«

Sie konnte nicht wissen, dass dies keineswegs eine Enttäuschung für mich war, sondern Musik in meinen Ohren. Dass ich mich zu Dingen, die einen Fehler haben, hingezogen fühle ist eine Schwäche von mir. Vielleicht weil ich mir tief im Innern wünsche, eines Tages zwischen meinen überall verstreuten Teilen etwas zu finden, das es wert ist, gerettet zu werden.

Aber ich habe keine weiteren Fragen gestellt. Ich nahm ein

Getränk an, das mir angeboten wurde, und blieb die nächste halbe Stunde bei der Gruppe von Mädchen stehen, die sich über wer weiß was unterhielten, denn wenn mich etwas nicht interessiert, höre ich nicht weiter zu.

Tatsächlich begutachtete ich das Haus. Es gab Blumenbeete, und eine Pflanze rankte sich an einem der Pfeiler zu einem hohen Fenster empor, hinter dem man ein gemütliches Wohnzimmer erahnen konnte. Ich war schon immer von den Häusern anderer fasziniert, nicht nur wegen des einzigartigen Geruchs in jedem von ihnen, sondern auch wegen der Familiendynamik. Was sich hinter jeder Tür abspielt, ist ein kleines Geheimnis, das es zu lüften gilt. An diesem Ort konnte ich mir vorstellen, wie die Familienmitglieder um einen Tisch saßen, ohne dass der Fernseher lief, um Hintergrundgeräusche zu vermeiden, und interessante Gespräche über ihre täglichen Aktivitäten führten. Dummerweise neige ich dazu, das, was man kaufen kann, zusammen mit einem idealen Bild zu assoziieren, obwohl ich weiß, dass die Wirklichkeit nichts damit zu tun hat.

»Sollen wir schwimmen gehen?«, fragte Olivia.

»Später. Ich möchte erst noch etwas trinken. Ist noch Gin da?«

»Drinnen bestimmt«, sagte Sheila zerstreut.

Ich ging auf die Hintertür des Hauses zu. Als ich eintrat, schaute ich mich genau um und achtete auf die Details wie den leeren Schirmständer oder die gerahmten Fotos. Ich ließ die Küche hinter mir und ging die Treppe hinauf, um einen Blick in die Schlafzimmer zu werfen. Nur ganz kurz. Ich wusste, dass das nicht in Ordnung war, aber ...

»Was tust du hier?«

Auf einmal stand Tayler im Gang.

»Was machst du hier?«

»Mein Shirt holen, das ich neulich im Zimmer der Gastgeberin vergessen habe.«

»Erwartest du Applaus dafür, dass du dich wie ein Orang-Utan verhältst?« Taylers Gesichtsausdruck wurde auf einmal vorsichtiger, als hätte er beschlossen, dass er seine nächsten Worte gut abwägen müsste, wobei das Ergebnis nicht gerade brillant ausfiel:

»Du hast meine Frage nicht beantwortet.«

»Stimmt. Ups, ich habe die Orientierung verloren.«

Meine unverschämte Antwort amüsierte ihn.

»Kennen wir uns? Wie heißt du?«

»Mein Name ist ›Ich bin nicht interessiert‹.«

»Hey, warte mal …«

Ich drehte mich um und wollte zurück in den Garten gehen, aber Tayler stellte sich mir in den Weg, bevor ich die Treppe erreichen konnte. Er runzelte die Stirn, und dann schaute er mich tatsächlich aufmerksam an. Wahrscheinlich, weil er es nicht gewohnt war, dass ein Mädchen kein Interesse an ihm zeigte. Es gibt nichts Einfältigeres, als etwas zu wollen, nur weil man es nicht haben kann.

»Könntest du zur Seite gehen?«

»Ich kann, aber ich will nicht.«

»Du bist nervig.«

»Komm schon, sag mir deinen Namen.«

»Und was bekomme ich als Gegenleistung?«

»Meine volle Aufmerksamkeit.«

»Oh, was für eine Ehre.«

Tayler lächelte angesichts meiner ironischen Antwort.

»Stimmt. Du weißt es noch nicht, aber später wirst du es verstehen«, antwortete er neckisch und schaute auf mein lilafarbenes Bikinioberteil hinunter. »Möchtest du etwas trinken?«

Ich habe kurz darüber nachgedacht. Es gab mehrere Dinge, die für ihn sprachen: ein akzeptabler Sinn für Humor, die Faszination für aussichtslose Fälle und die Tatsache, dass ich mich in diesem Sommer zu Tode langweilte.

»Das ist das einzig Interessante, das du bis jetzt gesagt hast«, erwiderte ich.

Er verzog die Lippen, nahm die Herausforderung an, und ich ging an ihm vorbei die Treppe hinunter. In der Küche alberten wir weiter herum, und ich forderte ihn auf, meinen Namen zu erraten.

»Du siehst aus wie Aubrey.«

»Nächster Versuch.«

»Amy?«

»Nein, obwohl ich den Namen mag.«

»Holly?«

»Kalt, ganz kalt.«

»Daisy?«

»Du hast eine seltsame Vorliebe für Namen, die auf Y enden.«

»Das ist möglich. Ist mir noch nicht aufgefallen.« Er trat auf mich zu, sodass unsere Körper sich berührten. »Gib mir einen Hinweis. Das ist nicht fair, weil du meinen Namen kennst.«

»Wieso bist du dir da so sicher?«

»Weil jeder weiß, wer ich bin.«

»Ich nur, weil du vor Jahren mit meiner Schwester in eine Klasse gegangen bist«, log ich, um seinem Ego nicht zu schmeicheln. »Ihr Name ist Lucy Peterson. Wegen gesundheitlichen Problemen war sie oft nicht da.«

»Das sagt mir was, ja …«

»Machst du mir jetzt den Drink?«

»Verrätst du mir deinen Namen?«

Wir starrten uns ein paar Sekunden lang in die Augen.

»Grace.«

»Du lügst mich doch nicht an, oder?«

»Das ist nicht mein Stil.«

»Okay, Grace«, sagte er langsam. »Was hältst du davon, wenn wir beide unsere Sachen holen und von dieser langweiligen Party verschwinden?«

Ich habe nicht lange gezögert und zugestimmt. Es ist einfach, Entscheidungen zu treffen, wenn man keine Erwartungen hat. Ich verabschiedete mich also von Olivia, während es bereits dunkel wurde, und stieg hinter Tayler auf dessen Motorrad. Als er die Straße hinunterraste, legte ich ihm die Arme um die Taille. Wir hielten an einem Pub, tranken Bier und spielten Billard. Ich habe ihn dreimal geschlagen. Zuerst fand er es lustig, aber als er merkte, dass es kein Zufall war, wurde er ärgerlich.

»Dieses Spiel ist scheiße. Sollen wir zu mir nach Hause fahren?«

Wir landeten in seinem Bett. Es war schnell, intensiv und aufrichtig. Nur Verlangen, nur zwei Körper, die sich finden, nur ein Moment der Flucht, bevor sie in die Realität zurückkehren.

Danach lagen wir auf dem Rücken.

»Hey.« Tayler atmete immer noch schwer. »Ich habe vergessen, dir zu sagen, dass ich nichts Ernstes will. Ich möchte dir nicht wehtun, aber …«

»Halt die Klappe.«

»Was?«

»Du sollst die Klappe halten. Du brauchst deine Zeit nicht mit Ausreden zu verschwenden. Ich hab dir doch schon gesagt, dass ich nicht an dir interessiert bin. Keine Sorge.«

Ich stand auf und suchte meine Kleidung zusammen, während Tayler mich schweigend ansah. Ich weiß nicht, was ihm durch den Kopf ging, aber er kam zu mir, hob mein Kinn und gab mir einen Kuss. Dann begann auch er, sich anzuziehen.

»Ich bringe dich nach Hause.«

Eine Viertelstunde später hielt er am Gehsteig vor unserem Haus, und ich stieg ab. Ich gab ihm den Helm zurück, den er mir geliehen hatte. Als ich mich gerade umdrehen wollte, sagte er: »Hast du morgen um acht schon was vor?«

Rückblickend hat sich unsere Beziehung seither nur wenig verändert. Es ist leicht, mit Tayler die Zeit zu vergessen, vor allem, wenn es keine Verpflichtungen gibt. Er hat sich weiterhin mit anderen Frauen getroffen, und ich war auch mit anderen zusammen. Aber am Ende begegnen wir uns immer auf Umwegen wieder.

Als ich an diesem Abend ins Haus kam, zuckte ich zusammen, als ich Lucy in der Küche vorfand. Sie trug einen Pyjama mit kindlichem Comic-Muster und war barfuß.

»Du hast mich erschreckt!«, rief ich aus.

»War das eben Tayler Parks?«

»Ja. Spionierst du mir nach?«

»Nein, ich bin nur nach unten gekommen, um mir etwas zu essen zu holen, und da habe ich dich zufällig gesehen.«

»Sind das da Cracker in deiner Hand?«

»Sei vorsichtig mit ihm, Grace.«

»Gib mir die Cracker.«

»Ich meine es ernst. Außerdem verstehe ich nicht, was du an so einem Typen findest. Ich bin sicher, dass er noch nie ein Buch aufgeschlagen hat, und sein Lieblingsfilm ist wahrscheinlich *Fast & Furious* oder eine von diesen dummen Komödien. Was glaubst du, worüber du mit ihm reden kannst, wenn ihr zusammen seid?«

»Du bist so naiv, Lucy«, antwortete ich bissig, was ich sofort bereute. »Wie kommst du darauf, dass ich mit ihm reden will?«

Sie machte ein enttäuschtes Gesicht und gab mir die Cracker, bevor sie die Küche verließ.

14

Donner in meinem Kopf

In den nächsten zwei Wochen ließ ich mich in der Apathie treiben.

Mein Leben ist eine Aneinanderreihung von fiktiven Gesprächen, die ich mit niemandem führe, von Jobs, die ich nicht bekomme, und verschwendeten Stunden, in denen ich mir ein anderes Leben vorstelle, das nie Wirklichkeit werden wird. Das einzig Interessante, das ich seit der letzten Begegnung mit Will getan habe, ist, dass ich mit zwei neuen Hunden spazieren gehe und mir eine Fahrschule gesucht habe, wobei ich wohl die einzige Fahrschülerin ohne einen Erwachsenen bin, der sie begleiten kann. Morgen mache ich die Prüfung.

Wahrscheinlich bin ich deswegen beunruhigt.

Deswegen und weil der letzte Brief von Lucy, den ich bekommen habe, mich in eine Zwickmühle bringt. Ich weiß immer noch nicht, was meine Schwester mit der *Karte der Sehnsüchte* zu erreichen hoffte, aber der Weg, den sie mich entlangschickt, ist bittersüß. In dem Brief stand lediglich:

Bring all meine Kleidung zur Kleiderspende.
Und viel Glück bei der Fahrprüfung. Du wirst das gut machen.

Möglicherweise bin ich ein bisschen, nur ein kleines bisschen, wütend auf Lucy. Ich verstehe nicht, warum sie von all den Dingen, die sie mir hätte sagen können, etwas so Sinnentleertes gewählt hat. Und ich vermisse sie. Ich vermisse sie so sehr, und es schmerzt mich, weil ich keinen Trost in ihren Briefen finde.

Ich bin in letzter Zeit noch einsamer als sonst gewesen. Ohne Tayler. Ohne Will. Ohne Olivia. Ohne Großvater. Ohne meine Eltern. Dadurch wird mir bewusst, wie klein mein emotionales Universum ist, und wahrscheinlich ist es meine Schuld. Ich hätte jemand anderes sein können, eines dieser Mädchen mit vielen Freundinnen oder eines, das sich mit sechzehn Jahren einen festen Freund sucht. Aber nein. Nichts dergleichen.

Ich starre in meinem Zimmer an die Wand.

Auf den meisten Postkarten sind berühmte Fotografien oder bekannte Kunstwerke. Ich hänge sie neben die Worte, die ich sammle, weil sie etwas in mir bewegen. Kunst berührt etwas in mir. Deshalb hat sie mich schon immer gereizt. Aber jetzt fühle ich mich so betäubt, dass selbst das mir keine Erleichterung verschafft.

Ich wende den Blick ab und stehe auf.

Mein Vater ist in der Küche und telefoniert, legt aber gleich auf, als ich hereinkomme. Er hält einen angebissenen Apfel in der Hand, und ich finde es amüsant, weil es das Symbol der Sünde ist.

»Wie war dein Tag?«, fragt er mich zerstreut.

»Hätte besser sein können. Und schlimmer, nehme ich an.« Ich setze mich an den runden Tisch in der Ecke. »Zum Beispiel hätte ich im Lotto gewinnen können, ja, aber ich hätte auch mit gebrochenen Rippen enden können, nachdem ich überfahren wurde.«

»Grace ...«

»War nur ein Scherz.«

Dad nimmt noch einen Bissen und nickt.

»Ich weiß schon. Also, alles in Ordnung?«

Ja, ein weiterer Tag, an dem ich den Anweisungen eines Spiels folge, das deine tote Tochter sich als posthumen Scherz ausgedacht hat. Und wie geht es dir?

»Ich hab morgen Prüfung.«

»Was für eine?«

»Fahrprüfung.«

»Ich wusste nicht, dass ... Das wusste ich nicht.«

Er wirft das Kerngehäuse in den Mülleimer, und ich frage mich, ob er eines Tages Moms Herz auch einfach wegwirft. Wir sehen uns einen Moment lang in die Augen.

»Übst du mit mir?«

»Jetzt? Es ist schon spät ...«

»Ich könnte es gebrauchen«, beharre ich.

Ich weiß nicht einmal, warum ich ihn darum bitte, da es nicht nötig ist. Was ich will, ist ... ein Stück von ihm, vielleicht. Nur ein kleines Stück, bevor der Mann, den ich zu kennen glaubte, ganz verschwindet. Außer der Hülle ist jetzt schon kaum etwas übrig geblieben; die hohen Wangenknochen, der intensive Blick, der seinen Glanz verloren hat, das üppige grau melierte Haar und die leicht katzenhafte Art, sich zu bewegen, die ich immer mit rötlichen Auren verbinde.

»In Ordnung. Also los.«

Dads Auto steht vor der Garage. Wir steigen ein, und ich lege vorsichtig den Rückwärtsgang ein, während er leise sagt: »Ganz langsam.« Ich möchte am liebsten mit einem Ruck anfahren, aber ich kann mich zurückhalten, als mein Fuß auf dem Pedal zittert. Sei ein braves Mädchen, sage ich zu mir selbst. Dann fahre ich durch die Straßen von Ink Lake, während es dunkel wird.

»Du machst das toll«, sagt Dad.

Wir sind schon eine Weile unterwegs, als wir an meinem Lieblings-Burgerladen vorbeikommen und ich ihn frage, ob er Lust hat, mit mir essen zu gehen. Zuerst runzelt er die Stirn, weil es so ein ungewöhnlicher Vorschlag ist, aber schließlich nickt er.

Das Lokal ist fast leer. Wir setzen uns an einen kleinen Tisch, und Mia nimmt unsere Bestellung auf. Als sie mich erkennt, nickt sie zur Begrüßung.

»Was gibt's, Grace?«

»Nichts Neues.«

»Soll ich das Übliche aufschreiben?«

»Ja. Was möchtest du, Dad?«

»Ich weiß nicht ...« Er schaut in die Karte, wird aber schließlich nervös, als Mia von einem Fuß auf den anderen tritt. »Ich nehme das Gleiche wie sie.«

»Perfekt. Dauert etwa zehn Minuten.«

Eine unangenehme Stille breitet sich aus, als Mia weggeht. Ein älterer Mann isst allein an einem Tisch, und etwas weiter weg sitzt ein verliebtes Pärchen. Mein Vater schaut auf sein Handy, und ich betrachte ihn. Ich kann nicht aufhören, mich unablässig zu fragen, wer er ist. Es gibt eine Dissoziation zwischen der Erinnerung und der Realität, das habe ich irgendwo gelesen, sodass ich mir nicht mehr sicher bin, ob der Mann, der mich auf seinen Schultern getragen hat, der die Strafen abgemildert hat, wenn Mom zu streng war oder mich *Grashüpfer* genannt hat, noch irgendwo existiert. Vielleicht war es einmal so, er *existierte,* in der Vergangenheit, aber dann ist er verschwunden.

Die immateriellen Dinge, die verschwinden, sind Donner in meinem Kopf. Manchmal stelle ich mir vor, wie sie davonschweben: eine verlorene Freundschaft, die Veränderungen, die uns zwingen, einen Teil von dem zurückzulassen, was wir waren, die Zeit, die stets vergeht, die Liebe zu einer Schwester oder die Traurigkeit, wenn jemand aus der Dunkelheit tritt.

Wir können das Geld auf unserem Bankkonto zählen, die Minuten, die wir täglich unser Handy nutzen, oder unsere Größe messen. Aber es gibt keine Möglichkeit, die wirklich wichtigen Dinge zu quantifizieren, die über ein vages *viel, einige* oder *wenige* hinausgehen. Wir können sie auch nicht besitzen; wir begnügen uns mit einer Uhr, weil wir die Zeit nicht in eine Nachttischschublade stecken können; wir heben alte Briefe auf, weil es keine Möglichkeit gibt, die Liebe zu nehmen und sie sicher in einem Glas aufzubewahren.

Es sind veränderliche Dinge. Und mit der Veränderung kommt das Vergessen.

Die Bewunderung, die ich für meinen Vater empfunden habe, ist irgendwann verpufft, und ich kann dieses Gefühl nicht wiederaufleben lassen, als ob ich eine Schallplatte abspielen wollte, die ich mit vierzehn geliebt habe. Denn im Gegensatz zu Büchern, Gemälden oder allem Materiellen sind Gefühle alles andere als unveränderlich. Aber ich bin davon überzeugt, dass es in irgendeiner parallelen Realität einen Ort gibt, an dem genau das Gegenteil der Fall ist und wo alle Arten von Ideen, Gedanken und Liebe stückweise in Geschäften gekauft oder einfach mitgenommen werden können.

Mein Vater legt das Handy zur Seite und bricht das Schweigen:

»Ich kenne diesen Blick.«

»Ja? Und was bedeutet er?«

»Dass du so tief in dich selbst versunken bist, dass du sogar deinen eigenen Gedanken nicht mehr folgen kannst.«

Ich weiß nicht, warum, aber ich glaube, mich verteidigen zu müssen.

»Du kennst mich nicht mehr so gut, wie du glaubst.«

Er versucht nicht, mich vom Gegenteil zu überzeugen. Wir schweigen, bis Mia mit den Burgern und einem Korb mit mehreren Soßenschälchen zurückkommt. Ich nehme ein bisschen von allem und verschlinge dann das Essen, um meine Hände und meinen Mund zu beschäftigen. Dad hingegen knabbert zerstreut Pommes.

Als ich fertig bin, wische ich mir den Mund mit der Serviette ab.

Er hat noch nicht mal die Hälfte gegessen.

»Darf ich dir eine Frage stellen?«

»Sicher, Grace.«

»Warum bist du nach Ink Lake gezogen?«

»Das weißt du doch.«

»Nein. Sag es mir noch mal.«

Er seufzt und lehnt sich zurück. Mia kommt zu uns und fragt, ob wir noch etwas möchten, und ich verneine, ohne den Blick von meinem Vater abzuwenden.

»Ich habe deine Mutter auf einem Kongress in San Francisco kennengelernt. Deine Großmutter war gerade gestorben, und Rosie wollte ihren Vater in einer so heiklen Zeit nicht allein lassen. Außerdem war sie die beste Immobilienmaklerin in der Gegend, sie war gerade befördert worden, und wir dachten, dass dieser Ort, auch wenn er nicht gerade der Nabel der Welt ist, der perfekte Ort für ein ruhigeres Familienleben sein würde.«

»Warum hast du dich in sie verliebt?«

»Grace, ich weiß nicht, was du ...«

»Bitte!«, flehe ich.

Dad seufzt und legt die Pommes auf den Teller. Er blickt an

die Decke, sieht mich dann wieder an und begreift schließlich, dass dies wirklich wichtig für mich ist.

»Sie war umwerfend. Lucy hat mich in dieser Hinsicht immer an sie erinnert. Sie hatten beide die Gabe, einen Raum zu betreten und ihn zum Leuchten zu bringen. An diesem Tag waren über hundert Immobilienmakler aus dem ganzen Land auf dem Kongress, aber als ich die Halle betrat, fiel mein Blick sofort auf sie, denn sie war wie ein Leuchtturm inmitten eines Sturms.«

Ich stelle fest, dass er in der Vergangenheitsform spricht, obwohl meine Mutter nicht tot ist. Ich schlucke, denn es ist klar, dass er es ganz bewusst tut.

»Was noch?«

»Sie hatte gern die Zügel in der Hand und ließ sich von niemandem manipulieren. Wenn sie einen Fehler machte, wollte sie diejenige sein, die die Entscheidung getroffen hatte, und nicht bedauern, weil sie auf jemand anderen gehört hatte. Und sie war sehr witzig, obwohl sie einen sehr speziellen Sinn für Humor hatte, den ihr, glaube ich, geerbt habt. Wir konnten uns stundenlang unterhalten; ich erinnere mich, dass wir, wenn wir zum Abendessen ausgingen, immer die letzten Gäste waren und nur aufbrachen, weil sie anfingen aufzuräumen. Dann scherzten wir, dass wir bis zum nächsten Morgen hätten bleiben können.«

Er sieht mich an, und es ist, als käme er in die Gegenwart zurück.

»Und jetzt? Liebst du sie immer noch?«

Ich kann nicht sagen, ob der Ausdruck auf seinem Gesicht Wut, Verwirrung oder Bedauern ausdrückt. Seine Finger spielen mit dem Salzstreuer, und er schüttelt den Kopf.

»Natürlich tue ich das, Grace.«

Ich wünschte, ich könnte es glauben. Aber ich weiß, dass er lügt.

Wir teilen uns ein Eis zum Nachtisch, aber wir reden nicht mehr viel; ich erwähne nur, dass ich mich um mehrere Hunde kümmere und hoffe, bald einen richtigen Job zu finden. Danach kehren wir zum Auto zurück, und ich setze mich hinters Steuer, obwohl ich noch keinen Führerschein habe. Natürlich fahre ich langsam, sehr langsam. Ich stelle den Wagen in der Einfahrt ab, ziehe den Schlüssel heraus und atme tief durch, bevor ich damit herausplatze:

»Lucy hat mich gebeten, ihre Kleidung wegzubringen.«

»Was hast du gesagt?«, flüstert mein Vater und sieht mich an.

»Es ist ... Es ist eine lange Geschichte. Sie hat mir ein Spiel hinterlassen, *Die Karte der Sehnsüchte*, bei dem ich eine Reihe von Schritten oder so befolgen muss. Ziemlich verrückt, nicht wahr.« Ich weiß nicht, ob ich das zu ihm oder zu mir selbst sage. »Und jetzt habe ich ein Problem. Ein großes. Mom wird nicht wollen, dass ich ihren Kleiderschrank ausräume. Mit anderen Worten: Du musst mir helfen.«

Dad fährt sich mit der Hand durchs Haar. Er sieht furchtbar müde aus.

»Ist das so was wie ein schlechter Scherz?«

»Was? Nein! Du weißt, dass ich so etwas nie tun würde!«

»Du hast recht. Es tut mir leid.«

Er fragt mich nach dem Spiel, und ich erzähle ihm alles, was ich weiß. Wills Rolle in dieser ganzen Geschichte erwähne ich nur nebenbei. Es ist, als ob ich ihn allein für mich behalten und mit niemandem teilen wollte – zumindest, bis ich ihn richtig einschätzen kann, aus allen Blickwinkeln, auch aus denen, die noch im Dunkeln liegen. Ich möchte, dass er ein Teil meines Lebens ist, aber gleichzeitig auch, dass er genau das nicht ist.

»Das klingt alles so ... surreal.«

»Ja. Aber wirst du mir helfen?«

»Ich werde es versuchen, obwohl wir beide wissen, dass es nicht einfach sein wird.«

»Danke, Dad.«

Wir wollen gerade aus dem Auto steigen, als er plötzlich fragt:

»Hat Lucy auch einen Brief für mich hinterlassen?«

»Nein«, flüstere ich.

Und in diesem Moment, als Schmerz und Enttäuschung seinen Blick überschatten, wird mir klar, dass eine Nachricht von Lucy, in der sie mich einfach bittet, ihren Schrank auszuräumen, ausgesprochen wertvoll ist. Weil es bedeutet, dass sie noch bei mir ist. Dass sie mich Schritt für Schritt begleitet. Dass es Teile von ihr gibt, die ich noch entdecken kann.

15

Lernen, das Gleichgewicht zu verlieren

Es ist fast unmöglich, die entscheidenden Momente vorherzusagen, die ein Vorher und Nachher markieren, und auch, sich bewusst zu sein, dass man gerade einen davon erlebt, wenn es passiert. Aber an jenem Oktobernachmittag, im zarten Alter von dreizehn Jahren, wusste ich es.

Ich zog meine Schlittschuhe an und betrat die menschenleere Eisbahn. In den letzten Wochen hatte ich wie besessen Videos von Eiskunstläuferinnen angeschaut, die scheinbar unmögliche, endlose Pirouetten drehten. Und ich hatte mir vorgenommen, dies auch zu lernen, obwohl ich wusste, dass ich weit davon entfernt war, es in absehbarer Zeit zu schaffen. Ich glitt die Eisfläche entlang bis in die Mitte. Dann habe ich versucht, mich um mich selbst zu drehen, und bin hingefallen. Ich schaute mich um: Es war niemand da, nur das Mädchen an der Kasse am Eingang, das geistesabwesend eine Zeitschrift las und Kaugummi kaute. Ich stand wieder auf, um es noch einmal zu versuchen, und fiel wieder hin. Und so ging es immer weiter. Vom Aufprall auf dem Eis taten mir die Knie weh. Aber die Hartnäckigkeit siegte. Ich richtete mich auf, holte Schwung, verlagerte mein Gewicht auf den vorderen Teil der

Schlittschuhkufe direkt hinter den Zacken, und dann fiel ich wieder zu Boden.

Ich weiß nicht, wie lange ich es versucht habe, aber als ich die Eisbahn verließ, zitterten meine Beine, und meine Muskeln fühlten sich taub an. Das Ergebnis war zum Ende hin nicht viel besser geworden. Ich hätte das Ganze als Fiasko betrachten können, aber als ich nach draußen ging und vom Herbstwind durchgeschüttelt wurde, hatte ich diese Erkenntnis, die ein Vorher und Nachher in meinem Leben markieren sollte, denn ich verstand, dass Erfolg aus vielen kleinen Misserfolgen besteht. Und wenn es einem keine Angst mehr macht, das Gleichgewicht zu verlieren und zu fallen, dann ändert sich alles.

16

Hast du dich schon mal so gefühlt?

Ich sollte meine bestandene Fahrprüfung feiern, aber stattdessen stehe ich mitten in meinem Zimmer und atme immer wieder tief durch. Ich öffne meine Augen. Ich betrachte die Wand voller Papierschnipsel, die für andere keinen Sinn ergeben, und starre auf die letzte kleine Notiz, die ich hinzugefügt habe.

Ein Leuchtturm inmitten eines Sturms.

Das war der Satz, den mein Vater während unseres Gesprächs in dem Burgerladen sagte, und seitdem musste ich immer wieder daran denken. Ob so die Liebe sein sollte: Licht, Sicherheit, Gewissheit? Und was passiert, wenn irgendwann eine der Linsen zerbricht oder das Meer mit besonderer Heftigkeit wütet? Ist das der Moment, in dem man den Leuchtturm verlassen muss, bevor die Mauern einstürzen, das Fundament nachgibt und das Meer alles verschlingt?

Ich höre, wie sie sich im Esszimmer streiten.

Als ich es nicht mehr aushalte, gehe ich nach unten und unterbreche die Szene. Ich wechsle die Kamera, und die verbliebene Tochter betritt die Bühne. Der verzweifelte Blick meiner

Mutter ist so durchdringend, dass ich einen Moment lang froh bin, weil sie wenigstens noch in der Lage ist, etwas zu fühlen. Es gibt immer noch Überreste der Frau, die sie war.

»Weiß sie es?«, fragt sie und hebt die Stimme. »Hast du Grace gesagt, dass du Lucys Kleidung weggeben willst? Wie kannst du nur daran denken?«

Mein Vater steht ruhig neben dem Regal im Wohnzimmer, aber ich merke, dass er nervös ist, weil er die rechte Hand zu einer Faust geballt hat.

»Er hat so etwas zu mir gesagt, ja«, antworte ich.

»Und du hast ihm nicht geantwortet, dass das eine dumme Idee ist?«

»Mom ...« Ich schlucke. »Eigentlich ...«

»Sie hat sogar freiwillig angeboten, mir zu helfen. Wir bringen das, was wir weggeben wollen, ins Soziale Zentrum, und den Rest auf den Dachboden.«

Meine Mutter sieht uns beide mit glasigen Augen an.

»Warum tut ihr das?«

»Weil es das Richtige ist, Rosie. Es wird jemanden geben, der ... ihre Sachen gut brauchen kann.« Dads Stimme bricht, aber Mom ist so sehr auf ihren eigenen Kummer konzentriert, dass sie es nicht einmal bemerkt. »Und wir müssen weiterleben, wir müssen wieder ...«

»Sag kein Wort mehr, Jacob.«

Sie sieht mich nicht einmal an, bevor sie das Esszimmer verlässt.

Als Dad und ich allein sind, lasse ich den angehaltenen Atem entweichen und spüre, wie die Luft meinen Körper verlässt. Wenn ich ein Heliumballon wäre, würde ich auf der Stelle abstürzen und mich in den Ästen eines Baumes verheddern.

»Ich habe dir gesagt, dass es nicht einfach sein wird.«

»Warum hast du es ihr nicht erzählt?«

»Das mit Lucys Spiel?« Er schüttelt den Kopf. »Im Moment würde es sie zerstören. Außerdem denke ich, dass diese Entscheidung bei dir liegt.«

Noch am selben Tag betreten wir das Zimmer meiner Schwester. Die Tür war seit ihrem Tod fast sechs Monate lang geschlossen, und auch während der ganzen Zeit, als sie im Krankenhaus gewesen ist. Wir sehen ihr Bett mit der rosafarbenen Tagesdecke und den winzigen gelben Blumen vor uns, Puppen und Plüschtiere auf den Regalen, die traurig auf Lucys Rückkehr zu warten scheinen, den ordentlichen Schreibtisch mit einem Glas voller bunter Stifte, als ob Lucy sie irgendwann wieder benutzen würde, und einen Stapel Liebesromane, die sie so gern gelesen hat.

Ich drehe mich um mich selbst und stoße einen Seufzer aus.

»Ich weiß nicht, womit ich anfangen soll.«

»Mit dem Schrank. Das hat sie doch gesagt, oder? Dass du die Kleidung weggeben sollst.« Entschlossen geht Dad zu dem zweitürigen Schrank, atmet einmal tief durch und öffnet ihn weit.

Die Kartons, die wir vom Speicher geholt haben, füllen sich mit Lucys Kleidung. Es ist ein unbeschreibliches Gefühl, jedes einzelne Kleidungsstück zu berühren, es vom Bügel zu nehmen, als wollten wir jemanden aus der Wohnung werfen, es zusammenzulegen und sich zu verabschieden. Viele der Kleidungsstücke wecken Erinnerungen in mir. Lucy, die ein Eis isst, das eine Erdbeerspur auf ihrem blauen Sweatshirt hinterlässt. Lucy, die mit ihrem langen Faltenrock herumwirbelt. Lucy, die in ihren Gummistiefeln mit mir durch die Pfützen springt. Lucy, die ein granatrotes Chiffonkleid für den Abschlussball wählt, zu dem sie mit ihrer besten Freundin geht. Lucy und ihre Liebe zu ausgefallenen, auffälligen Schuhen.

Lucy, Lucy, Lucy …

»Findest du es in Ordnung, dass wir das tun?«

»Ich weiß es nicht.« Dad sieht mich an. »Aber da keiner von uns die richtigen Antworten zu haben scheint, erfüllen wir einfach Lucys Wunsch.«

Entschlossen legt er eine Wolljacke in verschiedenen Rottönen in eine Tasche: Die Ärmel in Weinrot, das zur Taille hinunter immer heller wird, bis es schließlich rosa ist. Das war die Aura meiner Schwester: leidenschaftlich, sanft und entschlossen.

Ich habe ihr die Jacke vor drei Jahren zum Geburtstag geschenkt.

»Die nicht«, bitte ich Dad. »Gib sie mir.«

»Bist du sicher?«

»Ja.«

Ich halte die Jacke an die Nase und rieche den Weichspüler. Dann reibe ich sie an meiner Wange. Sie ist so weich. So sanft wie Lucys Stimme, wenn ich mich zu ihr ins Bett gelegt habe und wir bis in die frühen Morgenstunden leise miteinander redeten.

Ich habe einen Kloß im Hals.

»Geht es dir gut, Grace?«

»Nein.«

»Mach eine Pause.«

Ich stehe mit der Jacke in den Händen auf und gehe zum Fenster hinüber, das zu der Straße hinausgeht, in der wir aufgewachsen sind. Hin und wieder drehe ich mich zu Dad um und beobachte, wie er jedes einzelne Kleidungsstück liebevoll begutachtet: Er nimmt es vorsichtig in die Hand, prüft die Nähte, glättet ein paar Falten mit den Fingern und legt es zusammen, als ob es Teil einer Modenschau wäre. Er ist so vertieft und merkt gar nicht, dass ich noch da bin. Dann steht er auf und sucht in den Schreibtischschubladen nach Klebeband.

»Die dritte«, sage ich.

Lucy war extrem ordentlich; *methodisch, präzise und clever genug, um ein Spiel zu entwickeln*. Und obwohl in meinen Schubladen ein großes Durcheinander herrscht und es unmöglich ist, etwas darin zu finden, kenne ich den Inhalt ihrer Schubladen ganz genau: In der ersten sind die Hefte, in der zweiten die Zeichensachen, in der dritten Dinge wie Kleber, Klebeband, Scheren, Büroklammern oder Bleistiftspitzer.

Als mein Vater die Kisten verschlossen hat, seufzt er und schaut sich um, als ob er sich fragen würde, woher er den Mut nehmen soll, all die anderen Dinge wegzuräumen, denn jeder kleine Gegenstand, den Lucy sich ausgesucht hat, scheint Teile von ihrer Seele zu enthalten.

»Was nun?«, frage ich.

»Wir lassen die Kisten erst einmal hier. Geben wir deiner Mutter etwas Zeit, um sich damit abzufinden, okay?«

»Ja.«

»Gut.«

»Danke, Dad. Hierfür.«

»Du musst mir nicht danken.« Bevor er den Raum verlässt, legt er mir eine Hand auf die Schulter und sieht mir in die Augen. »Wenn ich irgendwann mal in dem Spiel auftauche, das Lucy dir hinterlassen hat, wirst du es mir sagen, oder? Denn ich würde gern wissen ... ob sie etwas von mir wollte.« Er atmet einmal tief durch. »Wir haben nicht viel miteinander gesprochen in den letzten Tagen vor ...«

»Ich werde es dir sagen, keine Sorge.«

Als er nickt, erkenne ich, wie schwer ihn diese Niederlage belastet, ein Gefühl, das er schon so lange mit sich herumträgt.

Ich kann mich kaum noch daran erinnern, wie er früher war, als er Witze machte und uns drei mit seinem berühmten natürlichen Charme zum Lachen brachte. Ich sehe ihm nach, als er die Treppe hinuntergeht.

Nur wenige Stunden nachdem ich begonnen habe, mich von den materiellen Spuren zu trennen, die Lucy in der Welt hinterlassen hat, sitze ich auf der Veranda eines Hauses mit Garten. Der Sommer hat begonnen, und es ist wärmer geworden. Die meisten Leute um mich herum kenne ich nicht, aber Tayler ist an meiner Seite, streichelt ab und zu mein rechtes Knie und füllt das Glas in meiner Hand nach.

Ein paar Freunde hatten sich verabredet, um sich gemeinsam einen Boxkampf anzusehen oder so etwas, behauptete einer von ihnen, und danach waren noch viel mehr Leute gekommen. Jetzt, als es schon dunkel ist, erinnert sich wahrscheinlich niemand mehr daran, wie die Party begonnen hat. Mich interessiert das auch nicht, ehrlich gesagt. Ich hatte eigentlich nicht vor, auszugehen, aber als Tayler angeboten hat, mich abzuholen, saß ich in meinem kleinen Unterschlupf am Fenster und dachte und dachte und dachte, also sagte ich zu, um mein Gehirn endlich abschalten zu können.

Wünscht sich nicht jeder mal, seinen Verstand vorübergehend abzuschalten? Um ein paar Momente der Ruhe zu haben, bevor man den Faden wieder aufnimmt, mit dem man beschäftigt war. Manchmal kann ich mich selbst nicht mehr ertragen. Meinen Kopf. Die ständigen Grübeleien und meine Art, mir Dinge vorzustellen und in einem unendlichen Labyrinth verworrener Ideen zu leben, dessen Ausgang ich nicht kenne.

»Der Typ ist verrückt.« Mia zeigt auf einen Kerl, der mit einem anderen gewettet hat, wer von ihnen mehr Bier trinken kann, ohne zu atmen. Er ist seinem Herausforderer weit voraus.

»Beide sind verrückt«, antwortet Sebastien, und ich wende den Blick ab, damit ich mich nicht übergeben muss. Von allen Leuten auf dieser Party ist er zweifellos derjenige, den ich am meisten hasse.

Die Gäste feuern die Jungs an und nehmen sie mit ihren Handys auf.

Auch ich ziehe unbewusst mein Handy heraus, um nachzusehen, ob ich irgendwelche Nachrichten erhalten habe, aber da ist nichts. Es kommt mir vor, als hätte ich schon ewig nichts mehr von Will gehört. Wir haben uns seit dem Tag nicht mehr gesehen, an dem wir uns die verlassene Farm angesehen haben, was schon weit zurückzuliegen scheint. Seitdem sind schon mehr als zwei Wochen vergangen. Ich habe ihm geschrieben, dass ich die Fahrprüfung bestanden habe, und er hat nur mit einem unpersönlichen *Herzlichen Glückwunsch, Grace* geantwortet.

Ich sollte es nicht tun, aber meine Finger bewegen sich über die Tasten, während der Lärm um mich herum zunimmt; ich denke an Lucys Kleidung in diesen Kisten, daran, wie fremd mir die Leute um mich herum sind, und spüre die Einsamkeit, eine unergründliche Einsamkeit.

Grace: Hattest du schon einmal das Gefühl, dass du in einem Raum voller Menschen in Flammen stehst, aber niemand beachtet dich?

Die Antwort kommt nach nur zwei oder drei Minuten.

Will: Nein.

Ich trinke einen Schluck und schließe die Augen.
Das Telefon vibriert wieder.

> Will: Aber ich habe mich schon mal gefühlt, als würde ich in einem Raum voller Menschen in Flammen stehen, die auf mich zeigen und mich anstarren, bis ich zu Asche verbrannt bin.

Die Luft, die ich angehalten habe, entweicht aus meiner Lunge. Ich antworte nicht. Ich möchte diesen perfekten Moment der Einvernehmlichkeit nicht zerstören. Ich möchte nichts berühren, aus Angst, es kaputtzumachen. Aber ich spüre eine Wärme in meiner Brust, ein kleines brennendes Streichholz.
»Willst du eine Zigarette?«
»Nein.« Ich stecke mein Handy wieder ein.
Tayler betrachtet mich aus dem Augenwinkel, zündet sich eine Zigarette an und bläst den Rauch nach oben. Er beugt sich zu mir herunter, streift mit seinen Lippen über mein Ohr, und flüstert:
»Langweilst du dich auch?«
Bei manchen Menschen funktioniert Aufrichtigkeit nicht, also weiche ich aus.
»Macht es dir was aus?«
»Natürlich. Du bist meine Freundin, oder?«
»Das ist ja was ganz Neues.«
»Ist es nicht das, was du willst?« Er streicht mit dem Daumen über mein Ohrläppchen und rückt noch näher an mich heran.
»Also gut. Lass es uns tun. Lass uns Grace und Tayler sein, das Paar des Jahres.«
»Ist dir bewusst, dass die Schulzeit schon lange vorbei ist?«
»Warum musst du immer alles vermiesen?«

»Tayler, die Dinge sind gut so, wie sie sind.« Ich stehe auf, während die anderen in Applaus ausbrechen, weil jemand einen dummen Rekord gebrochen hat, der wahrscheinlich darin besteht, Bier durch die Nase zu trinken oder eine riesige Menge Nachos zu essen. »Ich muss mal aufs Klo.«

Als ich den ersten Schritt mache, spüre ich die volle Wirkung des Alkohols. Der Boden wankt gefährlich, und die Menschen um mich herum sind verzerrt, als wären sie aus einer weichen, gallertartigen Masse. Ich habe ein Schleuderprogramm in meinem Kopf. Mühsam gehe ich ins Haus. Ich kann das Badezimmer im unteren Stockwerk nicht finden. Mir ist übel. Als ich die dritte Treppenstufe erreiche, überkommt mich das erste Würgen. Ich mühe mich weiter nach oben und halte mich am Geländer fest. Endlich finde ich das Bad und stürze zur Toilettenschüssel.

Ich gebe alles von mir.

Die Getränke, die Traurigkeit und meine Würde.

Nach einer Weile verlasse ich das Bad, aber ich fühle mich nicht in der Lage, zurück in den Garten zu gehen, und ich will Tayler auch nicht bitten, mich nach Hause zu bringen. Also setze ich mich mitten auf die Treppe, und wenn ich hinauf- und hinunterschaue, kommt mir dies fast vor wie eine Metapher für mein Leben: Auf dem Weg nach unten wird mir schwindlig, und der Weg nach oben ist zu anstrengend.

Keine Ahnung, wie lange ich dort sitzen bleibe, es können zehn Minuten, eine Stunde oder drei Stunden sein. Ich denke an das Wort *Petrichor* – was für ein schön klingendes Wort für den Geruch von Regen. Ich habe diesen Geruch immer geliebt, weil er das Gefühl von Reinheit, Veränderung und Neuanfang hervorruft, etwas, das so authentisch ist, dass man es nicht in einer Parfümflasche einfangen und in jedem Supermarkt verkaufen kann.

Ich sitze immer noch auf der Treppe und spiele mit meinem Handy herum.
Ich schreibe. Ich lösche es. Ich schreibe wieder. Meine Finger zittern.

> Grace: Was machst du jetzt gerade?
>
> Will: Nichts. Warum?

Die Stimmen draußen klingen verzerrt, und ich fühle mich wie in einer endlosen Spirale, aber plötzlich kann ich mir Will im Zentrum dieses ständigen Kreisens vorstellen.

> Grace: Könntest du mich abholen? Ich bin auf einer Party, auf der ich nicht sein will, sitze auf einer Treppe und kann mich nicht entscheiden, ob ich hinunter- oder hinaufgehen soll.
>
> Will: Schick mir die Adresse und warte auf mich.

Ich tue es. Dann denke ich an dieses *Warte auf mich*, wie es sich anhören würde, wenn ich mich in einem Film befände, der in einer anderen Zeit, zum Beispiel im Zweiten Weltkrieg, spielt, und ich muss kichern. Obwohl ich weiß, dass der echte Ton, der von Will, ganz anders klingen würde: nüchtern, fast bissig und ohne Verzierungen, eine freundliche Art zu sagen: »Bleib, wo du bist, Grace«.

Ausnahmsweise halte ich mich strikt an die Regeln und bereue es, als ich Sebastien am Fuß der Treppe sehe. Er streicht mit dem Zeigefinger am Geländer entlang, folgt der Biegung des Holzes und geht eine Stufe nach der anderen hinauf, bis er vor mir steht.

»Schau mal, wer da ist ...«

»Hast du nichts Besseres zu tun? Verschwinde.«

Er erinnert mich an eine giftige Schlange. Der Unterschied zwischen Typen wie Tayler und Typen wie Sebastien ist, dass man Erstere schon von Weitem kommen sieht und eine Strategie vorbereiten, einen Schutzschild aufstellen kann, aber Letztere ... Man bemerkt sie erst, wenn sie einem einen Dolch in den Rücken rammen, und dann ist es zu spät.

»Ein weiterer Sommer hier? Die arme Grace.«

Ich stehe auf und beschließe, dass es besser ist, den Schwindel zu ertragen, als noch eine Sekunde länger bei diesem Idioten zu bleiben. Eine Stufe nach der anderen gehe ich hinunter und hinaus in den Garten. Noch mehr Gäste kommen, aber keiner von ihnen ist Will. Erst als Sebastien neben mir steht, so nah, dass ich seinen warmen Atem an meinem Ohr spüre, merke ich, dass er mir gefolgt ist.

»Wie geht es deiner Schwester?«, zischt er spöttisch.

»Was hast du gesagt?« Ich drehe mich abrupt zu ihm um, und mein Herz klopft so stark gegen meine Rippen, dass ich es trotz der lauten Musik hören kann.

»Bist du jetzt eine taube Schlampe?«

Ich sehe nichts, als ich mich auf ihn stürze. Mein Bewusstsein ist leer, leer, leer; wie ein weißes Laken, eine Leinwand, Eiweiß. Ich will ihm wehtun, körperlich, seinem Kopf, überall.

Zwei Arme packen mich und reißen mich zurück. Sebastien sieht mich mit einem befriedigten Grinsen an.

»Beruhige dich, Grace.« Wills Stimme ist ein Flüstern.

Ich blinzle, um nicht zu weinen; schon lange gestehe ich mir das nicht mehr zu. Ich bemühe mich, den Blick nicht zu senken, als ich merke, dass die Leute mich anstarren, denn, wie es scheint, bin ich interessanter als die Bierwettbewerbe.

»Was verdammt noch mal ist passiert?«, fragt Tayler.

»Ich habe schon immer gewusst, dass die nicht ganz dicht ist.« Sebastien zieht eine Grimasse, und hinter ihm ertönen ein paar Lacher, um seine Worte zu untermauern.

»Halt die Klappe«, sagt Will ruhig hinter mir.

»Was macht der denn hier?« Tayler wirft ihm einen verächtlichen Blick zu und sieht dann mich an, als erwarte er eine Erklärung.

»Komm, lass uns gehen.« Will ist deutlich angespannt.

Er nimmt meine Hand, und wir gehen gemeinsam weg.

Ich bin mir kaum bewusst, dass ich laufe, denn meine Aufmerksamkeit gilt der Berührung seiner und meiner Haut, wie sich meine kalten in seine warmen Finger schmiegen. Er weiß es nicht, aber ich präge mir jedes Detail seiner Hand ein, wie die Sehnen, die bis zum Handrücken reichen, oder die Fingerknöchel, die kleine Hügel bilden. Ich denke auch an das, von dem ich weiß, dass es da ist, auch wenn ich es nicht sehen kann: Knochen, Gelenke, Bänder, Blutgefäße, Nerven und Membranen. Denn all das verbindet uns in diesen Momenten. Es ist eine physische, aber auch eine emotionale Verbindung. Eine Brücke, die sich allmählich über den in den letzten Wochen errichteten Fundamenten erhebt. Und ich habe das Gefühl, dass sie zum ersten Mal in meinem Leben nicht aus Papier oder Pappe, sondern aus Stein gefertigt ist.

17

Solange man sich nicht entscheidet, bleiben alle Möglichkeiten offen

Will startet das Auto, und wir fahren schweigend durch die Nacht.

»Wohin fahren wir?«, frage ich schließlich.

»Willst du, dass ich dich nach Hause bringe?«

»Nein, bitte. Ich glaube, ich bin immer noch betrunken«, sage ich, obwohl ich weiß, dass meine Eltern um diese Zeit nicht mehr wach sind, und selbst wenn sie es wären, würden sie nichts bemerken. Auf jeden Fall ist mir immer noch schwindelig, und ich will mich noch nicht von Will verabschieden.

»Hier gibt es nicht viel, was man tun kann.«

»Du hast doch einen Wohnwagen, oder?«

Er wendet kurz den Blick von der Straße ab, und wir sehen uns schweigend an. Er scheint es für eine gute Idee zu halten, denn er ändert die Richtung.

Der Wohnwagenpark befindet sich an einem Ende der Stadt, wo die kleinen Behelfshäuser planlos und ungeordnet dicht nebeneinander kauern. Will stellt den Wagen auf dem Parkplatz des Burgerladens ab, und wir gehen langsam hinüber.

»Hier ist es«, sagt er, als wir einen kleinen weißen Wohnwagen mit einem grauen Streifen in der Mitte erreichen. Er öffnet die Tür. »Komm rein.«

Der Raum ist winzig, aber es gibt eine gepolsterte Bank, die als Sofa dient, einen tragbaren Herd, eine Tür, die vermutlich zum Badezimmer führt, und ein Klappbett, das geöffnet ist. Überall, selbst in den Ecken, wo man es nicht vermuten würde, stapeln sich Bücher.

»Jetzt verstehe ich, warum du das Auto als Lager benutzt.«

»Du triffst immer den Nagel auf den Kopf«, scherzt Will und greift an mir vorbei, öffnet einen Koffer und nimmt ein T-Shirt heraus.

Ich rühre mich nicht, als Will mit dem Rücken zu mir sein Sweatshirt auszieht, weil ihm anscheinend zu warm ist. Dabei werfe ich einen kurzen Blick auf seine Schulterblätter, bevor der Stoff sie bedeckt, was ich zugegebenermaßen bedaure. Ich weiß noch, was ich dachte, als ich ihn zum ersten Mal sah, nämlich dass er wie ein typischer College-Footballstar aussieht mit den breiten Schultern im Kontrast zur schmalen Taille. Mein Eindruck hat sich nicht verändert, nur dass er sich jetzt mit allem vermischt, was ich über ihn weiß, mit den Stücken, die ich nach und nach sammle.

»Ich habe nicht viel zu bieten. Willst du etwas trinken?«

»Nein, danke. Alles gut.«

»Bist du sicher? Ich habe auch Tee.«

»Okay, du hast mich überzeugt.«

»Mach es dir bequem. Setz dich dorthin oder aufs Bett.«

Wegen der Stapel auf der Bank und weil ich fürchte, unter den Büchern begraben zu werden, entscheide ich mich für das Bett. Es ist ungemacht, mit einem weißen Laken auf einer Seite, und ich kann mir fast vorstellen, wie Will hier liegt, wenn er meine

Nachrichten bekommt. Ich weiß nicht, warum, aber bei dem Gedanken muss ich schlucken. Wenn ich in der Lage wäre zu erröten, würde es wahrscheinlich genau jetzt passieren. Aber das ist nicht der Fall.

Will erhitzt Wasser in einem kleinen Topf.

»Ich glaube, ich habe mich noch gar nicht bei dir bedankt«, sage ich.

»Das ist auch nicht nötig.«

Wir schweigen einen Moment lang.

»Das hier ist gar nicht so schlecht.« Ich sehe mich um. »Warum hast du dich entschieden, in einem Wohnwagen zu leben? Es ist sicher spaßig, wenn man auf ein Abenteuer aus ist.«

»Würde es dir gefallen?«

Ich stelle es mir vor, während er den Tee aufgießt. Er nimmt zwei Gläser und füllt sie bis zum Rand. Vorsichtig reicht er mir eins und setzt sich dann neben mich, wobei die Matratze ein wenig einsinkt. Mit Will auf so engem Raum zusammen zu sein, fühlt sich seltsam intim an. Und ich weiß, dass er es auch spürt, denn er bemüht sich, Abstand zu halten, als fürchte er, dass etwas passieren könnte, wenn wir uns in dieser Sardinenbüchse berühren würden.

Ich würde ihn gern fragen. *Hast du Angst, mich zu berühren, Will?*

»Es wäre schon interessant. Das Leben sollte nur begrenzte Wahlmöglichkeiten bieten, denkst du nicht auch? Es ist schrecklich, all die Möglichkeiten, die auf der Strecke bleiben.«

»Dann denk doch einfach an die, die du wählst.«

»Eben. Genau das ist das Problem.«

»Inwiefern?«

»Es gibt ein Zitat aus dem Film *Mr. Nobody*, das wie folgt lautet: ›Solange man sich nicht entscheidet, bleiben alle Möglichkeiten offen.‹«

Will nimmt einen Schluck aus seinem Glas, ohne seinen Blick von mir abzuwenden.

»Und für wie lange?«

»Ich weiß es nicht.«

Er beugt sich vor und mustert mein Gesicht. Ich frage mich, was er sieht. Oder was er nicht sieht.

»Hast du schon mal darüber nachgedacht, dass sich nicht zu entscheiden, auch eine Entscheidung ist? Und was ist, wenn man sein ganzes Leben lang in dieser Unentschlossenheit feststeckt?«

In diesem Moment wird mir klar, dass er diese Frage nicht nur mir, sondern auch sich selbst stellt. Ich glaube, wir stehen beide am gleichen Wendepunkt, genau in der Mitte der Treppe, und wissen nicht, welche Richtung wir einschlagen sollen: nach oben oder nach unten?

»Darauf kann ich dir keine Antwort geben.«

Die Stille kehrt zurück. Aber sie ist angenehm, beinahe leicht. Nach diesem harten Tag, dem Streit meiner Eltern, dem Ausräumen von Lucys Kleidung und dem Abend auf der Party, zu der ich nicht hätte gehen sollen, fühlt sich das Zusammensein mit Will in seinem Wohnwagen beinah erholsam an. Ich will nicht, dass es aufhört, daher mache ich es mir auf seinem Kissen bequem. Es riecht nach ihm. Er riecht nach frischem Wasser, Kälte und Veilchen. Will trinkt seinen Tee aus, spült das Glas und trocknet es vorsichtig ab. Er ist methodisch. Der Gedanke, dass wir so gegensätzlich sind, amüsiert mich, Chaos und Ordnung, Überlegung und Impulsivität.

»Wo hast du vorher gewohnt?«, frage ich.

»Ich werde es dir sagen, wenn du mir erklärst, was auf der Party passiert ist.«

»Es ist nicht wichtig. Dieser Typ, Sebastien, ist ein Idiot.«

»Warum habt ihr euch gestritten?«

»Sagen wir einfach … Wir hatten noch eine Rechnung offen. Wir haben vor einiger Zeit, im letzten Sommer, miteinander geflirtet. Es gab einen guten Grund, es ist schwer zu erklären. Und seitdem nennt er mich eine Schlampe.«

»Und der andere?«

»Wer?«

»Der mit dem Motorrad.«

Mir fällt wieder ein, dass sie sich vor ein paar Wochen schon mal gesehen haben, als Will mich zu Hause abgesetzt und Tayler auf mich gewartet hat. Ich rolle mich auf dem Bett zusammen. Dabei spüre ich die weichen Laken an meiner Wange, und ich weiß, dass er sie vor Kurzem gewechselt haben muss, denn ich kann, vermischt mit Wills Geruch, leicht den blumigen Duft des Waschmittels wahrnehmen. Ich atme tief ein.

»Das ist Tayler. Ein Freund. Oder so etwas.«

»›Oder so etwas‹ ist ziemlich vage.«

»Wir sind seit ein paar Jahren immer mal wieder zusammen, aber es ist nichts Ernstes.«

Will scheint über meine Antwort nachzudenken, bevor er sagt:

»Du stehst auf einen sehr speziellen Typ.«

»Was meinst du damit?«

»Nichts.«

»Dein ›Nichts‹ ist ziemlich vage.«

»Vergiss es. Das heißt also, dass du manchmal mit Tayler und manchmal mit Sebastien zusammen bist, liege ich da richtig?«

»Nein. Ich habe gesagt, dass ich aus einem guten Grund mit Sebastien geflirtet habe, nicht, weil ich ihn mag. Wir hatten nie etwas miteinander. Ich habe nur versucht … einer Freundin zu helfen.«

»Und hattest du Erfolg?«

Ich lege mich auf den Rücken und atme tief durch.

»Sagen wir einfach, es ist schiefgegangen, und das war's. Wechseln wir lieber das Thema. Ich meine, reden wir lieber über dich. Wo hast du vorher gewohnt? Und ich will genaue Infos, keine Verallgemeinerungen.«

Will lächelt leicht und setzt sich wieder neben mich.

»Wie kommst du darauf, dass ich nicht aus Ink Lake bin?«

»Weil du genauso alt wie Tayler bist und ihn nicht kennst. Außerdem passt du nicht hierher. Das merkt man. Du bewegst dich auf eine andere Art.«

Wills Lächeln ist verschwunden, und mit ernstem Gesichtsausdruck reibt er seine Hände aneinander und schaut geradeaus. Er räuspert sich, bevor er zu sprechen beginnt:

»Ich habe die meiste Zeit meines Lebens in Lincoln gelebt, in einer dieser perfekten Wohngegenden, wie man sie aus Anzeigen für Familienautos kennt. Dann bin ich zur Uni gegangen und in New York gelandet, in einer Wohnung in der Upper East Side.«

»Und jetzt bist du hier ...«

»Jetzt bin ich hier«, wiederholt er abschließend.

»Warum?«, murmele ich schläfrig wegen des Alkohols, der Müdigkeit und der Anspannung des Tages. »Wovor läufst du weg? Und warum ist dein Bett so bequem?«

Er atmet aus und lächelt wieder. Aber es ist ein trauriges Lächeln. Was ich noch nicht herausgefunden habe, ist, ob sich die Traurigkeit in ihn eingeschlichen hat oder ob sie von ihm ausgeht und sich nach außen ausbreitet. Sie ist wie Rauch, das weiß ich. Unaufhaltbarer Rauch.

»Schlaf ein bisschen, Grace.«

Ich spüre, wie sich meine Augen schließen.

»Sagst du mir in zehn Minuten Bescheid? Nur kurz, und ich

denke, dann bin ich wieder wie neu, und wir können fahren. Oder red weiter. Wie du möchtest.« Meine Stimme ist nur ein Lallen.

»Ja, keine Sorge. Ruh dich aus.«

Licht fällt durch das Fenster des Wohnwagens, und ich habe Probleme, meinen Blick zu fokussieren. Ich blinzle und brauche ein paar Sekunden, um zu begreifen, dass ich nicht in meinem Bett liege, sondern in Wills. Dann drehe ich mich um und sehe, dass er mit einem Buch in der Hand auf der Bank sitzt. Das Bild strahlt eine gewisse Gelassenheit aus, und ich würde ihn gern fotografieren, um diesen Moment festzuhalten und das Foto an die Wand in meinem Zimmer zu hängen, direkt neben den Worten, die mir wie Vögel im Käfig durch den Kopf schwirren.

»Hast du die ganze Nacht da gesessen?«

»Ja. Guten Morgen.« Er klappt das Buch zu und legt es zur Seite.

»Hast du gar nicht geschlafen, Will?«

»Schlaf wird überbewertet.«

»Du hättest mich wecken sollen.«

»Willst du einen Kaffee?«

Ich nicke, und er steht auf. Ich finde es faszinierend, dass er seit so vielen Stunden wach ist und wahrscheinlich erst im Morgengrauen zu lesen begonnen hat, anstatt mich zu wecken oder mich zu bitten, ihm Platz im Bett zu machen. Denn der Platz hätte ausgereicht. Immer noch ein wenig verwirrt, ziehe ich die Laken glatt und sehe mir dann den Wohnwagen im Tageslicht an. Das Ganze hat seinen Reiz. Kleine Partikel glitzern in den Sonnenstrahlen, und ich strecke eine Hand danach aus.

»Will …«

»Was?«

Er konzentriert sich auf den Kaffee, der zu kochen begonnen hat.

»Kann ich es sehen? Kann ich Lucys Spiel sehen? Bitte.«

Er schaut mich zögernd an, bevor er den Kaffeekocher vom Herd nimmt. Wortlos geht er zum Bett, greift darunter und holt die goldfarbene Schachtel hervor.

»Ich werde es dir zeigen.«

Er öffnet die Schachtel und nimmt einen rechteckigen Kasten aus Holz heraus, der auf den ersten Blick wie ein Dominospiel aussieht, nur dass er breiter und länger ist und anstatt eines Fachs kleine nummerierte Kästchen mit Deckeln hat, die sich nach oben aufklappen lassen.

»Wir sind bei der Nummer fünf. In jedem Kästchen befindet sich ein Zettel. Manchmal steht ein Hinweis darauf, andere Male nur eine Nummer, die zu dem entsprechenden Brief gehört.«

Er zeigt mir den Inhalt des größten Fachs, und ich sehe mehrere verschlossene Briefe, die umsichtig mit brauner Schnur zusammengebunden sind. Will nimmt sie weg, als er mein Verlangen bemerkt. Wir wissen beide, dass Geduld und Zurückhaltung nicht gerade meine Stärke sind. Vielleicht um mich abzulenken, nimmt er einen Zettel, der danebenliegt, und faltet ihn auseinander.

Dann liest er laut vor:

»Die Regeln besagen, dass man weiterspielen darf, wenn nicht mehr als ein Kästchen unerfüllt bleibt.«

»Was soll das bedeuten?«

»Dass wir weitermachen können, obwohl wir die Aufgabe mit dem Eislaufen nicht erfüllt haben, aber noch mal darf uns so etwas nicht passieren.«

»Und was noch?«

»Die Kästchen müssen in der durch die Zahlen vorgegebenen

Reihenfolge geöffnet werden. Das Tempo des Spiels bestimmt der Bote.‹ Also ich.« Will schaut kurz auf. »›Der Bote darf die Briefe, die er übergibt, nicht lesen. Wenn die Spielerin das Spiel abbrechen möchte, wird sofort das letzte Kästchen geöffnet.‹«

Ich streiche mit dem Finger über das hölzerne Spiel und stelle mir vor, wie Großvater sorgfältig die Kanten abschleift und Lucy über den Inhalt jedes Kästchens nachdenkt.

»Wir haben mal darüber gesprochen, ob das Leben überbewertet ist. Und Lucy sagte, dass es nur ein Spiel ist, bei dem man einfach würfelt und sieht, welche Zahlen man erhält.«

Ich schlucke und verschweige das, was ich so gern vergessen würde: Als das Ende nahte, hatte Lucy so große Schmerzen, dass sie nicht mehr spielen wollte.

»Sie hatte recht. Mehr oder weniger.«

»Was genau spricht dagegen?«

»Wenn man zu stark würfelt, könnte der Würfel vom Spielbrett fallen und unter einem Sofa verloren gehen.«

Wir lächeln beide. Dann legt Will die Holzkiste beiseite und schenkt den Kaffee ein. Ich nehme meinen und bleibe stehen, ohne zu wissen, wo ich mich niederlassen soll, obwohl ich die ganze Nacht schlafend an diesem Ort verbracht habe.

»Lucy hat manchmal Glücksspiele gespielt, aber Strategiespiele waren ihr lieber. Ihre Lieblingsspiele waren Risiko, Schach und, wenn sie einen schlechten Tag hatte, Cluedo.«

»Was ist mit dir?«

»Scrabble, definitiv.«

Die Macht der Worte hat mich schon immer fasziniert. Ein Wort kann etwas zusammenschweißen oder zerstören, Hass oder Liebe hervorrufen, Freude oder Traurigkeit bringen. Tatsächlich glaube ich, dass es für gewisse Dinge konkretere Ausdrücke geben müsste. Gibt es einen Begriff für die kleinen Fäden, die aus der Kleidung hervorsehen? Oder für den Moment, bevor sich zwei Menschen küssen? Oder für die letzten Worte vor dem Tod?

»Ich hab mir überlegt, dass dies vielleicht ein guter Zeitpunkt ist, um das nächste Kästchen zu öffnen«, sagt Will plötzlich, nachdem er einen Schluck Kaffee getrunken und sich über die Unterlippe geleckt hat. »Wenn du willst, kannst du es öffnen, und ich mache den Rest.«

»Okay, Bote«, scherze ich.

Ich mache vorsichtig den Deckel auf. Darunter befinden sich ein zusammengerolltes Stück Papier und ein Edelstein, den ich gut kenne, weil er mal mir gehört hat: Es ist ein Amethyst, der aufgrund seines hohen Eisengehalts einen sehr intensiven Farbton hat. Er war ein Geschenk meines Großvaters, das ich Jahre später Lucy gegeben habe. Ich war etwa elf oder zwölf Jahre alt und davon überzeugt, dass dieser kleine Schatz magische Kräfte hätte und sie heilen könnte.

Ich halte ihn zwischen Daumen und Zeigefinger.

»Kannst du damit etwas anfangen?«, fragt Will.

»Ja. Was steht auf dem Papier?«

Er rollt es langsam aus und liest:

»›Gib Grace den sechsten Brief.‹«

Er dreht sich um, löst die Schnur und geht die Briefe einen nach dem anderen durch. Die meisten sind lila, das sind meine, aber es gibt auch ein paar in einem intensiveren dunkleren Violett, einen in Rot und zwei in einem blassen Blauton. Will überreicht mir den entsprechenden Umschlag und verstaut das Spiel anschließend wieder unter dem Bett. Er tut dies mit einer Umsicht, die mich rührt.

Ich stecke mir den Brief in die Tasche, um ihn später zu lesen.

»Ich fahre dich nach Hause«, bietet er an.

18

Auf der Suche nach der Schönheit

Die Stimmung zu Hause hat sich nach dem, was Dad und ich mit Lucys Kleidung gemacht haben, nicht gerade verbessert, da meine Mutter es als Verrat betrachtet. Sie verbringt ihr Leben zwischen dem Sofa und dem Bett, dem Bett und dem Sofa. Wenn ich sie an dem einen Ort nicht vorfinde, weiß ich immer, wo ich sie suchen muss, obwohl ich ehrlich gesagt nichts mehr von ihr brauche.

Zumindest sage ich mir das jeden Tag.

Ich brauche sie nicht. Ich brauche sie nicht.

Am Montag dehne ich den Spaziergang mit Mr. Flu länger aus als sonst, und als ich zurückkehre, treffe ich Mrs. Rogers in der Küche an, bevor ich meinen wöchentlichen Lohn, den sie immer in einem Umschlag hinterlässt, nehmen und gehen kann.

»Guten Morgen, Grace. Wie geht's?«

»Gut. Ich habe ihm sein Futter schon gegeben.«

Es knirscht immer, wenn Mr. Flu sein Futter zermalmt, aber Anne schenkt dem keine weitere Beachtung.

»Danke schön. Grüßen Sie Ihre Mutter von mir.«

»Sicher, das werde ich«, antworte ich höflich.

Das ist eine Lüge. Und ich glaube, Anne weiß das.

Jedenfalls füge ich nichts weiter hinzu und mache mich auf den Weg zu Emily Trenton und Karen Stewart, um ihre Hunde auszuführen. Eigentlich hätte ich nie gedacht, dass ich irgendwann mal so etwas tue, und ich kann mit dem, was ich verdiene, kaum meine Ausgaben decken, aber es passt zu meiner derzeitigen Situation, da ich mich immer noch in einer Art Schwebezustand befinde.

Das ist also alles, was ich unter der Woche mache: Ich gehe mit niedlichen Hunden spazieren und zur Gruppentherapie, schaue mir am Fenster den Sonnenuntergang an, denke darüber nach, Will eine Nachricht zu schreiben, traue mich letztendlich aber nicht und bin stumme Zuschauerin des Films *Mom verbringt ihr Leben auf dem Sofa und andere Katastrophen*.

Am Freitagabend frage ich sie:
»Hast du schon gegessen?«
»Nein.«
»Soll ich dir etwas kochen?«
»Danke, aber ich bin nicht sehr hungrig.«
»Ein Sandwich, vielleicht?«
»Nein, Grace. Wirklich nicht.«

Ich gebe es auf und gehe in mein Zimmer. Dieser kleine Ort gehört nur mir, und manchmal habe ich das Gefühl, dass ich hier und dort alles ablege, was ich nicht bei mir behalten kann, meine unverbesserlichen Obsessionen, unbeantwortete Zweifel, verlorene Worte, Fotos von Momenten, die nicht zu mir gehören …

Ich lege mich aufs Bett und lese noch einmal Lucys Brief.

Liebe kleine Grace,

Du hast jetzt die zweite Hälfte des Spiels erreicht. Erinnerst Du Dich, was ich Dir immer gesagt habe, wenn wir über Strategien gesprochen haben? Die Halbzeit ist immer ein Schlüsselmoment, und ich denke, das lässt sich auf jeden Aspekt des Lebens übertragen. Jetzt ist der Zeitpunkt gekommen, an dem Du entscheiden musst, ob Du weitermachen wirst oder nicht, und wenn Du es tust, dann mit Schwung und ohne zurückzuschauen.

Soll ich Dir ein Geheimnis verraten? Wenn ich Dein Zimmer betrete, habe ich das Gefühl, dass Du Dich damit zufriedengibst, die unbestrittene Königin in Deinem kleinen Schloss zu sein, weil Du Dich nicht in der Lage siehst, die Welt da draußen zu verändern. Das ist alles schön und gut, aber ich frage mich, ob sich hinter dieser Sammlung von schönen Dingen nicht irgendeine Furcht verbirgt. Was versuchst Du zu verstecken, Grace?

Um die Aufgabe dieses Kästchens zu erfüllen, musst Du ehrlich zu Dir selbst sein, denn niemand sonst wird wissen, ob Du es geschafft hast. Die Botschaft lautet: Such nach der Schönheit.

Du wirst verstehen, was ich meine, wenn Du sie findest.

In Liebe
Lucy

Ich habe keine Ahnung, was Lucy meint und was ich tun soll. Am ersten Tag dachte ich, dass es etwas mit der Wand über meinem Bett zu tun haben könnte. Ich habe stundenlang auf meine Sammlung von Worten, Fotos und Kunstpostkarten gestarrt, die mich alle irgendwann einmal tief ergriffen haben. Da war all diese überwältigende Schönheit: einige Fotos von Nan Goldin, Dorothea Lange oder Cindy Sherman. Michelangelos *Pietà*, die mich immer wieder bewegt, und die *Venus von Milo, Laokoon und seine Söhne* oder der *Diskobolos* von Myron. Und an einer anderen Stelle: *Guernica*, van Goghs *Sternennacht*, Monets *Seerosen* oder Gustav Klimts *Der Kuss*.

Mit einem kleinen Ruck nehme ich diese Postkarte von der Wand. Ich schaue sie mir genau an, halte sie mir direkt vor die Augen. Dieses Bild fasziniert mich, seit ich es zum ersten Mal in einem Schulbuch gesehen habe. Vielleicht wegen des Ausdrucks von Zärtlichkeit und Hingabe, sosehr ich das Wort *Liebe* auch ablehne. Oder weil ich schon immer glänzende Dinge mochte und mich begeistert hat, dass der Künstler Blattgold verwendet hat, und weil verschiedene Kunststile aufeinandertreffen. Oder wegen der Intimität der Szene, der Art und Weise, wie er sie umarmt und sie voller Hingabe ihre Augen schließt.

Könnte dies die Schönheit sein, die Lucy meint? Dass sich einem bei der Betrachtung eines Kunstwerks der Magen zusammenzieht? Oder dass es Bücher gibt, die die Seele berühren?

Unsicher lege ich die Postkarte auf den Nachttisch.

Kurz darauf klingelt das Telefon. Es ist Großvater.

»Wie läuft's denn so, Grace?«

»Gut.« Das Handy zwischen Schulter und Ohr geklemmt, hebe ich einige auf dem Bett verstreute Kleidungsstücke auf und falte sie. »Und bei dir?«

»Ich bin ziemlich zufrieden. Und ich habe beschlossen, im Sommer zurückzukommen.«

»Wow.« Ich hätte nicht gedacht, dass er so lange bleiben würde.

»Aber wenn du meinst, dass du mich zu Hause brauchst ...«

»Nein! Natürlich nicht.« Meine Worte klingen etwas brüsk und überstürzt, denn ich möchte nicht, dass er seinen Urlaub abbricht, schon gar nicht wegen mir. Ich sollte erwachsen sein und weder ihm noch sonst jemandem Sorgen bereiten. »Genieß die Zeit.«

»Wie geht es deiner Mutter?«

»Mal so, mal so«, antworte ich ausweichend.

»Aha.«

»Hör mal.«

»Was?«

»Was ist für dich Schönheit?«

»Schönheit ...« Er atmet tief durch und denkt einen Moment nach. »Was man unter Schönheit versteht, verändert sich im Laufe der Jahre. Im Moment denke ich dabei an einen Nachmittag, an dem ich mit einer Angel in der einen und einem Bier in der anderen Hand am Wasser sitze und den Möwen über dem Meer zusehe.«

»Nicht schlecht.«

»Ich muss auflegen, Grace. Wenn du etwas brauchst, ruf mich an. Und vergiss nicht, die Pflanzen im Haus zu gießen, jetzt, da es wärmer wird.« Dann fügt er noch hinzu: »Übrigens, herzlichen Glückwunsch zum Führerschein, das wurde auch Zeit!«

Nachdem ich die Kleider zusammengelegt habe, räume ich sie in den Schrank.

Noch einmal betrachte ich die Postkarte von Klimts *Der Kuss* und denke über Großvater Henrys Worte nach.

Vielleicht liegt der Schlüssel in dem, was er gerade gesagt hat. Vielleicht ist es zu einfach, die Schönheit in der Kunst zu suchen, und ich sollte weiterdenken.

An die Welt, in der ich lebe.

Die prächtige Form einer Schnecke oder die von Insekten, das häutige Skelett von Baumblättern, der Geruch von Erde oder dem Meer, auf einer Klippe stehen, tanzende Schneeflocken, bevor sie auf dem weißen Boden landen, eine dünne Eisschicht in die Sonne halten, das aufblitzende schillernde Licht beobachten ...

Ich ziehe meine Converse an und eile die Treppe hinunter.

»Ist etwas passiert?« Dad ist gerade nach Hause gekommen.

»Nein. Leihst du mir dein Auto?«

»Wohin willst du?«
Ich bin überrascht, dass er fragt.
»Ich bin mir noch nicht sicher ...«
»Grace ...«
»Aber ich werde das Auto nicht verkratzen.«
»Schon gut.« Er nimmt den Schlüssel aus der Tasche und gibt ihn mir. »Fahr vorsichtig. Wo ist deine Mutter?« Ich zeige nach oben, denn als ich sie das letzte Mal gesehen habe, war sie im Schlafzimmer. »Weißt du, ob sie gegessen hat?«
Ich schüttele den Kopf, und er seufzt tief.

Als ich ins Auto steige und mich anschnalle, frage ich mich, ob er jemals versucht hat, ernsthaft mit ihr zu reden. Ich bin mir nicht sicher. Ich kann mir nicht einmal vorstellen, dass sie ein Gespräch führen, das nicht nur aus einsilbigen Worten besteht. (Wie haben sie es geschafft, sich bei Lucys Beerdigung abzustimmen? Ob sie über die Art des Sargs oder die Aufschrift auf dem Grabstein gesprochen haben?) Ich habe es in den ersten Monaten versucht, ebenso wie Großvater. »Mom, ich glaube, du brauchst Hilfe.« Immer und immer wieder. Doch nach mehreren »Lass mich bitte in Ruhe« und »Mir geht es gut« kam schließlich ein unerwartetes »Sei still, Grace«, so brutal und brüsk, so verletzend, dass ich das Handtuch geworfen habe.

Ich fahre langsam. Die Vorstellung, jemand könnte Schaden nehmen, macht mir immer noch Angst, aber das Steuer fühlt sich ganz gut in meinen Händen an. Ich parke neben dem Burgerladen und betrachte den Wohnwagenpark.

Erst als ich vor seiner Tür stehe, frage ich mich, was ich hier eigentlich tue. Was, wenn er die Idee lächerlich findet? Was, wenn ihn das ganze Spiel gar nicht interessiert und er nur mitmacht, weil er Mitleid mit einem toten Mädchen hat und mit mir, weil ich nicht weiß, wie es weitergehen soll? Was, wenn jemand bei ihm im Wohnwagen ist?

Diese Möglichkeit habe ich bisher noch gar nicht in Betracht gezogen, und ich stelle fest, dass mir diese Vorstellung nicht gefällt. Auf jeden Fall habe ich mit Will noch nicht darüber gesprochen. Und auch über vieles andere nicht. Alles, was ich über ihn weiß, sind ein paar Details hier und da, die ich zu einer Skizze zusammenzusetzen versuche, die ich verstehe.

Meine Entscheidung bereuend, atme ich einmal tief durch und mache auf dem Absatz kehrt. Doch dann geht die Tür auf, und Will steht auf der Schwelle.

»Grace? Was machst du denn hier?«

»Ich war gerade in der Gegend ...« Ich beiße mir auf die Unterlippe angesichts seines durchdringenden Blicks. »Und ich dachte, du hast vielleicht Lust, mich an einen bestimmten Ort zu begleiten. Wenn du nichts anderes vorhast. Oder mit jemand anderem verabredet bist.«

»Zu welchem Ort?«

»Es ist ein Geheimnis.«

Will verdreht die Augen.

»Gib mir eine Minute.«

Er verschwindet nach drinnen und kommt ein paar Minuten später in einem anderen blendend weißen T-Shirt wieder heraus, das das Grün seiner Augen besonders hervorhebt. Er stellt keine weiteren Fragen, folgt mir zum Auto und nimmt auf dem Beifahrersitz Platz.

»Ich mag es, nicht selbst zu fahren«, sagt er, als wir Ink Lake hinter uns lassen, und schaut den Rest der Fahrt über aus dem Fenster.

Ich folge einer ansteigenden Straße, die um einen kleinen Hügel herumführt. Als wir aus dem Auto steigen, erschaudere ich bei dem Gedanken, dass weit und breit kein Mensch zu sehen ist. Das Gelände ist felsig, und der Wind ist hier oben kälter. Wir gehen bis zu einem flachen, vorstehenden Felsen und setzen uns hin. Von dort aus kann man die ganze Landschaft überblicken. Die vielen Hektar mit Mais und Sojabohnen. Die Farmen. Die Umrisse der verschlafenen Stadt, die in der Ferne wie ein Modell aussieht.

»Was machen wir hier?«, fragt Will.

»Wir suchen nach der Schönheit.«

Er atmet tief ein und nickt. Wahrscheinlich ist es sein Schweigen – dieser Raum, den er mir bietet und der mir hilft, mich zu entfalten –, das mich ermutigt, ihm von Lucys Brief zu erzählen, von meiner Wand und dem, was ich zu finden versuche.

»Und hast du gefunden, was du gesucht hast?«

»Wir müssen noch auf die Dämmerung warten.«

»Okay.«

»Macht es dir etwas aus zu warten?«

»Nein. Kein Problem.«

Wir sitzen schweigend da, während vor uns langsam die Sonne untergeht. Es ist ganz wunderbar. All das, was uns umgibt, kann man zweifellos als *schön* bezeichnen, aber ich spüre nicht dieses Ziehen im Bauch, auf das ich gewartet habe, also kann es nicht das sein, wonach ich suche. Aber ich mag dieses gemeinsame Schweigen mit Will. Er sitzt neben mir, während die goldene Stunde uns in ihr orangefarbenes Licht hüllt, und seine Hände ruhen auf dem Felsen. Was wohl passieren würde, wenn ich meine Finger ein wenig bewegen und seine Hand streicheln würde? Ob mein Magen sich dann zusammenziehen würde? Ob sich seine Haut immer noch so warm anfühlen würde wie letzte Woche? Würde er seine Hand wegziehen, wenn ich ihn berühre?

Ich habe den Amethyst, den Lucy in die Spielschachtel gelegt hat, in meiner Tasche und streiche immer wieder mit der Fingerspitze über den gezackten Rand, als ob ich dort nach Antworten suchen würde, die mir die Dämmerung nicht offenbart. Nachdenklich hält Will den Blick auf den Horizont gerichtet, bis sich der Himmel kobaltblau färbt und der abnehmende Mond erscheint.

»Wir sollten gehen, bevor es dunkel wird.«

»Du hast recht. Aber es ist schön hier«, sage ich.

»Ja.«

Will lehnt sich zurück und beobachtet, wie sich die Dunkelheit über uns legt. Ich tue es ihm gleich, und wir bleiben noch eine Weile und sagen kaum ein Wort. Die Lichter eines Flugzeugs blinken über mir, und ich frage mich, wohin all die Passagiere fliegen und wieso für mich dieser Ort, an dem ich aufgewachsen bin und der alles ist, was ich bisher kennengelernt habe, so wichtig ist und für sie nur ein Stück Erde, das sie überqueren und hinter sich lassen müssen, um an ihr eigentliches Ziel zu gelangen. Diese dumme und lächerliche Tatsache trifft mich hart. Sie bestätigt nur die Irrelevanz meiner Existenz. Es gibt niemanden mehr, den ich retten kann. Es gibt niemanden. Und ich fühle mich winzig und unsichtbar in dieser Welt, die sich dreht und dreht und dreht ...

Als wir aufstehen, ist es stockdunkel.

Ich weiß nicht, ob Will eingeschlafen ist, weil seine Augen geschlossen waren, während er auf dem Felsen lag, aber als wir ins Auto steigen, scheint er in Gedanken versunken zu sein. Was mag in seinem Kopf vorgehen? Wie es wohl wäre, durch die Falten seines Gehirns zu wandern und dort all die verworrenen Ideen zu betrachten?

»Mach das Fernlicht an«, bittet er mich.

Ich taste mit den Fingern nach dem richtigen Knopf, schalte aber nur die Scheibenwischer ein, da ich nicht gewohnt bin, dieses Auto zu fahren.

»Scheiße.«

»Darf ich?«

»Sicher, ja.«

Will beugt sich zu mir herüber und berührt einen Schalter, woraufhin die gerade Straße vor uns hell erleuchtet wird. Ich biege in Richtung des Wohnwagenparks ab. Dort halte ich auf dem Parkplatz, ohne den Motor abzustellen.

Will sieht mich an, so ausdruckslos wie immer, und die Schatten der Nacht umspielen seine Nase, seine Wimpern und das ausgeprägte Kinn. Sein Gesicht ist voller unerforschter Wege, und ich würde sie gern mit meinen Fingerspitzen entlangfahren, bis ich sie auswendig kenne. Will atmet tief durch, bevor er mich fragt:

»Hast du gefunden, was du gesucht hast?«

»Ich glaube, nicht. Aber danke, dass du mich begleitet hast.«

»Es war gut. Ich habe frische Luft gebraucht.«

»Belastet dich etwas?«, frage ich scherzend.

Das Geräusch des Motors und die Dunkelheit hüllen uns ein. Ich sehe, dass Wills Finger mit dem Türgriff spielen, aber er öffnet die Tür nicht. Als er sich mir zuwendet, sieht er nicht mehr ungerührt aus, und es bleibt nur Leere.

»Ich habe zu viel Zeit mit mir selbst verbracht«, sagt er.

Dann steigt er aus dem Auto und verschwindet in der Dunkelheit.

Auf dem Heimweg schalte ich das Radio ein, und zu Hause springe ich unter die Dusche. Das warme Wasser lockert meine Muskeln. Ich schließe die Augen. Denke an Will und die Dinge, die ich über ihn weiß und nicht weiß. Was wiegt schwerer?

Einen Moment lang ist alles um mich herum violett, bis ich wieder auf die mit Tropfen übersäten grauen Fliesen blicke.

Ich wickle mich in ein Handtuch und gehe in mein Zimmer. Das Wort *Schönheit* verfolgt mich noch immer, als ich das Licht der Nachttischlampe einschalte und im Kleiderschrank nach einem Pyjama suche. Das Handtuch fällt auf den Boden, und ich erblicke im Vorbeigehen meinen nackten Körper in dem hohen Wandspiegel.

Ich nähere mich langsam meinem Spiegelbild. Das Mädchen, das mich anschaut, wirkt verängstigt. Als wollte ich es beruhigen, setze ich mich ihm gegenüber hin.

Und ich sehe es an.

Ich sehe mich an.

Ich fahre mir mit den Fingern durch das gerade geschnittene dunkle Haar, das mir bis auf die Schultern fällt. Ich schaue in diese ängstlichen Augen, die mich fragen, was ich gerade tue. Um die spitze Nase herum entdecke ich Konstellationen aus Sommersprossen, und ich gehe ganz nah an den Spiegel heran, berühre ihn fast und entdecke Poren und Flecken auf meiner Haut, winzige Pickel an meinem Kinn und ein Muttermal unter meinem Schlüsselbein. Ich streiche mir das Haar hinter die Ohren; ich habe immer versucht, sie zu verstecken, weil ich sie für groß und hässlich hielt. Aber dank ihnen kann ich Musik und das Zwitschern der Vögel und das Rauschen des Regens hören.

Und es gibt noch mehr. Es gibt so viel mehr. Ich habe einen Kloß im Hals, als ich meine Hände bewege und meine Brüste entblöße: Klein und mit rosafarbenen Brustwarzen wirken sie träge. Und die unrasierten Achselhöhlen heben sich von der weißlichen Haut ab. Sie sieht nicht aus wie Porzellan, sondern milchig. Es ist mir nie gelungen, sie in der Sonne zu bräunen; der Sommer scheint sie nicht zu berühren. Aber es ist meine Haut.

Sie gehört mir. Ich verstehe es in diesem Moment, während ich über die Dehnungsstreifen und jede Unvollkommenheit, die ich entdecke, nachdenke. Ich halte bei einer Narbe an meinem Knie inne. Sie ist mir geblieben, seit ich mit sieben Jahren vom Fahrrad gefallen bin. Ich stand weinend auf dem Gehsteig, bis eine Nachbarin mich sah und meinen Großvater benachrichtigte, der in der Werkstatt arbeitete. Sie haben die Wunde mit zwei Stichen genäht. Ich erinnere mich, dass ich Angst vor der Nadel hatte und nach meinen Eltern gefragt habe, aber meine Mutter war im Krankenhaus, und meinen Vater konnten sie erst zwei Stunden später erreichen.

Ich bin seit zweiundzwanzig Jahren in diesem Körper, aber ich habe mich noch nie so betrachtet, jedes Detail wahrgenommen, mich Zentimeter um Zentimeter kennengelernt und erkannt, was alles zu mir gehört. Zwei Beine, die sich bewegen können. Gesunde Organe. Die Linien in meinen Handflächen, die sich kreuzen. Das reine Weiß in meinen Augen. Die schmalen, konkaven Nägel. Die trockene Haut an den Ellbogen. Der mit Schamhaar bedeckte Genitalbereich. Die knochigen Knie. Die rötlichen Lippen im Kontrast zu der Blässe des Gesichts. Die einzelnen Zähne. Alles, alles, alles. Jeden vergessenen Winkel, jeden Teil, den ich irgendwann mal abgelehnt habe. Wie oft habe ich gedacht: *Das gefällt mir nicht.* Wie oft habe ich es vermieden, mich anzuschauen. Wie oft habe ich woanders nach dem gesucht, was ich vor mir hatte?

Denn in diesem Moment verstehe ich, dass Schönheit in mir ist.

Es ist eine Schönheit, die unvollkommen und seltsam ist und voller chaotischer Ideen, aber sie existiert. Und ich weiß nicht, ob sie besser oder schlechter ist als ein Gemälde von Monet oder eine sich öffnende Blume oder ein Sonnenuntergang, aber sie gehört mir, und ich werde den Rest meines Lebens zusammen mit diesen Augen und dieser Nase und diesem Mund verbringen.

Erst als ich eine Hand an die Wange halte, merke ich, dass ich weine. Die Tränen rinnen mir über das Gesicht, und wie beim Regen weicht die Sanftheit einem nicht zu bändigenden Sturm. Ich schluchze und umarme mich.

Ich schluchze und schluchze, bis die Tür aufgerissen wird und meine Mutter auf der Schwelle steht, ihr Gesicht eine Grimasse des Schreckens. Das Weinen hört nicht auf, als sie sich neben mich hockt, mich an den Schultern rüttelt und etwas schreit, das ich nicht verstehe.

»Grace, Grace, Grace.«

Schönheit kann erschütternd sein.

»Grace! Hast du dich verletzt?«

Und in diesem Moment erstarre ich. Irritiert beobachte ich, wie meine Mutter meinen nackten Körper nach Anzeichen absucht. Ein verstauchter Knöchel nach einem dummen Sturz vielleicht? Ein stechender, unerklärlicher Schmerz in meiner Bauchgegend, der auf etwas Schlimmeres hinweist?

»Es ist nichts, Mom.«

»Was ist es dann?«

»Innen. Die Wunde ist innen.«

Es dauert einige Augenblicke, bis sie versteht.

In ihrem Blick liegt Erleichterung. Aber auch Hilflosigkeit. Dann legt sie ihre Arme um mich, und ich weine wieder, wir beide weinen, aber dieses Mal sitzt sie neben mir auf dem Boden meines Zimmers, immer noch vor dem Spiegel.

Und auch in dieser Umarmung liegt Schönheit.

19

Das glücklichste Mädchen auf der Welt

Ich war sieben Jahre alt, als ich die Windpocken bekam.
Der Ausschlag breitete sich überall auf meinem Körper aus und wurde dann zu kleinen, mit Flüssigkeit gefüllten Blasen. Meine Mutter zog mit Lucy zu Großvater, um zu verhindern, dass sie sich ansteckte; das tat sie jedes Mal, wenn ich erkältet war, denn jede kleine Infektion konnte Lucys empfindliches Immunsystem aus dem Gleichgewicht bringen. So blieb ich mit Dad allein zurück. Ich erinnere mich, dass ich damals Kopfschmerzen, Fieber, Schüttelfrost und Juckreiz am ganzen Körper hatte, aber es war trotzdem eine tolle Woche.
Dad hat mir Eis gebracht. Ich bin nicht zur Schule gegangen. Und wir haben Zeichentrickfilme angeschaut. Am dritten Tag, während ich auf dem Sofa mit ihm kuschelte und ein Erdbeereis schleckte, sagte ich zu ihm:
»Dad, ich will nicht mehr gesund werden.«
»Grace, sag so etwas nie wieder.«
»Warum? Lucy muss nicht zur Schule gehen, und sie ist immer bei euch. Es ist mir egal, wenn es juckt, ich kratze mich einfach«, sagte ich.
Der verwirrte und traurige Gesichtsausdruck meines Vaters

hat sich in mein Gedächtnis eingebrannt. Er hat gezweifelt, ich weiß, dass er Zweifel hatte. Wahrscheinlich hat er sich gefragt, ob er mir den Unterschied erklären sollte. Am Ende gab er mir einen Kuss auf den Kopf und stand dann auf, um die Salbe zu holen, die in der Apotheke für uns angemischt worden war. Dann trug er sie vorsichtig auf meine Haut auf, um den Juckreiz und die Schmerzen zu lindern.

Und ich war das glücklichste Mädchen auf der Welt.

20

Setz dich in diesen Sessel

Meine Mutter hat kein einziges Wort gesagt, seit wir Ink Lake verlassen haben. Ich kann immer noch nicht glauben, dass sie sich bereit erklärt hat mitzukommen, aber in der Nacht, in der ich die Schönheit entdeckt habe, hat ihr Schutzpanzer Risse bekommen. Als wir uns beruhigt hatten, sind wir in die Küche hinuntergegangen, um Tee zu kochen. Der Morgen graute bereits, und draußen war kein Geräusch zu hören, die Straße war menschenleer. Ich setzte mich an den Tisch und wartete, während Mom den Tee zubereitete und ihn in zwei Tassen goss.

»Er ist gut«, sagte ich.

»Vielen Dank«, antwortete sie.

Dann wurde sie nervös. Sie versuchte mehrmals, ein Gespräch zu beginnen, kam aber gleich ins Stocken und machte einen Rückzieher, vielleicht aus Mangel an Übung. Ist es möglich, dass zwei Menschen vergessen, wie man miteinander umgeht? Ich hatte das Gefühl, dass genau das mit uns passiert war.

»Was war denn los?«, begann sie.

»Mach dir keine Sorgen. Es war nichts Schlimmes. Mir geht es gut.«

»Das stimmt nicht. Was kann ich tun, Grace?«

»Du?« Meine Stimme klang ungläubig, und ich hatte das Gefühl, als würde ich ihr einen Köder zuwerfen. »Ich denke, du solltest dich zuerst um dich selbst kümmern.«

»Manchmal ist das noch viel schwieriger.«

»Ich könnte dir helfen, Mom, wenn du mich lässt.«

Ihre Hände zitterten, als sie die Tasse anhob, einen Schluck Tee nahm, sie wieder abstellte und sich wie ein verängstigtes Tier auf der Suche nach einem Fluchtweg umsah. Aber es gab kein Entkommen. Wir beide waren allein. Als sie dies erkannte, stieß sie einen niedergeschlagenen Seufzer aus.

»In Ordnung, Grace. Versuchen wir es mal.«

Und deshalb sitzen wir heute im Auto auf dem Weg zur Gruppentherapie. Mom ist nicht besonders begeistert, aber immerhin hat sie ihren Teil dazu beigetragen, und das ist deutlich vielversprechender, als ihr dabei zuzusehen, wie sie den Nachmittag vor dem Fernseher verbringt und sich nackte Paare im Dschungel ansieht.

Als ich den Wagen parke, schnappt sie nach Luft.

»Ich weiß nicht, ob ich es schaffe.«

»Natürlich schaffst du das, Mom.«

Meine Mutter schaut aus dem Augenwinkel zu der nur ein paar Meter entfernten Eingangstür und schüttelt den Kopf. Sie trägt keine Ohrringe, ihr Haaransatz ist zu sehen, und das T-Shirt, das sie trägt, ist alt und verwaschen. Die Frau von früher auf den Fotos im Familienalbum war immer gut gekleidet und genauso eitel wie ihre ältere Tochter.

»Ich glaube, das war doch keine gute Idee. Es tut mir leid, Grace. Vielleicht ein anderes Mal, wenn ich in besserer Stimmung bin. Ich würde jetzt gern nach Hause zurückfahren.«

Ich schlucke. Natürlich kann ich sie nicht zwingen hineinzugehen. Unter Druck funktioniert das nicht. Und ich kann ihr deswegen nicht böse sein. Aber ich kann ihr einen Teil der Wahrheit sagen.

»Weißt du, wieso ich von diesem Ort weiß? Weil Lucy mehrmals hier war.«

»Was?« Mom sieht mich überrascht an.

»Sie wollte, dass ich auch herkomme. Und jetzt bitte ich dich darum. Bitte, Mom. Nur ein einziges Mal. Ein Mal und ich werde nicht mehr darauf bestehen.«

Es dauert ein paar Sekunden, aber dann nickt sie mit feuchten Augen. Wir steigen aus dem Auto, gehen zum Eingang und treten in den Raum, der noch relativ leer ist. Mir gefällt der Gedanke, dass wir dies gemeinsam tun, weil wir etwas teilen: ein Gefühl, einen Prozess, einen Schmerz.

Wir gehen zum Kaffeetisch hinüber und schenken uns eine Tasse ein. Dona kommt mit einem freundlichen, neugierigen Lächeln auf uns zu.

»Ist das deine Mutter, Grace?«

»Ja. Dona, das ist Rosie.«

»Schön, dich kennenzulernen. Ich habe Kokosnuss-Muffins mitgebracht. Bedient euch.«

Die ältere Frau freut sich, als ich ihr sage, dass sie gut aussieht, und spricht dann mit meiner Mutter, die hin- und hergerissen ist zwischen Verwirrung und dem positiven Eindruck, den Dona auf ganz natürliche Art macht. Höflich lässt Mom sich die Zubereitung erklären.

Dann kommen Adrien, Matilda, Jane und die anderen. Wir setzen uns im Kreis zusammen. Faith trägt ein Shirt mit gelben Sechsecken, die wie Bienenwaben aussehen.

»Ich sehe, wir haben heute einen Neuzugang. Willkommen ...«

»Rosie«, stellt Mom sich vor, aber mir fällt auf, dass sie die

Arme vor der Brust verschränkt hat, als wolle sie sagen: *Ich lasse dich nicht rein.*

»Das ist ein schöner Name«, sagt Jane.

»Wir hoffen, dass du dich hier wie zu Hause fühlen wirst.« Faith lächelt so sympathisch wie immer. »Gut, fangen wir an. Matilda wollte etwas sagen, nicht wahr?«

»Es geht um Schuldgefühle«, beginnt Matilda. »Ich denke jeden Tag an meinen Mann, wenn ich morgens aufstehe und abends, wenn ich zu Bett gehe, aber den Rest des Tages über habe ich nicht die Zeit, seinen Tod zu betrauern. Ich bin zu sehr damit beschäftigt, das Kind zur Schule zu bringen, Mahlzeiten zuzubereiten, zu arbeiten, einzukaufen, zu putzen, Besorgungen zu erledigen ... Und wenn es Abend wird, merke ich, dass ich seit Stunden nicht mehr an Andrew gedacht habe, und ...« Sie schluckt, und jemand hält ihr ein Taschentuch hin. »Es ist kompliziert, aber ich habe das Gefühl, dass ich an etwas ersticke. Das ist der Moment, in dem die Schuldgefühle einsetzen.«

»Das geht uns allen irgendwann einmal so«, sagt Adrien. »Ich erinnere mich noch gut an das erste Mal, als ich nach dem Tod meiner Frau gelacht habe. Es war furchtbar. Ich habe mir eine Polizeikomödie im Fernsehen angesehen, und plötzlich brach ich Chips essend in Gelächter aus. Ich war wie erstarrt und habe mich immer wieder gefragt, wie ich über so einen Unsinn lachen kann, während meine Kate tot ist.«

»Ja, das passiert bei den oberflächlichsten Dingen des täglichen Lebens«, fügt ein junges Mädchen hinzu, das etwa so alt ist wie ich.

»Es ist ganz normal, dass diese beiden Welten aufeinanderprallen: unser Gefühlsleben im Gegensatz zur Außenwelt.« Faith lächelt. »Aber Schuld ist nur eine Last. Wir haben ja bereits darüber gesprochen, dass es ein langer Weg ist zu lernen, damit umzugehen, und dass es Zeit und Geduld braucht. Forderungen und Strenge behindern nur den Fortschritt.«

»Was weißt du über all das?«

Die durchdringende Stimme, die diese Worte ausspricht, gehört meiner Mutter, die neben mir sitzt, mit verkrampften Gesichtszügen und angespannten Schultern.

Faith ist nicht beleidigt, sondern wirft ihr einen mitfühlenden Blick zu.

»Ich bin Psychologin, und ...«

»Das heißt aber nicht, dass du dir vorstellen kannst, wie es sich anfühlt.« Rosies Stimme zittert.

»Ich bin Psychologin und habe meine Tochter Tessa wenige Tage vor ihrem zwölften Geburtstag verloren. Aus diesem Grund habe ich diese Gruppe gegründet. Denn Trauer kann einsam sein.«

Die Stille im Raum ist ohrenbetäubend, bis Mom sie mit einem unmenschlichen, kreischenden Heulen durchbricht. Ein wahnsinniger Schrecken durchfährt mich, und ich muss mich an den Armlehnen des Stuhls festhalten, damit ich nicht aufstehe und weglaufe. Dann bricht Mom in heftiges Weinen aus, und Faith kommt zu ihr und umarmt sie wie ein Kind. Sie streicht ihr übers Haar und trocknet ihr die Wangen. Die anderen schließen sich an, halten ihr Taschentücher hin, einen Becher Wasser, während sie ihr gut zureden und mitfühlende Seufzer ausstoßen.

Es ist herzzerreißend und schön zugleich.

Die Sitzung geht weiter, nachdem meine Mutter sich wieder beruhigt hat, aber ich weiß, dass sich etwas in ihr verändert hat, als ob sie sich durch das Herauslassen der Tränen innerlich ein wenig entleeren konnte. Und auch wenn sie nicht viel sagt, nickt sie, wenn die anderen sprechen, und hört aufmerksam zu. Ich kann mir vorstellen, wie sie sich fühlt, weil ich es selbst erlebt habe. Diese Gruppe ist wie ein alter Sessel mit Blumenmuster, der auf den ersten Blick nicht wertvoll erscheint, aber wenn man sich hineinsetzt, stellt man fest, dass er sehr bequem ist, dass sich die Rückenlehne an die Nierengegend anschmiegt und man am liebsten die ganze Zeit darin sitzen bleiben möchte.

Die Zeiger der Uhr an der Wand zeigen an, dass die Sitzung zu Ende ist, und wir stehen alle auf. Faith fragt meine Mutter, ob sie es eilig hat oder ob sie miteinander reden können, und ich ermutige meine Mutter und sage, dass ich im Café an der Ecke auf sie warte.

Ich setze mich auf den Platz, an dem Will immer sitzt. Ich sollte ihn nicht vermissen, aber ich tue es. Es hat mir gefallen, ihn durch das Glas beobachten zu können, bevor ich die Tür öffnete und hineinging. Er wirkte immer sehr konzentriert, sehr mit seinen eigenen Dingen beschäftigt, sehr isoliert von allem.

Ich bestelle ein Stück Carrot Cake und einen Kaffee.

Meine Schwäche für diesen Kuchen hat etwas Unheimliches. Seit Olivia aus meinem Leben verschwunden ist, sehne ich mich danach. Es war ihr Lieblingskuchen. Geschmack und Geruch können mit einer unglaublicher Klarheit Erinnerungen hervorrufen. Und mich erinnert der Carrot Cake an unsere gemeinsame Schulzeit, isoliert von den anderen, das Mädchen mit den anderen Ideen und das Mädchen, das bunte Stoffe trug. Der Kuchen erinnert mich auch an den Tag, als ich zum ersten Mal Gin und Zigaretten probiert habe oder als ich spätnachts zu ihrem Haus ging, um ihr zu erzählen, wie enttäuschend es gewesen war, in einem Auto durch Jerry Delton meine Jungfräulichkeit zu verlieren. Oder als sie mir dieses alte Sweatshirt schenkte, das ich heute noch habe, weil ich weiß, dass sie die violetten Stoffteile alle mit der Hand zusammengenäht hat. Oder wie ich mich gefreut habe, weil ich mit jemandem Vertraulichkeiten austauschen und mit ihm schweigen konnte.

Wenn wir noch Freundinnen wären, würde ich ihr von Will erzählen.

Ich würde ihr sagen, dass ich in letzter Zeit viel an ihn denke. Zu viel. Wenn ich abends ins Bett gehe, sehe ich sein Gesicht verschwommen vor mir und versuche, mich an jede Linie und jeden Flecken zu erinnern, damit es in meinem Kopf klarer wird. Dass es mir nicht reicht zu wissen, dass er Nudeln mit viel Käse mag, Astronomie, sonnige Tage, Rockmusik, Glitzer, Klettern oder Lesen, weil ich weiß, dass das nur der Prolog zu einer langen, mehrbändigen Geschichte ist, von der ich nichts ahne und die Will sicher versteckt hält.

Ich schaue auf mein Handy und gleite in der Kontaktliste zu Olivias Namen. Da ist sie, so nah und doch so fern. Ich könnte den Button antippen und es klingeln lassen, aber eine weitere Zurückweisung kann ich nicht verkraften.

Also scrolle ich weiter nach unten, bis zu W.

> Grace: Es lief besser als erwartet.

Vor ein paar Tagen habe ich ihm erzählt, dass meine Mutter sich bereit erklärt hatte, mich zur nächsten Sitzung zu begleiten. Seine Antwort lässt nicht lange auf sich warten.

> Will: Das freut mich. Geht es dir gut?

> Grace: Ja, ich habe deinen Platz eingenommen.

Ich schicke ihm ein Foto von dem Carrot Cake und dem Kaffee.

Will: Hast du an diesem Wochenende schon etwas vor?

Grace: Nein, warum?

Will: Wir sollten darüber nachdenken, das nächste Kästchen zu öffnen. Ich muss an beiden Abenden arbeiten, aber wir könnten uns ja auch etwas früher treffen. Oder komm im Pub vorbei, da sind freitags am frühen Abend normalerweise nicht viele Leute.

Grace: Okay, kann ich dir eine Frage stellen?

Will: Habe ich eine Wahl?

Grace: Was hast du studiert?

Will: Endlich mal eine einfache Frage: Jura.

Grace: Familientradition?

Will. Nein. Ich hatte Lust dazu.

Grace: Wow.

Will: Überrascht dich das?

Grace: Ich habe mir so etwas wie Literatur vorgestellt. Oder vielleicht Architektur. Aber das Unvorhersehbare ist immer spannender.

Ich lege mein Handy zur Seite und esse noch ein Stück Carrot Cake. Kauend denke ich darüber nach, was ich gern studiert hätte, wenn ich jemals ein Studium in Betracht gezogen hätte. Eine Sekunde später trifft mich der Gedanke blitzartig, klar und deutlich wie ein Peitschenhieb, aber ich schiebe ihn schnell beiseite und denke über all die Dinge nach, die ich nie tun werde. Denn ich werde sie nicht tun. Ich werde nicht zur Uni gehen und studieren. Genauso wenig wie ich ein Wolkenjäger sein werde. Oder eine Ballerina. Ich werde keine Wetterstation betreiben. Ich werde keinen Hutladen eröffnen oder eine Leuchtturmwärterin an einem einsamen Ort sein.

Wenn man kräftig auf die Bremse steigt, ist alles einfacher.

21

Freunde

Ich trete kräftig in die Pedale.

Ich hätte auch das Auto nehmen können, aber die frühsommerlichen Temperaturen haben mich ermutigt, wieder auf mein altes Fahrrad zu steigen. Ich mag es, die Luft auf dem Gesicht zu spüren und die Bewegung meiner Beine bewusst wahrzunehmen. Den Lenker in die eine oder andere Richtung zu drehen und so zu tun, als ob er das Ruder meines chaotischen Lebens wäre.

Ich kette das Fahrrad an den Laternenpfahl vor der Tür des Pubs an und gehe hinein.

Paul lächelt, als er mich sieht. Ich gehe zu ihm und setze mich auf einen der hohen Hocker an der Theke. Das Lokal hat helle und dunkle Ecken, Licht und Schatten wie bei Will und Paul, die auch ihre düsteren Seiten haben.

»Wie geht es dir?«, fragt Paul.

»Gut. Ist Will schon da?«

»Ja. Er kommt sicher gleich.«

Ich sehe mich um. Weiter hinten sitzen ein paar junge Leute an einem runden Tisch, und einer von ihnen kommt mir bekannt vor. In der Nähe spielen zwei Männer Karten und trinken Bier. Und an der Tür sitzen drei Frauen, die sich offensichtlich einen schönen Abend machen und in lautes, herzliches Gelächter ausbrechen.

»Will meinte, dass es hier freitags eher ruhig sei.«

»Ja, seit der Eröffnung des Lokals auf der anderen Straßenseite hat sich die Kundschaft ziemlich gelichtet. Sie spielen Musik, die gerade in ist, glaube ich zumindest. Aber es hat auch Vorteile, so gibt es hier kein Gedränge.«

Er nimmt ein Glas in die Hand. »Was darf ich dir bringen? Geht aufs Haus.«

»Und das will bei Paul echt etwas heißen«, sagt Will, der plötzlich bei uns steht. »Ich kenne niemanden sonst, der so geizig ist.«

»Er hat recht. Ich bin sparsam.« Paul lacht.

»Ich möchte eine Orangenlimo, aber bevor dich der Gedanke, mir ein Getränk auszugeben, nicht schlafen lässt, kann ich es auch bezahlen. Keine Sorge, ich bin sehr freigiebig.«

»Das klingt gut. Aber ich hätte auch nichts anderes von Wills einziger Freundin erwartet, die ich bisher kennengelernt habe, und mehrere gibt es wahrscheinlich auch nicht. Was hältst du davon, die Ausnahme von der Regel zu sein?«

»Ich bin glücklich, fassungslos, erstaunt. Ich bin die Auserwählte.«

Pauls Lachen steckt an. Will verdreht die Augen, aber es scheint ihn nicht zu stören, dass ich mich über ihn lustig mache, und er sagt nichts, während er mir mein Getränk serviert und sein Chef zu den anderen Gästen hinübergeht.

Ich lächle Will an und rühre mit dem Strohhalm in der orangefarbenen Flüssigkeit.

»Also bin ich deine einzige Freundin. Wie exklusiv.«

»Ich bin wählerisch«, meint er schulterzuckend.

Will stellt die Flasche ab, die er in der Hand hält, sieht mich an und lächelt, bevor er weiterarbeitet. Es ist eine winzige, fast nicht wahrnehmbare Geste, aber sie gibt mir ein warmes, beruhigendes Gefühl. Allmählich verstehe ich, dass bei

Will das Schweigen und die Kleinigkeiten mehr zählen als Worte.

Ich beobachte ihn: Er bereitet Getränke zu und kümmert sich um ein paar neue Gäste an der Theke. Paul ist noch an den Tischen beschäftigt. Als Will sieht, dass mein Glas leer ist, reicht er mir wortlos ein neues. Er hat Eis, eine Orangenscheibe und einen rosafarbenen Strohhalm hineingetan.

Er sieht mich an. »Die gestrige Sitzung mit deiner Mutter ist also gut verlaufen?«

»Ja. Zumindest ist sie bereit, es zu versuchen. Das ist immerhin ein Fortschritt.«

»Ich freue mich für dich. Und für sie.«

»Danke schön.«

Wills Blick verweilt auf meinen Lippen, während ich einen Schluck trinke. Ich lächle, und er räuspert sich unbehaglich und schenkt einen Schnaps ein.

»Ich nehme an, du hast gefunden, wonach du gesucht hast.«

»Was meinst du?«

»Die Schönheit«, antwortet er.

»Ja, ich habe herausgefunden, wo sie sich versteckt hat.«

Wills Blick scheint mich zu durchdringen; er ist so intensiv, dass ich für einen Moment glaube, er kann in mich hineinsehen und würde jeden Moment sagen: »Natürlich liegt die Schönheit in dir, Grace, mit all deinen Verletzungen und Unvollkommenheiten, mit all den Rissen und Zweifeln, den Unsicherheiten und Ängsten, die du noch nicht im Griff hast.« Doch dann wendet er den Blick ab und serviert eine weitere Runde Schnäpse.

»Sollen wir anstoßen?«, schlage ich vor, »auf unsere exklusive Freundschaft. Oder worauf auch immer du willst, wir brauchen eigentlich keinen Grund.«

»Ich trinke nicht.«

Paul tritt neben mich und nimmt, nachdem er Will die nächste Bestellung weitergegeben hat, das Tablett mit den Schnäpsen.

»Was das nächste Kästchen betrifft ...«

»Ich habe den Umschlag in meiner Hosentasche«, sagt Will und trocknet sich die Hände an einem Tuch ab. »Wenn ich zwischendurch mal Zeit habe, können wir ihn öffnen, falls du möchtest.«

»Okay. Es macht mir nichts aus zu warten.«

Als ich mich wieder meinem Getränk zuwenden will, öffnet sich die Tür, und Tayler, Nelson, Rick und zwei weitere Freunde betreten den Pub.

Tayler schenkt mir ein spöttisches Grinsen, das nichts Gutes verheißt. Es ist über einen Monat her, dass wir die letzte gemeinsame Nacht miteinander verbracht haben, und ich glaube, wir wissen beide, dass es diesmal nicht einfach nur eine Pause ist, die wir einlegen, um mit anderen Leuten zusammen zu sein und dann wieder von vorn anzufangen. Und zwar nicht deswegen, weil mein Herz schneller schlägt, wenn Will mich auf diese besondere Art ansieht, sondern weil ich in der Nacht vor dem Spiegel erkannt habe, was ich besitze, und dass der Wert, den ich dem bisher beigemessen habe, direkt proportional zu meiner Tendenz verläuft, leere Beziehungen zu knüpfen, die nur zu Enttäuschungen führen.

»Sieh mal, wer da ist.« Tayler nimmt sich einen Hocker und setzt sich hin. »Ich habe dein Fahrrad draußen gesehen. Wie geht es dir, Grace? Verbringst du die Zeit mit deinem neuen Freund?«

Will presst die Lippen zusammen und wendet sich ab, um Eis zu holen.

»Ja. Und ich trinke dabei eine kostenlose Limonade«, antworte ich.

Tayler scheint meine gespielte gute Laune nicht lustig zu finden. Ihm fällt nichts mehr ein, also sieht er Will an und sagt in herablassendem Tonfall:

»Fünf Bier. Aber schnell.«

Will sieht ihn durchdringend an, spielt aber nicht mit, denn Tayler versucht eindeutig, ihn zu provozieren. Er nimmt die fünf Flaschen und öffnet sie eine nach der anderen. Dann stellt er vor jedes Mitglied der Gruppe eine Flasche hin.

»Das wären dann zwölf Dollar.«

Nelson nimmt seine Flasche, doch bevor er sie an die Lippen führen kann, hält Tayler seinen Arm fest. Dann wendet er sich Will zu und lächelt.

»Wir haben kein Bier bestellt, sondern fünf Tequilas.«

Wills Gesichtsausdruck wirkt genauso angespannt wie sein Körper. Offenbar muss er sich anstrengen, um die Situation unter Kontrolle zu halten. Ich hätte nie gedacht, dass Will sich provozieren lässt, aber jetzt, da ich Taylers Spiegelbild in seinen Augen sehe, habe ich meine Zweifel. In seinem Blick liegt ein dunkler Ausdruck, der meinen Atem stocken lässt.

»Das stimmt nicht. Tut mir leid, aber das macht zwölf Dollar.«

»Wir werden nichts bezahlen, nur weil du taub bist.« Tayler lächelt, und das Gelächter seiner Freunde um ihn herum wird lauter. »Hol die Tequila-Flasche raus, wir haben es eilig.«

Ich greife ein, weil es mir reicht. Und weil ich hinter Wills Wut und Kälte auch etwas Verletzliches spüre.

»Du bist ein Arschloch, Tayler!«, schnauze ich ihn an.

»Es geht hier nicht um dich, Grace«, antwortet er spöttisch.

Will bleibt hart, ohne den Blick abzuwenden.

»Ich sag's dir noch mal, du schuldest mir das Geld für fünf Bier.«

Tayler lehnt sich auf der anderen Seite an die Theke. In seinem Blick liegt eine Mischung aus Wut und Frustration. Nicht wegen mir, nicht, weil es ihn trifft, dass das mit uns vorbei ist, sondern weil er es nicht ertragen kann zu verlieren.

»Nennst du mich einen Lügner? Denn wenn du den Mut hast, mir so etwas zu unterstellen, dann hast du wohl auch den Mut, dich draußen mit mir auseinanderzusetzen.«

»In Ordnung. Gehen wir.« Will zeigt auf die Tür.

Ich will gerade etwas sagen, als Paul mit einem grimmigen Gesichtsausdruck auftaucht.

»Was ist hier los?«, fragt er brüsk.

»Ich habe Tequila bestellt, und er hat mir Bier serviert«, protestiert Tayler.

»Das ist eine Lüge.« Wills Stimme ist fast ein Knurren.

Paul zögert nicht einen Moment.

»Wenn ihr nicht bereit seid, das Bier zu bezahlen, ist das in Ordnung, da ist die Tür. Wir wollen keinen Ärger, aber das ist mein Laden, und ich bestimme die Regeln.«

Tayler beißt die Zähne zusammen und kämpft ein paar Sekunden lang mit sich, bis einer seiner Freunde ihm etwas ins Ohr sagt, das den Ausschlag zu geben scheint. Er steht auf und wirft Will einen verächtlichen Blick zu, der obszön wird, als er mich ansieht. Dann geht er, gefolgt von seinen Begleitern, nach draußen, und die Spannung löst sich auf.

»Was war das?«, fragt Paul.

»Nichts, ein Idiot.« Will greift nach einem Glas.

»Ein Idiot, mit dem du ein persönliches Problem zu haben scheinst«, sagt Paul und zieht die Augenbrauen hoch. »Hör zu, ich will keinen Ärger bei der Arbeit, okay? Mach eine Pause. Es ist nicht so voll hier, ich komme so lange allein zurecht. Geh nach draußen an die frische Luft.«

Will nickt, umrundet die Theke und macht mir ein Zeichen, dass ich ihm folgen soll. Tatsächlich hat der Wind einen kühlenden Effekt. Wir gehen schweigend durch die Straßen, bis Will in eine Sackgasse einbiegt. Es ist der Ort, zu dem er auch an dem Tag gegangen ist, an dem wir uns kennengelernt haben, mit der Schachtel des Spiels in der Hand. Dort, wo er Lucys Brief gelesen hat. Seitdem sind etwas mehr als zwei Monate vergangen, aber ich habe das Gefühl, dass es viel länger her ist; denn ich weiß immer noch nicht, wer ich bin, aber ich finde mich auch nicht in dem Mädchen wieder, das Will aufgesucht hat. Denn es ist mir gelungen, einige Teile des Puzzles meines Lebens zu finden, und obwohl ich sie noch nicht zusammengefügt habe, bin ich dem Ziel offenbar näher gekommen.

Will setzt sich auf die oberste Stufe der Treppe vor einem Haus.

»Tut mir leid, was passiert ist.«

»Es ist nicht deine Schuld«, murmelt Will.

»Ich habe ihn noch nie so erlebt. Ich meine, ich wusste immer, dass er nicht besonders helle ist, aber ...« Ich weiß nicht, was ich noch hinzufügen soll, daher setze ich mich neben Will.

Wir sind uns sehr nah. Sein Bein berührt meines. Sein Arm berührt meinen Arm. Unsere Schuhe stehen nebeneinander wie im Schaufenster eines Geschäfts.

»Warum bist du mit ihm zusammen, Grace?«

»Ich *war* mit ihm zusammen«, erkläre ich, »und ich weiß es nicht. Es erschien mir besser als nichts, denke ich. Oder vielleicht war ich einsam. Oder er hat mir gefallen, weil ich wusste, dass er einer dieser katastrophalen Fehler ist, die einen gleichzeitig anziehen und abschrecken.«

Will reibt sich übers Gesicht, seufzt und sieht mich an. Wir sind nur wenige Zentimeter voneinander entfernt, und dieses Mal versucht er nicht wie sonst, einen gewissen Abstand zwischen uns zu bewahren, sowohl körperlich als auch emotional, sondern er lehnt sich ein wenig näher an mich heran. Ich schlucke. Er atmet tief durch, und sein Blick wandert unendlich langsam über mein Gesicht. Dann weicht er zurück, und die Luft zwischen uns beginnt wieder zu fließen, als ob die Welt für eine Sekunde stehen geblieben wäre, um die Richtung zu wechseln.

»Ich verurteile dich nicht, das ist es nicht«, sagt er im Flüsterton. »Ich war nur neugierig, was du in ihm siehst, ob es etwas Tiefergehendes ist.«

»Ich bin eine Spezialistin für Oberflächliches.«

»Ich weiß nicht, ob das besonders schmeichelhaft klingt.«

»Wenn du niemanden in dein Haus lässt, läufst du nicht Gefahr, dass eines Tages etwas Wertvolles verschwunden ist. Menschen nur in den Garten zu lassen ist einfacher, weniger intim. Dann können sie höchstens ein paar Blumen zertrampeln, die später wieder nachwachsen. Kannst du mir folgen, Will?«

»Ja, ich glaube schon. Ich versuche es.« Er atmet tief durch und sieht mich immer noch an.

»Was ist mit dir? Hast du eine Freundin?«

»Nein«, antwortet er.

»Warum?«

»Wir sollten zurückgehen.«

»Paul hat dir zwanzig Minuten gegeben.«

»Stimmt.« Will atmet aus, nachdem er die Luft angehalten hat.

Wir schweigen eine Weile, aber schließlich kann ich nicht anders, als die Frage zu stellen, die mir durch den Kopf geht. Ich tippe Will mit meinem Knie an.

»Wärst du wirklich mit ihm nach draußen gegangen, um dich zu prügeln?«

»Nein, ich wollte nur nicht, dass er drinnen einen Aufstand

macht. Draußen wäre mir schon was eingefallen.« Als Will mich ansieht, tobt ein Sturm in seinen Augen. »Ich bin nicht so. So wie er.«

»Das wollte ich auch nicht andeuten.«

Will schüttelt den Kopf und steht auf. Er fühlt sich sichtlich unwohl. Tatsächlich scheint das bei ihm fast immer der Fall zu sein. Es muss ermüdend sein, sich in seiner eigenen Haut nicht wohlzufühlen, da man ihr ja nicht entfliehen kann. Sicher hat sich fast jeder schon einmal so gefühlt, aber, wie Will mal gesagt hat, ist er wütend auf sich selbst. Und das merkt man. Er zieht Lucys Brief aus der Gesäßtasche seiner Jeans. Er ist für ihn, und es ist eine nette Geste, dass er ihn in meinem Beisein öffnet. Der Brief ist kurz, und nachdem Will ihn gelesen hat, schnaubt er und reicht ihn mir.

Begleite Grace in ein neues aufregendes Abenteuer: raus aus Nebraska. Gute Reise!

»Diesmal hat sie sich selbst übertroffen.« Ich stoße einen Pfiff aus.

»Sieht so aus.« Will setzt die Kapuze seines Sweatshirts auf. »Reden wir im Laufe der Woche darüber. Ich muss jetzt wieder an die Arbeit gehen. Gute Nacht, Grace.«

Dann geht er davon, ohne sich umzudrehen. Wenn dies eine Quizsendung wäre und man mich fragen würde, wie sich der junge Mann mit den grünen Augen wohl fühlt, und ich unter drei Möglichkeiten zu wählen hätte, könnte ich mich nicht entscheiden zwischen *a: verärgert, b: traurig* oder *c: verwirrt*.

Möglicherweise sind alle drei Antworten richtig.

22

Überflüssig

»Eines der Dinge, um die ich kreative Menschen am meisten beneide, ist, dass sie in das, was sie tun, ihre Gefühle einfließen lassen können. Sie können über ihre Gefühle schreiben, sie mit einem Pinsel malen, sich eine Kamera über die Schulter hängen und ziellos spazieren gehen oder einen schwarzen Tüllrock für traurige Tage nähen. Aber wir anderen, die wir kein künstlerisches Talent haben, müssen versuchen, diese Knoten auf andere Weise zu lösen. Alles bleibt im Inneren und setzt sich fest. Ich glaube, das ist mir mit Lucys Tod passiert. Manchmal denke ich darüber nach, dass ich sie nie wiedersehen werde, und es erscheint mir eine ferne Vorstellung, fast lächerlich zu sein. Ich habe das seltsame Gefühl, dass nichts real ist und ich mich in einer Zeichentrickserie befinde. Manchmal passiert mir aber auch genau das Gegenteil: Der Gedanke an meine Schwester tut mir körperlich weh, erstickt mich, es ist, als würde ich von winzigen Nadeln durchbohrt.«

Die Gruppe ist wie versteinert, und alle sehen mich an. Mom, die neben mir sitzt, hält meine Hand.

»Das mit dem Zeichentrickfilm habe ich nicht verstanden«, sagt Jane.

»Das war eine Metapher, oder?« Adrien kratzt sich verwirrt am Kinn.

»Es ist Zeit«, sagt Dona und schaut auf ihre Uhr.

Ich bin dankbar, dass alle aufstehen und gehen, denn es gibt nur wenige Dinge, die bedauerlicher sind, als seine Gefühle mit einfachen Worten zu umschreiben. Das ist so, als müsste man sie mundgerecht zerkleinern, damit auch ein kleines Kind sie schlucken kann.

Meine Mutter legt einen Arm um meine Schultern, als wir den Raum verlassen. Sie hat sich nicht radikal verändert, seit sie an den Gruppensitzungen teilnimmt, aber sie hat kleine Fortschritte gemacht. Zum Beispiel ist sie gestern einkaufen gegangen, und als ich den Kühlschrank geöffnet habe, war er voller Fertiggerichte.

Nachdem wir ins Auto gestiegen sind, macht sie sich nun immerhin die Mühe zu sagen:

»Ich glaube, ich verstehe, was du gemeint hast.«

Ich spüre ein angenehmes Kribbeln im Bauch und starte den Motor. Dann schalte ich das Radio ein. Die Musik scheint durch all die Risse zu sickern, die es noch zwischen uns gibt, und es ist erleichternd, diese Lücken mit etwas zu füllen. Als wir in Ink Lake ankommen, werde ich langsamer und drehe die Lautstärke herunter.

»Macht es dir etwas aus, wenn ich kurz bei einer meiner Auftraggeberinnen anhalte, deren Hund ich ausführe? Heute Morgen habe ich mein Portemonnaie dort vergessen.«

»Kein Problem.«

Ich parke vor dem Haus von Anne Rogers, obwohl ich keine Ahnung habe, ob Mom vielleicht ohnehin weiß, wo sie wohnt, jedenfalls hebt sie den Blick und schaut es anerkennend an.

»Es ist wunderschön«, sagt sie.

»Das stimmt. Möchtest du mit reinkommen und es dir von innen ansehen?«

Sie zögert ein paar Sekunden und nickt dann. Wir gehen über die Einfahrt, und ich klingle, weil ich nicht weiß, ob jemand im Haus ist oder nicht. Ich suche gerade nach dem Schlüssel, als sich die Tür öffnet.

Anne strahlt. Sie trägt ein Shirt aus Kaschmir und ein rotgoldenes Tuch um ihren schlanken Hals. Sie sieht mich an und bemerkt dann meine Mutter. Auch wenn sie versucht, es sich nicht anmerken zu lassen, braucht sie ein paar Sekunden, bevor sie sie erkennt. Ich nehme es ihr nicht übel, denn die Frau, an die sie sich erinnert, hat wenig Ähnlichkeit mit der, die jetzt neben mir steht. Mom trägt ein altes Hemd von Dad, das ihr viel zu weit ist, und schwarze Leggings, die ihre besten Zeiten längst hinter sich haben. Ihr Haar, einst mahagonibraun, ist jetzt ziemlich ergraut und könnte gut aussehen, wenn es nicht ungekämmt und glanzlos wäre wie tote Materie.

»Rosie! Was für eine Überraschung! Kommt doch bitte rein.«

»Vielen Dank, Anne.« Ich bin mir sicher, dass meine Mutter erst in diesem Moment realisiert, wen sie vor sich hat. Wahrscheinlich erinnert sie sich nicht mehr daran, dass ich ihr Grüße von Anne ausgerichtet habe und Annes Hund ausführe.

Wir betreten das makellose Wohnzimmer mit den Designermöbeln, den dunklen Samtvorhängen und den beiden hellen Marmorsäulen. Auf dem Tisch steht ein Strauß frischer Rosen. Mr. Flu kommt auf uns zu und begrüßt uns.

»Möchtet ihr etwas trinken? Kaffee, Tee, etwas Kaltes?«

»Ein Milchkaffee wäre toll«, antwortet Mom.

Ich lehne dankend ab, setze mich auf eines der flaschengrünen Sofas und streichle den Kopf des Hundes. Während Anne in der Küche ist, steht meine Mutter im Raum und betrachtet das vollendete Wohnzimmer. Ich frage mich, was sie denkt. Vielleicht, dass dies ihr Haus sein könnte, wenn alles anders gelaufen wäre? Oder dass sie, anstatt die Abende vor dem Fernseher zu verbringen, eine erfolgreiche Geschäftsfrau hätte werden können, die vielleicht sogar ihre eigene Immobilien-Agentur gegründet hätte? Denn, wenn jemand das Talent, die Begeisterung und den Antrieb gehabt hätte, dies zu erreichen, dann zweifellos sie. Großvater hat mir viel darüber erzählt, wie meine Mutter war, bevor alles in sich zusammenfiel. Es passierte nach und nach. In den ersten Jahren der Krankheit war sie stark und ruhig, aber dann schien sie mit jedem Schlag, den sie einstecken musste, zu schrumpfen.

»Hier ist dein Kaffee.« Anne kommt wieder ins Wohnzimmer und stellt die Tasse auf den Tisch. Dann bemerkt sie, dass meine Mutter eines der Fenster betrachtet, und sagt: »Aluminium, Doppelverglasung, mit maximaler Kammerbreite und unterschiedlich dickem Glas.«

Rosie nickt und setzt sich aufs Sofa.

»Das Haus ist fantastisch, Anne. Sehr elegant.«

»Danke schön. Als ich hörte, dass es verkauft wird, habe ich sofort ein Angebot abgegeben. Das ist der Vorteil, wenn man in der Branche arbeitet.« Anne lächelt und rührt in ihrem Tee. »Was ist mit dir, Rosie? Denkst du daran, wieder in den Ring zu steigen?«

»In den Ring?« Mom sieht verwirrt aus.

»Du weißt schon, Immobilien.«

»Oh, das. Nun, ich weiß nicht ... Ich glaube nicht.«

»Hast du andere Projekte?«

»Nein.«

Voller Mitgefühl sieht Anne sie an, und ich frage mich, ob meine Mutter es auch bemerkt. Es stört mich nicht, denn ich habe Mitgefühl noch nie mit Schwäche in Verbindung gebracht, nur mit Empathie. Ich bleibe neben Mr. Flu sitzen, während die beiden ein wenig über alte Kollegen reden, die ich nicht kenne, und über die Möbel, die Anne für das Haus importiert hat.

Kurz danach steht meine Mutter auf und bedankt sich für den Kaffee. Ich hole das Portemonnaie, das ich am Morgen vergessen habe, und wir gehen zur Tür, wo wir uns eilig verabschieden.

»Hey, Rosie«, ruft Anne Mom nach, als wir weggehen. »Ich würde dich gern etwas fragen. Könntest du am Montagnachmittag mal vorbeikommen?«

Mom zögert und scheint sich innerlich zurückzuziehen.

»Montag passt mir nicht besonders gut.«

»Dann am Dienstag. Oder Mittwoch. Da habe ich auch Zeit.«

Anne ist eine sehr resolute und hartnäckige Frau, wie meine Mutter es auch einmal war. Sie scheinen aus dem gleichen Holz geschnitzt zu sein. »Du würdest mir einen großen Gefallen tun.«

»In Ordnung, gut.«

»Also am Dienstag?«

»Dienstag«, bestätigt Mom.

Als wir wieder im Auto sitzen, stößt meine Mutter die Luft aus, die sie angehalten hat. Ich habe den Eindruck, dass der Aufenthalt in diesem Haus und die Begegnung mit Anne ein einschneidendes Erlebnis für sie war. Ich würde sie gern fragen, was sie gerade empfindet, aber ich spüre die Mauer, die sie um sich herum errichtet hat, also sage ich nichts.

Überflüssig ist ein Wort, das oft in meinem Kopf widerhallt. Auch andere Worte, die etwas bezeichnen, das unnötig, überflüssig oder unwichtig ist. Wie *nichtig*, was sich für mich wie der Name einer Schweizer Schokolade anhört. Oder *trivial*, was mich an die Geste denken lässt, mit der man lästige Dinge verscheucht, als wären es Fliegen.

Die alte Landkarte, die ich aus dem Arbeitszimmer meines Vaters geholt habe, bedeckt den halben Boden meines Zimmers. Ich beuge mich darüber und konzentriere mich auf einen bestimmten Punkt: Nebraska. Da bin ich jetzt, ziemlich genau in der Mitte. Es grenzt an South Dakota, Kansas, Colorado, Wyoming und den Missouri, der es von Iowa und Missouri trennt. Mit anderen Worten: Es gibt jede Menge Möglichkeiten. Ich streiche mit dem Finger nach oben und nach unten, nach unten und nach oben. Ob Olivia die nächsten Monate in Colorado verbringen wird? Oder ob sie im Sommer herkommt?

»Was machst du da?«

Dad lehnt am Türrahmen des Zimmers. Wahrscheinlich hat er mitbekommen, dass ich seine Karte habe.

»Ich versuche zu entscheiden, wohin es gehen soll. Das ist das nächste Kästchen im Spiel«, antworte ich leise. »Ich muss einen anderen Staat besuchen. Hast du vielleicht einen Vorschlag?«

»Ja.« Dad tritt ein und schließt die Tür hinter sich.

Er nimmt einen Bleistift von meinem überfüllten Schreibtisch, hockt sich neben mich und zeichnet einen Kreis in die südwestliche Ecke. Dann sieht er mich zufrieden an.

»Wenn schon, denn schon. Da treffen drei Staaten aufeinander: Nebraska, Colorado und Wyoming. Deine Mutter und ich waren einmal dort, als wir auf der Durchreise waren. Ich meine, mich zu erinnern, dass es sich um ein Privatgrundstück handelt, aber der Eigentümer war nett und an Besucher gewöhnt.« Er setzt sich auf. »Ich kann mitkommen, wenn du willst.«

»Danke, aber auf dem Zettel stand, dass Will mitkommen soll.«

Dad seufzt nachdenklich und murmelt:

»Woher kommt dieser Junge auf einmal?«

»Keine Ahnung. Sie waren Freunde. Zumindest glaube ich das.«

Dad nickt und geht zur Tür.

»Wenn du etwas brauchst, lass es mich wissen.«

Er verschwindet die Treppe hinunter, und eine Minute später höre ich seine Stimme und die von Mom in der Küche. Ob er die kleinen Veränderungen an ihr bemerkt hat? Würdigt er sie so sehr wie ich? Gibt es möglicherweise eine andere Frau in seinem Leben, oder wartet er nur darauf, dass die Rosie, die er kannte, eines Tages zurückkommt?

Überflüssig, überflüssig.

Denn letztendlich: Auf was trifft das nicht zu?

23

Das Leben ist ein Kreis

Das ist alles, was ich Will sagen möchte: Warum habe ich das Gefühl, dass du jedes Mal, wenn wir zwei Schritte vorwärtsgekommen sind, wieder einen Schritt zurückgehst, als wolltest du weglaufen? Warum finde ich dich manchmal zauberhaft und ein anderes Mal so unsympathisch? Was sucht jemand, der in New York gelebt und Jura studiert hat, an diesem verlorenen Ort mitten im Nirgendwo? Warum hat Lucy dir so sehr vertraut? Warum tue ich es auch? Und wie kann mein Verstand meinem Herzen erklären, dass ich mich nicht an dich gewöhnen soll? Oder etwas noch Schlimmeres. Etwas viel Schlimmeres, obwohl ich es nicht benennen kann. Oder vielleicht traue ich mich nicht.

Stattdessen sage ich Folgendes zu Will:
»Soll ich Musik anmachen?«
»Sicher.« Er schaltet das Radio ein.
In der nächsten halben Stunde reden wir nicht miteinander.
Ich bin mir nicht sicher, was Lucy mit diesem Kästchen bezwecken wollte. Den Staat verlassen: ein symbolischer Akt, nehme ich an. Um ehrlich zu sein, weiß ich nicht, warum ich das nicht schon früher getan habe. Ich meine, ich hätte einen Bus nehmen und nach South Dakota fahren können, das relativ in der Nähe von Ink Lake liegt; ein paar Stunden, und ich wäre end-

lich mal aus Nebraska raus gewesen. Tatsächlich bin ich mehrmals in meinem Leben kurz davor gewesen. Zum Beispiel als ich für die Teilnahme an einem nationalen Eislaufwettbewerb ausgewählt wurde, kurz bevor ich mit dem Eislaufen wegen Lucys Krankheit aufgehört habe. Oder als meine Eltern vier Flugtickets nach San Francisco gekauft haben, aber dann eine unerwartete Rechnung bezahlen mussten, von der sie dachten, dass sie von der Krankenversicherung übernommen würde, worauf meine Mutter meinte, dass wir die Tickets lieber zurückgeben und so Geld sparen sollten.

»Wie lange brauchen wir, meintest du?«

»Fünf Stunden oder fast sechs«, antwortet Will.

Wir haben uns im Morgengrauen auf den Weg gemacht, um am selben Tag hin und zurück fahren zu können. Nun sind wir schon eine Weile unterwegs, und der Himmel ist blau. Will schlägt vor, an einer Raststätte anzuhalten und sich die Beine zu vertreten.

Während er tankt, hole ich Kaffee. Wir fahren weiter. Er trinkt seinen in einem Zug aus und ich meinen in kleinen Schlucken.

»Warst du schon mal in San Francisco?«

Will sieht mich mit den Händen am Lenkrad an. »Warum?«

»Nur so. Ich habe mich nur daran erinnert, dass wir vor Jahren mal dorthin in den Urlaub fahren wollten, aber die Reise absagen mussten. Ich glaube, es hätte Spaß gemacht. Lucy hat immer davon gesprochen, viel zu reisen, sie war geradezu besessen von dieser Idee. Aber das ist doch normal, oder? Jeder, der in einem Krankenhauszimmer leben und ständig ums Überleben kämpfen muss, würde das wollen. Es muss klaustrophobisch sein.«

»Und du hast nie darüber nachgedacht, was es außerhalb von Nebraska noch gibt?«

»Manchmal ziehe ich es vor, das, was weit weg ist, zu ignorieren.«

»Warum, denkst du, ist das so? Du könntest überall hinreisen. Barcelona zum Beispiel: Das Essen ist großartig, und die Sonne macht glücklich. Oder Bali. Oder Paris, wobei die Franzosen nicht besonders nett sind, und der Eiffelturm wird überbewertet.«

»Warst du schon an all diesen Orten?«

»Ja.« Will richtet seinen Blick wieder auf die Straße. Er räuspert sich, bevor er weiterspricht. »Und an vielen anderen. In Norwegen und Island. Argentinien. Zypern, was eine chaotische Reise war. Ich hab auch mal eine Zugreise durch mehrere europäische Städte gemacht.«

Ich bewundere und beneide ihn gleichermaßen. Ich hasse ihn auch ein wenig, weil all diese Dinge für mich unerreichbar scheinen. Indem er mir davon erzählt, wird mir bewusst, dass sie existieren, was mir die Mittelmäßigkeit meiner Existenz bestätigt.

»Wie ist das möglich?«

»Ich bin im Sommer immer gereist.«

»Warum?«

»Warum nicht?«

»Okay. Aber ich möchte deine Gründe wissen.«

»Weil es süchtig macht. Vielleicht hatte ich auch das falsche Motiv, weil ich nach etwas gesucht habe, das ich an keinem dieser Orte finden konnte. Oder weil ich mal auf andere Gedanken kommen wollte. Aber ich bereue es trotzdem nicht. Und wenn man von einem Ort zurückkommt, der sich so sehr von dem unterscheidet, was man kennt, kommt man als anderer Mensch zurück, wobei das nicht bedeutet, dass es besser ist, nein, nur ... anders.«

»Gibt es noch einen Ort, an den du gern reisen würdest?«
»Nur einen?« Will wirkt missmutig und konzentriert sich darauf, einen Lastwagen mit Viehfutter zu überholen. »Da gibt es Dutzende, Hunderte.«
»Und doch verbringst du deine Tage in Ink Lake, einem Ort, den manche Leute nicht einmal dann besuchen würden, wenn sie fünfzig Dollar dafür bekämen und dazu noch ein kostenloses Sandwich und eine Flasche Wasser.«
Will seufzt und schüttelt den Kopf.
»Sagen wir, ich bin in Stand-by-Position.«
»Wie ein Fernseher?«
»Ich denke schon«, gibt er zu.
»Aber das ist doch nicht möglich, Will.«
»Warum nicht?«, fragt er.
»Weil ... egal ... Die Zeit läuft immer weiter und schaut niemals nach, wer zurückbleibt. Du kannst dein Leben nicht einfach vorübergehend auf Eis legen.«
»Was hast du letztens noch über das Entscheiden gesagt?«
»Das ist nicht fair«, scherze ich, denn ich weiß, dass er sich aus der Affäre ziehen will. »Und der Satz lautete: ›Solange man sich nicht entscheidet, bleiben alle Möglichkeiten offen.‹«
»Genau, das war's. Was ist mit dir? Welchen Ort möchtest du kennenlernen?«
»Ich habe ja schon gesagt, dass ich es vorziehe, das zu ignorieren, was weit weg ist. Es tut weh, über Dinge zu reden, die es einfach nicht gibt und auch nicht geben wird.«
Will runzelt unwillig die Stirn.
»Warum sagst du das?«
»Machst du Witze? Sieh mich doch an: Ich werde bald dreiundzwanzig, wohne bei meinen Eltern, mein Job besteht darin, mit Hunden spazieren zu gehen, und ich habe weder auf kurze

noch auf lange Sicht irgendwelche Ziele.« Keine Ahnung, warum ich plötzlich einen Kloß im Hals habe. Ich wende mich ab und schaue aus dem Fenster.

Das Geräusch des Motors verschmilzt mit der Stille.

»Ich werde dir jetzt etwas sagen, Grace. Du bist auf eine faszinierende Weise intelligent. Ich bin davon überzeugt, dass du dich noch am Anfang deines Lebens befindest und dich jetzt entscheiden musst, welche Geschichte du leben willst. Du hältst gerade eine Karte in den Händen, die voller Sehnsüchte und auf dich zugeschnitten ist.«

Ich erwidere nichts darauf. Denn ich weigere mich, laut zuzugeben, wie sehr mich seine Worte trösten, seine etwas raue und heisere Stimme, die mir anfangs kalt vorkam und die ich jetzt, da sich die Distanz zwischen uns verringert hat, fast als angenehm empfinde.

Die Strecke ist lang und einsam.

Ich blicke über die Landschaft und stelle mir vor, wie Will die Erde umkreist, in Japan Sushi und in Frankreich Croissants isst und sich mit einem Fallschirm oder an einem Bungee-Seil in die Tiefe stürzt. Das Aufregendste, was in den letzten Jahren in meinem Leben passiert ist, ist dieses kleine Abenteuer, das wir gerade erleben, das Spiel, das meine Schwester sich für mich ausgedacht hat. Ich erinnere mich daran, wie nervös ich an dem Tag gewesen bin, als Großvater mir die Schachtel gegeben hat. Ich hatte dieses Gefühl vergessen, das Gefühl der Sehnsucht nach etwas, und in letzter Zeit spüre ich es oft in Wellen, es kommt und geht. Vielleicht ist das Aufwachen aus einer Lethargie so, als würde man mitten im Ozean schwimmen und bemerken, wie sich nach und nach die Muskeln lockern, das Blut wieder fließt und die Knochen stark und fest werden, anstatt sich wie Pudding anzufühlen.

Manchmal brauchen wir jemanden, der das Nest, in dem wir es uns bequem gemacht haben, zerstört und uns zwingt, Stück für Stück ein besseres zu bauen.

Als ich aufwache, hat sich das Blau des Himmels wegen der dicken Wolken, die sich in den Vordergrund drängen, verdunkelt. Mein Mund ist trocken. Ohne es zu merken, bin ich eingeschlafen. Ich setze mich auf, und Will lächelt.
»Bevor du mich fragst: Wir sind fast am Ziel.«
Ich schaue mich um. Gerade haben wir einige mit Kiefern bewachsene Felsen passiert, und vor uns, zu beiden Seiten der kurvenreichen Straße, die zum Gipfel führt, erstreckt sich eine scheinbar endlose Wiese. Nicht weit entfernt grast in aller Ruhe eine Herde Bisons. Ein Schild weist darauf hin, dass wir uns auf einem Privatgrundstück fast an der höchsten Stelle Nebraskas befinden. Es wird nicht mehr lange dauern, bis wir unser Ziel erreichen.

Kurz darauf entdecke ich den Obelisken aus weißem Stein, der seit 1896 anzeigt, wo die drei Staaten aufeinandertreffen. Ich spüre eine innere Erregung, auch wenn ich weiß, dass die Vorstellung lächerlich ist, nur symbolisch, aber es ist das, was Lucy wollte, und vielleicht, nur vielleicht, hat es auch mit meinen eigenen Wünschen zu tun, die seit einer Ewigkeit in mir schlummern.

Wir steigen aus dem Auto. Der Wind ist kalt. Wir gehen hinüber, und ich bleibe an der Grenze von Nebraska stehen. Ich spüre einen Wirbel an Gefühlen, der mich durchströmt und sich bis in meine Fingerspitzen ausbreitet. Langsam mache ich einen Schritt hinüber nach Colorado. Das war's. Ich habe es getan. Ja, ich habe es getan. Dann springe ich voller Enthusiasmus nach Wyoming. Und lache. Ich lache laut und renne von einer Seite zur anderen, von einem Staat in den anderen, als ob ich völlig verrückt geworden wäre.

Als ich Will anschaue, merke ich, dass er lächelt.

»Kommst du mit nach Colorado?«, ermutige ich ihn lachend.

Er nickt und geht ein paar Schritte. Wir bleiben schweigend stehen. Ich muss den Kopf heben, um Will in die Augen schauen zu können, die mich auf diese eigentümliche, durchdringende Weise ansehen, die wahrscheinlich jedem anderen Menschen Unbehagen bereiten würde. Ich habe mich schon vor einer Weile daran gewöhnt und bin zu dem Schluss gekommen, dass Will die Welt betrachtet, als ob er nach etwas sucht, ohne zu wissen, wonach.

»Wyoming?«, frage ich.

Er sagt immer noch nichts, aber er folgt mir zur nächsten Ecke. Ich nehme einen tiefen Atemzug. Meine Lunge ist angefüllt mit frischer Luft. Ob Will sich genauso fühlt, oder ist diese Erfahrung für ihn lächerlich? Im Vergleich zu all den Orten, die er gesehen, und all den Emotionen, die er empfunden hat? Ist es möglich, dass zwei Menschen mit so unterschiedlichen Vergangenheiten die gleiche Emotion haben und sich diese Emotion auf einem winzigen Raum konzentriert, der nicht größer ist als ein Spülmaschinentab?

»Will, ich weiß, es ist dumm. Aber ich liebe es. Wyoming, Nebraska, Colorado, Wyoming, Nebraska ...«

»Es ist nicht dumm, Grace«, höre ich seine Stimme hinter mir.

»Ich bin froh, dass du das sagst, denn ich möchte nicht gehen.«

»Gut, dann bleiben wir«, antwortet er, ohne zu zögern.

Mehr brauche ich nicht. Ich lege mich einfach auf den Boden, und Will tut es mir gleich. Ich weiß nicht, in welchem Zustand wir uns befinden, aber ich weiß, dass Wills Augen die gleiche Farbe wie das Gras haben, auf dem wir liegen, dass wir uns nah sind, dass die Art und Weise, wie sich seine Brust hebt und senkt, hypnotisierend ist und dass ich glaube, nur glaube, dass ich ihn küssen möchte. Ich muss herausfinden, wie es wäre, ob es so intensiv wäre wie sein Blick, so präzise wie seine Gesten oder so sanft, wie wenn er seine Deckung fallen lässt und sich entspannt. Vielleicht eine Mischung aus allem. Oder nichts davon.

Wills Hand berührt meine. Es ist eine sehr sanfte Berührung, und ich schaue nach unten, um mich zu vergewissern, dass ich tatsächlich seine Haut auf meiner spüre. Er hält den Atem an, als ich wieder in sein Gesicht schaue. Wir sind uns sehr nah. Schmerzhaft nah. Und plötzlich denke ich, dass wir, wenn wir uns jetzt küssen würden, nicht wüssten, in welchem der drei Staaten meine Lippen die seinen berühren, und diese Anekdote würde uns für immer begleiten.

Aber es geschieht nicht. Ich spüre erste Regentropfen auf meiner rechten Wange, und Will schluckt und zieht seine Hand zurück. Und damit entfernt sich auch seine Begeisterung und sein Herz und alles andere von ihm. Ich stehe auf. Die düsteren Wolken über unseren Köpfen fordern uns dazu auf, im Auto Schutz zu suchen.

Wir fahren auf der Nebenstraße zurück, über die wir auch gekommen sind. Der Regen, der zunächst leicht und sanft ist, nimmt an Intensität zu und wird immer heftiger. Will gibt kräftig Gas, wahrscheinlich aus Sorge, dass das Wetter noch schlimmer wird und wir mitten im Nirgendwo festsitzen könnten. Als wir Kimball, die nächstgelegene Stadt, erreichen, ist der Himmel so dunkel, als wäre es mitten in der Nacht.

»Was machen wir?«, frage ich.

Die Scheibenwischer bewegen sich hin und her. Will hält an und stellt den Motor ab. Er betrachtet das Lokal, vor dem wir stehen.

»Als Erstes sollten wir etwas essen und warten, bis es aufhört zu regnen.«

»Klingt gut.«

»Ist dir kalt?«

»Ein wenig.«

Die Temperatur ist schlagartig gesunken. Will reckt sich nach hinten und holt etwas vom Rücksitz, der voller Bücher und anderer Dinge ist, die nicht in seinen kleinen Wohnwagen passen.

»Hier.« Er reicht mir ein graues Sweatshirt.

Wir setzen uns an einen Ecktisch und bestellen das Tagesmenü, das aus einem Fleischgericht mit Kartoffeln und einer Soße besteht, die ich nicht identifizieren kann und die nach Essig schmeckt. Will fragt nach dem Salzstreuer, und die ältere Kellnerin, die eine geblümte Achtziger-Jahre-Hose trägt und ihr Haar zu einem langen platinblonden Zopf zusammengebunden hat, schaut ihn finster an.

»Ist es nicht gut?«, erkundigt sie sich.

»Es ist nur ein wenig ...« Will sucht nach dem passenden Wort: »Mild.«

»Hier.« Die Kellnerin knallt den Salzstreuer auf den Tisch und geht mit wackelndem Hintern davon.

Will und ich pressen die Lippen zusammen, damit wir nicht loslachen. Wir unterhalten uns einträchtig über alles Mögliche und bestellen schließlich den Nachtisch: einen hausgemachten Schokoladenkürbiskuchen, der köstlich ist.

»Sehr lecker«, sagt Will, als die Kellnerin kommt, um die Teller abzuräumen.

»Das ist das Rezept meiner Großmutter«, antwortet sie trocken.

»Hast du noch Platz für einen Kaffee?«, fragt Will mich nach einem Blick auf die Straße, wo es noch immer in Strömen regnet. »Wir sollten noch ein wenig hierbleiben, bis das Wetter besser ist.«

Die Kellnerin sieht uns an und pfeift anerkennend.

»Das wird dann jede Menge Kaffee. Der Regen soll noch stärker werden und erst morgen früh aufhören. Wenn wir Glück haben.«

Die Frau geht weg und unterhält sich mit einem Mann, der schon seit über einer Stunde an der Bar sitzt und Bier trinkt. Will seufzt und schaut auf seine Uhr.

»Was tun wir?«, frage ich.

»Es ist schon recht spät. Wir müssten sofort losfahren, um es noch zu schaffen. Ich denke, wir haben zwei Möglichkeiten: Entweder wir gehen das Risiko ein und fahren jetzt, oder wir verbringen die Nacht hier.«

»Ich habe kaum Bargeld bei mir.«

»Mach dir darüber keine Sorgen, Grace.«

»Vielleicht finden wir einen Geldautomaten.«

»Das ist unser geringstes Problem. Bitten wir einfach um die Rechnung und fragen, ob es in der Nähe eine Möglichkeit zu übernachten gibt. Wir werden nicht weit kommen, wenn es weiter so regnet.«

Wir gehen zur Theke und bezahlen unser Essen. Als Will das Wechselgeld in seine Brieftasche steckt, fragt er die Frau:

»Gibt es hier in der Gegend eine Pension?«

»Könnt ihr jungen Leute heutzutage nicht lesen?« Sie tippt mit dem Finger auf die oberste Zeile der klebrigen Speisekarte. Darauf steht: *La casa de Rigoberta.*

»Ach so. Das heißt, dass Rigoberta ...«

»Das bin ich.« Sie zeigt mit dem Finger auf ihre fleckige Schürze und sieht den Mann an, der neben ihr mit seinem Bier sitzt, als wolle sie sagen: *Sieh mal, was ich ertragen muss.* »Ich habe

nur noch ein Zimmer frei. Es kostet sechsundsechzig Dollar und ist im Voraus zu bezahlen. Das Frühstück ist inbegriffen und wird um sieben Uhr morgens serviert, keine Minute vorher und keine Minute später. Wer verschläft, hat Pech gehabt. So lauten die Regeln.«
Will bemüht sich sehr, ernst zu bleiben.
»In Ordnung. Wir nehmen das Zimmer.«
Er legt das Geld auf die Theke, und sie gibt uns den Schlüssel.
»Die Treppe hoch und dann die Tür rechts.«
»Gut. Danke.«
Das Zimmer ist ziemlich heruntergekommen, aber wir beschließen, dass es für die eine Nacht reichen wird. Es gibt ein Doppelbett und keine zwei nebeneinanderstehenden Einzelbetten, wie Will anscheinend gehofft hat. Ich wähle die linke Seite und lege mein Handy auf den Nachttisch, nachdem ich festgestellt habe, dass es kein Netz gibt.

»Ich gehe zum Auto und hole ein paar Sachen«, sagt Will.

Ich öffne das Fenster, um frische Luft ins Zimmer zu lassen, und sehe Will über die Straße zum Audi gehen. Er ist einer der Menschen, die es sich verkneifen, im Regen zu rennen. Das bringt mich zum Schmunzeln, denn es passt nicht zu seiner üblichen Umsichtigkeit, macht ihn menschlich und widersprüchlich und bringt ihn mir ein wenig näher, die ich nie einen Regenschirm dabeihabe, weil es mir zu umständlich ist; außerdem ist Regen ja nur Wasser. Als Will zurückkommt, sind seine Haare nass, und seine Haut ist feucht.

»Wir haben Bücher, ein Kartenspiel, Kleidung und eine Tafel Schokolade.«

»Was für ein Luxus, Will«, scherze ich und lächle.

Wir sitzen vor seiner Ausbeute auf dem Bett. Ich nehme eines der Bücher in die Hand: *Meditationen* von Mark Aurel. Will hat es gelesen, denn die Ecken einiger Seiten sind geknickt, und hier und da sind Sätze unterstrichen.

»Hat es dir gefallen?«

»Sehr«, sagt er.

»Hast du schon immer so viel gelesen?«

»Früher ja. Dann habe ich es einige Zeit gelassen, und jetzt bin ich sozusagen zu den Anfängen zurückgekehrt.«

»Das Leben ist ein Kreis.«

Will sieht mich so intensiv an, dass die Luft im Raum dichter zu werden und die Wände ein paar Zentimeter zusammenzurücken scheinen.

»Vielleicht hast du recht.«

»Ein Spiel?«, frage ich, um die Spannung zu lösen, obwohl ich ehrlich gesagt nicht weiß, woher sie kommt, ob es nur meine Einbildung oder die Nähe ist.

Er nickt, und ich mische die Karten und teile sie aus.

Wir verbringen fast den ganzen Nachmittag beim Kartenspiel, während das Unwetter immer stärker wird und unserer seltsamen Vermieterin recht gibt. Mit Will zusammen zu sein, ist einfach und gleicht der Einnahme eines Schmerzmittels, denn mein Körper fühlt sich locker an, und mir wird warm ums Herz. Ich bin es nicht gewohnt, mich vor anderen Leuten entspannt zu zeigen, ohne zuvor jedes Wort abzuwägen, aber bei Will gleiten die Worte einfach aus mir hinaus, als wären sie glitschig. Wahrscheinlich wäre es unmöglich, mich zu verstellen und gleichzeitig so ehrlich zu sein, wie die *Karte der Sehnsüchte* es erfordert. In jedem Fall ist es befreiend. Ich kann einfach *sein*, und das ist es. Ich würde Will gern fragen, ob es ihm genauso geht, ob die Form seiner Lippen, wenn er mich ansieht oder ich ein Spiel gewinne, natürlich ist.

Aber dann zerstört er den Moment:

»Du spielst genauso wie deine Schwester.«
»Was hast du gesagt?«, frage ich leise.
»Du hältst dir immer den Rücken frei und gehst kaum Risiken ein. ›Der beste Angriff ist eine gute Verteidigung‹, nicht wahr?« Er wirft ein paar Karten aufs Bett, wo schon welche liegen, und bemerkt erst dann mein Schweigen. »Was ist los?«
Ich schüttle den Kopf und versuche, in die Gegenwart zurückzukehren, in diesen kleinen Raum, in dem nur Will und ich sind, auch wenn Lucys Geist plötzlich bei uns ist.
»Ich war nur überrascht über das, was du gesagt hast.«
»Warum? Du weißt doch, dass wir Freunde waren.«
»Die Art von Freunden, die monatelang nichts von sich hören lassen?«
Mein Ton ist scharf, und er hebt überrascht die Augenbrauen, als ob er das nicht erwartet hätte. Langsam dreht er seine Karten um und erklärt das Spiel für beendet.
»Ja, im Grunde genommen war so unsere Freundschaft. Aber wenn du wissen willst, ob ich deine Schwester mochte, kann ich das nur bestätigen.«
»Ich habe nichts anderes andeuten wollen.«
Will steht auf.
»Sollen wir zum Abendessen runtergehen?«
»Gut. Komm.«
Ich gehe hinter Will die Treppe hinunter und trage immer noch sein Sweatshirt, das nach ihm riecht, nach dieser Mischung, die mich an kleine Veilchen, etwas Kaltes und fließendes Wasser denken lässt. Es ist merkwürdig, dass ein Parfüm oder ein Weichspüler bei verschiedenen Leuten unterschiedlich riechen.
Wie erwartet ist niemand unten im Restaurant. Es regnet immer noch in Strömen, vom Dach aus ergießt sich ein Wasser-

strahl auf die Straße. Als wir am Fenster Platz nehmen, ist die Scheibe beschlagen, und wir können draußen kaum etwas sehen.

Rigoberta kommt zu uns und verkündet, dass sie nur Erbsensuppe und ein Steak hat. Da wir keine Wahl zu treffen haben, nicken wir einfach. Wir reden wenig, während wir essen, eingelullt vom Rauschen des Regens und der vertrauten Atmosphäre. Unter dem Tisch berühren meine Füße ab und zu versehentlich die von Will, und er zieht seine zurück. Nicht hastig, sondern eher langsam, überlegt. Es ist, als ob ihm sein Impuls sagt, sie nicht zu bewegen, während sein Verstand ihn an das Gegenteil erinnert.

Zum Nachtisch gibt es Käsekuchen, und ich nehme meine Portion mit aufs Zimmer, um sie in Ruhe zu genießen. Ich ziehe meine Schuhe aus, setze mich aufs Bett und versenke meine Gabel in der cremigen Konsistenz. Will sieht mich lächelnd an und sucht dann ein paar Kleidungsstücke zusammen.

»Was hast du vor?«, frage ich.

»Ich gehe duschen.«

»Okay. Lass mir noch etwas heißes Wasser übrig.«

Er verschwindet im Bad, und ich esse meinen Kuchen auf, während ich dem Rauschen der Wasserleitung lausche und mir Will unter dem Wasserstrahl vorstelle. Ob er der Typ ist, der unter der Dusche genussvoll die Augen schließt oder sich eilig einseift, weil er keine Zeit verlieren will? Ich finde es ärgerlich, dass ich die Antwort nicht kenne. Und ich spüre, wie bei dem Gedanken, dass er nur ein paar Meter entfernt von mir völlig nackt ist, mein Puls rast. Ich habe ihn ohne Shirt gesehen, sein Körper ist so fest wie sein Gesichtsausdruck, wenn er sich verschließt, aber ich kann nicht aufhören daran zu denken, wie es wohl wäre, mit meinem Zeigefinger ganz langsam einen Pfad auf seine Haut zu zeichnen.

Wills Haar ist feucht, als er aus dem Bad kommt, und ich spüre ein Ziehen in meinem Bauch, das nach unten zwischen meine Beine rutscht. *Verlangen*, denke ich. *Das ist Lust.*
In meiner Verwirrung schnappe ich mir eine Jogginghose, die er mir überlässt, und es dauert keine fünf Minuten, bis ich geduscht und abgetrocknet wieder das Zimmer betrete. Nur das Licht auf dem Nachttisch ist an, und die Atmosphäre, vor allem, als wir schließlich im Bett liegen, ist zu intim.
Ich schiebe einen Arm unter das Kissen und schaue ihn an. Auch er wendet sich mir zu, und ich habe das Gefühl, als wären wir zwei Motten, die auf das Licht zufliegen.
»Ich möchte dich etwas fragen«, sagt Will nach ein paar Sekunden. »Du hast mir gesagt, dass meine Aura lila ist, und seitdem denke ich darüber nach.«
»Soll das ein Witz sein?«
»Nein. Ich habe herausgefunden, dass diese Farbe verschiedene Bedeutungen hat.«
»Welche zum Beispiel?«
Will bewegt sich ein wenig und legt sich bequemer hin.
»In der chinesischen Kunst beispielsweise steht die Farbe Violett für die Harmonie im Universum, weil sie eine Kombination aus Rot und Blau, also aus Yin und Yang, ist.«
»Aha.«
Will lächelt unsicher.
»Aber in Thailand oder Brasilien symbolisiert sie Trauer.«
»Wow.«
»Und in den östlichen Ländern ist es die Farbe von Reichtum und Luxus. Sie symbolisiert auch die Sexualität, das Geheimnisvolle oder das Exzentrische.« Er macht eine Pause und fügt dann hinzu: »Aber an anderen Orten wird es mit Traurigkeit assoziiert.«

»Wie vielseitig.«

Als ich weiter nichts mehr sage, seufzt Will, dreht sich um und schaltet die Lampe aus. Wir liegen im Dunkeln. Der Regen fällt unablässig, es klingt wie eine rhythmische Melodie, und er prasselt gegen das Fenster unseres Zimmers. Ich kann Wills Gesicht vage ausmachen, weil draußen eine Straßenlaterne brennt.

»Aber was symbolisiert es für dich, Grace?«

»Sensibilität und Melancholie«, flüstere ich schwach, denn für mich war das Gespräch eigentlich abgeschlossen. Ich betrachte in der Dunkelheit die Umrisse seiner trotzig hervorstehenden Nase und sein zerzaustes Haar. »Und auch ein bisschen Stolz. Und Magie.«

Wir schweigen. Ich habe einen Kloß im Hals, und mein Herz klopft schnell, als ob ich die Bedeutung dieses Augenblicks erahne, obwohl eigentlich nichts passiert, weil sich keiner von uns beiden auch nur einen Zentimeter bewegt. Aber das Bett scheint schmaler und wärmer zu werden, und plötzlich ist mir alles sehr bewusst: der angenehme Seifenduft, der von Will ausgeht, das Gewicht seines Körpers auf der Matratze, seine Augen, die wie schwelende Glut immer noch auf mich gerichtet sind.

»Und wenn ich dich bitten würde, das mit den Farben zu vergessen und mir zu sagen, was du in diesem Moment vor dir siehst? Ohne nachzudenken, rein instinktiv?«

Ich schlucke, denn ich höre etwas Verletzliches aus seiner Stimme heraus, als ob die Saite einer Geige zu reißen droht. Und mir wird klar, dass er, falls er befürchtet, ich könne ihn verurteilen, eine Handvoll Gründe in der Tasche hat.

»Ich denke, das Gedächtnis ist bidirektional.«

»Was meinst du damit?« Will atmet tief durch.

»Es rettet uns vor der Vergangenheit, aber es zeigt uns auch, was in der Zukunft geschehen wird. Das ist die primitivste

Funktion des Gedächtnisses. Wenn du dich schon einmal an einer heißen Bratpfanne verbrannt hast, kannst du vorhersagen, was passiert, wenn du noch einmal einer heißen Pfanne zu nahe kommst.«

»Und was sagt dir das über mich?«

»Du bist eine heiße Pfanne, Will.«

»Aha.«

»Ich sollte mich fernhalten.«

»Das sehe ich auch so.«

»Aber du ahnst, dass ich das nicht tun werde, denn es gibt eine Verbindung zwischen uns; wir wissen es beide, auch wenn du nichts deswegen unternehmen willst.«

Seine Stimme wird bedrohlich leise.

»Was soll ich deiner Meinung nach tun?«

»Ich weiß es nicht. Die Möglichkeiten sind endlos.«

»Grace ...«

Wie viele Zentimeter liegen zwischen seinen und meinen Lippen? Sieben? Vielleicht acht? Höchstens zehn. Ich kann sein kantiges Gesicht im Dunkeln erkennen. Ich kann die Wärme spüren, die sein Körper ausstrahlt. Ich kann seinen unregelmäßigen Atem hören. Und ich könnte den Geschmack seines Mundes erahnen, wenn ich ein klein wenig nach vorn rücken würde, um dieses Verlangen zu stillen, das zwischen uns knistert, auch wenn Will jede Sekunde darum zu kämpfen scheint, sich zurückzuhalten.

»Komm nicht näher«, bittet er.

»Warum?« Die Frage meines Lebens.

Für einen Moment glaube ich, dass er seinen Vorsatz vergessen und seine eigene Bitte nicht befolgen wird. Die Luft zwischen uns scheint sich zu verdichten, das Prasseln des Regens auf dem Dach nimmt an Intensität zu, und meine Lider fühlen sich schwer an; ich möchte meine Augen schließen und mich gehen lassen.

Aber seine Stimme zerstört den Moment:

»Denk an die heiße Bratpfanne.«

Die Worte sind wie ein Stoß, der mich zwingt zurückzuweichen. Ich ziehe die Bettdecke fest um mich und decke mich bis zum Hals zu. Dann drehe ich mich um. Und so endet die Geschichte. Ich schmiege mein Gesicht ins Kissen und versuche, all die Fantasien zu vergessen, die ständig im Zickzackkurs in meinem Kopf herumirren und mich daran erinnern, dass ich nicht geradeaus gehen kann.

Es vergehen einige Minuten. Und dann erstarre ich, als ich merke, dass Wills Finger langsam meinen Arm hinuntergleiten. Es ist eine sanfte, fast ätherische Berührung, die nur ein paar Sekunden dauert, und der Stoff des Sweatshirts ist zwischen uns, aber die Zartheit der Geste dringt weiter vor, und sie hinterlässt Spuren auf meiner Haut.

»Es ist nur zu deinem Besten«, flüstert er.

»Ich hasse es, wenn andere für mich entscheiden.«

Will seufzt, dann fügt er hinzu:

»Es ist auch zu meinem Besten.«

Das Geräusch des Regens umhüllt uns. Die Zeit scheint stehen zu bleiben, und ich frage mich, ob es möglich sein könnte, dass sich alles weiterbewegt, außer uns, die wir in diesem Raum gefangen sind. Ich kann nicht schlafen, und ich weiß, dass es ihm genauso geht, denn obwohl ich ihm den Rücken zuwende, spüre ich, wie er sich bewegt und dass sich der Rhythmus seines Atems nicht im Geringsten verändert hat. Das ist Folter. So nah. So weit weg. An diesem Ort gibt es keine Wand voller schöner kleiner Dinge, die die Löcher in der Seele verdecken. Es gibt nur eine unterdrückte Zärtlichkeit, Will und ich.

Es muss schon ziemlich spät sein, als ich sage:
»Erinnerst du dich daran, dass du mich heute Morgen gefragt hast, wohin ich gern reisen würde, und ich gesagt habe, dass ich es vorziehe, das zu ignorieren, was weit weg ist?«
»Ja.« Wills Stimme klingt heiser.
»Nun, ich habe dich angelogen. Ich habe mir oft vorgestellt, in Wien im Belvedere Museum vor Gustav Klimts Gemälde *Der Kuss* zu stehen, als ob der intime Moment, den dieses Bild umschließt, vor mehr als hundert Jahren für mich und nur für mich geschaffen worden wäre. Nenn es, wie du willst: ein übersteigertes Ego oder einfach eine sinnlose Fantasie.«

Und ich weiß nicht, vielleicht sind Worte manchmal nur Ballast, den wir auf schlammigem Boden vor uns herschieben, denn nachdem ich das gesagt habe, schlafe ich ein.

24

Die Risse in Lucy Peterson

Lucys Nase und ihre Augen waren gerötet, ihr blondes Haar war zu einem unordentlichen Dutt hochgesteckt, und sie zerknüllte ein Taschentuch in ihrer Hand. Als ich das Zimmer betrat und sie so sah, kam mir der Gedanke, dass die Ergebnisse ihres letzten Tests katastrophal ausgefallen waren oder sie es einfach satthatte, immer wieder ins Krankenhaus zu müssen und darauf zu warten, ob der Zufall für oder gegen sie entschied. Aber darum ging es nicht. Denn eigentlich war Lucy genauso menschlich und gewöhnlich wie alle anderen und sorgte sich um die gleichen banalen Dinge, und außerdem hatte sie zugelassen, dass ihr jemand das Herz brach.

»Es ist alles vorbei«, stammelte sie.

»Was?« Ich setzte mich neben sie.

»Egal, vergiss es«, murmelte sie.

»Nein, ich will es wissen. Ich mache mir Sorgen um dich.«

Als ich ihr über den Rücken streichelte, stieß sie die Luft aus und entleerte sich wie ein Luftballon. Das Taschentuch in ihrer Hand zerriss sie in kleine Fetzen, die wie Schneeflocken aufs Bett fielen.

»Er hat Schluss gemacht. Ich dachte, das mit uns wäre tiefgehend und besonders, aber ich war einfach nur dumm. Die Art von Liebe, von der immer die Rede ist, bei der zwei Menschen alle Schwierigkeiten überwinden können, die sich ihnen in den Weg stellen, gibt es nämlich gar nicht. Das ist jetzt alles ... bedeutungslos. Lass uns aufhören, Filme zu schauen, Grace. Es wäre sinnvoller, wenn wir diese Zeit in häkeln oder einen kreativen Kochkurs investieren würden.«

Wir Peterson-Schwestern hatten schon immer die Neigung, von den ausgetretenen Pfaden abzuweichen und uns an Weggabelungen zu verirren, also unterbrach ich sie mit den Worten:

»Ich weiß nicht einmal, von wem die Rede ist.«

»Sein Name ist Kevin. Ich habe ihn beim Online-Schachspielen kennengelernt, beim Chat während einer der Partien.« Sie zog die Nase hoch und schüttelte den Kopf: »Wir hatten sofort einen Draht zueinander und haben uns gleich über alle möglichen Dinge ausgetauscht. Wir haben uns ständig Nachrichten geschickt, vor allem nachts. Über mehrere Monate.«

»Das verstehe ich nicht. Warum hast du mir nicht gesagt, dass du einen Freund hast?«

Als sie daraufhin ihr Kinn reckte, sah ich etwas in ihrem Gesicht, das mich aus der Fassung brachte, eine aufgestaute Gereiztheit, ein tobendes Meer, eine verborgene Emotion.

»Grace, könntest du für einen Moment mit der Nabelschau aufhören und dich auf das konzentrieren, was wichtig ist? Ich weiß, es überrascht dich, dass ich dir nicht absolut alles erzähle, aber weißt du was, ich bin müde. Ich habe es satt, dass jedes Detail meines Lebens allen bekannt ist, bis hin zu dem Punkt, wie oft ich Stuhlgang hatte. Findest du es wirklich so überraschend, dass ich etwas schützen und nur für mich behalten will?«

Es war Lucy, die Lucy, die ich kannte, aber auch eine andere

Lucy, mit zerzaustem Haar, geschwollenen Augen und einer bebenden Unterlippe. Ich nehme an, wir alle haben zwei Gesichter, versteckte Sehnsüchte, Enttäuschungen, die wir für uns behalten. Kann man jemanden überhaupt durch und durch kennen? Ich glaube das nicht. Die Wunden, die wir haben, gehören uns allein, man kann andere daran teilhaben lassen, aber nur bis zu einer gewissen Grenze. Die Risse im Herzen haben genau die richtige Größe, dass nur derjenige hineinschlüpfen kann, der weiß, wie sie entstanden sind. Und Gefühle sind endlose Mäander.

»Ich verstehe«, versicherte ich Lucy.

Sie nahm ein weiteres Taschentuch und seufzte.

»Auf jeden Fall spielt das jetzt keine Rolle mehr.«

»Was ist passiert?«

»Wir haben uns über alles Mögliche unterhalten, aber ich habe ihm nichts von meiner Krankheit erzählt. Ich habe es weggelassen, weil ich sicher sein wollte, dass das, was zwischen uns ist, echt ist, und ich glaube …« Sie richtete den Blick auf einen unbestimmten Punkt. »Ich glaube, ich wollte einfach mal normal sein, einfach ein Mädchen, das einen Jungen kennenlernt. Aber nach einer Weile hatte ich das Gefühl, dass ich ihm meinen … Zustand erklären muss. Also hab ich es getan. Ich habe ihm von den Komplikationen in den letzten Jahren berichtet und davon, dass ich ständig im Krankenhaus bin …«

»Und?«, fragte ich, aber es tat mir schon im Herzen weh, bevor ich ihre Antwort hörte. In Gedanken schrie ich: *Nein, nein, nein, nein, du dummer Kevin, wer immer du auch bist, das kannst du meiner Schwester nicht antun! Bring es so schnell wie möglich in Ordnung!*

»Er hat mir nicht mehr geschrieben.«

25

Herzlichen Glückwunsch zum Geburtstag

Der Gedanke, dass man nicht erwachsen werden und nicht Geburtstag haben will, weil man dann vielleicht schon tot ist, hat etwas Makabres. Lucy wird immer vierundzwanzig sein. Ich bin heute dreiundzwanzig, und bald werde ich älter sein als meine große Schwester, und dieser Gedanke lässt mich nicht los. Wenn ich versuche, eine Bilanz meines Lebens zu ziehen und darüber nachzudenken, was ich in all der Zeit geleistet habe, fällt mir nur ein, dass ich Lucy einmal gerettet habe. Es ist erbärmlich, denn ich kann mich nicht einmal mehr an den glorreichen Moment erinnern, an die kleine Heldentat, die mein Leben, unser aller Leben, geprägt hat. Aber es gibt nichts anderes. Ich kann nichts anderes Nennenswertes in meinem Lebenslauf finden. Ich habe meine Tage nicht damit verbracht, in einem Tierheim zu arbeiten oder alten Damen beim Tragen ihrer Einkaufstaschen zu helfen. Ich habe weder einen Roboterarm aus Lego für Kinder mit Amputationen entwickelt, wie ich es neulich im Fernsehen bei einem jungen Mann gesehen habe, noch habe ich das versteckte Werk einer großartigen Künstlerin gefunden und der Öffentlichkeit zugänglich gemacht wie im Fall von Vivian Maier.

Ich habe immer noch nicht herausgefunden, was ich mit meinem Leben anfangen will, weshalb es mir ziemlich schwerfällt, etwas für andere zu tun.

Im Grunde genommen habe ich Angst vor dem Älterwerden, denn ich frage mich, ob ich irgendwann, wenn dieser Tag kommt, sagen kann: *Jetzt weiß ich, wer ich bin, ich habe es geschafft.*

Ist es möglich, fünfzig, sechzig, siebzig Jahre alt zu werden und immer noch die gleichen Zweifel zu haben wie in den Zwanzigern? Oder werden die Probleme vielleicht anders sein, noch komplexer und existenzieller, noch verdrehter und tiefgehender? Ich mache mir Sorgen, dass ich mich nicht so verhalten kann, wie es sich für eine Erwachsene gehört. Was bedeutet dieses Wort – *erwachsen* – überhaupt? Dass es einen bestimmten Moment im Leben gibt, in dem man völlig entschlossen sein, klare Ziele haben, große Entscheidungen treffen und immer gelassen sein muss?

Ich betrachte mich in meinem Zimmer im Spiegel und atme tief durch. Es ist sieben Uhr abends, und Will holt mich gleich ab. Seit unserem spontanen Ausflug letzte Woche, der mit angespanntem Schweigen zwischen ihm und mir beim Frühstück und auf der Heimfahrt endete, haben wir kaum noch miteinander gesprochen, aber gestern Abend habe ich eine Nachricht von ihm erhalten: *Das nächste Kästchen, dein Geburtstag. Halt dir die Zeit nach 19.00 Uhr frei, ich hole dich ab.*

Als ich aus dem Fenster schaue und das schwarze Auto vor der Tür entdecke, gehe ich nach unten und finde meine Eltern in der Küche vor. Es war ein seltsamer Tag. Wir sind zu dritt zum Mittagessen in mein Lieblingsrestaurant gegangen, und obwohl meine Mutter nicht viel gesagt hat, war es nicht so unangenehm, wie ich es mir vorgestellt hatte.

Jetzt macht Dad den Abwasch, während sie etwas im Kühlschrank sucht. Es wirkt fast wie eine normale Szene in einer normalen Familie an einem normalen Tag. Menschen mit einem gewöhnlichen Leben ahnen sicher nicht, wie beruhigend eine solche unerwartete Dosis Normalität sein kann.

»Ich bin dann weg«, verkünde ich.

»Wohin gehst du?« Mom schließt den Kühlschrank.

»Keine Ahnung, ich glaube, es ist eine Überraschung.«

»Triffst du dich mit Olivia?«

»Nein, mit einem Freund. Will.«

»Will? Das sagt mir gar nichts ...«

Es ist, als würde die echte Rosie sich langsam ihren Weg durch den Nebel bahnen. Ich frage mich, wann ich ihr von Lucys Spiel erzählen soll, ob sie schon bereit ist, es zu erfahren, oder ob meine Schwester, was das angeht, einen Plan hatte, von dem ich noch nichts weiß.

»Ich muss los, ich bin spät dran ...«

»Warte einen Moment, Grace. Ich möchte dir etwas geben.« Mom greift in ihre Tasche, die an einem der Küchenstühle hängt, und zieht ein kleines Kästchen heraus. Es ist viereckig und mit Samt überzogen. »Es ist nichts Großartiges, aber es hat mir gefallen, als ich es sah.«

Ich öffne das Kästchen und finde eine dünne Silberkette mit einem winzigen Schlüssel darin. Ich halte sie hoch und sehe zu, wie sie hin und her schwingt. Sie ist wunderschön.

»Danke, Mom. Sie ist zauberhaft.« Ich habe einen Kloß im Hals.

»Ich dachte, dass ... Nun ja, Schlüssel sind dazu da, etwas zu öffnen.« Es ist eine etwas verworrene Botschaft, aber ich glaube, ich weiß, was sie meint. »Komm, ich binde sie dir um.« Sie legt mir die Kette um, und der Schlüssel liegt auf meiner Haut direkt neben einem Muttermal. »Genieß den Abend.«

»Pass auf dich auf«, fügt Dad hinzu.
Ein wenig benommen verlasse ich das Haus.
Will lehnt mit verschränkten Armen am Auto. Sein Gesichtsausdruck verändert sich, als er mich sieht, und seine Mundwinkel – dieser unerreichbare Mund – heben sich langsam.
»Herzlichen Glückwunsch zum Geburtstag, Grace.«
»Danke schön.« Er öffnet die Autotür für mich. Dann setzt er sich ans Steuer. »Verrätst du mir, wohin wir fahren?«
»Nein.«
Er lächelt, ich lächle, und alles scheint so einfach zu sein wie immer. Von der Spannung an unserem letzten gemeinsamen Tag ist nichts mehr zu spüren. Als er an der Ausfahrt aus der Stadt an einer roten Ampel anhält, beugt er sich nach hinten und greift nach einem Brief. Er gibt ihn mir, bevor wir weiterfahren und die Stadt verlassen.

Alles Gute zum Geburtstag, kleine Grace!

Jaja, ich weiß, es ist kein Tag, auf den du dich besonders freust, und du stehst nicht wirklich darauf, bestimmte Daten richtig zu feiern, aber was soll's? Heute sind es dreiundzwanzig Jahre, dass du ein Teil dieser erstaunlichen und aufregenden Welt bist, und wenn du mal ein paar Sekunden innehältst und darüber nachdenkst, ist es gar nicht so schwer, dafür dankbar zu sein. Genieß also jede Stunde, Minute und Sekunde des Tages.
Ich werde dich um etwas bitten: Es ist kein Geheimnis, dass dein Kopf wie eine Waschmaschine ist, die ständig läuft. Und die schaltest du jetzt mal aus. Fertig? Ja? Hast du es geschafft? Gut. Und jetzt geh aus, hab Spaß und mach etwas Verrücktes, ohne darüber nachzudenken! Ich habe Will aufgetragen, dass er etwas

Spaßiges mit dir unternehmen soll, und ich hoffe, er erfüllt die Erwartungen!

In Liebe
Lucy

Ich falte den Brief zusammen und stecke ihn wieder in den Umschlag.

»Etwas Spaßiges also ...«

»Darum geht es. Das hoffe ich zumindest.«

Ich werfe einen Blick nach hinten: Auf dem Rücksitz liegt eine Plastiktüte, in der ein ziemlich großes rechteckiges Geschenk liegt. Wie verlockend.

»Ist das für mich?«, frage ich.

»Ja, aber ich gebe es dir erst am Ende des Tages.«

»Es ist doch schon zwanzig nach sieben«, sage ich. Der Tag ist also *fast* zu Ende.

Will lächelt und schüttelt den Kopf. Wir passieren Felder und ein paar kleine Städte, bevor wir eine mittelgroße Stadt erreichen, die uns mit einem Plakat begrüßt, auf dem steht: *Herzlich willkommen zur Kirmes.*

Kurz dahinter parkt Will den Wagen. Er nimmt die Tüte mit, lässt das Geschenk jedoch im Auto. Am Eingang bezahlen wir den Eintritt. Es gibt jede Menge kleine Stände, an denen handgefertigte Produkte wie Marmeladen und Honig verkauft werden. Und weiter hinten gehen an einigen Fahrgeschäften und einem Riesenrad in der Dämmerung gerade die Lichter an. Es sind ziemlich viele Leute da, aber dennoch hat der Ort seinen ländlichen Charme bewahrt und vermittelt gleichzeitig das Gefühl von Freiheit, das entsteht, wenn man die Monotonie durchbricht.

»Das ist großartig, Will!«, rufe ich enthusiastisch aus.

»Da bin ich aber froh, denn ich war mir nicht sicher.«

»Machst du Witze? Mir hat noch niemand jemals eine solche Geburtstagsüberraschung gemacht. Und ich liebe Kirmes. Ich weiß nicht, die Atmosphäre hat etwas Magisches an sich. Vielleicht liegt es daran, dass man sich hier so verhalten kann, als wäre man noch ein Kind.«

Sein Lächeln verursacht ein Kribbeln in meinem Bauch.

»Nun, dann kann ich mir nichts Besseres vorstellen, als ...« Er greift in die Tüte, die er aus dem Auto mitgenommen hat, und zeigt mir, was darin ist.

Es sind zwei Perücken. Die eine ist lila, gerade geschnitten und hat die gleiche Länge wie mein schulterlanges Haar. Die andere ist gelblich blond und etwas länger.

»Perücken? Ernsthaft?«

»Du hast gesagt, dass du sie magst, als du diese Liste erstellt hast ...?« Er kratzt sich unsicher am Kinn, was ich bezaubernd finde. »Aber wir müssen sie nicht tragen.«

»Wir? Wir beide? Wirklich? Das wird ja immer besser.«

Will verzieht seine Lippen zu einem Lächeln und seufzt, als ich ihm die blonde Perücke reiche. Dann ziehen wir die Perücken an, schauen uns an und lachen uns kaputt.

Er trägt eine schwarze Hose und ein gleichfarbiges, an den Schultern enges T-Shirt. Vielleicht ist deshalb der Kontrast zu dem leuchtenden Gelb umso auffälliger.

»Du siehst lächerlich aus. Absolut lächerlich.«

»Danke«, murmelt er. »Dir steht sie gut. Warte, hier sitzt sie nicht richtig.« Er beugt sich vor und fährt mit seinem Zeigefinger mein Ohr entlang, um eine Strähne, die zwischen dem violetten Haar hervorsieht, hochzuschieben. »So ist es besser.«

Wir schlendern über die labyrinthische Kirmes, ohne auf die

neugierigen Blicke einiger Leute zu achten. Dabei kommen wir an mehreren Buden vorbei, und Will zeigt auf eine typische Schießbude mit glänzenden Flaschen.

»Sollen wir es versuchen?«, fragt er.

»Ja, aber nicht dort. Ich hasse Schusswaffen.«

»Wo dann?«

»Da.« Ich weise auf eine andere Bude mit einem bunten Bogen, hinter dem kleine Luftballons an der Wand hängen. »Los, komm.«

»Pfeile sind aber auch Waffen«, sagt Will.

»Oh ja, jedes Jahr sterben so viele Menschen durch Dartpfeile ...«

Will folgt mir, und als wir vor dem Stand stehen, wirft uns der Mann, der ihn betreibt, einen langen Blick zu, wahrscheinlich wegen unseres freakigen Aussehens.

»Okay. Und worum spielen wir?«, fragt Will.

»Ich weiß es nicht. Einen Gedanken.«

»Einen Gedanken?«

»Ja.«

»Gut.«

Der Mann teilt die Pfeile aus, Will nimmt drei und überlässt mir die drei übrigen. Er wirft, trifft auf Anhieb und bringt einen roten Luftballon zum Platzen. Die beiden anderen Pfeile gehen daneben. Als ich an der Reihe bin, bitte ich ihn, zur Seite zu gehen, um mir Platz zu machen. Er lächelt arrogant. Ich würde ihm gern einen Ellbogenstoß in die Rippen verpassen, doch stattdessen werfe ich. Dreimal daneben.

Will zieht eine Augenbraue hoch.

»Noch mal?«

»Natürlich.«

Wir greifen nach unseren Dartpfeilen, und dieses Mal fange

ich an, aber wieder schaffe ich es nicht, einen Ballon zum Platzen zu bringen. Dann überlegt Will lange, bevor er wirft: Er trifft beim dritten Wurf. Als er fragt, ob ich noch einmal spielen möchte, nicke ich.

»Komm her, Grace.« Er legt eine Hand auf meine Schulter und zieht mich sanft zurück, ohne zu wissen, wie sehr mich jede seiner Berührungen elektrisiert. Dann sagt er flüsternd:

»Bei jedem Spiel auf der Kirmes gibt es einen Trick. Die Spitzen der Pfeile sind stumpf, aber einige sind stumpfer als andere, also wähle deine Pfeile mit Bedacht. Außerdem sind die Ballons nur leicht aufgeblasen, weshalb es so schwierig ist, sie zum Platzen zu bringen: Such nach Ballons, die stärker aufgeblasen sind. Manchmal wird auch der Schaft des Darts verändert, sodass sich der Schwerpunkt verlagert und …«

»Wir sollten ihn anzeigen.«

Will lächelt und senkt seine Stimme wieder.

»Kurz gesagt: Ziel so genau wie möglich, wirf fest genug und wähl die größten Ballons.«

»Okay«, sage ich seufzend.

Wir treten wieder an den Stand, und diesmal wähle ich die Pfeile aus und schaue mir die Spitzen an, obwohl ich keinen großen Unterschied erkennen kann. Ich nehme mir Zeit, um die am stärksten aufgeblasenen Ballons zu finden, und entscheide mich für zwei in der Mitte. Dann ziele ich genau und werfe den Pfeil. Nichts. Er streift den Ballon und prallt ab. Ich nehme den zweiten Pfeil und scheitere erneut.

»So ein Mist«, murmle ich.

Will beugt sich vor und flüstert mir ins Ohr:

»Du musst fester werfen.«

Ich verdrehe die Augen, aber ich behalte den Rat im Hinterkopf, während ich den letzten Pfeil werfe. Und, peng, ein blauer

Luftballon platzt, und Gummireste fallen zu Boden. Ich tanze um Will herum und schreie vor Aufregung. Er lacht.

»Darf ich dich daran erinnern, dass ich noch nicht geworfen habe.«

»Es ist mir egal! Völlig egal!«

Als ich mich beruhigt habe, stellt Will sich in Position. Mir fallen die Details auf, die typisch für ihn sind: wie er die Stirn runzelt, bevor er wirft, und sich auf die Unterlippe beißt; wie er einen Fuß vor den anderen setzt; wie er sich bewegt.

Und wie er bei allen drei Würfen das Ziel verfehlt.

Er sieht mich amüsiert an, nimmt seine Niederlage hin und ermutigt mich, eines der Stofftiere zu wählen. Ich nehme einen sehr hässlichen Hund, weil ich mir sicher bin, dass kein Kind, das bei Verstand ist, ihn mit nach Hause nehmen würde, und es tut mir leid, wenn ich daran denke, wie lange er sicher schon im Regal in dieser Kirmesbude steht. Wir passieren die typischen Stände: Greifautomaten, Dosenwerfen, Basketballkörbe und den Hau-den-Lukas-Stand.

Die Atmosphäre ist fantastisch.

Es riecht nach Essen und Zuckerwatte, die Lichter glitzern und funkeln um uns herum. Ich bleibe an mehreren lokalen Ständen stehen, an denen Pilze, Konserven und handgefertigter Schmuck verkauft werden.

Der Himmel ist voller Sterne, als wir uns entscheiden, etwas zu essen.

»Burger, Hot Dogs, Sandwiches ...?«

»Ich bin für Burger«, antworte ich.

»Das Geburtstagskind entscheidet.«

Wir stellen uns bei einer der Burger-Buden an und bestellen zwei Stück mit extra Käse und Gurken. Hinter einem Craft-Bier-Stand entdecken wir eine kleine Grünfläche und setzen uns dort auf den Boden. Ganz in der Nähe ist die Geisterbahn, und wir hören das Schreien und Lachen der Kinder.

»Komm schon, Grace, sag mir, woran du jetzt denkst.«

»Bist du sicher? Weil es nicht besonders interessant ist.«

»Ich gehe das Risiko ein, eine Minute zu verschwenden.«

Ich fasse mir ein Herz und atme tief durch, bevor ich sage:

»Ich habe mich gefragt, wie das perfekte Verbrechen aussehen könnte.«

»Was?«

»Na ja, ich hab die Geisterbahn gesehen ...«, ich zeige hinüber, »und gedacht: Wie wäre es wohl, wenn jemand ein Verbrechen begeht und die Leiche einfach zwischen den Puppen in der Geisterbahn versteckt? Ziemlich makaber. Und das hat mich zu der Frage gebracht: Gibt es so etwas wie das perfekte Verbrechen? Wie viele Menschen haben wohl im Laufe der Geschichte jemanden umgebracht und sind damit davongekommen? Wie ist es wohl, mit dieser Schuld zu leben und dazu noch Angst zu haben, entdeckt zu werden?«

Will schüttelt den Kopf und lächelt immer noch.

»Da vergeht einem ja der Appetit.«

»Ich habe gefragt, ob du dir sicher bist, dass du es hören willst!«

»Ich werde gründlich darüber nachdenken, bevor ich mich das nächste Mal äußere«, sagt er, beißt in seinen Burger und kaut nachdenklich. »Das perfekte Verbrechen findet auf hoher See statt, weit weg von der Küste. Die Fische fressen die Leiche, und das Wasser erledigt den Rest.«

»Nicht schlecht, Tucker.«

Anschließend kaufen wir Zuckerwatte und schlendern weiter herum. Schließlich bleiben wir vor einem Spiegel stehen, der das Spiegelbild in Wellen verzerrt und uns einlädt, das Kabinett zu betreten. Ich lege die Hände an meine Perücke.

»Ich fühle mich wie Scarlett Johansson in dem Film *Lost in Translation*.«

»War die Perücke nicht rosa?«

»Ja. Hast du ihn gesehen?«

Will lächelt und flüstert dann:

»Lass uns nie wieder hierherkommen. Es würde nie wieder so lustig werden.‹«

Ich spüre ein Ziehen im Bauch, bevor ich mit einem anderen Zitat aus dem Film antworte:

»Jeder möchte gefunden werden.‹«

Will blickt mich aufmerksam an, während ich ein Stück Zuckerwatte abreiße, es mir in den Mund stecke und es schmelzen lasse. Dann schaue ich zu den Lichtern hinüber, die sich ein Stück weit entfernt drehen und drehen.

»Sollen wir mit dem Riesenrad fahren?«

Will nickt. Er wirkt nachdenklich, als wir den Eintritt bezahlen und warten, bis wir an der Reihe sind. Wir setzen uns in eine Kabine, und ich beobachte, wie er die Verriegelung des Sicherheitsbügels noch einmal überprüft. Dann nimmt er seine Perücke ab, legt sie auf den Sitz und zerzaust sein dunkles Haar.

»Ich brauche eine Pause«, sagt er.

»Es hat mich echt überrascht, dass du mit Rapunzels Haar so lange durchgehalten hast.«

Das Riesenrad setzt sich in Bewegung, und wir fahren nach oben. Es ist nicht sehr hoch, und die Kabinen sind offen, sodass die frische Nachtluft meinen Kopf freimacht. Als wir ganz oben sind, wird mir für einen Moment bewusst, welches Glück ich habe, hier und jetzt am Leben zu sein. Beim Herunterfahren allerdings muss ich an den Tod denken. Ich nehme an, beides sind Teile eines Ganzen, sie brauchen sich gegenseitig, um zu existieren, obwohl sie Gegensätze sind.

»Ich glaube, ich werde es noch mal riskieren«, sagt Will leise. »Denn ich möchte unbedingt wissen, woran du jetzt denkst.«
»Es ist deine letzte Chance.«
»Ich weiß.«
Ich versuche zu lächeln, aber es gelingt mir nicht. Wir fahren langsam nach oben, während eine irritierende leise Melodie erklingt, und ich nehme die Weite um mich herum in mich auf, die Dächer der Stadt auf der einen Seite, die dunklen Felder auf der anderen, den Kirmesplatz unter uns, ohne zu wissen, was die anderen Besucher wohl fühlen mögen.
Ich wende mich Will zu.
»Es beunruhigt mich zu wissen, dass ich jemanden anschaue, der eines Tages sterben wird, und dass du das Gleiche tust. Wir wissen einfach nicht, wie und vor allem wann dies geschehen wird. Und der Gedanke macht mir Angst, dass, wenn wir mit einer Stoppuhr den Countdown messen würden und mein Leben zu Ende ginge, ich nicht wüsste, was ich mit diesen letzten Stunden anfangen oder mit wem ich sie verbringen sollte.«
Für einige Augenblicke hüllt uns die Stille ein, während wir uns unter dem Sternenhimmel im Kreis drehen.
»Wenn es ein Trost ist: Ich wüsste auch nicht, was ich tun sollte.«
»Das hilft mir. Trotzdem ist es unendlich traurig.«
»Ich weiß.«
»Die Menschen haben so viele Pläne ...« Ich beiße mir auf die Unterlippe und sehe Will an. Seine Augen bleiben auf mich und nur auf mich gerichtet, obwohl er von hier aus noch viel mehr sehen könnte. »Es gibt Menschen, die schon als Kind wissen, was sie später tun wollen. Mit dreißig Kinder kriegen, mit vierzig ein zweites Haus kaufen und mit fünfzig ... Na, du weißt schon, was ich meine. Und mir fällt es schon schwer, mich zu

entscheiden, was ich morgen essen möchte, wenn ich zwischen Fisch und Nudeln wählen müsste, denn ich weiß, dass Eiweiß gesünder ist, aber einen Teller Nudeln abzulehnen ... Was für ein Dilemma, verstehst du?«

Will sieht mich immer noch an. Er legt hinter mir einen Arm über das Geländer, zieht ihn aber sofort wieder zurück, als er die Intimität der Geste, die starke Verbundenheit zwischen uns bemerkt. Und durch die plötzliche Bewegung fällt die blonde Perücke herunter, wobei keiner von uns beiden darauf achtet. Unsere Blicke lösen sich nicht voneinander.

»Ich bin davon überzeugt, dass Menschen, für die alles so klar zu sein scheint, lügen. Glaub mir, ich weiß, wovon ich spreche.«

»Es ist ein bisschen zynisch.«

»Ja, das ist es wahrscheinlich.«

»Irgendwo habe ich gelesen, dass zynische Menschen ein Herz voller Kratzer haben«, sage ich leise.

Wills grüne Augen scheinen sich zu verdunkeln, und kurz, wirklich nur ganz kurz, denke ich, aus dem Moment könnte mehr werden. Aber es passiert nichts.

»Wo? In irgendeinem Ramschladen?«, spottet er.

»Du hast die Theorie gerade bestätigt.«

Er lächelt, und ich lächle zurück. Dann schweigen wir, während sich das Riesenrad weiterdreht. Und es ist perfekt. Ich möchte mich an dieses friedvolle Gefühl erinnern und daran, mit Will in Bewegung zu sein, während die Welt dort unten winzig und unbedeutend erscheint.

Wie alles im Leben hat auch diese Fahrt ein Ende, und wir steigen aus. Anschließend gehen wir noch eine Weile über das Kirmesgelände, bevor wir den Ausgang suchen. Wir gehen eine breite, dunkle Straße entlang. Lassen den Geruch von Essen, Popcorn und geröstetem Mais, die blinkenden bunten Lichter und den Ort, an dem man sich in seine Kindheit zurückversetzt fühlt, hinter uns.

Ich überhole Will und drehe mich rückwärtsgehend zu ihm um.

»Das war einer der besten Geburtstage meines Lebens. Die Perücken, das Glücksspiel, das Riesenrad ...« Ich schlucke, halte den Blick aber auf ihn gerichtet. »Warum hast du das gemacht?«

»Lucy hat mich gebeten, mir etwas Spaßiges für dich auszudenken.«

»Ja, aber es ist ... Das war perfekt, Will.«

Er seufzt. Sein Adamsapfel bewegt sich, als er schluckt.

»Du verdienst jemanden, der dich findet.«

»Und dieser Jemand könntest du sein?«

»Grace ...«

»Erinnerst du dich, was ich dir über das bidirektionale Gedächtnis, Erinnerungen und heiße Pfannen erzählt habe? Nun, ich habe mich schon oft verbrannt. Zu viele Male. Aber im Moment bist du der einzige Mensch, für den ich dieses Risiko noch mal eingehen würde.«

»Tu das nicht.«

»Warum?«

Wir sind stehen geblieben. Will antwortet nicht.

Wir sind uns so nah, dass die Spitzen meiner Schuhe seine berühren. Ich muss den Kopf heben, um ihm in die Augen sehen zu können, und ich warte, warte, warte. Ich weiß nicht, worauf. Vielleicht ist das der Fehler. Vielleicht sollte ich nicht auf die Dinge warten, die ich mir wünsche, sondern mich auf die Suche nach ihnen machen. Ich erinnere mich an die Worte aus Lucys Brief: *Mach etwas Verrücktes, ohne darüber nachzudenken.*

Will erstarrt, als ich meine Hand in seinen Nacken lege. Ich versenke meine Finger in seinem Haar. Langsam. Sehr langsam. Ich bemerke, wie sich sein Atemrhythmus ändert.

»Willst du nicht antworten?«

Er holt tief Luft.

»Du solltest nicht auf mich setzen.«

Ich ziehe meine Hand aus seinem Haar und lasse sie herunterhängen.

»Du schuldest mir einen Gedanken. Einen ehrlichen«, erinnere ich ihn, denn das will ich wenigstens noch mitnehmen, bevor wir ins Auto steigen und der Abend zu Ende geht.

Will denkt einige Sekunden nach, bevor er sagt:

»Ein Teil von mir will, dass du auf mich hörst, dass wir weitergehen und nach Hause fahren. Der andere will, dass du jeden einzelnen Grund ignorierst, warum du und ich keinen weiteren Schritt aufeinander zugehen sollten.«

Ich unterdrücke ein Lächeln und mache einen kleinen Schritt nach vorn. Will streckt seine Hand aus und streichelt meine Wange mit einer Zärtlichkeit, die mich überwältigt. Und er zieht seine Hand nicht zurück, sondern zeichnet mit der Spitze seines Zeigefingers die Kontur meiner Lippen nach und verweilt dort für ein paar elektrisierende Momente. Ob wohl schon einmal jemand versucht hat, die Chemie zwischen zwei Menschen zu messen, gibt es eine magische mathematische Formel, die das enthält und erklären kann, was ich fühle?

Dann, als unsere Münder aufeinandertreffen, höre ich endlich auf zu denken. Ich bin einfach hier, hier, in diesem Moment, mit seiner Hand in meinem Nacken und der anderen an meiner Wange; in der Art, wie ich mich auf die Zehenspitzen stelle, um ihn besser zu erreichen, in der Feuchtigkeit seiner Lippen, in diesem Kuss, der wie Zuckerwatte schmeckt, in dem Kribbeln in meinem Bauch, in dem Speichel, den Zähnen und der

Zunge; in der Art, wie sich all diese Dinge, die für jeden anderen nichts bedeuten, sich für mich anfühlen, spiegelt sich das Verlangen wider.

Will zu küssen, ist, als würde man einen Rock 'n' Roll-Song zum ersten Mal hören, bei dem alle Instrumente zu einer perfekten Melodie verschmelzen. Und wenn das Stück zu Ende ist, will man es immer und immer wieder hören, weil man sich jeden Akkord, jede Berührung der Haut, jedes Gitarrensolo, jeden Winkel seines Mundes einprägen will.

Ich weiß nicht, wie wir es machen, aber wir gehen küssend weiter.

Wir gelangen zum Auto. Will sucht in seinen Hosentaschen nach dem Schlüssel, während ich mit meinen Lippen seinen Hals hinunterfahre, lecke und beiße und spiele.

»Verdammt, Grace.« Er wendet sich meinem Mund zu, und wir verschmelzen in einem Kuss. Er versucht, sich zurückzuziehen, und sagt schließlich an meinem lächelnden Mund: »Ich kann den Schlüssel nicht finden.«

»Gut.«

»Gut.«

»Wir könnten für immer auf diesem Parkplatz bleiben.«

»Das ist eine gute Idee. Siehst du, wir wissen bereits, was wir mit unserem Leben anfangen wollen. Wir haben ein Ziel«, sagt er, bevor er mich hochhebt.

Ich schlinge meine Beine um seine Hüften. Er lehnt mich an die Karosserie des Wagens, und wir küssen uns erneut, bis meine Lippen sich taub anfühlen, meine Haut brennt und mein Herz so heftig pocht, dass ich nicht weiß, ob es noch lange durchhält.

»Obwohl, wenn wir den Schlüssel finden würden...«

»Was?«, ermutige ich ihn, weiterzureden.

»Wir würden einen öffentlichen Skandal vermeiden.«

»Stimmt.« Ich küsse ihn. »Warte mal ...« Ich greife in die Gesäßtasche seiner Hose und ziehe den glänzenden Schlüssel heraus. »Wie es aussieht, war er die ganze Zeit hier.«
»Deine Schuld. Du verwirrst mich.«
»Ich verwirre dich?«, frage ich lächelnd.
Will drückt auf den Knopf, um das Auto zu entriegeln, und das Licht geht an. Ich gleite an seinem festen Körper hinab, bis meine Füße den Boden berühren. Er setzt sich auf den Beifahrersitz und zieht mich zu sich auf seinen Schoß. Als er die Tür schließt, sind wir wieder im Dunkeln. Ich nehme die Perücke ab, denn so gut mir die Vorstellung auch gefällt, lilafarbenes Haar zu haben, muss ich im Moment mehr denn je ich selbst sein, ohne Verkleidungen.

Ich streichle sein Gesicht. Ich möchte mir jede Linie einprägen, die Sanftheit seiner Haut, den Bogen der Augenbrauen, alles an ihm. Er hält still und hat die Augen geschlossen. Es scheint fast so, als würde er sich den Liebkosungen ergeben. Für einen Moment denke ich an die Frau auf dem Gemälde von Klimt, wie sie sich der Umarmung ihres Geliebten hingibt. Ob das Liebe ist? Sich in den Armen eines anderen geborgen zu fühlen? Zu wissen, dass er dir das Herz brechen kann und trotzdem weiterzugehen, ohne zurückzuschauen? Und ist es möglich, dass dies ein Anfang ist, oder will ich es so sehr, dass ich bereit bin, meiner Fantasie freien Lauf zu lassen, um es zu glauben?

Alles, was ich sicher weiß, ist, dass ich einen Schlüssel in Wills Herz stecken und ihn drehen möchte, um es aufzuschließen.

Ich drücke meine Lippen auf seine und flüstere dann:

»Ich glaube, ich könnte mich in dich verlieben. Oder vielleicht ist es schon geschehen; ich weiß nicht, wann genau, es ist fast unmöglich, den genauen Zeitpunkt zu bestimmen.«

»Warum?« Er öffnet die Augen.

Er scheint über das, was ich gerade gesagt habe, weder überrascht noch irritiert zu sein. Auf seinem Gesicht liegt eine beunruhigende Gelassenheit, und er streichelt weiter meinen Rücken. Ich berühre mit meiner Nase sanft seine Wange.

»Weil du mich siehst.«

»Und was noch?«

»Ich verstehe nicht.«

»Was magst du an mir?«

»Das hier ...« Ich zeige mit der Hand auf seine Stirn und lege sie dann auf sein Herz. »Und das auch. Dich, Will.«

In seinem Blick liegt etwas Unheimliches.

»Was ist, wenn ich nicht die Person bin, in die du dich verliebt hast?«

»Wir alle haben unbequeme Kanten und dunkle Ecken. Niemand ist perfekt.«

Ich küsse ihn heftig. Ich will, dass er aufhört zu reden. Ich will nur ihn, ihn, ihn. Und diese Verbindung. Das, was wir geschaffen haben, wenn ich auch nicht weiß, wie, aber ich weiß, dass es existiert, denn ich kann es in meinem Inneren spüren, zwischen meinen Rippen, gut geschützt.

Will knurrt, und seine Hände gleiten nach unten in den Bund meiner Jeans, aber die Unruhe lässt ihn nicht los, und er zieht sich zurück.

»Warte. Warte.«

»Ich hasse es zu warten.«

»Aha. Aber ich kann nicht.«

Seine Abwehr erschüttert mich, und ich weiche zurück. Ich öffne die Autotür, aber Will ergreift meine Hand, bevor ich aussteigen kann.

»Gib mir wenigstens eine Chance.«

»Warum?« Ich sehe ihm in die Augen.

»Willst du meine Geschichte erfahren?«, fragt er, und ich greife nach dem kleinen Schlüssel, der an der Kette um meinen Hals hängt. Ich halte nicht inne und wäge die Risiken ab, die mit dem Öffnen von lange verschlossenen Türen verbunden sind.

»Okay. Dann sollte ich wohl damit beginnen, dir zu erzählen, wer ich sechzehn Stunden vor der Katastrophe war ...«

Die Geschichte von Will

26

Sechzehn Stunden vor der Katastrophe

In irgendeiner Ecke des Raumes klingelte unaufhörlich ein Handy. Ich drehte mich im Bett um und zog mir die Decke über den Kopf. Gleich darauf beschwerte sich jemand:
»Will, es ist kalt!«
»Hast du nicht noch eine Decke?«
»Nein.« Mit einem Ruck zog Tiffany die Decke zu sich herüber. »Und würdest du endlich an das verdammte Handy gehen oder es ausschalten? Es klingelt schon seit einer halben Stunde. Wer kann so hartnäckig sein?«
Es gelang mir, das Telefon zu finden, das am Boden in meinem Schuh steckte. Ich sah den Namen auf dem Display und schaltete das Handy ab.
»Es ist meine Freundin.«
»Armer Idiot.«
Tiffany stand auf. Sie schritt nackt, wie sie war, schamlos durch den Raum, öffnete eine Kommodenschublade und zog ein schwarzes Spitzenhöschen an, das gleich meine Aufmerksamkeit weckte. Ich setzte mich auf. Auch ich hatte nichts an. Ich schenkte ihr ein eindeutiges Lächeln, das meine Absichten verdeutlichte, und sie lachte und kam zum Bett zurück. Ich

steckte meinen Finger in den Gummizug ihres Slips, um ihn ihr auszuziehen.

»Zufällig habe ich heute Geburtstag«, murmelte ich, nachdem ich ihr das Höschen abgestreift hatte. »Und ich glaube, du wirst mein erstes Geschenk sein.«

»Und was ist das zweite?«

»Ich weiß nicht so recht.« Ich hob nachdenklich die Hand und streichelte ihre rechte Brust. »Was will man mehr, wenn man alles hat?«

»Du bist ein Idiot, William. Aber ein sehr gut aussehender Idiot.«

»Und einer, der weiß, wie er dich zum Schreien bringt.«

In diesem Moment schob ich meine Hand zwischen ihre Beine, und sie schloss die Augen und biss sich auf die Lippe. Ich legte mich auf sie und versank in ihr. Fest, hart, nass. Meine Beziehung zu Sex war schon immer so, so lustvoll wie kalt, so mechanisch wie effizient. Das Verlangen hat nichts mit dem emotionalen, sondern mit dem visuellen Reiz zu tun. Tiffanys wippende Brüste, ihre stöhnende Stimme in meinem Ohr, ihr schlanker Körper oder ihr vor Lust verzerrtes Gesicht. Das alles war mein Werk. Dieser verdrehte, lächerliche Gedanke erregte mich so sehr, dass ich mich schneller bewegte, woraufhin der Höhepunkt kam und ihre Nägel sich in meine Schultern gruben.

»Fuck«, murmelte ich, als ich mich zurückzog und auf die Seite rollte.

»Ja, ich gebe zu, das kannst du sehr gut«, neckte sie mich und vergrub ihre Finger in meinem Haar. »Möchtest du mit mir frühstücken?«

»Machst du Witze? Ich habe zu tun. Wie viel Uhr ist es?« Als ich auf die Zeitanzeige meines Handys schaute, sah ich, dass ein weiterer Anruf von meiner Freundin eingegangen war. Ihr Name stand ganz oben auf dem Display: *Lena*. Vier Buchstaben, die mir ein leichtes Kribbeln verursachten, das ich sofort verdrängte.

Ich stand auf und sah mich in der Nähe des Bettes nach meiner Kleidung um. Eine Socke hier, das T-Shirt dort. Als ich angezogen war, ging ich zu Tiffany hinüber, die immer noch mit ihrem BH beschäftigt war. Ich half ihr und schloss ihn mit einem leisen Klicken. Sie drehte sich um und lächelte mich an. Ein gefälliges, süßes Lächeln, das mir nicht schmeichelte, sondern mich ärgerte, weil es zeigte, dass die Herausforderung, der Spaß an der Sache, vorbei war.

»Sehen wir uns bald wieder?«

»Ich weiß es nicht. Mal schauen.«

Dieses vage, unpersönliche »Mal schauen« war meine Art, von Bord zu gehen, wenn die Seefahrt mich nicht mehr interessierte. Und genau das tat ich, als ich Tiffanys Wohnung verließ und in das rote Cabrio stieg, das ich zwei Monate zuvor gekauft hatte, um zu feiern, dass ich von einem bedeutenden Unternehmen eingestellt worden war, nachdem ich ein unerbittliches Auswahlverfahren durchlaufen hatte. Ich hatte einen dunklen Audi zu Hause in der Garage stehen, der dort verstaubte, ein Geschenk zu meinem einundzwanzigsten Geburtstag, aber irgendetwas an diesem Auto gab mir ein ungutes Gefühl: zu ernst, zu klassisch, zu billig.

Das Elternhaus, das mich zu dem Menschen gemacht hatte, der ich in diesem Moment war, tauchte vor mir auf, als ich um die letzte Ecke bog. Da stand es, das Haus mit dem schrägen Dach, an dessen rötlicher Backsteinfassade eine Kletterpflanze emporrankte, und dem perfekten Garten, der in jedem Einrichtungsmagazin abgebildet sein könnte.

Ich fand meine Eltern in der geräumigen schiefergrauen Küche vor. Mein Vater saß am Tisch und las Zeitung, obwohl es eine dumme Angewohnheit war und ich ihm bereits mehrfach erklärt hatte, dass er alle Nachrichten ganz einfach im Internet finden könne. Meine Mutter stand am Herd, schaute mich über die Schulter an und lächelte.

»Guten Morgen, mein Schatz, alles Gute zum Geburtstag! Wie schnell die Zeit vergeht!«, sagte sie mit singender Stimme. »Du hast uns gar nicht gesagt, dass du auswärts schlafen würdest.«

»Hat sich so ergeben«, antwortete ich.

»Bist du mit Josh und den Jungs ausgegangen? Ich hoffe, ihr habt euch gut amüsiert. Übrigens, ich habe dir dein Lieblingsfrühstück gemacht: Pfannkuchen mit Honig und Himbeeren.«

Meine Mutter stellte den Teller auf den Tisch. Sie hatte die Himbeeren so angeordnet, dass sie wie zwei Augen auf den runden Pfannkuchen aussahen, und der Honig bildete die Form eines Lächelns, genau wie sie es für mich als Kind gemacht hatte.

Ich seufzte und schob den Teller beiseite.

»Danke, aber ich bin nicht hungrig.«

»Nicht einmal ein kleines bisschen?«, insistierte meine Mutter. »Liegt es an dem Sportprogramm, das du dir gerade zumutest? Ich bin sicher, dass es in Ordnung ist, sich zum Geburtstag etwas zu gönnen. Außerdem kann man sich nicht ewig von Reis und Huhn ernähren.« Sie wischte sich die Hände an ihrer verblichenen alten Schürze ab.

Eines der Dinge, die mich am meisten an meiner Mutter störte, war, dass sie trotz des vollen Bankkontos so lebte, als käme sie im Alltag kaum über die Runden. Wenn die Putzfrau da war, erledigte sie die Arbeit mit ihr zusammen, weil es sie *eine Weile gut beschäftigte*, und sie kochte weiterhin jeden Tag. Seit wir hier wohnten, hatte sie keinen Draht zu den Nachbarinnen gefunden, die mit Stöckelschuhen in den Supermarkt gingen und sich jeden Freitag zur Maniküre trafen.

»Ich habe einfach keinen Appetit darauf.«

»In Ordnung.« Sie nahm den Teller mit den Pfannkuchen und sagte fast zu sich selbst: »Ich hebe sie für dich auf, wenn du sie zwischendurch essen willst.«

Mein Vater warf die Zeitung zur Seite und sah mich finster an.

»Du könntest aufmerksamer zu deiner Mutter sein. Sie ist heute schon ganz früh einkaufen gegangen, um diese Himbeeren zu besorgen.«

Ich verdrehte die Augen und gähnte. Dann verkündete ich, dass ich mich ausruhen müsse, und ging nach oben in mein altes Zimmer, das mir in meiner einsamen Kindheit als Zufluchtsort gedient hatte und dann Zeuge wurde, wie ich heranwuchs und meine Flügel ausbreitete, Raum beanspruchte, mich formte, mich meiner Umgebung anpasste und zu einer Art von Mensch wurde, wie ich es mir nie vorgestellt hätte.

Das Zimmer war geräumig, und die Wände waren mintgrün gestrichen. Die obersten Regale füllten Auszeichnungen, fast alle von Sprint- und Staffelläufen, aber es gab auch einige Pokale aus der Football-Kreisliga. Das Bett mit der beigefarbenen Tagesdecke war groß, und unter dem Fenster stand der Schreibtisch aus dunklem Holz. Ich ging hinüber und blickte nach draußen. Es war eine ganz simple Handlung, aber sie fühlte sich nostalgisch an, weil ich sie als Kind unzählige Male ausgeführt hatte: aus dem Fenster sehen, um im Haus gegenüber nach Josh Ausschau zu halten.

Ich ließ mich aufs Bett fallen und schloss die Augen. In der vergangenen Nacht hatte ich nur drei oder vier Stunden geschlafen, sodass ich nun sofort einnickte.

Als ich aufwachte, zeigte die Uhr sieben Uhr abends an. Das rosafarbene Licht der Dämmerung erhellte den Raum. Ich griff nach meinem Handy und sah, dass ich Dutzende von Nachrichten erhalten hatte: Glückwünsche von Freunden aus der Schule und von der Uni, von meiner Tante und meinem Onkel, von Josh und Lena.

Ich rief sie an, während ich saubere Kleidung und ein Handtuch aus dem Schrank nahm, um zu duschen.

»Will? William?«

»Höchstpersönlich«, sagte ich.

»Wo warst du? Ich habe dich den ganzen Tag angerufen! Ich habe mir solche Sorgen um dich gemacht und hatte Angst, dass dir etwas Schlimmes zugestoßen ist und …«

»Beruhige dich, mein Schatz.«

»Was war los?«

»Nichts. Ich habe die Nacht mit den Jungs verbracht und fast den ganzen Tag geschlafen. Ich hatte Kopfschmerzen.« Wenigstens das war nicht gelogen. »Alles in Ordnung bei dir?«

Sie brauchte einen Moment, um ihre Wut zu verdrängen.

»Wie üblich. Mein Vater war diese Woche kaum zu Hause, er musste irgendwas im Senat regeln. Und meine Mutter treibt mich wegen der Hochzeit in den Wahnsinn.«

»Was hat sie jetzt wieder getan?«

»Frag lieber, was sie nicht getan hat. Sie hat zum dritten Mal das Menü geändert und quält die Floristinnen.«

»Wenn ich nächste Woche nach New York zurückkehre, werde ich dafür sorgen, dass alles reibungslos läuft. Schließlich ist es ja unsere Hochzeit.«

»Das wollte ich hören.« Lena seufzte.

»Ich muss jetzt Schluss machen, Schatz.«

»Ich hab mir schon gedacht, dass du etwas vorhast.«

»Nichts Besonderes, hoffe ich zumindest. Nur ein paar Bierchen und das war's.«

»Natürlich. Übrigens ...« Sie hielt inne, und dann klang ihre Stimme süß und zärtlich, voller Liebe und Hingabe: »Alles Gute zum Geburtstag, Will.«

Ein Schauder durchlief mich, als ich das Gespräch beendete und das Handy auf den Nachttisch legte. Ein paar Sekunden lang starrte ich auf die Spitze einer roten Socke, die aus der Ritze der obersten Schublade hervorschaute. Obwohl erst ein paar Stunden vergangen waren, seit ich Tiffanys Körper gestreichelt hatte, fühlte es sich an, als wäre es schon ewig her, Jahre vielleicht. Auf dem Weg zur Dusche versprach ich mir selbst, dass ich aufhören würde, mich wie ein Idiot zu benehmen, sobald ich zum Altar geschritten war, als ob das Unterschreiben dieses Dokuments ein Vorher und Nachher symbolisierte. Von da an würde es keine One-Night-Stands und kein Fremdflirten mehr geben. Ich würde eine bessere Version von mir selbst sein. Ich würde es schaffen, jawohl. Es war nicht das erste Mal, dass ich mir etwas Derartiges vornahm.

Ich ging mit noch feuchtem Haar die Treppe hinunter.

In Nebraska war es im Sommer sehr heiß und im Winter sehr kalt. Orte wie dieser wirkten auf mich ein wenig simpel, als ob alles zu offensichtlich wäre. Manchmal hatte ich das Gefühl, dass die Menschen hier alle gleich waren, kleine Pfützen mit stehendem Wasser, die nicht wussten, dass es da draußen Flüsse und Seen, riesige Ozeane gab.

»Gehst du schon?« Meine Mutter fing mich ab, als ich aus der Küche kam.

»Ja. Ich weiß nicht, wann ich zurückkomme.«

»Gut.« Sie trat zu mir und streichelte mir sanft über die Wange. Und in dieser Geste lag etwas ... etwas Verwirrendes.

»Dein Vater ist im Garten. Heute Abend soll es Perseiden geben. Willst du ihm nicht eine Weile Gesellschaft leisten?«

»Tut mir leid, ich bin spät dran.«

»Okay. Pass auf dich auf.«

Ich ging, ohne zurückzuschauen. In den Sommerferien ein paar Wochen zu Hause zu verbringen, war gleichzeitig erfrischend und bedrückend. An die Freiheit in der Großstadt gewöhnt, fühlte ich mich bei der Rückkehr in mein Elternhaus wie in einer Zwangsjacke; es war mir unangenehm zu erklären, wann ich kam und ging. Aber es fühlte sich auch so an, als würde man in einer Zeitmaschine reisen und eine statische Welt betrachten, in der alles noch intakt war, wie ein Regal voller kleiner Glasfiguren. Es beruhigte mich zu denken: *Alles andere mag eines Tages vor die Hunde gehen, aber hier, an diesem versteckten Ort, werde ich immer der berühmte, unvergleichliche, allseits beliebte Will Tucker bleiben.*

Ich war mit Josh und Darren im La Perla verabredet.

Es war eines der exklusivsten Restaurants in Lincoln, bekannt für den frischen Fisch, der täglich geliefert wurde, und für den in der Mitte jedes Steintisches eingelassenen Grill. Man konnte wählen, ob man das Essen selbst wenden und vom Grill nehmen wollte, wenn es fertig war, oder den Kellner bitten, es zu tun. Dazu gab es einen französischen Weißwein, von dem ich mich jedes Mal verführen ließ. Bei meinem letzten Aufenthalt in Nevada hatte ich tatsächlich mehrere Flaschen gekauft, um sie mit nach New York zu nehmen, weil ich ihn ironischerweise in der riesigen Stadt nicht auftreiben konnte.

Sie saßen an dem Tisch hinten im Raum, den wir immer wählten.

»Da kommt ja das Geburtstagskind!«, rief Darren.

»Warte, mal sehen, dreh dich um.« Josh runzelte wie üblich

übertrieben die Stirn. »Ja, Mensch, du wirst älter. Hast du aufgehört, dich zu rasieren?«

Ich lächelte und strich mir übers Kinn. Der Bart, kaum zwei Tage alt, kitzelte. Ich zog meine Jacke aus und setzte mich auf den freien Stuhl.

»Weiß deine Freundin, dass du der Rasierklinge den Krieg erklärt hast?«

»Darren, ich vermute, dass dies von allen Dingen, die seine Freundin nicht weiß, die unwichtigste ist«, meinte Josh lachend und blickte auf die Speisekarte. »Sollen wir das Gleiche bestellen wie beim letzten Mal? Das war doch nicht schlecht.«

Eine freundliche Kellnerin mit kastanienbraunem Haar nahm unsere Bestellung entgegen. In meinem Kopf pochte es immer noch unaufhörlich, und der Lärm im Restaurant, die Stimmen und das Lachen und die starken Gerüche von gebratenem Essen schienen den Druck noch zu verstärken. Ich massierte träge meine Schläfen.

»Du bist also verlobt. Das habe ich zumindest gehört.«

Es war Darren, der dies sagte. Wir sind zusammen auf die Highschool gegangen, hatten im selben Footballteam gespielt, und er gehörte zu meinem Freundeskreis, aber an dem Tag, als ich beschlossen hatte, dass es das Beste war, Lena zu heiraten – das Vernünftigste, Logischste, Praktischste –, hatte ich die Neuigkeit nur meinen Eltern und Josh erzählt. Alle anderen Menschen in meinem Umfeld erfuhren es nach und nach über Umwege, ohne dass ich mir die Mühe machen musste, es offiziell mitzuteilen.

»Ja«, antwortete ich.

»Weil ihr Vater im Senat sitzt, oder hast du den Verstand verloren? Wie kann man sich denn freiwillig in so einen Schlamassel …«

»Will steht auf feste Pläne«, erklärte Josh, der mit seinem Messer spielte. »Solange es immer noch einen Ausweg gibt.«

Ich verdrehte die Augen. In diesem Moment wurde mir klar, dass ich wusste, wie der Abend ablaufen würde: Sie würden sich während des Essens über die ganze Hochzeitssache, die Verlobung und so weiter lustig machen, und ich würde mein Bestes geben und so tun, als ob mich das alles langweilte, sodass ich mehr trank als sonst und in kürzester Zeit die Flasche leerte.

All das trat Punkt für Punkt ein.

»Und dann kommt der Nachwuchs?« Darren lachte.

»Darf ich eine Vorhersage wagen?« Josh hob, um Ruhe bittend, theatralisch die Hand. »Zwillinge. Stellt euch das vor.«

Ich drehte den Holzspieß um, an dem mein Fisch gegrillt wurde. Die schillernden Schuppen hatten sich in ein trauriges, aschfahles Grau verwandelt.

»Du wirst die Sonntage im Country Club verbringen.«

»Wenn er es nicht schon tut«, sagte Josh.

»Das werde ich euch nicht verraten«, entgegnete ich amüsiert.

Josh seufzte und nahm sein Essen vom Grill. Er mochte kurz Angebratenes und machte sich manchmal über meine Angewohnheit lustig, alles gut durchzugrillen. »An deinem Gaumen merkt man, woher du kommst«, sagte er dann boshaft.

Josh nur als meinen besten Freund zu bezeichnen, klang für mich zu banal, wenn man bedachte, welch bedeutende Rolle er in meinem Leben gespielt hatte. Josh war der Wendepunkt in der Mitte einer Straße, die Tausende von Kilometern lang war. Josh war der Anfang und das Ende einer Etappe. Josh war die Linie, die meine Existenz in zwei Teile teilte.

Ich hatte mich jeden Tag bemüht, so zu sein wie er. Und als es mir dann gelang, nicht nur das zu erreichen, sondern sogar eine bessere Version von ihm zu werden, bewahrte ich die Freundschaft. Aber diese mir innewohnende Loyalität vernebelte mir nicht die Sinne. Ich hatte schon vor längerer Zeit gemerkt, dass sich unsere Welten auseinanderentwickelt hatten. (Er war zu Hause geblieben und arbeitete im familiären Exportunternehmen, nachdem er einige Jahre zuvor wegen einer Verletzung das Footballteam am College verlassen musste, und ich lebte in einer New Yorker Blase, in der ich mit interessanten Menschen zusammenkam, und hatte eine brillante Zukunft vor mir.) Wenn ich ihn stets die gleichen alten Anekdoten erzählen hörte oder über ein Thema sprach, von dem er keine Ahnung hatte, wie etwa die letzte Kunstausstellung, die ich besucht hatte, empfand ich eine seltsame Befriedigung, weil ich seine Frustration spürte, und gleichzeitig ein Unbehagen, ihn zurückzulassen.

»Wirst du dank deines Schwiegervaters in die Politik gehen?«

»Nein, ich bin nicht interessiert.« Ich sah zu Darren auf.

»Willst du dich immer noch auf Sportrecht spezialisieren?«

Ja, ich hatte die Absicht, ein sehr, sehr reicher Agent zu werden.

»Das ist der Plan«, antwortete ich, während ich mein Essen vom Grill nahm.

»Will Tucker: der Mann mit den festen Plänen«, scherzte Josh.

Ich bestellte schnell eine zweite Flasche Wein. Als wir nach dem Essen nach draußen gingen, spürte ich den sanften Spätsommerwind auf meinem Gesicht. Ich folgte meinen Freunden die Straße hinunter zum Parkplatz und dachte, dass das Leben der perfekten Geometrie der Natur glich, die genialer war als der beste Architekt.

»Und wohin jetzt?«, fragte Darren.

»Am Kiefernwald ist sicher einiges los«, sagte Josh und zeigte auf mein Auto, das im Mondlicht glänzte. »Würdest du mir die Ehre erweisen? Meinen holen wir dann später ab.«

Josh setzte sich auf den Beifahrersitz, und Darren auf dem Rücksitz begann, sich einen Joint zu drehen. Nachdem ich den Motor angemacht hatte, wandte ich mich zu ihm um und sah ihn an.

»Komm bloß nicht auf den Gedanken, den hier drin anzumachen.«

»Wo ist unser Freund, und was hat New York mit ihm gemacht?« Josh schnalzte mit der Zunge, und es gab eine kleine Pause, als ob er erwartete, dass ich mitspielte, was ich aber nicht tat. Sommer für Sommer hatten sich diese Witze wiederholt.

»Darren, sei bloß nicht zu sparsam. Und lass mich mal ziehen, mal sehen, ob wir den Abend nicht ein wenig aufpeppen können.«

Ich hörte das Klicken eines Feuerzeugs und trat auf die Bremse.

»Oh Mann, Will!«, protestierte Josh.

Ich blickte in den Rückspiegel und sagte:

»Darren, wenn du rauchen willst, steig aus dem Auto aus.«

»Hey, ganz ruhig, Mann. Das war doch nur ein Scherz.«

Ich atmete tief durch, gab Gas und fuhr auf die Landstraße. Die Atmosphäre war deutlich angespannt, sodass ich mich während der Fahrt zwang, am Gespräch teilzunehmen (irgendetwas über das Gras, das sie gekauft hatten), und den einen oder anderen Witz machte. Das war nicht schwer. Ich musste nur das sagen, was sie von mir hören wollten, und an den Stellen lachen, wo sie es erwarteten. Ich hatte die Kunst der Verkleidung mein ganzes Leben lang perfektioniert, und die Maske, die ich eines Tages den anderen gegenüber zu tragen beschloss, saß mittlerweile so fest, dass sie nicht mehr aus Stoff oder Pappe bestand, sondern ein Teil meiner Haut geworden war.

Als wir am Kiefernwald ankamen, war schon einiges los. Die

meisten waren Freunde von uns, die noch in der Gegend wohnten, aber es gab auch einige, die wie ich in den Sommerferien zurückkehrten. Und Jenna, die ihr langes blondes Haar zu einem Pferdeschwanz gebunden hatte und ein winziges Kleid trug, das ihre Figur betonte. Sie stellte sich auf die Zehenspitzen und gab mir einen langen Kuss auf die Wange. Wir waren in den letzten Jahren der Highschool ein Paar gewesen.

»Die Flaschen sind dort drüben«, meinte Ash.

Darren machte ein paar Drinks und reichte mir ein Glas. Ich kippte den Inhalt gleich herunter. Die Leute sprachen laut, zu laut. Ich trank weiter. Dann begannen zwei meiner Kameraden zu wetten, nachdem sie beschlossen hatten, dass es Zeit für ein Autorennen unterhalb des Kiefernwalds war, auf einer geraden, nachts kaum befahrenen Straße. In einiger Entfernung wurden Pfiffe ausgestoßen, und die ersten Motoren heulten auf.

Irgendwann in den frühen Morgenstunden legte sich Josh auf einen der Holztische, an denen tagsüber begeisterte Touristen picknickten. Ich trank noch etwas mehr, ich weiß nicht, ob es mein drittes oder viertes Glas war. Dann legte ich mich neben ihn. Der Himmel war voller Sterne, so viele, dass sie sich gegenseitig wegzuschubsen schienen, und aus irgendeinem Grund musste ich an meinen Vater denken, der zu Hause im Garten saß und nach oben sah, um nach den Perseiden Ausschau zu halten, und seine Einsamkeit kroch in mich hinein wie ein fleischiger, sich windender Wurm.

»Will ... William ... der perfekte Will«, säuselte Josh amüsiert.

»Du bist voll wie eine Haubitze.« Mein Brustkorb vibrierte beim Lachen, und es war ein leichtes, wunderbares Gefühl.

»Entschuldige wegen vorhin.«

»Wegen vorhin? Was denn?«

»Nichts. Vergiss es«, sagte ich.

Wir waren uns beide der Spannung bewusst, die manchmal zwischen uns zu pulsieren schien, vor allem in den letzten Jahren, aber ich mochte es, so zu tun, als gäbe es sie nicht, denn im Grunde ging es im Leben genau darum: zu tun, als ob alles bis zum Tod so bliebe.

Wenn man dies lang genug tat, wurde es irgendwann real.

»Noah hängt alle ab«, sagte Ash aufgeregt.

»Das liegt daran, dass er noch nicht gegen uns angetreten ist.« Josh richtete sich auf und rüttelte mich an der Schulter. »Was sagst du, Will? Genau wie in alten Zeiten. Du und ich, Seite an Seite. Komm schon, steh auf.«

»Ich bin betrunken.«

»Will, da geht's doch nur geradeaus. Du konzentrierst dich aufs Beschleunigen, ohne das Lenkrad zu bewegen.« Er legte einen Arm um meine Schultern, als wir zur Straße hinuntergingen. »Erinnerst du dich an die erste Überlebensregel? Lass niemanden auch nur einen Fuß auf dein Grundstück setzen, ansonsten bist du verloren. Wir werden Noah zeigen, wer wir sind.«

Joshs Regeln, ja. Ich hatte seit Jahren nicht mehr an sie gedacht, nicht mehr, seit wir die Highschool verlassen hatten, aber ich kannte sie immer noch auswendig, als wären sie in meinem Kopf eingebrannt.

Zeig niemals deine Gefühle, kontrollier deine Impulse, wenn jemand dich schlägt, schlag härter zurück, schwach sein ist erbärmlich, verhalt dich immer wie ein Anführer.

Es war das Adrenalin, das wie eine heiße, brennbare Flüssigkeit durch mich hindurchrauschte. Es war wie eine Glühbirne, die in meinem Kopf anging und die Dunkelheit vertrieb. Es ging um mich, nur um mich. Keine andere Droge macht so süchtig wie das explosive Gefühl, dass alles möglich ist, dass man die Welt in den Händen hält, die auf einmal weich und formbar ist wie Knetmasse für Kinder. Und mir gehört. Vor allem mir. Daran habe ich gedacht, als ich ins Auto gestiegen bin.

Jenna und ein anderes, jüngeres Mädchen standen mitten auf der Straße und alberten herum, wippten mit den Hüften und tranken aus Bierflaschen. Als Noah dann grünes Licht gab, hoben sie die Arme und zählten bis drei, bevor der Startschuss erklang. Ich reagierte ein paar Sekunden zu spät.

»Scheiße, Will, gib Gas!«, rief Josh aus.

Ich trat mit aller Kraft aufs Pedal. Noahs Auto hatte keine Chance gegen meines, und so ließ ich ihn nach wenigen Augenblicken hinter mir. Joshs schroffes Lachen drang mir ins Gehirn und steckte mich an. *Ja, ja, ja. Der berühmte, unvergleichliche, überall beliebte Will Tucker, der alle daran erinnert, wer er immer noch ist.*

»Verdammtes Arschloch«, murmelte Josh, während er sich umdrehte, um den Anblick von Noahs Auto zu genießen, das in der Dunkelheit der Nacht immer kleiner wurde. »Sieh ihn dir an, Will.«

Ich schaute kurz in den Rückspiegel, nur eine Sekunde, und als ich wieder auf die Straße blickte, sah ich mich frontal zwei Scheinwerfern gegenüber. Ich riss das Lenkrad herum. Eine heftige, unkontrollierte Reaktion. Ich merkte, dass wir von der Straße abgekommen waren, als das Auto über den steinigen Boden raste, und dann gab es einen kurzen, heftigen Aufprall.

Ich spürte keinen Schmerz. Es war, als würde ich plötzlich schweben, und alles war in ein zartes Schneeweiß gehüllt. Es schneite und schneite in meinem Kopf. Und ich dachte: wie faszinierend Schnee ist.

27

Freier Fall

Ich falle.
Ich falle, ich falle, ich falle.
Ich stand am Rand eines Abgrunds, und plötzlich ist mir nur noch schwindelig und schlecht, und alles um mich herum ist nur noch weiß.
Was ist das für ein Ort?
Vielleicht eine Wiese voller Schnee.
Die Sahneschicht auf einer Torte.
Oder das Eiweiß eines Spiegeleis.
Ich möchte mich übergeben, aber ich kann nicht.
Da ist etwas in meinem Bauch, ein verwundetes Tier, das sich in mir windet und seine Klauen in mich bohrt, das meine Haut zerreißt, sich dreht und dreht, seine Zähne in mich schlägt und unaufhörlich heult.
Es tut weh.

»Wer ist es?«, fragte eine sanfte Stimme.
»Nicht jetzt, er ist schwach. Er braucht Ruhe.«

In meinem Kopf ist eine Uhr, die nicht aufhört zu ticken.
Tick tack, tick tack. Den ganzen Tag über. Die ganze Nacht.
Ich rutsche einen geraden, unendlichen weißen Weg hinunter. Es gibt nichts, woran man sich festhalten kann, es ist unmöglich, den Fall aufzuhalten. Ein Fluss aus Milch? Ein Stollen in einer Kalkmine?

Ich warte und warte. Tick tack. Tick tack.
Ich möchte die Uhr öffnen.
Ich möchte sie öffnen. Das Fahrwerk des Zugs zerstören, Rad für Rad. Den Oszillator zerstören. Den Motor zerstören. Und ihn dann wieder zusammensetzen. Magie. Er sieht aus, als wäre er intakt, aber er funktioniert nicht mehr.
Tick tack. Tick tack.

Die sanfte Stimme kam zurück. Sie war wie warmer Honig. »Du wirst wieder gesund. Du hattest Glück, denn nach dem, was ich gehört habe, hätte es viel schlimmer sein können. Auch wenn eine Intubation eine Qual ist; glaub mir, ich weiß das aus Erfahrung.«

»Lucy! Was machst du denn hier? Hier ist der Zutritt verboten!«

»Tut mir leid, Mrs. Higgins, ich wollte nur ... Ich kenne ihn.«

»Du kennst ihn?« Die Stimme klang immer noch verärgert, aber ein Anflug von Neugier war darin wahrzunehmen. »Bist du sicher? Er hatte einen Unfall. Er wurde vor ein paar Tagen eingeliefert.«

»Ja. Ich vergesse nie ein Gesicht. Das ist Will Tucker.«

Die Uhr geht langsamer. Tiiiick taaaack.
Der Schnee hat zu schmelzen begonnen.
Das Weiß ist nicht mehr rein, es ist schmutzig.
»Es geht nichts über Wasser mit ein wenig Backpulver, um die Flecken herauszubekommen«, trällert die Stimme meiner Mutter. Ich sehe ihr Lächeln. Sie weiß mehr, als sie sagt. Aber sie schweigt. Sie schweigt immer. Und sie wiederholt: »Mein hübscher Junge, mein hübscher Junge«, aber niemand glaubt ihr, so sehr sie es auch will.

Mehrere unbekannte Stimmen um mich herum.

»Verlegen wir ihn runter in Zimmer 104?«

»Ja. Die Familie wurde bereits informiert.«

»Perfekt. Dann los.«

Und die Welt begann sich zu drehen, immer weiter zu drehen.

Ich sitze auf einem Kreisel.

Als ich klein war, hatte ich einen, und er war so schön. Meine Großmutter hat blaue und grüne Linien auf ihn gemalt, und während der Kreisel sich immer weiter drehte, sah es aus, als ob sie ineinander übergingen.

Wo er wohl ist? Er ist sicher verloren gegangen. Alles geht im Laufe der Zeit verloren: Socken, Murmeln, Menschen, Parkscheine, die Unschuld, die Liebe.

Das Weiß ist jetzt voller Schattierungen.

Rot, blau, gelb, grün, violett ...

Die Farben überfluten alles.

Es klopft an der Tür. »*Mach auf, Will.*«

Sie bestehen darauf: »*Komm schon, mach sofort auf.*«

Aber ich bin müde. Sehr müde.

Und ich bleibe noch ein bisschen länger.

»Ich weiß nicht, ob du mich hören kannst, aber wenn ja, möchte ich dir nur sagen, dass du Eltern hast, die dich sehr lieben. Ich hoffe, du weißt, wie viel Glück du hast. Ich werde es dir sagen, sobald du aufwachst. Übrigens ist der Sessel in deinem Zimmer viel bequemer als der in meinem. Ich glaube, es liegt an den Federn.«

Und dann verstummte die sanfte Stimme.

Tick tack. Tick tack
Scheiß drauf.
Ich richte mich auf.
Ich schaue nach der Uhr.
Ich finde sie unter einer Wolke.
Ich habe einen Hammer in der Hand.
Ich schlage mit aller Kraft. Zack.
Die Uhr zerspringt in tausend Stücke.
Ich bin ausgesprochen zufrieden.
Es klopft an der Tür.
»Jetzt werde ich die Tür öffnen.«
Und ich ziehe kräftig am Knauf.
Eine Lichtexplosion.

28

Perseiden

Als ich ein kleiner Junge war, haben mein Vater und ich uns auf die Wiese vor unserem alten Haus gelegt und mit Begeisterung den Perseidenregen betrachtet. Es war ein magischer Moment: die laue Sommernacht, der Geruch nach Mais und Sojabohnen rundherum, die überwältigende Stille in der Mitte des Nirgendwo und wir beide zusammen.

»Schau, da ist noch eine!«, rief ich enthusiastisch aus. »Hast du die gesehen? Sie war riesig. Gigantisch. Ich glaube, das war gar keine Sternschnuppe, sondern ein Meteorit.«

»Das ist möglich. Wobei eigentlich alles, was wir sehen, Trümmer des Swift-Tuttle-Kometen sind. Kleine Stücke, die beim Eintritt in die Atmosphäre glühen.«

Ich nahm das Fernglas und schaute weiter in den Himmel. Mein Vater hatte mir Geschichten erzählt und Sternbilder gezeigt, alles, was er über die Weite des Universums wusste. Dort, auf einem knappen Quadratmeter Erde; in dem Bewusstsein, dass ich Teil einer Galaxie namens Milchstraße mit einem Durchmesser von bis zu zweihunderttausend Lichtjahren war, die mehrere Sonnensysteme umfasste, empfand ich kurz einen Frieden, weil ich mich daran erinnerte, dass ich lebendig war, quicklebendig, und ich dachte, dass meine Probleme, Probleme, die viele andere Achtjährige haben, aus dieser Perspektive betrachtet, unbedeutend erschienen. Und ich wollte für immer dort bleiben, im Schutz der Dunkelheit der Nacht, unter dem Sternschnuppenregen.

Aber die Zeit ... Die Zeit läuft immer weiter.

29

Willkommen im Rest deines Lebens

Ich war immer noch desorientiert, als der Arzt mich nach kurzer Zeit zum zweiten Mal an diesem Vormittag untersuchte. Meine Eltern warteten abseits im Zimmer und wirkten trotz ihrer Nervosität ruhig. Ich beantwortete Fragen, öffnete meinen Mund und folgte dem Licht seiner kleinen Taschenlampe mit dem Blick. Danach erfuhr ich, dass ich mich in den nächsten Tagen einer Reihe von Tests unterziehen musste, aber ich war wie betäubt, und die Schmerzen in meiner Brust und im Magen beunruhigten mich.

»Lena wird bald hier sein«, sagte meine Mutter, als der Arzt ging, und dann begann sie, die Kissen in meinem Bett aufzuschütteln und das Laken glatt zu ziehen.

Mein Mund war trocken, und meine Lippen waren rissig und wund. Ich leckte mit der Zunge darüber und schluckte hart. Dann überlegte ich, ob ich den Arzt noch einmal zu mir bitten sollte, um ihn zu fragen, wieso nach all den Untersuchungen nichts in meinem Hals gefunden worden war, denn ich fühlte einen riesigen, festen Klumpen, als ob ein Tennisball darin steckte.

»Was ist passiert?«

»Du musstest am Bein operiert werden, sie haben dir die

Milz entfernt, und du hattest ein Schädeltrauma.« Meine Mutter rang die Hände. »Sie haben entschieden, dich in ein künstliches Koma zu versetzen. Angesichts der Schwere deiner Verletzungen war es das Beste, um deinen Zustand genau beurteilen zu können.«

»Ich meine, warum bin ich hier?«

Meine Eltern sahen sich an. Und in diesem Blick lagen ihre Enttäuschung, die Zweifel und die Mühe, die es sie kostete, sich zurückzuhalten, vor allem aber die Distanz, die zwischen ihnen und mir bestand; ein scharfkantiger Spalt, der seit einiger Zeit immer größer geworden war, bis er klaffend weit offen stand.

»Du hattest einen Autounfall. Du bist gefahren, Will. Und du warst betrunken. Die Zeugen sagen …« Mein Vater hielt inne, als ob er nach den richtigen Worten suche. »Sie sagen, dass du an einem illegalen Rennen teilgenommen hast.«

Ein Licht flammte auf. Das Abendessen. Der Klang von Lachen. Der Kiefernwald. Die harte Oberfläche des Holztischs, auf dem ich lag. Die funkelnden Sterne. Das Auto. Die Welt verwandelt sich in einen Flecken aus Wachsmalfarben. Joshs Stimme. Josh. Scheiße.

Ich spürte etwas Bitteres in meiner Kehle aufsteigen, und mir wurde übel.

»Wo ist Josh? Geht es ihm gut?«, fragte ich.

»Ja, er hat nur einen gebrochenen Arm. Du hast das Schlimmste abbekommen.«

Meine Eltern tauschten wieder einen Blick, aber diesmal konnte ich ihn nicht deuten, oder ich war zu sehr darauf konzentriert, erleichtert aufzuatmen.

»Will, du solltest wissen, dass die Polizei ermittelt«, sagte mein Vater. »Es liegen schwere Zeiten vor uns, aber wir stehen das gemeinsam durch, okay?«

Ich sah ihn verwirrt an.
»Ermittlungen?«
»Josh hat eine Klage eingereicht.«
»Ich verstehe nicht ...«
»Eine Klage gegen dich.«
Von diesem Moment an gerieten meine Erinnerungen durcheinander.

Lange und gleichzeitig zu kurze Tage. Lena, die an meinem Bett sitzt und mir zärtlich über die Stirn streicht. Joshs Aussage, in der er leugnete, irgendetwas über ein Rennen und meinen Zustand in dieser Nacht gewusst zu haben. Die Enttäuschung im Gesicht meines Vaters, auch wenn er versuchte, sie sich nicht anmerken zu lassen. Die Sorge im Gesicht meiner Mutter. Viele Besuche von Ärzten, Krankenschwestern und anderen Hilfskräften. Geschmackloses Essen, das im Müll landete. Eine Vielzahl von Untersuchungen, darunter die, die mein Leben veränderte.

Ich lag in dieser engen Röhre, in der ich kaum Luft bekam.

So muss es sich anfühlen, wenn man in einem Sarg liegt, sagte ich mir. Und mir wurde klar, dass die Gefahr, in einem solchen zu enden, groß gewesen war, in einer für mich gezimmerten Holzkiste, schön verarbeitet, hervorragend gepolstert und mit Metall-Applikationen. Was bestimmt über das Quäntchen Glück, ob der Krankenwagen schnell genug eintrifft, ob die Ärzte wissen, was zu tun ist, und ob dein Körper auf die Behandlung anspricht? Ist das alles rein zufällig – leben oder sterben, sterben oder leben, so einfach wie eine Münze zu werfen? Gibt es einen Grund dafür, dass jemand das Ende seines Lebens berührt, aber im letzten Moment davonkommt? Eine zweite Chance vielleicht? Eine zweite Chance, die Dinge anders zu machen, umzukehren?

Ich öffnete meine Augen. Geräusche erfüllten meinen Kopf.
Ich dachte: *Hoffentlich ist es im Sarg ein bisschen bequemer.*

In diesem Moment brach ich in Gelächter aus, ein seltsames Gelächter, das aus meinem Inneren herausbrach. Und dann hatte ich plötzlich den immensen Drang, zu weinen. Aber ich hatte das Gefühl, dass ich, wenn ich weinen würde, wenn ich die erste Träne vergießen würde, nicht mehr aufhören könnte. Ich würde so lange weinen, bis alles überschwemmt war: das Krankenhaus, die Stadt, die Welt, das Meer würden überlaufen.

Wir sind aus Wasser gemacht. Wir sind aus Tränen gemacht.

Als ich ins Krankenhauszimmer zurückkehrte, wurde mir etwas Schreckliches klar, das alles, was danach kam, prägen würde: Ich existierte nicht. Mein Name stand auf einer Geburtsurkunde, und wenn ich in den Spiegel schaute, sah ich einen dunkelhaarigen jungen Mann vor mir, aber in Wirklichkeit gab es keine Spur mehr von dem Will Tucker, den alle zu kennen glaubten. Es war eine lächerliche Fantasie.

»Wie ist die Untersuchung verlaufen?« Lena lächelte.

Ich konnte nicht antworten. Meine Kehle war genauso verstopft wie mein Herz.

Es lag nicht an Joshs Entscheidung, es lag nicht an den vielen Wunden, die der Unfall hinterlassen hatte und die mit der Zeit heilen würden, es lag nicht an den Auswirkungen, die es auf meine berufliche Laufbahn haben würde, und es lag auch nicht an der dekadenten Einsamkeit, die mich umgab.

Es lag daran, dass ich in dieser Röhre meine Irrealität erkannte und dass ich in dieser Leere all die mitriss, die mich umgaben, wie ein Tornado, der alles in seinem Weg zerstört. So verdreht es auch scheinen mochte, dieser Schlag, dieser Autounfall, war das Beste, was mir hatte passieren können. Weil er nicht nur körperliche Auswirkungen hatte. Da war noch etwas anderes, ein innerlicher Schlag, der Dinge zerbrach, die nichts mit Knochen, Sehnen oder Muskeln zu tun hatten, sondern mit der Seele, die, gespalten und qualvoll, ums Überleben kämpfte.

Das Leben ist eine Folge von Wendepunkten.

»Lena.« Der Name klang metallisch, als ich ihn aussprach, und erinnerte mich an den Geschmack von Blut, wenn ich als kleiner Junge über eine Wunde leckte. »Lena ...«, wiederholte ich, nachdem ich einmal tief durchgeatmet hatte, »du musst gehen.«

»Wohin? Was brauchst du?«

Immer so hilfsbereit, so unschuldig.

Ich stellte mir die freundliche Erklärung vor: *Du musst aus meinem Leben verschwinden, das ist es, was ich dir sage. Du musst diesen Raum verlassen, dich in Sicherheit bringen und glücklich sein.*

Aber ich wusste, dass der andere Weg effektiver sein würde.

»Es wird keine Hochzeit geben. Es tut mir leid. Es tut mir wirklich leid. Ich wäre gern der Mann, den du verdient hast, aber so ist es nicht. Und bevor du dich fragst, ob es wegen des Unfalls ist, ob ich verwirrt oder gestört bin, solltest du wissen, dass ich mit einer anderen Frau geschlafen habe. Und das nicht zum ersten Mal. Und es würde garantiert wieder passieren.«

Es war viele Jahre her, dass ich so ehrlich zu jemandem gewesen war.

Lena stand in der Mitte des Raumes, zitterte und starrte mich mit Tränen in den Augen an. Ich bemerkte ihren inneren Kampf. Ich sah das *Ich liebe dich und glaube dir nicht,* das dem *Du bist ein verdammtes Arschloch* gegenüberstand. Die zweite Option gewann.

Sie ist still und leise aus meinem Leben verschwunden.

Als sie ging, als Lena die Tür hinter sich schloss, wurde mir klar, dass es außer ihr und Josh niemanden mehr gab, zu dem ich eine echte Bindung hatte. Alle anderen waren alte Bekannte oder Familienangehörige, die mich von meiner Geburt an begleitet hatten.

Und dieses Wort hallte in mir wider. *Geburt.* Der Ursprung.

Und dann, wie aufs Stichwort, kam Lucy.

30

Das Mädchen mit dem Glitzer

Ich riss die Augen auf und zuckte zurück.

»Wer zum Teufel bist du?«, rief ich aus.

»Du erinnerst dich also nicht mehr …« Ihr blondes Haar verdeckte wie ein Vorhang einen Teil ihres Gesichts, als sie den Kopf schüttelte. »Mein Name ist Lucy.«

In meinem Kopf herrschte eine immense Leere, und der Name, der mir gar nichts sagte, schwebte mittendrin und stieß mal an der einen, mal an der anderen Seite gegen die Wand.

Aber ich hatte ihre sanfte Stimme erkannt. Ich hatte sie in den letzten Tagen irgendwo in meinem Unterbewusstsein gehört.

Ich richtete mich im Bett auf und starrte sie an. Sie trug einen Krankenhauskittel, und ihre Haut war bleich mit einem leichten Gelbstich. Ihre Lippen waren üppig und leicht trocken.

»Sind wir uns schon mal begegnet?«

»Das kommt darauf an. Du bist Will, richtig?«

»Du schleichst dich also nicht nur in die Zimmer von anderen Leuten, sondern liest auch die Akten anderer Patienten. Weißt du, dass das illegal ist?«

Sie zuckte mit den Schultern und lächelte, aber ich sah eine unendliche Traurigkeit in ihren Augen, obwohl sie sehr versteckt und kaum zu bemerken war.

»Ich gebe zu, dass ich ein wenig vorwitzig bin, aber ich musste deine Akte nicht lesen, um deinen Namen zu kennen. Weil ich mich daran erinnere.«

»Wer bist du?«

Es war der erste Anflug von Neugier seit Tagen nach dem verwirrenden Erwachen und den endlosen Untersuchungen. Ein kleines Holpern auf einer ebenen Straße.

»Du musst es erraten. Lass uns spielen.«

»Wie bitte?« Ich bewegte mich und unterdrückte ein schmerzhaftes Stöhnen.

»Hat der Unfall dein Gehör beeinträchtigt?«

»Was, verdammt noch mal ...«

»Kannst du Schach spielen?«

Ich zögerte. Sollte ich verlangen, dass sie ging und mich in Ruhe ließ, oder weiter mit ihr reden? Doch bevor ich darüber nachdenken konnte, hörte ich meine eigene Stimme laut und deutlich »Ja« sagen.

»Großartig. Ich bin gleich wieder da.«

Dann verschwand sie. Ich saß schweigend da, starrte auf die aseptische Wand gegenüber und fragte mich, ob dies, die Wendung, die mein Leben genommen hatte, das Mädchen mit der sanften Stimme und die Trümmer zu meinen Füßen echt waren.

Nach einer knappen Viertelstunde kam sie mit einer schönen Holzkiste unter dem Arm zurück. Sie war klein und hatte abgerundete Kanten. Lucy öffnete den Deckel und legte das Schachbrett auf den Tisch, wo die Schwestern das Tablett mit dem Essen und das Beruhigungsmittel abstellten. Lucy hatte bereits die meisten ihrer Figuren positioniert, als ich endlich reagierte und begann, das Gleiche zu tun.

»Bist du bereit?«
»Hab ich eine Wahl?«
»Fang du an.«
»Und worum geht es? Wenn ich gewinne, erklärst du mir dann, warum du dich in die Zimmer anderer Leute schleichst und denkst, dass du mich kennst?«
»Genau.«
»Und wenn ich verliere?«
»Mhm …« Sie sah mich misstrauisch an und tippte sich mit dem Finger ans Kinn. »Tatsächlich hast du nichts, was für mich interessant wäre.«
»Danke. Das stärkt mein Selbstwertgefühl ungemein.«
»Es tut mir leid, aber ich hasse es zu lügen.«
Das Schweigen dehnte sich aus, und ich warf ein:
»Worum geht es also?«
»Wenn du verlierst, musst du einfach weiterspielen. Ich habe hier nicht viele Freunde, und die Tage im Krankenhaus können sehr lang sein. Wäre das für dich in Ordnung?«
Da war etwas an ihr, in ihren Worten, was mir die Kehle zuschnürte.
»Sicher.« Ich räusperte mich. »Okay. Dann lass uns spielen.«
Wir haben an diesem Nachmittag drei Partien gespielt, und ich habe jede davon verloren. Ich war mir nicht sicher, wie sie es anstellte, aber sie sah jeden meiner Züge voraus und schaffte es, die Mitte des Bretts zu kontrollieren, und von da an konnte ich nichts mehr tun.
Am nächsten Tag kam sie zur gleichen Zeit wieder.
Mühelos gewann sie wieder zwei Spiele.
Und das nächste. Und das übernächste.
»Wie machst du das?«
»Übung«, sagte sie.

»Aha. Es wird also ewig dauern, bis ich Glück habe und etwas über dich herausfinden kann. Du könntest mir wenigstens ein bisschen über dich erzählen. Warum bist du hier?«

»Ich habe GvHD.«

»Was ist das?«

»Graft-versus-Host-Krankheit.« Sie sah auf und seufzte angesichts meiner Ratlosigkeit. »Die Erklärung, die meine Mutter unseren Nachbarinnen gibt, wenn sie danach fragen, ist folgende: Als ich noch klein war, wurde bei mir Krebs diagnostiziert. Ich hatte eine Zelltransplantation. Von Zellen meiner Schwester, und seither kämpfen meine Zellen gegen ihre. Und sie geben nicht auf. Da ist nichts zu machen. Ich habe viele Behandlungen ausprobiert, aber keine davon hat funktioniert. Die Folge sind Kortikoide und ein schwaches Immunsystem, das jeder Infektion Tür und Tor öffnet. Eine Endlosschleife.«

Ich sah sie mit einem Kloß im Hals an.

»Du hast es schon Hunderte Male erzählt.«

»Was meinst du?« Sie erwiderte meinen Blick.

»Du leierst die Wörter herunter, als ob du sie auswendig könntest und nicht mehr darüber nachdenken müsstest.«

»Das ist auch gut so. Nicht zu denken«, stellte sie klar.

»Aha.« Ich machte einen Spielzug und nahm einen Läufer weg.

»Jetzt bist du dran. Warum bist du hier?«

»Die lange oder die kurze Version?«

»Die Kurzfassung.«

»Ich bin ein egozentrisches Arschloch.«

»Und jetzt die lange.«

»Ich bin ein egozentrisches Arschloch, das dachte, betrunken Auto zu fahren, wäre eine gute Idee, und ich habe die Scheiße verdient, in der ich sitze.«

»Die Scheiße, in der du sitzt?«

»Das ist eine Redewendung. Du weißt schon, was ich meine, ich bin am Arsch. Vielleicht endgültig. Ich weiß es nicht. Wie auch immer. Es geht mir so weit gut. Jetzt ist alles kaputt. Ich muss mich nicht mehr verstellen, jetzt muss ich nur noch atmen. Du bist dran.«

Lucy bewegte einen Bauern und sah dann auf.

»Du bist ziemlich diffus.«

Trotz meiner Verblüffung konnte ich mir ein Lächeln nicht verkneifen. So hatte mich noch nie jemand beschrieben, und ich fand, dass es das perfekte Wort für mich war. *Diffus.*

»Und du bist glasklar.«

»Danke. Das gefällt mir.« Dann schaute sie auf das Brett und sagte: »Schachmatt.«

»Scheiße.« Ich schnaubte.

»Möchtest du einen Kaffee aus dem Automaten?«

»Ich kann mich leider nicht allein fortbewegen.«

Mein rechtes Bein war an so vielen Stellen gebrochen, dass es viele Wochen der Ruhe und der Rehabilitation brauchen würde, bis ich wieder gehen konnte. Lucy verließ das Zimmer und bat am Stationszimmer, mir einen Rollstuhl zur Verfügung zu stellen. Einer der Krankenpfleger half mir aus dem Bett und stützte mich, als ich mich hinsetzte. Dann schob Lucy mich entschlossen, und wir gingen in den langen cremefarben gestrichenen Gang hinaus. Ganz hinten befand sich ein kleiner Raum mit mehreren Stühlen, Automaten für Essen und Kaffee und einem großen Glasfenster mit Blick auf die Stadt.

Ich sah zu, wie Lucy ein paar Münzen einwarf. Dann gab sie mir einen Milchkaffee und setzte sich neben mich. Sie nahm einen kleinen Schluck von ihrem Kaffee und stellte fest, dass er sehr heiß war.

»Bist du jetzt gerade krank?«
»Warum fragst du?«
»Nun … Du siehst nicht schlecht aus.«
»Glaub mir, ich habe schreckliche Zeiten durchgemacht. Die Medikamente sorgen dafür, dass dein Gesicht anschwillt und deine Nägel abfallen, verursachen Geschwüre, Ausschläge, Speiseröhrenentzündungen, Leberschäden und was die Knochen betrifft …« Sie schluckte und sah weg. »Die Knochen tun immer weh. Alles tut immer weh.«
Ich betrachtete ihre Hände und die Narben, die verhärtete Haut.
»Es tut mir leid, ich hätte nicht fragen sollen.«
»Nein, ich hasse es, wenn das Thema absichtlich vermieden wird.«
»Okay.«
»Okay.«
Wir blickten schweigend auf die Lichter der Häuser, die in der Ferne langsam angingen, während sich die Dunkelheit über die Stadt senkte. Es war angenehm, an diesem Ort in der Stille mit ihr zusammen zu sein, nicht an den Job zu denken, den ich wegen meiner Unfähigkeit verloren hatte, an den Unfall, der mich hätte töten können, an den Freund, der wie ein Bruder für mich gewesen war und den ich nun vor Gericht wiedertreffen würde, an meine attraktive Verlobte, die eines Tages mit einem anderen vor den Altar treten würde, an meine enttäuschte Familie und an die plötzliche erdrückende Einsamkeit.
»Will.«
»Ja.«
»Weil du so ein lausiger Schachspieler bist, gebe ich dir zwei Hinweise, damit du dich an mich erinnerst: Erstens hast du dich sehr, sehr verändert; ich vergesse nie ein Gesicht, sonst

hätte ich dich nicht erkannt. Aber auch ich habe mich verändert. Das ist unvermeidlich, wenn wir erwachsen werden. Und zweitens habe ich dir einmal in der Schule ein Glas mit Glitzer geschenkt.«

Ich sah sie wie vom Donner gerührt an.

Denn die Worte trafen mich wie ein Hammerschlag, und alles, was ich begraben zu haben glaubte, kam wieder zum Vorschein, nachdem es in mir geschlummert und darauf gewartet hatte, dass ich es wieder hervorhole. Und ich erinnerte mich an sie. Ich erinnerte mich an sie und auch an das Leben, das ich hinter mir gelassen hatte, an jedes winzige, unbedeutende Detail, von dem ich dachte, ich hätte es für immer vergessen.

31

Hurrikan-Saison

Der Grund, warum sich meine Eltern in Ink Lake niederließen, ist simpel: Sie verliebten sich. Nicht ineinander – das war Jahre zuvor passiert –, sondern in eine Farm am Stadtrand, die ein alter Mann zu einem Spottpreis verkaufte. Das Dach war undicht, die Scheune baufällig, und die Felder waren verwahrlost, aber meine Eltern waren entschlossen, den Ort zu erhalten, weil sie glaubten, dass sie dort glücklich sein würden. Und so war es auch, zumindest bis eine Hurrikan-Saison und das schwarze Gold alles veränderten.

Ich wurde auf dieser Farm geboren, mitten im Wohnzimmer. Bei meiner Mutter setzten die Wehen ein, und meine Großmutter musste bei der Entbindung helfen, weil der Arzt länger brauchte, als ich bereit war zu warten. Sie hatten Angst, weil ich nach der Geburt nicht geschrien habe, und es dauerte mehrere Minuten, bis sie mir einen Schrei entlocken konnten. »Aber dir ging es gut«, sagte meine Großmutter immer, »du hast nur nie viel Lärm gemacht.« Vielleicht ist das der Grund, warum sich meine Eltern an diese Jahre als die glücklichsten ihres Lebens erinnern. Ich war kein schwieriges Kind, ich hatte keine Wutanfälle im Supermarkt oder machte sonst irgendeinen Unfug. »Du warst so brav«, sagte meine Mutter immer – in der Vergangenheitsform.

Aber ich war nicht nur der brave Junge. Außerhalb der Sicherheit unseres Zuhauses war ich auch das seltsame Kind, das Bauernkind, das einsame Kind, das andere Kind. Ich weiß nicht mehr genau, wann sie mir all diese Etiketten verpassten. Wann genau wird einem Kind bewusst, dass andere es ablehnen und es nicht dazugehört? Wegen einer bestimmten Bemerkung, eines Blicks, einer Geste?

Ich habe es nie erfahren.

Aber der Montag wurde zum schlimmsten Tag der Woche und der Freitag zum besten. Der Unterricht kam mir immer endlos vor. Auf der Farm schien sich die Welt zu beschleunigen und die Zeit schneller zu vergehen. Mit meinen Eltern und meiner Großmutter war ich glücklich. Gemeinsam haben wir die Dächer und die anderen Schäden repariert. Wir pflanzten Mais und Sojabohnen an, und sie wuchsen und wuchsen. Wir haben die Farm in einen Zufluchtsort verwandelt.

Auch wenn ich nicht gern zur Schule ging, hatte ich gute Noten. Der Unterricht war einfach, fast langweilig. Und zu Hause habe ich viel gelesen, jedes Buch, das ich in die Finger bekam. Ich war nicht wählerisch, ich liebte es einfach, von einem Wort zum nächsten zu springen, als wären sie Pflastersteine, über die man hinweggeht.

Aber ich war immer allein.

Zu meinem neunten Geburtstag bastelte meine Mutter wunderschöne Karten aus blauem und weißem Karton, ermutigte mich, Einladungen zu schreiben, und schickte sie dann an einige Klassenkameraden. Es war Sommer und sehr heiß. Meine Großmutter hatte einen Sahne-Mandel-Kuchen gebacken, den ich sehr gern mochte. Im Garten hängten sie eine lange bunte Girlande zwischen zwei Bäumen und einige Luftballons auf.

Danach haben wir gewartet.

Aber es kam niemand.

Meine Mutter hatte sieben Einladungen verschickt, und nicht ein einziger Gast war auf dem Hof erschienen. Als sie die Niederlage akzeptierte, war sie sehr traurig, und ich war es auch, aber nicht, weil keiner meiner Schulkameraden kam, sondern weil ich wusste, dass es ihr mehr wehtat als mir. Ich hatte meine Einsamkeit akzeptiert.

»Pech für sie«, brummte meine Großmutter sichtlich verärgert. »Dann müssen sie eben auf den leckeren Kuchen verzichten. Und du, mein lieber Junge, bekommst eine doppelte Portion.«

»Großartig.« Ich nahm den Kuchen mit Freude.

Wir aßen schweigend unter den Girlanden.

»Deine Mutter wird darüber hinwegkommen«, sagte meine Großmutter. »Diese Kinder wissen nicht, was sie verpassen. Du bist ein toller Junge, Will. Vergiss das nie. Und ich sage dir noch etwas: Ändere dich nicht, lass sie nicht gewinnen. Eines Tages wirst du von Menschen umgeben sein, die dich für das lieben, was du bist, du musst nur etwas Geduld haben und stark bleiben.«

Ich habe genickt, denn theoretisch hatte meine Großmutter recht.

Aber in der Praxis gab es jemanden namens Tayler Parks.

Jahrelang entging ich seinem Radar, wahrscheinlich weil ich kaum sprach und mich auf dem Pausenhof so weit wie möglich von den anderen fernhielt. Doch zu Beginn des nächsten Schuljahrs schien sein Glück plötzlich darin zu bestehen, mich zu ärgern. Er und seine Freunde füllten meinen Spind mit ekligen Dingen (Toilettenpapier, Müll aus dem Papierkorb, einem toten Vogel). Er lachte jedes Mal über seinen eigenen Witz, wenn er mich den *Bauerntölpel* nannte, ein Spitzname, der sich unter den übrigen Mitschülern schnell herumsprach, die Tayler gleichermaßen fürchteten und bewunderten. Wenn er mich in der Pause mit einem Buch in der Hand sah, kam er auf mich zu, nahm es mir weg und riss direkt vor meiner Nase die Seiten heraus.

Ich habe ein paarmal versucht, mich zu wehren, ein Stoß hier, eine Beschimpfung dort, aber er war einen Kopf größer als ich und immer in Begleitung.

Ich musste also viele Tiefschläge einstecken.

In der Schule saß ich immer allein und ganz hinten. Und ich habe mich bemüht, so leise zu sein wie eine Katze. Ich habe versucht, unsichtbar zu sein. Ich habe so getan, als gäbe es mich nicht, und ich habe nie die Hand gehoben, obwohl ich neunundneunzig Prozent der Fragen hätte beantworten können, die die Lehrerin stellte und dann vergeblich darauf wartete, dass sich jemand beteiligte.

An einem kalten Novembertag kam Lucy Peterson in meine Klasse. Sie war zu Beginn des Schuljahrs nicht da gewesen, aber ich kannte sie noch von früher. Alle nannten sie *Das kranke Mädchen* und behandelten sie so rücksichtsvoll, als ob sie schon bei ihrem Anblick zerbrechen könnte. Da es keinen anderen freien Platz gab, bat die Lehrerin sie, sich neben mich zu setzen. Die rosafarbenen Griffe ihrer Schultasche umklammernd, kam sie auf mich zu.

Der Unterricht begann.

Von Zeit zu Zeit schaute ich sie aus dem Augenwinkel an. Ihr Haar war sehr kurz, mit kahlen Stellen auf der rechten Seite ihres runden Kopfes. Bis dahin hatten wir kaum ein Wort miteinander gewechselt, obwohl sie oft in der Schule war und nur zwischendurch immer mal wieder fehlte. Es gab zwei Klassen in dem Jahrgang, und normalerweise ging sie in die andere, aber zu der Zeit, mitten im Schuljahr, war die andere Klasse wohl zu voll.

Der Lehrerin begann mit dem Unterricht, und die Minuten vergingen langsamer. Auf den Tisch, den wir uns teilten, hatte Lucy ein schillerndes Mäppchen gelegt, das aussah, als wäre es aus Meerjungfrauenschuppen gemacht, und ein paar bunte Stifte. Ich hatte nur einen Bleistift und steckte ihn immer direkt in meine Tasche.

Als der Schulgong erklang, standen alle auf einmal auf, und das Klassenzimmer wurde zu einer Art Dschungel. Tayler kam zu mir und nahm mir das Sandwich weg, das meine Mutter an diesem Morgen für mich gemacht hatte.

»Was haben wir denn heute? Mal sehen ...«

»Gib es mir zurück«, knurrte ich und versuchte, es ihm zu entreißen.

»Salat, Tomate und Käse. Igitt.« Taylor zog eine Grimasse, und dann warf er das Sandwich, ohne dass ich etwas dagegen tun konnte, durch die Luft und traf den Papierkorb in der Ecke des Klassenzimmers. »Drei Punkte!«, rief er.

Seine Freunde lachten und folgten ihm nach draußen.

Ich stand da und starrte auf den Papierkorb.

»Willst du die Hälfte von meinem? Es ist ein Truthahnsandwich.«

Ich drehte mich suchend nach dieser Stimme um und begegnete dem freundlichen Blick von Lucy Peterson. Sie hatte die Hand ausgestreckt und bestand darauf, mir ein Stück von ihrem Sandwich zu geben. Ich habe es genommen. Dann ging sie in Richtung Tür, wo einige Mädchen auf sie warteten.

Von da an unterhielten Lucy und ich uns von Zeit zu Zeit im Klassenzimmer. Sie hat mein Leben nicht verändert, und die anderen hörten nicht auf, mich zu ärgern, aber sie hat die Stunden, die ich im Klassenzimmer verbrachte, ein wenig angenehmer gemacht. Manchmal unterhielten wir uns im Flüsterton über irgendwelche Dinge, und mir wurde bewusst, dass etwas scheinbar Unwichtiges einem anderen Menschen viel bedeuten kann. Eine wohlwollende Geste, ein wissender Blick, ein freundliches Lächeln.

»Warum glitzern alle deine Sachen?«, fragte ich sie eines Tages im Matheunterricht, als wir die Aufgaben, die uns der Lehrer gestellt hatte, bereits erledigt hatten.

»Weil alles, was glitzert, schön ist«, antwortete sie, und wie zur Bestätigung öffnete sie den Reißverschluss ihres schillernden Mäppchens und nahm ein winziges Glas mit Glitzer heraus. »Siehst du, das ist Sternenstaub.«

Ich lächelte. Im Vergleich zu den anderen Mädchen in der Klasse war Lucy ein bisschen kindisch, aber das war verständlich, wenn man bedachte, dass sie aufgrund ihres Zustands in einer Blase lebte.

Ich nahm das kleine Glas in die Hand und bewegte es hin und her.

»Sternenstaub.«

»Behalt es. Ich schenke es dir.«

Ich habe es angenommen, weil ich sie nicht enttäuschen wollte.

Doch ein paar Stunden später, auf dem Weg nach Hause, legte ich mich auf einer Wiese in die Nachmittagssonne und drehte und drehte es, um es zum Glitzern zu bringen. Ich fand es schön. Wunderschön. Meine Schulkameradin hatte absolut recht.

Bei anderen Gelegenheiten machten wir Bemerkungen über Tayler und seine Freunde und tauschten amüsierte Blicke aus, wenn er herumstotterte, nachdem die Lehrerin ihm eine einfache Frage stellte. Ich verspürte eine seltsame Befriedigung, als ich merkte, dass jemand anderes genauso empfand wie ich, während der Rest der Klasse ihn anhimmelte, manche, weil sie ihn bewunderten, andere, weil sie fürchteten, zur Zielscheibe seines Spotts zu werden; am Valentinstag füllte sich Taylers Spind unverständlicherweise mit Liebesbriefen, und er nahm einen heraus, öffnete ihn vor allen anderen und las ihn mit spöttischem, herablassendem Ton vor.

»Er kann tatsächlich lesen. Was für eine Überraschung«, sagte Lucy, und ich fand es so lustig, dass ich zum ersten Mal mitten auf dem Gang in Gelächter ausbrach.

Einige Kinder sahen mich verwundert an. Ich glaube, sie waren überrascht, dass ich überhaupt lachen konnte; schließlich war ich immer noch der seltsame Junge, der einsame Junge, der traurige Junge.

Und das war ich erst recht, als drei Dinge geschahen, die das Ende einer Phase und den Beginn einer neuen markierten.

Erstens war jener Frühling einer der kältesten und härtesten seit Jahrzehnten. Es gab mehrere Stürme, die wie kleine Warnungen vor dem, was noch kommen würde, wirkten, und schließlich fegte ein Tornado über die Stadt und zerstörte alles. Er hob das Dach der Scheune ab, riss die Hälfte des Zauns mit sich und verwüstete alle umliegenden Felder. Nichts wurde verschont.

Zweitens bekam Lucy Peterson eine Lungenentzündung und ging nicht mehr zur Schule. Das Einzige, was ich über ihre Freundinnen herausfinden konnte, war, dass sie ins Krankenhaus eingeliefert worden war, und ich habe sie nie wiedergesehen. Sie war so schnell wieder aus meinem Leben verschwunden, wie sie aufgetaucht war.

Und drittens rief mein Onkel Marcus spät am Abend meinen Vater an, als wir gerade zu Bett gehen wollten, und erzählte ihm, dass sich das riesige, aber karge Stück Land, das er und mein

Vater in Kanada von meinen Urgroßeltern geerbt hatten, nach Ölbohrungen in einem nahe gelegenen Feld als äußerst wertvoll erwiesen hatte. »Sei klug«, sagte er ihm, »steck die wenigen Ersparnisse, die du noch hast, nicht in die Reparatur des Hofes. Vertrau mir, nach diesem Wunder können wir zusammen alles erreichen, was wir uns vornehmen.«

Ein paar Monate später waren wir reich und ließen Ink Lake hinter uns.

32

Der Junge am Fenster

Wir zogen im Sommer nach Lincoln, kurz bevor das neue Schuljahr begann. Ich hatte ein neues Zuhause, ein neues Zimmer und neue Nachbarn. Tatsächlich war alles neu an diesem Leben in einem wohlhabenden Viertel mit fast identischen Häusern, anstatt auf der Farm, die vom Rest der Welt isoliert schien. Und dass meine Großmutter nicht mehr bei uns war, nachdem sie beschlossen hatte, mit meiner Tante und meinem Onkel nach Kanada zu ziehen, weil ihr das Leben in der Stadt nicht gefiel. Oder das Teleskop, das mein Vater mir zu meinem zehnten Geburtstag geschenkt hatte, riesig, hochmodern, das Beste vom Besten.

Ich hatte es in meinem Schlafzimmer vor dem Fenster aufgestellt, obwohl ich wegen der Lichtverschmutzung und weil zwischen unserem und dem gegenüberliegenden Haus nur ein winziges Stück Himmel zu sehen war, nicht viel erkennen konnte.

»Was schaust du dir an?«

Ich wandte mich vom Okular des Teleskops ab. Vor mir, nur wenige Meter entfernt, musterte mich ein Junge mit scharfem Blick neugierig.

»Ich suche nach dem Mars.«

»Warum?«

Es folgte ein langes Schweigen, während ich versuchte, mir

eine gute Antwort auszudenken. *Weil es beeindruckend ist, einen anderen Planeten zu sehen; weil jeder neugierig auf die Weite um uns herum sein sollte; weil es mir das Gefühl von Lebendigkeit gibt.*
»Nun ... Ich weiß nicht.«
Er lächelte zufrieden.
»Mein Name ist Josh. Ich schätze, du bist der Neue.«
Der Neue klang deutlich vielversprechender als *der seltsame Junge, der einsame Junge* oder *der andere Junge,* also lächelte ich, vergaß das Teleskop und ging zum Fenster.
»Ja, wir sind gerade hergezogen. Ich bin Will.«
»Spielst du gerne Baseball?«
Nein, das ist ein dämlicher Sport.
»Sicher, aber ich bin etwas aus der Übung.«
»Sollen wir morgen ein paar Schläge machen?«
»Okay.«
Am nächsten Tag verbrachten wir den Nachmittag im Garten seines Elternhauses und schlugen einige Bälle. Das Glück war mir hold, und es gelang mir, mehrere Male zu treffen. Joshs Mutter bot uns zwischendurch Apfelkuchen und Limonade an, und als wir uns verabschiedeten, sagte er:
»Wir sehen uns morgen, Will.«
»Wir sehen uns morgen, Josh.«
Und ich schlief mit einem Lächeln auf dem Gesicht ein.
Von da an waren wir unzertrennlich. Den Rest des Sommers verbrachten wir gemeinsam in der Nachbarschaft. Wir gingen ins Kino, fuhren Fahrrad, und Josh stellte mich einigen Freunden vor. Aus irgendeinem Grund nahm mich Josh unter seine Fittiche. Als die Schule begann, waren wir schon beste Freunde.
Josh hatte eine überwältigende Persönlichkeit, die mich faszinierte. Er war scharfsinnig und sehr aufmerksam, sodass er immer wusste, wie er den Finger in die Wunden der anderen

legen konnte. Aber wenn man in seiner Clique war, brauchte man sich, was das anging, keine Gedanken zu machen.

So wuchsen wir zusammen auf. Wir ließen gemeinsam die Kindheit hinter uns, und der Kontakt blieb bestehen, als wir in die Pubertät kamen. Die Highschool, dieser feindselige Ort, wurde dank Josh zu einem Paradies. Beide spielten wir im Footballteam, wurden zum Ballkönig gewählt und hatten den größten und besten Tisch in der Mensa. Wir waren beliebt. Für Josh war das nichts Neues. Aber mir kam es so vor, als wäre der Boden, auf dem ich ging, auf einmal nicht mehr steinig, sondern glatt; ich musste lernen zu gehen, ohne auszurutschen, aber es war leicht, sehr, sehr leicht.

Alles veränderte sich, einschließlich meines Äußeren.

In dem Jahr, in dem ich fünfzehn wurde, wuchs ich so schnell, dass meine Mutter sich ständig darüber beschwerte, neue Kleidung kaufen zu müssen. Mit sechzehn, mit dem Beginn des Bartwuchses, als sich mein Kinn verdunkelte, wurden meine Schultern breiter, und ich trug die Haare, wie es damals in Mode war. Niemand hätte in mir den dünnen, introvertierten Jungen wiedererkannt, der als Kind in der Schule ganz hinten in der Klasse gesessen hatte.

Auch mein Herz veränderte sich Schlag für Schlag.

Ich glaube nicht, dass es möglich ist, den genauen Zeitpunkt zu bestimmen, an dem ich von der Zielscheibe des Spotts eines Idioten zum ständigen Begleiter eines anderen mutierte. Aber es ist passiert. Zuerst tat ich so, als würde ich nichts merken, wenn Josh auf einem Mitschüler herumhackte, obwohl ich mich dabei unwohl fühlte. Im Laufe der Zeit kam ich zu der Überzeugung, dass es sich nur um harmlosen Unsinn handelte, und irgendwann begann ich sogar, es lustig zu finden, wenn Josh einen Jungen *Donald Duck* nannte oder einem anderen in der Umkleidekabine die Kleidung versteckte und ihn *Heiß oder kalt* spielen ließ, um sie zu finden. Irgendwann musste ich dann nicht mehr angestrengt so tun, als ob, sondern ich wurde einfach so. Es stellte sich heraus, dass das Leben auf diese Weise viel angenehmer war; ich musste mich nur um mich selbst kümmern und diese spezielle Brille auf der Nase behalten, die mich von allem anderen abschirmte. Alles ignorieren und immer nur geradeaus schauen, immer nach vorn. Und dann waren da noch die Wochenendpartys, die Highschool-Freunde und die Mädchen, mit denen ich ausging, bevor es mit Jenna ernst wurde und wir das umschwärmte Paar des Jahrgangs waren.

In meinem ersten Jahr an der Uni luden uns meine Tante und mein Onkel ein, das Weihnachtsfest in ihrem Haus in den Wäldern Kanadas zu verbringen. Ich sagte zuerst ab, stimmte dann aber doch zu, nachdem meine Mutter mich angerufen hatte und doch überzeugen konnte. So landete ich mitten im Nirgendwo, wo es, egal, wie viele Schichten Kleidung ich anzog, bitterkalt war, als ich auf den Stufen der Veranda saß, während es ununterbrochen schneite.

»Will? Was machst du denn hier?«

Ich sah zu meiner Großmutter auf, die einen lächerlichen Weihnachtspulli trug, auf dem ein deformiertes Rentier mit einer riesigen roten Nase abgebildet war. Ich stieß einen Seufzer aus.

»Das ist der einzige Ort, an dem es Empfang gibt.«

In diesem Moment vibrierte das Telefon, als ich eine Nachricht erhielt.

»Kannst du an Heiligabend nicht mal darauf verzichten? Gleich werden die Süßigkeiten an deine Cousins verteilt, du wirst einiges verpassen!«

»Großmutter ...«

Ich stand auf und sah sie an. Ich wollte noch mehr sagen, irgendeinen Unsinn, wie wenig mich das Verteilen von Süßigkeiten und der Rest der Traditionen interessierten, dass ich einfach nur wegwollte, und zwar so schnell wie möglich zurück nach New York, aber plötzlich bemerkte ich, wie klein sie neben mir wirkte, so faltig und alt, und ich hielt den Mund.

Sie legte ihre kalte Hand an meine Wange.

»Mein lieber Will, wo bist du?«

Damals habe ich die Frage nicht verstanden.

Ich dachte, sie hätte Wahnvorstellungen, irgendwas, das mit dem Alter zu tun hatte.

Hier, vor dir, wollte ich sagen, aber dann wurde die Tür geöffnet, und mein Onkel Marcus runzelte bei unserem Anblick die Stirn.

»Wir suchen dich schon eine ganze Weile! Mom, komm rein, du erkältest dich noch. Und du auch, William, deine kleinen Cousins fragen nach dir.«

Ich habe Jahre gebraucht, um zu verstehen, warum meine Großmutter mich in diesem Moment nicht wahrgenommen hat, obwohl ich direkt vor ihrer Nase stand. Das Verb *irren* kann so vieles bedeuten. Man kann sich in einem Wald verirren und nicht mehr nach Hause finden. Aber es ist fast noch leichter, sich in seinem eigenen Zuhause zu verirren, man muss gar nicht in den Wald gehen. Man kann sich bei banalen Dingen irren, den falschen Stift nehmen oder die falsche Jacke anziehen, aber man kann sich auch bei der Wahl seiner Freunde irren und in Bezug auf sich selbst.

Meine Großmutter schrieb immer noch Postkarten, obwohl sie mit mir telefonierte. Sie hatte mir einmal erzählt, dass es für sie als Älteste in einer Familie mit geringen Mitteln nicht leicht gewesen sei, Lesen und Schreiben zu lernen, und sie es deswegen bis ans Ende ihrer Tage nicht aufgeben wolle. Sie setzte sich also an den Tisch, der bei meiner Tante und meinem Onkel im Wohnzimmer am Fenster stand, zumindest stellte ich sie mir gern so vor, und beschrieb die Rückseite der Postkarten, die sie jeden Monat im nächstgelegenen Supermarkt kaufte.

Seit diesem Weihnachtsfest schickte sie mir eine Vielzahl von Nachrichten. Dinge wie: *Diese Woche bin ich spazieren gegangen und habe wieder eine Handvoll saftiger, glänzender Brombeeren gepflückt. Und es war für mich der beste Moment meines Lebens.* Oder: *Jetzt, mit zweiundachtzig Jahren, weiß ich, dass die Liebe das Einzige ist, was sich wirklich lohnt. Alles andere ist wie ein Apfel, der mit der Zeit verfault.*

Ich habe dem nicht so viel Aufmerksamkeit geschenkt, wie ich es hätte tun sollen.

Ich war mit meinem Studium beschäftigt, damit, auf Partys zu gehen, die ich schon bald vergaß, Freundschaften zu schließen, ohne die wahre Bedeutung des Wortes zu kennen, und die Welt zu erobern. Es gibt eine Nebenwirkung, wenn man nicht in die Sterne schaut: Man vergisst leicht, dass da oben das Universum ist, unermesslich und großartig, und man sich selbst darin nicht im Zentrum befindet.

Und ich habe so weitergemacht. Mit meiner unsichtbaren Brille. Immer geradeaus, ohne zurückzuschauen. Oder zusammengefasst: immer weiter, höher, schneller.

Und dann lernte ich Lena kennen.

Sie war klug, schön und verträumt. Sie war in einer der exklusivsten Gegenden von New York aufgewachsen, was sie am liebsten verschwieg. Sie fühlte sich unbehaglich, weil ihre Eltern ihr jeden Monat einen exorbitanten Geldbetrag aufs Konto überwiesen und erwarteten, dass sie nach dem Jurastudium in die Politik ging. Ich mochte sie, aber wohl nicht genug, denn niemand kann mit dir mithalten, wenn du dir selbst eine goldene

Krone auf den Kopf setzt. Zuerst dachte ich, es wäre möglich. Ich war entschlossen, den richtigen Weg einzuschlagen, aber es gab zu viele Abzweigungen. Und ich dachte, warum sollte ich mich auf eine einzige Person auf der Welt beschränken, wenn es doch so viel mehr gab. Immer mehr.

Nachdem ich eine Weile gereist war, verbrachte ich jedes Jahr den Sommer in Lincoln. Dort erzählten mir Josh und der Rest der Clique immer wieder, wie sehr ich mich verändert hätte, dass ich zu einem New Yorker Yuppie geworden sei.

Sie wussten ja nicht, dass ich mich schon einmal in einen neuen Menschen verwandelt, mich schon einmal gehäutet hatte. Dass es nicht real war, sondern nur ein Netz aus Eigenschaften, das ich mir bewusst zusammengestrickt hatte, um so zu sein, wie sie es von mir erwarteten. Dass das Herz das Letzte ist, was sich ändert, sogar noch später als der Kopf, und wenn es so weit kommt, ist man für immer am Arsch. Und dass es möglich ist, seine gesamte Vergangenheit zu vergessen und sie in einen trüben Tintenfleck zu verwandeln, weil die Erinnerung ein Spiel ist, ein magisches Spiel, und alles, wirklich alle Erinnerungen, die wir speichern, sind reine Fantasie, Illusionen, die wir aus einzelnen Fetzen zusammensetzen, bis wir etwas finden, das wir behalten wollen.

Ich erinnere mich an eine Sommernacht, in der ich im Morgengrauen nach Hause kam, nachdem ich mit Josh in einem Lokal, das gerade eröffnet hatte, Billard gespielt und ein paar Mädchen kennengelernt hatte. Als ich mich ins Bett fallen ließ, tauchte das Licht der Morgendämmerung alles in einen sanften goldenen Schein. Ich schaute auf die Zeitangabe auf meinem Handy, und als ich es weglegte, rutschte es durch den Spalt zwischen dem Kopfteil des Bettes und dem Nachttisch.

»Scheiße«, murmelte ich.

Ich wollte es dort erst liegen lassen, aber ich war so abhängig von dem Ding, dass ich es nicht fertigbrachte. Ich rückte einen Sessel zur Seite, verschob das Bett und den Nachttisch. Vielleicht habe ich meine Eltern durch den Lärm geweckt, aber ich habe nicht länger als zwei Sekunden darüber nachgedacht. Und da lag es: mein Handy in einem Haufen Staub. Ich hob es auf und berührte dabei noch etwas anderes. Es war ein kleines Glas. Ein winziges Glas mit Glitzer.

Ich legte mich wieder ins Bett und drehte es in der Hand. Das Licht, das durch das Fenster hereinfiel, ließ es aufleuchten. Es war lustig, weil ich mich plötzlich daran erinnerte, dass es mich, nachdem ich in die Stadt gezogen war, beruhigt hatte, dieses glitzernde Glas in der Hand zu halten und zu betrachten. Das war schon eine Ewigkeit her. Viele Jahre waren vergangen, und die jetzigen aufregenden Ereignisse hatten alles andere unter sich begraben. Ich wusste nicht einmal mehr, wie ich an das Glas gekommen war. Ein Mädchen. Ja, ein Mädchen hatte es mir geschenkt. Aber ich konnte mich nicht an ihre Stimme, ihr Gesicht, ihr Lächeln oder ihren Namen erinnern. Ich konnte mich an nichts mehr erinnern.

Also habe ich beschlossen, dass es auch nicht wichtig war. Und bin eingeschlafen.

33

Losfliegen

»Das Essen hier im Krankenhaus ist furchtbar.«
»Und es ist schon viel besser geworden«, meinte Lucy. »Vor ein paar Jahren war es noch schlimmer. Aber es hat so viele Beschwerden gegeben, dass sie etwas unternehmen mussten. Stell dir das mal vor.«
»Dann muss das vorher Gülle gewesen sein.«
»Ja, von Montag bis Sonntag.«
Ich lächelte und zeigte ihr dann meine Karten. Lucy schmollte. Es war das einzige Spiel, in dem ich sie besiegen konnte. Immer, wenn sie allein war, besuchte sie mich, und wir verbrachten die Zeit in meinem Zimmer oder beim Kaffeeautomaten.
»Hast du schon mal daran gedacht, professionell zu spielen?«
»Ich?« Sie sah mich überrascht an.
»Ja, Schach. Du bist richtig gut. Ich erinnere mich, dass es an der Uni einen Club gab, der gegen andere Universitäten antrat. Ich glaube, es gab sogar ein Schachstipendium.«
»Das hätte mir gefallen. In einem anderen Leben.«
»Warum sagst du das?«
»Ich glaube, mir bleibt nicht mehr viel Zeit. Die Forschung geht voran, aber ich überlege, aufzugeben und keine neue Behandlung mehr auszuprobieren.«
Ich hielt mit dem Kartenmischen inne und schluckte.

»Über so etwas sollte man keine Witze machen.«
»Das tue ich nicht. Ich bin nur müde, Will. Ich bin so müde. Es tut mir leid, dass ich dich damit belaste, aber es ist noch schwieriger, mit meiner Familie darüber zu reden. Sie denken, ich wäre stark und tapfer und dass ich …«
»Aber das bist du.«
»Und was ist, wenn ich aufgebe?«
Schweigen trat ein. Keiner von uns sagte etwas, während sich eine Frau am Kaffeeautomaten einen doppelten Espresso holte. Als sie ging, nahm Lucy einen Stift und zeichnete einen kleinen Stern auf den Gips an meinem Bein. Es war zu einer Tradition geworden. Jeden Tag fügte sie eine kleine Zeichnung hinzu, und ich ließ sie machen. Ich glaube, ich wäre zu allem bereit gewesen. Lucy war zu einer Insel in den Trümmern meines Lebens geworden. Die Zeit, die wir zusammen im Krankenhaus verbrachten, war der beste Teil des Tages, die Zeit, in der ich mich nicht mit meinen Eltern oder den von ihnen beauftragten Anwälten auseinandersetzen musste. Die Zeit, in der ich einfach *ich* war, ohne Erwartungen, ohne den Wunsch, am liebsten zu verschwinden, weil ich so dumm gewesen war, ohne die Schuldgefühle zu spüren, die mir die Kehle zuschnürten. Denn wenn ich mit Lucy spielte, musste ich mich konzentrieren, und es gab keinen Platz für etwas anderes. Und ich spürte noch etwas. Etwas Tiefliegendes, das zum Vorschein gekommen war, nachdem ich mit dem Fingernagel an der Oberfläche gekratzt hatte. Die gemeinsame Zeit mit Lucy glich einer Reise in die Vergangenheit, und manchmal, wenn auch nur flüchtig, erinnerte ich mich daran, jemand anderes gewesen zu sein. Ein einsames, seltsames, andersartiges Kind, aber mit ganzem Herzen. Und ich erinnerte mich daran, wie ich in die Sterne geschaut und gedacht und gelesen hatte. Wie ich hinten in der Klasse neben Lucy gesessen

und all ihre glitzernden Dinge betrachtet hatte, die irgendwie ein Spiegelbild ihrer reinen Seele waren, als ob sie, gezwungen, allein in einem Glas zu leben, von der Hässlichkeit und dem Lärm der Welt verschont geblieben wäre.

»Erklär es mir. Ich möchte es verstehen.«

»Ich glaube, dass es genauso wichtig ist zu kämpfen, wie zu wissen, wann man das Handtuch werfen sollte. Wenn ich ehrlich zu mir selbst bin, habe ich es bereits getan. Vor ein paar Monaten hätte ich eine Lungenentzündung beinah nicht überlebt«, sagte sie leise. »Und bevor ich das Bewusstsein verlor, dachte ich, dass ich bereit sei, mich zu verabschieden. Ich habe nicht erwartet, noch einmal aufzuwachen, und als es passierte, hatte ich das Gefühl, ich wäre gestorben. Ich bin zu einer Selbsthilfegruppe gegangen, in der Angehörige von Verstorbenen ihre Trauer verarbeiten, und habe mich gefühlt wie ein Geist. Es ist, als wäre ich schon seit Monaten nicht mehr hier. Bisher habe ich nur mit meinem Großvater darüber gesprochen.«

»Und was sagt er dazu?«

Lucy lächelte leicht.

»Großvater redet nicht viel. Worte sind nicht so sein Ding, aber seine Blicke sagen alles. Wenn man wissen will, was er denkt, muss man ihm in die Augen sehen.«

»Und was hast du gesehen?«

»Dass es ihm wehtat, aber er hat mich verstanden.«

»Lucy, ich hab keine Ahnung, was ich dir sagen soll ...«

»Sag gar nichts. Hör mir einfach zu.« Sie nahm mir die Karten aus der Hand und spielte damit herum. »Mein Großvater liebt mich, weil ich auf der Welt bin, und meine Eltern lieben mich um ihrer selbst willen, weil sie mich nie so haben konnten, wie sie es sich gewünscht haben. Das ist ein großer Unterschied. Es ist leichter zu akzeptieren, dass jemand geht, wenn man ihn nicht als seinen Besitz betrachtet. Also, na ja ...« Sie seufzte und schüttelte den Kopf. »Die Behandlung fortzusetzen, würde das Unvermeidliche nur hinauszögern. Mein Problem ist chronisch.«

»Haben die Ärzte das bestätigt?«

»Nein, denn sie behandeln mich wie ein Kind. Das ist das Negative, wenn jemand dich aufwachsen gesehen hat: Die Leute in diesem Krankenhaus denken, sie kennen mich. Aber ich weiß es. Ich weiß es einfach.«

»Und es motiviert dich nicht genug, damit du dein Leben verlängern kannst?«

»Nein. Nicht mehr. Es gibt nur einen Grund ...«

»Welchen?«

»Meine Schwester.«

»Du hast eine Schwester?«

»Ja. Habe ich dir noch nicht von ihr erzählt? Ihr Name ist Grace. Sie ist etwas ganz Besonderes, aber sie weiß es nicht. Wenn ihr Leben ein Schachspiel wäre, könnte man sagen, dass sie immerzu überlegt, welchen Zug sie machen soll. Da sitzt sie also und starrt auf das Brett und verschwendet ihre Zeit mit einem Idioten. Ich habe mir gewünscht, dass wenigstens eine von uns beiden etwas unternimmt, die Welt sieht und die wahre Liebe kennenlernt. Ist es nicht extrem schade, wenn man durchs Leben geht, ohne sich zu verlieben? Denkst du das nicht auch?«

»Ich glaube nicht, dass es so einfach ist.«

»Das sagst du, weil du genauso bist.«

»Genauso wie deine Schwester?«

»Ähnlich, ja. Nicht ganz so. Sie ist sich selbst treu. Schon als Kind war sie besonders und anders als die anderen, aber das störte sie nicht, sie fand es amüsant. Innerhalb ihrer Grenzen ist sie sehr variabel, an einem Tag ist sie ein Sonnenschein und am nächsten Tag düster. Und es ist schwierig, den Auslöser zu finden. Sie schätzt sich selbst weniger, als sie sollte. Sie hat kein Selbstvertrauen, deshalb hat sie Angst, einen Zug zu machen, weil sie denkt, dass sie das Spiel verliert, sobald sie anfängt zu spielen.« Lucy hielt inne und stieß einen Seufzer aus. Dann sah sie auf und blickte mich seltsam durchdringend an. Ich hatte ihr erzählt, wie ich vor dem Unfall gewesen war und dass ich mich nun selbst nicht mehr kannte. »Du wolltest spielen, ohne die Regeln zu beachten, Will. Das ist nicht fair und geht meist nicht gut aus. Und du hast dich zu sehr verändert. Aber im Großen und Ganzen seid ihr beide auf verlorenem Posten und wartet darauf, dass etwas passiert.«

»Aha.« Ich schluckte.

Es ist nicht leicht, die eigenen Dämonen zu akzeptieren, wenn sie einem so unverblümt vorgesetzt werden. Ich atmete tief durch und fuhr mit dem Finger über die Armlehne des Rollstuhls; ich glitt über die Nähte, die winzig und an der Seite versteckt waren.

»Ich will dich nicht verletzen, ich stelle nur die Tatsachen fest. Ich denke über das Ende meines Lebens nach, und du weißt nicht, was du mit deinem anfangen sollst – das ist die Zusammenfassung dieses Gesprächs. Das Einzige, was ich weiß, ist, dass, wenn das Leben ein Kuchen ist, derjenige, der das Messer in der Hand hält, die Stücke nicht gleichmäßig aufteilt.«

»Ich wünschte, es wäre nicht so«, flüsterte ich.

»Ja«, gab Lucy zurück. Sie ließ ihre Deckung fallen, und ich konnte die unergründliche Traurigkeit sehen, die sie verbarg, die Traurigkeit, die nur selten zum Vorschein kam. »Aber da die Realität so ist, wie sie ist, möchte ich etwas für meine Schwester tun. Für den Fall der Fälle. Man kann nie wissen. Die beste Strategie ist eine gute Verteidigung.«

»Und was hast du vor?«

»Ich bin mir noch nicht sicher, aber ich habe einige Ideen.« Lucy biss sich nachdenklich auf die Lippe, dann leuchteten ihre Augen auf, als ob ihr etwas Unerwartetes eingefallen wäre. Sie nahm den Filzstift und beugte sich vor, um erneut etwas auf meinen Gips zu malen, der unbeweglich auf dem Stuhl lag. Sie zeichnete eine lange Linie vom Knöchel bis zum Oberschenkel und malte Abzweigungen daran wie bei einem Baum.

»Was machst du?«

»Was wäre, wenn alle Menschen, die sich verirrt haben, so wie du oder Grace, eine Karte zur Hand hätten? Eine Art Landkarte voller unterdrückter Sehnsüchte, vergessener Träume und Möglichkeiten, die einen gewissen Mut erfordern. Eine Karte der Sehnsüchte. Wäre dann nicht alles viel einfacher? Denn es ist leichter, den nächsten Schritt zu tun, wenn man weiß, wohin man gehen muss. Im Grunde genommen wäre das so, als würde ich meiner Schwester ins Ohr flüstern, welche Figur sie zuerst ziehen soll, um das Spiel zu beginnen, und dann …«

»Was?«

»Fliegt sie von allein.«

34

Ein Ende und ein Anfang

Ende des Sommers wurde ich aus dem Krankenhaus entlassen, nachdem man mir bestätigt hatte, dass mein Bein nicht noch mal operiert werden musste. Ich stellte mich der Anklage durch den Staatsanwalt und hatte das Glück, am Ende nur eine hohe Geldstrafe, den Entzug meines Führerscheins und eine bestimmte Stundenzahl gemeinnütziger Arbeit akzeptieren zu müssen; in Anbetracht der Schwere des Vorfalls waren sie recht nachsichtig mit mir. Der andere Teil war etwas komplizierter. Meine Eltern und die von ihnen beauftragten Anwälte kamen zu dem Schluss, lieber einen Prozess zu vermeiden und sich außergerichtlich mit Josh zu einigen, da sonst die Gefahr bestand, dass ich den Prozess verlieren würde und dann eine Gefängnisstrafe verbüßen musste. Bei den letzten Verhandlungen waren wir beide anwesend. Josh trug ein blaues Hemd, das bis obenhin zugeknöpft war; das fiel mir auf, und dass er sein Haar kürzer trug als sonst. Er hat mir nicht in die Augen geschaut. Ich hatte Lust, ihn zu fragen: *Waren wir jemals wirklich Freunde, oder war es immer nur ein Wettbewerb?* Aber letztendlich ließ ich es sein, weil es keine Rolle spielte. Nicht mehr. Unsere Wege hatten sich getrennt.

Ich ging jeden Tag zur Reha, und danach fuhr ich bei Einbruch der Dunkelheit mit dem Bus zum Krankenhaus und besuchte Lucy. Nach einigen Wochen zu Hause hatte ihre Familie sie schließlich doch davon überzeugt, die neue Behandlung zu beginnen.

Ich traf immer zur gleichen Zeit bei ihr ein, und ihre Mutter nutzte die Gelegenheit, duschte zu Hause oder aß in der Cafeteria zu Abend. Wir zogen uns zum Spielen in den Bereich beim Kaffeeautomaten zurück oder hörten, jeder mit einem Ohrhörer, Musik. Lucy hat mich nie offiziell jemandem in ihrem Umfeld vorgestellt, obwohl die Krankenschwestern unsere seltsame Freundschaft neugierig beobachteten und ich einige Male kurz auf ihre Mutter traf, als ich zu Besuch kam.

Ich fragte Lucy, warum sie in dieser Hinsicht so zurückhaltend war.

»Ich mag einfach die Vorstellung, dass wir von allem anderen abgeschieden sind, weißt du? Ich habe das Gefühl, ich hatte noch nie eine Privatsphäre. Meiner Mutter habe ich gesagt, dass wir Freunde sind, und ich habe sie gebeten, mich zu dieser Tageszeit in Ruhe zu lassen. Es ist so, als würde ich die Schule schwänzen und mit dem verbotenen Jungen durchbrennen.«

Wir lächelten beide.

»Für mich ist das in Ordnung.«

»Gut.«

»Gut.«

Und wir setzten das Spiel fort.

Ich glaube, Lucy dachte, dass ich ins Krankenhaus kam, weil ich Mitleid mit ihr hatte, aber in Wirklichkeit waren diese Momente der Freundschaft und der Ruhe der Höhepunkt eines jeden Tages. In diesen Monaten hasste ich es, in meinem alten Zimmer aufzuwachen und stundenlang im Bett oder auf dem

Sofa zu liegen, während meine Mutter meine Kissen aufschüttelte und mir eine heiße Brühe machte, als hätte ich das verdient, nur weil ich ihr Sohn war, obwohl ich sie jahrelang enttäuscht hatte. Ich fühlte mich so nutzlos, so leer, so gelähmt. Und ständig hatte ich das Haus vor meiner Nase, in dem Josh und ich als Kinder gespielt und so viel Zeit zusammen verbracht hatten.

Lucy und ich haben viel geredet, aber sie hat nie wieder etwas über die *Karte der Sehnsüchte* gesagt, und ich habe mir nichts weiter dabei gedacht. Von ihren Plänen ahnte ich überhaupt nichts.

Eines Tages, in den frühen Morgenstunden, hörte ich zu Hause das Telefon klingeln.

Ich humpelte die Treppe hinunter, als meine Mutter zu weinen anfing. Ich konnte sie gerade noch in den Arm nehmen, bevor sie zusammenbrach, und sie sagte an meiner Schulter:

»Großmutter ... Sie ist gestorben.«

Das reichte aus, um all das zu verstehen, was geschehen war. In dem Augenblick konnte ich nur daran denken, dass die letzte Erinnerung, die meine Großmutter an mich gehabt hatte – an den Will, ihren Lieblingsenkel, den sie zu kennen glaubte –, die Nachricht von meinem Unfall gewesen war, dass ich meinen Job verloren und die Hochzeit abgesagt hatte, dass ich gescheitert war.

Zur Beerdigung flogen wir nach Kanada. Es war eine einfache Beisetzung im kleinen Kreis. Als wir eine Woche später wieder nach Hause kamen, lag eine Postkarte im Briefkasten.

Sie war von meiner Großmutter.

Sie hatte sie wenige Tage vor ihrem Tod abgeschickt. Ich starrte die Postkarte lange an. Es war ein seltsamer Gedanke, eine Nachricht von ihr zu erhalten, obwohl sie, ihr Körper und ihr Geist, nicht mehr in dieser Welt weilten. Ich hatte Angst, sie zu lesen, weil ich dann nie wieder neugierig auf das sein konnte, was darin stand. Es konnte alles sein, von einer kleinen Bitte bis zum Geheimnis der menschlichen Existenz.

Schließlich beschloss ich, es zu wagen.

Es war eine Postkarte mit einem Bären mitten im Wald. Das Tier sah friedlich aus.

Weißt du noch, wie wir früher im Maisfeld Verstecken gespielt haben? Es hat so viel Spaß gemacht. Ich hatte noch starke Beine und konnte laufen. Ich vermisse das Laufen. Und auch die Farm. Ich war dort sehr glücklich.

Das war's. Mehr nicht. Das war alles.

Ich habe die Karte auf der Suche nach einem verborgenen Geheimnis viele Male gelesen, aber die Wahrheit ist, dass die Worte nichts verbargen, sie waren aufrichtig und gaben lediglich einen besonderen Moment in unserem Leben wieder, als wir in Ink Lake wohnten und ich noch echt war.

Als ich nach meiner Rückkehr aus Kanada wieder ins Krankenhaus ging, wartete ich am Kaffeeautomaten vergeblich auf Lucy. Ich dachte, dass ihr sicher etwas dazwischengekommen war oder sie glaubte, ich wäre noch nicht wieder zurück. Einen Tag später, in der Halloween-Nacht, ging ich wieder hin, und sie kam nicht, also fragte ich eine der Schwestern.

»Ich suche nach Lucy Peterson.«

»Sind Sie ein Verwandter?«

»Nein, aber ...«

»Es tut mir leid, dann kann ich Ihnen im Moment nicht weiterhelfen.«

Die Schwester ging weg, und eine andere, die mich beobachtet hatte, lächelte mich an.

»Du bist der Junge, der nachmittags kommt, um mit ihr zu spielen, nicht wahr?« Ich nickte. »Sie hat ein paar harte Tage hinter sich, aber wenn du wartest, sage ich ihr, dass du hier bist.«

»Das wäre sehr nett.«

Die Krankenschwester verschwand.

Ich schritt den Gang auf und ab, bis sich die Tür zu einem Zimmer öffnete und Lucy herauskam. Sie war sehr blass und ausgezehrt. Sie sah müde aus.

»Was ist passiert?«, fragte ich.

»Eine Erkältung. Zumindest glaube ich das. Alles, womit ich mich anstecke, haut mich um.« Sie zuckte mit den Schultern, und ich folgte ihr und hielt den Tropf, während sie mühsam zu dem Bereich am Kaffeeautomaten ging. Dort setzten wir uns hin. »Wie war die Beerdigung?«

»Wie jede Beerdigung, schätze ich. Traurig.«

»Ich würde nicht wollen, dass meine so ist.«

»Lucy ...«

Trotz all der Gespräche, die wir über dieses Thema geführt hatten, war es mir immer noch unangenehm, mit ihr über den Tod zu reden. Nicht, weil es ein so ernstes Thema war, sondern weil wir unterschiedlich damit umgingen. Lucy fand die Art und Weise, wie meine Großmutter sanft entschlafen war, *wunderschön*. Genau das war das Wort, das sie benutzte, als ich es ihr erzählte. Ich habe eine Weile gebraucht, um zu verstehen, wie man dieses Adjektiv mit dem Tod in Verbindung bringen konnte, aber ich nehme an, es ist alles eine Frage der Perspektive.

»Ich meine es ernst, Will. Es ist schrecklich, die Ursache für die Traurigkeit anderer Menschen zu sein, auch wenn man selbst nicht mehr lebt. Bestimmt hätte sich deine Großmutter, so abgedroschen es auch klingen mag, gewünscht, dass niemand auf ihrer Beerdigung weint.« Lucy hustete und zog ein Taschentuch aus der Tasche ihres Krankenhauskittels. »Ich mache mir viele Gedanken darüber, was mit meiner Familie passieren wird, wenn ich sterbe. Was, zum Beispiel, wird meine Mutter tun? Sie

hat ihr halbes Leben damit verbracht, sich um mich zu kümmern. Und was wird mit meinem Vater? Wird er sich weiterhin in seine Arbeit flüchten? Mit meinem Großvater konnte ich zum Glück darüber sprechen. Und was Grace betrifft ...«
»Was ist mit ihr?«
»Ich möchte sicherstellen, dass es ihr gut geht.«
Ich hatte die Kapuze meines Sweatshirts aufgesetzt, weil mir plötzlich kalt geworden war, obwohl die Heizung für eine angenehme Temperatur sorgte. Ich betrachtete die Lichter der Häuser. Der Herbst war gekommen und hatte seine Laubdecke ausgebreitet, und der Duft nach Kürbis lag in der Luft.
»Als Kind habe ich Halloween geliebt«, sagte Lucy. »Die Kostüme, die Süßigkeiten, die geheimnisvolle Atmosphäre, die geschmückten Häuser ...«
»An welches Kostüm kannst du dich erinnern?«
»Ich habe mich am liebsten als Hexe verkleidet.«
»Ich war einmal ein blutiger Maiskolben.«
»Du machst Witze!« Lucy lachte und hustete.
»Nein, ernsthaft.« Ich lächelte. »Meine Mutter hat das Kostüm genäht. Ich konnte kaum laufen, weil das Loch für die Beine so eng war. Damals war ich ungefähr sechs Jahre alt, genau weiß ich es nicht mehr. Wenn ich es mir recht überlege ... Vielleicht sind wir uns in dieser Nacht über den Weg gelaufen.«
»Das ist möglich. Vielleicht hast du neben mir gestanden, als ich ›Süßes oder Saures‹ gesagt habe. Mir ging es gut zwischen dem fünften und dem achten Lebensjahr. Die beste Zeit, außer dem Sommer, in dem ich sechzehn wurde. Ich habe mich großartig gefühlt, so stark ... Ich konnte sogar zum Abschlussball in der Schule gehen.«
»Und? War es schön?«
»Ja. Er fand im Sportzentrum statt, und alles war voller Lich-

ter. Ein paar Wochen vorher hat mein Vater einen Kleiderkatalog mit nach Hause gebracht und meinte: ›Lucy, such dir das Kleid aus, was dir am besten gefällt. Egal, wie viel es kostet.‹ Meine Schwester hat darauf bestanden, dass ich ein rotes Kleid wähle, weil sie seit ihrer Kindheit davon besessen ist, jedem eine Farbe zuzuordnen, und es gab ein granatrotes Chiffonkleid, in das ich mich verliebt habe. Mom hat mir das Haar zusammengebunden, meine Freundin Marge kam pünktlich um sieben Uhr und holte mich ab; wir hatten beschlossen, uns keinen Begleiter zu suchen und gemeinsam hinzugehen. Meine Eltern haben Fotos von uns gemacht, auf der Treppe und an der Eingangstür.«

»Zeig sie mir doch mal«, bat ich.

»Okay. Was hast du beim Schulball so gemacht?«

»Nichts Bemerkenswertes.«

Ich war mit Josh und den anderen Freunden aus der Highschool zusammen gewesen. Wir hatten eine Flasche Schnaps in den Punsch gekippt, ich wurde zum Ballkönig gewählt, mit Jenna als Königin an meiner Seite, und im Morgengrauen hatte ich auf dem Rücksitz des Autos Sex mit ihr.

»Wann darfst du wieder fahren?«

»Es dauert noch mehr als ein halbes Jahr.«

»Und was ist mit der gemeinnützigen Arbeit?«

»Ich fange nächsten Monat an.«

»Und dann?«

»Was meinst du?«

»Was wirst du dann tun?«

»Keine Ahnung.«

»Wirst du wieder nach New York zurückkehren?«

»Ja, aber mir dreht sich der Magen um, wenn ich nur daran denke.«

»Das ist kein gutes Zeichen.«

»Nein.« Ich seufzte.
»Also?«
»Ich weiß es nicht, Lucy.«
»Aber denkst du darüber nach, oder verdrängst du es?«
»Ich glaube, du kennst die Antwort. Das Nachdenken bereitet mir in letzter Zeit Kopfschmerzen.«
»Dann nimm ein Aspirin.«
»Sehr witzig.«
»Ernsthaft.«
»Nun ...« Ich kratzte mich am Kinn. »Vor ein paar Tagen habe ich posthum eine Postkarte von meiner Großmutter bekommen. Es war seltsam, etwas Geschriebenes von ihr zu lesen und zu wissen, dass ich ihr nicht mehr antworten kann. Es ging um die Farm und die Zeit, als wir in Ink Lake gelebt haben.«
»Wie schön, das ist wie ein Geschenk.«
»Ich denke, das stimmt. Und es hat mich dazu gebracht, darüber nachzudenken, woher ich komme, dass ich vielleicht die Antworten finde, die ich suche, wenn ich dorthin zurückkehre, wo alles begann, zu den Wurzeln. Vielleicht gibt es dort noch etwas von dem Menschen, der ich war, bevor sich alles verändert hat.«
»Du willst zurück nach Ink Lake gehen?«
»Ja. Zumindest denke ich darüber nach.«
»Und was wirst du dort tun?«
»Arbeit suchen, schätze ich. Ich muss wieder richtig auf die Beine kommen. Neu anfangen.« Ich zog die Kapuze meines Sweatshirts herunter und fuhr mir durchs Haar. »Außerdem wirst du dort sein, wenn du die Behandlung hinter dir hast. Du bist wahrscheinlich die einzige Freundin, die ich in meinem ganzen Leben hatte, also ...«
»Will ...«

»Ja?«
»Ich muss dich um etwas bitten, das dir nicht gefallen wird.« Lucy atmete tief durch und sah auf ihre vernarbten Hände und ihre raue Haut hinunter. »Ich wäre dir dankbar, wenn du nicht mehr ins Krankenhaus kommen würdest.«

Ich sah sie verwirrt an und runzelte die Stirn.

»Warum sagst du das?«

»Ich möchte, dass du mich so in Erinnerung behältst, wie ich in den letzten Monaten war, und nicht am Tropf hängend. Die Ärzte sagen, dass ich nicht so auf die Behandlung anspreche, wie sie es gehofft haben, also ... So ist es nun mal.«

»Das kannst du nicht von mir verlangen ...«

»Ich werde bald entlassen, das Zusammensein mit meiner Familie genießen und warten, bis die nächste Komplikation auftritt.« Sie zuckte mit den Schultern. »Ich verspreche, dir hin und wieder zu schreiben. Aber dass du jeden Tag ins Krankenhaus kommst, das muss aufhören. Du kannst dich hier nicht verstecken.«

Ich wollte ihr diesen Gedanken ausreden. Ich nutzte diesen Ort nicht, um mich zu verstecken. Nein, das tat ich nicht. Oder vielleicht doch. Aber was spielte es für eine Rolle? Wir genossen beide den Moment der Ruhe am Ende eines Tages, eine kleine Oase inmitten der Stadt. Wir beide waren sehr unterschiedlich, aber wir haben uns gut verstanden. Lucy war die einzige Person, die mir die Wahrheit ins Gesicht sagen konnte, ohne zu hart zu sein. Meine Eltern hatten sich für ein ohrenbetäubendes Schweigen entschieden, das durch alle Ritzen zwischen uns drang.

Es dauerte eine Weile, bis ich schließlich sagte:

»Wenn es das ist, was du willst ...«

»Ich danke dir, Will.«

Wir haben eine letzte Partie Schach gespielt, und ich bin mir sicher, dass Lucy mich gewinnen ließ. Als ich sie schachmatt setzte, lächelte sie und sagte, sie sei so müde und ihr Gehirn funktioniere nicht mehr richtig, aber ich weiß, dass sie gelogen hat.

Es war spät. Wir standen auf, und ich umarmte sie. Ihr zarter Körper erinnerte mich an einen kleinen Vogel, als ich sie an mich drückte. Sie sah jünger aus, als sie war; jeder, der sie zum ersten Mal sah, hätte sie für sechzehn gehalten, wie damals, als sie in dem roten Kleid mit ihrer besten Freundin zusammen zum Ball ging.

»Du hast versprochen, mir zu schreiben«, erinnerte ich sie.

Ich begleitete sie zur Tür ihres Zimmers, und bevor sie sie öffnete, sah sie mich ein letztes Mal an und lächelte: »Will, du warst ein wunderbarer Freund. Ich danke dir.«

Dreizehn Monate später starb Lucy, und ich habe sie nie wiedergesehen.

Ich habe das Weihnachtsfest mit meiner Familie in Kanada verbracht, und es war trotz Großmutters Fehlen eine tröstliche Zeit. Im Laufe des folgenden Jahres schloss ich die Rehabilitation ab, leistete die gemeinnützige Arbeit und erhielt meinen Führerschein zurück. Das war der Zeitpunkt, an dem ich beschloss, das Vorhaben, das ich ins Auge gefasst hatte – das einzige, zu dem ich mich in der Lage sah –, zu verwirklichen und nach Ink Lake zurückzukehren. Ein Teil von mir stellte sich vor, dass ich, wenn ich durch die vergessenen Straßen ginge, plötzlich mich selbst wiederfinden würde, den Will, den ich einfach so hinter mir gelassen hatte. Aber das war nicht der Fall. Ich blieb in einer Art Leere verankert, einem schwarzen Loch, aus dem ich nicht wusste, wie ich hinauskommen sollte, und wartete und wartete.

Ich mietete den Wohnwagen und fing an, bei Paul im Pub zu arbeiten. Das war so ziemlich das Gegenteil von meinem früheren Leben an der Upper East Side, die Wohnung, die ich mir mit meiner Verlobten teilte, die exklusiven Partys und das Büro im zweiundzwanzigsten Stock des eleganten Wolkenkratzers.

Ich dachte, wenn ich alles Materielle hinter mir ließ, könnte ich leichter und ohne Ablenkung das finden, was ich in mir suchte. Die Monate wurden zu einer verschwommenen Abfolge von Tagen, und irgendwann spielte die Zeit keine Rolle mehr für mich. Ich isolierte mich von allem. Hin und wieder telefonierte ich mit meinen Eltern, und gelegentlich, eher selten, erhielt ich eine Nachricht von Lucy. Ich las sehr viel und ernährte mich hauptsächlich von Konservendosen. Paul entwickelte sich zu dem Menschen, der mir am nächsten war; wir haben uns von Anfang an gut verstanden. Wie auch immer. Das Leben kann angenehm einfach sein, wenn man nicht über die Zukunft nachdenkt und sich auf das Alltägliche konzentriert. Und genau das habe ich getan.

Bis ich eines Abends zu spät zur Arbeit kam. Das war nichts Neues. Aber dass jemand nach mir fragte, als ich hereinkam, das schon. Jemand mit einem Blick, der Fleisch und Knochen und die Seele durchdringen kann. Jemand, der violette Turnschuhe trägt. Jemand, der eine Kiste in den Händen hielt, deren Inhalt unsere Leben miteinander verflechten sollte, auch wenn ich es damals noch nicht wusste. Jemand, der anders und besonders ist.

Jemand wie du, Grace.

Die (Nicht-)Geschichte von Grace und Will

35

Grace

Die Stille scheint im Auto widerzuhallen. Die Lichter der Kirmes leuchten immer noch in der Ferne, aber der Zauber des Augenblicks ist gebrochen. Ich steige mit einem Kloß im Hals aus dem Auto, und Will folgt mir. Der für Ende Juli recht kühle Wind bringt den Duft von Zuckerwatte mit sich, aber ich rieche nichts, höre nichts, sehe nichts …

»Grace, warte«, bittet Will.

Ich bleibe stehen und drehe mich zu ihm um. Mein Kopf schmerzt, und ich kann nur mit Mühe die Tränen zurückhalten. Ich kann jetzt kein Verständnis für ihn aufbringen. Dazu bin ich nicht in der Lage. Denn ich bin damit beschäftigt, auf mein eigenes Herz zu hören, weil ich in der Überzeugung aufgewachsen bin, dass sich nach einem Kuss der Frosch in einen Prinzen verwandelt. Und nun stellt sich heraus, er steht zwar vor mir, ist aber alles andere als perfekt, und wenn man genau hinsieht, wirkt er ziemlich angeschlagen.

»Was soll das? Bin ich eine Art Erlösung für dich und dein lädiertes Ego? Ein Akt der Nächstenliebe?«

»Nein, verdammt.«

»Doch, Will. Und weißt du, warum? Weil du mich vor zwei Jahren nicht mal bemerkt hättest. Ich wäre unsichtbar für dich gewesen.«

»Sag das nicht.«

»Du könntest einmal versuchen, ehrlich zu sein, auch wenn du, was das angeht, ziemlich aus der Übung bist.«

»Also, wie lautet die Frage?« Er kneift die Lippen zusammen.

»Hättest du mich bemerkt?«

In seinen Augen tobt ein Sturm. Er reibt sich das Kinn und seufzt niedergeschlagen, bevor er den Blick abwendet. Ich kenne die Antwort, und obwohl ich dankbar bin, dass er mich nicht anlügt oder versucht, die Wahrheit zu beschönigen, tut es verdammt weh.

»Nein.«

»Gut. Danke, Will.«

»Weil ich ein Idiot war! Manchmal hat man alle Antworten direkt vor der Nase und sieht überhaupt nichts.«

Ich setze mich in Bewegung, und meine Kehle ist wie zugeschnürt. Vielleicht verhalte ich mich irrational, aber wenn das hier nicht echt ist, wenn die Verbindung zu Will eine Fata Morgana ist, wenn nichts, was ich fühle, fest verwurzelt ist, verliere ich wahrscheinlich den Glauben an die Liebe; denn dann weiß ich wirklich nicht, wie man sie erkennt, und ich sollte einen Schritt zurücktreten und aufhören, meine Hand ins Feuer zu legen und die verdammt heiße Pfanne anzufassen.

»Grace, warte. Bitte.«

»Ich kann nicht. Ich will nach Hause.«

»Zu Fuß?«

»Ja.« Wie zur Bestätigung gehe ich etwas schneller, obwohl wir beide wissen, dass es keinen Sinn hat und ich das nur aus Wut sage. Ich kann nicht zu Fuß nach Hause gehen, schon gar nicht mitten in der Nacht.

»Bleib stehen, Grace. Lass uns zum Auto zurückgehen.«

Sein flehender Blick überzeugt mich, dass es das Vernünftigste ist, mich neben ihn ins Auto zu setzen, tief durchzuatmen und ruhig zu bleiben, bis wir in Ink Lake ankommen. Will schweigt, obwohl ich aus den Augenwinkeln sehe, wie er mehrfach den Mund öffnet und schließt, seufzt und die Schultern anspannt. Je länger ich ihn beobachte, desto weniger glaube ich, ihn zu kennen. Wer ist er wirklich, und wie kann man jemandem vertrauen, der sein altes Ich so oft zurückgelassen hat? Aber kann man überhaupt alles über einen Menschen wissen: wovon er träumt, was er verbirgt, was er sich wünscht, was er fürchtet, was er denkt, was er fühlt.

Will hält vor unserem Haus, schaltet den Motor aber nicht ab. Bevor ich aussteige, berührt er meine Hand. Es fühlt sich so zärtlich an, dass ich, wenn meine Haut bei der Berührung nicht regelrecht entflammt wäre, meinen könnte, er hätte sie gar nicht gestreichelt. Wir sehen uns an. In seinen Augen steht Schmerz. Eine Art Schmerz, wie man ihn nicht vortäuschen kann.

»Grace, es tut mir leid, dass ich dich enttäuscht habe.«
»Es ist nur ... Ich dachte, du wärst anders.«
»Das bin ich auch. Jetzt.«
Aber das bringt nichts. Er weiß es, und ich weiß es auch.

Bevor ich mich abwende, fällt mein Blick auf das Geburtstagsgeschenk auf dem Rücksitz. Es ist ein trauriger, deprimierender Anblick, wie die Überreste einer Party am nächsten Morgen.

Ich verabschiede mich nicht. Ich öffne die Tür und gehe ins Haus und die Treppe hinauf, ohne mich umzuschauen. Der Gedanke an Will und seine Vergangenheit, an all die Dinge, die ich nie bei ihm vermutet hätte, geht mir nicht aus dem Kopf. Ich ziehe mich aus und betrachte die Wand. Meine Wand. Es macht mich traurig, wenn ich daran denke, dass wir noch vor ein paar Stunden Perücken trugen, im Riesenrad saßen und uns geküsst haben. Es roch nach Popcorn, und das Leben fühlte sich ein bisschen so an, als würden Maiskörner in meinem Herzen explodieren, plopp, plopp, plopp. Und Will war wie ein Fels in der Brandung. Ich glaubte, ihn zu kennen; nicht in dem Sinne, dass ich den gesamten Stammbaum der Familie Tucker in- und auswendig wusste, sondern in Bezug auf das Wesentliche, sein Wesen.

Jener Instinkt, der einen dazu bringt, auf jemanden zu setzen und alle Störungen und Geräusche um ihn herum zu ignorieren. Der meine ist eindeutig fehlerhaft, und ich weiß nicht, was mich mehr ärgert: dass Will ein egozentrischer Mensch war, den lange Zeit das Leid anderer Menschen nicht interessiert hat, oder dass ich das nicht erkannt habe.

Mein Kopf tut immer noch weh.

Ich habe keine Ahnung, warum, aber plötzlich greife ich zu Stift und Notizbuch und beginne zu schreiben: *Mein Name ist Grace Peterson, und ich wurde geboren, um meine Schwester zu retten ...* Dann berichte ich über meine Kindheit, welche Antwort ich immer wieder gegeben habe: *Wenn ich groß bin, will ich ein Tyrannosaurus sein, der Köpfe zerschlägt,* und ich fahre fort mit: *Ich habe mich immer wie ein Kreis in einer Welt mit vielen Quadraten gefühlt, aber ich weigere mich, mich zu verbiegen.* Ich füge nicht hinzu, dass ich dachte, ich hätte einen anderen Kreis gefunden und dass wir zusammen das Leben herunterrollen könnten und noch viel weiter. Und ich schreibe immer weiter. Über die Dinge, die ich schon als Kind schön fand, wie die Tannenzapfen, die ich für Großvater aufgesammelt habe, die Ringe und die Maserung des Holzes, die Skelette von Blättern oder die Gehäuse von Schnecken. Ich schreibe über die Highschool und den einzigen Unterricht, den ich um nichts in der Welt verpassen wollte. Ich schreibe über das Chaos, in dem ich gerade versinke, über die Freude an der Leere und am Schmerz, über das Spiel, das meine Schwester für mich erfunden hat, die vergessenen Träume, die

Liste der Dinge, die ich mag, und das unangenehme Gefühl, ein Streichholz in der Hand zu halten, es aber nicht anzünden zu können.

Ich bin immer noch wütend, als ich das Papier falte. Ich bin wütend auf die Welt, auf mich und auf Will. Ich finde einen Umschlag und stecke es hinein. Ich klebe ihn zu. Dann suche ich im Internet nach einer Adresse, aber ich mache mir nicht die Mühe, mich über die Anforderungen oder das Zulassungsverfahren zu informieren. Und dann verlasse ich in den frühen Morgenstunden das Haus, gehe zum einzigen Briefkasten in der Gegend, der mehrere Blocks entfernt ist, und zögere ein paar Sekunden, als ich davorstehe. Denn wer, bitte, schreibt eine Bewerbung um einen Studienplatz in Kunstgeschichte an einer Universität in San Francisco nur wenige Augenblicke nach einer enttäuschten Liebe und das mitten in der Nacht. Na ja, ich. Zack, rein damit. Ich habe es getan. Um noch zu verhindern, dass der Brief sein Ziel erreicht, müsste ich den Briefkasten mit einer selbst gebastelten Bombe zerstören.

Ich gehe nach Hause und lege mich ins Bett.

Mein Geburtstag ist vorbei. Ich bin dreiundzwanzig und weiß immer noch nicht, wer ich bin oder in wen ich mich verliebe. Ich suhle mich in dem Gedanken, während ich mich im Bett umdrehe und nach einem Notizbuch auf dem Nachttisch greife. In der Dunkelheit kritzle ich das Wort *Entelechie* aufs Papier, denn mir ist klar geworden, dass Will genau das ist: Er könnte perfekt sein – aber ist er, was er zu sein scheint?

Ich werde von Geräuschen geweckt.

Als ich in den Flur trete, schleppt Mom gerade einen Karton aus Lucys Zimmer. Zwei Kartons stehen bereits im Flur. Es ist Lucys Kleidung, die Dad und ich vor Wochen ausgeräumt und in Lucys Zimmer stehen gelassen haben, um meiner Mutter Zeit zu geben, sich zu verabschieden.

»Was machst du denn da?«

»Ich möchte sie zur Kleidersammlung bringen.« Mom streicht sich die Haarsträhnen aus dem Gesicht, die sich aus ihrem Pferdeschwanz gelöst haben. »Hilfst du mir?«

»Sicher. Gib mir eine Minute.«

Ich ziehe mir bequeme Kleidung an und gehe in den Flur, den Lucy und ich so oft durchquert haben, wenn eine von uns in das Zimmer der anderen ging, weil wir nachts nicht allein sein wollten. Mom und ich tragen die Kisten die Treppe hinunter, hinaus in die Garage und ins Auto. Eine Nachbarin in Sportkleidung auf der anderen Straßenseite grüßt uns, und als sie meine Mutter fragt, wie es ihr geht, macht sie sich die Mühe zu sagen: »Gut, Betty, wir kommen klar. Hübsche Turnschuhe«, was ziemlich überraschend ist – nicht wegen der Antwort an sich, sondern weil meine Mutter auf die Schuhe geachtet hat. Es ist, als würde sie ihre Umgebung allmählich wieder klarer wahrnehmen.

Bei der Kleidersammlung treffen wir auf eine freundlich aussehende Frau, die uns herzlich begrüßt. Sie erzählt uns, dass sie nach den Stürmen des letzten Jahres immer noch viele Familien versorgen. Im letzten Moment, als ein junger Mann die Kisten wegträgt, sehe ich, wie meine Mutter die Hand zurückzieht, als wolle sie sie ihm wieder entreißen.

Schweigend steigen wir ins Auto ein. Es beginnt zu nieseln, und die Tropfen, die so winzig sind wie Stecknadelspitzen, besprenkeln die Scheibe.

»Das war's«, sage ich.

»Das war's«, sagt Mom.

Dann macht sie den Motor an. Wir fahren durch Ink Lake. Sie fragt mich, was ich den Tag über vorhabe, und ich erkläre, dass ich, sobald der Regen aufhört, mit Mr. Flu spazieren gehen werde. Ich sage ihr nicht, dass ich eigentlich nur im Bett bleiben und mich in Traurigkeit suhlen möchte. Ich sage ihr nicht, dass ich Will vermisse oder die Vorstellung, die ich von ihm hatte. Ich erzähle ihr nicht, dass ich so dumm war, gestern Abend eine Uni-Bewerbung abzuschicken. Ich erzähle ihr gar nichts.

Mom hält an einer roten Ampel an und schlägt nachdenklich vor: »Du könntest Olivia zum Mittagessen einladen. Ich habe sie schon so lange nicht mehr gesehen. Es ist an der Zeit, dass wir das nachholen.«

Ich spiele mit dem Schlüsselanhänger, den Mom mir geschenkt hat, und denke bei mir: Ja, sie hat recht, wir müssen einiges aufholen, wir beide. Die Geheimnisse sind zu einer schweren Last auf meinem Rücken geworden. Ich befeuchte meine Lippen, bevor ich spreche.

»Mom, Olivia und ich sind schon lange keine Freundinnen mehr.«

»Wie bitte?« Sie sieht mich mit den Händen am Lenkrad an.

»Es ist nur ... Wir haben uns gestritten. Die Details spielen keine Rolle. Wir haben uns einfach nicht mehr so gut verstanden, und außerdem studiert sie jetzt.«

»Aber ich verstehe nicht ...«

»So was kommt vor.«

Ich habe ein flaues Gefühl im Magen. Vielleicht ist Olivia gerade hier und verbringt den Sommer mit ihrer Familie, oder sie ist auf Reisen, aber das ist mir egal. Es ist mir völlig egal. Ich atme tief durch.

»Schatz, ich hatte keine Ahnung. Ich bin sicher, dass es sich nur um ein Missverständnis handelt, und wenn nicht, lassen sich die meisten Probleme durch ein Gespräch lösen.«

»So wie du und Dad miteinander sprechen?«

»Grace!« Sie sieht mich mit großen Augen an.

»Es tut mir leid. Ich habe es nicht so gemeint.«

Die Ampel wird grün, und wir fahren weiter.

Ich bin nicht in Bestform. Die Sache mit Will hat mich aus der Bahn geworfen; ich versuche immer noch herauszufinden, was ich davon halten soll und warum mich seine Vergangenheit so sehr stört. Wahrscheinlich … weil ich fürchte, dass es mit der Gegenwart zu tun hat. Und ich habe schreckliche Angst vor dem Risiko, es herauszufinden.

Als Kind habe ich bei Olivia gern *Mario Bros.* mit der Konsole gespielt, die ihr Stiefbruder zurückgelassen hatte, als er von zu Hause ausgezogen war. Der Spaß am Spiel, an jedem Spiel, besteht nicht nur darin, dass man auf Pilze springen oder Münzen sammeln kann, sondern dass es gar keine Rolle spielt, wenn man stirbt, denn nach dem *Game over* kann man wieder ein neues Spiel beginnen. Im richtigen Leben dagegen muss man sich jeden Schritt gut überlegen, denn man kann es sich nicht leisten, dass eine fleischfressende Pflanze auftaucht und einen mit einem Bissen verschlingt.

»Ich bringe dich zu Anne«, sagt Mom.

Der feine Regen hat aufgehört, als wir ankommen, und ich steige aus dem Auto. Plötzlich folgt mir meine Mutter.

»Kommst du mit?«, frage ich verwirrt.

»Ja, ich möchte die Gelegenheit nutzen, mit ihr über ein paar Dinge zu sprechen …«

Sie lässt den Satz unvollendet. Anne begrüßt uns mit ihrer gewohnten Herzlichkeit, bittet uns ins Wohnzimmer und besteht darauf, Kaffee zu kochen. Mr. Flu folgt mir, weil er weiß, dass ich diejenige bin, die mit ihm rausgeht, damit er durch die Gegend laufen und im Park Vögel jagen kann.

»Rosie, hast du über das nachgedacht, worüber wir letzte

Woche gesprochen haben?«, fragt Anne, nachdem sie einen Teelöffel Zucker in ihren Kaffee getan hat. »Du musst zugeben, es ist ein interessantes Projekt. Es wäre eine große Hilfe, wenn ich auf dich zählen könnte.«

»Habe ich etwas verpasst?«, frage ich.

Ich hatte vergessen, dass Anne beim letzten Mal, als wir bei ihr waren, darauf bestanden hat, mit meiner Mutter etwas zu besprechen. Es waren ein paar seltsame Wochen, in denen die Zeit in meinem Kopf anders vergangen ist als im wirklichen Leben. Die letzten Erinnerungen sind wie zusammengepresst, als wäre eine Straßenwalze über sie hinweggefahren: der Abend, an dem wir uns auf die Suche nach der Schönheit gemacht haben, der Ausflug in einen anderen Staat und mein Geburtstag. Alles geballt und konzentriert. Aber nun wird mir klar, dass das Leben unaufhaltsam weitergeht.

»Anne hat mir von einem Projekt erzählt, an dem sie gerade arbeitet. Es geht um ein paar Häuser in der Nähe des Wohnwagenparks, die vorübergehend als Sozialwohnungen vermietet werden sollen, bis der Bürgermeister eine langfristige Lösung gefunden hat. Die Baufirma ist in Konkurs gegangen, bevor die Häuser fertiggestellt wurden, und noch gibt es kein grünes Licht für den Finanzierungsplan. Dabei brauche ich dringend Unterstützung. Möchtest du es dir mal ansehen, Rosie, dann wirst du verstehen, dass es eine Schande ist, diese Häuser unvollendet leer stehen zu lassen. Dagegen muss etwas unternommen werden.«

»Anne ...«

»Ich erinnere mich sehr gut an deine Überzeugungskraft.«

»Es ist gut möglich, dass ich die verloren habe«, sagt Mom seufzend.

»Dann lass es uns herausfinden. Und wenn ich am Ende recht

habe, hilfst du mir bei dem Projekt. Wer weiß? Vielleicht hast du dann sogar Lust, wieder fest mit einzusteigen. Du wirst ganz sicher mit offenen Armen empfangen, wenn du zurückkommen möchtest.«

Zum ersten Mal seit langer Zeit bemerke ich wieder den zweifelnden Ausdruck in den Augen meiner Mutter. Es ist eine Sekunde, nur eine, aber im Grunde genommen ist sie voller Hoffnung. Und ich verstehe sie; weil ich weiß, wie es ist, wenn ein Teil von einem etwas tun will, es unbedingt will, aber der andere Teil sich nicht traut. Wenn man unschlüssig an einer Kreuzung steht, braucht man manchmal eine helfende Hand, die einem einen sanften Schubs gibt, um einen daran zu erinnern, dass man sich entscheiden muss, dass man nicht ewig dort stehen bleiben kann. Und in diesem Moment weiß ich, dass es bei der *Karte der Sehnsüchte* genau darum geht, ich spüre fast den Atem meiner Schwester in meinem Nacken. Deshalb sage ich:

»Du solltest es versuchen, Mom.«

»Glaubst du wirklich?« Sie sieht mich nervös an.

»Ja, das glaube ich. Du hast doch nichts zu verlieren.«

Zumindest nichts von Wert. Sie könnte diesen Schatten von sich selbst verlieren, der für immer an dieser Kreuzung bleiben will, an der es nur ein Sofa vor einem Fernseher gibt. Aber bestimmt wird sie ihn schon bald nicht mehr vermissen.

»Einverstanden. Ich mache es.«

»Ich bin so froh.« Anne legt ihre Hand auf die meiner Mutter und drückt sie sanft. In diesem Moment wird mir klar, wie sehr Mom eine Freundin braucht, wie sehr jeder von uns einen Freund braucht, wie sehr ich einen brauche.

Ich lasse die beiden allein und gehe mit Mr. Flu spazieren.

Wir drehen eine Runde durch die Nachbarschaft, und als wir in den Park kommen, setze ich mich auf eine Bank. Ich nehme einen Stock und werfe ihn ein paarmal für Mr. Flu, der überall herumschnüffelt. Es ist schön an diesem Ort. Der Himmel ist immer noch grau, und die Bäume scheinen zu sprechen, wenn der Wind ihre Äste schüttelt. Was wollen sie mir wohl sagen? Oder noch spannender: Wie mag es sich anfühlen, ein Blatt zu sein? Sie sehen so zerbrechlich aus, wie sie sich in Erwartung des Herbstes wiegen.

Mein Handy meldet sich. Und er ist es. Ich weiß, dass er es ist.

Will: Das nächste Kästchen. Ich hole dich morgen um fünf Uhr ab.

Ich stecke das Telefon weg, ohne zu antworten. In diesem Moment ist mir alles egal, außer dem flüchtigen Leben der Blätter, die über meinem Kopf hängen.

36

Will

Ich weiß, dass es keine gute Idee ist, als ich aus dem Auto steige. So wie ich wusste, was passieren würde, als ich Grace erzählt habe, wer ich bin. Aber das Spiel ist wichtiger. Das Spiel sollte nicht davon beeinflusst werden, was zwischen mir und ihr passiert.

Deshalb bin ich hier, vor ihrer Haustür.

Ich habe zwanzig lange Minuten vor dem Haus gewartet. Sie hat nicht auf meine Nachrichten geantwortet. Sie hat eindeutig nicht die Absicht, weiterzumachen, und in jeder anderen Situation würde ich einfach fahren, und das wäre das Ende der Sache. Aber ich habe einen Brief mit einer Adresse in meiner Tasche, und wir müssen dorthin. Ich stelle mir vor, wie Lucy jedes Kästchen plant, sich die Details ausdenkt, sie mit ihrem Großvater bespricht, sie für ihre Schwester vorbereitet, und ich kann nicht zulassen, dass alles, was sie getan hat, meinetwegen auf der Strecke bleibt.

Also klingle ich an der Tür und halte den Atem an.

Ein Mann mit silbergrauem Haar öffnet sie, dessen Augen mich an Grace und das Meer erinnern: Sie sind tiefgründig und bergen Rätsel. Er sieht müde aus. Er sieht aus wie jemand, der in der Vergangenheit glänzen konnte und nun seinen Glanz verliert. Aber da ist noch etwas an ihm, eine eiserne Entschlossenheit.

»Kann ich Ihnen helfen?«

»Mein Name ist Will. Ich bin auf der Suche nach Ihrer Tochter.«

Er wendet den Blick nicht von mir ab, während er mir die Hand schüttelt.

»Jacob Peterson, schön, Sie kennenzulernen.« Er tritt zur Seite, um mich hereinzulassen, und schließt hinter mir die Tür. »Bitte warten Sie einen Moment im Wohnzimmer. Ich sage Grace Bescheid.«

In einer anderen Situation würde ich im Raum herumgehen und mir die Details, vor allem die Fotos, ansehen, aber unter den gegebenen Umständen fühle ich mich wie ein Eindringling. Also bleibe ich einfach in der Mitte des Zimmers stehen und warte.

Nach ein paar Minuten erscheint sie.

»Was machst du hier?«

Wenn Blicke töten könnten, würde ich jetzt leblos auf dem Teppich der Petersons liegen. Ich fühle mich in diesem Haus nicht wohl. Es ist erstickend, als wäre ich eine Ratte in einem Labor. Ich stecke meine Hände in die Taschen und sage:

»Können wir reden? Draußen, wenn es dir nichts ausmacht.«

Sie nickt und geht ohne ein weiteres Wort zur Tür. Ich bin dankbar, weil es Tag und hell ist. Sie geht zu dem Holzzaun, der das Haus umgibt, und lehnt sich an. Wirre Gedanken schwirren mir durch den Kopf, nur eins weiß ich: wie sehr Grace mich fasziniert. Selbst jetzt, als sie mit gerunzelter Stirn und diesem Blick, der einen mühelos durchdringt, vor mir steht. Ich könnte nicht sagen, was mich an ihr so sehr anzieht, und das scheint das Gefühl noch zu verstärken. Vielleicht ist es ihr Aussehen, das so einzigartig und unverwechselbar ist, eines dieser Gesichter, die das gewisse Etwas haben, das sich sehr von den typischen klassischen Merkmalen unterscheidet, oder ihre direkten Gesten, die nichts der Fantasie überlassen, sodass sie transparent und entschieden wirkt wie ein Pfeil, der nicht von seiner Flugbahn abweicht.

»Ich verstehe, dass du … verärgert bist.«

»›Verärgert‹ ist ein zurückhaltendes Adjektiv, das, wie ich dir versichere, nicht meinen Gefühlen entspricht.«

Ich liebe es, ihr beim Reden zuzuhören, die Art, wie sie jedes Wort mit Sorgfalt wählt und die Nuancen der Sprache respektiert. Aber ich genieße es mehr, wenn das, was sie sagt, nicht gegen mich gerichtet ist. Ich versuche, so zu tun, als würde es nicht wehtun, und gebe mich gleichgültig.

»Passt ›wütend‹ besser?«

»Enttäuscht«, sagt sie.

»Ich habe dir ja schon gesagt, dass es mir leidtut, aber ich kann die Vergangenheit nicht ändern.«

»Weißt du, was du nicht erwähnt hast? Dass du Tayler kennst. Dass du hier geboren bist. Dass du mit meiner Schwester in eine Klasse gegangen bist. Dass Treue nicht dein Ding ist. Dass …«

»Ich habe es verschwiegen«, unterbreche ich sie.

»Du hast gelogen«, erwidert sie.

»Ich kannte dich nicht. Ich wollte dir meine Geschichte nicht erzählen, ich musste es auch nicht. Und dann wurde alles verdammt kompliziert. Du bist zu dieser Komplikation geworden, und egoistischerweise wollte ich, dass du mich vorurteilsfrei und von Grund auf kennenlernst.«

»Eine tolle Art, sich selbst zu betrügen.«

Die Antwort erwischt mich unvorbereitet. Ich würde gern glauben, dass sie deshalb so sehr schmerzt. Und dann erinnere ich mich daran, wie sie Tayler genau an dieser Stelle vor ihrem Haus geküsst hat. Ohne darüber nachzudenken, sage ich:

»Es überrascht mich, dass du mit jemandem wie ihm zusammen sein kannst.«

Graces Blick dringt in mich ein und kommt hinten nicht heraus, er bleibt wie ein Splitter in mir stecken. Sie schnalzt mit der Zunge und schüttelt den Kopf.

»Du hast gar nichts verstanden.«

Sie will gehen, und ich stelle mich ihr in den Weg. Ich sollte es einfach sein lassen, ihr und mir zuliebe, und mich auf das Spiel konzentrieren. Aber ich kann nicht. Ich kann nicht, weil sie direkt vor mir steht und ich ... meine Finger in ihrem Haar versenken möchte. Ich will das Muttermal an ihrem Schlüsselbein streicheln. Ich will den Geschmack ihrer Zunge in meinem Mund spüren. Und ich will die Geheimnisse kennen, die sie in ihrem Kopf verbirgt, selbst die unwichtigsten Dinge.

»Nein. Versuch, es mir zu erklären.«

»Was soll das bringen, Will? Wozu soll das gut sein?«

»Um mich vom Denken abzuhalten.«

Meine Antwort scheint Wirkung zu zeigen, und sie presst die Lippen zusammen. Es ist die Wahrheit. Ich muss aufhören, unaufhörlich zu denken. Das Leben, zumindest meines, war vorher so viel einfacher, daran besteht kein Zweifel. Ein hedonistisches Leben, das mich von allen echten Gefühlen isoliert hat. In dem Moment, in dem man anfängt nachzudenken, wird alles komplizierter, es gibt moralische Abzweigungen, und kein Weg ist mehr gerade und eben. Man muss Kurven in Kauf nehmen.

»Weil Tayler mir nie etwas bedeutet hat, aber du schon. Ich habe dir schon mal gesagt: Nur die Menschen, die du in dein Haus lässt, können es von innen heraus zerstören. Der Rest wird höchstens den Garten zertrampeln.«

Wie kann ich ihr begreiflich machen, dass ich, wenn sie mich hereinließe, jeden Winkel behüten würde, auch wenn mein eigenes Haus chaotisch und voller Staub ist?

Die Worte bleiben mir im Hals stecken, also schüttle ich nur den Kopf.

»Lass nicht zu, dass sich all das auf das Spiel auswirkt. Wenn es für dich einfacher ist, können wir so tun, als wären wir immer noch zwei Fremde.«

»Ich muss nicht so tun, Will, das ist das Problem. Wir sind zwei Fremde, denn nichts von dem, was ich in den letzten Monaten erlebt habe, war real.«

»Grace, sieh mich an. Du weißt, dass das nicht wahr ist.«

»Der Punkt ist, dass ich dir nicht mehr vertraue.«

Ich schlucke schwer und schnappe nach Luft, aber das Stechen in meiner Brust will nicht verschwinden. Ich weiche ein Stück zurück. Nur ein bisschen. Nur damit ich leichter atmen kann. Ich gehe ein paar Meter die Straße entlang, wobei ich ihre Anwesenheit in meinem Rücken spüre.

»Hey, wohin gehst du?«

»Gib mir eine Minute.«

Ich hasse es, dass sie mich so sieht, also versuche ich, mir nichts anmerken zu lassen. Das erinnert mich an alte Zeiten. »Lass niemanden deine Schwächen sehen«, höre ich Joshs Stimme in meinem Kopf. In gewisser Weise hat er recht: Es gibt immer noch Teile der Person, die ich war, viele Teile; sie sind so tief verwurzelt, dass ich nicht weiß, wie ich sie finden und herausreißen soll. Wenn ich darüber nachdenke, habe ich manchmal das Gefühl, dass meine Lunge voll Luft ist, und andere Male bin ich kurzatmig.

»Geht es dir gut?«, fragt Grace leise.

»Ja. Sicher.« Ich zwinge mich zu funktionieren. »Grace, das Wichtigste ist … das Spiel.«

»Ich weiß. Nicht einen Moment habe ich daran gedacht, das wenige, das mir von meiner Schwester geblieben ist, aufzugeben. Aber es wäre einfacher für mich, es allein zu tun. Ich denke, du solltest mir die Schachtel, die Briefe und alles andere geben. Ich befreie dich von dieser Verantwortung.«

»Es tut mir leid, aber du weißt, dass ich das nicht machen kann.«

Sie seufzt, lässt die Schultern hängen und wirkt sehr niedergeschlagen.

»In Ordnung, aber dann sollten wir es so schnell wie möglich hinter uns bringen.«

»Wie du willst. Komm.«

Eigentlich möchte ich ihr sagen, dass ich nicht die beste Wahl bin; ich bin Lichtjahre davon entfernt, die beste Wahl für sie zu sein, aber ich bin auch ein Egoist, impulsiv, und will sie immer noch, obwohl mein Haus komplett zerstört ist und weder ein Dach noch ein Fundament hat. Ich möchte ihr sagen, dass ich mich noch nie mit einem anderen Menschen so verbunden gefühlt habe. Ich möchte ihr sagen, dass es mich tief getroffen hat, zu erfahren, dass sie mit Tayler zusammen war. Ich möchte ihr sagen, dass ich ihre außergewöhnliche Intelligenz liebe. Dass ich noch niemanden kennengelernt habe, der mich so zum Lachen bringen konnte. Dass sie sprudelt, ja, wie ein köstliches sprudelndes Getränk ist. Und dass ich sie an ihrem Geburtstag zu diesem Ort mitgenommen habe, weil mich ihr Lächeln, das nur so selten in Erscheinung tritt, an die Süße von Zuckerwatte und die bunten Lichter der Kirmes in der Dunkelheit erinnert.

Doch ich bleibe stumm.

Ich setze mich ins Auto, und sie steigt auf der anderen Seite ein. Ich schalte das Radio an, weil ihre Stimme mit ihren Gedankengängen und Fragen nicht wie sonst die Leere zwischen uns füllt. Während der Fahrt wende ich meinen Blick kaum von der Straße ab. Bald sind wir da.

»Warum hältst du hier?« Grace sieht mich an.

»Dies ist die Adresse, die in dem Brief steht.«

»Das ist nicht möglich.« Ich sehe, wie sie zögert, als sie durchs Fenster blickt und dann flüsternd zu sich selbst sagt: »Oh Lucy. Das darf nicht wahr sein!«

»Warum? Wo sind wir?«

Grace schüttelt nur den Kopf.

Das Haus sieht gewöhnlich aus, wie viele andere Häuser in der Nachbarschaft. An einem Baum im Garten hängt eine alte Holzschaukel, und eine Kletterpflanze kriecht schlangenartig zum Zaun des Nachbarn hinüber. Es ist ein hübscher Ort, ein typischer friedlicher Ort, an dem man sich dauerhaft niederlassen könnte.

Grace lässt ihren Finger über den Metallgriff der Autotür gleiten und ringt mit sich. Ich würde sie gern begleiten und ihr helfen, das, was sie in ihrem Kopf versteckt, zu entwirren, aber ich kann die Kluft sehen, die uns jetzt trennt, und ich weiß: Sie wird mich nicht bitten, ihr hinüberzuhelfen, und ich bin nicht in der Lage, es ohne einen Impuls zu tun, weil ich von der Angst gelähmt bin, sie erneut zu enttäuschen.

Am Ende öffnet sie die Tür.

»Hey, Grace, kommst du zurecht?«

»Ja.«

»Ich werde hier auf dich warten.«

Sie steigt aus dem Auto und dreht sich um.

»Das ist nicht nötig, Will. Ich komme allein nach Hause.«

Ich nicke resigniert, denn manchmal liegt zwischen dem, was wir tun wollen, und dem, was wir tatsächlich tun, ein unüberbrückbarer Abgrund.

37

Grace

Der Instinkt wird letztlich von guten oder schlechten Gefühlen geleitet. Immer, wenn ich vor dieser Tür stand, habe ich eine angenehme Wärme in mir gespürt, in der kleinen Ecke zwischen dem Bauch und dem Herzen. Es ist nur eine ganz normale Tür. Von außen betrachtet, ist nichts Besonderes daran. Aber ich kenne die Menschen, die dahinter wohnen. Sie sind ganz besondere Menschen in meinem Leben gewesen. Und davon gibt es nicht viele, wirklich nicht. Daher würde ich den Türgriff und die Klingel unter vielen anderen Griffen und Klingeln an vielen anderen Türen sofort erkennen. Mein Finger berührt den Klingelknopf, und ein leises Dingdong ertönt.

Zugegeben, ich hatte gehofft, dass Mrs. oder Mr. Morris die Tür öffnen würde. Sie sind beide ganz zauberhaft, ein Ehepaar, von dem man weiß, dass es bis ans Ende seiner Tage zusammenbleiben wird, das zusammen in den Supermarkt geht, mit Socken schläft und die Sätze des anderen mit einem Lächeln vollendet. Von allen Häusern, die ich in den letzten Jahren aufgesucht oder über die ich geredet habe, ist dieses Haus zweifellos das vertrauteste und einladendste.

Oder doch nicht.

Die junge Frau, die die Tür öffnet, ist so alt wie ich, trägt eine kurze Jeans mit kleinen aufgestickten Gänseblümchen, ein

T-Shirt mit der Aufschrift *Das Leben ist wie Ketchup* und Schuhe mit bunten Schnürsenkeln. Ihr dunkles Haar hat jetzt rosafarbene Spitzen, und das ist nicht das Einzige, was sich an ihr verändert hat: Auch ihr Blick ist irgendwie anders, obwohl ich mir das wahrscheinlich nur einbilde, oder es liegt daran, dass wir uns so lange nicht mehr gesehen haben.

Was sagt man, wenn man vor seiner besten Freundin steht, nachdem man monatelang nicht miteinander gesprochen hat? Ich habe keine Ahnung, also schweige ich und schaue sie an, und einen Moment lang habe ich Angst, dass Olivia mir die Tür vor der Nase zuschlägt, aber, nein, das tut sie nicht, denn das ist nicht ihre Art.

»Hallo.«

»Hallo.«

Ich schlucke.

»Ich glaube, das war doch keine gute Idee.« Ich sehe sie an und habe das Gefühl, als hätte ich einen Dorn im Hals. »Ich hätte nicht kommen sollen. Es tut mir leid.«

Ich drehe mich auf dem Absatz um und gehe einen Schritt, zwei, drei, den kleinen Weg mit den leicht orangefarbenen Steinen hinunter, der zur Straße führt. Ich komme mir dumm vor, aber ich weiß nicht, was ich tun soll, außer wegzulaufen. Vielleicht könnte ich sagen: »Es tut mir leid.« Ja. Oder ausführlicher: »Es tut mir leid, dass ich wochenlang mit Sebastien gechattet habe und mich auf dieser Party von ihm küssen ließ, nur um dir zu beweisen, dass dein Freund ein Idiot ist.« Oder die ganz lange Version: »Es tut mir leid, dass ich dir die Augen auf eine Art und Weise geöffnet habe, die dich verletzt hat, denn ich war entsetzt von der Vorstellung, dass du das Stipendium ausschlagen könntest, damit du nicht von ihm getrennt bist.«

Ich habe mich das ganze Jahr an die Überzeugung geklammert, dass ich das Beste für sie getan habe. Allerdings stehen manchmal gute Absichten nicht an erster Stelle.

»Grace, warte! Was machst du denn da?«

»Ich gehe.« Ich schaue über die Schulter zurück.

»Ja, das ist ziemlich offensichtlich, danke für die Erklärung. Ich meinte, warum hast du an meiner Tür geklingelt? Um gleich danach wieder wegzulaufen? Das ist doch lächerlich. Schließlich sind wir keine Kinder mehr. Komm rein und lass uns reden. Meine Mutter hat heute Morgen Kekse gebacken.«

In meinem Kopf macht etwas klick. Eine Erinnerung, die in den Hintergrund verbannt worden war, kommt zum Vorschein. Die Kekse von Mrs. Morris sind die besten, die ich je gegessen habe, knusprig und gleichzeitig weich, mit weißen Schokoladenstückchen.

»Bist du sicher?«, frage ich.

»Ja. Komm rein.«

Ich betrete das Haus, das vor Jahren in gewisser Weise auch mein Zuhause war, weil ich zum Beispiel weiß, wo die Morris' das gute Besteck aufbewahren, welche die Chaosschublade ist, die mit Batterien, Parkscheinen, Münzen und anderem Kram gefüllt ist, oder welche Treppenstufe knarrt (die vierte von unten). Die Bestätigung folgt sogleich, als ich meinen Fuß darauf setze, und das leise, vertraute Geräusch zu hören ist. Wir gehen hinauf in Olivias Zimmer, das sich im Gegensatz zu ihr überhaupt nicht verändert hat, aber wahrscheinlich liegt es daran, dass sie eigentlich nicht mehr hier wohnt; seltsamerweise ist sie nur vorübergehend hier.

Olivia lehnt sich an die Schreibtischkante, und ich stehe etwas verlegen an der Tür, als wäre ich versucht, erneut die Flucht zu ergreifen.

»Ehrlich gesagt weiß ich nicht, womit ich anfangen soll ...«

Olivias Nasenflügel blähen sich, als sie schnaubt, aber sie scheint nicht wütend zu sein, nur ungeduldig. Sogar ein bisschen nervös.

»Was du getan hast, hat mich verletzt«, sagt sie entschieden.

»Ich wollte dir beweisen, dass Sebastien dich nicht verdient hat.«

»Und eine weniger radikale Methode ist dir nicht eingefallen?«

»Nein, denn du warst blind und taub. Ich wusste nicht, wie ich es dir sonst klarmachen sollte, es war ein Notfallplan. Aber es tut mir leid, es tut mir so leid. Ich hätte berücksichtigen sollen, was du für ihn empfindest, anstatt einfach darüber hinwegzugehen.«

Wir schweigen. Ich habe das Gefühl, dass wir beide Bilanz ziehen in Bezug auf das, was wir gewonnen und was wir verloren haben, die endlos vielen Stunden, die wir auf dem Schulhof und auch außerhalb der Schule miteinander verbracht haben, unsere Stärken und Schwächen, das, was uns manchmal verbindet und manchmal trennt.

Was wiegt mehr?, wäre die Frage, die wir uns alle in einem emotionalen Dilemma stellen sollten. Man nimmt das, was man fühlt, legt es auf eine Waage und wartet ab, in welche Richtung sie ausschlägt. Manchmal kann das Ergebnis überraschend sein.

»Von allen dummen Ideen, die du hattest, seit ich dich kenne, einschließlich der, als Skelett verkleidet zum Abschlussball zu gehen, war das die schlimmste.«

»Du hast recht. Außerdem musste ich ihn küssen. Ich habe mich fast übergeben.«

Olivia presst die Lippen zusammen, kann aber schließlich ein Kichern nicht mehr unterdrücken. Sie schüttelt den Kopf, und einen Moment später legt sie ihre Arme um mich, und der Duft des Parfüms, das sie immer benutzt (ein Vanilleduft, der mich an einen Süßwarenladen denken lässt), steigt mir in die Nase und erfüllt mich.

»Es tut mir auch so leid, Grace«, flüstert sie mit tränenerstickter Stimme. »Ich hätte für dich da sein müssen, als das mit Lucy passiert ist. Ich habe dich angerufen, aber du bist nicht ans Telefon gegangen, und ich dachte, du willst nichts mehr von mir wissen. Ich hätte es weiter versuchen sollen.«

»Ich habe nicht mitbekommen, dass du angerufen hast. In diesen Tagen habe ich nichts mitbekommen.«

»Ich habe in den letzten Monaten oft an dich gedacht.«

»Und ich an dich.«

»Wirklich?«

»Ernsthaft.«

»Ja, ich habe sogar eine Vorliebe für Carrot Cake entwickelt.«

Olivia lächelt, und einen Moment lang könnte man von außen gesehen meinen, dass nichts zwischen uns vorgefallen ist, dass wir uns nicht fast ein ganzes Jahr lang aus dem Weg gegangen sind, dass es keine Risse gibt. Großvater sagt immer, eine echte Freundschaft ist so anpassungsfähig wie eine familiäre Bindung. An einem Tag streitet man sich im Wohnzimmer, und am nächsten Tag sitzt man gemeinsam unter einer Decke auf dem Sofa und sieht sich einen dieser Weihnachtsfilme an, die man am besten gleich wieder vergessen sollte.

»Hast du nicht gesagt, dass deine Mutter Kekse gebacken hat?«

»Ja. Ich gehe sie holen. Du solltest meine Eltern mal besuchen, sie fragen oft nach dir. Heute sind sie auf einer Geburtstagsfeier von Freunden.«

Während Olivia die Kekse holt, betrachte ich die typische Pinnwand, die fast jeder Teenager irgendwann in seinem Zimmer hat; in meinem Fall habe ich bald gemerkt, dass sie zu klein war, und sie durch die ganze Wand ersetzt. Olivia hingegen hat ihre noch. Auf beinah allen Fotos sind wir beide zu sehen, von unserer Kindheit bis fast in die Gegenwart. Auf dem letzten Bild sind wir in einer Eisdiele, zusammen mit Tayler, Sebastien, Nelson, Rick, Mia und ein paar anderen Freunden.

Ich spüre, dass ich mich verändert habe. Dass ich immer noch dieses Mädchen bin, immer noch mit vielen Wissenslücken und Fragen, aber jetzt fühle ich mich gefestigter, abgeklärter. Es gibt winzige Teile, die so klein sind, dass eigentlich nur ein Goldschmied sie anfassen sollte, und die sich allmählich zu einem komplexen Mechanismus zusammenfügen.

»Hier, bitte.« Olivia hält mir den Teller hin.

Mit einem Keks in der Hand setzen wir uns aufs Bett, und das Gespräch verläuft, ohne dass wir ins Stocken geraten. Olivia fängt genau da wieder an, wo wir aufgehört haben. Bei Sebastien. Ich wusste sofort, dass er nicht gut für sie war, als ich gesehen habe, wie sie ihn angeschaut hat: als ob sie ihn retten könnte und hinter der oberflächlichen Fassade etwas Tiefgründigeres steckte. Aber das war nicht der Fall. Sebastien flirtete immer noch mit anderen, und sie zögerte, als sie den Zulassungsbescheid erhielt. Vielleicht dachte sie, dass das, was sie verband, nicht halten würde, wenn sie wegging. Vielleicht lag es daran, dass sie erst seit ein paar Monaten zusammen waren und sie sich in der Phase befand, in der man dazu neigt, alles zu idealisieren. Vielleicht hatte es aber auch weniger mit ihm zu tun, sondern mehr mit Zweifeln an ihren eigenen Fähigkeiten. Als sie sagte, sie sei sich nicht sicher, ob sie wirklich einen Studienkredit aufnehmen solle, um den Teil zu bezahlen, den das Stipendium nicht abdecke, musste ich etwas unternehmen. Ich bin nicht besonders stolz darauf, aber nachdem ich ihr immer wieder gesagt hatte, was ich dachte, und sie mich zum Teufel geschickt hatte, habe ich gehandelt. Es ging fast wie von selbst. Ich schickte Sebastien eine Nachricht, in der ich ihn fragte, wann wir uns an diesem Abend mit den anderen treffen würden, und er antwortete sofort. In den nächsten Tagen setzten wir unseren Austausch fort. Es war einfach: Ich musste nur über seine Witze lachen (die nicht lustig waren) und ihm Honig um den Mund schmieren. Aus dem freundschaftlichen Austausch wurde ein Flirt. Als wir ein paar Wochen später zu einem Konzert einer Band gingen, die auf einer alten Farm in einem Vorort spielte, betrank er sich und versuchte, mich zu küssen. Und wie von Zauberhand öffnete dies Olivias Augen.

Natürlich hat sie meine Erklärung nicht gelten lassen.

An diesem Abend stritten wir uns wie noch nie zuvor, und die Tatsache, dass wir beide getrunken hatten, machte es nicht besser. Olivia fuhr mit einer Kollegin aus dem Supermarkt, in dem sie arbeitete, nach Hause, und ich verbrachte die Nacht in Taylers Bett, denn wenn ich nicht denken wollte, war dies die beste Option.

Olivia hat am nächsten Morgen nicht angerufen und ich genauso wenig.

Ich habe auch in der darauffolgenden Woche nicht angerufen. Und sie auch nicht.

Das Schweigen dauerte an, bis ich von Mia erfuhr, dass Olivia beschlossen hatte, zum Studium nach Colorado zu gehen. Und all das bringt uns zu diesem Moment, hier, auf ihrem alten Bett, wo wir köstliche Schokoladenkekse essen.

»Wie bist du denn auf so einen abgedrehten Gedanken gekommen?«

»Nun …« Ich lecke mir die Krümel von den Lippen. »Es lag eigentlich auf der Hand. Nichts für ungut, aber es war nicht besonders schwer, Sebastiens Aufmerksamkeit zu erregen.«

Sie schnaubt und schüttelt den Kopf.

»Er ist ein Idiot.«

»Ein Riesenidiot.«

»Du hattest recht.«

»Ich bin froh, das zu hören.«

»Aber ich finde immer noch, dass du nicht auf diese Art hättest eingreifen sollen. Wie auch immer, ich will nicht darauf herumreiten. Ich habe dich vermisst.«

»Bitte verzeih mir.« Ich umarme sie, und dann legen wir uns nebeneinander aufs Bett und blicken an die Decke. »Ich will dir etwas gestehen: Ich war ein bisschen neidisch.«

»Auf mich?«, fragt sie.

»Ja, auf dich. Weil du weggehen konntest, um dir deinen Traum zu erfüllen, und ich muss hierbleiben, bis ans Ende meiner Tage mit all den Leuten, die mir eigentlich nichts bedeuten. Ein Teil von mir wollte nie mehr mit dir reden, auch wenn es schrecklich ist, das zuzugeben. Ich fand nicht gut, dass du bleiben wolltest, das musste ich unbedingt verhindern, aber es hat mir auch wehgetan, dass du gegangen bist. Ergibt das einen Sinn?«

»Ich denke schon. Aber wenn das nicht der Fall ist, ist das auch in Ordnung.«

»Du machst es mir zu leicht«, gab ich zu.

Wir verfielen in ein behagliches Schweigen.

»Als ich das von Lucy erfahren habe …«

»Nein. Bitte nicht.«

»Okay.« Sie seufzt.

»Danke, Oli.«

Ich möchte mit ihr nicht über meine Schwester sprechen, weil es mir so wehtun würde. Auch wenn sie vielleicht nur eine Kleinigkeit darüber sagt, wird es so spitz sein wie eine Stecknadel. Und es wird wehtun. Und das will ich nicht. Ich kann mit allen praktischen, einfachen Dingen, die Lucy betreffen, problemlos umgehen. »Sie starb im Alter von vierundzwanzig Jahren.« Oder: »Es war Leberversagen, sie war desorientiert und verwirrt, sie war nicht mehr sie selbst.« Aber ich weiß, dass Olivia etwas sagen würde wie »Erinnerst du dich, dass Lucy so gern Cracker gegessen hat?« Oder: »Es gibt einen neuen Schreibwarenladen in der Stadt, und da gibt es ganz viele glitzernde Dinge und raschelndes Papier; Lucy hätte den halben Laden leer gekauft.« Und das könnte mich zerstören.

Also meiden wir das Thema.

Ich erzähle Olivia von meinen Eltern, dass es Mom wohl besser geht und ich glaube, dass Dad langsam wieder er selbst wird. Wer weiß? Vielleicht ist nicht alles verloren.

»Ich dachte sogar, mein Vater hätte eine Geliebte«, gestehe ich.

»Warum?« Olivia setzt sich auf und streicht sich das Haar zurück.

»Ich weiß es nicht. Vielleicht, weil er immer so spät nach Hause kam.«

»Und du?«

»Ich?«

»Bist du noch mit Tayler zusammen? Macht ihr eine Pause?«

»Nein, nicht mehr. Das ist endgültig vorbei«, betone ich.

Olivia berichtet von einem Typen namens Dylan, den sie in einem Café kennengelernt hat. Er ist witzig und glaubt, dass sie einmal groß rauskommen wird, weil er das, was sie tut, so toll findet. Sie wurde gebeten, Kostüme für ein Theaterstück zu entwerfen, das im Herbst in einem kleinen Theater in der Stadt aufgeführt wird.

»Das ist großartig«, sage ich.

»Ja. Und was dich betrifft, merke ich, dass du dich verändert hast. Ich kann nicht sagen, was es ist, du hast noch den gleichen

Haarschnitt wie immer, aber …« Sie beißt sich auf die Lippe. »Es ist etwas Tiefergehendes. Wirst du es mir gleich sagen, oder muss ich darauf beharren?«

Ich zögere ein paar Sekunden, aber schließlich erzähle ich Olivia von Lucys Spiel und von Will, dass beides untrennbar miteinander verbunden ist. Ich erkläre ihr, was sich in den Kästchen befunden hat und dass ich deswegen an ihrer Tür geklingelt habe. Dass ich einen Anstoß brauchte, um den Mut aufzubringen. Als ich fertig bin, seufzt sie und schnalzt mit der Zunge.

»Ist dir klar, dass wir beide jetzt das aufholen, was wir verpasst haben, weil wir einen Fehler gemacht haben? Das passiert jedem von uns, Grace. Und jeder hat das Recht, sich zu ändern, wie du bestimmt schon mal gehört hast. Das ist nur fair, wenn man darüber nachdenkt.«

»Mhm.« Ich ziehe an einem Faden meiner Jeans.

»Vielleicht ist er doch ehrlich zu dir.«

»Das ist eine Möglichkeit von vielen.«

Als ich erneut an dem Faden ziehe, verwandelt sich der Riss in meiner Jeans in ein Loch von der Größe einer Münze. Und das ist genau das, was auch im Leben passiert: Zuerst ist es nur ein winziger Riss, und am nächsten Tag ist das Loch in deinem Herzen so groß, dass es nicht mehr zu reparieren ist. Zumindest denke ich das, bis Olivia das Problem bemerkt, eine Schreibtischschublade öffnet und einen Flicken, Garn und eine Nadel herausnimmt.

»Zieh die Hose mal aus. Ich werde das im Handumdrehen für dich in Ordnung bringen.«

38

Grace

Es ist halb drei Uhr morgens, als ich beim Wohnwagenpark ankomme. Ich versuche, kein Geräusch zu machen, aber der Kiesboden knirscht bei jedem Schritt. Ich weiß nicht, was ich hier tue. Beziehungsweise: Ich weiß es, aber es ist so dumm, dass ich mir lieber einrede, ich wäre mir meiner Handlungen nicht bewusst und agierte nur aus einem Impuls heraus. Unterwegs habe ich über das Wort *Wahnsinn* nachgedacht und mich gefragt, warum es so oft mit Liebe in Verbindung gebracht wird. Vielleicht, weil beides leichtsinnig und unüberlegt ist; was die Liebe angeht, braucht man nicht darüber nachzudenken und abzuwägen, weil es nichts bringt. Und sie birgt eine gewisse Unvernunft und nur wenige klare Gedanken. Letztendlich ist sowohl der Wahnsinn als auch die Liebe ein Wagnis, und deshalb ist es erstaunlich, dass sich die Menschen so sehr zu der Vorstellung hingezogen fühlen, sich wahnsinnig zu verlieben.

Ich weiß es nicht ... Ich weiß nicht mehr, was ich fühle. Und das muss ich herausfinden.

Ich klopfe also an seine Tür, schaue dann in den Sternenhimmel und denke: *Nicht aufmachen, nicht aufmachen, aufmachen, aufmachen, aufmachen.* Der Kampf gegen mich selbst ist anstrengend, Kopf gegen Herz, also muss ich jetzt zu Will. *Aufmachen.*

Schließlich öffnet er die Tür, es ist klar, dass ich ihn geweckt habe. Ich wünschte, mein Herz würde bei seinem Anblick nicht zu rasen beginnen, aber genau das passiert, als ob mein Körper entschlossen ist, jeden Anflug von Logik zu sabotieren und zu zerstören.

»Es tut mir leid, dass ich um diese Uhrzeit komme. Aber ich musste dich sehen.«

»Grace ...« Seine Stimme ist heiser. »Komm rein.«

Ich betrete sein kleines Reich. Will zündet eine Kerze an. Er trägt Pyjama-Shorts und ein enges weißes T-Shirt. Alles an ihm strahlt eine Einfachheit aus, was mir wieder einmal vor Augen führt, wie schwer es ihm gefallen sein muss, einen Teil seines Lebens hinter sich zu lassen. Während ich das Innere des Wohnwagens betrachte, versuche ich zum ersten Mal mir vorzustellen, was es für ihn bedeutet hat, sein Leben zu ändern, die luxuriöse New Yorker Wohnung gegen diesen Schuhkarton, die Arbeit in der Anwaltskanzlei gegen einen Teilzeitjob in einem kleinen Pub, seine Freunde und seine Familie gegen die Einsamkeit einzutauschen.

»Geht es dir gut?«, fragt er besorgt.

»Ja, ich muss nur ständig daran denken ...« Ich schüttele den Kopf und schnaube. »Wie viele Versionen ein und derselben Person kann es geben?«

»Viele. Wir alle sind in gewisser Weise Versionen von uns selbst.«

»Und woher weiß ich, dass der Will, der gerade vor mir steht, der echte ist?«

»Weil ich es satthabe, so zu tun, als ob ich jemand anderes wäre, Grace.«

Die Kerzenflamme taucht alles in einen orangefarbenen Schein und flackert leicht, als könnte sie die Spannung spüren und wollte den Moment nicht stören.

»Ich konnte nicht schlafen, weil ich mich schuldig fühle.«
»Warum?«
»Weil ich grausam zu dir war.«
»Das ist nicht wahr. Das verstehe ich. Ich verstehe dich.«
»Hör auf, so selbstgefällig zu sein!«
Will setzt sich aufs Bett, seufzt und reibt sich die Bartstoppeln. Wir blicken uns schweigend von den entgegengesetzten Enden des Wohnwagens aus an, wobei wir in Wirklichkeit nur anderthalb oder zwei Meter voneinander entfernt sind. Ich beschließe, ehrlich zu sein, denn ich habe mitten in der Nacht an seine Tür geklopft, und das ist das Mindeste, was er verdient.
»Vielleicht versuche ich, dir wehzutun.«
»Das gelingt dir ziemlich gut«, flüstert er.
»Vielleicht muss ich sehen, dass du etwas empfindest und ein Mensch bist. Aber ich bin nicht stolz darauf, ganz im Gegenteil.«
»Aber warum tust du es dann?«
»Weil ich Angst habe, und du kennst mich: Nichts geht über eine gute Verteidigung. Das Leben ist auch ein Spiel, Will, alles ist ein Spiel. Man muss vorausschauend handeln.«
»Wovor hast du Angst?«
»Dir nicht wichtig zu sein.«
»Glaubst du das wirklich?«
Seine weiche Stimme fühlt sich wie ein Streicheln an.
»Manchmal ja, wenn ich mir vorstelle, was an dem Tag passieren wird, an dem du dein Leben wieder in die Hand nimmst. Ich will nicht das Mädchen sein, mit der du dir in der Pause die Zeit vertrieben hast. Es wäre nicht fair, wenn ich dir so viel geben würde und du mir so wenig.«
»Das ist kein Vorausschauen. Das ist Fantasieren«, protestiert er.
»Weißt du, ich müsste nicht fantasieren, wenn ich Gewissheit

hätte. Sieh dich doch an: so unnahbar und distanziert, dass es unmöglich ist, zu wissen, was du denkst. Ich habe meine Karten auf den Tisch gelegt, und das war nicht leicht, aber an meinem Geburtstag habe ich dir gesagt, was ich fühle.«

Will runzelt die Stirn und steht langsam auf.

»Ich dachte, meine Gefühle wären offensichtlich.«

»Nein, sind sie nicht. Und selbst wenn sie es wären ...«

»Sprich weiter«, bittet er.

»Ich würde es gern von dir hören.«

Die Kerze brennt weiter herunter, und der Duft des Wachses hüllt uns ein. Will tritt wortlos auf mich zu und nimmt meine Hand, bevor ich begreife, was er vorhat. Er legt sie auf seinen Hals und führt sie dann langsam zu seiner Brust hinunter. Und dort belässt er sie, auf seinem Herzen.

»Kannst du fühlen, wie schnell es schlägt?«, fragt er, und ich nicke. »Es ist wegen dir. Verstehst du, was das bedeutet? Und das sollte dir mehr wert sein als ein paar Worte, denn es ist real.«

Ich bekomme weiche Knie, weil es keine übliche Liebeserklärung ist. Aber ich verstehe, dass Worte manchmal nicht ausreichen, wenn das Vertrauen auf dem Spiel steht.

»Grace ...« Er lässt meine Hand los, umfasst mein Gesicht und sieht mir in die Augen. »Du bist der außergewöhnlichste Mensch, dem ich in meinem Leben begegnet bin.«

Ich schließe meine Augen. Nicht nur, um meine anderen Sinne zu schärfen, sondern auch, weil ich nicht weinen will. Noch nie hat jemand etwas so Einfaches und Schönes zu mir gesagt; es ist fast banal, weil es so abgedroschen klingt, aber es trifft mich wohl gerade deshalb so sehr, weil ich es schon so oft gehört oder gelesen habe, in Filmen und Büchern, ohne es auf mich zu beziehen. Wir alle haben es verdient, für jemanden etwas Besonderes zu sein, ein bisschen zu glänzen.

Will zieht mich fest an sich. Ich spüre, wie er zittert, bis die Wärme dieser Umarmung zwischen uns wächst und uns tröstet. Ich klammere mich an seine Schultern, drücke meine Nase an seinen Hals, und wir halten uns fest.

»Willst du wissen, wann mir klar wurde, dass du ein Problem sein würdest?« Ich flüstere ein Ja auf seiner Haut, unfähig, mich von ihm zu lösen. »Als ich den Zettel gelesen habe, auf dem du geschrieben hast, was du magst. Das war auch hier, in den frühen Morgenstunden. Und als du von der Gegenwart in die Zukunft gewechselt hast, dachte ich: ›Scheiße, ich werde mich verlieben.‹«

»Wie schön. ›Scheiße‹ und ›sich verlieben‹ im selben Satz.«

Ich spüre Wills sanftes Lachen an meiner rechten Wange und wünsche mir, dass der vibrierende Klang für immer zwischen den winzigen Poren meines Gesichts verweilt.

»Eine poetische Komposition.«

»Sag mir noch mehr. Ein bisschen mehr«, bitte ich, und er lacht wieder.

»Ich wollte alles, was du geschrieben hast, mit dir machen: dir die Sternbilder zeigen, durch die Straßen Wiens bei Sonnenuntergang spazieren, einen Zug nehmen, ohne zu wissen, an welchem Bahnhof man aussteigen wird. Und zusehen, wie du wieder Schlittschuh läufst, ohne dass du an irgendetwas denkst.«

Ich löse mich von ihm und schaue ihm in die Augen.

»Hast du das auswendig gelernt?«

»Ja, ich habe es viele Male gelesen.«

Mein Herz schaltet ohne Vorwarnung einen Gang höher.

»Halt still. Beweg dich nicht.«

Langsam streichle ich über seine Wange. Wills Augen verengen sich, aber er wendet den Blick nicht ab. Ich fahre mit den Fingerspitzen die Bögen seiner Augenbrauen entlang, über seinen Nasenrücken und hinunter zu seinem Mund. Noch immer strahlt er einen gewissen Stolz aus, auch wenn er so liebevoll ist, aber dieser Widerspruch macht ihn menschlicher. Und vielleicht ist es genau das, was mich von Anfang an so angezogen hat: dass er gleichzeitig so echt und so wenig greifbar ist, so zerbrechlich und so stark, so melancholisch und so lebhaft, so einfach und so komplex. Wahrscheinlich sind wir alle eine nicht einzuordnende Mischung, ein Sammelsurium von Dingen, eine Schublade voller Kram, der sich jeder Etikettierung entzieht.

Ich zeichne die Kontur seines stolzen Mundes nach, die Oberlippe, die sich jedes Mal hebt, wenn er lächelt, als würde er mit sich selbst kämpfen, es nicht zu tun. Und diese Wölbung ist Schönheit, daran habe ich keinen Zweifel. Diese Wölbung existiert, um geküsst zu werden.

Ich stelle mich auf die Zehenspitzen.

Es ist nur ein Streifen, aber Will stößt ein heiseres Stöhnen aus. Seine Zunge findet meine, und unsere beiden Zungen spielen ein paar Sekunden lang miteinander. Ich nestle an seinem T-Shirt, bis er versteht, was ich vorhabe, und mir hilft, es ihm über den Kopf zu ziehen. Ich lege meine Hände auf seinen Bauch, seinen Nabel, seine Brust, seine Rippen, fühle die Knochen seines Schlüsselbeins und betrachte die Vertiefung an seinem Hals.

Auch ich ziehe mein Shirt aus. Mein BH ist fast durchsichtig. Ich kämpfe gegen den Drang an, mich zu bedecken, als er wieder auf mich zutritt. Er hebt mein Kinn leicht an und küsst mich. Es ist ein andersartiger Kuss, feucht, intensiv, der jeden Gedanken verdrängt. Manchmal muss man sich eben erst entblößen, seinen Schutzpanzer ablegen, sich öffnen wie die Frau in *Der Kuss*, um gefunden zu werden. Und das tue ich gerade, weil ich nicht anders kann, während sein Mund an meinem Hals entlangstreicht, immer weiter und weiter, bis ich Wills warmen Atem auf dem durchsichtigen Stoff meines BHs spüre. Er streift ihn ab, und es ist nichts mehr zwischen uns. Ich versenke meine Finger in seinem Haar und bettle um mehr, mehr, mehr. Und er gibt es mir.

Wir lassen uns aufs Bett fallen. Ich öffne den Knopf seiner Hose, während Will meine Hose auszieht. Ich streichle ihn. Durch streicheln nähert man sich dem Körper eines anderen, bereit, ihn zu entdecken und sich einzuprägen. Und das möchte ich mit Will tun.

Er küsst mich. Ich küsse ihn.

Wir küssen uns wieder und wieder, während unsere Hände die empfindsamen Stellen des anderen finden. Und seine ist hart, ich spüre es an meiner Hüfte. Eigentlich fühlt sich sein ganzer Körper fest und stabil an, wie ein Ort, an dem ich mich an düsteren Tagen gern aufhalten möchte. Und er ist warm im Gegensatz zu meiner kalten Haut.

»Will«, murmle ich, als seine Hand zwischen meine Beine gleitet.

»Irgendwelche Einwände?«

»Nein. Keine.«

»Gut.«

Ich verliere jegliches Zeitgefühl. Ich weiß nicht, wie viele Minuten vergehen, während er mich so genau und gekonnt streichelt, dass es fast so ist, als wäre es meine eigene Hand. Die Lust steigt in kleinen Wellen in mir auf, die zu einem verheerenden Tsunami werden, der mich mitreißt, und ich sinke wie eine Stoffpuppe in Wills Arme, als der Orgasmus abebbt. Ich klammere mich an seinen Hals.

Dann weicht die Ruhe einem intensiven Bedürfnis. Nach ihm. Danach, zu spüren, dass wir auf jede erdenkliche Weise verbunden sind. Durch seine Berührung und seinen Blick und seine tiefe Stimme und seine Küsse.

Ich setze mich auf ihn. Es ist schon von Vorteil, dass in dem Wohnwagen so wenig Platz ist, denn Will hat gleich ein Kondom zur Hand. Und man hat das Gefühl, von einer schützenden Schale umgeben zu sein, vergessen von der Welt, nur ich und er und die flackernde Kerze.

Will möchte sich umdrehen, aber ich halte ihn zurück. Er versteht mich, als ich meine Hände auf seine Brust lege, hält still und sieht mich mit angehaltenem Atem an. Seine Pupillen sind so stark geweitet, dass ich das Grün seiner Augen kaum noch erkennen kann.

Ich möchte diejenige sein, die das Tempo vorgibt. Und ich nehme ihn langsam in mich auf und betrachte dabei sein Gesicht im Schatten. Dann bewege ich mich so vorsichtig, dass ich seine Zurückhaltung spüre, wie er seine Finger krümmt, um sich nicht an meine Hüften zu klammern und tiefer in mich einzudringen, sein ungeduldiges Seufzen. Er hält ein paar Minuten durch, bis er ein frustriertes Brummen von sich gibt.

»Du quälst mich«, flüstert er.

»Nein. Ich will nur nicht, dass es aufhört«, gestehe ich.

»Was für ein Unsinn, Grace. Wir fangen einfach wieder von vorn an. Komm her.«

Er setzt sich auf, lehnt sich mit dem Rücken an die Wand und legt seine Arme um mich. Ich sitze immer noch auf ihm, während er mich leidenschaftlich küsst, und ich liebe den Gedanken, dass er die Ursache dafür ist, dass meine Lippen so angenehm kribbeln.

Ich bewege mich schneller und schneller auf ihm.

Seine Hände umfassen meine Taille und führen mich, während sein Mund mein Kinn, ein Muttermal, mein Ohrläppchen und weitere erogene Zonen entdeckt, von deren Existenz ich nicht einmal wusste. Sein Atem wird schneller, er ist kurz vor dem Höhepunkt, und seine Schultern spannen sich unter meinen Händen an. In gewisser Weise sind wir nur Haut, die Summe der Zentimeter, die uns voneinander entfernen und uns einander näher bringen, tote Zellen von ihm und mir, die sich zwischen den Laken vermischen, Sex und Schweiß und Speichel oder das Vorspiel eines Orgasmus. Aber über das Körperliche hinaus spüre ich, wie die Verbindung zwischen uns stärker wird und alles, wirklich alles um uns herum, lila ist: der Wohnwagen, unsere Körper, jeder Kuss. Genau wie die Lust, die mich durchströmt, und das erstickte Stöhnen an seinem Hals und die Umarmung, die Will mir schenkt, als er sich gehen lässt und es endet, alles endet, alles um mich herum zerläuft.

Er lässt mich nicht los, und ich lasse ihn nicht los.

»Bleib in mir«, flüstere ich, und Will lacht und küsst meine Nase. »Ich meine es ernst. Wir könnten von Sex allein leben.«

»Und Essen bestellen und es an die Tür des Wohnwagens liefern lassen; Ravioli mit einem Pfund Käse, das ist genau das, was ich jetzt essen könnte. Und das Duschen ist auch kein Problem.« Er lächelt schelmisch. »Und was den Rest angeht ...«

»Ach was, Kleinigkeiten.« Ich lache.

Will sieht mich sehr ernst an und sagt:

»Ich liebe es, dich so lachen zu hören.«

»Ich fühle mich, als wäre ich betrunken.«

»Trunken von uns?«

»Ja.« Ich streichle seine Wange.

Und wir bleiben noch eine Weile in den zerknitterten Laken liegen, bis Will auf die Toilette muss. Ein Schauder durchläuft mich, als er aufsteht und verschwindet. Dann kehren all die Zweifel zurück, die ich hinter mir gelassen hatte. Ich wünschte, meine Gedankengänge würden nacheinander ablaufen und einer geraden Linie folgen, aber die meiste Zeit über sind sie wild verzweigt, endlos, ohne Ordnung und ohne Rücksicht. Als Will zurückkommt und sich neben mich legt, dauert es keine Minute, bis er merkt, dass sich etwas verändert hat.

»Was ist los, Grace?«

»Nichts.«

»Keine Lügen mehr.«

»Du hast recht«, sage ich, und er verschränkt seine Beine mit meinen. »Ich weiß nur nicht, wovor ich mehr Angst habe, wenn es um uns geht: dir zu nahe zu kommen und dabei zu riskieren, dass du mir das Herz brichst, oder wegzugehen und deins zu brechen.«

»Fallen dir nur diese beiden Möglichkeiten ein?«

»Weißt du eine dritte?«

»Wir kleben ein paar Pflaster auf und gehen gemeinsam weiter.«

»Gemeinsam«, wiederhole ich und genieße das Wort auf meiner Zunge.

Und Will nimmt es auf, als er mich wieder küsst.

39

Will

In einer knappen halben Stunde wird es dämmern, und Grace liegt immer noch in meinen Armen, nackt und mit vom Küssen geröteten Lippen. Es gibt Momente im Leben, die in ihrer Einfachheit perfekt sind, und dies ist einer davon. So soll es bleiben. Ich möchte nichts daran ändern. Nicht das schmuddelige Dach des Wohnwagens über uns und auch nicht dieses Bett, das alles andere als luxuriös ist.

»Will.«

»Ja.«

»Erinnerst du dich an den Tag, an dem du mir das Autofahren beigebracht hast?«

»Ja«, murmle ich in ihr Haar.

»Diese Farm, bei der wir angehalten haben ...« Ich bin sofort angespannt, und ich weiß, dass sie die Antwort schon kennt, aber sie fährt fort. »War das dein Zuhause?«

»Ja.«

»Und das Foto?«

Ich stehe auf. Zwischen den Bücherstapeln greife ich nach Allen Ginsbergs Gedichtband *Howl*, schlage ihn auf und ziehe das vergilbte Foto heraus, das ich in einem der Schränke gefunden habe. Ich zeige es Grace.

»Das war meine Großmutter, obwohl ich sie viel älter in Erinnerung habe. Auch meine Eltern sind gealtert, aber in gewisser Weise sind sie trotz aller Veränderungen in ihrem Leben immer noch dieselben. Sie lieben sich immer noch. Sie sammelt Fingerhüte, und er schenkt ihr jedes Jahr am Valentinstag einen ganz besonderen. Er vergisst es nie.«

»Das ist schön. Und das bist du?«

»Ja, nur etwas kräftiger.«

»Genauso bezaubernd«, sagt sie.

Wir schauen uns das Foto noch eine Weile an, dann nimmt sie das Buch und legt es wieder hinein. Ich bin froh, dass sie so vorsichtig damit umgeht. Im Haus meiner Eltern gibt es mehrere Fotoalben, viele mit Bildern aus der Zeit, als wir auf der Farm gelebt haben, aber dieses hier bewahre ich besonders sorgfältig auf, weil ich mich in letzter Zeit so weit davon entfernt fühle. Weil ich nicht erwartet hatte, es nach all den Jahren noch zu finden, und weil ich es für ein Symbol dafür halte, dass es an diesem Ort noch materielle, greifbare Überreste der Person gibt, die ich damals war.

»Gehst du oft hin?«

»Nein. Das erste und letzte Mal war mit dir.«

»Ich verstehe nicht ...« Sie runzelt die Stirn und wirft mir einen dieser nachdenklichen Blicke zu, die tief unter die Haut zu gehen scheinen.

»Es war mehr oder weniger zufällig. Ich kannte diese Straße, ich wusste, dass dort kaum Autos entlangfahren. Aber ich hatte nicht erwartet, dass wir so weit kommen würden; und dann, nun ja ... Du schaffst es immer, mich abzulenken, und es war, als wäre sie einfach aus dem Nichts aufgetaucht.«

»Und dann hast du dich entschieden hineinzugehen.«

»Und du bist mitgegangen.«

»Und wenn ich nicht mitgegangen wäre?«

»Hätte ich es vielleicht nicht getan«, gestehe ich und umarme sie fester, während ich durchatme. »Wie auch immer, es ist nichts passiert. Ich hatte keine Offenbarung. Ich habe nicht gefunden, wonach ich gesucht habe. Dort gab es nur Trümmer und Sehnsucht.«

»Wonach hast du denn gesucht?«

»Wer ich bin«, flüstere ich.

»Ist es nicht das, worauf es ankommt, Grace? Ist dir nicht klar, dass es bei der *Karte der Sehnsüchte* genau darum geht?«

»Das ist möglich, aber …«

»Das ist der Schlüssel. Das ist es.«

Grace bewegt sich ein wenig und setzt sich auf. Mir gefällt, dass sie sich nicht unter dem Laken verbirgt oder errötet. Ich möchte wieder in ihr versinken, denn nach mehreren Runden im Laufe der Nacht fühlt sich mein Körper so entspannt an wie noch nie. Das Licht der Morgendämmerung fällt bereits in den Wohnwagen.

»Hast du etwas zu essen? Ich habe einen Bärenhunger.«

Ich richte mich auf und finde eine Schachtel mit Müsliriegeln, die Grace gern annimmt. Dann ziehe ich meine Unterwäsche an und stelle den Kaffeekocher auf den Herd. Sie verfolgt jede meiner Bewegungen wie ein Raubvogel.

»Ich habe noch Fragen, Will.«

Ich lächle, weil wir beide wussten, dass es so sein würde. Also lehne ich mich mit verschränkten Armen an den Herd. Es ist in Ordnung. An ihrer Stelle würde es mir genauso gehen.

»Dann los.«

»Warum hat Tayler dich nicht erkannt?«

»Fragst du das im Ernst? Es ist viele Jahre her, dass ich weggezogen bin, und damals war ich noch ein Kind und sah ganz anders aus. Außerdem hat derjenige, der leidet, in der Regel eine sehr gute Erinnerung daran, und derjenige, der die Ursache war ...«

»... eher nicht«, vollendet Grace meinen Satz.

»Genau.« Ich schalte die Herdplatte ab.

»Weißt du das aus Erfahrung?«

»Ein wenig«, gebe ich zu und versuche, nicht an die verschwommenen Gesichter zu denken, die in meiner Erinnerung verblasst sind.

»Ich weiß noch, was du an dem Abend, als Tayler in die Kneipe kam und dich wegen des Biers belästigt hat, in der Gasse zu mir gesagt hast.«

»Mhm.« Ich tue so, als wäre ich abgelenkt.

»Ich bin nicht so. So wie er.‹«

»Habe ich das gesagt?« Ich nehme eine Tasse.

»Ja. Und jetzt verstehe ich es. Das ist es, wovor du Angst hast, richtig? Man muss wissen, wer man ist, um atmen zu können.«

Grace hat einen Bogen in der Hand und schießt einen Pfeil nach dem anderen ab, alle direkt in die Mitte der Zielscheibe, wobei ich nicht einmal weiß, wie sie es macht, weil sie es mit geschlossenen Augen tut.

»Ich will das nicht bestreiten, aber nach der schlaflosen Nacht steht mir nicht der Sinn danach, tiefgründig über das Leben zu sinnieren. Möchtest du Milch in deinen Kaffee?«

»Ja, bitte.«

Sie macht es sich mit der heißen Tasse in der Hand auf dem Bett bequem, und wir schweigen beide, während Grace durchs Fenster den Tagesanbruch betrachtet und ich sie nicht aus den Augen lasse. Dabei muss ich immer wieder an die Schlaglöcher denken, die ich gegraben habe, damit es kein *Uns* gibt, und auch an all diejenigen, denen ich ausgewichen bin. Ich glaube nicht, dass ich der richtige Mensch für jemanden bin, der sein Leben in

Ordnung bringt und dem die Welt zu Füßen liegt. Ich weiß, was ihre Schwester wollte, erkenne das Potenzial, das sie in ihr sah, und frage mich, ob ich am Ende nicht eine Belastung sein werde.

»Es sind nur noch wenige Kästchen übrig«, sage ich.

»Es wäre schön, wenn das Ende des Spiels mit dem Ende des Sommers zusammenfallen würde«, sagt Grace und umfasst ihre Knie. »Dann bleibt noch Zeit.«

»Wer wohnt in dem Haus, zu dem ich dich gebracht habe?«

»Ach, das.« Sie leckt sich nachdenklich über die Lippen und lächelt dann. »Eine Freundin. Eine echte Freundin. Ihr Name ist Olivia, wir kennen uns schon seit unserer Kindheit, aber wir hatten einen Streit … Weißt du noch, was mit Sebastien passiert ist?«

»Ja.«

»Es gab da einen Zusammenhang.«

»Ich weiß nicht, ob ich das wissen will.«

»Wahrscheinlich nicht.«

Ich trinke meinen Kaffee aus, spüle die Tasse und trockne sie mit einem Tuch ab, bevor ich sie wegstelle. Dabei spüre ich Graces Blick auf mir, und dann legen sich ihre Hände um meine Taille.

»Ich mag das«, sagt sie.

»Was?«

»Dass du so methodisch, so akribisch bist. Ich habe noch nie eine Tasse gespült, nachdem ich Kaffee getrunken habe. Ich denke immer, das kann man *später* noch machen, alles später.«

»Und was denkst du, wenn es *später* ist?«

»Ich wünschte, ich hätte es früher getan.«

Sie lacht, und ich spüre ein Kribbeln in der Brust, das nur ein Glücksgefühl sein kann. Wie sie sich entspannt, wenn ein Lachen in ihr aufsteigt, es klingt wie ein Musikinstrument, das einfach so vibriert. Ich wünschte, sie würde niemals damit aufhören. Ich muss auch lachen, als sie sich an mich schmiegt, und wir küssen uns, sie schmeckt nach Frühstückskaffee. Wir fallen wieder aufs Bett. Grace streichelt mir übers Kinn. Sie hat während der Nacht jeden Zentimeter meines Körpers inspiziert wie in einem Anatomiekurs.

»Ich möchte dir etwas sagen«, flüstert sie, und ich sehe sie an.

»Als ich nach dem Abend auf der Kirmes nach Hause gekommen bin, war ich ... verwirrt.«

»Verwirrt.« Ich bin von diesem Wort überrascht, denn normalerweise ist Grace sehr präzise in ihrer Wortwahl.

»Ja. Vielleicht lag es daran, dass ich gerade dreiundzwanzig geworden war, denn an bedeutenden Daten ist es leicht, sich in eine alberne Lebensbilanz zu verstricken, oder weil der Tag ein Wechselbad der Gefühle war, nachdem ich alles über dich erfahren habe.«

»Oder weil ich dich geküsst habe«, scherze ich.

Grace verengt die Augen und lacht.

»Du bist immer noch arrogant.«

»Das hat wehgetan«, sage ich.

»Jedenfalls war ich ziemlich verwirrt, Will. Daher habe ich zu Hause einen Stift und Papier genommen und eine Bewerbung für die Uni geschrieben.«

»Was hast du gesagt?«

»Es ist verrückt, nicht wahr? Außerdem hat das, was ich geschrieben habe, keinen Sinn ergeben. Ich habe immer gehört, dass man seine Stärken hervorheben muss, aber ich war einfach ehrlich und habe die Wahrheit geschrieben: dass ich mich die meiste Zeit verloren fühle und mich nicht einmal aufraffen kann, aufzustehen und etwas Nützliches oder Interessantes mit meinem Leben anzufangen, obwohl mir bewusst ist, dass ich, wir alle, irgendwann sterben werden. Und ich habe über meine Schwester geschrieben. Dass ich geboren wurde, um sie zu retten, aber jetzt ist sie weg und ich ... Manchmal habe ich das Gefühl, ich werde mich jeden Moment auflösen und verschwinden.«

Zu viele Informationen. Wenn Grace aus dem Herzen spricht und die Worte mit einer so überwältigenden Aufrichtigkeit aneinanderreiht, habe ich immer das Gefühl, überzulaufen, und mache mir Sorgen, dass ich nicht mithalten kann.

»Du wirst dich nicht auflösen. Glaub mir. Du bist hier bei mir, und du bist der gefestigste Mensch, den ich kenne. Und was das andere angeht ...« Ich streiche ihr das Haar aus dem Gesicht. »Ich denke, das ist der Beweis dafür, dass du anfängst, dich zu verändern.«

»Ich weiß.«

»Aber ...«

»Was?«

»Es ist die schlechteste Bewerbung, die je geschrieben wurde.«

»Ich bin sicher, das stimmt nicht. Welches Fach?«

»Kunstgeschichte.«

»Hätte ich mir denken können.«

»Warum?«

»Du hast schon mal darüber gesprochen. Außerdem passt es zu dir, etwas zu studieren, das mit der Vergangenheit zu tun hat und heute weiterlebt. Sieh mich nicht so an, das ist nur eine Art, die Welt zu sehen. So wie es Menschen gibt, die Latein oder Altgriechisch lernen, gibt es auch Menschen, die es nicht verstehen, weil sie es für wenig nützlich halten. Und mit der Kunst ist es so ähnlich, sie ist etwas Statisches, etwas, das ein anderer Mensch vor Hunderten von Jahren geschaffen hat und das auch heute, so lange danach, noch ...«

»… schön ist«, beendet Grace meinen Satz.
»Ja. Es ist eine Möglichkeit, etwas zu bewahren.«
»Auf jeden Fall …« Sie zeichnet Spiralen auf meinen Arm. »Aber es ist eh egal, denn niemand, der bei klarem Verstand ist, würde mich auf der Grundlage dieses Schreibens aufnehmen, und ich habe nichts anderes. Mein Abschlusszeugnis von der Schule war nicht besonders gut.«

Ich schlucke und atme tief durch.

»Welche Uni?«

»San Francisco.«

»Und warum dort?«

»Ich weiß es nicht. Vielleicht wegen des schönen Wetters oder weil es die Stadt ist, in die ich mit meiner Familie reisen wollte, doch wir mussten es stornieren. Ich habe nicht viel darüber nachgedacht.«

Als Grace mich küsst, sind wir uns wohl beide bewusst, dass diese Stadt, San Francisco, gerade zu einer Parenthese geworden ist, nicht wegen der Entfernung, die uns trennen würde, wenn sie dort wäre, sondern weil Grace beginnt, ihren eigenen Weg zu gehen, auch wenn sie manchmal zwei Schritte vor und einen zurück macht, während ich … Ich liege weit zurück.

40

Grace

Ich bin gerade mit meinem Vater in einem Supermarkt, weil vor vier Tagen etwas geschehen ist, als ich morgens nach Hause kam und meine Eltern in der Küche auf mich warteten. Meine Mutter hatte eine dampfende Tasse Kaffee in der Hand, und als sie mich ansprach, stand ihr die Sorge ins Gesicht geschrieben:
»Dürfte ich fragen, wo du die Nacht verbracht hast?«
»Hm, warum?« Ich bin es nicht gewohnt, mich zu rechtfertigen, und eigentlich bin ich auch zu alt dafür, aber vermutlich hat es damit zu tun, dass ich noch bei meinen Eltern wohne.
»Ich war bei Will.«
»Und da gehst du mitten in der Nacht hin?«
»Ja. Es war ein Notfall«, erklärte ich.
Meine Mutter sah nicht wirklich zufrieden aus. Sie warf mir einen eindringlichen Blick zu, und ich dachte, dass meine Mutter trotz allem, trotz der Distanz, die manchmal zwischen uns bestanden hat, die Superkraft hat, Dinge zu spüren, die alle anderen nicht bemerken.
Dann wandte sie sich an meinen Vater.
»Was meinst du, Jacob?«
Dad stieß einen Seufzer aus und nahm die Milch aus dem Kühlschrank.
»Ich denke, du solltest ihn vielleicht mal zum Essen einladen.«

»Will?«, fragte ich, immer noch verblüfft.
»Gibt es noch mehr?« Mom hob eine Augenbraue.
»Nein.«
»Dann ja, wir meinen Will.«
»Bist du mit diesem Jungen zusammen?«, fragte Dad.
»Ich nehme es an«, brachte ich heraus.
»Nimmst du es an, oder weißt du es?«, ließ Mom nicht locker.
»Ich weiß es.« Ich verdrehte die Augen.
»Wir würden ihn gern kennenlernen, nicht wahr, Rosie?«
»Genau«, schloss meine Mutter.

Ich weiß immer noch nicht, ob ich zugestimmt habe, weil ich zu überrascht oder es das erste Mal war, dass sich meine Eltern so verhalten haben, denn tief in meinem Inneren gefällt es mir möglicherweise. Vielleicht habe ich mir sogar jahrelang Grenzen und Vorgaben gewünscht; vielleicht müssen meine Eltern nur wie ein ganz normales Ehepaar zusammen in der Küche frühstücken, damit ich spüre, dass es noch Hoffnung gibt und dass das Leben weitergeht.

»Du willst also deine Spezialsoße machen, um damit anzugeben«, sage ich zu Dad, während ich ihm durch einen Gang des Supermarkts folge. »Ich glaube, Will würde sie gut schmecken.«
»Hat er noch andere Vorlieben?«
»Er liebt Käse«, erinnere ich mich.
»Okay, dann kaufen wir welchen.«

Wir gehen zu den Milchprodukten. Als ich den Wagen zwischen den Regalen hindurchschiebe, beschließe ich, einen kurzen Umweg zu machen.

»Ich hole mir ein paar Cornflakes und komme dann zum Käse rüber«, sage ich.

Mein Vater nickt und geht weiter. Es gibt über dreißig Sorten an Zerealien, und ich frage mich nicht, wie die Menschheit auf dem Mond gelandet ist oder den Fernseher erfunden hat, sondern wie wir es geschafft haben, bei etwas so Einfachem wie Getreide so kreativ zu sein. Tief im Inneren bin ich dankbar dafür. Ich lege zwei Schachteln in den Einkaufswagen, eine mit Schoko-Cornflakes und eine mit Puffreis.

Ich sehe Dad am Ende des Gangs mit den Milchprodukten. Er spricht mit einer Frau, die jünger ist als er, wahrscheinlich Anfang dreißig. Sein Gesichtsausdruck wirkt besonnen, aber er sieht ihr auf diese besondere Art in die Augen, die früher unter unseren Nachbarinnen für Gesprächsstoff gesorgt hat.

»Hallo«, sage ich.

»Ah, Grace.« Dad tritt einen Schritt zurück. »Hast du die Cornflakes schon geholt? Sehr gut. Hier ist der Käse. Wir sollten uns nicht zu lange aufhalten.«

Ihr Ausdruck hat etwas Zerbrechliches, als sie zu ihm aufschaut.

»Mein Name ist Allison«, sagt sie. »Ich arbeite mit Ihrem Vater zusammen.«

»Schön, Sie kennenzulernen. Und ja, ich habe die Flakes.«

»Perfekt. Wir sehen uns im Büro«, sagt er zum Abschied.

Mein Vater legt seinen Arm um meine Schultern und schiebt mich den Gang hinunter. Wir nehmen noch ein paar Dinge mit, die wir brauchen, gehen dann zur Kasse und stellen die Einkäufe in den Kofferraum. Nachdem wir eingestiegen sind und er losgefahren ist, fällt mir auf, dass wir schon eine Weile nicht mehr miteinander geredet haben.

»Diese Allison wirkt sehr sympathisch.«

»Ja, das ist sie.« Dad setzt den Blinker, und das Geräusch hört sich im Auto seltsam an, obwohl es eigentlich wie immer klingt.

»Du hast noch nie von ihr gesprochen.«

»Sie arbeitet noch nicht lange bei uns«, sagt er.

»Einen Monat, zwei …?«, lasse ich nicht locker, und inzwischen ist uns wohl beiden bewusst, dass das Gespräch nicht ganz banal ist.

»Anderthalb Jahre. Was ist los mit dir?«

Ja, genau: Was ist los mit mir? Ich weiß es nicht. Ich schüttle den Kopf und sage nichts mehr, bis wir zu Hause sind. Heute ist ein besonderer Tag, ich will ihn nicht mit meinen Fantasien verderben. Der Gedanke, dass Will zum Abendessen kommt, macht mich nervös. Ich habe noch nie einen Jungen nach Hause eingeladen, und ich habe es auch nie vermisst, aber bei ihm … Ich will, dass meine Eltern ihn kennenlernen und ihn genauso mögen wie ich, ihn genauso interessant finden.

Ich gehe nach oben, während Dad die Einkäufe einräumt, und klopfe an die Tür des Elternschlafzimmers, um meine Mutter an die Gruppentherapie heute Nachmittag zu erinnern. Dad wird in der Zeit schon mal das Abendessen vorbereiten.

»Ich bin wach, komm rein!«, antwortet sie.

Seit ein paar Wochen schon legt sie sich tagsüber nicht mehr ins Bett. Ich finde sie vor dem Schminktisch sitzend vor, wo sie sich im Spiegel betrachtet. Sie ist sonderbar ernst.

»Was machst du da, Mom?«

»Nichts, ich habe mich nur angeschaut. Das habe ich schon lange nicht mehr getan.«

Ich setze mich in den blumengemusterten Sessel in der Ecke und sehe sie an. Sie trägt ein lockeres, perlgraues Kleid, das sie seit Jahren nicht mehr angezogen hat; ihr Gesicht ist ein wenig gealtert, und der Schmerz hat seine Spuren hinterlassen; ich weiß nicht, was ihre Haut stärker gezeichnet hat. Ihr Haar fällt locker und offen auf ihren Rücken.

»Es ist gut, sich manchmal selbst zu betrachten«, sage ich.

»Wahrscheinlich. Ich sehe anders aus, findest du nicht auch?«

Anders, seit wann?, würde ich sie gern fragen, aber die Antwort darauf will wahrscheinlich keine von uns beiden hören, so wie *anders als damals, als ich deinen Vater kennengelernt habe* oder *als ich die Beste in der Firma war* oder *anders als damals, als Lucy noch gelebt hat.*

»Du siehst sehr hübsch aus.«

»Ich bin mir nicht sicher ...«

»Doch.« Ich lächle und stehe auf. »Aber du könntest mal zum Friseur gehen und die Spitzen schneiden lassen. Oder ich könnte das machen, wenn du möchtest. Ich kann das ganz gut.«

Das stimmt. Ich schneide mir immer den Pony selbst, und Olivia hat mich auch an ihr Haar gelassen, wobei ich ehrlich gesagt nicht genau weiß, warum. Sogar Lucy hat sich ab und an in meine Hände begeben, obwohl sie eigentlich zu eitel war, um so etwas zu riskieren.

»Das wäre super. Ich habe morgen eine Besprechung.«

»Und worum geht es dabei?«

»Um Annes Projekt. Sie hat mich überzeugt. Es ist eine interessante Sache. Die Häuser sind perfekt, nicht zu groß, solide gebaut. Es muss nur ein wenig daran gearbeitet werden. Ich würde dich gern mal mitnehmen und sie dir zeigen.«

»Das wäre toll. Also dann hole ich die Schere?«

»Jetzt?«

»Ja! Warum nicht?«

Mom lässt sich von meinem Elan anstecken, und wir stellen einen Hocker vor das Waschbecken im Badezimmer. Ich befeuchte ihr Haar mit einem Zerstäuber und entwirre es. Danach überlege ich nicht lange, sondern setze hier und da die Schere an. Ich bin überrascht, weil meine Mutter meinen Fähigkeiten einfach so vertraut, aber sie bleibt gelassen, während die Haarbüschel auf den Badezimmerboden fallen; ab und zu schließt sie sogar die Augen, und ich kann nicht anders, als mich zu fragen, was sie denkt.

Vorn schneide ich ihr Haar leicht stufig und brauche mehrere Anläufe, bis es gerade ist. Als ich fertig bin, reichen die Haarspitzen gerade noch bis zu ihren Schultern, und die silbernen Strähnen stehen ihr gut; der neue Haarschnitt lässt sie lockerer wirken.

Ich bleibe hinter ihr stehen, und unsere Blicke begegnen sich im Spiegel. Ich habe viele Jahre gebraucht, um meine Mutter zu verstehen. Man lässt sich leicht vom ersten Impuls leiten und denkt, sie hätte meine Schwester immer mehr geliebt als mich, denn es war so offensichtlich, dass sie und Lucy sich näherstanden, was mich sehr verletzt hat. Aber tief im Inneren verstehe ich sie. Sie liebte uns auf unterschiedliche Art. Und ich bewundere sie, denn sie hat für ihre Familie die berufliche Karriere aufgegeben und anderen so viel gegeben und ist dabei selbst auf der Strecke geblieben. Sie hat sich der schwierigsten Situation gestellt, die es gibt: dem Verlust eines Kindes.

Sie nimmt meine Hand, die auf ihrer Schulter ruht, und lächelt. Es ist ein sehr trauriges Lächeln, und es ist voller unausgesprochener Worte, aber es liegt auch Hoffnung darin.

»Du siehst toll aus«, sage ich.

»Vielen Dank, Grace.«

Später, bei der Gruppentherapie, versichern ihr alle, dass die neue Frisur ihr gut steht, und sie scheint sich über die Komplimente zu freuen. Wir essen Bagel mit Orangengeschmack, die Jane mitgebracht hat, und trinken frisch aufgebrühten Kaffee, bis Faith die Sitzung beginnt. Adrien sagt etwas, das uns alle überrascht:

»Ich habe jemanden kennengelernt.«

Ein längeres Schweigen tritt ein.

»Wow, das ist wunderbar«, sagt Faith schließlich und schenkt ihm einen ihrer freundlichen Blicke, der Adrien aber nur noch tiefer in seinen Stuhl sinken lässt.

»Ich kann nicht mit ihr ausgehen. Ich fühle mich ...«

»... schrecklich«, wirft Matilda ein, die verwitwete Mutter eines kleinen Sohnes. »Allein der Gedanke daran macht mir schon ein schlechtes Gewissen.«

»Willst du uns mehr darüber erzählen, Adrien?«, fragt Faith.

»Es ist auf dem Parkplatz des Einkaufszentrums passiert. Eine Frau hat ihren Parkschein verloren, und ich sah, dass sie danach gesucht hat, also habe ich ihr geholfen. Wir sind gemeinsam über den Parkplatz gegangen und haben uns dabei unterhalten. Bevor wir uns verabschiedet haben, hat Rita ihre Telefonnummer aufgeschrieben und mir versichert, dass sie gern mal mit mir etwas trinken gehen würde.«

»Und?« Ich sehe ihn erwartungsvoll an.

Adrien wendet sich mir mit einem Stirnrunzeln zu.

»Und nichts. Ich kann sie nicht anrufen. Das kann ich einfach nicht.«

»Kannst du es nicht, oder willst du es nicht? Oder kannst du es nicht, weil die Vorstellung dir Angst macht?«, insistiere ich.

»Grace, lass Adrien es erklären.«

Ich schweige, obwohl ich ihm am liebsten sagen würde, er soll ins kalte Wasser springen, ohne weiter darüber nachzudenken, diese Rita anrufen, sie zum Taco-Essen beim Mexikaner einladen und mit ihr tanzen gehen, denn das Leben vergeht schnell wie im Flug! Aber aus Erfahrung weiß ich, dass es, auch wenn es von außen einfach aussieht, nicht so einfach ist.

»Ich würde gern mit ihr ausgehen, es war schön, ein wenig Zeit mit einer Frau zu verbringen, aber ich kann es nicht. Ich habe das Gefühl, meine Kate zu verraten.«

»Ich verstehe dich.« Matilda nickt.

»Ich trauere um meinen Mann, seit er gestorben ist, und das ist nun schon über dreißig Jahre her«, wirft Jane mit zitternder Stimme ein. »Und darf ich dir etwas sagen, mein Lieber?« Sie wendet sich an Adrien, der neben ihr sitzt.

»Natürlich.«

»Du solltest sie anrufen.«

»Aber du hast doch gerade gesagt, dass du …«

»Genau das ist der Grund. Ich weiß, wovon ich spreche. Das Leben … das Leben kann sehr lang werden, wenn man keine Freunde und Menschen hat, die man liebt.«

Ich würde am liebsten aufstehen und diese Frau umarmen, lasse es aber, weil die Nächste in der Gruppe, die etwas sagt, meine Mutter ist.

»Jane hat recht, aber ich kann deine Angst verstehen«, sagt sie zögernd. »So habe ich mich auch schon gefühlt, obwohl meine Situation ganz anders ist. Manchmal ist die Vorstellung, etwas mit Grace zu unternehmen, einen Moment mit meiner verbliebenen Tochter zu teilen, schwierig, weil ich das niemals mehr mit Lucy tun kann.«

Ich sage nichts, während der Rest der Gruppe weiter über Schuld und Verrat spricht. Ich hätte nie gedacht, dass meine Mutter so über uns, über Lucy und mich, denken würde, und es tut mir gut, dass sie es gesagt hat.

Nach der Sitzung kehren wir nach Hause zurück.

Meine Mutter merkt mir die Nervosität wegen des bevorstehenden Abendessens mit Will an, und das scheint sie zu amüsieren, denn sie lächelt und sagt:

»Du magst diesen Jungen also wirklich.«

»Ja. Ein wenig. Ein wenig mehr. Sehr.«

»Gut, dass es dir bewusst ist.«

»In Herzensdingen habe ich nie Zweifel gehabt«, sage ich, denn es ist die Wahrheit. Ich kann mich nicht daran erinnern, dass ich unbedeutenden Sex jemals mit etwas anderem verwechselt habe oder ich mir, wenn ich mit jemandem zusammen war, etwas eingebildet habe, was nicht vorhanden war. Oder dass ich für jemanden das Gleiche empfunden habe wie für Will. Ich habe mir nie etwas vorgemacht, weil ich nicht an lauwarme Gefühle glaube.

»Wie ist er denn so?«

»Du wirst ihn ja in weniger als einer Stunde kennenlernen.«

»Ich weiß. Aber ich möchte wissen, wie du ihn siehst.«

»Na ja ... Er ist intelligent.«

»Das ist sehr zu begrüßen.«

»Und unterhaltsam. Er bringt mich zum Lachen.«

»Was ja nicht so einfach ist.«

»Genau.« Ich lenke den Wagen, denn ich wollte auf dem Rückweg am Steuer sitzen. Der Himmel ist zart rosa gefärbt, mit einigen orangefarbenen Einsprengseln. »Und auch wenn es oberflächlich klingt: Er ist sehr attraktiv. Außerdem kann er mir bei einem Gespräch folgen, hat auf alles eine Antwort, und ich habe nicht das Gefühl, ich rede mit mir selbst, wie es bei den meisten anderen der Fall ist.«

»Allein das ist bewundernswert«, scherzt meine Mutter.

»Sehr witzig.« Aber ich kann nicht aufhören zu lächeln.

»Ich freue mich, dass du verliebt bist, Grace. Jeder Mensch sollte sich mindestens einmal im Leben verlieben«, fügt sie hinzu, und ich frage mich, ob sie dabei an Lucy denkt und an die Dinge, die sie nicht erlebt hat und nie erleben wird. »Du erinnerst mich ein bisschen an mich selbst.«

»Als du Dad kennengelernt hast?«

»Hm, ja. Aber auch an vorher.«

»Vorher?« Ich werfe ihr einen Blick zu.

»Dein Vater war nicht der erste Mann, in den ich mich verliebt habe. Ich war davor schon anderthalb Jahre mit einem anderen Mann zusammen, einem Engländer, den ich an der Uni kennengelernt habe. Es war ziemlich ernst.«

»Du brauchst jetzt nicht ins Detail zu gehen.«

»Was ich dir sagen will, Grace, ist, es lohnt sich, auch die vorübergehenden Beziehungen, die nur ein paar Monate oder Jahre andauern, intensiv zu erleben. Es muss nicht immer fürs Leben sein, das ist Blödsinn.«

Sie hat recht, schweigend fahre ich weiter.

Ich habe Endgültiges noch nie gemocht. Wenn ich die letzte Seite eines Buches lese, kribbelt es mir immer in den Fingern, weil ich weiterblättern möchte, wo es nichts mehr gibt. Ich frage mich, wie es weitergeht, was aus den Protagonisten wird, und es erscheint mir ungerecht, sie nur einen kleinen Teil ihres Lebens zu begleiten. Bei Filmen schaue ich mir immer den Abspann an, und manchmal spule ich den Film mehrmals zurück, genieße noch einmal die letzte Szene und wünsche mir, ich könnte es im echten Leben genauso machen. Und wenn ich einen Song wirklich mag, höre ich ihn so oft, dass ich irgendwann genug davon habe, aber selbst dann lösche ich ihn nicht. Nein, ich mag nichts Endgültiges.

Ich stelle das Auto vor der Garage ab und fahre nicht hinein, denn wir sind etwas spät dran, und ich will keine Zeit verlieren. Im Haus riecht es nach gebratenem Fleisch, nach Honig und Kräutern. Wir treffen Dad vor dem Herd an.

»Hallo. Das riecht aber gut«, sage ich.

Er schaut über seine Schulter und lächelt.

»Grashüpfer, im Esszimmer wartet eine Überraschung auf dich. Oder, besser gesagt, zwei. Sieh nach.«

Ich mache auf dem Absatz kehrt und gehe hinüber. Bevor ich die Tür öffne, höre ich Stimmen, und dann sehe ich Will auf dem Sofa neben einem Mann mit faltigen Wangen, stahlgrauen Augen und schneeweißem Haar sitzen.

»Großvater!« Ich stürze auf ihn zu.

41

Will

Als ich Zeuge dieser Umarmung werde, verstehe ich sofort, dass Graces Bindung an Henry weit über das verwandtschaftliche Verhältnis hinausgeht. Sie schließt die Augen, während sie sich an ihn schmiegt, weil sie sich sicher fühlt, und atmet tief den vertrauten Geruch ein. Er lacht und klopft ihr scheinbar verlegen auf den Rücken, ist aber eigentlich gerührt.

»Was machst du denn hier?«

»Es war an der Zeit, zurückzukommen, und wie es scheint, bin ich genau im richtigen Moment hier, auch wenn mir niemand eine Einladung zum Essen geschickt hat«, sagt er humorvoll und deutet auf den Koffer, der im Eingangsbereich steht. »Ich bin direkt vom Flughafen hergefahren.«

»Du hast Will schon kennengelernt, wie ich sehe.«

»Ja, ich habe ihn bereits ausgefragt«, scherzt er.

»Er hat mich nur mit einem Elektroschocker bedroht, nichts Ernstes.«

Ich presse die Lippen zusammen, um nicht zu lachen.

»Noch habe ich alle meine Gliedmaßen.«

»Noch«, wiederholt Henry.

»Großvater!«

Ich werfe Grace einen beruhigenden Blick zu, denn in Wirklichkeit war das Gespräch alles andere als beunruhigend. Wir haben über seine Reise nach Florida gesprochen und über seine Arbeit in der Werkstatt, über die kleine Kiste, die er für Lucys Spiel entworfen hat, und über meine Zeit mit Lucy im Krankenhaus.

Doch die angenehme Stimmung ist sofort vorbei, als Mrs. Peterson den Raum betritt. Sie begrüßt zuerst ihren Vater, und dann richtet sie ihren Blick auf mich. In dem Moment weiß ich, dass sie mich wiedererkennt. Sichtlich verwirrt runzelt sie die Stirn.

»Du bist Will?«

»Ja«, antworte ich.

»Wir sind uns schon mal begegnet.«

»Ich weiß.«

Mrs. Peterson sieht ihre Tochter an.

»Was geht hier vor?«

Großvater Henry seufzt und sieht seine Enkelin zweifelnd, aber ruhig an, vielleicht weil er weiß, dass es an der Zeit ist und es jetzt kein Zurück mehr gibt.

»Du hast es ihr noch nicht erzählt, Grace?«

»Nein«, antwortet sie leise.

»Was sollst du mir erzählen?«

Das reicht aus, damit Henry und ich aus dem Wohnzimmer verschwinden und die beiden sich selbst überlassen. Wir gehen in die Küche, und Jacob wirft uns einen fragenden Blick zu, nachdem er den Herd ausgeschaltet hat.

»Stimmt etwas nicht?«, fragt er.

»Rosie erfährt gerade, was es mit der *Karte der Sehnsüchte* auf sich hat«, murmelt Henry, »und ich brauche ein Glas Wein, um diese triumphale Ankunft zu verkraften.«

»Ich wollte gerade eine Flasche öffnen«, sagt Jacob und entkorkt sie. Er nimmt zwei Wassergläser und sieht mich an.

»Möchtest du lieber ein Weinglas?«

»Nein, danke. Ich nehme Wasser.«

»Guter Junge«, sagt Henry.

In der Küche herrscht unbehagliches Schweigen. Vielleicht befürchten Jacob und Großvater Henry, Rosie heiße die Existenz des Spiels nicht gut, obwohl Grace mehrfach hat durchblicken lassen, dass ihre Mutter inzwischen gelassener ist. Ich fühle mich ein wenig fehl am Platz. Es ist schon lange her, dass ich an einem Familientreffen teilgenommen habe. Letztes Jahr habe ich beschlossen, an Weihnachten nicht nach Hause zu fahren, und nachdem meine Eltern es akzeptiert hatten und nicht mehr darauf bestanden, sind sie nach Kanada gefahren und haben die Feiertage mit meiner Tante, meinem Onkel und dem Rest der Familie verbracht. Aber als Grace mich eingeladen hat, konnte ich nicht ablehnen, obwohl ich Paul bitten musste, mir den Abend freizugeben. Ich bin mir allerdings nicht sicher, was die Petersons von mir erwarten, und der Gedanke, ihren Erwartungen gerecht werden zu müssen, lähmt mich ein wenig, weil er mich an die Version von mir selbst erinnert, die ich hinter mir lassen will.

»Grace hat mir erzählt, dass du Jura studiert hast«, sagt Jacob, wohl um das unangenehme Schweigen zu brechen.

»Ja.« Ich trinke einen Schluck Wasser.

»Aber du arbeitest nicht in deinem Beruf.«

»Nein.«

Jacob begutachtet den Braten und wischt sich dann die Hände an seiner Schürze ab.

»Willst du das ändern? Denn wenn du dich im Immobilienrecht auskennst, könnte ich vielleicht etwas für dich tun. Ich glaube, die Agentur, für die ich arbeite, sucht gerade jemanden.«

»Ich weiß noch nicht, was ich machen möchte.«

»Oh, ich verstehe. Hast du gerade ein Sabbatical? Das hab ich mir nach dem Studium auch gegönnt. Was für eine Zeit! Es war großartig, ich bereue es nicht.«

Jacob zerkleinert ein paar Mandeln, und Henry sieht mich an, nachdem er einen Schluck Wein getrunken hat. Ich glaube, Graces Großvater durchschaut mich, aber ich widerspreche Jacob nicht. Es scheint mir auch nicht ratsam, den beiden gegenüber zuzugeben, dass ich keine Ahnung habe, was ich mit meinem Leben anfangen werde, und ich einen Kloß im Hals spüre, wenn ich nur daran denke, dass ich irgendwann entscheiden muss, welchen Weg ich einschlage, weil ich Angst habe, wieder falschzuliegen.

Es vergehen weitere fünfzehn Minuten mit oberflächlichem Geplauder. Jacob bemüht sich, das Gespräch in Gang zu halten, während Henry das Schweigen überhaupt nicht zu stören scheint. Er steht ruhig und nachdenklich mit seinem Glas Wein in der Hand da, als Grace mit glänzenden Augen und blassem Gesicht in der Küche erscheint.

»Wie ist es gelaufen?«, frage ich.

»Gut, sehr gut. Sie sitzt schon am Tisch und wartet auf das Abendessen.«

Grace geht um ihren Großvater herum und nimmt sich ein Bündel Servietten und das Besteck. Ich folge ihr, um ihr zu helfen. Ich weiß nicht, warum sie so verärgert aussieht, wenn doch alles gut gelaufen ist, was sich bestätigt, als ich das Wohnzimmer betrete und Mrs. Peterson sehe. Sie wirkt ganz normal.

Als wir alle Platz genommen haben, sieht sie mich an.

»Danke für die Zeit, die du mit Lucy im Krankenhaus verbracht hast. Aus den wenigen Worten, die sie mir über dich erzählt hat, schließe ich, dass du ihr wichtig warst. Sie hat deine Freundschaft sehr geschätzt.«

»Ich ihre auch«, versichere ich.

»Gut. Dann lasst uns darauf anstoßen.« Sie hebt das Glas, das Jacob gerade gefüllt hat, lächelt und sieht uns an. »Auf Lucy.«

Das leise Klirren erfüllt den Raum, bevor wir mit dem Abendessen beginnen. Das Essen ist köstlich, wahrscheinlich schmeckt es mir so gut, weil es lange her ist, dass ich ein mit Liebe gekochtes Gericht gegessen habe, bei dem das Fleisch so zart ist, dass es auf der Zunge zergeht, und auch die Soße und die Beilagen sind perfekt. Aber während wir unsere Teller leeren, Jacob zu oft sein Glas nachfüllt und Rosie versucht, ihrem Vater ein paar Worte über die Reise abzuringen, beunruhigt mich Graces Verhalten immer mehr. Sie sagt kein Wort.

»Du hast also nicht vor, uns mehr über die Zeit in Florida zu erzählen? Bei unseren Telefonaten warst du auch schon so wortkarg …«

»Mhm.« Henry kaut und schluckt. »Die Stechmücken waren eine Plage.«

»Und das war's?« Seine Tochter zieht die Augenbrauen hoch. »Ich hoffe, sie nehmen das in ihre Werbung auf: ›Was Sie nicht verpassen dürfen: Floridas Mücken.‹«

»Rosie, was willst du wissen? Ich bin einfach aufgestanden, zum Angeln gegangen, habe gegessen, hab mir die Beine vertreten und geschlafen. Ein echter Urlaub, wie man ihn früher gemacht hat, als man noch nicht in kürzester Zeit alles Mögliche sehen und ausprobieren musste.«

»Klingt erholsam«, sagt Jacob.

Grace mischt sich nicht in das Gespräch ein, was für sie ungewöhnlich ist. Ich sehe sie an. Sie stochert in dem gebratenen Gemüse auf ihrem Teller herum, aber als sie bemerkt, dass ich sie beobachte, lächelt sie und spießt eine Karotte auf.

Entgegen meiner Erwartungen ist die Stimmung beim Essen recht angenehm. Jacob gibt sein Bestes, damit ich mich wohlfühle, auch wenn er zu viele Fragen stellt, und Rosie ist sehr freundlich. Großvater Henrys Schweigen stört mich nicht, sondern ich schätze es. Ich erzähle ihnen, dass ich in Ink Lake geboren wurde und meine Familie dann nach Lincoln gezogen ist, aber sie können sich nicht an eine Familie Tucker erinnern, die außerhalb der Stadt auf einer Farm lebte. Sie fragen mich erneut nach meinem Studium, und ich gehe nicht zu sehr ins Detail. Als ich mit dem Dessert fertig bin, spüre ich, wie das Gefühl der Anspannung sich verflüchtigt und einer angenehmen Müdigkeit weicht. Und einer unerwarteten Sehnsucht, denn das Zusammensein mit dieser Familie lässt mich an meine eigene denken, an die Zeiten, in denen meine Mutter für uns alle gekocht hat und wir uns zum Essen um den Tisch versammelt und Neuigkeiten ausgetauscht haben. Ich erinnere mich an die stolzen Blicke meiner Eltern, wenn ich ihnen erzählt habe, was ich vorhatte, Blicke, die immer seltener wurden, schon lange vor dem Unfall, als sie spürten, dass der Sohn, den sie zu kennen glaubten, nicht mehr existierte.

Nach dem Essen verabschiedet sich Henry und geht nach Hause, um sich auszuruhen. Graces Eltern versichern, dass sie sich um das Abräumen kümmern werden, und ich beuge mich vor und flüstere Grace ins Ohr, dass ich gern ihr Zimmer sehen würde, ich möchte wissen, wie ihr kleines Reich aussieht, aber auch mit ihr allein sein.

Ich folge ihr die Treppe hinauf.

Als wir eintreten, schließt sie die Tür hinter mir. Der Raum kommt dem, was ich mir vorgestellt habe, sehr nahe. Das Bett mit der fliederfarbenen Tagesdecke, die kleine Lampe mit dem Holzsockel, der aussieht wie handgemacht und wahrscheinlich von ihrem Großvater stammt, der chaotische Schreibtisch, Bücher, die sich hier und da stapeln, Kleidung auf dem Stuhl und eine Wand mit lauter kleinen Zetteln und Postkarten, ein schöner und rätselhafter Ort; auf einem Stück Papier steht in Großbuchstaben: WARUM? Mich überkommt das Gefühl, dass jedes Teil an dieser Wand eine Station auf dem Weg zu Graces Seele ist. Ich atme tief durch und richte den Blick auf ihren Nachttisch. Dort sehe ich die Postkarte mit Klimts Gemälde *Der Kuss*, das in Wien hängt, und neben ein paar Ringen und Mentholbonbons liegt das Buch, das sie gerade liest.

Ich nehme es in die Hand und zeige es ihr.

»*Abbitte*«, sage ich.

»Du solltest es lesen, Will.«

»Soll das eine Andeutung sein?«

Ein Lächeln zeigt sich auf ihrem Gesicht.

»Wer weiß?«

»Zu deiner Information: Das habe ich bereits gelesen.« Ich lege das Buch zurück. »Ich fand es nicht schlecht, aber ein bisschen prätentiös und langweilig.«

»Nein! Wie kommst du den darauf? Es ist einer meiner Lieblingsromane. Ich lese ihn jetzt zum zweiten Mal. Da steckt etwas zutiefst Verletzliches drin.«

»Wenn du es sagst.«

Grace lässt mich ihre Welt in aller Ruhe und ohne Einschränkungen begutachten. Mir fällt jedes unbedeutende Detail auf, wie es nur der Fall ist, wenn man von einer Person so angetan ist, dass alles um sie herum bedeutsam erscheint.

»Es war seltsam, weißt du? Dich zum Essen einzuladen. Das habe ich noch nie zuvor getan. Es ist auch das erste Mal, dass ein Mann in mein Zimmer kommt.«

»Ist das dein Ernst?« Ich trete auf sie zu.

»Warum bist du so überrascht?«

»Du bist doch so rebellisch. Ich habe mir vorgestellt, dass du eines dieser Teenager-Mädchen warst, die einen Jungen nachts aus dem Schlafzimmerfenster stoßen und ihn zwingen, vom Dach zu springen.«

»Wahrscheinlich ist dir das passiert.«

»Schuldig.« Ich lächle und streiche ihr über die Wange. »Wobei ich zugeben muss, dass ich auch schon mal springen musste.«

»Aus dem Fenster?«

»Ja. In Unterwäsche. Nichts, was du wissen willst.«

»Oh, glaub mir, ich will es wissen.«

»Nun, ein andermal. Der Punkt ist, Will, dass dies mein Reich ist. Und es fällt mir schwer, jemanden hier hereinzulassen, das habe ich dir ja schon gesagt.«

»Aber ich bin nicht irgendwer.«

»Genau. Mach nichts kaputt.«

»Auf keinen Fall. Ich gehe auf Zehenspitzen, wenn es sein muss.«

Grace verzieht langsam ihre Lippen, und ich stehle ihr das Lächeln mit einem sanften Kuss, der das, was sie heute Abend beunruhigt, jedoch nicht vertreiben kann.

»Wirst du mir erzählen, was los ist?«

»Ich weiß es nicht.« Sie löst sich von mir und seufzt, während sie das Fenster öffnet. »Manchmal verstehe ich mich selbst nicht, wie könntest du es also tun?«

»Lass es mich versuchen.«

Sie stellt einen Fuß auf die Fensterbank und schaut über die Schulter zurück zu mir. Obwohl es Abend ist, ist die Luft, die hereindringt, warm.

»Kommst du mit raus?«

»Natürlich.«

Ich folge ihr. Ich würde ihr überallhin folgen. Zwischen dem

Fenster und den schräg abfallenden Dachziegeln gibt es eine Nische. Wir sitzen dicht beieinander. Ich nehme ihre rechte Hand und streiche langsam über ihre Finger, nehme ihre kurzen, geraden Fingernägel, den Ring mit dem kleinen violetten Stein an ihrem Ringfinger und die Form ihres Handgelenks wahr. Ich habe noch nie das Bedürfnis verspürt, jemanden auf diese Weise zu betrachten. Ich glaube, ihr geht es genauso. Man könnte meinen, wir wären die ersten Menschen auf der Erde und würden uns gegenseitig entdecken.

»Gab es ein Problem mit deiner Mutter?«

»Nein, überhaupt nicht. Sie hat es gut verkraftet. Sie sagte: ›Meine Lucy, ganz besonders bis zum Ende‹, und hat mich umarmt. Sie hat nicht mal wie Dad gefragt, ob sie ihr auch einen Brief hinterlassen hat.«

»Und dann?«

»Als ich mit ihr gesprochen habe, habe ich ihr gesagt, dass nur noch zwei Kästchen übrig sind.«

»Ja.« Ich atme tief durch.

»Ich will nicht, dass es aufhört.«

»Ich weiß, Grace.«

»Wenn es vorbei ist …«

»Wird sie nicht mehr da sein. Zumindest nicht auf diese Weise. Aber auf andere Weise.«

»Lucy hatte recht, ich brauche sie. Was werde ich ohne sie tun?«

»Ich glaube, sie hat den Weg für dich geebnet.«

»Ja.«

»Und du weißt, wie es weitergeht.«

»Das ist möglich. Obwohl ich gern hätte, dass die *Karte der Sehnsüchte* ewig dauern würde, bis zum Ende meiner Tage, dass sie nie enden würde und dass das Leben ein Spiel wäre. Habe ich dir schon mal gesagt, dass ich nichts Endgültiges mag?«

»Ich glaube nicht.«

»Na ja, ich hasse es, aber nur, wenn es um Dinge geht, die ich sehr, sehr mag. Sonst ist es das Gegenteil. Ich erinnere mich nicht einmal mehr an das, was in meinem Leben passiert ist. Du hast das widersprüchlichste menschliche Wesen auf der Welt vor dir.«

»Komm her.« Ich umarme sie, schmiege meine Wange an ihre und seufze. »Du wirst das schaffen, Grace. Ich weiß es.«

Ich bin mir dessen absolut sicher, und es ist eine Ironie des Schicksals, dass ich ihr Ratschläge gebe, die ich selbst nicht befolge, dass ich absolut daran glaube und ich ihre Zukunft so klar vor mir sehe.

Und überhaupt, wer ist nicht widersprüchlich?

42

Grace

»Nimm einen Badeanzug und ein Handtuch mit, und wir werden unterwegs etwas zu essen kaufen.« Das waren Wills genaue Worte, als er am Samstagmorgen aus heiterem Himmel bei mir an der Haustür stand.
»Unterwegs wohin?«, habe ich gefragt.
»Das ist nicht wichtig. Komm schon, lass uns aufbrechen.«
Und nach mehr als zwei Stunden Fahrt stehen wir nun an einem kristallklaren Bach unter strahlend blauem Himmel mitten in der Natur.
»Du zuerst«, wiederhole ich.
»Die Idee überzeugt mich nicht wirklich.«
»Du hast den Ort ausgewählt. Das ist nur fair.«
Will stößt einen resignierten Seufzer aus. Das Wasser ist eiskalt. Ich weiß das, weil wir unsere Füße hineingetaucht haben, und anstatt weiterzugehen, haben wir beide einen Schritt zurück gemacht. Und da stehen wir immer noch und diskutieren darüber, wer zuerst hineingehen soll.
»In Ordnung«, stimmt er zu.
»Ich liebe es, wenn du vernünftig bist.«
»Aber ...«
»Ja?«
»Ich hasse es, allein zu sein.«

»Was, zum Teufel …?« Ich beende den Satz nicht, weil er mich packt und über seine linke Schulter legt. »Will! Will! Nein!« Aber es ist zu spät. Er springt. Und wir fliegen, scheinen für ein paar Sekunden fast zu schweben, und dann fallen wir. Die Kälte raubt mir den Atem. Sie ist stechend und durchdringend. Ich klammere mich an seinen Körper, als wir aus dem eisigen Wasser auftauchen. Ich möchte ihn schlagen und küssen, beides auf einmal. Als ich das sage, hustet Will, während er vergeblich versucht, nicht zu lachen. Ich lasse los und schwimme ein paar Züge gegen die Strömung.

»Was machst du denn?«

»Ich will, dass mir warm wird«, sage ich.

Lächelnd folgt er mir.

»Ich kann mir angenehmere Wege vorstellen.«

Mit ausgestreckten Armen drehe ich mich zu ihm um, das Wasser fließt um mich herum, dem Lauf des Bachs folgend. Im Gegensatz zu uns und dem Rest der Welt hat es eine feste Richtung. Ich beiße mir auf die Lippe und lächle.

»Du redest viel, Will, aber …«

Er umarmt mich und drückt mich an seine Brust. Dann küsst er meine rechte Schulter und wandert mit den Lippen meinen Hals hinauf, bis er mein Ohr streift und dort innehält.

»Wolltest du sagen, dass ich viel rede und wenig tue?«

»Das ist möglich.« Meine Augen sind geschlossen.

»Und denkst du das immer noch?«

Er bewegt die Hüften, und ich spüre seine Erregung. Plötzlich wird mir warm, weil etwas an ihm – die Art, wie er sich bewegt, seine tiefe Stimme, wie er mich berührt – mich zum Schmelzen bringt. Der Anblick von Butter, die in der Pfanne schmilzt, kommt mir in den Sinn. An dem Abend, an dem wir allein im Pub waren, habe ich ihm gesagt, dass ich das mag, und genau so fühle ich mich jetzt. Er ist die Bratpfanne, von der ich immer wusste, wie heiß sie ist. Und ich bin die unschuldige Butter.

»Nur noch ein bisschen«, sage ich, um ihn zu ärgern.

»Wirklich?« Seine Hand gleitet in meine Bikinihose und erreicht mühelos genau die Stelle, die meine Knie zum Zittern bringt. »Und jetzt?«, fährt er fort, während er sich fester an mich drückt.

»Mhm, na ja ...«

Er hält plötzlich inne. Seine Finger bleiben im Bikini, aber er bewegt sie nicht. Er streift mit den Zähnen mein Ohrläppchen. Ich möchte ihn langsam töten.

»Überleg es dir gut, Grace«, murmelt er.

»Du bist ein Idiot.« Ich habe einen Kloß im Bauch vor Erwartung, Verlangen und zurückgehaltenen Gefühlen. »Ein Idiot, der ebenso gut redet, wie er bestimmte Dinge tut.«

»Das klingt schon viel besser.«

Er küsst meinen Hals, während er seine Finger wieder langsam, ganz langsam, kreisen lässt. Ich kann nicht glauben, dass das Wasser, das zwischen uns fließt, immer noch eiskalt ist, denn ich stehe in Flammen. Ich lehne meinen Kopf an seine Brust, als die Lust größer wird und mich schließlich durchdringt. Ich stöhne leise und spüre sein Lächeln an meiner Wange.

Ich öffne die Augen. Der Himmel ist immer noch azurblau.

Mit einem verschmitzten Lächeln sehe ich ihn an.

»Und jetzt? Was machen wir mit dir?«

»Das darfst du entscheiden.«

»Danke, aber ich habe genug mit mir selbst zu tun. Es wäre eine Last für mich, für uns beide sorgen zu müssen, so sehr wir es auch mögen, unser Leben zu verkomplizieren. Aber ...«

»Weiter.« Seine Augen blitzen.

»Du könntest vielleicht deine Badehose ausziehen. Wenn du dich traust. Und wenn es dir egal ist, dass jeden Moment eine glückliche Familie hier auftauchen könnte, um Picknick zu machen, und dich sieht, wie Gott dich geschaffen hat, wenn du aus dem Wasser kommst.«

Will lächelt und wirft kurz darauf die Badehose ans Ufer. Ich lache, denn ich liebe es. Ich liebe es, wenn wir gemeinsam Spaß haben. Ich liebe das Gefühl, dass ich im Moment niemand anderen brauche. Ich liebe es, mit ihm zusammen Dummheiten zu machen.

»Dann lass uns für einen Skandal sorgen«, sagt er.

Eigentlich bezweifle ich, dass irgendjemand kommen wird, aber man weiß nie. Die Gegend ist eher einsam und von Bäumen umgeben.

Ich lege ihm die Arme um den Hals und küsse ihn.

»Du bist immer noch ein böser Junge«, flüstere ich.

»Nein.« Er zieht sich zurück. Und er meint es ernst.

»Will, das war nur ein Scherz.«

Er lehnt sein Gesicht an meinen Hals und verharrt dort für ein paar Sekunden, bis ich anfange, ihn unter Wasser zu streicheln. Ich spüre, wie sich sein Körper anspannt. Ich spüre, wie er hart wird, als ich ihn umfasse, und Will murmelt mir irgendetwas ins Ohr. Kurz darauf öffnet er den Verschluss meines Bikinioberteils in meinem Nacken, das ins Wasser fällt.

Wir bewegen uns Richtung Ufer und hören nicht auf, uns zu küssen. In den Küssen zweier frisch verliebter Menschen liegt etwas Unwiederholbares. Es scheint, als würde die Welt an den Lippen des anderen beginnen und enden, und dieser einfache und primitive Akt macht süchtig wie der vergebliche Versuch, mehr zu bekommen, mehr zu fühlen, mehr zu wissen.

Will zieht mir das letzte Kleidungsstück aus, das ich noch

anhabe, und ich schlinge meine Beine um seine Hüften. So wiegen wir uns, nackt und dicht beieinander, sodass das Wasser um uns herumfließen muss, um seinen Weg zu nehmen. Die warme Sonne streichelt meine Haut, und ich fühle mich gut, so gut, dass ich Angst habe, es könnte sich um eine Fata Morgana handeln.

Ich streichle ihn erneut, als sich unsere Lippen treffen. Ich berühre ihn so, wie er es vorher bei mir gemacht hat, erst langsam, dann immer schneller, während sich sein Atem beschleunigt, und er brummt etwas an meiner Wange, als er sich gehen lässt, als ob die Schnelligkeit, mit der die Lust kommt und vorbeigeht, ihn frustriert.

Wir verharren noch eine Weile dicht beieinander, bis die Hitze nachlässt und die Kälte des Wassers die Oberhand gewinnt.

»Wir sollten aus dem Wasser raus.«

»Dann los«, antwortet er.

Er hebt mich sanft an, damit ich das Ufer erreichen kann, und stemmt sich dann hoch. Wir finden unsere Badekleidung, ziehen uns an und legen uns auf die Handtücher. Meine Haut fühlt sich kühl und geschmeidig an, während ich in der Sonne trockne, und Will, der neben mir liegt, hat die Augen geschlossen und atmet tief ein und aus.

»Was machst du?«

»Nichts«, antwortet er.

»Du atmest so komisch.«

»Einfach nur tief. Das ist einer dieser Momente, in denen ich dankbar bin, atmen zu können.« Er dreht seinen Kopf und sieht mich amüsiert an. »Vielleicht hast du etwas damit zu tun.«

»Und was verschafft mir die Ehre?«

»Sagen wir einfach, du machst mich glücklich.«

Noch nie hat jemand etwas so Einfaches oder so Ausdrucksvolles – je nachdem, wie man es betrachtet – zu mir gesagt. Ich sollte mich geschmeichelt fühlen, aber ich spüre ein Brodeln in meinem Bauch, das ich nicht benennen kann; es ist wie ein kleiner Fisch, der unruhig nach Luft schnappt. Vielleicht ist es Angst oder Beklemmung bei dem Gedanken, dass das Glück eines anderen Menschen von mir abhängt.

»Glück ist zu flüchtig, fast wie eine Fata Morgana. Das kann nicht von Dauer sein, denn dann würde man aufhören, sich dieses Gefühls bewusst zu sein. Es ist, wie sich zu verlieben. Etwas, das so intensiv ist, muss sich stabilisieren, sonst würden wir verrückt werden.«

»Das macht Sinn«, entgegnet Will.

»Glück ist eine Asymptote.«

»Was willst du damit sagen?«

»Na ja, das Offensichtliche. Ich habe dieses Wort schon immer gemocht: ›Asymptote.‹ Etwas, das man sich wünscht und dem man sich ständig nähert, es aber nie ganz erreicht.«

Will nickt, seine Hand streift meine, und er schließt wieder die Augen. Ich betrachte ihn schweigend und stelle mir vor, er wäre eine antike griechische Skulptur, die da in der Sonne liegt, die perfekten Linien seines Körpers in Stein gemeißelt. Wenn ich ihn zeichnen sollte, würde ich am Kiefer beginnen, denn alles an ihm scheint von diesem Knochen auszugehen, der ihm eine vornehme männliche Ausstrahlung verleiht. Dann würde ich mit seinen Wangen fortfahren, wobei die Haut an einigen Stellen von Spuren jugendlicher Akne gezeichnet ist. Und die Nasenlinie wäre sauber und präzise, bevor ich an der Stelle zwischen den Augenbrauen aufhören würde, genau dort, wo sich Wills Sorgen konzentrieren.

Ich weiß, dass sie noch da sind. Ich weiß es. Ich kann sie nicht sehen, aber ich kann sie spüren. Wills Probleme sind nicht gelöst, nur weil er beschlossen hat, mir von ihnen zu erzählen. Ich bin mir nicht sicher, wie er sich selbst wahrnimmt, nachdem er die Stadt, die Liebe, die Freundschaft, die Familie, die Arbeit, die Träume und vor allem sein Herz ausgetauscht hat. Manchmal möchte ich tiefer in ihn dringen, und manchmal ziehe ich es vor, nichts anzurühren, auf Zehenspitzen zu gehen und mich an das zu klammern, was wir haben, als ob die Liebe das Allheilmittel wäre, ein paar Milliliter alle acht Stunden. Wahrscheinlich haben wir genau das in den letzten Wochen getan, haben uns gehen lassen. Wie heute haben wir wunderbare Tage gemeinsam verbracht oder wie die Nacht, in der wir seinen Geburtstag gefeiert, die Perseiden beobachtet und Spaghetti mit viel Käse gegessen haben. Einfach die Gegenwart genießen, nachdem man die Vergangenheit begraben hat und es vermeidet, zu sehr an die Zukunft zu denken.

»Glück ist, ohne Gepäck zu reisen«, flüstere ich.

»Ja.« Er öffnet die Augen. »Und sich frei zu fühlen.«

»Und ein riesiges Schokoladeneis.«

Will gähnt entspannt und streckt die Arme aus.

»Glück bedeutet, das Glück zum Teufel zu jagen.«

»Daran besteht kein Zweifel. Ich stimme voll und ganz zu.«

Es vergehen ein paar Sekunden, und dann sage ich:

»Aber ich möchte glücklich sein.«

»Ich auch.«

Wir essen, was wir unterwegs an einer Tankstelle gekauft haben. Ein paar kleine Tüten mit Chips, Sandwiches und dazu zwei Dosen Cola. Dann machen wir einen Spaziergang. Wir halten uns an den Händen, und es ist perfekt wie alle einfachen Dinge auf der Welt: die gelben und weißen Blütenknospen um uns herum oder der wolkenlose Himmel. Wir reden nicht. Und das brauchen wir auch nicht. Nein, ich will nicht reden, ich will diese kostbare Stille, die uns umfängt, nicht brechen. Ich weiß nicht, was aus uns werden wird, aus Will und mir, aber ich weiß, dass mir, wenn ich in vielen Jahren an einen Sommertag denken werde, genau dieser Moment einfallen wird.

Auf dem Rückweg nach Hause wird es dunkel. Die Hälfte der Fahrt döse ich und bin die schlechteste Reisebegleiterin, die man sich wünschen kann.

»Du schnarchst«, sagt Will.

»Das stimmt nicht.«

»Das nächste Mal nehme ich dich auf.«

Sein Handy gibt ein paar hohe Töne von sich, eine simple Melodie, die wahrscheinlich automatisch als Klingelton eingestellt ist. Will wendet den Blick kurz von der Straße ab, um nachzusehen, wer es ist, und achtet dann nicht weiter darauf, als ob er es nicht hören würde. Ich erkenne den Namen auf dem Display: *Lena.*

»Du gehst nicht dran?«

»Nein.«

»Ich wiederhole die Frage noch mal: Da ruft die Frau an, die du heiraten wolltest, und du gehst nicht dran?« Ich schlucke, denn es beunruhigt mich, dass er nicht ans Telefon geht.

»Nein.«

»Könntest du dich weniger kurzfassen? Du erinnerst mich an den Will, den ich vor Monaten kennengelernt habe, den mit der einsilbigen Kommunikation.« Ich hasse es, so über ihn zu reden, die Versionen von ihm auseinanderzunehmen, als würde ich ihn zerstückeln. Ich weiß, dass ihn wahrscheinlich etwas verletzt, aber ich kann nicht anders, denn er ist der Erste, der sich selbst nicht als Ganzes akzeptiert und Trennlinien zieht, die nicht existieren sollten.

»Ich weiß, was sie mir sagen will.« Er blickt, die Hände am Steuer, weiter geradeaus. »Sie zieht bei ihrem Freund ein, weil sie schwanger ist, und die Wohnung an der Upper East Side hat nur ein Schlafzimmer und ist zu klein für sie.«

»Und was hat das mit dir zu tun?«

»Ich war noch nicht dort. Meine Sachen sind noch da.«

»Ist das dein Ernst?«

»Ja. Warum überrascht dich das?«

»Weil es notwendig ist, Phasen abzuschließen, um andere zu beginnen.«

Will schüttelt den Kopf. »Dieser Abschnitt meines Lebens ist endgültig abgeschlossen, glaub mir.«

»Fällt es dir so schwer, nach New York zu fahren und deine Sachen abzuholen? Es könnte ... es könnte sogar nett sein, weißt du, sich von der Stadt zu verabschieden.«

Will wirft mir einen bestürzten Blick zu.

»Wirklich?«, fragt er, und ich ziehe die Augenbrauen hoch. »Oh, Scheiße, du meinst es wirklich ernst. Also gut, wenn es dich beruhigt, werde ich auf die E-Mail antworten, die Lena mir letzte Woche geschickt hat, ihr gratulieren und ihr mitteilen, dass sie alle meine Sachen wegwerfen kann.«

Kurz herrscht Schweigen.

»Will, ich glaube, dass du Angst hast. Ich weiß nicht, ob davor, dich dem zu stellen, der du warst, oder dich so zu zeigen, wie du jetzt bist. Aber ich habe den Eindruck, dass du dich versteckst.«

Er verdreht die Augen und seufzt, aber das ändert nichts an meiner Meinung, nein. Und auch nicht, dass er, als wir Ink Lake erreichen, etwas sagt, das mich das vorherige Thema vergessen lässt, weil er weiß, dass ich nicht widerstehen kann.

»Willst du das vorletzte Kästchen öffnen?«

Ich spüre ein leichtes Ziehen im Bauch vor Nervosität. Wie wird das Leben sein, wenn das Spiel vorbei ist, wenn es nichts *Lebendiges* mehr von Lucy auf der Welt, nichts mehr zu entdecken gibt? Ich erinnere mich an die Person, die ich war, als das alles begann, so festgefahren in der Monotonie, so gelangweilt von meiner eigenen Existenz; und es überrascht mich, dass sich zwar nichts geändert hat, aber alles anders ist. Ja, ich habe immer noch keinen festen Job, keine Zukunftspläne und bin weit davon entfernt, unabhängig zu sein, aber ich fühle mich anders, wenn ich in den Spiegel schaue, und entdecke in der Ferne einige Möglichkeiten. Ich fühle mich immer noch voller Risse, aber anstatt sie als unergründliche Leere zu betrachten, beginne ich zu glauben, dass dort in nicht allzu ferner Zukunft vielleicht etwas wachsen könnte.

»Also gut, tun wir es.«

Will biegt in Richtung des Wohnwagenparks ab. Wir betreten den Wohnwagen, und er holt das Spiel unter dem Bett hervor. Ich entdecke daneben ein Stück glänzendes Papier, das wie ein Geschenk aussieht, aber ich vergesse es sofort, als er das Kästchen öffnet und einen kleinen Zettel mit dem Hinweis auf den entsprechenden Brief herausnimmt. Er gibt ihn mir, setzt sich aufs Bett und wartet. Ich lasse mich neben ihm nieder, entfalte das Schreiben und kann meine Schwester beinah hören, die mir mit ihrer sanften, fröhlichen Stimme ins Ohr zu flüstern scheint.

Kleine Grace,

erinnerst Du Dich noch an die Zeit, als unser Onkel und Großvater uns zu Weihnachten Geld geschenkt haben? Du hast es eine Woche später gleich ausgegeben, weil Du immer ungeduldig warst, und ich ... nun ja, ich habe es behalten. Ich bin mir nicht sicher, warum, aber alles Materielle erschien mir immer trivial, und ich habe nie viel gebraucht, wie Du weißt. Und in dem Sommer, als ich mit Marge im Diner gearbeitet habe? Nun, auch da habe ich alles gespart, was ich verdient habe. Also ... Dieses Geld gehört jetzt Dir, ich schenke es Dir. Du findest es unter dem losen Brett in meinem Zimmer, Du weißt ja, wo das ist. Ich werde Dir nicht sagen, wofür Du es ausgeben sollst, aber ich hoffe und vertraue darauf, dass es sich lohnen wird.

Das Spiel neigt sich dem Ende zu.
Ich wünschte, ich könnte Dich jetzt sehen.

In Liebe
Lucy

Meine Brust wird ganz eng, und das Gefühl verschwindet auch nicht, als Will mich umarmt und auf die Stirn küsst. Ich bleibe einen Moment sitzen, um zu Atem zu kommen und den Kloß in meinem Hals loszuwerden, aber es gelingt mir nicht.

Er ist immer noch da, hart wie Stein.

Will fährt mich nach Hause. Meine Eltern sitzen im Wohnzimmer und schauen die Nachrichten, Mom auf der Couch, Dad im Sessel. Es ist eine alltägliche Familienszene, und es überrascht mich, wie seltsam sie mir vorkommt, als würde etwas nicht passen, aber da sind sie, zusammen.

Ich gehe die Treppe hinauf und in Lucys Zimmer.

Dort schiebe ich den Schreibtisch ein wenig zur Seite und hocke mich auf den Boden. Beim ersten Versuch liege ich falsch, aber das zweite Brett bewegt sich, und es gelingt mir, es anzuheben. Ich finde eine kleine Stofftasche und lächle, weil ich mir gern vorstelle, wie sie sich das Spiel ausdenkt und auf jedes Detail achtet. Ich öffne die Tasche. Sie ist voller Geld. Einer Menge Geld. Es muss fast die gesamte Summe sein, die Lucy in jenem Sommer mit ihrer Arbeit verdient hat, fleißig wie eine Ameise.

Und ich weiß ganz genau, was ich damit machen werde.

43

Grace

»Eine Reise nach Europa?«

»Eine Reise nach Europa, ja.«

»Aber das klingt ... unglaublich!« Olivia strahlt wie ein Honigkuchenpferd, weil sie nicht anders kann.

»Mir wird ein bisschen schwindlig, wenn ich daran denke, aber ich glaube, Lucy hätte die Idee gefallen. Ich habe noch nicht viel über die Einzelheiten nachgedacht, aber ich würde gern schon bald abreisen, sobald der Sommer vorbei ist, und ich werde wahrscheinlich für mehrere Monate weg sein.«

Ich schaue auf, als ich die Türglocke höre, und sehe, wie Will das Café betritt. Er trägt Jeans und ein dunkles T-Shirt, und er hat gerade geduscht, denn das Haar fällt ihm unordentlich in die Stirn. Ich habe ihn und Olivia eingeladen, weil ich sie miteinander bekannt machen will. Er lächelt leicht, als er mich sieht; es ist dieses Lächeln, bei dem auf seiner rechten Wange ein Grübchen entsteht, ohne dass er die Lippen großartig verzieht. Selbstbewusst geht er auf mich zu und küsst mich sanft auf den Mund. Ich bin immer noch überrascht von dieser Geste, dass er mich jeden Tag so begrüßt und ich das Gleiche tun kann, wann immer mir danach ist.

Dann sieht er Olivia an und stellt sich vor.

»Freut mich, dich kennenzulernen. Ich habe schon viel von

dir gehört, aber ich habe mir dich ganz anders vorgestellt. Jetzt kann ich verstehen, warum Grace so fasziniert von dir ist.«

Ich versetze ihm mit dem Fuß unterm Tisch einen Tritt, aber er trägt gelbe Armeestiefel und merkt nichts.

»Habt ihr schon bestellt?«, fragt Will.

»Nein, wir wollten gerade.«

»Ich gehe. Was wollt ihr?«

»Carrot Cake«, sagt Olivia.

»Zwei Stücke Kuchen. Und Milchkaffee«, füge ich hinzu.

»Zweimal Milchkaffee und zwei Stücke Kuchen«, fasst Olivia zusammen.

Wills Blick wandert zwischen uns hin und her, bis er wieder lächelt und den Kopf schüttelt, als wolle er sagen: *Ich weiß, warum ihr beide euch so gut versteht.* Er geht zur Theke, und wir sprechen weiter über die Reise. Als er wiederkommt, stellt er die Bestellung auf dem Tisch ab und setzt sich neben mich.

»Worüber redet ihr?«

»Die Reise«, sagt Olivia.

»Ah, darüber. Hast du dich schon entschieden, wohin es zuerst gehen soll?«

Will war der Erste, dem ich erzählt habe, was ich mit dem Geld vorhabe, dann habe ich es Großvater gesagt, als ich ihn besucht habe, und schließlich meinen Eltern und Olivia. Sie waren sich alle einig, dass es eine gute Entscheidung ist, aber bisher weiß ich noch nicht mal, was mein erstes Ziel sein soll, und ich muss bald mit der Planung beginnen, weil ich mich um das Visum und andere Formalitäten kümmern muss.

»Ich bin mir noch nicht sicher. Nein: *Wir* sind uns noch nicht sicher«, korrigiere ich.

»Nein, die Entscheidung liegt bei dir«, versichert Will eilig. »Diese Reise liegt in deiner Hand.«

Er hat recht. Als ich Will gefragt habe, ob er mich begleiten will, hat er keine Sekunde gezögert und gleich zugestimmt, aber die Reise ist und bleibt meine Reise. Ich habe so lange gebraucht, um zu erkennen, dass ich mir Dinge wünsche, von denen ich gar nichts wusste, und das wirklich Traurige daran ist, dass ich bisher nicht in mich hineingehorcht habe. Ja, das Leben in Ink Lake ist angenehm, aber ich möchte mehr sehen, viel mehr. Ich möchte reisen, um mich, weit weg von zu Hause, kennenzulernen, um mich in anderen Gewässern zu spiegeln und meine Heimat aus einer anderen, offeneren Perspektive zu betrachten, sobald ich zurückgekehrt bin.

Olivia schaut mich eindringlich an.

»Antworte, ohne nachzudenken: Welche Städte möchtest du sehen?«

Ich schließe fest die Augen, komme mir albern vor und sage:

»Amsterdam, Florenz, Rom, Paris, London ...!«

»Gar nicht so schlecht.« Olivia steckt sich ein Stück Kuchen in den Mund und kaut nachdenklich. »Wie lange wird die Reise dauern?«

»Wir wissen es noch nicht«, gebe ich zu.

»Ihr seid sehr vorausschauend«, scherzt sie.

»Ich komme überallhin mit.« Will lächelt.

Wir reden noch eine Weile. Olivia sagt, ich soll, egal, welche Städte ich besuchen möchte, in die Bibliothek gehen und mir ein paar Reiseführer besorgen. »Auf die altmodische Art und Weise, ohne alles im Internet nachzusehen.« Und eigentlich gefällt mir die Vorstellung, eines dieser kleinen Bücher aufzuschlagen und in einen anderen Ort einzutauchen.

Nach dem Besuch im Café verabschiede ich mich eilig von den beiden, um mit Mr. Flu spazieren zu gehen. Wie immer empfängt mich Anne mit einem freundlichen Lächeln und bittet mich herein.

»Ich habe gerade einen Kaffee getrunken«, sage ich, als sie mir einen anbietet.

»Perfekt. Nun, dann halte ich Sie nicht länger auf.«

Ich befestige die Leine am Halsband des Hundes, und bevor ich zur Tür hinausgehe, drehe ich mich noch einmal zu Anne um, die so elegant wie immer gekleidet ist: hochhackige Schuhe aus grünem Samt, ein schwarzes Kleid mit ovalem Ausschnitt und trotz der Wärme dunkle Strümpfe. Ich bewundere ihre Fähigkeit, immer tadellos auszusehen.

»Mrs. Rogers ...«

»Bitte nennen Sie mich Anne.«

»Anne, ich danke Ihnen für das, was Sie für meine Mutter getan haben.«

»Oh, Unsinn, ich habe nichts getan ...«

»Ich meine es ernst«, falle ich ihr ins Wort, denn ich will nicht um den heißen Brei herumreden, und wir beide kennen die Wahrheit. »Ich glaube, Mom hat eine Freundin gebraucht, die ihr die Hand reicht, jemand anderen als Großvater, meinen Vater oder mich. Und die meisten Menschen haben sie bereits vergessen, aber Sie ... Nun, Sie haben ihr die Möglichkeit gegeben zu wählen.«

Anne presst die Lippen zusammen. Sie ist sichtlich bewegt.

»Es war mir ein Vergnügen, Grace.«

Ich lächle sie an und gehe die Treppe hinunter, während Mr. Flu an der Leine zerrt. Wir spazieren durch den üblichen Park, setzen uns auf die übliche Bank und betrachten die üblichen Blätter. Vor ein paar Monaten habe ich mich in dieser Monotonie wie betäubt gefühlt, aber alles hat sich verändert, auch wenn es mir schwerfällt, genau zu sagen, was. Vielleicht ich selbst. Vielleicht liegt die Wahrheit in den einfachsten Antworten.

Als es dunkel wird, gehe ich zum Abendessen zu Großvater hinüber.

»Was hast du gekocht?« Ich nehme den Deckel vom Topf.

»Eintopf. Ich musste das Beste aus dem machen, was im Kühlschrank war.«

»Es riecht gut«, sage ich, greife nach einem Teller und nehme mir etwas.

Wir setzen uns an den Tisch und schweigen ein paar Minuten, während wir die Suppe löffeln. Warmes Essen tut mir immer gut und gibt mir ein wohliges Gefühl, besonders wenn Großvater es gekocht hat. Ich esse alles auf und seufze.

»Jetzt kann ich nach Hause rollen.« Ich stelle meinen Teller in die Spüle und setze mich wieder ihm gegenüber, während er ruhig einen Apfel schält. »Willst du nichts sagen?«

»Wozu?« Er runzelt die Stirn.

»Wozu wohl? Will.«

»Mhm.« Es hört sich an wie eine Mischung aus Murmeln und Brummen, das er oft benutzt und das sein Gesprächspartner übersetzen muss, wozu ich aber keine Lust habe.

»Großvater …«, protestiere ich.

»Er gefällt mir.« Aber er ist noch nicht fertig, und es geht ihm nicht leicht über die Lippen.

»Aber?«, insistiere ich.

Großvater sieht mich an und seufzt tief.

»Er hat ein gutes Herz und einen Knoten im Hirn.«

»Wer hat das nicht?«

»Ja.« Er nickt und lässt die spiralförmig abgeschnittene Schale des Apfels auf den Tisch fallen. »Es sind immer Splitter im Holz.«

Ich gehe nicht weiter darauf ein, denn auch wenn ich Großvater zustimme, entspricht das, was ich ihm gesagt habe, der Wahrheit: Manchmal ist das Leben so verworren, und es scheint unmöglich, den Anfang und das Ende des Fadens zu finden. Ich weiß das besser als jeder andere. Noch immer bin ich die meiste Zeit über durcheinander, aber ich habe gelernt, meine Schwachstellen zu erkennen und sie mit etwas Geschick und Geduld zu entwirren, aber nicht alle auf einmal, sondern Schritt für Schritt.

Bei Will beunruhigt mich nicht mehr die Frage, ob er in der Lage ist, die verworrenen Stellen in seinem Leben zu lösen, sondern ob er es wagt und sie aus der Nähe und ohne Angst betrachten wird.

»Weißt du schon, wohin die Reise gehen soll?«

»Nein.« Ich nehme das geschälte Stück Apfel, das er mir anbietet, als wäre ich noch ein Kind. »Aber ich denke, Amsterdam ist der Ausgangspunkt.«

Er nickt, und wir sagen nichts mehr. Aber es geht uns gut so, wir leisten uns schweigend Gesellschaft.

Nachdem ich Großvaters Haus verlassen habe, mache ich mich auf den Weg zum Stadtzentrum. Ich fahre mit dem Fahrrad und genieße es, die warme Luft auf meinem Gesicht zu spüren; meine Lungen brennen, und ich trete mit aller Kraft in die Pedale, bis meine Beine zittern. Ich habe das Gefühl, dass mein Körper und mein Kopf nach langer Zeit wieder im Einklang sind. Und genau in diesem Moment der Befreiung kommt mir eine Idee, während ich Luft hole, und bleibt direkt hinter meinen Rippen stecken. Dabei weiß ich schon, dass ich sie nicht herausbekommen werde.

Ich kette das Fahrrad an die Laterne neben dem Pub, in dem Will arbeitet, und stoße die Tür auf. Es ist ziemlich voll. Paul geht mit einem Tablett voller Schnapsgläser in der Hand an mir vorbei.

»Grace, wie geht es dir?«

»Ich bin nicht ganz so beschäftigt wie du«, scherze ich.

Paul lacht und schüttelt den Kopf. Ich gehe zu Will, der hinter der Theke steht, und setze mich auf einen freien Hocker.

»Ich wusste nicht, dass du kommen würdest.«

»Ich auch nicht«, gebe ich zu. »Auf dem Weg hierher hatte ich eine Idee.«

Er zieht die Augenbrauen hoch und greift nach einer Flasche.

»Muss ich mir Sorgen machen?«

»Nein, nein. Im Gegenteil. Es geht um die Reise.«

»Wenn es wichtig ist, bin ich gleich für dich da. Ich mache nur noch diese Bestellung fertig und die nächste und dann ...«

»Keine Hektik. Mach mir einfach eine Limonade mit viel Eis, und wir reden später.«

»Okay.«

Die nächsten anderthalb Stunden nippe ich an meinem Glas und lese in dem Buch, das ich in der Tasche habe. Ab und zu schaue ich von den Seiten auf und beobachte Will, weil es mir immer wieder Spaß macht, zu sehen, wie akribisch er ist; wie er die Getränke einschenkt, ohne einen Tropfen zu verschütten, wie geordnet er alles hinter der Theke hinstellt, die er ab und zu mit dem Lappen abwischt.

Am späten Abend, als alle Gäste gegangen sind, bleibe ich mit Will und Paul, der das Geld in der Kasse zählt, zurück. Er sieht zufrieden aus.

»Ein guter Abend?«, frage ich.

»Ziemlich anständig, ja«, sagt er.

»Macht es dir etwas aus, wenn ich heute Abend etwas früher gehe?«, fragt Will.

»Nein. Ich räume allein auf.« Paul klopft Will auf die Schulter.

Draußen schließe ich mein Fahrrad auf. Obwohl Will mit

dem Auto gekommen ist, begleitet er mich nach Hause. Wir gehen langsam, ich schiebe das Fahrrad, und er schaut von Zeit zu Zeit in den dunklen Himmel, als suche er nach etwas.

»Was wolltest du mir vorhin sagen?«

»Ach ja, das …« Ich mache eine Pause und denke noch mal nach. »Ich glaube, es wäre eine gute Idee, die Reise in Amsterdam zu beginnen. Von dort aus könnten wir nach London, Paris, Florenz und Rom weiterreisen.«

»Das klingt perfekt.«

»Aber ich bin da nicht festgelegt.«

»Gut, denn auf solchen Reisen gibt es immer wieder unvorhergesehene Ereignisse, deshalb ist es gut, offen zu sein …«

»Bis auf eine Sache«, falle ich ihm ins Wort. »Es gibt eine Sache, die unabänderlich ist. Ich habe mir überlegt, die Reise bis zum neunundzwanzigsten November zu verlängern, und an diesem Tag muss ich in Wien sein.«

»Sollte ich wissen, warum?«

»Es ist der Todestag meiner Schwester. Und ich will nicht, dass es traurig ist, ich weigere mich, zum Friedhof zu gehen und ihr Blumen aufs Grab zu legen. Ich wünsche mir, dass dieser Tag der schönste Tag von allen ist, nur für den Fall … für den Fall, dass sie mich sieht. Klingt das dumm?«

»Nein.«

»Gut. Denn ich möchte Klimts Bilder sehen und lächelnd durch Wien spazieren.«

»Das klingt doch schön.« Will lehnt sich zu mir herüber und küsst mich auf die Schläfe. »Wir werden all das tun. Das verspreche ich.«

44

Grace

Sehr geehrte Miss Peterson,

wir freuen uns über Ihre Bewerbung für ein Studium an der Academy of Art University, müssen Ihnen jedoch mitteilen, dass Sie nicht für den in Kürze beginnenden Studiengang ausgewählt worden sind. Der Grund dafür liegt auf der Hand, aber in Anbetracht Ihres außergewöhnlichen Falles möchten wir Sie daran erinnern, dass die Frist für die Einreichung von Bewerbungen einen Monat vor dem Eingang Ihres Schreibens bei unserer Dienststelle endete.

Persönlich erlaube ich mir jedoch zu sagen, dass ich Ihren Brief ebenso katastrophal wie aufrichtig fand. Ihr Notendurchschnitt ist alles andere als hervorragend, und es gibt eine zeitliche Lücke, die Zweifel an Ihrer Beständigkeit aufkommen lassen könnte, aber nichtsdestotrotz hat mich jedes Wort berührt, und ist es nicht das, worum es in der Kunst geht? Wenn Sie Ihr Studium im nächsten Jahr aufnehmen möchten, empfehle ich Ihnen, Ihre Bewerbung fristgerecht einzureichen, denn bestimmt werden wir Ihnen dann gern einen Platz in dem entsprechenden Studiengang zuweisen.

Mit freundlichen Grüßen,
Tally Fisher
Sekretariat für Zulassungen an der Academy of Art University

45

Grace

Die Gruppensitzung in dieser Woche war sehr intensiv, denn Adrien hat uns erzählt, dass er sich nun doch entschlossen hat, die Frau zu treffen, die er auf dem Parkplatz kennengelernt hat, und dass es ein wunderbares Date war. Faith applaudierte, Dona musste lachen, und Jane und Matilda sind in Tränen ausgebrochen. Danach gab es viele Umarmungen zwischen der Limonade und den mit Erdbeeren gefüllten Kokosmuffins. Es war seltsam fröhlich und traurig zugleich.

Danach hat sich meine Mutter hinters Steuer gesetzt, und anstatt nach Hause zu fahren, ist sie in die Hauptstraße eingebogen, und wir sind an dem Ort gelandet, an dem wir uns jetzt befinden: einem Viertel am Rand von Ink Lake mit mehreren Reihen identischer kleiner Häuser, die jemand im Rohbauzustand zurückgelassen hat. Es sind noch keine Fenster eingebaut, die letzten Feinheiten fehlen, und die meisten Fassaden sind mit Graffiti beschmiert.

»Was meinst du?«, fragt Mom mich, nachdem sie mir den Stand des Projekts und die genauen Pläne erläutert hat.

»Sie sind hübsch. Es ist schade, dass sie aufgegeben wurden.«

»Das dachte ich auch, als ich sie mir angesehen habe.«

Mom seufzt und betrachtet lange eines der Häuser. Sie hat eine beigefarbene Hose an, die sie schon lange nicht mehr getragen hat, und in ihren Augen liegt Hoffnung. Ich frage mich, ob sie versteht, was das bedeutet. Es ist ein unerwarteter Sieg, denn nicht einmal ich, die ich mir immer eine Mutter im klassischsten Sinne des Wortes gewünscht habe, hätte damit gerechnet, und ich bin froh, dass ich dabei sein darf.

»Alle sagen, du warst die Beste.«

»Nun ...« Sie sieht mich an, und ich bemerke ihr Zögern, aber dann verändert sich ihr Gesichtsausdruck, und sie nickt. »Nun, ja, das war ich. Verdammt noch mal, was soll's!«

»Genau. Gut gesagt.«

Und wir lächeln uns an und gehen zum Auto zurück.

Es ist schon spät, aber ich bitte sie, mich an der Bibliothek abzusetzen. Ich erzähle ihr, dass ich die Reiseroute plane und einige Reiseführer über verschiedene Städte ausleihen und sie in Ruhe lesen möchte. Denn ich möchte nicht einfach im Internet nach den sehenswürdigsten Orten oder nach bereits organisierten Routen suchen, sondern auf eigene Faust losziehen, und zwar gut informiert.

Sie hält vor der Bibliothek.

»Gehst du zu Fuß nach Hause?«, fragt sie.

»Ja, es ist ein schöner Spaziergang. Mach dir keine Gedanken.«

Ich steige aus dem Auto. Das Gebäude ist nicht sehr groß. Die Bücher befinden sich im ersten Stock, und im Erdgeschoss gibt es mehrere Sitzungsräume. Ich steige die Treppe hinauf, begrüße die Dame am Empfang und gehe direkt zu der Abteilung mit den Reiseführern. Dort streiche ich mit dem Zeigefinger über die Bücherrücken; das tue ich immer, wenn ich vor einem vollen Bücherregal stehe, und ich liebe es, denn es ist wie eine Begrüßung: *Hier bin ich*, will ich ihnen sagen, *ich werde herausfinden, was du in deinen Seiten versteckst.*

Ich schaue, begutachte, öffne, schließe, nehme heraus, stelle wieder hinein, lese.

Eine Stunde später schließt die Bibliothek, und ich nehme sieben Bücher mit, die tatsächlich alle in meinen Rucksack passen. Ich zähle die Stufen, während ich die Treppe hinuntergehe, ohne zu wissen, warum, und als ich die letzte erreiche, bleibe ich abrupt stehen, weil ich eine vertraute Stimme höre.

»Ich auch, Allison.«

Nur diese drei Worte, die nichts bedeuten könnten und nur die Antwort auf eine belanglose Bemerkung wie *Ich liebe Erbsen mit Zwiebeln* sein könnten, aber so ist es nicht. Denn der, der sie ausspricht, ist mein Vater, der vor einem Sitzungssaal steht, und seine Hand, die Hand, die mich mein ganzes Leben lang gehalten hat, ergreift Allisons Hand mit einer Mischung aus Zärtlichkeit und Verlangen, die mich zerreißt.

Sie sieht mich zuerst und reißt die Augen auf.

Dann dreht Dad sich um und entdeckt mich, wie ich immer noch auf der letzten Stufe stehe und sie anstarre, als wären sie ein Miniaturporträt von Jean Baptiste Weyler und als müsste ich mich anstrengen, um die Szene, die sie darstellen, genau zu erkennen. In diesem Fall handelt es sich um eine ziemlich unangenehme Angelegenheit. Mir dreht sich der Magen um.

»Was machst du denn da?« Es ist meine Stimme, die dies schreit, aber es fühlt sich nicht so an, sondern so, als gehörte sie nicht mehr zu mir.

»Grace, ich kann das erklären. Es ist nicht das, was ...«

»Oh Scheiße. Wag es nicht, diesen Satz zu sagen.«

Ich gehe die verdammte Stufe hinunter. Ich bin wütend. Ich bin enttäuscht. Wie kann so etwas passieren, nachdem es doch so aussah, als würde sich alles zum Guten wenden, als würden sich meine Eltern wieder näherkommen?

»Grashüpfer, warte, bitte.«
»Nenn mich nicht so. Im Ernst, lass es.«
Ich reiße die Tür der Bibliothek auf. Es ist fast schon dunkel. Ich haste die Straße entlang und weiß, dass er mir folgt. Ich atme tief durch und versuche, mich zu beruhigen, aber alles, was ich sehe, sind diese beiden ineinander verschränkten Hände, und ich kann nicht aufhören, an Mom zu denken, daran, wie unfair es ist, nach allem, was sie für uns und für ihn geopfert hat. Ein halbes Leben. Ein halbes Leben und ein ganzes Herz. Und was bekommt sie als Gegenleistung? Es scheint ein Scherz des Schicksals zu sein.

»Grace!«, ruft er mir nach. »Bleib stehen. Lass uns reden.«
Ich bleibe abrupt stehen und wende mich zu ihm um.
»Ja? Willst du einen Kaffee trinken und mir erzählen, wie du dich mit dieser Frau vergnügst, während wir die schlimmste Zeit unseres Lebens durchmachen? Willst du mir weismachen, dass es nichts bedeutet und all das?«

Er antwortet nicht. Anstatt zu leugnen, zu kämpfen oder darauf zu bestehen, verharrt er einfach mitten auf der Straße, und schließlich drehe ich mich um und gehe davon, ohne mich noch einmal umzusehen. Ich spüre das Gewicht des Rucksacks auf meinem Rücken, meine Lunge brennt, und meine Nase juckt. Es geht nicht um mich. Es ist ihretwegen. Es tut mir weh, dass ich ihr das erzählen muss, und ich habe Angst, dass sie wieder zusammenbricht, nachdem es ihr so schwergefallen ist aufzustehen.

Als ich nach Hause komme, steht das Auto meines Vaters in der Garage. Er war schneller als ich. Ich stecke den Schlüssel ins Schloss der Haustür, und mein Herz rast.

Es ist nichts zu hören. Was mich überrascht.

Ich gehe ins Wohnzimmer. Mom sitzt auf dem Sofa mit

einem Buch in der Hand, das sie zuklappt, als sie mich sieht. Dad sitzt im Sessel und reibt sich die Schläfen, er schaut auf, als er meine Schritte hört. Ich lege den Schlüssel auf den Kaminsims.

»Was ist hier los?«

»Weißt du, das vorhin …«

»Dein Vater und ich werden uns scheiden lassen«, fällt Mom ihm ins Wort, und ihre Stimme klingt kalt und entschieden. »Wir haben vor ein paar Wochen die ersten Schritte eingeleitet.«

Ich bin verwirrt. So verwirrt, dass ich irgendwie immer noch auf dieser Stufe stehe, ihre zärtlichen Hände sehe und meinen Vater sagen höre: »Ich auch, Allison.«

»Weiß Mom alles, oder bist du so ein Feigling, dass du es ihr nicht einmal sagen konntest?«, frage ich und sehe ihn an.

»Ich …«, murmelt er mit zitternder Stimme.

»Dass es eine andere Frau gibt?« Mom steht auf und kommt auf mich zu. Sie streichelt meine Wange, und in ihren Augen sehe ich sowohl Schmerz als auch Erleichterung. »Ja, ich weiß es schon lange, Grace. Ganz ruhig.«

»Aber wie ist das möglich? Nach allem, was wir durchgemacht haben?«

Mom schüttelt den Kopf und sagt:

»Jetzt … ist alles in Ordnung.«

Dad erhebt sich. Er wirkt verloren, und seine Augen glänzen, weil Tränen darin stehen. Plötzlich sieht er kleiner, älter und schwächer aus. Oder vielleicht ist es nur meine Wahrnehmung, denn der Mann, den ich zu kennen glaubte, von dem ich dachte, er käme langsam zurück, ist plötzlich fort. Ich bin mir nicht sicher, wer er im Moment ist, und es fällt mir schwer, ihn anzusehen, weil ich dann einen Stich der Enttäuschung spüre.

»Ich denke, ich sollte jetzt besser gehen. Ich bin dann morgen früh wieder da.«

»Dafür wäre ich dir dankbar, Jacob.« Mom wirft ihm einen liebevollen Blick zu, den ich nicht ganz einordnen kann, und ich stehe regungslos da, bis ich höre, wie sich die Tür schließt.

»Ich verstehe das nicht«, flüstere ich.

»Komm, Grace, wir trinken etwas.«

Mom legt einen Arm um meine Schultern, und wir gehen in die Küche. Sie erhitzt zwei Tassen mit Wasser in der Mikrowelle und gibt dann je einen Beutel Kamillentee hinein. Dann setzt sie sich mir gegenüber und rührt ihren Tee langsam um.

»Seit wann weißt du es schon?«

»Seit ein paar Monaten.« Sie seufzt tief. »Obwohl ich es wohl fast von Anfang an vermutet habe. Er hat sich damals nicht getraut, es mir zu sagen. Er hat genauso lange gebraucht, seine Gefühle zu akzeptieren, wie den Mut zu finden, ehrlich zu sein, und vielleicht hat es mich auch nicht richtig interessiert, deshalb hab ich nicht nachgebohrt.«

»Ich kann es nicht glauben.«

»Dein Vater und ich sind schon lange nicht mehr in dieselbe Richtung gegangen. Anscheinend wollte er es schon früher klären, aber dann ist Lucy gestorben und … Nun, es war nicht einfach. Er dachte, dass ich einen weiteren Schlag nicht verkraften würde.«

»Es ist einfach nicht fair dir gegenüber.«

»Die Sache ist die: Ich bin stark, das war ich schon immer. Und ich habe das Gefühl, dass ich ohne ihn weitermachen kann. Ich denke, es ist das Beste für uns beide. Unsere Beziehung hat sich, seit wir entschieden haben, uns scheiden zu lassen, sehr verbessert.«

Das war es also. Als ich dachte, dass es ihnen besser denn je gehen würde, dass sie wieder anfangen würden, Räume und Momente miteinander zu teilen, sich zu verstehen und zu finden, hatten sie in Wirklichkeit beschlossen, ihre Ehe zu beenden und getrennte Wege zu gehen. Daher war es so friedlich zu Hause.

»Warum hat mir das niemand gesagt?«

»Das hatten wir vor. Aber es ging dir so gut, dass wir nach allem, was wir im letzten Jahr durchgemacht haben, keine Last für dich sein wollten. Und du bist mit diesem Jungen zusammen ... Und du hast vor, eine Reise zu machen. So weit weg. Mein kleines Mädchen.« Sie greift über den Tisch und drückt zärtlich meine Hand. »Ich hab ihn gebeten zu warten.«

Ich habe einen Kloß im Hals und kann den Tee nicht trinken.

»Wann hört man auf, jemanden zu lieben?«

»Ich weiß nicht, dein Vater und ich haben nicht damit aufgehört.«

»Aber ... das ...« Ich gestikuliere mit den Händen und lasse sie schließlich sinken. »Wie kannst du ihn verteidigen?«

»Du bist jung. Du kannst das noch nicht verstehen. Wenn man sich verliebt, erscheint zunächst alles so perfekt, und man fragt sich, ob der Rest der Welt das Gleiche erlebt hat oder ob das, was man fühlt, einzigartig und anders ist. Aber wenn diese flüchtige Liebe vorbei ist, bleiben zwei echte Menschen mit ihren Schwächen und Stärken zurück. Dein Vater und ich haben viel zusammen durchgemacht. Sehr viel, Grace. Nur wir wissen, was noch in uns ist ... und was nicht mehr da ist. Verstehst du?«

Ich nicke, obwohl ich mir nicht sicher bin.

»Und du ... Bist du okay?«, flüstere ich.

»Ja, das bin ich. Es war kompliziert ...« Ihre Augen füllen sich mit Tränen, und als sie ihr übers Gesicht laufen, wischt sie sie mit dem Handrücken weg. »Ich habe so viele Jahre für Lucy gelebt, dass es jetzt schwer ist, für mich zu leben. Sie war meine ganze Welt.«

Ich gehe zu ihr und setze mich auf ihren Schoß, als wäre ich noch ein Kind, vielleicht weil ich mich manchmal immer noch so fühle. Und ich brauche sie. Wenn ich jemals etwas anderes gesagt habe, habe ich gelogen. Ich brauche meine Mutter, und sie braucht mich. Die Umarmung, die ich ihr gebe, sagt: *Bleib für immer an meiner Seite, und ich werde das Gleiche tun.*

»Ich habe Angst, zu verreisen und dich hier zurückzulassen.«

»Nein, keine Sorge. Ich komme schon klar. Ich habe die Therapiegruppe, die fantastisch ist. Und dann ist da noch Großvater, auf den man immer zählen kann. Und Anne; ich treffe mich mit ihr am Freitag zum Abendessen in einem Restaurant, das gerade eröffnet hat.«

»Aber ...«

»Und ich möchte, dass du dein eigenes Leben lebst, Grace. Wer weiß, ob du noch einmal die Gelegenheit dazu bekommst. Nächstes Jahr studierst du vielleicht an dieser Kunsthochschule. Oder du und Will habt andere Verpflichtungen.«

Ich nicke, obwohl ich seit Tagen etwas Klebriges in mir spüre, aber ich kann nicht erklären, warum. Es ist lästig. Ein Kieselstein in meinem Schuh. Und es hat etwas mit ihm zu tun, mit Will, aber ich weiß nicht, was es ist.

»Du solltest etwas essen«, sagt sie.

»Später, vielleicht. Jetzt habe ich keinen Appetit.«

In meinem Zimmer nehme ich die Reiseführer aus meinem Rucksack und verteile sie auf dem Bett. Ich ziehe meinen Pyjama an und schließe das Fenster, denn der September ist in Sicht, und es wird nachts langsam kühler. Ich verbringe einige Zeit lesend in den Straßen von Amsterdam, aber am Ende gebe ich auf, weil ich mich nicht konzentrieren kann. Ich muss immer wieder an diese Hand denken, an die liebevolle Geste, an den Blick in Allisons Augen, an die Anfänge.

Wie ist es möglich, dass sich alles im Laufe der Zeit so sehr verändert? Es gab eine Phase, in der es Lucy für einige Jahre einigermaßen gut ging, in denen wir glücklich waren. Das Fotoalbum im Wohnzimmer zeigt uns vier in Kostümen an Halloween, unterm Weihnachtsbaum oder in Sunken Gardens. Lucy lächelt übers ganze Gesicht. Ich ziehe Grimassen. Mom nimmt uns in die Arme. Und Dad sieht sie an und nicht irgendeine andere Frau, die ich gar nicht kenne. Auf dem Papier ist alles perfekt.

Ich frage mich, ob alle anderen die gleiche unbehagliche Nostalgie empfinden, wenn sie sich alte Fotos ansehen und eine Bilanz dessen ziehen, was sie gewonnen und verloren haben.

Lucy ist jetzt tot. Und Mom ist noch da, aber jemand anderes. Und Dad ist weit weg.

Ich öffne meine Augen, in denen immer noch Tränen stehen. Ich kenne nicht alle Umwege und werde wohl lernen müssen zu improvisieren, aber ich habe das Gefühl, dass ich auf dem richtigen Weg bin, und ich bin entschlossen, weiter voranzukommen.

Genau das bringt mich zum Nachdenken über das, was ich vor ein paar Tagen zu Will gesagt habe: Es ist notwendig, Phasen abzuschließen, um neue zu beginnen. Und deshalb muss ich die *Karte der Sehnsüchte* beenden. Das muss ich, ja.

46

Will

»Du kündigst also den Job«, wiederholt Paul.
»Es tut mir leid. Vielleicht hätte ich dir früher Bescheid geben sollen.«
»Nein, mach dir keine Sorgen.« Er wischt die Theke ab und sieht mich dann an. »Wann geht die Reise noch mal los?«
»In zwei Wochen.«
»Werdet ihr ein oder zwei Monate weg sein? Denn vielleicht kann ich eine Aushilfe für die Zeit finden, und du kannst den Job behalten.«
Ich fahre fort, die Gläser ins Regal zu stellen, alle perfekt in eine Reihe.
»Ich weiß noch nicht, wann ich zurückkomme.«
»Was soll das heißen, dass du es nicht weißt?«
Ich zucke mit den Schultern.
»Das hängt von Grace ab.«
»Und es ist dir egal, es nicht zu wissen?«
Immer noch ein Glas in der Hand, schaue ich ihn an. Ich habe wirklich nicht darüber nachgedacht. Tatsächlich will ich nicht darüber nachdenken. Es ist in Ordnung so. Es ist das erste Mal, dass ich für jemanden diese Mischung aus Bewunderung, Vertrauen und Sehnsucht empfinde. Grace ist meine Zuflucht. Ein Lichtstrahl zwischen meinen eigenen Schatten.

»Ja, es ist mir egal. Ich reise gern so. Und Grace will unbedingt verreisen, also werde ich sie begleiten. Außerdem ist es das erste Mal, dass sie von zu Hause weg ist.«

Wir schweigen eine Weile, während wir weiter aufräumen. Ich nehme den Besen und fege zwischen den Tischen und Stühlen. Paul kümmert sich um die Kasse. Als er fertig ist und den Verdienst des Tages in ein Notizbuch eingetragen hat, schließt er es und seufzt tief.

»Und was wirst du tun, wenn die Reise vorbei ist?«

»Ich bin mir noch nicht sicher«, gebe ich zu.

»Kannst du dich nicht entscheiden?«

»Mhm.« Ich habe keine Lust, weiter darüber zu reden, aber da ich Paul kenne, weil wir schon lange zusammenarbeiten, weiß ich, dass er es nicht einfach auf sich beruhen lassen wird, also sage ich: »Ich gehe vielleicht nach San Francisco, wenn Grace nächstes Jahr mit dem Studium beginnt.«

Paul zieht die Augenbrauen hoch und runzelt die Stirn.

»Das hört sich an, als ob deine derzeitige Beschäftigung darin besteht, deiner Freundin zu folgen. Gibt es denn nichts, was du unabhängig von ihr tun möchtest?«

Ich denke nicht darüber nach. Ich wäge nicht ab. Ich analysiere nicht. Ich will es nicht.

»Nein«, antworte ich knapp und ziehe meine Jacke an.

Der Mond steht hoch am Himmel, als ich durch den Wohnwagenpark zu meinem Wohnwagen gehe. Ich hätte nie gedacht, dass mir dieser Ort einmal so ans Herz wachsen würde, aber ich mag seine überwältigende Einfachheit. Ich kann keine Dinge anhäufen, ich muss jeden Tag in den Supermarkt gehen, und ich verbringe Stunden lesend im Waschsalon. Aber es ist alles da, was jemand wie ich braucht: ein Dach, Wände, Wasser, Licht.

Ich ziehe meine Kleidung aus und etwas Bequemeres an.

Als ich mich aufs Bett fallen lasse, stelle ich fest, dass es nach ihr riecht. Graces Duft ist sehr spezifisch, denn sie benutzt ein Parfüm, das süß nach wilden Brombeeren riecht; ich habe es auf dem Nachttisch gesehen, als ich in ihrem Zimmer war. Ich drehe mich um, zünde eine Kerze an und seufze, dann schaue ich unter das Bett. Hier bewahre ich die meisten meiner Habseligkeiten auf. Da ist *die Karte der Sehnsüchte* das Geburtstagsgeschenk, das ich Grace nie gegeben habe, und das Buch, nach dem ich gesucht habe und das ich sofort vergesse, weil meine Hand beschließt, sanft an der Schleife des Geschenks zu ziehen. Das Paket rutscht über den Boden. Ich hebe es auf. Ich hätte es ihr an dem Abend geben sollen, aber es war unmöglich. Und danach habe ich einfach nicht den richtigen Moment gefunden. Ich weiß nicht, ob ich ihn noch finden werde. Es bleibt nicht mehr viel Zeit.

Am Ende lasse ich es neben den Bücherstapeln auf der Bank liegen. Ich nehme den Roman in die Hand und lege mich aufs Bett. Nach einer halben Stunde klopft plötzlich jemand an die Tür des Wohnwagens.

47

Grace

Ich klopfe erneut, lauter diesmal.

Will öffnet die Tür, und ein Lächeln erscheint auf seinem Gesicht. Und es ist so strahlend und schön, und ich möchte, dass es erst aufhört, wenn ich genug davon habe, was noch lange nicht der Fall ist. Er tritt zur Seite und schließt hinter mir die Tür.

»Ich gebe zu, dass dein Auftauchen am frühen Morgen allmählich zur angenehmen Gewohnheit wird.«

»Es tut mir leid …«

»Du hast doch gehört: Es gibt nichts, was dir leidtun müsste.«

Seine Hände sind warm, als sie meine Wangen umfassen, und er beugt sich zu einem langen, genießerischen Kuss zu mir herunter. Mir werden die Knie weich. Für einen Moment vergesse ich, warum ich zu ihm gekommen bin, und ich lasse mich gehen, verliere mich in der Sanftheit seiner Zunge und der Wärme seines Mundes, aber dann ist auf einen Schlag alles wieder da: die Abwesenheit meiner Schwester, die Scheidung meiner Eltern, meine eigene Unbeständigkeit …

»Will.« Ich lege meine Hände auf seine Brust.

»Ja, was ist?«, murmelt er an meinem Hals.

»Ich bin gekommen, weil …« Mir ist ein wenig schwindelig, sowohl von seiner Berührung als auch wegen dem, was ich vorhabe. »Ich muss das letzte Kästchen öffnen.«

Er löst sich von mir und sieht mich eindringlich an.

»Bist du sicher?«

»Ja, ganz sicher. Es sind nur noch zwei Wochen bis zu unserer Reise, und ich möchte die *Karte der Sehnsüchte* vorher abschließen«, sage ich hastig. »Ich habe Angst. Ich habe Angst vor der Leere danach. Aber geht es im Leben nicht genau darum? Sich den Ängsten, der Leere, den Ecken und Kanten zu stellen? Ich spreche nicht davon, sie zu überwinden oder nicht zu beachten, sondern einfach nur davon, ihnen ins Gesicht zu sehen.«

Will betrachtet mich einen Moment lang schweigend. Ich weiß nicht, was in seinem Kopf vorgeht, ich kann es nicht wissen, denn er hat die Gabe, sein Gesicht ausdruckslos wirken zu lassen, wenn er mich nicht an sich heranlassen will. Er antwortet nicht. Nicht so, wie ich es von ihm erwartet hätte. Er nickt nur und holt das Spiel unterm Bett hervor.

»In Ordnung, wenn es das ist, was du willst.«

Er überlässt es mir. Wie alles andere auch.

Und ich weiß, dass ich darauf achten sollte, denn das klebrige Gefühl kehrt zurück, aber ich ignoriere es einfach, als ich das letzte Kästchen öffne. Auf einem zusammengerollten Stück Papier steht die Nummer des Briefes, den Will mir gibt. Ich setze mich aufs Bett. Ich nehme den Brief heraus. Ich halte den Atem an.

Kleine Grace,

dies wird der letzte Brief sein, den ich an Dich schreibe. Ich möchte gern daran glauben, dass Du das Spiel zu Ende gespielt und nicht auf halbem Weg aufgegeben und das Ende vorweggenommen hast; aber eine solche Abkürzung ist auch okay. Ich verstehe es. Ich weiß, es ist eine Herausforderung, denn manchmal ist es genauso schwer, sich dem zu stellen, was wir fürchten, wie dem, wonach wir uns sehnen.

Ich habe Dir so viel zu sagen und weiß gar nicht, womit ich beginnen soll. Vielleicht sollte ich ganz zum Anfang zurückgehen. Dass Du auf die Welt gekommen bist, hat mein Leben verändert, Grace. Und das meine ich nicht im wörtlichen Sinne, ich meine nicht Deine Zellen, die später meine wurden, nein, ich meine Dich. Ich kann mir mein Leben ohne Dich nicht vorstellen. Mom sagt immer, dass Du, als wir klein waren, vor dem Einschlafen meinen Daumen gestreichelt hast, und wenn ich ins Krankenhaus eingeliefert wurde und nicht zu Hause war, hast Du geweint und geweint, bis Du vor Erschöpfung nicht mehr konntest. Es war so einfach, Deine große Schwester zu sein, Grace. Ich habe mitgemacht, wenn Du Unfug angestellt hast, habe über Deine Witze gelacht, war Zeugin von Stolpersteinen und Siegen. Und ich habe zugesehen, wie Du erwachsen geworden bist. Denn das bist Du. Du bist so groß geworden. Jetzt, da ich glaube, dass das Ende bald kommt, verbringe ich meine Tage damit, mir vorzustellen, wie Dein Leben aussehen wird, wenn ich nicht mehr da bin. In wen wirst Du Dich verlieben? Wie wird das Haus aussehen, in dem Du wohnst? Wo wirst Du arbeiten? Mit wem wirst Du etwas trinken gehen? Manchmal gehe ich noch weiter und stelle mir vor, wie Du sein wirst, wenn Du alt bist, ob Du die Haare immer noch so tragen wirst wie jetzt oder ob Du dich verändert hast; ob Du Pflanzen im Fenster oder gelernt hast, Bananenkuchen zu backen, oder ob Du eine Katze hast, die schnurrt, wenn man sie hinter den Ohren streichelt. Es macht mich traurig, wenn ich an die Dinge denke, die ich verpassen werde, denn, weißt Du, Du bist das für mich, was einer Lebensgefährtin am nächsten kommt, die einen begleitet, Schritt für Schritt, Hand in Hand. Eltern und Kinder bewegen sich in unterschiedlichen Dimensionen, aber Du bist meine Schwester, wir sind als Gleiche geboren. Wir sollten niemals getrennt werden. Aber ...

»Aber« ist das schlimmste Wort auf der Welt, findest Du nicht auch? Es kommt immer, um einen auf den Boden der Tatsachen zurückzuholen, und zerstört alles, was sich ihm in den Weg stellt. »Ich liebe Dich, aber ...«, »Ihr Lebenslauf hat uns sehr gut gefallen, aber ...«, »Ich würde gern, aber ...« oder, in meinem Fall: »Ich möchte mich nicht von Dir verabschieden, aber ich werde sterben.«

Wir wären alle glücklicher, wenn wir dieses Wort verbannen könnten, aber das ist nicht möglich, verstehst du? Siehst Du, da ist es wieder. Und doch bitte ich Dich um das Unmögliche: Ich möchte, dass Du so lebst, als hätte es mich nicht gegeben. Grace, verbring Deine Tage nicht damit, auf die Bremse zu treten oder dich über Kleinigkeiten zu ärgern. Das Leben ist ein Schachbrett; wenn Du eines bekommen hast, schau nicht einfach zu, wie andere spielen, denn irgendwann hast Du keine Figuren mehr, und dann ist es zu spät. Bereite eine gute Verteidigung vor, aber spiel. Tu es, auch wenn Du nicht immer weißt, was der beste Zug ist. Es geht nicht ums Gewinnen, sondern um den Versuch. Vertrau Deiner Intuition, und sei mitfühlend mit Dir selbst. Erinnerst Du Dich daran, was ich über den Schmerz gesagt habe? Erlaube Dir, traurig zu sein. Erlaube Dir zu weinen. Erlaube Dir zu fallen und gib Dir Zeit, um wieder zu Kräften zu kommen. Ich habe immer geglaubt, dass man sich dem Schmerz stellen sollte und nicht um ihn herumgehen. Schmerzen sollten respektiert und mit Liebe und Geduld behandelt werden.

Ich denke, Du kannst Dir vorstellen, dass ich im Laufe meines Lebens viel über den Tod nachgedacht habe. Vielleicht zu viel. Es gab Zeiten, in denen er mir Angst gemacht hat. Ich habe geträumt, dass ich in einem Sarg liege, dass ich nicht herauskomme und meine Fingernägel brechen, wenn ich am Holz kratze. In anderen Momenten war ich apathisch und gleichgültig, und es hätte mir nichts ausge-

macht zu sterben, weil ich es leid war, immer zu kämpfen. Erst vor Kurzem habe ich beschlossen, dass ich einfach wie ein Fluss fließen werde. Und dann kam die Gelassenheit.

Ich habe verstanden, dass der Tod konstant und immer allgegenwärtig ist, weil die Momente, die wir leben und hinter uns lassen, sterben, die Träume und die, die wir waren, sterben, die Kindheit und die Unschuld sterben, die Städte, die sich im Laufe der Zeit verändern, sterben, sogar der Hass stirbt. Alles stirbt. Einfach alles. Aber es gibt eine Schönheit darin. Es ist eine ewige Schönheit.

Und Du, die Du seit Jahren auf der Suche nach Schönheit bist, solltest das auch so sehen. Ich wünschte, Du würdest es tun. Durch den Schmerz hindurchgehen und die Schönheit in diesem Abschied finden, denn dass ich hier bin und Dir schreibe, bedeutet, dass ich gelebt habe, dass wir das Glück hatten, Schwestern zu sein, und dass wir uns eines Tages vielleicht wiedersehen werden. Wer weiß? Und wenn das passiert, Grace, hoffe ich, dass Du mir viel zu erzählen hast. Wunderbare Dinge. Dinge, die uns beide zum Lachen bringen.

In Liebe
Lucy

Ich hebe den Kopf, als meine Tränen beginnen, die Buchstaben zu verwischen, und erst da wird mir bewusst, dass ich weine. Nein, ich weine nicht. Ich schluchze. Ein gequältes Stöhnen entweicht meiner Kehle, und ich habe das Gefühl, zu ertrinken, als wäre ich mitten im Ozean unter den Wellen, und ich kann nicht atmen, ich kann nicht. Will legt die Arme um mich, wiegt mich an seiner Brust und küsst meine Tränen weg, so sanft, dass ich noch mehr weine. Und er sagt mir etwas ins Ohr, vielleicht Worte des Trostes, aber ich kann nichts hören und nichts sehen.

Ich fühle nichts außer diesem erstickenden Schmerz, der mir bei dem Gedanken, dass alles vorbei ist, dass es jetzt endgültig ist, dass Lucy weg ist, nicht nur ihr Körper, sondern auch die Teile ihrer Seele, die sie mir in diesen Briefen hinterlassen hat, die Kehle zuschnürt. Ich habe nichts mehr von meiner Schwester, und ich vermisse sie, als wäre ich verstümmelt worden.

Also gebe ich mich selbst auf und weine.

Es ist nicht leicht, aus dem Schmerz herauszufinden, diesen Ort, den ich mir wie ein Spinnennest inmitten eines dichten Waldes vorstelle, hinter sich zu lassen. Trauer hat einen gewissen Reiz, weil man loslassen kann und alles andere nebensächlich wird, man fühlt sich fast ätherisch und leicht, wenn man aufhört zu kämpfen und die Umarmung der Traurigkeit akzeptiert. Und es ist einfach, in dem sanft schwingenden Netz zu bleiben, aber wenn man das tut, wenn man sich entscheidet zu bleiben, läuft man Gefahr, die wilde und überwältigende Schönheit des restlichen Waldes zu übersehen. *Durch den Schmerz hindurchgehen. Geh hindurch.* Ich höre Lucys Stimme in meinem Kopf. Und jetzt verstehe ich, dass ich genau das in den letzten Monaten meines Lebens getan habe. Dass ich im Spinnennetz gefangen war, von Menschen umgeben, die nicht auf meiner Seite waren, und dass ich mich befreit, zuerst mit den Füßen den Boden berührt habe und langsam, ganz langsam, durch Farne und Wurzeln und Blumen hindurchgegangen bin.

Ich bin immer noch im Wald. Ich bin immer noch da. Aber die Äste der hohen Bäume sind weniger belaubt, und man kann Teile des blauen Himmels sehen. Manchmal erreicht mich sogar ein Sonnenstrahl.

»Grace ...« Wills Stimme ist eine unsichtbare Liebkosung. »Was kann ich tun?«

»Nichts. Niemand kann für mich hindurchgehen.«

»Was meinst du?«

Ich schüttle den Kopf, mein Gesicht immer noch an seiner Brust. Ich rieche ihn. Bei seinem Geruch denke ich an kühle Wasserfälle und Veilchen. Und ich höre sein Herz laut in meinem rechten Ohr. Will ist am Leben und ich auch. Und diese absurd gewöhnliche Tatsache erscheint mir plötzlich außergewöhnlich. Wir atmen. Zur selben Zeit. Sein und mein Körper funktionieren perfekt wie zwei frisch geölte Maschinen, jede Zelle erfüllt ihre spezifische Funktion, wir können einander sehen, hören, riechen, schmecken und berühren. Wir können uns lieben.

»Will …«

»Ja?«

»Ich werde sie so sehr vermissen.«

»Ich weiß.« Er küsst meine Nase und wischt mir die Tränen weg.

»Danke, dass du mich das ganze Spiel über begleitet hast. Deswegen war es sogar noch besser, als meine Schwester es sich wahrscheinlich vorgestellt hat.«

»Ach, komm, Grace.« Er streichelt meine Wange.

Mir liegen fünf Worte auf der Zunge: Ich glaube, ich liebe dich. Nein, ich glaube es nicht, ich weiß es. Denn Will ist der Freund geworden, den ich so dringend gebraucht habe. Jemand, der mich liebt, ein Vertrauter, der mich zum Lachen bringt, wenn wir uns ausziehen, oder mit dem ich intensiv über jedes Thema diskutieren kann, das der Rest der Menschheit für unbedeutend hält. Und ich mag sein Herz. Es ist nicht perfekt, ganz bestimmt nicht, einige Bereiche haben zu lange im Schatten verbracht, aber es ist ein Herz, das weiß, was Reue ist.

Doch ich spreche die Worte nicht aus und schlucke sie mit Mühe herunter.

»Glaubst du, dass Traurigkeit unendlich sein kann?«
Will sieht mich an und streicht mir das Haar aus dem Gesicht.
»Es kommt auf die Art der Traurigkeit an.«
Ich sehe nur verschwommen, wie er sich bewegt und die Schachtel mit dem Spiel aufhebt. Er nimmt die restlichen Briefe heraus, die andersfarbigen, die ich gesehen habe, als er mir die *Karte der Sehnsüchte* zum ersten Mal gezeigt hat. Einer ist rot, einer violett und zwei sind hellblau.

»Die sind für deinen Vater, deine Mutter und deinen Großvater«, sagt er, während er das violette Exemplar umdreht und tief seufzt. »Und der hier ist für mich.«
Wir schweigen ein paar Sekunden lang.
»Willst du ihn jetzt öffnen?«
»Später, glaube ich.«
Ich nicke, und die Stille kehrt zurück. Es ist seltsam, dass diese Sache, die uns zusammengebracht hat, dieses Spiel, das uns vor Monaten noch wie ein sinnloser Blödsinn erschien, nun endgültig zu Ende ist. Neben dem Bett liegt ein anderes Buch, denn Will liest schnell, seine Kleidung liegt gefaltet auf einem Stapel, und daneben, neben den Büchern, erblicke ich ein Geschenk. Dasselbe Geschenk, das an dem Abend auf der Kirmes auf dem Autositz lag. Es war die ganze Zeit da, und ich weiß nicht, warum ich es vorher nicht beachtet habe, aber ich war wohl so sehr auf das konzentriert, was ich vorhatte, dass ich nichts anderes wahrnehmen konnte.
»Will.«
»Ja?«
»Was ist das für ein Geschenk?«
Er dreht den Kopf und betrachtet es.
»Ah, das. Es sollte dein Geburtstagsgeschenk sein, aber der Abend ging nicht gut aus, und ich habe nicht den richtigen Zeit-

punkt gefunden, um es dir zu geben. Außerdem bin ich mir unsicher.« Er wirkt nervös. »Möglicherweise gefällt es dir nicht.«

Ich liebe Geschenke. Ich liebe sie auf eine absurde, kindliche Weise. Es gibt nur wenige Dinge, die aufregender sind, als das zu entdecken, wovon ein anderer glaubt, es könnte dir gefallen, was ihn unter all den Dingen, die wir täglich zur Verfügung haben, an dich erinnert hat, und dann die Schleife zu lösen, das Geschenkpapier zu zerreißen ...

Genau das brauche ich an diesem Abend. Eine Ablenkung.

»Darf ich es öffnen?«

»Klar. Warte einen Moment.«

Will nimmt das Geschenk und hält es mir hin.

Ich gleite mit meiner Fingerspitze an dem goldenen Band entlang und denke einige Sekunden nach, bevor ich an einem Ende ziehe. Ich brauche nicht aufzublicken, um zu wissen, dass Will immer noch unsicher ist, denn er reibt sich das Kinn, während er darauf wartet, dass ich das Geschenk ganz öffne. Ich nehme den Deckel des Kartons ab. Und da sind sie.

Fliederfarbene Schlittschuhe. Die schönsten, die ich je gesehen habe.

Ich spüre, wie ich in die emotionale Spirale zurückfalle, der ich vor ein paar Minuten noch zu entkommen versucht habe. Meine Augen füllen sich langsam mit Tränen.

»Scheiße, Grace. Es tut mir leid, es tut mir leid ...«

»Nein.«

»Es war ein Fehler, ich dachte ... Ich weiß nicht, was ich dachte ...«

Er umarmt mich und versucht, mich zu trösten. Ich brauche einige Augenblicke, um es zu verstehen. Dann löse ich mich ein wenig von ihm, lege meine Stirn an seine und streichle sein Gesicht.

»Sie sind perfekt, Will.«
»Ernsthaft?«
»Ja, wirklich. Es ist nur so, dass ich gerade so nah ans Wasser gebaut habe und nicht aufhören kann zu weinen. Aber die Schlittschuhe sind das beste Geschenk der Welt.«
»Ich bin froh, das zu hören. Ich habe nämlich in Lincoln eine Eisbahn entdeckt und gedacht, dass wir vielleicht irgendwann dort hingehen könnten.«

Will spricht im Flüsterton und wischt mit seinem Daumen immer wieder meine Tränen weg. Obwohl ich ihm versichert habe, dass es mir gut geht, steht eine Sorgenfalte auf seiner Stirn. Im Moment möchte ich nur, dass sie verschwindet. Und dass er mich küsst. Dass er mich küsst, und der Rest der Welt einfach zum Schweigen gebracht werden kann, als wenn man ein Licht ausknipst. Glühbirnen. In meinem Kopf brennen viele Glühbirnen, und ich möchte, dass Will eine nach der anderen ausschaltet, bis alles dunkel ist und Ruhe und Frieden herrschen.

48

Will

»Ich möchte, dass du mich immer weiter küsst. Nur das. Ein Kuss und dann noch einen und noch einen und noch einen. Dass wir erst wieder etwas um uns herum wahrnehmen, wenn die Sonne aufgeht.«

»Ich glaube, das kann ich«, versichere ich ihr.

Ihre Lippen suchen meine, und ich lasse mich gehen. Küssen ist, wie wenn man ein Buch zum zweiten Mal liest. Obwohl man das Ende kennt, obwohl einem jede Regung und jeder Zentimeter des anderen Mundes vertraut ist, will man nicht aufhören. Es gibt einen gewissen Nervenkitzel, wenn man die Seiten umblättert, wenn man die Haut Kuss für Kuss markiert.

Grace zerrt heftig an meinem T-Shirt und zieht es mir aus. Dann greift sie nach dem Gummizug meiner Hose und versucht, sie herunterzuschieben. Ich keuche, als ich ihre Handgelenke ergreife und ihr in die Augen sehe. Sie weint immer noch. Die Tränen fließen still, aber anhaltend. Ich küsse ihre Wangenknochen, um die salzigen Spuren zu beseitigen. Sie findet den Knoten im Kordelzug meiner Jogginghose und öffnet ihn.

»Ich glaube nicht, dass das jetzt das Beste ist.«

»Ich brauche dich jetzt, Will«, sagt sie.

»Mhm ...« Ich schließe die Augen, als ihre Hand mich durch

die Unterwäsche streichelt, und versuche, mich zu beruhigen.
»Bist du sicher? Wir könnten auch kuscheln. Oder rausgehen und die Sterne betrachten. Das ist vielleicht besser«, füge ich hinzu und will auf Abstand gehen.

Sie umfasst mein Gesicht, damit ich sie ansehe.

»Bitte, Will. Bitte.«

Und ich tue, was sie verlangt. Ich lasse zu, dass sie mir die Kleidung auszieht und helfe ihr aus ihrer, die auf dem Boden landet. Dann lege ich mich auf sie. Wir sind beide nackt, und trotz des Größenunterschieds scheint jeder Teil unseres Körpers miteinander verbunden zu sein: unsere Lungen, unsere Nabel, mein Glied auf ihrem Geschlecht, unsere Beine, unsere Knie. Unsere Münder. Unsere Lippen sind geschwollen, feucht und gerötet. Und trotzdem scheint es nicht genug zu sein. Ich küsse Grace am Hals, ihre Brüste, ihren Hüftknochen, zwischen ihren Beinen, bis ich sie stöhnen höre und mich nach mehr sehne. Wenig später versinke ich in ihr. Es ist einfach, sich sicher zu fühlen, einfach so, während der Rest der Welt schläft und ich nur ihr Gesicht sehe und an nichts anderes denke. Es gibt keine Schuldgefühle, keine Zweifel, keine Ängste. Da ist nur Grace. Sie und ihre Beine, die mich umschlingen. Sie und die Befriedigung, die sich in ihrem Gesicht abzeichnet. Und das andere Gesicht. Sie und das Verlangen, diesen Augenblick einfrieren zu wollen, denn ich habe nach mehreren Stürzen gelernt, dass jeder Anfang sein Ende hat, es keinen Baum gibt, der nicht als Brennholz endet, das Glück ein Blitz ist, der so sehr blendet, dass er einen betäubt.

Es ist wie die Freude, die uns erschüttert. Überwältigend und flüchtig.

Ich bleibe eine Minute regungslos liegen, stehe dann auf und gehe auf die Toilette. Als ich zurückkomme, liegt sie noch immer in derselben Position da und blickt an die Decke. Ich lege mich neben sie und umarme sie sanft. Mein ganzer Körper fühlt sich an, als wäre er für sie gemacht, denke ich, obwohl das ein kitschiger Gedanke ist, dem man nur Glauben schenkt, weil man so sehr in jemanden verliebt ist, dass man sonst nichts mehr sieht.

»Geht es dir gut, Grace?«

»Ja. Ein bisschen traurig. Ein bisschen glücklich.«

»Jetzt bin ich an der Reihe, den Joker für die lange Antwort einzusetzen.«

Ich spüre ihr Lachen in der Fläche meiner Hand, die auf ihrem Bauch liegt.

»Ich bin traurig, weil es mir schwerfällt, zu akzeptieren, dass jetzt alles zu Ende ist, aber glücklich, weil ich es geschafft habe und es ... aufschlussreich war. Ich frage mich, ob meine Schwester mich besser kannte als ich mich selbst.«

»Das ist möglich.«

»Ich glaube, wir haben ein verzerrtes Bild von dem, was wir sind, weil wir uns jeden Tag ein wenig verändern. Vielleicht ist das Herz ja elastischer als das Gehirn. Das würde erklären, warum wir uns an ein paar Adjektive klammern und sie fast unser ganzes Leben lang mit uns herumtragen. Vielleicht ist es einfacher zu akzeptieren, dass man chaotisch oder introvertiert ist, als sich ständig neu zu definieren. Erinnerst du dich daran, was ich dir über die Farben erzählt habe? Dass du für mich lila bist, aber in Wirklichkeit sind wir alle Regenbögen.«

Grace dreht sich um und legt ihren Kopf auf meine Brust. Ich frage mich, ob sie meinen Herzschlag hören kann. Und auch, ob sie mein Schweigen bemerkt, denn manchmal kann ich ihr nicht folgen, und ich spüre, wie sie immer schneller geht und sich immer weiter entfernt. Ich kann nicht rennen, weil ich gefesselt bin. Ich habe mir die Ketten selbst angelegt und weiß jetzt nicht mehr, wo ich den Schlüssel hingetan habe.

Ich schließe meine Augen. Der Schlaf nähert sich schwankend, doch dann bewegt Grace ihre Finger. Ich konzentriere mich auf die Spitze ihres Zeigefingers, der an meinem Nabel hinabgleitet, ihn umkreist, sich spiralförmig nach oben windet, an meiner Brust hinauffährt ...

»Grace, was machst du da?«

Es dauert ein paar Sekunden, bis sie antwortet.

»Ich ... laufe Schlittschuh.«

»Bitte?«

»Ich laufe Schlittschuh über deine Haut.«

Ich konzentriere mich auf das Muster, das sie mit ihrem Finger zeichnet. Die Spitze ihres Fingernagels drückt sich sanft in mein Fleisch, bevor sie langsam nach unten gleitet, ich atme tief durch. Ich weiß nicht, warum sich dieser Moment so transzendent anfühlt, aber ich kann nicht aufhören, Graces Hand anzustarren, während sie ihre Spur auf meiner empfindsamen Haut hinterlässt.

»Will ...«

»Mhm.«

»Ich möchte die Schlittschuhe ausprobieren. Wenn es nicht gerade mitten in der Nacht wäre, würde ich dich bitten, jetzt mit mir zu der Eisbahn zu fahren, die du entdeckt hast.«

Ich richte mich ein wenig auf und sehe sie an.

»Wirklich?«

»Ja«, flüstert sie.

»Dann lass es uns tun.«

»Wann?«

»Na, jetzt. Komm.«

Ich stehe auf und hebe das T-Shirt auf, das am Fußende des Bettes liegt. Grace sieht mich ungläubig an.

»Hast du den Verstand verloren?«

»Zieh dich einfach an.«

Sie zieht sich an, auch wenn sie nicht sehr überzeugt wirkt, und greift nach dem Karton mit den Schlittschuhen. Die frühe Morgenfeuchtigkeit umarmt uns, als wir den Wohnwagen verlassen und zum Auto gehen, und bevor ich mir genau überlegen kann, was ich eigentlich tue, sind wir schon auf dem Weg nach Lincoln. Als ich kurz zu Grace schaue, stelle ich fest, dass sie, mit meiner Jacke zugedeckt, eingeschlafen ist, und dann konzentriere ich mich wieder auf die Straße. Ich bin mir nicht sicher, was ich erreichen will, und ich bin es nicht gewohnt, mich von Impulsen leiten zu lassen, plane alles vorher, zumal solche Handlungen normalerweise nichts Gutes nach sich ziehen. Aber ich fahre einfach weiter.

Die Eisbahn befindet sich in einem Einkaufszentrum.

Der Ort ist menschenleer. Ich stelle den Motor ab. Auf dem Parkplatz stehen nur noch zwei weitere Autos. Die Türen des großen Gebäudes auf der anderen Straßenseite sind offensichtlich verschlossen, und ich habe keine Ahnung, wie wir vorgehen sollen. Ich beuge mich zu Grace hinüber und flüstere ihren Namen. Sie öffnet langsam die Augen.

»Wir sind da«, sage ich.

Sie sieht mich im dunklen Wagen einige Augenblicke lang an, bevor sie lächelt und die Jacke weglegt, obwohl ich sie ermutige, sie überzuziehen, als wir aussteigen.

Wir gehen zu der Eishalle hinüber und bleiben vor der Tür stehen. Es gibt keine Klingel. Ich trete ein paar Schritte zurück, schaue nach oben und seufze. Grace zieht die Augenbrauen hoch und lächelt.

»Will Tucker, überlegst du, ob wir über die Mauer klettern sollen?«

»Ja.«

»Und ich dachte, du wärst der Vernünftigere von uns beiden.«
»Kannst du auf meine Schultern klettern?«
»Meinst du nicht, dass der Zugang zur Eisbahn auch geschlossen sein wird?«
»Alles zu seiner Zeit, Grace.«
»Scheiße, meinst du das ernst?«
»Verdammt, ja. Willst du nun eislaufen oder nicht?«
»Ja. Klar will ich.«
»Dann los.«
Ich beuge mich vor, und sie klettert auf mich drauf. Sie stellt ihre Füße auf meine Schultern, und ich umfasse ihre Beine. Sie hält sich oben an der Wand fest, aber in diesem Moment bewege ich mich ein wenig nach rechts, und sie verliert das Gleichgewicht. Sie stößt einen Schrei aus. Einen Schrei, den bestimmt jeder im ganzen Land gehört hat.

Und eine halbe Minute später:
»Wer ist da?«
Der Strahl einer Taschenlampe wandert an der Wand entlang.
»Hallo! Wir sind hier!«, rufe ich aus, und Grace sieht mich an, als wäre ich völlig verrückt geworden, was durchaus möglich ist. »An der Tür. Würden Sie so freundlich sein, sie für uns zu öffnen?«

Zögerliches Schweigen, dann ist das Klicken des Schlosses zu vernehmen. Als sich die Tür öffnet, erscheint ein junger Mann, er hat gewelltes blondes Haar und ein leicht ovales Gesicht. Er richtet die Taschenlampe auf uns, als wäre sie eine Waffe, und ich schenke ihm mein schönstes Lächeln, während Grace schweigend neben mir steht – eine Seltenheit.

»Es tut uns leid, dass wir Ihre Zeit in Anspruch nehmen«, beginne ich. »Aber wir haben einen langen Weg hinter uns. Sehr lang«, füge ich mit dramatischer Stimme hinzu.

»Es ist drei Uhr nachts«, sagt der Mann.

»Ja. Und wir fragen uns, ob wir kurz auf die Eisbahn dürfen. Ich verstehe, wie seltsam Ihnen das vorkommen muss, aber wir sind keine Diebe oder Ähnliches, wir sind nur ...« Ich trete vertraulich näher an den Mann heran, der völlig verblüfft ist. »Die junge Frau, mit der ich hierhergekommen bin, ist meine Freundin, und sie muss unbedingt wieder mit dem Eislaufen anfangen. Als Kind hat sie es geliebt, aber dann ...«

»Dann ...?« Er ist neugierig.

»... ist ihr Traum geplatzt«, antworte ich.

Er sieht mich ein paar Sekunden lang an und schüttelt den Kopf.

»Kommen Sie morgen früh wieder. Wir öffnen um zehn Uhr.«

Er tritt einen Schritt zurück und schickt sich an, die schwere Tür zu schließen, als ich mich ihm in den Weg stelle. Das scheint ihm gar nicht zu gefallen, also weiche ich ein Stück zur Seite und stoße meinen angehaltenen Atem aus. Ich versuche, mich an den Will zu erinnern, der in der Lage war, die halbe Universität davon zu überzeugen, den Ort der Abschlussfeier zu verlegen, oder der zu einem Vorstellungsgespräch ging und für das Unternehmen unentbehrlich zu sein schien, so selbstbewusst und effizient, dass niemand daran zweifelte, dass er am Ende die Leitung der Firma übernehmen würde.

»Haben Sie noch nie etwas Verrücktes für die Liebe getan?«, frage ich ihn, und bevor er Zeit hat, darüber nachzudenken, fahre ich fort: »Wenn Sie Geld wollen, kann ich Sie bezahlen. Und wenn nicht, dann machen Sie doch bitte einmal eine Ausnahme. Denken Sie daran: Sie können es eines Tages Ihren Enkeln erzählen. Sie werden sich an diesen Moment erinnern, und anstatt sich jahrelang zu fragen, warum Sie das Paar nicht hereingelassen haben, wird er zu einer Anekdote in Ihrem Leben. Ich bitte Sie.«

Er zögert, und ich weiß, dass ich gewonnen habe.

»Ich setze meinen Job aufs Spiel.«

»Niemand wird jemals davon erfahren, das versichere ich Ihnen.«

»Zehn Minuten«, sagt er.

»Zwanzig«, riskiere ich zu verhandeln.

»Fünfzehn. Nicht eine Minute mehr.«

Er schaut sich nach allen Seiten um, bevor er die Tür öffnet und uns hereinlässt. Grace sagt weiterhin kein Wort, während er uns zur Eisbahn führt, an seinem Gürtel nach dem richtigen Schlüssel sucht und ihn ins Schloss steckt. Er macht ein paar Lichter für uns an, aber die Fläche liegt praktisch im Dunkeln. Dann deutet er auf seine Uhr, um mir zu verstehen zu geben, dass die Zeit läuft. Ich nicke ihm dankend zu.

»Ich kann es nicht glauben«, flüstert Grace, als er verschwindet.

»Schnell, zieh deine Schlittschuhe an. Komm, ich helfe dir.«

Grace wirkt ein wenig benommen, als ich ihr die Schuhe ausziehe und die Schlittschuhe aus dem Karton nehme. Die Kälte dringt wegen des Adrenalins kaum zu mir durch. Ich begleite Grace zur Umrandung, und sie betritt die Eisfläche.

»Geht es dir gut, Grace?«

»Ich denke schon. Ich glaube ... es geht mir besser als je zuvor.«

Sie lächelt mich an, und ich bin der glücklichste Mensch auf der Welt, als ich sie über das Eis gleiten sehe. Sie bewegt ihre Beine, erst langsam, leicht zittrig, und dann nimmt sie mehr Schwung. Und es ist ... es ist, als ob sie fliegt. Sie sieht aus wie ein Vogel, der gerade einem Käfig entkommen ist, nachdem er jahrelang eingesperrt war, ohne die Flügel ausbreiten zu können. Ihr Körper wirkt anmutig, ihr Gesicht entspannt sich, sie hebt die Arme und lacht. Wenn es nicht unmöglich wäre, würde ich denken, dass ihr Lachen in mich hineinkriecht und dort bleibt, anhaltend und sprudelnd. Sie zu beobachten, ist hypnotisierend, und ich kann meinen Blick nicht abwenden. Während ich an der Umrandung der Eisfläche stehe, wird mir bewusst, dass es ein Geschenk ist, sie betrachten zu dürfen, und es fällt mir schwer zu glauben, dass mein Handeln zu diesem Moment geführt hat. Aber hier bin ich. Hier sind wir.

»Komm mit.« Grace gleitet auf mich zu, ihre Wangen sind eiskalt und gerötet. Mit den violetten Schlittschuhen an den Füßen ist sie fast so groß wie ich, als ich mit ihr das Eis betrete. »Das heute Abend ist die perfekteste Dummheit, die je jemand für mich begangen hat. Ich werde es nie vergessen.«

Sie umarmt mich, und wir stehen schweigend auf der Eisfläche. Sie gibt mir ein paar schnelle Küsse, bevor sie lachend davongleitet wie eine Sternschnuppe, die einen funkelnden Lichtschweif hinterlässt. In den nächsten zehn Minuten fährt sie um mich herum, holt Schwung, legt an Geschwindigkeit zu und wird nach und nach wieder langsamer.

»Ich wünschte, ich müsste das nicht sagen, aber wir müssen gehen.«

»Ich weiß.« Sie kommt keuchend auf mich zu, ohne dass ihr Lächeln verblasst, und wir verlassen die Eisfläche. Sie zieht die Schlittschuhe aus und legt sie in den Karton, als der Mann wieder auftaucht und uns auffordernd anschaut.

»Es ist an der Zeit«, sagt er.

Wir gehen mit ihm zum Ausgang. Grace verabschiedet sich so enthusiastisch von ihm, dass er ein wenig benommen aussieht, und ich gebe ihm die Hand.

»Danke schön. Ich danke Ihnen aus tiefstem Herzen.«

Er nickt und schließt hinter uns die Tür.

Wir gehen zum Auto. Die Dunkelheit hüllt uns ein, und ich starte den Motor, um die Heizung einzuschalten, aber wir fahren noch nicht los. Wir stehen im Dunkeln auf dem Parkplatz, jeder in seine Gedanken versunken, während in der Mitte unsere Hände zerstreut zusammenfinden, bis Grace sagt:

»Meine Eltern lassen sich scheiden.«

»Mist. Ich wusste nicht, dass es zwischen ihnen kriselt, neulich Abend schienen sie sich gut zu verstehen.«

»Sie sind Freunde. Zumindest glaube ich das.« Grace wendet den Blick von unseren Händen ab und sieht mich an. »Ich habe es heute erfahren. Das heißt, gestern Nachmittag. Wie sich herausgestellt hat, ist Dad in eine andere Frau verliebt.«

»Das tut mir leid«, sage ich leise.

Wir schweigen ein paar Sekunden.

»Ich will nicht, dass diese Nacht zu Ende geht.«

»Ich auch nicht.«

»Dann lass uns bis zum Morgengrauen weiterreden.«

»In Ordnung.« Ich lehne meinen Kopf zurück.

»Weißt du was, Will? Ich hatte vergessen, dass ich eines Tages beim Schlittschuhlaufen eine Eingebung hatte, und heute, als ich wieder auf dem Eis stand, ist es mir wieder eingefallen. Es war seltsam, wie ein Schock. An jenem Nachmittag bin ich immer wieder aufs Eis gefallen, und mir wurde klar, dass Erfolg aus vielen kleinen Misserfolgen besteht. Aber vor allem, dass sich alles verändert, wenn man keine Angst mehr davor hat, das Gleichgewicht zu verlieren und hinzufallen. Das Leben verändert sich.«

In diesem Moment sollte ich darauf mit der Frage antworten: *Und wie machst du das?*, denn vielleicht kann Grace mir den richtigen Hinweis geben. Doch das tue ich nicht. Mit klopfendem Herzen halte ich nur weiter ihre Hand.

Danach reden wir flüsternd über alles, was uns in den Sinn kommt. Wir sprechen noch einmal über ihre Eltern, darüber, wie sehr es Grace beunruhigt, nicht zu wissen, was passieren wird. Wir kommen auch noch mal auf die Briefe zu sprechen, die Lucy für ihre Familie hinterlassen hat und die Grace ihren Eltern und ihrem Großvater zu gegebener Zeit übergeben muss. Und dann die Reise: Wir gehen die Möglichkeiten durch, und Grace will die Reiseführer aus der Bibliothek lesen, obwohl die Route eigentlich schon feststeht, und wir malen uns all unsere gemeinsamen Abenteuer aus.

»Wenn wir in Italien sind, kannst du die ganze Zeit Pasta und Käse essen«, sagt sie, als der Morgen zu dämmern beginnt.

»Daran denke ich jeden Tag«, scherze ich.

Grace klettert zu mir herüber und setzt sich auf meinen Schoß. Es ist ein wunderbarer Anblick, obwohl wir uns auf einem beliebigen Parkplatz befinden. Denn Sonnenuntergänge sind magisch und wecken Sehnsüchte, aber wenn man den Sonnenaufgang betrachtet, wird man Zeuge eines Anfangs, eines unbeschriebenen Blattes, einer Handvoll Möglichkeiten. Und das Licht ist weich, nur ein paar leicht wässrige rosafarbene und gelbe Pinselstriche. Rundherum ist alles ruhig und friedlich.

Das sind wir auch, doch dann beschließen wir zurückzufahren. Ich mache den Motor an und sage Grace, dass sie eine Weile schlafen kann, wenn ihr danach ist, aber sie schüttelt den Kopf. Wir fahren eine breite Straße entlang. Alle Autofahrer scheinen auf dem Weg zur Arbeit oder zur Schule ihrer Kinder zu sein. Ich biege in eine gerade Straße ein, die von identischen Häusern gesäumt ist.

»Kennst du diese Gegend?«, fragt Grace.

»Ja. Das Haus, in dem ich früher gewohnt habe, ist nicht weit entfernt.«

»Wirklich? Ich würde es gern sehen.«

Ich möchte Nein sagen, denn das ist das Letzte, wozu ich Lust habe, und das nicht nur, weil ich nach der Fahrt und der schlaflosen Nacht müde bin, sondern auch, weil ich nicht gut finde, dass Grace Teil dieser Welt von mir wird, die mich nur an die schlechten Entscheidungen erinnert, die ich getroffen habe. Es passt einfach nicht zusammen. Es sind zwei verschiedene Teile meiner Existenz.

Aber ich bin einverstanden, denn es ist nur für einen Moment, bevor wir wieder nach Ink Lake zurückkehren.

Wir fahren durch mehrere Stadtviertel, bis wir das Haus erreichen, in dem ich gewohnt habe. Das Haus meiner Eltern befindet sich an einer Ecke. Daneben liegt das von Joshs Familie. Ich halte ein paar Meter davon entfernt an, mache aber den Motor nicht aus. Dann zeige ich darauf.

»Es ist das da drüben.«

»Das mit der Kletterpflanze?«

»Ja.« Ich werfe einen kurzen Blick auf das Haus und die Bäume im Garten. Nichts scheint sich verändert zu haben, aber ich habe ein seltsames distanziertes Gefühl.

»Sind deine Eltern zu Hause?«

»Ich nehme an, ja. Warum?«

»Du solltest reingehen und Hallo sagen. Das wäre die perfekte Ausrede für mich, um sie kennenzulernen. Wir könnten mit ihnen frühstücken, was meinst du?«

»Nein.«

»Aber ...«

»Nein, Grace.«

Ich trete aufs Gaspedal. Es dauert nicht lange, bis wir das

Viertel hinter uns gelassen haben und dann die Stadt. Zwanzig lange Minuten sagen wir nichts, und ich kapiere, dass Grace verärgert ist, aber was hat sie denn erwartet? Dass ich hineingehen und mit meinen Eltern ganz selbstverständlich Eier und Toast essen würde? Das erinnert mich daran, dass wir noch keinen Bissen gegessen habe, und ich bin der Erste, der bei diesem sinnlosen Kampf aufgibt.

»Hast du Hunger? Sollen wir irgendwo anhalten?«

»Nein, danke. Alles gut.«

»Wie du willst.«

Also schweigen wir, bis ich vor ihrem Haus anhalte. Ich spüre die unangenehme Spannung, die in der Luft liegt. Noch vor wenigen Stunden ist Grace übers Eis geglitten, und alles war perfekt.

»Du hast keinen Grund, wütend zu sein.«

Der Blick in ihren Augen ist wie ein frisch geschärftes Rasiermesser.

»Glaubst du das wirklich? Was du letzte Nacht für mich getan hast, war, wie alles andere auch, wunderbar. Es wäre einfach, mich davon blenden zu lassen, aber ich kann den Rest nicht ignorieren, Will. Das kann ich nicht. Weil du mir wirklich wichtig bist.«

»Ich weiß nicht einmal, wovon du sprichst.«

»Doch, das weißt du. Du vermeidest es, dich dem zu stellen, was dir unangenehm ist. Du bist nicht in der Lage, der Frau zu antworten, die du heiraten wolltest, oder auf deine Eltern zuzugehen und ihnen zu zeigen, wer du jetzt bist. Du kannst nicht ewig davor weglaufen.«

»Verdammt, Grace. So einfach ist das nicht.«

Sie schluckt und beißt sich auf die Lippe, bevor sie ihr Kinn anhebt und mir in die Augen schaut. In ihrem Blick liegt ein ungewohntes Glitzern, das mich verunsichert.

»Darf ich dir eine Frage stellen?«
»Du weißt, dass du das darfst.«
»Warum willst du mich auf meiner Reise begleiten?«
Ich habe gedacht, sie würde mich etwas fragen, das mit meiner Familie oder mit Lena zu tun hat. Aber nein. Und die Worte bleiben einen Moment lang in der Luft hängen, bis ich eine Antwort finde.
»Weil ich dich gern glücklich mache.«
»Scheiße, Will.«
Sie wendet sich ab und stößt die angehaltene Luft aus.
»Was ist das Problem?«
»Siehst du das wirklich nicht?«
»Nein, verdammt. Hey …«
Doch bevor ich noch etwas sagen kann, beugt sich Grace vor und küsst mich zum Abschied auf die Lippen. Sie öffnet die Autotür und steigt aus. Ich sitze ein paar Sekunden lang da und versuche zu verstehen, was gerade passiert ist, aber ich komme zu keinem Ergebnis, also starte ich schließlich den Wagen und fahre, die Hände am Lenkrad, die Straße hinunter.

Als ich im Wohnwagen ankomme, lasse ich mich aufs Bett fallen.

Und ich schlafe. Ich schlafe und sehe, wie sie sich auf dem Eis dreht.

49

Grace

Nachdem ich mich von Will verabschiedet habe, bin ich in mein Zimmer gegangen, habe ein Blatt Papier genommen und das Wort *konfrontieren* darauf geschrieben. Es drehte sich in meinem Kopf. Ich war mir noch nie so bewusst, mich in zwei widersprüchlichen Situationen zu befinden. Die Binde, mit der ich versuche, meine Augen zu bedecken, ist verrutscht, und es gibt keine Möglichkeit, sie festzuziehen. Ich könnte es tun, wenn es mir egal wäre, wie bei Tayler, oder wenn ich noch diejenige wäre, die ich vor Monaten war.

Aber nicht bei ihm. Nicht bei ihm und nicht jetzt.

Zwei Tage später beschäftigt mich immer noch dasselbe Wort. Ich habe bei Großvater Zuflucht gesucht, weil ich dem Lärm entfliehen wollte, der Sorge um meine Mutter, dem bevorstehenden Gespräch mit meinem Vater und Wills Verstrickungen.

Gebannt beobachte ich, wie Großvater mit dem runden Hohlmeißel das Holz bearbeitet. Er fertigt ein kleines Schmuckkästchen für die Nachbarin an, die am Ende der Straße wohnt, und vermutlich ist es Lindenholz, weil er dieses Holz wegen seiner feinen Textur am liebsten bearbeitet. Er verwendet auch Kirsche und Nussbaum, Ahorn und Eiche. Ich habe Großvater so viele Stunden in seiner Werkstatt arbeiten sehen, dass ich jede seiner Bewegungen kenne: die Art, wie er mit der Raspel über die Ritzen fährt, seine Präzision mit dem Meißel bei den geraden Schnitten oder seine Vorsicht, wenn er das Schleifpapier oder den Schwamm benutzt.

»Wie lange willst du noch dasitzen und mich anstarren?«

Ich antworte nicht, während ich die Tasse mit der Milch fest umfasse, die meine Hände wärmt. Wir sind nur ein paar Meter voneinander entfernt; Großvater sitzt an der Werkbank und ich auf einem Stuhl an der Wand.

»Grace …«

»Ich denke nach.«

»Jetzt gerade?«

»Nein, seit ich hier bin.«

»Du denkst seit zwei Tagen nach?«

»Ja.«

Großvater seufzt und wechselt das Werkzeug.

»Willst du reden?«

Ich weiß, dass es ihm nicht leichtgefallen ist, diese Frage zu stellen, denn er ist nicht der Typ, der andere zum Sprechen auffordert, sondern der, der wartet. Bei unserem letzten relevanten Gespräch musste ich darauf bestehen, dass er mir erzählt, welchen Eindruck Will bei dem Abendessen auf ihn gemacht hat. »Er hat ein gutes Herz und einen Knoten im Hirn«, hat er gesagt. Und ich glaube, er hat recht, auch wenn ich damals noch versucht habe, die deutlichen Zeichen zu ignorieren.

»Ich bin verwirrt.«

»Warum?«

»Weil ich möchte, dass die Dinge anders sind, aber ich glaube, wenn ich die Realität weiterhin ignoriere, wird alles nur noch schlimmer.«

»Wir sollen also über Will sprechen.«

»Ich will es nicht vermasseln. Es ist eine wichtige Entscheidung.«

Großvater arbeitet weiter an dem Schmuckkästchen.

»Wovor hast du Angst?«

»Dass er aus den falschen Gründen bei mir bleibt.«

»Er hat noch ein paar Dinge zu erledigen«, vermutet Großvater.

»Einige. Er hätte sich darum kümmern sollen, während ich mich um meine gekümmert habe, indem ich der *Karte der Sehnsüchte* gefolgt bin, aber ...«

»Sich auf dem richtigen Weg zu treffen, ist schwierig.«

»Ja.«

Ich starre auf die Holzspäne, die den Boden der Garage bedecken, ohne zu ahnen, dass in dem Moment, wo man es am wenigsten erwartet, ein Besen alles wegfegen wird. Es ist wirklich ein Gleichnis für das Leben. Und die Liebe. Es stimmt, was Großvater gesagt hat: Es ist nicht leicht für zwei Menschen, sich am selben Ort, zur selben Zeit und mit denselben Absichten zu treffen. Und was passiert dann? Was passiert, wenn man in jemanden verliebt ist, der sich nicht im selben Tempo wie man selbst bewegt? Bei Will würde ich sagen, dass er auf dem Weg stehen geblieben ist, aber ich weiß nicht, ob er das macht, weil er Schwung holen oder nicht weiterkommen will.

»Großvater, hattest du nie irgendwelche Zweifel?«

»Reden wir immer noch von der Liebe?«

»Ja, wir reden immer noch von der Liebe.«

»Natürlich hatte ich Zweifel, Grace. Und es war nicht immer einfach. Ich habe mich mehrmals geirrt, und wir haben uns gestritten, wenn wir nicht einer Meinung waren, wie in jeder Ehe ...«

»Bereust du es?«, frage ich.

Er legt den Gegenstand, an dem er arbeitet, weg und sieht mich an. Er ist ernst, und ich kenne seinen Gesichtsausdruck gut genug, um zu wissen, dass er mir etwas Wichtiges sagen will.

»Dass ich mich geirrt habe? Ich nehme an, ja, aber alles andere wäre unmenschlich. Dass wir nicht immer einer Meinung gewesen sind? Nein. Ich weiß, es wäre schöner, wenn ich dir sagen würde, dass, wenn ich in der Zeit zurückreisen könnte, um deine Großmutter zu sehen, und sie mir sagen würde, der Himmel ist grün, ich ihr zustimmen würde, aber wenn du darüber nachdenkst: Täte ich ihr damit einen Gefallen? Es ist nicht leicht, mit jemandem zusammenzuleben, weil der andere zu der Person wird, die den Partner am besten kennt, und deshalb muss man seine Stärken und Schwächen offenlegen. Die guten Zeiten sind einfach, aber die schlechten Zeiten ... zeigen, ob die Bindung stark ist, ob man dem anderen genug vertraut und die Unvollkommenheiten akzeptiert.«

Das ist wahrscheinlich der längste Satz, den Großvater je gesagt hat. Ich halte meine Tasse immer noch fest umfasst, obwohl sie kalt geworden ist.

»Danke«, flüstere ich.

»Immer wieder gern.« Er greift erneut nach dem Hohlspachtel. »Du musst mir sagen, ob du noch länger hierbleiben willst, denn ich gehe gleich einkaufen.«

Ich schüttle den Kopf und lächle.

»Ich werde nicht mehr lange bleiben. Zumindest glaube ich das.«

»Okay. Wenn du deine Meinung änderst ...«

»Bist du der Erste, der es erfährt.«

Ich stehe auf und küsse seine weiche, faltige Wange. Dann greife ich in die Gesäßtasche meiner Jeans und ziehe den Brief heraus, den ich mitgenommen habe, als ich zu ihm gegangen bin. Ich halte ihm den hellblauen Umschlag hin. Großvater schaut zunächst erstaunt, doch schon nach wenigen Sekunden verändert sich sein Gesichtsausdruck: Er wird weicher, als hätte ihm jemand eine Schicht Baiser auf die Haut geschmiert. Seine Mundwinkel senken sich, seine Augen glänzen, und er bewegt seine Hände nicht mehr, weil er vergessen hat, was er gerade tut.

»Ist der für mich?« Seine Stimme klingt heiser.

»Ja. Ich habe das Spiel beendet. Lucy hat ihn dir hinterlassen.« Seine Hand zittert, als er den Brief entgegennimmt. Er ist so gerührt, so nervös ... Ich sage ihm, dass ich ihn allein lassen werde, damit er ungestört ist, aber er hört gar nicht zu, weil er konzentriert den Umschlag öffnet. Ich lächle und verlasse die Garage.

Der Tag ist perlgrau. Ich gehe ins Haus, in das Schlafzimmer, das Großvater für mich eingerichtet hat, und packe die wenigen Sachen zusammen, die ich in meinem Rucksack mitgebracht habe.

Es ist an der Zeit, mein Leben aufzuräumen.

Niemand ist da, als ich heimkomme. Ich dusche ausgiebig, trockne mir das Haar, schaue in den Spiegel und betrachte die Teile meines Körpers, die ich manchmal nicht sehen wollte. Dann gehe ich hinunter in die Küche. Im Kühlschrank liegt eine Pizza, die ich in den Ofen schiebe, weil ich vor lauter Unruhe seit fast zwei Tagen nichts mehr gegessen habe und hungrig bin.

Die Pizza ist gerade fertig, als mein Vater auftaucht.

»Grace ...« Er hat noch die Schlüssel in der Hand. »Ich bin froh, dass du wieder da bist. Ich habe mir Sorgen um dich gemacht.«

»Weswegen?«

»Ich will nicht, dass du leidest.«

In dem Moment ist mir alles egal, worüber ich nachgedacht habe. Anstatt verständnisvoll zu sein, sage ich einfach:

»Und Mom?«

»Auch nicht.«

»Tatsächlich?«

»Ja, Grace. Ich liebe deine Mutter. Nicht so wie früher, aber sie ist ein sehr wichtiger Mensch in meinem Leben. Ob du es glaubst oder nicht, ich wünschte, es wäre anders gekommen. Aber manchmal ...« Mehr sagt er nicht. Ich auch nicht. Ich starre auf die Pizza vor mir: die zerkleinerten Tomaten, die gehackten Oliven, die in Scheiben geschnittenen Champignons, den zerlaufenen Käse; ich glaube, manchmal muss man etwas schneiden und formen, damit es zusammenpasst.

Ich seufze und sehe meinen Vater an.

»Du hast gesagt, Mom war für dich wie ein Leuchtturm inmitten eines Sturms.«

»Das ist sie immer noch, auch wenn sich einige Dinge geändert haben und sie das weiß. Natürlich wäre es einfacher, alles auf eine dritte Person zurückzuführen, aber das stimmt nicht. Wir sind seit Jahren ... erschöpft. Wenn das Leben einem Prüfungen abverlangt, kommt eine Zeit, in der die Person neben einem zu sehr an alles erinnert, was man verloren hat. Deine Mutter braucht einen Neuanfang und ich auch.«

Ich nicke, obwohl mich Wehmut und eine Sehnsucht nach all dem, was ich nie erlebt habe, überkommen. Ich kann mir meine Eltern vorstellen, wie sie sich auf dieser Party kennengelernt haben: sie in einem spektakulären Kleid, er elegant und gut aussehend. Sie tanzen und lachen und reden ununterbrochen. Ich sehe, wie sie zusammenziehen. Und dann wuchs der Bauch meiner Mutter und wuchs und wuchs, bis Lucy auf die Welt kam, ein zartes und perfektes Baby. Ich bin sicher, dass sie sehr glücklich waren. Zumindest bis sie dazu gedrängt wurden, mich auf die Welt zu bringen, denn der Krebs meiner Schwester und meine Geburt waren immer zwei miteinander verbundene Ereignisse. Danach hat das Leben seinen Lauf genommen. Ich sehe schöne Momente, die sich mit bitteren Momenten abwechseln. Harninfektionen, Lungenentzündung, trockene Haut, Gelbsucht. Die Arbeit, die Krankenhäuser und die Erschöpfung waren so extrem, ich wundere mich, dass sie es bis zum Schluss ausgehalten haben, bis zu dem Tag, an dem wir meine Schwester beerdigt haben und hilflos auf den Grabstein starrten, auf dem steht: *Lucy, heute leuchten die Sterne heller mit dir am Himmel.*

»Und was nun?«, frage ich.

»Ich weiß es nicht. Lass uns einen Schritt nach dem anderen machen. Du fährst nach Europa, deine Mutter hat gerade wieder angefangen zu arbeiten ...« Dad lächelt leicht, und ich weiß, dass er sich für sie freut.

»Alles hat sich so sehr verändert«, sage ich.

»Ja, alles hat sich verändert.« Er nickt.

Wir sagen nichts mehr, ich halte ihm den Pizzateller hin, und er nimmt das Angebot an und isst ein kleines Stückchen. Mit jedem Bissen scheinen wir uns in einer Art endgültigem Waffenstillstand näherzukommen. Als ich satt bin, bitte ich Dad, einen Moment zu warten, gehe nach oben und hole den roten Umschlag, den Lucy ihm hinterlassen hat. Ich übergebe ihn ihm.

Sein Gesichtsausdruck ist ganz anders als der von Großvater. Er ist nicht weich. Er ist herzzerreißend. Seine Augen füllen sich mit Tränen, die schließlich still über seine Wangen laufen. Er öffnet den Umschlag nicht sofort, sondern fährt mit der Fingerspitze über die Großbuchstaben, die Lucy geschrieben hat, die beiden P und die beiden A, die das Wort PAPA bilden.

Schweigend bleibe ich sitzen, dann öffnet er den Umschlag

und nimmt den Brief heraus. Er ist lang. Während ihm immer noch die Tränen über die Wangen laufen, liest er ihn, aber die Trauer auf seinem Gesicht verwandelt sich in etwas, das an Gelassenheit erinnert. Mit jedem Wort, das Dad liest, wird er ruhiger und entspannter. Als er fertig ist, steckt er den Brief vorsichtig wieder in den Umschlag und sieht mich an.

»Geht es dir gut?«, wage ich zu fragen.

»Ja. Deine Schwester war etwas ganz Besonderes.«

»Ich weiß.«

»Und du bist es auch.«

»Na ja …«

»Komm her, Grashüpfer.«

Ich rühre mich nicht, doch er drückt mich an seine Brust, die trotz allem noch eine Stütze ist. Die Erinnerungen fühlen sich wie ein Schwall Wasser an: Dad, der mit uns beiden auf dem Wohnzimmerboden spielt, Dad, der beim Kochen vor sich hin summt, Dad, der mit Karten in der Hand auf Lucys Bett sitzt, Dad, der Moms Lieblingsblumen in den Garten pflanzt, Dad, der sich am Telefon mit der Krankenversicherung streitet, Dad, der mich zur Eisbahn fährt …

Und ich glaube, das, was Will irgendwann einmal zu mir gesagt hat, ist wahr.

Wir sind alle Versionen von uns selbst.

50

Grace

Es ist fast zur Gewohnheit geworden, nachts über den Kiesweg zu ihm zu gehen. Vielleicht liegt es daran, dass die Welt still wird, wenn der Mond am Himmel steht, und sich in meinem Kopf die Gedanken immer weiter drehen, bis ich rausgehen muss, weil ich sie nicht mehr zurückhalten kann.

Ich habe nach Ausreden gesucht. Dass ich bei Großvater war. Dass ich mich mit Olivia verabredet habe. Oder ich die letzten Vorbereitungen für die Reise erledigen musste. Und das stimmt auch, genauso wie, dass ich ihm aus dem Weg gegangen bin, weil ich wusste, was passieren würde, wenn wir uns sehen.

Was jetzt passieren wird.

Mit einem mulmigen Gefühl im Magen klopfe ich an die Tür des Wohnwagens. Ich halte den Atem an, als er sie öffnet und mich anlächelt, weil ich weiß, wie bequem es wäre, in diesem wunderbaren, warmen Lächeln zu leben, aber der Konflikt ist immer noch ungelöst, und eine Seite hat über die andere die Oberhand gewonnen, sodass ich ihn nicht länger ignorieren kann.

Will ergreift meine Hand und zieht mich herein.

Seine Finger halten mein Kinn, während er mich küsst, und für einen Moment vergesse ich meine Absichten. Ich vergesse alles, und es gibt nur seinen Mund und den Wirbelsturm von Gefühlen, den ich spüre, wenn ich bei ihm bin. Die Welt erstrahlt in einem magischen, leuchtenden Violett.

Seine Zunge spielt mit meinem Ohrläppchen.

»Lass uns diese Gewohnheit nie aufgeben.«

»Welche?« Meine Stimme ist ein Murmeln.

»Dass du in den frühen Morgenstunden hier auftauchst.«

Und es ist, als wäre der Zauber mit einem Mal gebrochen. Es gibt keine Kutsche und kein Kleid mehr, nur den Kürbis zwischen uns beiden. Ich lege meine Hände auf seine Brust und löse mich von ihm. Will versteht sofort die Bedeutung dieser kleinen Geste. Er macht einen Schritt zurück, und ich nehme den Schmerz wahr, der in seinem Gesicht aufblitzt, bevor es ihm gelingt, sich ungerührt zu geben. Zum ersten Mal ist die Stille zwischen uns unangenehm.

»Was ist los, Grace?«

»Ich …«, stammle ich und schließe meinen Mund. Ich habe tagelang auf den Worten herumgekaut, die ich ihm sagen will, aber jetzt scheinen sie mir alle entfallen zu sein. Und meine Seite tut weh. Es tut so weh, wie wenn man einen Schlag abbekommt und kurzzeitig keine Luft mehr kriegt.

Will seufzt und wendet sich ab, als wolle er so die Spannung lösen, aber der Wohnwagen ist so klein, dass wir gezwungen sind, uns gegenüberzustehen.

Ich atme tief durch, um Mut zu sammeln.

»Ich habe ein Flugticket gekauft.«

»Eins«, wiederholt er.

»Ja. Nur eins.«

»Okay. In Ordnung.«

Will beißt sich auf die Unterlippe und nickt. Jetzt ist ihm der Schmerz wieder anzusehen. Wenn er so verletzlich wie in diesem Moment ist, möchte ich ihn am liebsten umarmen, aber das wäre nur ein Rückschritt und würde alles verzögern.

»Es ist so, dass ich diese Reise allein machen muss.«

»Ich verstehe. Das verstehe ich. Ich werde auf dich warten.«

»Du verstehst es nicht, Will.«

Er sieht mich eindringlich an und schluckt.

»Machst du mit mir Schluss?«

»Ich glaube, das tue ich.«

»Du *glaubst* es.«

»Es ist nicht leicht.« Meine Augen und meine Nase brennen, und ich bemühe mich, die Fassung zu bewahren. »Aber es ist mir klar geworden, als ich dich gefragt habe, warum du mich auf der Reise begleiten willst, und du gesagt hast, du willst mich glücklich machen.«

»Wie furchtbar«, entgegnet er sarkastisch.

»Ja. Dir gegenüber.«

»Was wolltest du denn hören?«

»Dass ich *dich* glücklich mache.«

Will zieht die Augenbrauen hoch und schüttelt den Kopf.

»Was für ein Schwachsinn. Willst du alles, was wir haben, wegen einer Frage der Semantik beenden?«

»Nein. Ich möchte alles, was wir haben, beenden, weil du aufhören musst, bei mir Zuflucht zu suchen und rausgehen und dich der Realität stellen musst.«

»Ich lebe in der Realität, Grace.«

Ich trete auf ihn zu. Er bewegt sich nicht, als ich meine Hand an seine Wange lege, aber ich spüre die Anspannung in seinen Schultern. Seine Lippen sind zu einer dünnen Linie zusammengepresst, und einen Moment lang möchte ich ihn unbedingt küssen, damit er sie entspannt.

»Ich tue das, weil ich dich liebe.«

»Verdammt, Grace. Nein. Nicht so.«

Er tritt einen Schritt zurück und schüttelt sich. Ich weiß, was er meint. Ich weiß, es stört ihn, dass ich mein erstes und letztes *Ich liebe dich* in einem so hässlichen und traurigen Moment ausspreche. Aber es ist ein Teil der Wahrheit, die er heute von mir erfahren wird.

»Es wäre einfacher für mich, so zu tun, als ob nichts wäre, und die Reise mit dir zu genießen oder dich zu ermutigen, nächstes Jahr mit nach San Francisco zu kommen, ohne auch nur eine Sekunde darüber nachzudenken, was das für dich bedeuten würde. Aber das kann ich nicht, Will. Ich kann nicht zulassen, dass du mir folgst, denn, wenn auch nicht jetzt, aber mit der Zeit, in einigen Monaten oder Jahren, wirst du erkennen, dass du einfach der Strömung gefolgt bist, anstatt zu schwimmen, und du meine Träume gelebt hast, weil du nicht in der Lage bist, an deine eigenen zu denken. Ich möchte nicht, dass du dich aus den falschen Gründen für mich entscheidest. Ich möchte, dass du dich für mich entscheidest, ohne dich aufzugeben. Also ja, ich tue das, weil ich dich liebe, auch wenn es das Letzte ist, was du im Moment hören willst. Aber ich tue es auch für mich, weil ich davon überzeugt bin, dass wir nur so eine Chance haben werden.«

Wills Augen sind die ganze Zeit fest auf meine gerichtet. Grün, brennend, stechend. Ich wünschte, er würde etwas sagen, das alles ändern würde. Etwas wie »Du hast recht« oder »Ich verspreche, es zu versuchen«. Aber dazu kommt es nicht. Er ist wütend. Es ist leicht, auf Menschen wütend zu sein, die dich mögen, denn sie sind meist diejenigen, die einem sagen, was man nicht hören will.

»Das war's dann also?«, flüstert er.

Meine Sicht ist durch Tränen getrübt. Es ist furchtbar, weil ich nicht weiß, ob dies das Ende ist und ob es einen Neuanfang geben wird, aber ich bin davon überzeugt, dass wir scheitern werden, wenn ich ihn einfach mitnehme. Denn Will ist nicht frei. Will hat einen Rucksack voller Steine auf dem Rücken, und ich kann ihn drängen, ihn zu leeren, ich kann ihn daran erinnern, aber tief in seinem Inneren ist er der Einzige, der in der Lage ist, jeden einzelnen Stein herauszunehmen. Das kostet Kraft. Ich weiß es aus Erfahrung. Sich selbst mit einem Skalpell zu öffnen, ist viel schwieriger als bei anderen, weil man Gefahr läuft, lebenswichtige Organe und Schwachstellen zu berühren.

Wenn er sich nicht dazu entschließen kann, ist dies möglicherweise das Ende. Und wenn es so ist und das Band, das wir in den letzten Monaten geknüpft haben, jetzt zerreißt, dann finde ich die Vorstellung unerträglich, dass er dabei die Stirn runzelt und sich wünscht, dass ich den Wohnwagen verlasse.

»Will …« Ich schlucke. »Denk einfach darüber nach.«

Er öffnet seinen Mund, schließt ihn aber wieder und schüttelt den Kopf.

»Bist du mit dem Auto gekommen?«

»Ja.«

»Gut.« Er dreht sich um, und es bricht mir das Herz, denn seine Sorge um mich ist immer noch stärker als seine Gefühle. Er nimmt einige Papiere.

»Hier.« Er gibt mir ein paar Blätter mit Notizen. Seine Handschrift ist lang und filigran. Ich halte den Atem an, denn es ist ein Kunststück, ihn jetzt nicht zu berühren.

»Was ist das?«

»Einige Notizen, die ich mir für die Reise gemacht habe. Über interessante Orte und auch praktische Dinge, die dir irgendwann mal nützlich sein könnten.«

Ich merke, dass ich weine, als Will mir die Tränen mit seinen

Daumen wegwischt. Sein verärgerter Gesichtsausdruck verwandelt sich in Zuneigung.

»Geh jetzt, Grace. Das ist dein Moment.«

»Es könnte auch deiner sein.«

»Könnte es.« Mehr sagt er nicht.

Die Stille ist erhellend. Ich gehe zur Tür, öffne sie und sehe ihn ein letztes Mal an. Ich weiß noch, was ich an dem Tag dachte, als ich ihn kennengelernt habe, an diese violette Melancholie, die hinter ihm zu schweben schien und jetzt deutlicher denn je ist. Ich möchte sie wegreißen, aber ich kann nicht.

Der Ausdruck *mit jemandem Schluss machen* hat etwas Schreckliches an sich. Das Wort *Schluss* verbinde ich mit dem Tod, mit dem endgültigen Ende. Doch wenn ich mit jemandem Schluss mache, bleibt so viel zurück: die Erinnerungen, die Fragen und das, was uns auseinandergebracht hat. Und es ist wie Fahrradfahren; man vergisst es nicht, nein, aber am Anfang ist es ein bisschen schwierig, das Gleichgewicht zu finden. Vielleicht ist das der Grund, warum ich mich nicht verabschiede. Und auch weil ich mich nicht verabschieden will: Das ist wieder so eine Situation, die mir in Erinnerung ruft, dass ich Abschiede hasse. Wäre es ein Film, würde ich zurückspulen, um noch einmal die Gespräche zu genießen, die wir geführt haben, den Geschmack von Zuckerwatte auf seinen Lippen, das Zusammensein in meinem Unterschlupf am Fenster, das Bad im Fluss …

Aber da dies nicht der Fall ist, läuft der Film weiter.

51

Grace

Als ich den Raum betrat, wirkte Lucy kleiner als beim letzten Mal, obwohl ich wusste, dass das nicht sein konnte. Sie war nach zwei Wochen Intubation auf die Station gebracht worden. Ihre Lippen waren rissig, ihr Gesicht blass, die dunklen Schatten waren wie zwei Halbmonde unter ihren Augen, die sie sofort auf mich richtete. Und trotz allem lächelte Lucy, als sie mich sah.

»Es tut mir leid. Der Bus hatte Verspätung.«

Ich setzte mich neben sie aufs Bett, und Mom stand vom Sessel auf und ließ uns unter dem Vorwand, ins Krankenhauscafé zu gehen, allein. Ich griff nach der Decke und legte sie über Lucys Füße.

»Mir ist warm«, beschwerte sie sich.

»Aber es ist kalt. Fang dir nicht noch eine Erkältung ein.«

»Grace, wirklich, ich schwitze.«

»Wie du willst.« Ich zog die Decke zur Seite.

»Habe ich in den letzten Wochen etwas verpasst? Gibt es Neuigkeiten?«

Ich hätte ihr gern eine aufregende Geschichte erzählt, aber es war absolut nichts passiert. Während Lucy auf der Intensivstation lag, hatte ich gearbeitet, in der Hoffnung, der langen Liste der Entlassungen nicht noch eine weitere hinzuzufügen, und in einigen Nächten war ich mit Tayler zusammen gewesen, damit ich für eine Weile vergaß, wie einsam ich mich fühlte und wie viel Angst ich hatte, meine Schwester zu verlieren.

»Nichts«, sagte ich, »es freut mich, dass du wieder hier bist.«

Lucy nickte, aber etwas in ihrem Gesicht war anders.

»Ich dachte, dass ich es dieses Mal nicht schaffe.«

»Was meinst du?«

»Ich war bereit …«

»Lucy! Sag das nicht! Sag es nicht.«

»Aber es stimmt. Und ich hatte keine Angst. Nicht mehr.«

Ich suchte ihre Hand unter dem Laken und drückte sie fest. Sie erwiderte meinen Druck wesentlich schwächer. Ich sah ihr in die Augen, und mein Herz klopfte heftig. Wie sehr ich sie liebte; sie war so wichtig in meinem Leben, und ich konnte es nicht einmal ertragen, von ihr zu hören, dass sie bereit war, diese Welt zu verlassen. WARUM?, das war die Frage meines Lebens. Andere sollten gehen, aber nicht sie. Lucy hatte so viel mehr verdient, denn sie hatte ein gutes Herz und einen Kopf voller faszinierender Ideen. Sie hatte sich noch nie verliebt. Und sie war nicht verreist. Und sie hatte nicht gelernt, Skateboard zu fahren oder Klavier zu spielen. Es gab noch so viel für sie zu tun.

»Du solltest nicht vor der Zeit gehen«, flüsterte ich.

»Was ist viel oder wenig Zeit, wenn es um das Leben geht? Im Vergleich zu einem Schmetterling wird meine Existenz auf der Erde unendlich lang gewesen sein. Neulich landete ein gelborangefarbenes Exemplar vor dem Fenster, und ich sagte: ›Verdammt, ich habe gewonnen. Du hast nur fünf Tage gelebt und ich Jahre.‹«

»Hör auf, so einen Unsinn zu reden«, bat ich, obwohl ich wusste, dass es kein Unsinn war.

»Weißt du, Grace? Mir ist doch kalt.« Ich wollte wieder nach der Decke greifen, aber sie hielt meine Hand fest. »Leg dich ein wenig zu mir.«

Ich streckte mich neben ihr aus und versuchte, so wenig Platz wie möglich einzunehmen. Dass Lucy immer noch nach Lucy roch, beruhigte mich. Während es draußen dunkel wurde, unterhielten wir uns im Flüsterton; sie erzählte mir, dass sie sich das Leben nach dem Tod rosa vorstellte, weich wie Watte und mit einem Geschmack wie der von den Erdbeer-Sahne-Bonbons, die wir als Kinder immer gekauft haben. Irgendwann muss ich dann eingeschlafen sein, und in meinen Träumen merkte ich, dass Mom uns liebevoll zugedeckt hat.

Lucy lebte noch ein Jahr, aber wenn ich an das Ende denke, das ich bis heute nicht zu akzeptieren wagte, erinnere ich mich an diese Nacht, in der wir nebeneinander geschlafen haben. Als wir am nächsten Morgen aus dem Fenster schauten, sahen wir, dass der erste Schnee des Jahres gefallen war, und wir blickten uns lächelnd an, mit leuchtenden Augen, wie damals, wenn wir als Kinder die Geschenke unter dem Weihnachtsbaum fanden.

Und genau so möchte ich sie in Erinnerung behalten.

52

Grace

Die Hektik auf dem Flughafen betäubt mich für einen Moment. Es gibt so viele Menschen, so viele Bildschirme, so viele Hinweise, so viel Bewegung. Panik ist eine äußerst widerstandsfähige Emotion, die sich nur schwer einfangen und unter Kontrolle halten lässt. Mom scheint das zu bemerken und legt mir eine Hand auf die Schulter, als wir uns dem Check-in-Schalter nähern.

»Es wird alles gut, du wirst sehen.«

»Ja. Ich hoffe es«, flüstere ich.

»Und wenn es irgendwelche Probleme gibt, hast du ja ein Telefon.«

»Klar.« Ich entspanne mich ein wenig.

Als wir an der Warteschlange ankommen, drehe ich mich um und sehe meine Mutter an, die mich anlächelt, und auch Dad und Großvater. Alle drei wollten sich von mir verabschieden. Ich werde eine Weile weg sein, und das fühlt sich wohl für uns alle ungewohnt an. Wenn ich zurückkomme, werden sich die Dinge vielleicht noch mehr verändert haben. Mir ist klar geworden, dass Lucy in Wirklichkeit die tragende Säule in unserem Leben war. Als sie gegangen ist, begannen die Mauern, die sie gestützt hatte, zu bröckeln. Großvater hat sich seinen Wunsch einer Floridareise erfüllt, Mom und Dad wollen sich scheiden lassen und getrennte Wege gehen, und ich fühle mich wie in einem Kokon, der sich gerade öffnet.

Trotz des Kummers und der Leere, die Will zurückgelassen hat.

Trotz der Zweifel und der offenen Fragen.

Trotz alldem, was ich noch lernen muss.

Ich lasse mich umarmen und küssen, dann ist es Zeit, zu gehen. Doch vorher nehme ich den Brief heraus, den letzten, und gebe meiner Mutter den blauen Umschlag. Sie lächelt. Es ist kein trauriges Lächeln, sondern ein sanftes.

»Ich habe darauf gewartet. Vielen Dank, Grace.«

Das überrascht mich nicht. Vielleicht hat Mom die ganze Zeit, in der ich dachte, sie sei apathisch und bemerke nichts, doch mehr mitbekommen, als ich ahnte.

»Pass auf dich auf. Und ruf mich an.«

»Das mache ich, ich verspreche es.«

»Und noch ein Ratschlag. Nur noch einer.« Sie umarmt mich und flüstert mir ins Ohr: »Vergiss nicht, dass jeder Augenblick deines Lebens einzigartig und unwiederholbar ist.«

Und so reise ich ab. Mit drei Menschen, die sich verabschieden, einer Abwesenheit, die mein Herz schrumpfen lässt, und einer Handvoll Worte, die ich nie vergessen werde.

Die Geschichte von Grace und Will

53

Will

Der September füllt die Bürgersteige mit goldfarbenen und rötlichen Blättern, die bei jedem Schritt rascheln. Die Tage sind wieder so eintönig, wie sie es waren, bevor Grace in mein Leben trat und zu einer unerwarteten Zäsur wurde. Morgens lese ich, denke zu viel nach und gehe in den Supermarkt. An den Nachmittagen wasche ich normalerweise die Wäsche, und während sich die Waschtrommel dreht, erinnere ich mich an jedes Wort, das sie gesagt hat, bevor sie ging. Als ob ich zwischen den Vokalen oder den Konsonanten die Antwort finden könnte, nach der ich suche. Wenn es Abend wird, gehe ich zur Arbeit, und die Zeit vergeht etwas schneller, wenn die Gäste kommen und ich beschäftigt bin.

So verstreichen die Tage im Kalender, einer nach dem anderen.

Paul hat nachgefragt, als er hörte, dass meine Reisepläne geplatzt sind, aber als er bemerkt hat, dass ich nicht bereit war, darüber zu sprechen, hat er mich in Ruhe gelassen. Jeden Tag öffnen wir den Pub gemeinsam, und am Ende des Abends, wenn wir schließen, ermutige ich ihn, früher zu gehen, weil es mir nichts ausmacht, aufzuräumen und alles für den nächsten Tag vorzubereiten. Ich bin fast dankbar, dass ich etwas Sinnvolles zu tun habe.

»Bist du sicher?«, fragt er zögernd, als ich es ihm anbiete.

»Natürlich. Das weißt du doch. Hast du nicht gesagt, dass du verliebt bist?«

»Doch«, sagt er und greift nach seiner Jacke.

»Dann geh zu ihr und amüsier dich.«

Sie war schon an mehreren Abenden im Pub, um mit Freunden etwas zu trinken. Sie ist nett und lacht viel. Wenn ich sie sehe, erinnere ich mich an die Nächte, in denen Grace unangekündigt vorbeikam, und wenn ich meiner Fantasie freien Lauf lasse, bin ich fast davon überzeugt, dass sie jeden Moment an der Tür auftaucht. Obwohl ich weiß, dass das nie passieren wird.

In diesen Monaten habe ich Grace Peterson gut kennengelernt.

Ich weiß, was sie mag und was sie nicht ausstehen kann. Ich weiß, dass sie ein Muttermal am Schlüsselbein hat, das ich gern geküsst habe, und sie die Augen schließt, wenn sie Liebe macht. Ich weiß, dass ihr Kinn zittert, wenn sie weint, und ihr Lachen mich an ein Musikinstrument erinnert. Ich weiß, dass sie viele Schwächen hat, aber auch, dass sie der stärkste Mensch ist, dem ich je begegnet bin. Und genau aus diesem Grund fällt es ihr schwer, Entscheidungen zu treffen, aber wenn sie sich endlich dazu durchringt, gibt es kein Zurück mehr.

Grace wird nicht wiederkommen.

Genau daran denke ich gerade, als sich die Tür öffnet und er hereinkommt, obwohl ich das Gitter bereits ein wenig heruntergelassen habe. Er sieht so aus wie immer. Es scheint, als ob das Leben keinen weiteren Tribut von ihm gefordert hat als die unvermeidlichen Zeichen des Alterns.

»Es tut mir leid, aber wir haben geschlossen.«

Tayler ignoriert mich und setzt sich auf einen Hocker. Ich

stelle den Besen beiseite und gehe hinter die Theke. Wenn ich ihn ansehe, ist es, als würde ich in eine Zeitmaschine steigen und in die Vergangenheit reisen, nur dass ich mich nicht mehr so klein fühle und keine Angst mehr vor ihm habe.

»Du bist noch beim Aufräumen, wie ich sehe.«

»Es ist geschlossen«, sage ich trocken.

»Komm schon, mach mir ein Bier.«

Ich weiß nicht, warum, aber meine Hände bewegen sich wie von selbst, greifen nach der Flasche und öffnen sie. Ich biete ihm kein Glas an, und er bittet auch nicht darum.

»Wie ich gehört habe, ist Grace weg.«

»Seit ein paar Wochen«, bestätige ich.

»Also hat am Ende keiner von uns gewonnen.«

Ich schaue ihn ausdruckslos an, obwohl ich innerlich voller Wut und Frustration bin. War ich irgendwann einmal so wie er? Ist es möglich, dass ich kurz davor war, zu der Art von Mensch zu werden, die ich vor Jahren so verachtet habe?

»Es ging nie um Sieg oder Niederlage.«

»Jetzt sag nicht, dass du verliebt bist«, scherzt er, zieht die Augenbrauen hoch und stößt einen Pfiff aus. »Wie vorhersehbar. Wie sagtest du noch, ist dein Name?«

Ich habe es ihm nie gesagt. Er weiß es nicht.

»Will Tucker«, antworte ich.

Ich erwarte einen Ausruf der Überraschung, den Ausdruck des Verstehens auf seinem Gesicht, weil sich unsere Wege zum zweiten Mal kreuzen. Aber Tayler erkennt mich nicht. Während er in einem langen Zug die Bierflasche leert, überlege ich, ob ich ihm sagen soll, dass er mir, als wir Kinder waren, das Leben zur Hölle gemacht hat. Ich erwäge auch ernsthaft, ihm die Nase einzuschlagen. Aber dann wird mir klar, dass es nichts bringen würde, denn er wird sich nicht ändern.

Im Grunde genommen befinden wir uns in einer ähnlichen Lage.

Ich könnte mich auch ändern. Aber ich tue es nicht.

Kurz darauf steht er auf und legt das Geld auf den Tresen. Ich gebe es in die Kasse, während er zur Tür geht. Bevor er den Pub verlässt, sagt er:

»Hey, Will, nichts für ungut, okay?« Er schnalzt mit der Zunge. »Und hör auf mich: Vergiss Grace. Sie ist zu kompliziert, sie ist es nicht wert.«

Die Tür schließt sich hinter ihm, und ich starre ihm lange hinterher. Es ist seltsam, dass es Menschen gibt, die dein Leben auf so tiefgreifende Weise prägen können und sich Jahre später nicht einmal mehr an dich erinnern. Ich sollte wütend sein, aber ich fühle mich einfach leer. Tayler hat in gewisser Weise bekommen, was er verdient: Er muss den Rest seines Lebens mit sich selbst verbringen.

Als ich zum Auto gehe, finde ich einen Zettel mit Werbung unter dem Scheibenwischer. Ich nehme ihn und steige ein, denn der Wind bläst stark.

An- und Verkauf von Gebrauchtwagen. Wollen Sie Ihr Auto verkaufen, oder suchen Sie ein neues? Kommen Sie zu uns, Sie finden uns unter der folgenden Adresse.

Anstatt den Zettel wegzuwerfen, stecke ich ihn in meine Jackentasche.

54

Grace

Mich von Amsterdam zu verabschieden, bedeutet nicht nur, diese Stadt hinter mir zu lassen, sondern auch das Mädchen, das ich zwischen den Grachten und den schmalen Häusern war. Ich habe diese Version von mir noch nicht gekannt; eine, die sich in den engen Gassen verirren kann und ruhig bleibt, bis sie es zurück zur Herberge schafft; eine, die es genießt, allein irgendwo zu sitzen und zu lesen, während sie die bunten Boote beobachtet, die auf dem Wasser schaukeln; eine, die ein Tagebuch begonnen hat, weil sie mit sich selbst reden muss.

Zu schreiben ist der beste Weg, sich selbst kennenzulernen. Auf dem leeren Blatt Papier kann man die Worte festhalten, die man nicht laut auszusprechen wagt. Jeden Tag beginne ich so: *Heute fühle ich mich …*, und ich bemühe mich, in mich hineinzuschauen, um meine Gefühle zu sortieren.

In Amsterdam gibt es so viel Käse, dass es fast schon obszön ist. Jedes kleine Geschäft, das man betritt, bietet etwas zum Probieren an. Und ich habe immer wieder daran gedacht, wie sehr das Will gefallen hätte. Wir hätten eine Wohnung mieten, Spaghetti kochen und sie mit viel Käse überbacken können.

Aber im Moment sind wir einen Ozean voneinander entfernt, sowohl metaphorisch als auch buchstäblich. Und ich vermisse ihn so sehr und bin manchmal überrascht, dass ich so etwas für einen anderen Menschen empfinden kann. Deshalb habe ich zwei Tage nach meiner Ankunft hier wohl auch seine Notizen gelesen. Ich dachte, die Worte würden mich trösten, aber in Wirklichkeit schmerzen sie eher. Er hat ein paar besondere Adressen aufgeschrieben, wie zum Beispiel einen Ort, der für die Herstellung der besten Chips der Welt bekannt ist, aber hauptsächlich Praktisches wie die Telefonnummern der US-Botschaften in jedem Land oder medizinische Dinge.

Es hat etwas Beruhigendes, wenn sich jemand für dich um die alltäglichen Dinge kümmert, an die man selbst manchmal nicht denkt: eine Rückenmassage, wenn man verspannt ist, eine Tasse heiße Brühe oder eine kühle Hand auf der Stirn, wenn man Fieber hat. Es ist die physische Form, in der sich die Liebe offenbart.

Will ist perfekt für mich, aber nicht perfekt für sich selbst.

Jemanden in der Hoffnung aufzugeben, dass er zu dir zurückkommt, ist ein großer Vertrauensvorschuss. Ich habe viel darüber nachgedacht, während ich durch die Gärten des Vondelparks ging; der Boden war mit gelben, rötlichen und braunen Blättern bedeckt, und einen Moment lang erstaunte mich der Gedanke, dass diese kahlen Bäume im Frühling wieder grün sein werden.

Ich denke, Hoffnung besteht aus Vertrauen.

So wird Amsterdam zur Hoffnung, zum Vergnügen, mich selbst zu entdecken, mich an der postimpressionistischen Schönheit der Bilder von Van Gogh und den Selbstporträts Rembrandts zu berauschen, zu lernen, allein zu sein, und wieder auf mein Fahrrad zu steigen und endlos in die Pedale zu treten.

55

Will

Ich weiß nicht, wie ich hier gelandet bin, aber vor mir stehen zwei Dutzend Autos, und hinter mir begutachtet der Gebrauchtwarenhändler, dessen Werbung ich unter meinem Scheibenwischer gefunden habe, den Audi, von dem ich mich gerade trennen will.

Um ehrlich zu sein, bin ich überrascht, dass ich es nicht schon früher getan habe.

Nicht dass ich etwas gegen dieses Auto hätte, aber ich fühle mich darin nicht wohl. Stattdessen fällt mein Blick sofort auf einen alten Jeep, der aussieht, als sei er schon viele Kilometer gefahren worden. Ich wende mich zu dem Mann um.

»Wie viel kostet das Auto da drüben?«

»Nun, diese Woche gibt es ein besonderes Angebot ...«

Und dann wiederholt er die gleiche Leier wie wahrscheinlich jeden Tag, einschließlich typischer Sätze wie »Es ist gerade Ausverkauf«, »Es gibt noch zwei andere Interessenten« oder »Es ist eine einzigartige Gelegenheit«. Aber das ist mir egal. Ich habe bereits beschlossen, den Jeep zu kaufen, sogar ohne Probefahrt. Als ich dies dem Verkäufer mitteile, weiten sich seine Augen vor Begeisterung. Er bietet mir deutlich weniger für den Audi, als ich bekommen könnte, wenn ich mir die Mühe machen würde, ihn woanders hinzubringen, aber ich bin plötzlich so erpicht darauf, ihn loszuwerden, dass ich nicht lange darüber nachdenke und das Angebot annehme. So bin ich also mit einem schicken Audi gekommen und fahre mit einem verbeulten Jeep wieder weg, aber eigentlich lasse ich die Apathie, die mich bis hierher begleitet hat, hinter mir und fahre zufriedener als erwartet wieder weg.

Zuerst fühle ich mich beim Fahren ein bisschen seltsam. Mein ganzer Kram liegt noch auf dem Rücksitz, obwohl ich schon beschlossen habe, die meisten Bücher der Bibliothek zu spenden. Ich trete vorsichtig aufs Gaspedal, fahre durch die Straßen der Stadt, vorbei am Wohnwagenpark und weiter bis zum Stadtrand. Ich schalte das Radio ein. Es wird gerade »All We Ever Knew« gespielt, und es klingt wie eine Botschaft, als es heißt *Now I'm trying to wake up from this:* Ich versuche, es wiedergutzumachen.

Ich bin so sehr auf den Text des Liedes und das Gefühl der Freiheit konzentriert, das mit dem Fahren dieses Autos einhergeht, dass ich nicht weiß, ob ich unbewusst diese Straße entlangfahre oder ob es genau das ist, wo ich hinwill. Ich werde langsamer, als ich näher komme. Die Sonne ist fast hinter dem Horizont verschwunden, als ich die Farm erreiche und anhalte. Deshalb steige ich gleich aus, bevor es dunkel wird. Ich stecke den Schlüssel in die Tasche.

Das verfallene Gebäude empfängt mich mit seiner Stille.

Ich erinnere mich an den Tag, an dem ich mit Grace hierhergekommen bin, und wie wichtig es mir war, dies mit ihr gemeinsam zu tun, obwohl sie gar keine Ahnung hatte, was dies für ein Ort ist und wie sehr es mir gefallen hat, als sie sagte, es sei beunruhigend, einer Familie die Intimität zu nehmen und nicht zu wissen, was aus ihr geworden sei. Der Besuch verlassener Häuser ist eine Reise in die Vergangenheit.

Wäre ich ehrlich zu ihr gewesen, als ich das Foto fand, hätte ich ihr mit wenigen Sätzen die Zweifel nehmen können: »Die Eltern stehen sich noch immer nah und sind sehr nett, die Großmutter ist im Schlaf gestorben, und was das Kind angeht, nun ja ... es hat sich ein wenig verirrt. Aber weißt du, die Erde ist sehr groß, sie hat einen beträchtlichen Durchmesser, da muss man sich doch irgendwann verirren, oder?«

Ich habe ihr deshalb nicht gleich am Anfang erzählt, dass ihre Schwester und ich als Kinder befreundet waren, weil ich ihr dann auch alles andere hätte erklären müssen. Und ich glaube, ich wollte, dass Grace mich wirklich kennenlernt, ohne Vorurteile. Dabei habe ich nicht daran gedacht, dass es unmöglich ist, den Zustand eines Gebäudes allein anhand der Fassade zu erkennen.

Ich gehe ins Haus.

Alles ist noch genauso wie beim letzten Mal, aber der Ort sieht für mich noch verfallener aus. Ich verlasse das Wohnzimmer, in dem meine Großmutter immer gelesen, gestrickt und mir Geschichten erzählt hat, gehe zur Treppe und steige vorsichtig hinauf. Ich habe einen Kloß im Hals. Mein Zimmer liegt hinter der ersten Tür auf der rechten Seite. Nur noch ein Bettgestell steht darin, neben einigen leeren Rahmen, Papierfetzen und einer fadenscheinigen, alten Decke. Ich stehe da und versuche, mich zu erinnern, mich an mich zu erinnern.

Manchmal habe ich das Gefühl, dass mein Gehirn voller Risse ist. Was würde ich meinem Ich von vor acht oder neun Jahren mitteilen? Wahrscheinlich würde ich die Worte wiederholen, die meine Großmutter damals an diesem einsamen Geburtstag zu mir gesagt hat: »Ändere dich nicht, lass sie nicht gewinnen. Eines Tages wirst du von Menschen umgeben sein, die dich für das lieben, was du bist, du musst nur etwas Geduld haben und stark bleiben.«

Großmutter hatte immer recht.

Ich bleibe noch eine Weile dort, bevor ich die Treppe hinuntergehe. Als ich die Farm verlasse, ist es bereits dunkel, und eine seltsame Melancholie überkommt mich, weil ich weiß, dass ich nicht mehr zurückkehren werde. An diesem Ort gibt es nur Geister.

Ich steige in den Jeep, schalte die Heizung ein und bleibe sitzen, während die Sonne untergeht und die Sterne am Himmel erscheinen.

Warum habe ich mich unter allen Orten der Welt ausgerechnet für Ink Lake entschieden? Ich hätte in einer unbekannten Stadt ganz von vorn anfangen oder auf einen anderen Kontinent reisen können, um ein anderes Abenteuer zu erleben. Und doch bin ich zurückgekommen. Vielleicht weil mich die Begegnung mit Lucy im Krankenhaus an diesen Ort, an diesen Abschnitt meines Lebens, an die verlorene Unschuld erinnert hat. Oder weil wir Menschen letztendlich auch nur Tiere sind. Und wohin würde eine verängstigte, verletzte Maus fliehen? In ihr Loch.

Als ich am Wohnwagen ankomme, ziehe ich nicht einmal meine Jacke aus, bevor ich nach dem violetten Umschlag greife, den Lucy mir hinterlassen hat. Ich habe ihn noch nicht geöffnet. Ich habe wochenlang darüber nachgedacht, war aber nicht in der Lage, ihren Brief zu lesen. Ich schäme mich bei dem Gedanken, dass die gesamte Peterson-Familie es wahrscheinlich schon getan hat. Vielleicht bin ich ein Feigling, das war ich schon immer, oder ich musste nur den richtigen Moment finden.

Und der ist jetzt gekommen.

Lieber Freund,

wenn Du diesen Brief in Händen hältst, bedeutet das, dass Du Grace auf dem Weg zu ihren vergessenen Sehnsüchten begleitet hast. Dafür bin ich Dir dankbar. Vermutlich weißt Du inzwischen, warum ich Dich als Reiseführer ausgewählt habe: Ich dachte, dass Du diese Reise auch machen solltest. Hoffentlich war es zufriedenstellend, und Du hast jeden Schritt mit Grace genossen. Du wirst inzwischen erkannt haben, dass sie ein erstaunlicher Mensch ist, mit ihren Besonderheiten, ja, aber mit den Jahren wird einem klar, dass es so etwas wie Normalität nicht gibt, wir sind alle wunderbar seltsam.

Du auch, Will.

Die Zeit, die wir miteinander verbracht haben, war ein unerwartetes Geschenk. Vielleicht hat es mir mehr bedeutet als Dir, aber man fühlt sich schnell einsam, wenn man krank ist, man sieht das Leben durch einen grauen Filter. Deshalb habe ich an jenem Tag in einem dummen Akt der Rebellion meine Station verlassen und Dich in diesem Bett gesehen. Ich vergesse nie ein Gesicht; wenn die Zukunft ungewiss ist, flüchtet man sich in Erinnerungen. Und da warst Du. Es schien mir ein Zeichen zu sein. In Wahrheit habe ich viel an Dich gedacht, als ich wieder zur Schule ging und erfuhr, dass Du weggezogen bist. Und Du kamst mir so schattenhaft und leer vor, dass ich dachte, Du kannst eine Freundin gebrauchen. Die gute Nachricht ist, Will, dass man den Schatten verlassen und die Leere füllen kann.

Hoffentlich hast Du es geschafft, Dir selbst zu verzeihen.

Sich an einem Rettungsreifen festzuhalten, ist einfach. Der schwierige Teil kommt später, wenn man mitten im Ozean schwimmen muss.

Ich wünsche Dir viel Glück im Leben, Will.

PS: Erinnerst Du Dich an mein Versprechen, Dir die Bilder vom Abschlussball zu zeigen? Ich überlasse Dir eines davon. Wenn Du jemals an mich denkst, dann bitte so, mit diesem roten Kleid und einem Lächeln.

In Liebe
Lucy

Ich atme aus, während ich das Foto betrachte. Lucy steht strahlend vor der Treppe in ihrem Elternhaus. Rechts von ihr steht eine Freundin in einem langen blauen Kleid. Und auf der linken Seite ist Grace zu sehen, vermutlich weil ihre Eltern sie darum gebeten haben; sie trägt Jeans und ein nabelfreies T-Shirt. Ich sehe sie so lange an, dass mir schwindlig wird, als ich den Blick abwende. Aber trotz des Schwindels bin ich so zuversichtlich wie schon lange nicht mehr, als ob auf magische Art plötzlich alles zusammenpasst.

Lucy hat recht. Der schwierige Teil ist das Schwimmen.

56

Grace

In den ersten drei Tagen hasse ich London, und ab dem vierten Tag fange ich an, mich in die Stadt zu verlieben. Ja, ich finde sie kalt und ein bisschen feindselig, aber wenn man sich darauf einlässt und sich daran gewöhnt, wird man schnell zu einem der vielen Menschen, die dort leben und jeden Tag durch die Straßen eilen, den Blick geradeaus gerichtet und mit sicherem Schritt, als wüssten sie genau, wohin sie gehen. Ich gebe auch vor, als wäre es so. Und am Ende frage ich mich, ob wir uns nicht alle etwas vormachen.

In London war ich ziemlich deprimiert, nachdem ich mich in Amsterdam so wohlgefühlt habe. Ich wechsele die Unterkunft, nachdem ich mir die ersten Nächte das Bad mit einer Gruppe belgischer Jungs teilen musste, die es nicht geschafft haben, in die Toilette zu pinkeln. Ich zahle lieber mehr, damit ich eine eigene Toilette habe, und ziehe ans andere Ende der Stadt, wo ich ein winziges Zimmer mit Teppichboden vorfinde, auf dem Kakerlaken herumlaufen. Sie lassen sich nicht vertreiben, und ich breche in Tränen aus. Ich klettere ins Bett und bin versucht, meine Eltern anzurufen, oder Großvater oder sogar Will; mit ihm wäre das Ganze lustig gewesen, etwas Anekdotisches, das man Jahre später erzählen kann. Ich schaffe es, mich zurückzuhalten. In den nächsten Tagen esse ich Hamburger, indisch, libanesisch, chinesisch, koreanisch … Das Tolle an London ist, dass es in gewisser Weise alles hat. Ich gehe durch den Hyde Park und den St. James's Park, die Gärten haben etwas Romantisches und Melancholisches, und ich schreibe dort gern in mein Tagebuch. In der dritten Nacht bemühe ich mich, meine Angst vor den Kakerlaken rational zu betrachten; schließlich sind es nur unschuldige Insekten, die keine Schuld an ihrer Hässlichkeit trifft. Wahrscheinlich haben sie auch Angst und halten mich für einen Eindringling. Ich schlafe besser. Ich besuche die National Gallery. Ich erkunde die Gegend um Camden. Ich kaufe mir eine Daunenjacke, weil es plötzlich kalt wird in der Stadt. Abends, bevor ich schlafen gehe, zähle ich sorgfältig mein verbliebenes Geld und überprüfe meine Reisepläne. Ich träume von Will und wache mit Tränen in den Augen auf, aber so sehr ich mich auch anstrenge, ich kann mich nicht mehr daran erinnern, wovon genau ich geträumt habe. Ich gehe auf Flohmärkte und kaufe mir eine gebrauchte wunderschöne analoge Kamera. Ich besuche Notting Hill und erinnere mich daran, dass ich mit meiner Schwester mehrfach den Film mit Julia Roberts und Hugh Grant gesehen habe. Ich schließe Freundschaft mit einem Mann, der einen Hut trägt und sich jeden Tag auf dieselbe Bank setzt, um zu lesen. Und das Tüpfelchen auf dem i: Ich finde eine Eisbahn, die ich mehrmals ausprobiere. Als ich mich schließlich von London verabschiede, sind mir die Kakerlaken schon fast ans Herz gewachsen.

57

Will

An einem Dienstag kehre ich unangekündigt nach Hause zurück. Meine Mutter wirkt verblüfft, als sie mich an der Tür sieht, und dann, als hätte sie gerade einen elektrischen Schlag bekommen, tritt sie zur Seite, um mich hereinzulassen, und verwöhnt mich mit ihrer Fürsorge.
»Möchtest du einen Kaffee?«, »Du siehst gut aus, Junge«, »Hast du Appetit auf ein paar Kürbismuffins?«, »Du kannst gern zum Abendessen bleiben, ich wollte Brathähnchen und Kartoffeln machen«.
»In Ordnung, ich bleibe«, sage ich.
Sie reißt überrascht die Augen auf, als könne sie es nicht glauben, und ich fühle mich so schlecht, dass sich mir der Magen umdreht. Ich finde meinen Vater mit einem Tonic in der Hand im Esszimmer vor, wo er sich ein Spiel der Nebraska Cornhuskers ansieht. Mom beeilt sich, ihm die gute Nachricht zu verkünden, und er sieht mich mit einem gewissen Misstrauen an. Ich kann es ihm nicht verübeln.
»Brauchst du Geld?«, fragt er, als wir allein sind.
»Nein.«
»Warum bist du dann hier?«
»Ich wollte euch besuchen.«
Mein Vater zieht die Augenbrauen hoch und nickt.

»Ah. Gut.«

Das Abendessen ist nicht gerade unangenehm, aber es ist seltsam. Mom hört nicht auf zu reden, und es ist nur allzu offensichtlich, dass sie sich bemüht, keine Gesprächslücken entstehen zu lassen, in die sich Stille einschleichen könnte. Es ist nicht leicht, ihr zu folgen, und ich ertappe mich dabei, wie ich alle ihre Fragen beantworte, damit ich sie nicht enttäusche. Dad ist ruhiger und schaut mich aufmerksam an, als ich von dem Jeep erzähle, den ich gekauft habe, und dem Wohnwagen, in dem ich lebe. Letzteres wussten sie bereits, aber ich habe nie näher darüber gesprochen.

»Und wie sieht es in Ink Lake aus?«

»Es hat sich nicht viel geändert. Es ist ruhig.«

»Hast du vor, länger dort zu bleiben?«

»Ich bin mir nicht sicher.«

Das ist die Wahrheit. Ich weiß nicht genau, was ich im Haus meiner Eltern mache und wo ich als Nächstes hingehen werde, aber ich habe meinen Job in der Kneipe gekündigt und die Miete für den Wohnwagen nur noch für diesen Monat im Voraus bezahlt.

Als wir mit dem Essen fertig sind, besteht meine Mutter darauf, dass wir uns mit den Kürbismuffins ins Wohnzimmer setzen. Der Kamin ist an, obwohl es erst Mitte Oktober ist. Offensichtlich weiß keiner von uns dreien, was er sagen soll, also schauen wir uns nur an, räuspern uns und stellen Fragen, deren Antworten wir schon kennen.

Meine Beziehung zu meinen Eltern war nicht immer so. Es gab eine Zeit, in der wir uns sehr nahestanden. Ich habe mit meiner Mutter über Dinge geredet, die die meisten Teenager ihren Müttern nicht erzählen, und sonntags sind wir manchmal zusammen ins Kino gegangen und haben danach in einem

Lokal mit einer unglaublichen Auswahl an Geschmacksrichtungen Milchshakes getrunken. Mit Dad habe ich nicht so viel geredet, aber wir haben gemeinsam das Teleskop benutzt, und ich habe immer aufmerksam zugehört, wenn er über den Himmel oder das Familienunternehmen sprach.

Ich weiß nicht mehr, wann diese Nähe endete, aber wahrscheinlich, als ich mein Studium begann. Wir sahen uns seltener, nur wenn ich zu Weihnachten oder im Sommer für ein paar Tage nach Hause kam, und ich war oft auf Reisen. Im Laufe der Jahre wurde der Kontakt immer weniger. Wenn in meiner Zeit in New York der Name meiner Mutter auf dem Handy-Display erschien, war ich immer gerade mit etwas Interessanterem beschäftigt, und ich nahm das Gespräch nicht an. Dann sagte ich mir, ich würde sie später zurückrufen, was ich in der Hälfte der Fälle vergaß.

Und schließlich kam der Unfall. Der Höhepunkt aller Enttäuschungen.

Als das Geld auf meinem Konto wegen der Prozesskosten deutlich weniger wurde, kümmerten sich meine Eltern darum. Sie engagierten die besten Anwälte, nahmen an den Sitzungen teil und kämpften bis zum Schluss, als sie die Entschädigung für Josh bezahlten.

Der Logik nach hätte der Dank dafür mich zu einem besseren, fürsorglicheren und liebevolleren Sohn machen müssen, aber das Gegenteil war der Fall. Ich machte mich davon. Denn ich schleppte die Scham und das Unbehagen des Versagens mit mir herum, und wenn ich meine Eltern sah, wurde das Gefühl der erstickenden Last noch intensiver. Also tat ich das Einfachste: Ich versteckte mich vor allem, was wehtat.

Und jetzt bin ich wieder hier. Dort, wo alles angefangen hat.

»Es ist spät, Will«, sagt meine Mutter.

»Ja.« Dad schaut aus dem Fenster.
»Dein Zimmer ist noch so, wie du es zurückgelassen hast.«
»Du solltest bleiben«, fügt mein Vater hinzu.

Ich brauche gar nichts zu tun, nicke nur und lasse sie alles organisieren, auch wenn mich das an den Grund erinnert, warum ich mich von ihnen entfernt habe. Aber auch wenn ich erwachsen bin, ist es schön, für einen Moment das Gefühl zu haben, dass andere die Zügel in die Hand nehmen und ich nicht ums Überleben kämpfen muss. Wahrscheinlich ist die Kindheit deshalb die glücklichste Zeit im Leben: Man kann so unbedarft sein und trägt keine Verantwortung.

Ich denke darüber nach, als ich mich auf mein Bett fallen lasse. Von dort aus kann ich das Fenster auf der anderen Straßenseite sehen, durch das früher Josh jeden Tag herausgeschaut hat. Ich schlucke und wende mich ab. Es dauert ewig, bis ich einschlafe. Ich fühle mich seltsam in diesem Raum, der sich nicht mehr wie meiner anfühlt, und frage mich, was ich mit meiner Rückkehr erreichen will, aber ich finde keine Antworten, an die ich mich klammern kann. Ich erinnere mich, irgendwo gelesen zu haben, dass Zweifel ein Zeichen für Mut sind, und als ich mir dies zu Herzen nehme, schlafe ich ein.

Ein regnerischer Tag bricht an.

Ich habe lange geschlafen, und als ich in die Küche herunterkomme, hat meine Mutter schon irgendwas im Ofen und sitzt mit einer Tasse Kaffee am Tisch.

»Guten Morgen, Will.«

»Guten Morgen.« Ich setze mich neben sie.

»Möchtest du Toast, Saft, Rührei, Würstchen …?«

»Nur Kaffee, aber danke.«

Wir betrachten die Regentropfen, die gegen die Fensterscheibe prasseln. Der Wind bläst kräftig und zerrt an den Bäumen im Garten.

»Es ist schreckliches Wetter, du solltest nicht rausgehen.«

Ich nicke geistesabwesend. Und in diesem Moment wird mir klar, dass ich nicht wieder wegfahren werde, dass ich zurückgekommen bin, um zu bleiben; ich weiß nicht, ob für ein paar Tage oder ein paar Wochen, denn ich bin nicht in der Lage, irgendetwas zu planen, das über die nächsten Stunden hinausgeht, als ob mein Gehirn taub wäre und ich mich nur auf das Hier und Jetzt konzentrieren könnte. Also werde ich genau das tun. Ich höre meiner Mutter aufmerksam zu, als sie mir von den neuen Nachbarn in der Straße erzählt, von dem Problem mit dem Kühlschranklicht (das ich mir nach dem Frühstück mal anzusehen verspreche). Dabei überrascht sie mich mit der Nachricht, dass mein Vater offenbar in Pension gehen will.

»Ich hatte keine Ahnung«, sage ich.

»Ihr habt in letzter Zeit ja nicht viel miteinander geredet.«

Sie unterdrückt ein Seufzen und tippt mit der Spitze ihres Zeigefingers ein paar Krümel auf. Ich halte den Atem an, während ich sie beobachte. Natürlich habe ich gewusst, dass dieser Moment kommen würde: der Moment mit den Erklärungen und den Entschuldigungen.

»Es tut mir leid, Mom.«

»Nein, Will. Das ist in Ordnung.«

»Ich meine es ernst. Ich hätte euch öfter anrufen sollen, aber ... ich konnte es einfach nicht. Ich war wie gelähmt. Ich bin immer noch wie gelähmt«, erkläre ich, und sie sieht auf.

»Du weißt, dass es für uns okay ist.«

»Was?«, frage ich verwirrt.

»Dass du wie gelähmt bist.« Sie rückt ihre Schürze zurecht

und sieht mich mit Tränen in den Augen an. »Wir lieben dich trotzdem. Du bist unser Sohn. Unser einziger Sohn, Will.«

Ich bewege den Kopf in einer Art halbherzigem Nicken. Denn ich weiß nicht, ob mir diese bedingungslose Liebe zusteht. Ich habe in den letzten Jahren nichts getan, um sie zu verdienen, und ich weiß nicht, was ich damit machen soll.

Am Ende akzeptiere ich es.

Es ist leicht. Ganz einfach.

Ich habe nicht viel Kleidung mitgebracht, aber genug, um zurechtzukommen. Die Bücher, die ich im Auto habe, kann ich in den nächsten Tagen abends noch einmal lesen. Die Vormittage verbringe ich mit meiner Mutter. Ich werde zu einem Fremden, den ich kaum wiedererkenne und der mit ihr einkaufen geht, ihr in der Küche hilft und alle kleinen Defekte im Haus repariert, obwohl es viel einfacher wäre, einen Fachmann zu rufen.

Die Abende verbringe ich mit meinem Vater. Wir sitzen zusammen im Wohnzimmer und unterhalten uns, ohne ins Detail zu gehen. Irgendwann sprechen wir auch über seinen Ruhestand, darüber, wie er die Jahre, die ihm noch bleiben, genießen will, vielleicht fährt er nach Island, um das Nordlicht zu sehen. Und damit haben wir die Büchse der Pandora geöffnet.

»Wenn du meine Stelle in der Firma übernehmen willst ...?«, beginnt er. »Ich bin sicher, die anderen Partner wären damit einverstanden. Du hättest auf jeden Fall die Stimme deines Onkels.«

»Danke, Dad, aber das glaube ich nicht.«

Vielleicht hätte ich in einem anderen Moment zugestimmt. Es ist ein Sprungbrett in eine komfortable Zukunft: ein gut bezahlter Job. Aber ich glaube nicht, dass es etwas für mich ist.

»Hast du eine andere Idee?«

»Ich bin nicht sicher ...« Zweifelnd denke ich über meine

Möglichkeiten nach. Dieses Jahr ist verloren, aber ich sollte eine Entscheidung für das nächste Jahr treffen. »Ich denke, ich werde mir einen Job suchen und dann … vielleicht einen Kredit für ein Masterstudium aufnehmen.«

»Einen Kredit? Aber wenn wir …«

»Ich weiß, Dad. Ich mache es für mich«, stelle ich klar.

Es dauert eine Weile, aber als er schließlich nickt, scheint er zufrieden zu sein. Ich glaube, er versteht, dass ich nicht mehr von seinem Geld abhängig sein will, nicht weil ich sein Angebot nicht zu schätzen weiß, sondern weil ich auf allen Ebenen die Kontrolle über mein Leben zurückgewinnen muss.

»Und worauf willst du dich spezialisieren?«

»Urheberrecht. Das würde mir gefallen. Ich denke, das wäre erst mal die richtige Richtung und danach … Danach werde ich sehen, wie es weitergeht.«

58

Grace

Ich verbringe so viele Tage im Louvre, dass ich eines Morgens, als ich auf einem kleinen Platz einen Kaffee trinken will, überrascht bin, mich in Paris zu befinden. Es ist, als ob ich bei meiner Flucht in die Kunst vergessen hätte, dass die ganze Stadt im Grunde ein wunderbares, lebendiges Gemälde ist, bei dem sich die Farben ständig verändern und neu vermischen.

Die Schönheit der Stadt mit ihren Lichtern und Schatten ist überwältigend.

Die gepflasterten Straßen haben es mir angetan, der Duft nach frisch gebackenen Croissants, die Maler am Seineufer und die Bouquinisten, Crêpes mit geschmolzenem Käse, das knusprige, warme Baguette und das Viertel Saint-Germain-des-Prés, in dem sich die älteste Kirche von Paris befindet, mit seinen von Galerien gesäumten Straßen, die zum Musée d'Orsay und seinen impressionistischen Gemälden führen.

In dieser Stadt kann man sich ebenso leicht verirren wie man sich selbst findet.

Jeden Tag entdecke ich etwas Neues und möchte gar nicht mehr weg, also improvisiere ich und verlängere meinen Aufenthalt noch ein wenig, auch auf die Gefahr hin, meine Italienreise verkürzen zu müssen. Im Moment bin ich hingerissen und werde über *morgen* nachdenken, wenn es so weit ist.

In den letzten Tagen genieße ich es, mir prächtige Gebäude und Gärten anzusehen und durch die Straßen zu schlendern. Ich trinke etwas im Café des Deux Moulins, weil es in *Die fabelhaft Welt der Amélie* vorkommt, der zweifellos einer meiner Lieblingsfilme ist; Lucy hat immer gescherzt, dass ich mit meinem Haarschnitt und meinen Macken Amélie Poulain sehr ähnlich bin. Weil ich Monet so liebe, gehe ich ins Musée Marmottan. Ich besichtige auch die Sainte-Chapelle, die Kathedrale Notre-Dame und die Katakomben. Und ich laufe mit all den anderen Menschen über den Montmartre, denn ich liebe es, mit der analogen Kamera um den Hals, die ich auf dem Londoner Flohmarkt gekauft habe, einer von vielen Touristen zu sein. Ich fotografiere ein Kind, das die Treppe vor der Basilika Sacré-Cœur hinauf- und hinunterläuft, ich blicke ihm nach, als es mit seinen Eltern weggeht.

Ich weiß nicht, was mich dazu bringt, den Friedhof Père-Lachaise zu besuchen, aber als ich zwischen den Gräbern spazieren gehe, werde ich auf einmal traurig; der Ort ist ebenso schön wie melancholisch. Als ich den Friedhof verlasse, ist es schon spät, und ich nehme die Métro. Ich kaufe etwas Brot und Käse zum Abendessen in meinem gemieteten Zimmer. Die Vermieterin wohnt auf der anderen Straßenseite und muss um die neunzig sein, aber sie geht schneller die Treppe hinauf als ich.

Ich klopfe an ihre Tür.

»*Que veux-tu?*«

»Ich muss ... abreisen, *je me'n va ...*, äh ...«

»*Quand pars-tu?*«

»*Demain*«, erkläre ich.

»*D'accord, pas de problème. Bonne nuit.*«

Dann schlägt sie mir die Tür vor der Nase zu. Ich gebe zu, ich mag den Charakter der Franzosen. Sie bleiben sich selbst treu, wie wir alle es tun sollten.

Im Schlafzimmer esse ich geistesabwesend das Brot mit dem Käse. Durch das winzige Fenster betrachte ich die Dächer von Paris und weiß, dass es die perfekte Erinnerung für meinen letzten Abend in der Stadt ist. Ich blicke auf die winzigen Lichter, die wie Glühwürmchen an den Gebäuden hängen, und denke an all die unbekannten Menschen, mit denen ich in diesem Teil der Welt bin. Dabei spüre ich die Last der Einsamkeit, aber nur ein wenig, fast sanft. Ich verbringe gern Zeit mit dieser Version von mir selbst. Ich verstehe meinen besonderen Sinn für Humor, der ein wenig sarkastisch ist, ich amüsiere mich über meine Ideen und fühle mich in meiner eigenen Haut immer wohler.

Es geht mir gut. Ich bin bei mir.

59

Will

Ich wohne jetzt seit ein paar Wochen bei meinen Eltern, und alles scheint so perfekt normal zu sein, dass die Monotonie sicher bald durchbrochen wird, denn so ist das Leben: eine Kurve mit Höhen und Tiefen, und es beginnt immer wieder von vorn.

Ich beschneide gerade einen Baum im Garten, als mir die Geduld ausgeht und ich die Schere auf den Boden werfe. Sie ist stumpf, und die Metallklingen sind rostig. Damit kann man keine dickeren Äste schneiden, daher beschließe ich, den Jeep zu nehmen und anständiges Werkzeug zu kaufen.

Ich sage meiner Mutter Bescheid, die im Wohnzimmer telefoniert, und abwesend nickt. Dann nehme ich meine Jacke und steige ins Auto.

Ich fahre nicht in die Innenstadt, sondern zur nächsten Tankstelle, weil ich weiß, dass es dort Gartengeräte zu kaufen gibt. Ich betrete das Geschäft und suche die Regale ab. Es ist ein großer Laden, und da ich nicht fündig werde, gehe ich auf einen der Angestellten zu, der sich gerade über die Erfrischungsgetränke beugt. Ich warte, bis er sich mir zuwendet.

Er verzieht unmerklich das Gesicht.

Es ist George Dannis, das weiß ich, weil er früher die Zielscheibe von Joshs Scherzen war. Im Kunstunterricht hat er mal eine Tube blaue Farbe auf seinem Kopf entleert, woraufhin fast die ganze Klasse darüber gelacht hat. Ich erinnere mich, dass ich ein seltsames Gefühl empfand, etwas wie Übelkeit und Unbehagen. Aber ich habe nichts unternommen. Ich hielt zu Josh, treu und unzertrennlich, weil ich dachte, lieber so als das andere Extrem. Es fühlte sich fast so an, als könnte ich mich glücklich schätzen.

»Was kann ich für dich tun?«, fragt er in sachlichem Ton.

»Ich ...« Dies ist der Moment, in dem ich mich bei ihm entschuldigen sollte. Ich bin mir dessen genauso bewusst, wie dass der Himmel blau ist. Doch ich bin mit der Situation überfordert und sage nur: »Ich suche eine Gartenschere.«

»Eine kurze oder eine lange?«

»Eine kurze. Zum Beschneiden.«

»Die sind alle zum Beschneiden«, murmelt er, und ich bemerke eine gewisse Irritation in seiner Stimme, die mich nicht gerade ermutigt, sondern eher einschüchtert.

»Ja, natürlich. Wo finde ich sie?«

»Zweiter Gang von hinten.«

»Danke.«

Als ich ihn ein letztes Mal ansehe, sortiert George konzentriert Getränke ein und scheint mich absichtlich zu ignorieren, was ich ihm nicht verdenken kann. Ich gehe mit dem Werkzeug zur Kasse und bezahle. Wieder im Auto, starre ich eine Weile auf die Tür des Tankstellengebäudes, bevor ich endlich losfahre.

In der Nacht kann ich nicht schlafen.

Als ich es leid bin, mich im Bett hin und her zu wälzen, schalte ich die Lampe ein und hole aus der obersten Schublade meines Nachttisches ein Notizbuch und einen Kugelschreiber. Ich kritzle ein wenig herum, bis der Stift schreibt, und dann denke ich an alle Menschen, die ich in meinem Leben verletzt habe, sei es direkt oder indem ich nichts unternommen habe.

Wie oft missachten wir die Gefühle eines anderen? Wie oft

handeln wir egoistisch? Wie oft verletzen wir Menschen, die wir lieben, oder sagen Worte, die wir nicht so meinen? Wie oft haben wir uns geirrt, Fehler gemacht, sind ins Fettnäpfchen getreten?

Für mich ist das die beste Möglichkeit, in die Vergangenheit zu reisen, indem ich diese Liste erstelle. Dabei beginne ich mit dem Naheliegenden, meinen Eltern und den anderen Mitgliedern meiner Familie, die ich mehrere Jahre lang an Weihnachten nicht beachtet habe. Ich fahre fort mit Grace und anderen Menschen in meinem Leben: Kollegen, Ex-Freundinnen, Freunde, die keine mehr sind ... und lande bei Lena, der Frau, deren Herz ich gebrochen habe.

Und erst als ich die Liste zusammenfalte und in meine Brieftasche stecke, schlafe ich ein.

In die Vergangenheit einzutauchen, ist ein Abenteuer.

Ich beginne mit der Schule und meinen Klassenkameraden; die meisten sind leicht zu finden, weil ich das Jahrbuch habe, in dem sämtliche Namen stehen. Da es keine Möglichkeit gibt, die Leute aufzusuchen, nutze ich die sozialen Medien und schreibe mehrere Entschuldigungen. Einer, der früher in meiner Football-Mannschaft war, antwortet fast sofort freundlich und fragt mich sogar, wie es mir geht. Im Gegensatz dazu lautet die Antwort von Laura Hells, die ich einfach nicht mehr angerufen habe, nachdem wir ein paar Monate zusammen waren: »Du bist ein Arschloch, Will Tucker.« Ich kann es ihr nicht verdenken. Die meisten antworten nicht, obwohl sie die Nachrichten gesehen haben.

Im Laufe der Woche gehe ich etwa achtmal zur Tankstelle. Ich kaufe Müsli, Limonade, Feueranzünder, Pfefferminzkaugummi, eine Flasche Kool-Aid, Pflaster, ein Taschenbuch über Außerirdische und Energieriegel.

Ich bin mir nicht sicher, was mich dazu bringt, ins Auto zu

steigen und dorthin zu fahren, wenn ich irgendeinen Unsinn brauche. Ich sehe George ein paarmal, und als ich das Buch kaufe, bedient er die Kasse. Er kassiert und packt den Roman vorsichtig in eine Tüte.

Aber er sagt nichts. Und ich auch nicht.

Die Tage vergehen.

Meine Mutter hat sich schnell daran gewöhnt, mir in der Küche Anweisungen zu erteilen. Für meinen Vater ist es bald selbstverständlich, dass wir uns gemeinsam Footballspiele ansehen, und eines Abends ermutigt er mich sogar, mit ihm in den Garten zu gehen, weil der Himmel voller Sterne ist.

»Weißt du noch, wie wir zusammen durch das Teleskop geschaut haben?«

»Ja. Wo ist es?«, frage ich.

»Auf dem Dachboden. Niemand hat es mehr benutzt.«

»Du auch nicht?«

»Nein.« Er seufzt.

Wir stehen eine Weile da und betrachten die Weite des Universums. Der Blick zu den Sternen ist an sich schon faszinierend, denn sie sind wunderschön und verlockend, aber wenn man innehält und darüber nachdenkt, ist es noch beeindruckender, denn man blickt auf die Vergangenheit, auf das Licht, das zu uns kommt. Wenn wir den Mond betrachten, sehen wir, wie er vor einer Sekunde aussah; wenn uns das Licht der Sonne erreicht, wissen wir, dass es vor etwa acht Minuten ausgestrahlt wurde; und im Fall von Andromeda, der der Erde am nächsten gelegenen Galaxie, können wir in einer klaren Nacht sehen, wie sie vor mehr als zwei Millionen Jahren aussah.

»Wir sollten es wieder aufstellen«, sage ich.

»Ja.« Mein Vater nickt. »Vielleicht irgendwann ...«

Ich fahre wieder zur Tankstelle.

Dabei weiß ich gar nicht mehr, was ich noch kaufen soll.

Nachdem ich lange durch die Gänge geschlendert bin, entscheide ich mich für eine Packung Chips mit Barbecue-Geschmack. Ich weiß nicht einmal, ob sie genießbar sind, aber das ist mir egal. An der Kasse werde ich von George empfangen, der den Geldschein nimmt, den ich ihm hinhalte, und mir den Kassenbon gibt.

Es ist gar nicht so schwierig. Ich muss nur »Entschuldigung« sagen, aber ich bringe das Wort nicht über die Lippen. Mit der Tüte Chips in der Hand verlasse ich das Gebäude. Ich glaube, ich habe Angst, dass George mich für dumm hält, was nach meinen zahlreichen Besuchen wahrscheinlich tatsächlich der Fall ist, oder dass er sich nicht mehr daran erinnert, wofür ich mich entschuldige, oder mich bittet, mir die Entschuldigungen sonst wo hinzustecken. Aber da ich mich nicht überwinden kann, werde ich es wohl nie herausfinden.

Als ich nach Hause komme, bittet mich meine Mutter, ein paar Äpfel zu schälen, weil sie Kompott machen will.

Ich denke, ich sollte darüber nachdenken, das Nest zu verlassen.

Der Dachboden ist voller Gerümpel.

Darunter viele alte Spielsachen, die wohl nie wieder jemand benutzen wird: Puppen, Roller, ein Fahrrad mit platten Reifen, Puzzles …

Ich finde das Teleskop fast ganz hinten. Es ist zerlegt, und ich suche alle Teile zusammen. Mit dem Stativ, der Montierung und den Tubus gehe ich in den Garten. Die kleineren Teile, wie das Okular oder den Sucher, entdecke ich in einer Schachtel.

Meine Mutter tritt hinzu, als ich die letzten Schrauben anziehe.

»Es ist lange her. Du hast es als Kind sehr gemocht.«

»Ich mag es immer noch«, stelle ich klar.

Ich habe oft darüber nachgedacht, warum Lucy Grace gebeten hat, alles, was sie mag, aufzuschreiben. Wahrscheinlich, weil ich es aufbewahrt und so oft gelesen habe, dass ich es auswendig kann. Ich denke, es ging darum, es ihr bewusst zu machen. Fast alle Kästchen im Spiel haben zu Handlungen geführt, die nicht immer mit der Suche nach eindeutigen Antworten verbunden waren. Wenn es nicht so subtil gewesen wäre, hätte es vielleicht nicht funktioniert. Und ich bin zu dem Schluss gekommen, dass es eine Art Erinnerung war, ein Weckruf für Grace, sich auf sich selbst zu konzentrieren.

Wie oft denken wir, wir mögen etwas, nur weil es jahrelang so gewesen ist? Oder aber wir weigern uns, Dinge, die wir vor einer Ewigkeit verworfen haben, erneut auszuprobieren, obwohl wir nicht mehr dieselben sind und die Person, die diese Entscheidungen getroffen hat, nur noch in der Vergangenheit existiert, wie die Sterne, die wir jeden Tag sehen.

Es ist nicht leicht, innezuhalten und die eigene Welt zu bewerten. Gefällt dir immer noch dieselbe Dekoration, oder magst du die Kleidungsstücke noch, die du vor fünf Jahren gekauft hast? Hast du noch die gleichen Vorlieben wie damals? Interessierst du dich für die gleichen Dinge? Was macht dich jetzt, in diesem Augenblick aus?

»Ich glaube, dein Vater wird sehr glücklich sein«, sagt meine Mutter.

»Ja, ich dachte, es würde ihm gefallen.«

»Heißt das, dass du bald wieder gehen wirst?«, fragt sie.

Ich nicke. Sie lächelt und klopft mir auf die Schulter, bevor sie wieder ins Haus geht. Es ist kalt. Der November ist mit seinem eisigen Wind gekommen, um das letzte Laub von den Ästen der Bäume zu blasen, und obwohl es noch viel zu früh ist, werben bereits einige Geschäfte für den Weihnachtsbaumverkauf. Ich habe das Gefühl, es ist an der Zeit, aufzubrechen, bevor die Kälte alle meine guten Vorsätze zunichtemacht.

Ich kann nicht aufhören, an Grace zu denken. Ich stelle sie mir in Amsterdam, in London, Paris, Rom oder Florenz vor. Wie sie durch die Straßen geht, die Welt entdeckt und dabei auch sich selbst, und ich frage mich, wie sehr dieses Abenteuer sie prägen wird, denn ich habe schon lange genug gelebt, um zu wissen, dass man nach einer solchen Reise nicht mehr derselbe Mensch ist.

Ich betrete die verdammte Tankstelle.

Erneut gehe ich durch die Gänge. Wenn ich jetzt dort arbeiten würde, hätte ich kein Problem damit, die Waren aufzufüllen, weil ich genau weiß, wo alles hingehört. Ich steuere direkt auf George am Verkaufstresen zu. Er sieht mich mit diesem neutralen Blick an wie jeden anderen Kunden, als ob er mich nicht kennen würde. Ich zeige auf das Glas mit den Donuts.

»Ein paar davon bitte.«

»Schokolade?«

»Ja. Und auch einen mit Erdbeergeschmack.«

Mit einer Zange nimmt er die Donuts heraus und steckt sie in eine Papiertüte. Ich erinnere mich an den George in der Highschool, mit seinem Gesicht voller Akne und einer ähnlichen Brille, wie er sie auch jetzt trägt. Die Anzeichen der Pubertät sind verschwunden, ansonsten hat er sich nicht sehr verändert; allerdings wirkt er selbstbewusster und zieht nicht mehr die Schultern hoch oder senkt den Kopf, wenn ihn jemand anspricht. Er trägt einen Ehering, und ich frage mich, wie sein Leben wohl aussieht, ob er Kinder hat und ob er glücklich ist.

Ich atme tief durch, während er die Kasse bedient.

»Hey, George ...« Er blickt auf und scheint überrascht, dass ich ihn mit seinem Namen anspreche, obwohl er auf einem Schild an seiner Jacke steht. »Es tut mir leid.«

Ein schüchternes Lächeln huscht über sein Gesicht.

»War doch gar nicht so schwer, oder?«

»Stimmt.«

»Hier, ein paar Bonbons als Geschenk.« Er legt eine Handvoll auf den Tresen.

»Das ... Danke«, antworte ich.

»Gern geschehen. Der Nächste bitte!«

Ich trete zur Seite, um die Dame hinter mir in der Warteschlange vorbeizulassen. Ein paar Sekunden lang bin ich etwas verwirrt, während ich zum Jeep gehe. Ich schalte die Heizung ein, obwohl ich festgestellt habe, dass sie öfter ausfällt als funktioniert – das kommt davon, wenn man spontan ein Auto kauft. Aber ich mag den Wagen. Ich fühle mich darin immer noch wohl. Langsam fahre ich durch die Wohnstraßen nach Hause, und als ich mein Ziel erreiche, sehe ich einen großen Mann selbstbewusst aus dem Nachbarhaus kommen. Er schaut auf sein Handy, und ich kann sein Gesicht nicht sehen, aber ich hätte Josh überall erkannt, selbst wenn ich ihn nur von hinten gesehen hätte. Ich überlege, Gas zu geben, doch was dann? Soll ich zu ihm etwa sagen: »Wie ist es möglich, dass die Freundschaft, die uns seit unserer Kindheit verbunden hat, dir so wenig bedeutet?« Ich bin kurz davor, doch dann trete ich auf die Bremse. Es hat keinen Sinn, ihm diese Frage zu stellen, denn jetzt verstehe ich, dass wir nie Freunde waren, sondern nur *Partner*; wir haben in dem anderen gefunden, was wir gesucht haben, Sicherheit oder Anerkennung, was auf das Gleiche hinausläuft. Ich habe ihm nichts zu sagen. Es gibt nichts zu besprechen. Das ist eine Sackgasse, die ich nicht betreten werde.

»Schau jetzt mal. Man kann alles sehen. Das Bild ist ganz klar.«
Ich beuge mich zum Teleskop hinunter. Da ist der Saturn mit seinen majestätischen Ringen. Die Nacht ist so klar, dass ich glaube, die Cassinische Teilung sehen zu können. Für einen Moment fühle ich mich wie damals als kleiner Junge, und ein großer Frieden breitet sich in meiner Brust aus, als ich mich daran erinnere, dass ich lebe.

Und so stehen wir nebeneinander, mein Vater mit einem Bier in der Hand und ich mit einer Dose Dr. Pepper. Wir werfen einen Blick auf den Orionnebel, der auf den ersten Blick wie ein Wattebausch wirkt, und bestaunen die zerklüftete Oberfläche des Mondes.

Es dämmert schon beinahe, als wir das Teleskop wegpacken.

Wir messen alles in unserem Leben. Schon bei unserer Geburt werden als Erstes unser Name und unsere Maße festgehalten: fünfzig Zentimeter, drei Kilo und hundert Gramm. Und so wachsen wir auch auf. Statistiken zeigen, dass die soziale Stellung der Familie die Zukunft eines Menschen entscheidend beeinflusst; man ist so viel wert, wie man hat. Wir streben instinktiv nach mehr. Wir wollen mehr Geld, mehr Freunde, mehr Flirts, mehr Reisen, mehr Erfahrungen, mehr Belohnungen. Und was dabei herauskommt, ist Frustration. Denn eines Tages kriegst du einen Schlag auf den Kopf und stellst zu deinem Erstaunen fest, dass man inneren Reichtum, Freundschaft, Liebe, Hoffnung oder Traurigkeit nicht messen kann. Du verlierst den Halt. Wie soll man die Zügel in die Hand nehmen, wenn alles, woran man geglaubt hat, verschwindet? Die Regeln wurden gebrochen. Es ist an der Zeit, von vorn anzufangen, ein leeres Blatt Papier zu nehmen und zu schreiben.

Wenn man seine Welt nicht organisieren kann, indem man alles um sich herum misst, wie dann? Ich stelle mir vor, dass mein Kopf voller kleiner Schubladen ist, in die ich mein Leben eingeteilt habe, alles voneinander getrennt, als handelte es sich um Hunde und Katzen. Ich nehme alles heraus. Gut weggepackt tut es weniger weh, aber nur so kann ich das Chaos ordnen. Ich sehe mich selbst nach und nach, wobei sich die Vergangenheit und die Gegenwart stark vermischen. Ich entferne den Staub. Ich werfe Dinge wie Enttäuschung oder Schuldgefühle weg. Ich poliere alles, bis es glänzt.

Ich räume meinen Kopf auf.

60

Grace

Es tritt das ein, was ich befürchtet habe: Ich muss meine Reise aus Zeit- und Geldmangel verkürzen. Ich beschließe, als Nächstes nach Rom zu fahren, weil ich viel Zeit damit verbracht habe, den Reiseführer zu lesen, den ich in der Bibliothek ausgeliehen habe. Nachdem ich so viel in Rom herumgelaufen bin, dass sich meine Fußsohlen ganz taub anfühlen, sitze ich vor dem Kolosseum und denke darüber nach, wie klein meine Welt ist, wie klein ich bin, wie klein meine Träume sind. Ink Lake, dieses Fleckchen Erde, in dem sich meine gesamte Existenz kondensiert, stellt auf dem Planeten nur eine Randnotiz dar, und plötzlich empfinde ich, wenn ich mich an meine Heimat erinnere, eine irrationale Zärtlichkeit. Auf Reisen entwickelt man eine Sehnsucht nach dem, was man hinter sich gelassen hat, und man lernt das Eigene auf eine andere Art zu schätzen. Ich denke über Gerüche nach, darüber, dass ich immer dachte, unser Haus habe keinen Geruch. Vielleicht stimmt das nicht. Vielleicht sind wir einfach nur nicht in der Lage, das zu riechen, was wir auf der Haut tragen, denn auf einmal bin ich davon überzeugt, dass ich bei meiner Rückkehr sofort etwas riechen werde, sobald ich die Türschwelle überschreite.

In Rom verliere ich mich in den Straßen, Museen und Gebäuden. Man sollte meinen, dass man nach so viel Schönheit gefühllos für alles andere sein müsste, aber das Gegenteil ist der Fall. Plötzlich entdecke ich auch Schönheit in ein paar *bucatini* mit Tomatensoße, in verfallenen Straßen, in einem Protest-Graffiti oder als ich ein Pärchen am Trevi-Brunnen beobachte, das sich ein Eis teilt.

Letztendlich ist das Leben schön, und das war's.

Rom ist der Ort, an dem ich mich am sichersten fühle, weil ich keine Angst mehr davor habe, die Orientierung zu verlieren oder mich in einer Sprache zu verständigen, die ich nicht beherrsche. Aber gleichzeitig fühle ich mich nach mehr als zwei Monaten auf Reisen auch allmählich müde, und die Einsamkeit ist nicht immer freundlich; manchmal tut sie weh.

Deshalb denke ich oft an zu Hause. Und an Will.

Ich frage mich die ganze Zeit, was er macht, und ich habe das Bedürfnis, alles mit ihm zu teilen. Diese Mahlzeit, diese Landschaft, diese Anekdote, diese Überlegung, diesen Zweifel, diesen Blick, diesen Witz, dieses Lächeln, diese Albernheit, dieses Gefühl. Und wenn das nicht Liebe ist, dann weiß ich auch nicht.

Ich bemühe mich, seine Abwesenheit zu ignorieren.

Ich spreche oft mit meinen Eltern und meinem Großvater. Gelegentlich schicke ich mir mit Olivia Fotos hin und her. Mein Tagebuch ist zu einem meiner wertvollsten Besitztümer geworden, und es ist bis zum Rand gefüllt; ich halte darin nicht nur meine Gefühle fest, sondern bewahre auch Restaurantbelege, Eintrittskarten von Museen, getrocknete Blätter von Bäumen in jeder Stadt und leere Zuckertütchen darin auf. Ich frage mich, was ich über mich selbst, über den Menschen, der ich jetzt bin, denke, wenn ich es in zehn, zwanzig oder vierzig Jahren lesen werde. Und ich mag die Vorstellung, mich auf diesen Seiten selbst darzustellen, damit ich als jemand anderer zu dieser Version von mir zurückkehren kann.

Natürlich geht es beim Erwachsenwerden nicht darum, plötzlich zu wissen, was man für den Rest seines Lebens machen will, oder eine Hypothek für den Kauf einer Wohnung aufzunehmen. Erwachsenwerden heißt, nicht mehr nach außen, sondern nach innen zu leben. Wenn man erkennt, dass man ein einzigartiges menschliches Wesen ist, und ein tiefes Bewusstsein für die eigene Existenz entwickelt.

Mit einem Wohlgefühl verabschiede ich mich von den Straßen Roms und dem Licht, das ich so nur in Italien gesehen habe. Ich fahre zu meinem letzten Ziel. Denn so möchte ich meine eigene *Karte der Sehnsüchte* abschließen.

61

Will

Ich habe New York anders in Erinnerung. Früher habe ich mich in den Straßen der Stadt wohlgefühlt, fast wie zu Hause, aber jetzt habe ich den Eindruck, sie weiß, dass ich ein Eindringling und nur auf der Durchreise bin. Der Lärm betäubt mich für einen Moment, und ich hole tief Luft, bevor ich um die letzte Ecke biege und an einer roten Ampel warte. Ich gehe weiter, als die Ampel grün wird und alle anderen sich auch wieder in Bewegung setzen.

Die Tür des Gebäudes hat sich nicht verändert. Die Lobby auch nicht. Selbst der Portier ist noch derselbe. Es ist seltsam, an einen Ort zurückzukehren, der gleich geblieben ist, während man selbst sich verändert hat. Der rote Teppichboden dämpft meine Schritte. Nachdem ich dem Portier die Nummer der Wohnung genannt habe, nickt er und öffnet mir die Aufzugtür. Ich trete in die kleine Metallbox und schlucke schwer, denn ich fahre direkt hinauf zu dem letzten Namen auf meiner Liste: *Lena Sawn.*

Ich klingle an der Tür meines ehemaligen Zuhauses. Plötzlich erinnere ich mich daran, wie ich den Schlüssel in dieses Schloss gesteckt habe, und ich habe das Gefühl, dass dies vor einer Ewigkeit geschehen ist, fast in einem anderen Leben.

Lena öffnet die Tür.

Ihr Haar ist genauso wie bei unserer letzten Begegnung, es ist kastanienbraun und fällt ihr auf den Rücken. Sie trägt ihre Brille, mit der sie nie das Haus verlässt, weil sie draußen Kontaktlinsen benutzt, und ihr runder Bauch hebt sich von ihrem zierlichen Körper ab.

»Wow ...«, sage ich. »Du siehst toll aus.«

»Komm rein.« Sie seufzt.

Die Wohnung hat sich im Gegensatz zum Gebäude verändert. Einige Möbelstücke fehlen, wahrscheinlich sind es die, die Lena in ihre neue Wohnung mitnehmen will. Aber es gibt noch einige kleine Überbleibsel der Geschichte, die wir zusammen erlebt haben. Das Gemälde im Flur haben wir in einer Kunstgalerie in Brooklyn gekauft, den granatroten Teppich im Wohnzimmer habe ich ausgesucht, und wir haben die Heizkörper ausgetauscht, die nun fremde Menschen benutzen werden. Es ist seltsam, welche Spuren wir unweigerlich hinterlassen. Wie bei einem Spaziergang im Schnee: Man hinterlässt immer irgendwelche Spuren.

»Deine Sachen sind dort drüben.« Lena zeigt auf den hinteren Teil des Raumes, wo sich das befindet, was sie aussortiert hat, darunter auch meine Dinge.

»Danke, dass du das alles aufbewahrt hast, Lena.«

»Ja. Ich ...« Sie reibt sich den Arm. »Ich war mir nicht sicher.«

Ich wende mich ihr zu. Ihr Unbehagen ist so deutlich spürbar, dass ich für einen Moment wie gelähmt bin, aber dann erinnere ich mich daran, was passiert ist, und stelle mir vor, was sie durchgemacht haben muss. Ich sehe vor mir, wie sie mit ihren anspruchsvollen Eltern spricht und ihnen die Situation erklärt, wie sie den Termin in der Kirche, die Blumenbestellung, den Empfang und alles andere absagt und das Kleid zurückschickt. Ich sehe sie die Erklärungen geben, die ich nicht geben musste, weil in meinem Kopf New York und alles, was ich dort gelassen hatte, einfach nicht mehr existierte. Ich habe es begraben.

»Lena ...« Meine Stimme ist heiser.

»Du brauchst nichts zu sagen. Schau einfach die Dinge durch, bitte. Meine Eltern wollen die Wohnung nächsten Monat vermieten, also ...«

»Natürlich.«

Sie nickt und geht durch den Flur zurück.

Ich betrete das Zimmer und schaue mir meine alten Sachen an, aber das ist nur ein Vorwand, denn ich weiß, dass ich nichts davon mitnehmen werde. Es gibt eine Mappe mit Schriftstücken, und als ich sie überfliege, erinnere ich mich an einige Fälle, an denen ich gearbeitet habe; ich weiß nicht genau, was das Leben bringen wird, aber Jura interessiert mich immer noch, und jetzt, da ich endlich aufräume, sollte ich das Wertvolle aus meiner Vergangenheit retten.

Zehn Minuten später erhebe ich mich, ohne alles durchgesehen zu haben.

Lena sitzt im Wohnzimmer in einem modernen Sessel und starrt auf einen Kamin, der nicht echt ist. Ihr ganzer Körper wirkt angespannt. Ich atme tief durch und bleibe vor ihr stehen. Sie erschrickt, als sie mich sieht.

»Bist du schon fertig?«, fragt sie.

»Ja. Du kannst alles entsorgen. Oder spenden. Was immer du willst.«

»Alles?« Sie steht auf. »Die ganze Kleidung, die Wertsachen und ...«

»Eigentlich bin ich nur gekommen, um mich zu entschuldigen.«

Lena blinzelt ungläubig, dann stützt sie die Hand in den Rücken, wie ich es schon oft bei schwangeren Frauen gesehen habe. Ein seltsamer Gedanke, dass dies meine Zukunft hätte sein können, wenn alles nach Plan verlaufen wäre, es fühlt sich eigenartig an, als hätte ich schon mehrere Leben gelebt; vielleicht geht es uns allen so, wahrscheinlich hat jeder Mensch Hunderte von *Was hätte sein können, aber nicht geschehen ist.*

»Du bist extra nach New York geflogen, um mir das zu sagen?«

»Ich denke schon.« Nachdem ich noch einmal tief durchgeatmet habe, schüttle ich den Kopf. »Ich war ein Arschloch. Du warst unglaublich und ich ... Nun, sagen wir einfach, ich konnte nicht mithalten.«

»Ich werde dir nicht widersprechen.«

Wir blicken uns ein paar Sekunden lang an, wobei sich ihre Augen mit Tränen füllen. Vergeblich bemüht sie sich, nicht vor mir zu weinen. Doch als ich mich ihr nähere, weicht sie zurück. Sie versucht, sich zu beruhigen.

»Ich habe dich geliebt«, flüstert sie. »Und es war ... hart.«

»Es tut mir so leid, Lena. Wenn ich das alles rückgängig machen könnte ...« Ich sage ihr nicht, dass das mit uns so oder so zum Scheitern verurteilt war, aber ich glaube, sie versteht es. Alles andere würde ich allerdings anders machen. Das, was ich ihr angetan habe. Jede selbstsüchtige Handlung.

Sie zuckt mit den Schultern und wischt sich die Tränen ab.

»Letztendlich hätte ich den zukünftigen Vater meiner Tochter nie kennengelernt, wenn ich bei dir geblieben wäre. Er war derjenige, mit dem ich heftig diskutieren musste, als ich die Reservierung des Landsitzes für die Hochzeit storniert habe. Und dann führte das eine zum anderen.«

»Wow.« Ich lächle.

»Ja, wow. Mein Vater hasst ihn.«

»Das kann nur bedeuten, dass du mit dem richtigen Mann zusammen bist.«

Sie lächelt flüchtig, seufzt dann und sieht mich an.

»Du hattest schon immer die Neigung, auf Abwege zu geraten.«

»Tatsächlich versuche ich gerade, eine gerade Linie zu finden.«

»Das ist ein erster Schritt.«

Viel mehr haben wir uns nicht mehr zu sagen. Lena begleitet mich zur Tür, und wir sehen uns wieder schweigend an. Wir wissen beide, dass es das letzte Mal ist, dass wir uns sehen.

»Pass auf dich auf«, sage ich leise.

»Du auch, Will.«

Das Klicken des Schlosses hallt durch den leeren Flur und markiert das endgültige Ende unserer gemeinsamen Geschichte und meines Lebens in New York. Als der Aufzug die siebzehn Stockwerke hinunterfährt, fühle ich mich leichter. Und als ich auf die Straße trete, habe ich, obwohl ich von Wolkenkratzern umgeben bin, das Gefühl zu schweben.

Grace hatte recht.

Um voranzukommen, muss man die Türen schließen, die man im Laufe seines Lebens offen gelassen hat, denn sonst läuft man Gefahr, sich unerwarteten Zugluftströmen stellen zu müssen.

Ich fühle mich immer leichter. Dunkle Gefühle verblassen wie Aquarelle, die nass geworden sind. Die Zukunft sieht seltsam und ungewiss aus, aber sie ist voller Möglichkeiten.

Wie in jedem Jahr gibt es in der Stadt schon die ersten Weihnachtsdekorationen, die Schaufenster wetteifern darum, die Blicke der Passanten auf sich zu ziehen, der bedeckte Himmel kündigt Regen oder sogar Schnee an. Die Kälte ist durchdringend, aber sie stört mich nicht, sondern ich bin froh, dass ich sie auf meiner Haut spüren kann.

Es ist Ende November, und zum ersten Mal seit langer Zeit weiß ich genau, wohin ich gehe.

62

Grace

Ich habe mich oft gefragt, wie ich mich an diesem Tag fühlen würde, und in keiner meiner Fantasien bin ich verzweifelt durch die Straßen von Wien gelaufen.

Es ist der neunundzwanzigste November. Vor genau einem Jahr hat Lucy ihren letzten Atemzug getan und ihre Augen für immer geschlossen, während ich ihre schlaffe Hand in meiner hielt und spürte, wie mich hundert Insekten von innen her auffraßen. Vor genau einem Jahr hat sich die Welt verändert, weil sie ging, auch wenn die Welt es nicht weiß, aber es ist so. Jedes Mal, wenn jemand stirbt und jemand geboren wird, wird alles zurückgesetzt; es ist ein Getriebe, das sich dreht, aus dem Takt gerät und wieder einrastet. Es scheint, als würde nichts weiter passieren, aber ich bin mir sicher, dass man aus der Nähe kleine Risse und Kerben erkennen kann, die Traurigkeit und Glück symbolisieren.

Ich erwische ein Taxi und nenne dem Fahrer mein Ziel: das Schloss Belvedere.

Nach einer zehnminütigen Fahrt erreichen wir das von Gärten umgebene Barockgebäude im Herzen der Stadt. Der Anblick nimmt einem unvermeidlich den Atem. Nicht nur wegen seiner Pracht, sondern auch, weil ich weiß, was es in seinen Galerien beherbergt.

Ich bezahle den Taxifahrer, warte, gelange schließlich hinein und irre unbeholfen durch die Räume, während ich versuche, den Plan in dem Prospekt zu entziffern, den ich mitgenommen habe. Es ist spät. Das Museum wird bald schließen, und ich fühle mich in seiner Unermesslichkeit verloren. Wenn die Städte, in denen ich in den letzten Wochen war, mich nicht immer wieder auf die Probe gestellt hätten, würde ich aufgeben. Aber es gelingt mir, mich zu beruhigen. Ich frage eine Frau, die kein Englisch spricht, deren Zeichensprache ich jedoch verstehe.

Es sind noch andere Leute da, aber sie werden unsichtbar, sobald mein Blick auf das imposante Gemälde fällt. Es ist riesig, fast zwei mal zwei Meter. Der ikonische Kuss von Gustav Klimt erstrahlt in seiner ganzen Pracht.

Ich bewundere ihn schweigend. Ich sauge das Bild in mich auf und nehme jedes Detail wahr: die Art und Weise, wie das Zwei- und Dreidimensionale miteinander kombiniert ist, die floralen und runden Motive auf ihrer Kleidung, während seine mit rechteckigen Formen geschmückt ist. Die Verwendung von Gold als Pigment, sein Glanz, aber auch das Silber. Die Zartheit des Gartens zu Füßen der Liebenden und die beiden, die sich in den Armen des anderen hingeben. Ich habe immer gedacht, dass die Liebe so unbeständig ist wie das Wetter, aber Zärtlichkeit und Vertrautheit sind beständig.

Und dann spüre ich seine Gegenwart.

Er bewegt sich langsam wie eine Katze in der Nacht, aber ich spüre ihn. Denn ich weiß, wie er riecht, wie sich sein so viel größerer Körper neben mir anfühlt, der Abstand zwischen seinem Kopf und meinem und die Festigkeit seiner Schultern.

Will ist hier.

Nachdem wir uns fast drei Monate lang nicht gesehen haben, treffen wir uns hier vor dem *Kuss*. Ich bewege meinen Kopf nicht, ich sage nichts, ich atme kaum. Äußerlich werde ich zu einer Statue, obwohl mein ganzes Wesen flüssig und instabil zu werden scheint. Ich weiß nicht, wie lange wir schweigend verharren, bis seine Stimme wie ein Wasserfall über mich hereinbricht und mich umspült.

»Ich habe darüber nachgedacht, was du in der Nacht auf dem Riesenrad zu mir gesagt hast.«

»Ich erinnere mich nicht«, sage ich.

»Darüber, dass wir eines Tages alle sterben und nicht wüssten, was wir in den letzten Stunden tun sollten, wenn wir eine Stoppuhr hätten, mit der wir sehen könnten, wie viel Zeit wir noch haben.«

»Stimmt.«

Ich will ihn nicht ansehen. Ich will es nicht. Schlimmer noch: Ich kann es nicht. Ich habe das Gefühl, dass er dann verschwindet, aufhört, real zu sein, und alles nur eine Illusion ist.

»Schon seit einer Weile ist mir klar, mit wem ich diese Zeit verbringen möchte.«

Die Worte lösen meine Anspannung, und ich wage es, meinen Kopf zu drehen und ihn anzusehen.

Er sieht so aus wie immer und doch anders. Sein Haar ist kürzer, und er trägt ein helles Hemd unter seinem schwarzen Mantel. In seinen Augen ist … mehr Licht. Hoffnung. Der Dunst hat sich gelichtet. Und alles an ihm ist für mich immer noch so faszinierend, wie ich es in Erinnerung habe.

Will tritt ein wenig näher. Und ich zittere vor Nervosität und Vorfreude. Wenn man etwas verliert und es in einem Moment, den man für unmöglich gehalten hat, wiederfindet, merkt man, dass es ein Geschenk ist. Und man will es öffnen. Ich will es öffnen.

»Glaub jetzt nicht, dass das, was ich dir jetzt sage, improvisiert ist.« Er scheint jedes Wort abzuwägen, bevor er es ausspricht. »Ich habe lange überlegt, bevor mir klar wurde, dass ich alle Dinge, die ich tun könnte, nur mit dir tun kann, dass ich von allen Menschen, mit denen ich zusammen sein könnte, diese Zeit nur mit dir verbringen will. So einfach und so kompliziert ist es.«

»Will …«

»Warte, lass mich ausreden.« Er hält inne und wendet den Blick von dem Bild ab. »Ich musste die Teile meines Lebens wieder zusammensetzen. Du hattest recht. Ich musste akzeptieren, wer ich war, um entscheiden zu können, wer ich sein will, denn wegzulaufen oder mich zu verstecken, ist keine wirkliche Lösung. Natürlich ist es schwer, sich den hässlichsten und dunkelsten Seiten von sich selbst zu stellen, denn wenn man sie anerkennt, werden sie real. Aber jetzt verstehe ich, was du mir in der letzten Nacht im Wohnwagen sagen wolltest, und ich danke dir für das, was du für mich getan hast. Ich habe … einen Anstoß gebraucht. Einen Schubs in die richtige Richtung.«

Als ich zu ihm aufschaue, wird mir klar, dass ein Blick alles sagen kann. Worte sind flüchtig, Gesten können gespielt sein, aber Augen … Augen lügen nicht. Ein Blick kann verheerend sein und einem sofort zeigen, was jemand tief in seinem Herzen verbirgt.

»Ich hoffe, es ist noch nicht zu spät.«

»Du kommst genau im richtigen Moment«, versichere ich ihm.

Ich will nicht weinen, aber *Der Kuss* verschwimmt langsam vor meinen Augen; die Farben vermischen sich, das Gold verschmilzt mit dem Blumenteppich. Und diese verzerrte Sicht ist für sich genommen wunderschön. Ich atme tief durch und greife in einer kaum merklichen Bewegung nach seiner Hand.

Seine Wärme bildet den Gegensatz zu der Kälte, die ich nie abschütteln kann. Ich erkenne seine Fingerknöchel wieder, die Form seiner Nägel, die weiche Haut. Ich habe gesehen, wie diese Hände die Seiten eines Buches umblättern und meinen ganzen Körper streicheln. Und ich habe sie sehr vermisst. Ich habe ihn vermisst.

»Ich habe nicht vor, dich noch mal loszulassen.«

»Gut.« Will lächelt.

Ich habe das Museum allein betreten, aber ich gehe zusammen mit ihm hinaus.

Ein paar Minuten gehen wir schweigend nebeneinander her, bis wir die monumentale Stadt an der Donau erreichen. Die Straßen sind bereits weihnachtlich geschmückt, die Lichter sind gerade angegangen, und die Menschen schlendern über die Weihnachtsmärkte und zwischen den Cafés und den offenen Geschäften umher.

»Und was jetzt?«, frage ich.

»Jetzt wird es dunkel in Wien.«

»Das war nicht wörtlich gemeint«, sage ich.

Will lächelt, ohne meine Hand loszulassen. Die Allee, die wir entlanggehen, riecht nach etwas Süßem, das ich nicht genau zuordnen kann, und mir ist ein bisschen schwindlig vor lauter Emotionen.

»Wir sollten uns kennenlernen«, schlägt er vor, und ich ziehe die Augenbrauen hoch. »Ja. Stell dir vor, wir hätten uns in diesem Raum in dem Museum zum ersten Mal gesehen. Du bist mir aufgefallen, weil … Ich mag deine neue Jacke. Der Aufdruck, sind das Libellen?«

»Ja, ich habe sie in einem Secondhand-Laden in London gekauft.«

»Du bist also ein abenteuerlustiges Mädchen.«

Als sich im letzten Frühjahr unsere Wege zum ersten Mal kreuzten, hätte ich Nein gesagt, aber jetzt, ein paar Monate später, nicke ich und lächle.

»Stimmt, ich liebe es zu reisen.«

»Ich liebe es auch.«

Wir bleiben stehen und schauen uns an.

»Mein Name ist Grace Peterson.«

»Will Tucker. Freut mich, dich kennenzulernen.«

Er zeichnet Spiralen auf meinen Handrücken. Es ist eine kleine Geste, die sich für mich riesig anfühlt, und mein Magen zieht sich zusammen.

»Bist du dir über alles im Leben im Klaren?«

»Nur über die wichtigen Dinge«, antwortet er.

»Nun, man muss Raum für Improvisation lassen.« Wir sind uns sehr nah, die Leute gehen um uns herum, und ich weiß, dass wir wahrscheinlich im Weg stehen, aber das stört mich nicht, denn wenn ich ihn ansehe, hört plötzlich alles andere auf zu existieren. »Ich würde dir gern noch ein paar Fragen stellen, bevor ich den Abend einfach so mit einem völlig Fremden verbringe. Ich denke, das ist verständlich«, scherze ich.

»Absolut. Nur zu.«

»Süß oder pikant?«

»Pikant.«

»Lieblingsfarbe?«

»Mhm … Violett.«

»Woher kommst du?«

»Nebraska. Ich wurde in einer kleinen Stadt namens Ink Lake geboren.«

»Glaubst du an Gespenster?«

»Nein.«

»Warst du schon mal verliebt?«

Will zieht eine Augenbraue hoch und lächelt dann langsam, ohne den Blick von mir abzuwenden.

»Ist es nicht ein bisschen dreist, einem Unbekannten eine solche Frage zu stellen?«

»Antworte einfach«, bitte ich.

»Du weißt es schon, Grace.«

»Aber ich möchte, dass du es mir sagst.«

Wir vergessen beide das Spiel, als Will sich zu mir herunterbeugt. Für einen Moment denke ich, dass er mich küssen will, aber er flüstert mir ins Ohr:

»Ja. Ich habe mich in ein Mädchen verliebt, das bunte Perücken, Weintraubenkerne, den Geruch von Textmarkern und Wendeltreppen mag.«

»Du solltest sie nicht entkommen lassen. Dieses Mädchen scheint interessant zu sein«, entgegne ich.

»Das ist sie. Sie hat mein Herz gestohlen.«

Ich muss lachen, und er umschlingt meine Taille. Es ist lustig, es klingt so kitschig, und wir sprechen in der dritten Person, was fast schon eine Tradition zwischen uns geworden ist. Meine Nase ist sicher von der Kälte gerötet. Will greift nach dem Bommel der bunten Wollmütze auf meinem Kopf, und es klingelt, denn darin befindet sich ein Glöckchen.

»Will, ich vermute, das Mädchen wartet darauf, dass du ihre Mütze in Ruhe lässt und sie endlich küsst.«

»Mhm. Meinst du?«

Er will mich absichtlich provozieren. Ich weiß es. Ich kenne ihn.

»Ja.«

Er lächelt immer noch, als seine Lippen meine so sanft berühren, dass ich mich vor Ungeduld auf die Zehenspitzen stelle und den Kuss unter dem Himmel von Wien leidenschaftlich erwidere. Wir rühren uns nicht von der Stelle und erkennen uns im Mund des anderen wieder. Wäre dies ein Film, würde sich die Kamera von den Protagonisten entfernen, und sie würden nach und nach mit dem Rest der Menschen, die durch die Stadt gehen, verschmelzen. Jeder würde sagen, dass sie nur irgendein Paar inmitten eines Meeres von Menschen sind, aber in diesem Moment fühlen sie sich einzigartig, sind sehr glücklich. Denn genau das ist der Zauber der Liebe.

Epilog

Liebe Lucy,

vielleicht interessiert es Dich, dass ich nach ein paar unvergesslichen Tagen im schönen Wien (soweit wir es geschafft haben, das Zimmer zu verlassen) nun in einem Zug sitze, der nach Ich-weiß-nicht-Wohin fährt, denn wir haben noch nicht entschieden, an welchem Bahnhof wir aussteigen werden.

Es ist spät, und mir gegenüber sitzt Will und schläft.

Wenn ich die Hand ausstrecke, kann ich ihm über die Wange streichen. Und das macht mich glücklich. Ich denke immer wieder, dass Du durch das Spiel dafür gesorgt hast, dass unsere Wege sich gekreuzt haben, und auch dafür, dass er mich vor dem Gemälde gefunden hat, weil er wusste, dass ich an diesem Tag in diesem Museum sein würde.

Ich weiß nicht, was aus unserem Leben werden wird. Ich weiß nicht, ob ich nächstes Jahr einen Studienplatz bekommen werde oder ob er den Master machen wird, während wir irgendwo jobben und einen Studienkredit aufnehmen. Ich weiß nicht, ob wir beide in San Francisco leben werden, vielleicht in einer gemeinsamen Wohnung, oder ob wir noch eine Weile eine Fernbeziehung führen müssen. Ich weiß nicht, ob wir zusammen alt werden oder irgendwann getrennte Wege gehen, aber was ich weiß, ist, dass er in diesem Moment mein

Lieblingsmensch ist und ich jede Sekunde intensiv mit ihm erleben möchte.

In diesem Jahr habe ich dank Dir und Deinen verrückten Ideen eine Menge gelernt.

Du hast mir klargemacht, dass es etwas anderes ist zu sehen, als zu erkennen, zu hören, als zuzuhören, zu lachen, als glücklich zu sein, zu verlieren, als zu vergessen, zu wagen, als mutig zu sein, zu existieren, als zu sein.

Und ich habe verstanden, dass ich das Ergebnis all dessen bin, was mir widerfahren ist, was ich gewonnen und was ich verloren habe, aber auch von dem, was ich nicht erlebt habe. Ich kann also nicht wissen, wer ich morgen, übermorgen oder in einem Jahr sein werde. Aber ich habe das Gefühl, dass ich, was auch immer ich zu tun beschließe, es mit Leidenschaft tun werde. Ich habe beschlossen, dass ich, wenn ich weinen muss, so lange weinen werde, bis ich alles herausgelassen habe; wenn ich lache, werde ich lachen, bis mir der Bauch wehtut; und wenn ich liebe, werde ich alles darauf setzen und es mit offenem Herzen tun.

Wir sind Zeit. Knochen, Fleisch und Zeit. Und alles andere ist nur eine Requisite in diesem Theaterstück, das sich Leben nennt. Ich werde also jeden Moment für uns beide genießen, für Dich und für mich, und wenn ich jemals das Glück habe, Dich wiederzusehen, werde ich Deine Bitte erfüllen und Dir alles erzählen, das verspreche ich.

Lucy, ich liebe Dich bis zur Unendlichkeit und darüber hinaus.

In Liebe
Grace

Danksagung

Es war nicht leicht, *The Map of Longing* zu schreiben, aber ich habe das Glück, von Menschen umgeben zu sein, von denen jeder sein Sandkorn beigesteuert hat, sodass die Worte nacheinander fließen konnten, bis sie schließlich zu dem Roman wurden, den ihr nun in Händen haltet.

Ich möchte meinem Verlag Editorial Planeta und all den wunderbaren Menschen danken, die jeden Tag daran arbeiten, dass wir weiterhin von Geschichten träumen und andere Welten entdecken können. Besonders dankbar bin ich Lola Gulias, die von dem Moment an, als ich ihr von Grace Peterson erzählt habe, ihr Vertrauen in dieses Buch gesetzt hat; Danke auch an Raquel Gisbert, die mich bei jedem Schritt unterstützt, und an Laia Manchón, die sich immer mit Liebe und Hingabe für meine Romane einsetzt. Der Rest des Teams ist ebenso unglaublich.

Vielen Dank auch an Pablo Álvarez, meinen Agenten, der ein Experte in Sachen Kartografie ist, wenn es darum geht, den richtigen Weg zu wählen, und der mich in dieser Welt der Buchstaben begleitet.

Danke auch an meine Mutter, die viele Jahre in der Pädiatrischen Onkologie gearbeitet und die mir zusammen mit einigen Kollegen geholfen hat, für diese Geschichte zu recherchieren.

Sollten sich Fehler eingeschlichen haben, so ist dies zweifellos meine Schuld, und ich entschuldige mich im Voraus dafür.

Vielen Dank an Bea, die von Anfang an mit so viel Begeisterung alles von mir gelesen hat.

An Julia, weil unsere Gespräche über Bücher mich immer zum Nachdenken bringen.

An Abril Camino, die sich trotz der wenigen Zeit bereit erklärt hat, meine Korrektorin zu sein, und die mich jeden Tag mit ihrer Freundschaft beschenkt. An Neïra, weil es sehr therapeutisch ist, beim Schreiben übereinzustimmen. An Saray, weil ich weiß, dass ich immer auf sie zählen kann. An Dani, die diese warme Umarmung ist, die trotz der Entfernung guttut. An María Martínez, Cherry Chic, Alexandra Roma und viele andere Kolleginnen, durch die dieser sehr einsame und persönliche Beruf noch schöner ist (und lustiger natürlich).

An meine Familie, die mich in allem unterstützt.

An meine Leserinnen und Leser, die mich von Geschichte zu Geschichte begleiten und darauf vertrauen, dass ich noch etwas zu sagen habe, selbst wenn ich mir unsicher bin.

Und an Juan, weil das Leben unendlich viel besser ist, seit wir in unserer eigenen *Karte der Sehnsüchte* denselben Weg gehen. Von hier bis zum Ende.

Alice Kellen

Die emotionalste New-Adult-Dilogie des Jahres! Der TikTok-Hype aus Spanien endlich auf Deutsch.

978-3-453-42950-5

978-3-453-42951-2

Leseproben unter **www.heyne.de**

Josi Wismar

Wild Hearts – Wenn wilde Herzen und atemberaubende Natur aufeinandertreffen

978-3-453-42761-7

978-3-453-42762-4

Leseproben unter **www.heyne.de**

HEYNE

Sarah Stankewitz

**Drei Geschwister mit traumatischer Vergangenheit.
Drei emotionsgeladene Lebensgeschichten.
Drei alles verändernde Lieben.**

Die *Love Burns*-Reihe bricht Herzen und
setzt sie Stück für Stück wieder zusammen.

978-3-453-42897-3

978-3-453-42896-6   978-3-453-42898-0

Leseprobe unter **www.heyne.de**

HEYNE ‹

Lauren Asher

Atmosphärisches Small-Town-Setting trifft auf spicy Romance: die »Lakefront Billionaires«-Reihe der TikTok-Sensation!

978-3-453-42918-5

978-3-453-42953-6

978-3-453-42954-3
August 2025

Leseproben unter **www.heyne.de**